La verdad de la mentira

La verdad de la mentira

Elizabeth George

Traducción de Dolors Gallart

Rocaeditorial

Título original: *Believing the Lie*

© 2012, Elizabeth George

Primera edición en este formato: noviembre de 2012

© de la traducción: Dolors Gallart
© de esta edición: Roca Editorial de Libros, S. L.
Av. Marquès de l'Argentera, 17, pral.
08003 Barcelona
info@rocaeditorial.com
www.rocaeditorial.com

Impreso por Rodesa

ISBN: 978-84-9918-526-2
Depósito legal: B. 27.328-2012
Código IBIC: FF

A la memoria de Anthony Mott,
adorado compañero,
insuperable contando anécdotas,
que para mí siempre será Antonio.

En esta vida, las cinco ventanas del alma
deforman los cielos de polo a polo
y nos enseñan a creer en una mentira
cuando miramos con los ojos, no a través de los ojos.

WILLIAM BLAKE

10 de octubre

Aquella era la primera vez que el director convocaba a Zed Benjamin a su oficina. Estaba desconcertado y excitado a la vez. El desconcierto le hacía sudar de forma copiosa por las axilas. La excitación le provocaba unas palpitaciones que, curiosamente, notaba en la punta de los pulgares. No obstante, como siempre le había parecido importante considerar a Rodney Aronson un compañero más de *The Source*, prefirió atribuir tanto el sudor en las axilas como los latidos de los dedos a que se había precipitado al sustituir su único traje de verano por el otro que tenía, que era de invierno. Decidió que debía ponerse de nuevo el de verano, y rezó para que su madre no lo hubiera llevado a la tintorería en cuanto se hubiera percatado del cambio. Habría sido muy propio de ella, se dijo Zed, con lo servicial y formal que era…, demasiado, en realidad.

No le resultó difícil encontrar algo con que distraerse en la oficina de Aronson. Mientras el director del periódico seguía leyendo el texto de Zed, este se puso a echar un vistazo a los titulares de antiguos números del tabloide, que se exhibían enmarcados en las paredes. Le parecieron estúpidos y de mal gusto, con aquella marcada propensión a recrearse con las peores inclinaciones de la mente humana. «Declaraciones de un chapero», encabezaba un artículo dedicado al rato que habían pasado en un automóvil un muchacho de dieciséis años y un diputado en las proximidades de King's Cross Station. Aquel encuentro escandaloso se vio, por desgracia, interrumpido con la llegada de unos agentes de la comisaría de la zona. Antes de «Declaraciones de un chapero», había habido «Diputado en triángulo sexual con adolescente» y después «Dramático caso de suicidio de esposa de diputado». No contento con divulgar en primicia aquellas noticias, *The Source* se había dedicado a escarbar en ellas y a pagar a informadores para obtener detalles suculentos con los que aderezar unos artículos que cualquier periódico decente habría redactado con discreción o habría situado bien lejos de la primera página. En ese sentido destacaban «Revuelo en el dormitorio del príncipe», «La realeza escandalizada por las revelaciones del ayuda de cámara» y «¿Otro divorcio real en perspectiva?», que, tal como Zed sabía de sobra por las habladurías que circulaban entre el personal, habían elevado las tiradas de *The Source* más de cien mil ejemplares en cada caso. Aquel era el tipo de reportaje por el que era conocido el tabloide. En la redacción todo el mundo tenía asumido que quien no quisiera ensuciarse las manos hurgando en los trapos sucios de otras personas no tenía ningún futuro como periodista de investigación en aquel lugar.

Zedekiah Benjamin se encontraba, sin embargo, en aquella posición. No deseaba ni por asomo trabajar como periodista de investigación en *The Source*. Él se veía como un columnista editado por periódicos como el *Finantial Times*, como una persona con una respetable y prestigiosa carrera que le permitiera mantener su auténtica pasión, que era escribir poesía de calidad. No obstante, dada la terrible escasez de columnas respetables, uno tenía que hacer algo para ganarse las lentejas, sin esperar a que estas le cayeran gracias a la escritura de excelsos versos. Zed sabía, pues, que debía actuar en todo momento como si estuviera convencido de que la indagación de las pifias de los famosos y los desilices de la familia real iban a permitirle realizarse como periodista y profesional. Aun así, no perdía la esperanza de que incluso a un periódico como *The Source* pudiera venirle bien algo más elevado, algo que lo rescatara un poco de su habitual nivel de sensacionalismo, posición desde la cual nadie tendía, bien es cierto, la mirada hacia las estrellas.

El texto que Rodney Aronson estaba leyendo era una demostración de dichas aspiraciones. Desde el punto de vista de Zed, los artículos de prensa amarilla no debían centrarse necesariamente en asuntos de carácter lúbrico para captar el interés del lector. También podían ser alentadores y redentores, como aquel, y venderse bien. Tales historias no ocuparían la primera página, desde luego, pero sí eran apropiadas para el suplemento dominical, y tampoco habrían quedado mal a doble página en el centro de la edición diaria, siempre y cuando fueran acompañadas de fotografías y tuvieran una continuación en la siguiente página. Zed, que había invertido una eternidad en ensamblarla, consideraba que se merecía una inversión de al menos cinco litros de tinta. Contenía precisamente lo que les gustaba a los lectores de *The Source*, pero con refinamiento. Describía pecados de padres y de hijos, exploraba rupturas desgarradoras, hablaba de consumo de alcohol y drogas, y culminaba con un final catártico. Era un reportaje sobre un holgazán, atrapado en el letal abrazo de la adicción a la anfetamina, que en la penúltima hora de su existencia —más o menos— lograba dar un vuelco a su vida e imprimirle un nuevo sentido, para acabar ayudando a los más humildes. Era una historia de héroes y villanos, con adversarios de talla y amor duradero, que tenía como ingredientes parajes exóticos, valores familiares, amor paternal... y, sobre todo...

—Es soporífero.

Rodney dejó el reportaje de Zed a un lado del escritorio y se palpó la barba. Tras despegar una pepita de chocolate, se la metió en la boca. Había terminado de comer una barra de Cadbury mientras leía, y repasaba con la mirada el escritorio como si buscara otra golosina, cosa que no le convenía demasiado teniendo en cuenta la barriga que apenas lograba disimular con la holgada chaqueta de safari que solía llevar como atuendo de trabajo.

—¿Cómo?

Creyendo que había oído mal, Zed se puso a repasar las palabras que rimaban con «soporífero», para convencerse de que su jefe no acababa de condenar su artículo de principio a fin.

—Soporífero —reiteró Rodney—. Soporífero, que da ganas de dormir. Tú me prometiste un reportaje de investigación, y allí que te mandé. Me garantizaste que redactarías un jugoso reportaje de investigación, si mal no recuerdo. Y después de correr con los gastos de tu alojamiento en un hotel durante no sé cuántos días...

—Cinco —precisó Zed—, porque era un reportaje complicado y había que entrevistar a varias personas para ser objetivo...

—De acuerdo, cinco, y, por cierto, que no sé cómo elegiste el hotel, porque, después de haber visto la factura, me imagino que igual iban incluidas algunas animadoras con la habitación. Cuando a uno lo envían a pasar cinco días a Cumbria a costa del periódico, con la promesa de volver con un bombazo... —Cogió el reportaje y lo empleó para gesticular con él—. ¿Qué demonios investigaste aquí? ¿Y se puede saber a qué viene ese título? «La novena vida.» ¿Qué es esto, algo sacado de tus clases de literatura fina? Una muestra de escritura creativa, ¿eh? ¿Te crees un novelista o qué?

Zed sabía que el director no había ido a la universidad. Aquello también corría por los pasillos. Poco después de incorporarse a la redacción de *The Source*, le habían aconsejado: «Por tu propio bien, sobre todo evita contrariar a Rod con cualquier cosa que pueda recordarle que tienes ni aunque sea el menor título relacionado con la educación superior, colega. Es algo que no puede soportar y se lo

13

toma como una burla, o sea, que mantén la boca cerrada con todo lo que tenga que ver con eso».

Procedió, pues, con gran cautela a la hora de responder a la pregunta que le había hecho Rodney sobre el título del reportaje.

—En realidad, pensaba en los gatos.

—Ah, en los gatos.

—Eh…, en lo de que tuvieran muchas vidas…

—Ya, pero la cosa no va de gatos, ¿no?

—No, por supuesto que no, pero… —Como no estaba seguro de lo que quería el director, decidió dar un pequeño cambio de rumbo—. A lo que me refería es que ese hombre había probado ocho veces un tratamiento de recuperación, en tres países diferentes, ¿sí? Y nada dio ni el menor resultado. Bueno, sí que estuvo seis u ocho meses sin tomar nada, y otra vez durante un año entero, pero al cabo de un tiempo volvía a caer en la droga. Al final, en Utah conoció a una mujer muy especial y de repente se volvió un nuevo hombre y nunca más tuvo una recaída.

—¿Así, jamalají, jamalajá, y ya está? Salvado por la fuerza del amor, ¿no?

—Eso es —confirmó Zed, animado por la afabilidad que acababa de captar en la voz de su jefe—. Eso es lo increíble. Está completamente curado. Vuelve a casa y en lugar de festejos y becerro de oro…

—¿Qué becerro de oro?

Había metido la pata. La alusión bíblica era desde luego de lo más desacertada.

—Una tontería. Bueno, vuelve, pues, a casa y lanza un programa para ayudar a los sin ayuda. —¿Se decía así?, se preguntó—. Y no se centra en el tipo de persona que cabía esperar, como los chicos y chicas que tienen toda la vida por delante. No, él elige a los despojos, los viejos que viven en la calle, los desechos de la sociedad…

Rodney se limitó a mirarlo.

—La escoria social que busca en los contenedores de basura algo que comer con lo que le queda de dentadura —prosiguió—. Él los salva. Cree que vale la pena salvarlos. Y ellos responden y se curan también. Se curan después de toda una vida de alcohol, de droga y de dormir al raso.

Zed hizo una pausa, esperando la respuesta de Rodney.

Esta llegó, calmada, pero en el tono se adivinaba una falta de entusiasmo con respecto a la vehemente defensa que el chico hacía de su reportaje.

—Están construyendo un castillo de naipes, Zed. Nadie se cura de nada, y cuando la torre esté acabada, todos van a volver a dar con sus huesos en la calle.

—No lo creo.

—¿Por qué?

—Porque es una torre de defensa. Eso es lo que da fuerza a la historia. Es una metáfora. No hay más que pensar en el servicio que prestaban esas torres para comprenderlo —prosiguió de manera precipitada, consciente de que con la sola mención de una metáfora se adentraba en un terreno peligroso—. Las construían para protegerse contra las razias de los pueblos fronterizos, contra los invasores... y, en nuestro caso, los invasores representan las drogas, ¿sí? Metadona, cocaína, hachís, caballo, éxtasis, o lo que sea. La torre de defensa en sí representa la redención y la recuperación, y cada piso de la torre antiguamente contenía algo diferente, y con ello me refiero a que la planta baja era para los animales y el primer piso para la cocina y actividades domésticas, y el segundo para vivir y dormir, y por fin la azotea era para repeler a los asaltantes lanzándoles flechas y, no sé, aceite caliente o algo por el estilo, y cuando uno lo contempla todo en su conjunto y se hace cargo del significado que debe y podría tener en la vida de una persona que ha estado en la calle durante... diez o quince años, pongamos..., entonces...

Con la cabeza inclinada sobre el escritorio, Rodney movió la mano para indicarle que se alejara.

Zed no supo cómo interpretar el gesto. Aunque parecía que lo estaba despachando, no estaba dispuesto a retirarse con la cola entre... Uf, otra metáfora, pensó.

—Eso es lo que da altura a esta historia —prosiguió contra viento y marea—. Es lo que la hace idónea para sacarla en el dominical. Ya la veo en el suplemento, con cuatro páginas enteras con fotos: la torre, los individuos que la reconstruyen, las imágenes de antes y de después, y todo ese tipo de cosas.

—Es soporífera —insistió Rodney—, lo que, por cierto, es otra metáfora. Y el sexo no aparece por ninguna parte en esta historia.

—Sexo —repitió Zed—. Bueno, la mujer es muy guapa, yo diría, pero no quería que ni ella ni su relación fueran lo más destacado del reportaje. En su opinión, ella es la que...

Rodney levantó la cabeza.

—No me refiero al sexo tal cual, estúpido. Me refiero al morbo sexual. —Hizo chasquear los dedos—. A la efervescencia, la tensión, a aquello que atrapa al lector, a la agitación, el deseo irrefrenable, la excitación que sube, a ponerlos cachondos sin que siquiera sepan por qué. ¿Me explico? Tu reportaje no tiene eso.

15

—Pero es que tampoco lo pretende. Su objetivo es servir de aliento, aportar esperanza a la gente.

—Nosotros no estamos para alentar a nadie y, desde luego, nuestro negocio no tiene nada que ver con la esperanza. Nuestro negocio consiste en vender periódicos, y puedes estar seguro de que este montón de gilipolleces no van a servir para eso. Aquí hacemos cierto tipo de reportaje de investigación. Cuando te contraté, me dijiste que lo sabías. ¿No fue por eso por lo que fuiste a Cumbria? Para hacer de periodista de investigación…

—Y eso hice.

—Y una mierda. Esto es una orgía amorosa. Alguien debió de dejarte embobado metiéndosete en la cama…

—Para nada.

—Y te quedaste sin gas.

—No.

—O sea, que esto… —volvió a gesticular con los papeles— representa el meollo de la cosa, ¿eh? ¿Así es cómo buscas el filón principal de la historia?

—Bueno, entiendo… No exactamente, supongo. Pero, claro, cuando uno conoce a ese hombre…

—Pierde el arrojo y no investiga nada.

—Me estás diciendo, pues —replicó Zed, considerando injusta tal conclusión—, que el relato de una adicción a la droga, de una vida devastada, del tormento de unos padres que lo probaron todo para salvar a un hijo, el cual al final se salvó por sí solo… Ese tipo estaba a punto de atragantarse con una cuchara de plata, Rodney… ¿Eso no es investigación? ¿No tiene el morbo que tú querías?

—El hijo de un idiota aristocrático se da a la droga. —Rodney bostezó de manera aparatosa—. ¿Hay algo nuevo en eso? ¿Quieres que te detalle los nombres de otros diez inútiles sacos de inmundicias que hacen lo mismo? Me costaría muy poco.

Zed sintió que lo abandonaban las fuerzas. Todo el tiempo desperdiciado, todo el esfuerzo invertido, todas las entrevistas realizadas, todos los sutiles planes ideados —debía admitirlo— con el fin de alterar la dirección de *The Source* y convertirlo en un periódico digno, ni aunque fuera someramente, con el fin de labrarse un nombre, habida cuenta de que la pura verdad era que el *Finantial Times* no contrataba a nadie en ese momento… Todo para nada. No era justo. Zed repasó qué alternativas tenía antes de responder.

—De acuerdo. Ya veo por dónde vas. Pero ¿y si lo rehago del todo? ¿Y si vuelvo a ir allá y hurgo un poco más?

—¿En qué, por el amor de Dios?

La pregunta era pertinente, desde luego. Zed pensó en todos los individuos con los que había hablado: el adicto rehabilitado, su mujer, su madre, sus hermanas, su padre, los pobres borrachos a quienes socorría... ¿Acaso alguno escondía algo de lo que no se había percatado? Probablemente sí, por la sencilla razón de que detrás de las fachadas siempre había algo.

—No estoy seguro —optó por responder Zed—. Pero si me pongo a curiosear... Todo el mundo tiene secretos. Todo el mundo miente en algo. Además, teniendo en cuenta lo que ya hemos gastado en esta historia, no se perderá gran cosa si pruebo otra vez.

Rodney apartó la silla del escritorio, como si quisiera rumiar la oferta de Zed. Luego apretó un botón del teléfono.

—Wallace, ¿estás ahí? —gritó a su secretaria—. Tráeme otro Cadbury —ordenó cuando esta le hubo respondido—. De avellana esta vez. —Luego se dirigió a Zed—. Tú corres con los gastos. Si no, nada.

Zed pestañeó. Aquello colocaba la cuestión bajo una perspectiva radicalmente distinta. Él estaba en lo más bajo del escalafón de *The Source* y su sueldo iba acorde con ello. Trató de calcular el montante del billete de tren, el alquiler de un coche, el hotel..., tal vez una pensión barata o una habitación de alquiler en la casa de alguna anciana, no muy céntrica en... Bueno, en todo caso, no junto a los lagos. Eso saldría demasiado caro, incluso en aquella época del año, de modo que tendría que ser... Por otra parte, dudaba mucho que le fueran a pagar el tiempo que pasara en Cumbria.

—¿Me lo puedo pensar un poco? Quiero decir que mientras tanto no vas a descartar el reportaje, ¿no? Tengo que hacer números, ya me entiendes...

—Haz todos los que quieras. —Rodney esbozó una sonrisa, con un extraño y forzado estiramiento de labios que revelaba lo inusual de ese gesto en su cara—. Ya te he dicho que tú corrías con los gastos.

—Gracias, Rodney.

Como no estaba muy seguro de qué era lo que tenía que agradecerle, Zed inclinó la cabeza, se levantó y se encaminó a la puerta.

—Si decides hacer el viaje —añadió Rodney con tono afable cuando ya tenía la mano en la manecilla de la puerta—, te recomiendo que prescindas del casquete.

Zed titubeó y Rodney siguió hablando.

—No es por nada religioso, chaval. A mí me importa un comino tu religión o la de los otros. Esto es un consejo que te da una persona que ya estaba en la profesión cuando tú ibas en pañales. Tú haz lo que quieras, pero creo que no te conviene llevar nada que distraiga a

17

la gente o les dé pie a pensar que eres algo más que su confesor, su mejor amigo, su paño de lágrimas o psico-lo-que-sea. O sea, que cuando te presentas con algo que desvíe su atención de la historia que te quieren contar..., o, mejor aún para nosotros, que no te quieren contar..., te estás complicando la vida. Con eso me refiero a todo ese tipo de cosas: turbantes, rosarios colgados del cuello, casquetes, barbas largas teñidas de henna, dagas en la cintura... ¿Me sigues? En mi opinión, un periodista de investigación debe fundirse en el paisaje, y con el casquete de judío... Mira, con lo de la altura y el pelo no puedes hacer nada..., a no ser que te lo tiñas, cosa que no te pienso pedir..., pero el casquete lo acaba de estropear.

Zed se tocó la kipá con un gesto automático.

—Lo llevo porque...

—Me da igual por qué lo llevas. Me da igual si lo llevas o no. Es solo un consejo de experto. Tú eliges.

Zed sabía que el director había añadido la última puntualización para evitar una eventual denuncia. En realidad, era consciente de que el tono con el que le había hablado de la kipá obedecía a la misma razón. *The Source* no destacaba precisamente por su corrección política, pero la cosa no iba por ahí. Rodney Aronson sabía muy bien de qué lado colocarse cuando le convenía.

—Piénsatelo —le dijo mientras se abría la puerta de la oficina y la secretaria entraba con una barra de chocolate de tamaño familiar.

—Lo haré, descuida —prometió Zed.

St. John's Wood
Londres

No había tiempo que perder. Se marchó enseguida con intención de coger el metro y después el autobús en Baker Street. Un taxi directo hasta St. John's Wood habría sido mejor, pero le habría costado demasiado caro. Renunciando al espacio adicional que este le habría procurado para estirar las piernas, se fue a pie hasta la estación de Blackfriars y, tras una interminable espera, el tren llegó lleno hasta los topes, así que tuvo que quedarse al lado de las puertas, con los hombros encogidos y la barbilla pegada al pecho a modo de penitente.

Con tortícolis, entró en un Barclay's antes de coger el bus para el último tramo del viaje. Quería consultar su cuenta bancaria con la vana esperanza de que se hubiera equivocado la última vez. Aparte de lo que disponía en aquella cuenta, no tenía ningún ahorro. Al ver su saldo, se le cayó el alma a los pies. Un viaje a Cumbria lo dejaría en números rojos, de modo que tenía que pensar si valía la pena. Al fin y al cabo, se trataba solo de un reportaje. Si renunciaba a él, le adjudicarían otro. No obstante, no todos los temas eran iguales... y aquel... Estaba convencido de que aquel tenía algo especial.

Todavía indeciso, llegó a su casa noventa minutos antes de lo habitual. Por eso tocó el timbre que había en la entrada del edificio, para anunciar su llegada e impedir que su madre se asustara al oír la llave en la cerradura en una hora del día en que no tenía previsto que entrara nadie.

—Soy yo, mamá —dijo.

—¡Zedekiah! ¡Estupendo! —exclamó ella, dejándolo desconcertado hasta que, al entrar, comprendió el porqué de su alborozo.

Susanna Benjamin estaba tomando un té, pero no estaba sola. En el sillón más cómodo del salón —el que la madre de Zed reservaba siempre para los invitados— se encontraba una joven que bajó la cabeza, ruborizada, mientras su madre hacía las presentaciones. Se llamaba Yaffa Shaw y estaba en su grupo de lectura: aquello era una maravillosa coincidencia. Zed esperaba saber a qué venía lo de la coincidencia y no tardó en averiguarlo.

—En este preciso momento le decía a Yaffa que mi Zedekiah siempre tiene un libro en las manos, y no solo uno, sino cuatro o cinco a la vez. Explícale qué estás leyendo ahora, Zed. Yaffa está con la última novela de Graham Swift. Bueno, todas la estamos leyendo, para el grupo de lectura, ya sabes. Siéntate, siéntate, cariño. Toma una taza de té. Vaya por Dios, está frío. Voy a preparar otro, ¿eh?

Antes de que Zed lograra articular una respuesta, su madre ya se había ido. La oyó trastear cacharros en la cocina. El ruido incrementó cuando conectó la radio. Zed calculó que tardaría un buen cuarto de hora en preparar el té; no era la primera vez que pasaba por aquello. La última había sido con una cajera de Tesco. La anterior había sido con la sobrina mayor de su rabino, la mejor candidata hasta el momento, que se encontraba en Londres para asistir a un curso de verano patrocinado por una universidad norteamericana cuyo nombre había olvidado. Después de Yaffa, que lo miraba con evidentes ganas de trabar conversación, habría otra. Aquello no iba a parar hasta que se hubiera casado con una de ellas; después su madre empezaría con los planes para sus nietos. Una vez más, Zed maldijo a su hermana mayor, su vida profesional y su decisión no solo de no tener descendencia, sino de no casarse siquiera. Ella desarrollaba la carrera científica en la que lo habían querido encarrilar a él. A Zed no le interesaba para nada ese campo, desde luego, pero si su hermana

19

hubiera colaborado un poco aportándole a su madre un yerno y unos nietos, él no tendría que llegar cada dos por tres a casa y encontrarse con otra potencial pareja que ella había atraído hasta allí con algún que otro pretexto.

—Tú y mamá… estáis en el mismo grupo de lectura, ¿no? —le dijo a Yaffa.

—No exactamente —reconoció, con rubor más acusado, la joven—. Yo trabajo en la librería y recomiendo libros al grupo. Tu madre y yo… estábamos charlando…, ya sabes, como suele hacer la gente.

Lo sabía muy bien, sí. Sobre todo, sabía perfectamente cómo actuaba Susanna Benjamin. Se imaginaba la conversación: las preguntas capciosas y las inocentes respuestas. Se preguntó qué edad tendría la pobre chica y si su madre habría efectuado cábalas sobre su fertilidad.

—Apuesto a que no te esperabas encontrarte con que tenía un hijo.

—No lo ha dicho. Pero ahora la situación es un poco complicada porque…

—Zed, cariño —lo llamó su madre desde la cocina—. ¿Quieres un *darjeeling*? ¿Con pastas de té? ¿Y un bollo con pasas, cariño? Yaffa, tú tomarás otro té, ¿verdad? Seguro que querréis charlar un poco los dos.

Eso era precisamente lo que Zed no deseaba. Lo que quería era tiempo para pensar y sopesar los pros y los contras de endeudarse para desplazarse a Cumbria y quedarse el tiempo necesario para añadir el morbo necesario a su reportaje. Y una vez en Cumbria, si es que iba, tendría que concretar en qué consistía el tal sexo, la chispa, la garra o lo que fuera que supuestamente iba a excitar a los lectores de *The Source*, que, por otra parte, debían de tener una inteligencia colectiva similar a la de las lápidas mortuorias. ¿Cómo se excitaba a una lápida? Dándole un cadáver. Zed rio para sí con esa cadena de metáforas, felicitándose por no haberla empleado en la conversación con Rodney Aronson.

—¡Aquí me tenéis, muchachos! —Susanna Benjamin llegó con una bandeja cargada de té, bollos, mantequilla y mermelada—. ¿Has visto qué alto que es mi Zedekiah, Yaffa? No sé de dónde sacó esa estatura. ¿Cuánto mides exactamente, cielo? —preguntó a Zed.

Medía dos metros, cosa que su madre sabía muy bien, como también sabía de quién había heredado su estatura: de su abuelo paterno, que medía más de metro noventa.

—Y fíjate qué pies, Yaffa —prosiguió alegremente—. Y las manos, grandes como balones de rugby. Y ya sabes lo que dicen… —Le guiñó un ojo—. ¿Leche y azúcar, Zedekiah? ¿Sí, verdad? —Y dirigiéndose de nuevo a Yaffa—: Pues este hijo mío estuvo dos años en un *kibbutz*, y después dos años en el Ejército.

—Mamá… —dijo Zed.

—Bah, no seas tan tímido. —Agregó más té a la taza de Yaffa—. En el Ejército israelí, Yaffa. ¿Qué te parece? A él le gusta callárselo todo. Siempre ha sido así. Yaffa también es así, Zedekiah. Hay que sacarle con tenazas toda la información. Nació en Tel Aviv, su padre es cirujano, sus dos hermanos trabajan en la investigación contra el cáncer, y su madre es diseñadora de ropa, hijo. ¡Diseñadora de ropa! ¡Qué maravilla! Yo no podría comprarme ni una de las prendas que diseña, claro, porque las venden en… ¿Cómo las has llamado tú, Yaffa?

—*Boutiques* —precisó la chica, aunque se había puesto tan colorada que Zed temió que le fuera a dar un ataque.

—En Knightsbridge, Zed —ponderó su madre—. Imagínate. Ella diseña la ropa en Israel y llega hasta aquí.

—¿Qué te ha traído a Londres? —le preguntó Zed a Yaffa, para interrumpir los comentarios de su madre.

—¡Ha venido a estudiar! —respondió Susanna Benjamin—. Va a ir a la universidad aquí. Una carrera de ciencias, Zedekiah: Biología.

—Química —corrigió Jaffa.

—Química, Biología, Geología…, da igual, porque lo que cuenta es el cerebro que alberga esta cabecita, Zed. ¿A que es guapa? ¿Has visto alguna vez una chica más guapa que nuestra Yaffa?

—Últimamente no —contestó Zed, clavando la mirada en su madre—. Desde hace al menos seis semanas —añadió con la esperanza de desestabilizarla al ver que ponía al descubierto sus intenciones.

—Le gusta burlarse de su madre, Yaffa —continuó ella, como si nada—. Es muy bromista. Ya te acostumbrarás.

¿Acostumbrarse a qué? Zed miró a Yaffa, que se rebullía en su sillón, y dedujo que había algo más que aún no sabía.

—Yaffa va a ocupar la antigua habitación de tu hermana —lo informó entonces—. Ha venido a verla y ha dicho que es lo que necesita ahora que tiene que dejar el sitio donde estaba antes. ¿A que será estupendo tener otra cara joven en la casa? Se va a instalar mañana. Me tendrás que decir qué te gusta desayunar, Yaffa. Empezar el día con una comida como Dios manda te va a ayudar en tus estudios. A Zed le sirvió de mucho, ¿eh, Zed? Tiene una licenciatura *cum laude* en Literatura. ¿Te he dicho que escribe poesía, Yaffa? Algo me dice que va a escribir un poema sobre ti.

Zed se levantó bruscamente. Había olvidado que tenía la taza en la mano y derramó un poco de té. Por fortuna, cayó casi todo encima

21

de sus zapatos, respetando la moqueta de su madre. En realidad tenía ganas de arrojárselo a la cabeza.

Tomó la decisión al instante, empujado por la necesidad.

—Me voy a ir a Cumbria, mamá.

—¿A Cumbria? —preguntó, extrañada—. Pero ¿no acababas de…?

—Han quedado cabos sueltos que tengo que resolver. Corre bastante prisa, además.

—Pero ¿cuándo te vas?

—En cuanto tenga listo el equipaje.

No le iba a llevar más de cinco minutos.

De camino a Cumbria

Tener que marcharse a toda prisa antes de que su madre programara la ceremonia de boda allí mismo, en el salón, lo obligó a coger un tren que lo llevaría a Cumbria dando infinidad de rodeos. No podía hacer otra cosa. En cuanto hubo preparado la bolsa y hubo guardado en la funda el portátil, se dio a la fuga. Después del autobús y del metro, en la estación de Euston recurrió a la tarjeta de crédito para pagar el billete, cuatro bocadillos, un ejemplar del *Economist*, uno del *Times* y otro del *Guardian*, y después se puso a recorrer el andén preguntándose cuánto iba a tardar en descubrir algo, lo que fuera, capaz de añadir garra al reportaje, y también cuánto iba a tardar en conseguir que su madre parase de recoger a mujeres por la calle y llevárselas a casa como si fuera su proxeneta… Cuando subió al tren, estaba más que dispuesto a centrarse en el trabajo. Mientras se alejaba de la estación, abrió el portátil y comenzó a revisar las notas que había tomado, de forma meticulosa, en cada entrevista, para luego pasarlas religiosamente al ordenador, todas las noches. Asimismo llevaba un bloc de notas escritas a mano que también se proponía releer, convencido de que tenía que haber algo, algo que por fuerza iba a descubrir.

En primer lugar repasó el hilo principal de la historia: Nicholas Fairclough, de treinta y dos años, el antes disoluto hijo de Bernard Fairclough, barón de Ireleth, del condado de Cumbria. Tras gozar desde su nacimiento de riqueza y privilegios —de ahí lo de la alusión a la cucharilla de plata—, había desperdiciado durante su juventud la buena fortuna con que lo había bendecido el destino. Era un hombre agraciado, con cara de ángel, pero con inclinaciones comparables a las del vecino de Lot. Desde los catorce años había sido asiduo y renuente participante de una serie de programas de desintoxicación. La lista parecía un documental sobre viajes, dado que, en su tentativa de atraerlo hacia un modo de vida sano, sus padres habían ido eligiendo puntos de destino cada vez más exóticos y remotos. Cuando no estaba en una cura en algún lugar lejano, estaba utilizando el dinero de su padre para viajar con un tren de vida de pachá que lo volvía a conducir una y otra vez a la adicción. Todo el mundo acabó tirando la toalla y lavándose las manos. Padre, madre, hermanas e incluso su primo hermano…

Zed cayó en la cuenta de que ahí había algo en lo que no había pensado: el punto de vista del primo hermano. Aunque le había parecido descartable, cosa que el mismo Nicholas había reiterado durante las entrevistas, cabía la posibilidad de que en su caso hubiera pasado por alto algo que podría serle útil ahora… Hojeando el bloc de notas, localizó su nombre: Ian Cresswell, empleado en la Fairclough Industries, en un puesto de bastante responsabilidad, primo hermano de Nicholas, ocho años mayor que él, nacido en Kenia, aunque se había trasladado a Inglaterra antes de la pubertad para residir en la casa de los Fairclough… Igual había algo allí, algo que podía encajar en algún lugar.

Zed levantó la cabeza con aire pensativo y posó la mirada en la ventana. Afuera era noche cerrada, de modo que solo vio su propio reflejo: un gigante pelirrojo con arrugas de preocupación en la frente porque su madre intentaba casarlo con la primera mujer disponible que pudiera encontrar y porque su jefe estaba dispuesto a depositar en la papelera su primorosa prosa; por otro lado, él lo único que deseaba era escribir algo que fuera por lo menos someramente digno. ¿Qué tenía en aquellas notas? Se planteó. ¿Qué? ¿Qué?

Sacó uno de los cuatro bocadillos y se puso a devorarlo mientras revisaba los papeles. Buscaba una pista para darle un giro al reportaje, o cuando menos un indicio de la chispa que Rodney Aronson decía que faltaba. La perspectiva de los primos hermanos era viable. A medida que leía, no obstante, Zed se dio cuenta de que sus pensamientos estaban dominados por los relatos del Antiguo Testamento, lo cual lo conducía hacia el territorio de la alusión literaria y la metáfora, por el que más le valía no aventurarse. De todas maneras, en honor a la verdad, había que reconocer que era muy difícil leer lo que había descubierto en sus entrevistas con los principales personajes sin pensar en Caín y Abel, en lo del guardián del hermano, en las ofrendas del fruto del propio sudor y en el lugar que uno ocupaba en las preferencias de la persona que hacía las veces de Dios en aquella historia, que probablemente era Bernard Fairclough, barón de Ireleth. Y si uno se empecinaba en mirar la cosa desde el filtro bíblico, el barón podría ser Isaac, confrontado a Esaú y Jacob y a sus disputas por sus derechos naturales patrimoniales, aunque para Zed siempre había sido un misterio que alguien hubiera podido confundir la piel de un cordero —o lo que fuera— con un velludo brazo. La noción de derechos hereditarios lo indujo, con todo, a enfrascarse en sus notas para ver si había alguna información sobre quién iba a heredar qué y quién debía asumir las riendas de la Fairclough Industries en caso de que a lord Fairclough le sobreviniera un prematuro final.

Eso sí daría pie a un buen artículo… Bernard Fairclough…, eh, muere o desaparece de forma misteriosa, por ejemplo. Se cae por las escaleras, queda inválido, le da un derrame cerebral o algo por el estilo. Una somera indagación revela que, unos días antes de dicho prematuro final o lo que sea, mantuvo una entrevista con su notario… ¿Y qué? Resulta que ha redactado un nuevo testamento, en el que quedan clarísimamente definidas sus intenciones en lo tocante al negocio familiar, se precisan legados, se introducen especificaciones… como, por ejemplo, una indicación de una herencia, una declaración de desheredamiento de alguien, una revelación… ¿de qué? El hijo, en realidad, no es hijo suyo. El sobrino no es, realmente, su sobrino. Existe una segunda familia en las Hébridas, hay un primogénito loco y deforme escondido desde hace mucho en el desván, en la bodega o en el cobertizo. Hay algo explosivo. Algo sensual, con morbo.

Claro que, para ser sincero, el problema era que el único aspecto remotamente sensual de la historia de la novena vida de Nicholas Fairclough radicaba en su mujer, que era atractiva a más no poder. En su entrevista con Aronson no había querido destacarlo porque estaba seguro de que este habría reaccionado exigiendo que le sacaran una fotografía de la pechera o algo por el estilo. Zed apenas había hablado de la mujer porque ella quería mantenerse en un segundo plano, pero ahora se planteaba si podría averiguar algo más sustancial acerca de ella. Repasando sus notas, vio que había plasmado su primera reacción al posar la vista en ella con palabras como «caramba» y «jolines». De tan embobado, hasta la había descrito como una «sirena sudamericana», porque era una mujer que concentraba como un imán las miradas de los hombres. Al final de la única entrevista que había mantenido con ella, llegó a la conclusión de que, si Eva había presentado aunque solo fuera un ligero parecido con Alatea Fairclough, no era de extrañar que Adán hubiera aceptado la manzana. Lo único raro habría sido que no se hubiera comido todas las del manzano, y el propio árbol de paso. O sea, que… ¿era ella el puntal de la historia? ¿El elemento sensual, morboso? Aunque era despampanante, dudaba que con eso solo pudiera insuflar garra al reportaje.

«Estoy vivo gracias a ella», afirma el marido. Pero ¿qué? Bastaría con hacer correr una foto de ella y todo individuo al que le funcionaran bien las partes entendería por qué Nicholas Fairclough se desintoxicó. Además, ella no hacía más que repetir: «Nick hizo lo que hizo por sí solo. Aun siendo su mujer, yo no soy una pieza importante en su verdadera evolución».

¿Habría alguna insinuación en eso de su «verdadera» evolución?, se preguntó Zed. ¿Habría algo más por desvelar? Creía que había investigado bastante, pero quizás había dado una versión demasiado acaramelada del asunto porque quería creer que aún eran posibles ese tipo de cosas, como la redención, la salvación, la regeneración de la propia vida, el hallazgo del amor verdadero...

Tal vez ahí había un hilo interesante que seguir, en lo del amor verdadero. ¿Lo había encontrado realmente Nicholas Fairclough? Y en caso afirmativo, ¿alguien lo envidiaba por ello? ¿Una de sus hermanas, tal vez, porque una de ellas estaba soltera y la otra divorciada? ¿Y cómo se sentían ellas en cualquier caso, ahora que el hijo pródigo había regresado?

Una posterior revisión de notas precedió al consumo de otro bocadillo, tras lo cual se fue a recorrer el tren para ver si había un coche restaurante. Aunque resultaba una idea descabellada en nuestra terrible época de búsqueda de rápidos beneficios, se moría de ganas de tomar un café. Luego volvió a su asiento y, tras renunciar definitivamente al café, se le ocurrió la idea de los fantasmas, pues la mansión familiar había sido lo que primero lo indujo a interesarse por aquel reportaje... ¿Y si la mansión familiar tenía fantasmas y eso era lo que había provocado la adicción a las drogas que había dado pie a la búsqueda de una cura que a su vez había conducido a...? Otra vez acababa en lo de la dichosa mujer, la sirena sudamericana, y la única razón por la que volvía a detenerse en ella era por los «caramba» y «jolines», así que lo mejor sería que regresara a casa y se olvidara del maldito asunto. Sin embargo, eso representaba enfrentarse a su madre y a Yaffa Shaw, y a quien quiera que fuera a suceder a Yaffa Shaw en la interminable procesión de mujeres con las que debía casarse y tener hijos.

No. En algún sitio había algo, el tipo de cosa que quería su jefe. Si tenía que escarbar más para encontrar algo jugoso, sacaría la pala y llegaría hasta China. No podía hacer otra cosa. No se resignaba al fracaso.

18 de octubre

*I*an Creswell estaba poniendo la mesa para dos cuando llegó su compañero. Había salido antes del trabajo, con la idea de una velada romántica en perspectiva. Había comprado una paletilla de cordero, que se asaba en el horno envuelta en una fragante capa de pan rallado aromatizado, y había preparado verdura y una ensalada. Tras descorchar el vino y disponer las copas, había trasladado frente al fuego dos sillones y la vieja mesa de juego de roble que normalmente estaban en la otra punta de la habitación. Dado que no hacía suficiente frío como para encender fuego, pese a que aquella casona siempre era bastante helada, encendió una hilera de velas que fijó a la rejilla de hierro forjado y después colocó otras dos más en la mesa. En ese momento oyó que se abría la puerta de la cocina y a continuación percibió el ruido que produjeron las llaves de Kaveh al chocar con el desportillado orinal de la repisa de la ventana. Poco después, sus pasos resonaron sobre las baldosas de la cocina. Ian sonrió al oír el chirrido de la vieja puerta de la estancia. Aquella noche no le tocaba cocinar a él, sino a Kaveh, y este acababa de descubrir la primera sorpresa.

—¿Ian?

Los pasos salieron de la zona de baldosas de pizarra para atravesar el vestíbulo.

—Por aquí —dijo Ian, que había dejado abierta la puerta del salón.

Kaveh se paró en el umbral. Desde allí posó la mirada en Ian, luego en la mesa con las velas y después en la chimenea con sus otras velas, para volver a detenerla en Ian. Luego la desplazó desde la cara de Ian hacia su ropa, demorándola en el lugar exacto que había deseado este. No obstante, tras un momento cargado con la clase de tensión que en otro tiempo los habría conducido directamente al dormitorio, Kaveh se expresó en otro sentido.

—Hoy he tenido que trabajar con los obreros, porque nos faltaba gente. Estoy sucio. Me voy a tener que lavar y cambiar.

Luego se alejó sin añadir nada más. Con ello Ian dedujo que su amante sabía lo que presagiaba el decorado que tenía ante sí y también infirió la dirección que iba a tomar, como de costumbre, la conversación que mantendrían. En otra época, aquella clase de mensaje velado de Kaveh habría bastado para bloquearlo, pero Ian resolvió que esa noche no iba a reaccionar así. Tres años de relación encubierta y uno a la vista del mundo le habían enseñado el valor que tenía vivir tal como deseaba hacerlo.

Kaveh tardó media hora en volver. Pese a que la carne llevaba diez minutos más de la cuenta en el horno y la verdura estaba a punto de convertirse en una decepción culinaria, Ian estaba resuelto a no tomarse como una afrenta la demora. Sirvió el vino —a cuarenta libras la botella, cosa que tampoco le importaba, dada la ocasión— y abarcó con el gesto las dos copas.

—Es un buen burdeos —dijo, cogiendo la suya.

Esperó a que Kaveh brindara con él. Creía que debía resultar evidente que esa era su intención, pues de lo contrario no habría estado allí parado con la copa en alto y una sonrisa expectante en la cara.

Como antes, Kaveh posó la vista en la mesa.

—¿Dos cubiertos? —inquirió—. ¿Te ha llamado o algo?

—Yo la llamé. —Ian bajó la copa.

—¿Y qué?

—Le pedí otra noche.

—¿Y ha querido colaborar?

—Pues sí. ¿No vas a tomar vino, Kaveh? Lo compré en Windermere, en esa tienda especializada donde estuvimos…

—Acabo de hablar con el viejo George. —Kaveh inclinó la cabeza en dirección a la carretera—. El condenado me ha pillado cuando venía. Otra vez se queja por lo de la calefacción. Dice que tiene derecho a la calefacción. Derecho, eso ha dicho.

—Tiene carbón de sobra. ¿Por qué no lo usa si hace demasiado frío en la casita?

—Dice que no quiere un fuego de carbón, que quiere calefacción central, y que, si no se la ponen, va a buscarse otro sitio.

—Vaya por Dios. Cuando vivía aquí, tampoco tenía calefacción.

—Entonces disponía de la casa. Supongo que lo veía como una compensación.

—Pues va a tener que aguantarse; si no, deberá buscarse otra granja que alquilar. De todas formas, ahora no quiero pasarme el rato hablando de las exigencias de George Cowley. La granja estaba en venta. Fuimos nosotros los que la compramos, y no él, y punto final.

—Tú la compraste.

—Un tecnicismo que pronto va a desaparecer, espero, cuando ya no se trate de mí ni de ti. Ni mío ni tuyo, ni tú ni yo, sino nosotros. —Ian cogió la otra copa y se la ofreció a Kaveh, que la aceptó tras una breve vacilación—. Ay, Jesús, cómo te deseo —dijo. Luego agregó, sonriendo—. ¿Quieres saber cuánto?

—Mmm. No. Dejemos que se acumule.

—Qué cabrón.

—Creía que así es como te gusta, Ian.

—Es la primera vez que sonríes desde que has entrado por esa puerta. ¿Has tenido un mal día?

—No, no —repuso Kaveh—. Es solo que había mucho trabajo y poca gente. ¿Y tú?

—No.

Luego bebieron, mirándose a los ojos. Kaveh volvió a sonreír. Ian se acercó a él y Kaveh retrocedió. Aunque trató de fingir que le había distraído la atención el brillo de los cubiertos o el centro de flores de la mesa, Ian no se dejó engañar. Lo que pensó enseguida fue lo que pensaría cualquier hombre que tiene catorce años más que su amante y que ha renunciado a todo para estar con él.

A los veintiocho años eran muchos los motivos que Kaveh podía esgrimir para explicar que no estaba preparado para sentar cabeza. Ian no estaba dispuesto a escucharlos, no obstante, porque sabía que solamente uno hacía honor a la verdad. Aquella verdad era una forma de hipocresía, y esa hipocresía había sido el eje central de todas las discusiones que habían mantenido durante aquel año.

—¿Sabes qué día es hoy? —preguntó Ian, volviendo a alzar la copa.

Kaveh asintió con expresión apesadumbrada.

—El día en que nos conocimos. Lo había olvidado. Será por todo el ajetreo que hay en Ireleth Hall, supongo. De todas formas… —Señaló la mesa, y Ian comprendió que no solo se refería a la decoración, sino a todo el esfuerzo que había invertido en la cena—. Cuando lo he visto, me he acordado. Me siento fatal, Ian. No te he traído nada.

—Bah, da igual —contestó el otro—. Lo que quiero está justo aquí y no tienes más que dármelo.

—Ya lo tienes, ¿no?

—Ya sabes a qué me refiero.

Kaveh se fue hasta la ventana y abrió un resquicio en la pesada cortina como si quisiera averiguar qué se había hecho de la luz del día, pero Ian sabía que estaba pensando lo que quería decir; la idea de que le dijera lo que él no quería oír le produjo unas reveladoras punzadas en la cabeza y un desfile de estrellas en el campo de visión. Cuando Kaveh tomó la palabra, pestañeó con fuerza tratando de disiparlas.

—El hecho de firmar en el registro civil no va a hacer más oficial nuestra relación.

—Eso es una gilipollez —replicó Ian—. Sí la hace oficial. La hace legal. Nos da una posición en la sociedad y, lo que es más importante aún, anuncia al mundo…

—Nosotros no necesitamos una posición. Ya la tenemos como individuos.

—Y lo que es más importante —repitió Ian—, anuncia al mundo…

—Sí, claro, de eso se trata —lo atajó con aspereza Kaveh—. Del mundo, Ian. Fíjate, el mundo, con todas las personas que hay en él.

Ian dejó la copa en la mesa, con cuidado. Sabía que debería ir a buscar la carne y cortarla, traer la verdura y servirla, sentarse, comer y prescindir del resto. Y después ir arriba y hacer el amor como se debía. Aquella noche, sin embargo, por más que se esforzó, no logró más que decirle a su pareja lo que ya le había dicho una docena de veces y que se había jurado no repetir esa noche.

—Me pediste que declarara públicamente mi homosexualidad y lo hice. Lo hice por ti, no por mí mismo, porque a mí me daba igual, y, aunque no hubiera sido así, había demasiadas personas implicadas y lo que hice… por ti… fue lo mismo que asestarles una puñalada en la garganta a ellos. Yo lo acepté porque era lo que tú querías y al final me di cuenta…

—Eso ya lo sé.

—Tú dijiste que tres años de disimulos eran ya demasiados. Me dijiste: «Esta noche tú decides». Me lo dijiste delante de ellos, Kaveh, y yo decidí delante de ellos. Después me fui, contigo. ¿Tienes idea de…?

—Por supuesto que sí. ¿Qué te crees, que soy de piedra? Me hago perfectamente cargo, Ian. Pero ahora no estamos hablando de vivir juntos, ¿no? Estamos hablando de casarnos, y en eso hay que pensar en mis padres.

—La gente se adapta —señaló Ian—. Es lo que tú me dijiste.

—La gente sí. La otra gente sí se adapta, pero no ellos. Ya hemos hablado de esto antes. En mi cultura…, su cultura…

—Ahora formáis parte de esta cultura. Tú y ellos.

—No es así de fácil. Uno no se va a un país extranjero, se toma una píldora mágica y de la noche a la mañana adopta todo un siste-

29

ma diferente de valores. Las cosas no funcionan así. Y al ser su único hijo…, su único hijo varón, además…, tengo que… Por Dios santo, Ian, todo eso ya lo sabes. ¿Por qué no te puedes conformar con lo que tenemos? ¿Contentarte con tal como están las cosas?

—Porque eso es una mentira. Tú no eres mi inquilino ni yo soy tu casero. ¿De veras crees que van a seguir creyéndoselo siempre?

—Creen lo que yo les digo —afirmó—. Yo vivo aquí y ellos allí. Esto funciona y va a seguir funcionando. Lo otro no lo van a entender. No hay necesidad de que lo sepan.

—¿Y por qué no? ¿Para que puedan seguir presentándote jovencitas iraníes idóneas para el matrimonio, recién salidas del barco o del avión, o de lo que sea, ansiosas por darles nietos a tus padres?

—Eso no va a pasar.

—Ya está pasando. ¿Cuántas te han hecho conocer hasta ahora? ¿Una docena? ¿Más? ¿Y en qué momento te vas dejar atrapar y te vas a casar porque no podrás seguir soportando la presión y empezarás a sentir con demasiada fuerza el peso de la obligación? ¿Y qué cabrá esperar entonces? Una vida aquí y otra en Mánchester, con ella allá…, quien sea…, esperando los niños, y yo aquí y… Por todos los santos, dime qué pinto yo aquí, ¿eh?

A Ian le dieron ganas de propinarle una patada a la mesa y mandar por los aires la vajilla y la cubertería. Consciente de la rabia que se acumulaba en su interior, como un presagio de tormenta, se dirigió al vestíbulo que comunicaba con la cocina para salir afuera.

—¿Adónde vas? —preguntó Kaveh, con un tono agudo.

—Afuera. Al lago. O a donde sea. No sé. Necesito salir.

—Vamos, Ian. No te pongas así. Lo que nosotros tenemos…

—No tenemos nada.

—No es verdad. Vuelve y te lo demostraré.

Ian sabía, con todo, adónde iría a parar aquella demostración, al mismo sitio de siempre, a un lugar que nada tenía que ver con el cambio al que él aspiraba. Salió de la casa sin volver la vista atrás.

De camino a Bryanbarrow
Cumbria

Tim Cresswell se repantingó en el asiento trasero del Volvo, tratando de no escuchar la voz de su hermanita, que una vez más rogaba a su madre que los dejara vivir con ella. «Por favor, por favor, sería superguay; por favor, mamá», repetía. Tim sabía que trataba de camelar a su madre haciéndole creer que se perdía algo sin la presencia constante de sus hijos. En realidad, por más que dijera Gracie, no iba a cambiar nada. Niamh Cresswell no tenía ninguna intención de permitir que vivieran con ella en Grange-over-Sands. Tenía algo más importante que hacer que asumir la responsabilidad que pudiera sentir por su progenie. Tim deseaba explicárselo a Gracie, pero en el fondo consideraba que no merecía la pena. A los diez años, era demasiado pequeña para comprender los efectos del orgullo, el odio y la venganza.

—A mí no me gusta nada la casa de papá —añadió Gracie, esperanzada—. Hay arañas por todos lados. Es oscura y todo cruje, y está llena de corrientes de aire y de rincones donde hay telarañas y bichos. Yo quiero vivir contigo, mamá. Timmy también quiere. —Se volvió en el asiento—. ¿A que tú también quieres vivir con mamá, Timmy?

«No me llames Timmy, imbécil», quiso replicar Tim a su hermana, pero era incapaz de enfadarse con ella cuando lo miraba con aquella confiada y cariñosa expresión. No obstante, a menudo le daban ganas de decirle que no tenía que ser tan blanda. El mundo era un pozo de inmundicias y no entendía cómo ella todavía no se había dado cuenta.

Tim advirtió que su madre lo miraba por el retrovisor, esperando la respuesta que iba a dar a su hermana. Con un gesto de desprecio, volvió la cara hacia la ventana, pensando que casi se podía perdonar a su padre por haber arrojado la bomba que destruyó sus vidas. Su madre era realmente un caso.

La condenada seguía actuando, incluso entonces, según su retorcida manera de ser, engañándolos sobre el motivo por el que volvían a la granja de Bryan Beck. Lo que ella no sabía era que él había cogido el teléfono de la cocina en el preciso momento en que ella había descolgado el del dormitorio y que había escuchado toda la conversación: la voz de su padre preguntándole si no le importaba quedarse los niños una noche más y la de su madre aceptando. Lo raro era que había aceptado sin reparos, pero su padre no se había olido nada. Tim, en cambio, sí pensó que estaría tramando algo, y por eso no le extrañó que su madre saliera del dormitorio al cabo de diez minutos vestida de punta en blanco y les dijera alegremente que hicieran el equipaje porque su padre había llamado, y él y Gracie tenían que volver esa tarde a la granja más temprano de lo habitual.

—Os tiene preparado algo —explicó—, aunque no me ha dicho qué era. Así que tenéis que estar listos, rápido.

Cuando se fue a buscar las llaves del coche, Tim lamentó no haberlas escondido. No por él, sino por Gracie. Ella se merecía pasar otra noche con su madre si eso es lo que quería.

31

—Fíjate, ni siquiera hay suficiente agua caliente para bañarse como Dios manda, mamá —seguía arguyendo entonces—. Y además el agua se sale afuera y es marrón y repugnante, no como en tu casa, donde puedo hacer espuma. A mí me gusta mucho la espuma. Mamá, ¿por qué no podemos vivir contigo?

—Lo sabes muy bien —contestó por fin Niamh Cresswell.

—No, no lo sé —replicó Gracie—. La mayoría de los niños viven con sus madres cuando sus padres se divorcian. Viven con sus madres y van a ver a sus padres. Y tú, de todas maneras, tienes habitaciones para nosotros.

—Gracie, si tienes tantas ganas de conocer los detalles de la situación, puedes preguntarle a tu padre por qué la cosa es diferente en vuestro caso.

Sí, claro, pensó Tim. Como si su padre fuera a explicarle a Gracie los motivos por los que vivían en una asquerosa granja, en una asquerosa casa situada en el extremo de un asqueroso pueblo donde no había nada que hacer las noches del sábado ni las tardes del domingo, aparte de oler mierda de vaca, escuchar a los corderos o —y eso teniendo mucha suerte— sacar a los patos del pueblo de su horrendo cercado con caseta y perseguirlos hasta el riachuelo del otro lado del camino. Bryanbarrow era un rincón apartado del mundo, pero resultaba perfecto para la nueva vida de su padre. Gracie no entendía aquella vida, ni tampoco nadie lo pretendía. Querían que ella creyera que tenían un inquilino. «Lo curioso, Gracie, es que solo hay uno, y cuando tú te has acostado, ¿dónde crees que duerme él, en qué cama? ¿Y qué crees que hacen allí dentro cuando la puerta está cerrada?»

Tim la emprendió contra el dorso de su mano. Se clavó las uñas hasta que la piel cedió y se formaron diminutos arcos de gotitas de sangre. Sabía que tenía cara de póquer, porque había perfeccionado aquella expresión con la que daba a entender que no ocurría absolutamente nada en su cabeza. Gracias a ella, a la laceración que infligía a sus manos y a la apariencia general que adoptaba podía mantenerse donde quería estar, bien alejado de la otra gente y de todo lo demás. Con sus esfuerzos había logrado incluso que lo sacaran del instituto de la zona. Ahora iba a un colegio especial situado cerca de Ulverston, que quedaba a muchos kilómetros de la casa de su padre —lo cual servía para causarle un alucinante inconveniente todos los días, por supuesto— y también a muchos kilómetros de la de su madre, cosa que le convenía perfectamente porque, allí en las proximidades de Ulverston, nadie estaba enterado de lo que había ocurrido en su vida.

32

Tim observaba en silencio el huidizo paisaje. El trayecto desde Grange-over-Sands a la granja de su padre los trasladaba hacia el norte en medio de la menguante luz, a través del valle de Lyth. La campiña era un mosaico de colores: impregnados del verde de los tréboles y esmeraldas, los potreros y pastos se sucedían como una ola, hasta interrumpirse a lo lejos en la falda de las colinas. Las aglomeraciones de piedras bordeaban los grandes afloramientos de pizarra y piedra caliza de las cumbres. Entre los pastos y las colinas se alzaban bosquecillos de alisos, teñidos de amarillo otoñal, y robles y arces revestidos de rojo y de oro. Aquí y allá surgían los edificios de las distintas granjas, con sus abultados establos de piedra y casas con fachadas cubiertas de pizarra de cuyas chimeneas ascendían columnas de humo.

Unos kilómetros más allá, el valle de Lyth se fue estrechando. El paisaje quedó dominado por los bosques, y la carretera comenzó a serpentear entre muros de piedra, flanqueada de acumulaciones de hojas. Entonces empezó a llover, aunque ¿cuándo no llovía en aquella parte del mundo? Era conocida por su lluvia, propicia para el mantenimiento de la densa capa de musgo que crecía en las piedras de las paredes, los helechos que despuntaban entre las grietas y los líquenes adheridos al suelo y la corteza de los árboles.

33

—Está lloviendo —dijo innecesariamente Gracie—. Detesto esa vieja casa cuando llueve, mamá. ¿Tú no, Timmy? Es horrible, siempre oscura, húmeda, horripilante y horrible.

Nadie contestó. Gracie inclinó la cabeza. Su madre se desvió por el camino que los llevaría hasta Bryanbarrow, casi como si la niña no hubiera hablado.

La carretera, estrecha, ascendía zigzagueando entre bosques de castaños y abedules. Primero pasaron junto a la granja de Lower Beck y un campo abandonado invadido por los helechos; después bordearon el riachuelo de Bryan Beck y, tras cruzarlo dos veces, subieron un poco más y por fin giraron en las proximidades del pueblo, una mera intersección de cuatro caminos con una zona verde central, que quedaba un poco más abajo. El hecho de disponer de un bar, una escuela primaria, un ayuntamiento, una capilla metodista y una iglesia anglicana lo convertía en una especie de lugar de encuentro, aunque solo fuera por las tardes y las mañanas del domingo, e incluso entonces quienes allí acudían lo hacían para rezar o para beber.

Gracie se puso a llorar cuando pasaron el puente de piedra.

—Mamá, detesto este sitio. Mamá, por favor.

Su madre no dijo nada, tal como preveía Tim. En todo aquello había en juego ciertos sentimientos, que no eran precisamente los de

Tim y Gracie Cresswell. Así era y así iba a ser, cuando menos hasta que Niamh pasara a mejor vida o acabara, simplemente, renunciando, una de dos. Tim se preguntaba qué ocurriría primero. El odio podía llegar a matar a una persona, por lo visto, aunque pensándolo bien, el odio aún no lo había matado a él, de modo que quizá tampoco mataría a su madre.

A diferencia de la mayoría de las granjas de Cumbria, que se mantenían a cierta distancia de los pueblos y aldeas, Bryan Beck se encontraba justo en el extremo del pueblo. La conformaban una antigua casa solariega de estilo isabelino, un establo de la misma época y una casa de campo aún más antigua. Enfrente se sucedían los prados de la propiedad, que servían de pasto a las ovejas, aunque estas no eran del padre de Tim, sino de un ganadero que le alquilaba las tierras. Al padre de Tim le gustaba decir que los animales conferían «un aire de autenticidad» a la granja, acorde con «la tradición de la región de los Lagos», aunque él no lo entendía muy bien. Ian Cresswell no era ganadero y, según la opinión personal de Tim, aquellos corderos idiotas estaban mucho más seguros manteniéndose a distancia de él.

Cuando Niamh detuvo el coche, Gracie estaba en plena sesión de lloriqueos. Al parecer creía que si lloraba bien fuerte, su madre daría media vuelta y los volvería a llevar a Grange-over-Sands en lugar de hacer lo que tenía planeado: dejarlos allí para incordiar a su padre y después irse a Milnthorpe para follar con el memo de su novio en la cocina de su deplorable local de venta de comida china.

—¡Mamá! ¡Mamá! —sollozó Gracie—. Si ni siquiera tiene el coche aquí. Me da miedo ir adentro si no está su coche, porque entonces es que no está en casa y…

—Gracie, para ahora mismo —le espetó Niamh—. Te estás comportando como una niña de dos años. Ha ido a la tienda, eso es todo. Hay luz en la casa y el otro coche sí está, o sea, que vosotros mismos podéis deducir quién está dentro.

No quiso pronunciar el nombre, por supuesto. Podría haber añadido «el inquilino de vuestro padre está en casa», con ese horrible énfasis, pero aquello habría equivalido a reconocer la existencia de Kaveh Mehran, cosa que no tenía intención de hacer.

—Timothy —dijo con contundencia, inclinando la cabeza hacia la casa.

Con eso le dio a entender que era él quien debía sacar a Gracie del coche y arrastrarla hasta la puerta, porque ella no pensaba hacerlo.

Abrió la puerta de un empujón y, después de lanzar su mochila por encima de la pared de piedra del jardín, abrió la de su hermana.

—Sal —le ordenó, agarrándola de brazo.

—¡No! ¡No voy a salir! —chilló ella, dando puntapiés.

—No montes un escándalo —le dijo Niamh mientras le desabrochaba el cinturón—. Todo el pueblo va a pensar que te estoy matando.

—¡Me da igual! ¡Me da igual! —sollozó Gracie—. Yo quiero irme contigo. ¡Mamá!

—Ah, por el amor de Dios.

Entonces Niamh se bajó también del coche, pero no para ayudar a Tim a sujetar a su hermana. En lugar de ello, agarró la mochila de Gracie, la abrió y la arrojó por encima de la pared. Al menos aterrizó encima de la cama elástica de la niña; su contenido se desparramó bajo la lluvia. Entre otros objetos, la muñeca preferida de Gracie, que no era una de esas horrendas y deformes mujeres de fantasía con pies colocados en posición de llevar tacones y con tiesos pechos sin pezones, sino una representación de una niña tan realista que el hecho de tirarla y hacerla ir a parar de cabeza en el medio de una cama elástica debería haber sido considerado como un acto de maltrato infantil.

Gracie soltó un chillido y Tim miró con dureza a su madre.

—¿Qué querías que hiciera? —le replicó esta—. Si no quieres que se estropee —advirtió a Gracie—, más vale que vayas a recogerla.

Gracie se bajó del coche en un abrir y cerrar de ojos. Luego entró en el jardín, se subió al trampolín y cogió en brazos a su muñeca, todavía llorando, aunque entonces sus lágrimas se mezclaban con gotas de lluvia.

—Tampoco son maneras —reprochó Tim a su madre.

—Eso díselo a tu padre.

Esa era la respuesta que le daba siempre a todo. «Eso díselo a tu padre», como si él y lo que era fueran una excusa para todas las cosas horribles que ella pudiera hacer.

Tim dio un portazo y se alejó. Al entrar en el jardín oyó que el Volvo se ponía en marcha, con su madre dentro. Le importaba bien poco adónde se dirigía. Por él podía follarse a todos los perdularios que quisiera.

Gracie permanecía sentada en la cama elástica, dando alaridos. Si no hubiera llovido, se habría puesto a saltar encima hasta quedar agotada, porque eso era lo que hacía todos los días sin falta, al igual que él hacía lo que hacía, sin descuidar tampoco un día.

Después de recoger su mochila, estuvo mirándola un momento. Era una pesada, desde luego, pero no se merecía lo que le acababa de hacer su madre. Se acercó al trampolín y le cogió la mochila.

35

—Vamos adentro, Gracie —le dijo.

—No, no pienso entrar —contestó ella.

Apretó la muñeca contra su pecho, lo cual hizo que Tim se sintiera mal. No se acordaba del nombre de la muñeca.

—Mira —propuso—, yo cazaré las arañas y limpiaré las telarañas. Podrás poner a…, ¿cómo se llama?…, en su cuna…

—*Bella*. Se llama *Bella* —respondió Gracie con un hipido.

—Bueno. *Bella*, se llama *Bella*. Puedes ponerla en su cuna y yo… te cepillaré el pelo, ¿de acuerdo? Tal como te gusta a ti. Te peinaré tal como te gusta.

Gracie alzó la vista y se frotó los ojos con el brazo. Su cabello, que constituía un inagotable motivo de orgullo para ella, se estaba mojando y pronto quedaría encrespado e incontrolable. Se tocó una larga y exuberante mecha.

—¿Me harás trenzas de raíz? —preguntó con tanto optimismo que él no tuvo el valor de negarse.

—De acuerdo —aceptó con un suspiro—, pero tienes que venir ahora mismo.

—Vale.

Fue rápidamente al borde de la cama elástica y le entregó a *Bella*. Él la metió de cabeza en la mochila de Gracie y se fue con ambas hacia la casa. La niña lo siguió arrastrando los pies por la grava del camino del jardín.

Una vez en el interior de la casa, todo apareció transformado. Entraron por el lado este de la casa, por la cocina encima de cuyos primitivos fogones de carbón reposaba una especie de asado cuyo jugo se iba solidificando en la cazuela. En el cazo de al lado había unas coles de Bruselas frías. Una lechuga lavada se marchitaba en el escurridero. Tim y Gracie no habían cenado, y, a juzgar por el aspecto de la cocina, su padre tampoco.

—¿Ian?

Tim notó que algo se endurecía en su interior al oír la voz de Kaveh Mehran. Sonaba cautelosa, algo tensa tal vez.

—No, somos nosotros —contestó con aspereza Tim.

—¿Timothy? ¿Gracie? —inquirió Kaveh al cabo de un momento, como si fuera otro que imitaba su voz. Luego en el salón sonó un ruido, como si arrastraran algo encima de las losas del suelo y lo pusieran encima de la alfombra—. Qué desastre —señaló con desconsuelo.

Tim vivió un momento de alborozo al comprender que seguramente se habían peleado… Habría sido maravilloso ver como su padre y Kaveh se lanzaban uno contra la yugular del otro, y dejaban salpicaduras de sangre por todas partes. Pasó al salón, seguido de Gracie.

Tim se llevó una decepción al ver que todo estaba como debía. No había muebles volcados, ni sangre ni tripas. El ruido lo había hecho Kaveh arrastrando la pesada mesa de juego desde la chimenea a su lugar habitual. No obstante, se le veía deprimido. Eso bastó para que Gracie se olvidara de que ella misma era un guiñapo emocional y se fuera corriendo hacia él.

—Ay, Kaveh —gritó—. ¿Te pasa algo?

Entonces el hijo de puta se dejó caer en el sofá, sacudió la cabeza y hundió la cara entre las manos. Gracie se sentó a su lado y le puso el brazo encima del hombro.

—¿No me lo vas a contar? —preguntó—. Cuéntamelo, por favor, Kaveh.

Él guardó silencio.

Estaba claro, pensó Tim, que habían tenido alguna discusión y que su padre se había ido enfadado. Perfecto, se felicitó. Ojalá estuvieran sufriendo los dos. Si su padre se tiraba por el acantilado, se iba a alegrar.

—¿Le ha pasado algo a tu mamá? —siguió preguntando Gracie, e incluso alisó el grasiento pelo de aquel tío—. ¿Le ha pasado algo a tu padre? ¿Te traigo una taza de té, Kaveh? ¿Te duele la cabeza? ¿Tienes dolor de barriga?

Estupendo, se felicitó Tim; Gracie ya estaba ocupada. Se olvidaría de sus propias penas haciendo de enfermera. Dejó su mochila junto a la puerta y se encaminó a la otra, que comunicaba con una pequeña sala redonda. De allí partía la desgastada escalera por la que se subía al primer piso.

Su ordenador portátil reposaba sobre una desvencijada mesa debajo de la ventana de su dormitorio, que daba al jardín de delante y a la plaza del pueblo. Ya había oscurecido casi del todo y llovía a cántaros. Se había levantado un viento que amontonaba las hojas de los arces bajo los bancos de la plaza y las hacía volar en desorden a ras del suelo. En las casas adosadas del otro lado de la plaza había luz. Tim vio moverse a alguien detrás de un visillo de la destartalada casita donde George Cowley vivía con su hijo. Estuvo mirando un momento. Le pareció como si el hombre y su hijo estuvieran conversando, pero enseguida centró la atención en el ordenador.

Encendió el aparato. La conexión era lenta. Era como estar esperando a que se congelara el agua. Desde abajo le llegó el murmullo de la voz de Gracie y el sonido del equipo de música. Debía de haber pensado que la música le subiría el ánimo a Kaveh. Él no lo entendía, la verdad, porque para él la música era una pesadez.

Por fin. Entró en su cuenta de correo y miró si había mensajes. Estaba pendiente de uno en especial. Había estado esperando ansiosamente para ver cómo se desarrollaban las cosas, pero no había tenido modo de consultarlo desde el ordenador de su madre.

Toy4You había enviado por fin la propuesta que Tim buscaba. Después de leerla, permaneció un rato pensativo. Lo que le pedía no era mucho a cambio de lo que él esperaba conseguir, así que escribió el mensaje que había estado esperando poder enviar durante todas aquellas semanas en que le había ido siguiendo la corriente al tal Toy4You: «Sí, pero si lo hago, necesito algo a cambio».

Cuando pulsó el botón de enviar, esbozó una sonrisa. Sabía perfectamente lo que quería para compensar el favor que le acababan de pedir.

Lago Windermere
Cumbria

Ian Cresswell ya se había calmado antes de llegar al lago, dado que el trayecto en coche le había llevado un rato. No obstante, aunque la ira se había aplacado, aún seguían presentes ciertos sentimientos, como la sensación de verse traicionado.

38

A él ya no le servía aquello de que «Nuestras situaciones son distintas». Al principio se había conformado con eso. Estaba tan embobado con Kaveh que apenas se había dado cuenta de que no hacía lo que le pedía. Le había bastado con abandonar la casa en compañía de Kaveh Mehran. Le había bastado con dejar a su esposa y a sus hijos para poder ser por fin lo que era, sin necesidad de ocultarse, tal como se decía a sí mismo, y Kaveh y a sus hijos. Se habían acabado las idas furtivas a Lancaster, los magreos anónimos y los polvos con desconocidos para sentir el momentáneo alivio de participar en un acto que al menos entonces no vivía como una angustiosa obligación. Llevaba años haciendo eso, convencido de que era más importante proteger a los demás que a sí mismo; ahora sabía que debía ser él mismo. Así se lo había enseñado Kaveh. «O ellos, o yo», le había advertido antes de llamar a la puerta y entrar en la casa. Le había dicho: «¿Se lo cuentas tú, o se lo cuento yo, Ian?». Y en lugar de contestarle «¿Quién demonios es usted y qué hace aquí?», Ian había reaccionado declarando su homosexualidad y después se había marchado, dejando a Niamh la tarea de dar alguna explicación más a los niños, si quería. Ahora se preguntaba qué diablos le había pasado, qué especie de locura se había adueñado de él; tal vez había actuado bajo el efecto de alguna especie de trastorno mental.

No era que ya no amara a Kaveh Mehran y no siguiera deseándolo con una intensidad casi obsesiva, sino que no había parado de plantearse lo que supondría para todos, y no dejaba de darle vueltas a que Kaveh no hiciera por Ian lo mismo que este había hecho por él.

Desde el punto de vista de Ian, para Kaveh era mucho más sencillo y mucho menos devastador hacer pública su homosexualidad. Comprendía que los padres de Kaveh eran extranjeros, pero eso solo afectaba a su cultura y su religión. Llevaban más de una década viviendo en Mánchester, de modo que no se podía afirmar que estuvieran perdidos en un mar étnico del que no entendían nada. Hacía más de un año que él y Kaveh vivían juntos. Ya iba siendo hora de que dijera la verdad y reconociera lo que representaban el uno para el otro. Parecía mentira que no entendiera algo tan simple y no quisiera hablar con sus padres… Aquello le hacía rebullir de ira.

Necesitaba deshacerse de esa sensación, pues no le ayudaba en nada.

Cuando llegó, las puertas de Ireleth Hall estaban abiertas. Supuso que tenían visita. Como no quería ver a nadie, en lugar de dirigirse a la mansión medieval que se elevaba por encima del lago, tomó una carretera lateral que conducía directamente al agua y al cobertizo de piedra para barcas construido en la orilla.

Allí guardaba su barca, un elegante *scull* hondo al que resultaba difícil saltar desde el embarcadero de piedra que rodeaba los tres lados del oscuro interior del cobertizo. La dificultad era mayor en ese momento por la falta de iluminación del recinto. Por lo general, la luz que llegaba por la abertura del lado del agua era suficiente, pero el día había estado nublado y además empezaba a anochecer. Pero Ian no estaba dispuesto a renunciar por tal obstáculo: necesitaba adentrarse en el lago, hundir los remos en el agua, incrementar la velocidad y poner a prueba sus músculos, hasta quedar bañado en sudor y haber reducido su grado de conciencia al del mero esfuerzo físico.

Desató la cuerda de amarre y mantuvo la barca junto al borde del embarcadero. Cerca de la entrada del cobertizo, por el lado del lago, había tres escalones de piedra, pero sabía por experiencia que eran traicioneros. Como estaban dentro del agua habían aparecido algas. Además, nadie los había limpiado desde hacía años. Ian podría haberse encargado de ello, pero solo se acordaba cuando usaba la barca, y cuando la utilizaba, solía hacerlo impelido por una urgente necesidad.

Aquella tarde también actuaba con el mismo apremio. Con la cuerda de amarre en una mano y la otra en la barca para estabilizarla, bajó con cuidado a la embarcación, equilibrando el peso para evi-

39

tar que volcara. Luego se sentó, enrolló la cuerda y la dejó en la proa. Encajó los pies en las peanas y se alejó del embarcadero. Como la barca miraba hacia afuera, no le costó pasar bajo la arcada y salir al lago.

La lluvia, que había empezado a caer durante el trayecto a Ireleth Hall, se había intensificado. En otras circunstancias no habría continuado, pero necesitaba relajarse. De todos modos, tampoco llovía tanto. Además, no tenía intención de quedarse mucho rato, justo el tiempo necesario para surcar a toda velocidad el agua en dirección norte, la de Windermere. Cuando estuviera empapado en sudor, volvería al embarcadero.

Fijó los remos en las chavetas de sujeción rectangulares. Ajustó los guiones. Movió las piernas para comprobar que el asiento se deslizaba bien sobre las guías y luego se puso en marcha. Al cabo de menos de diez segundos, se había distanciado ya del embarcadero y se dirigía al centro del lago.

Desde allí se veía la mole de Ireleth Hall, con su torre, sus hastiales y las múltiples chimeneas, testigos de sus siglos de historia. Había luz en los ventanales del salón y en el dormitorio del primer piso, el de los propietarios. En el ala sur del edificio, los enormes setos tallados erguían sus oscuras formas geométricas por encima de las paredes de piedra que cercaban el jardín; unos cien metros más allá, a recaudo de la vista de Ireleth, otras luces destacaban en las ventanas de las distintas plantas de otra torre, idéntica a la que constituyó la parte inicial de Ireleth Hall, pero que en aquel caso no pasaba de ser una suerte de delirio de grandeza que pretendía imitar las austeras torres de defensa cuadradas propias de Cumbria. Allí se alojaba una de las mujeres más inútiles que Ian Cresswell había conocido nunca.

Volvió la espalda a la mansión, la torre y el jardín, a la casa solariega de su tío, un hombre al que amaba pero al que no comprendía.

—Yo te acepto y tú también me tienes que aceptar —le había dicho Bernard Fairclough—. En esta vida, todos tenemos que adaptarnos.

No obstante, Ian tenía sus dudas al respecto y se planteaba si no habría una deuda que pagar, aunque no se especificara a quién. Otra preocupación que le empujaba a seguir remando por el agua.

El lago no era un lugar solitario. Era el más extenso de toda Cumbria y en sus orillas albergaba unas cuantas ciudades pequeñas y pueblos. En las zonas despejadas destacaba alguna que otra casa de fachada de pizarra, antiguas granjas reconvertidas en hoteles caros. También había algunas casas particulares, que solían pertenecer a individuos de buena posición, gente con el dinero suficiente para vivir en más de un sitio. Y es que cuando el otoño daba paso al invierno, los lagos resultaban inhóspitos para quienes no quisieran soportar el viento y la nieve.

Así pues, Ian no tenía la sensación de hallarse aislado en el agua. Aunque era el único que remaba en ese momento, en la orilla percibía la confortante presencia de las embarcaciones que utilizaban los miembros de un club local, así como las barcas, kayaks, canoas y *sculls* de los habitantes de la zona, que aún no habían retirado del agua en previsión del invierno.

No habría sabido precisar cuánto rato había estado remando. No podía haber sido mucho, pensó, porque no parecía que hubiera recorrido una gran distancia. Aún no había pasado por delante del hotel Beech Hill, desde donde se distinguía claramente el perfil de Belle Isle. Ese punto solía marcarle que había llegado a la mitad de su recorrido. Sin embargo, aquel día se sentía más cansado de lo habitual; sus músculos, casi exhaustos, le indicaban que era hora de volver a casa.

Se quedó quieto un momento. Hasta su oído llegaba el ruido del tráfico de la A592, que bordeaba la orilla oriental del lago, pero, aparte del golpeteo de la lluvia en el agua y en su cazadora, todo estaba en silencio. Los pájaros se habían ido a dormir y todas las personas sensatas se encontraban recogidas en su casa.

Ian respiró hondo. Sintió un escalofrío. Irónico, pensó que tal vez 41 fuera alguien que caminaba sobre su tumba. Aunque lo más probable era que fuera por el tiempo. Incluso a través de la lluvia, captaba el olor al humo de leña que salía de alguna chimenea cercana. Se imaginó un fuego acogedor, delante del cual él estiraría las piernas, al lado de Kaveh. Sentados en un sillón parecido, sosteniendo una copa de vino parecida, conversarían con desgana, tal como lo hacen millones de parejas en millones de hogares en todo el mundo.

Eso era lo que él quería, se dijo. Eso y la paz que procuraba. No era demasiado pedir: solo una vida que discurriera igual que las demás.

Transcurrieron varios minutos. Con los ruidos amortiguados, Ian descansaba en la barca mecida al ritmo del agua. De no haber sido por la lluvia, se habría quedado amodorrado, pero en aquellas condiciones, cada vez estaba más mojado. Lo mejor sería volver al embarcadero.

Calculó que debía de llevar más de una hora en el agua. En cualquier caso, ya era noche cerrada cuando se aproximó a la costa. Los árboles habían quedado reducidos a meras formas en el paisaje: angulosas coníferas sólidas como menhires, abedules de más imprecisos contornos recortados contra el cielo y, entre medio, los arces de palmeadas hojas que temblaban aporreadas por la lluvia. Un sendero conducía al cobertizo de las barcas, una edificación que resultaba de lo más extravagante vista desde el agua. A pesar del clima y de la oscuridad, se percibía como una almenada mole de pizarra y piedra caliza, y el dintel de su entrada se elevaba con un arco gótico más adecuado para un iglesia que para un cobertizo de barcas.

La bombilla que había encima del arco se había fundido. De lo contrario ya se habría encendido para iluminar el exterior del embarcadero, aunque apenas alcanzara a proyectar alguna luz en el interior del edificio. Lo cierto era que, en el sitio donde debería haber destacado un amarillento resplandor, donde, en los días cálidos, se concentraban las polillas, no había nada. Otra reparación pendiente que había que sumar a lo de las algas de los escalones.

Encaró la barca hacia la entrada y se deslizó hacia el interior. Como el embarcadero se encontraba lejos de la casa principal y también de la aberrante torre, ningún atisbo de luz mitigaba la oscuridad. Había otras tres embarcaciones guardadas allí: una barca de pesca bastante usada, una motora y una vieja canoa que apenas servía ya para nada. Las tres permanecían amarradas de cualquier manera en la parte delantera derecha del muelle. Para volver a la parte posterior, donde solía atracar el *scull*, había que sortearlas. Avanzó a tientas, aunque se pilló la mano entre la madera de la barca y la fibra de vidrio de la embarcación y se raspó los nudillos.

Lo mismo le ocurrió al topar con la piedra del embarcadero. Aquella vez le salió sangre.

—Maldita sea —soltó, apretándose un instante la mano contra el costado. Debía tener más cuidado.

En el coche tenía una linterna. Bravo, se felicitó, sarcástico, por haberla dejado allí, donde no serviría para nada. Con cuidado, buscó a tientas el muelle y palpó hasta localizar la cornamusa para atar la barca. Por lo menos era capaz de hacer el nudo igual de bien con luz que a oscuras, con lluvia que con sol. Una vez sujeta la cuerda, sacó los pies de las peanas. Después basculó el peso y alargó las manos para auparse hasta el embarcadero.

Sucedió en el preciso momento en que el peso de su cuerpo se apoyaba en una sola piedra del muelle y él formaba un arco encima del agua, despegado ya del casco del *scull*. La piedra que debía haber acogido su peso, y que al parecer llevaba demasiado tiempo allí para seguir sirviendo de soporte, se desprendió. Ian cayó hacia delante y el *scull*, atado tan solo por la proa, se fue hacia atrás.

Se precipitó en aquellas frías aguas. Antes, sin embargo, se golpeó la cabeza contra la pizarra con la que hacía mucho habían construido el embarcadero. Se zambulló en el agua, inconsciente. Al cabo de unos minutos, estaba muerto.

25 de octubre

Wandsworth
Londres

*F*uncionaban igual que venían haciéndolo desde el principio. Ella le transmitía alguna señal y él acudía a su encuentro. A veces era una media sonrisa, una extensión de labios tan breve que cualquiera que ignorase su significado no habría reparado siquiera en ella. A veces eran las palabras «¿esta noche?» murmuradas cuando se cruzaban en un pasillo. Otras, ella le decía algo sin tapujos si, por ejemplo, se encontraban en el ascensor o en el comedor, o si coincidían por casualidad al llegar al aparcamiento subterráneo por la mañana. En cualquier caso, él esperaba a que ella lo avisara. Aunque no le gustaba, no tenía elección. Ella jamás acudiría a su casa, e, incluso en el supuesto de que así quisiera hacerlo, ella era su superior y a él le correspondía obedecerla. Las cosas eran así.

Solo en una ocasión había planteado que ella fuera a su casa, cuando empezaron a verse. Había pensado que tal vez habría significado algo el que pasara la noche con él en Belgravia, como si su relación hubiera superado cierta fase, pese a que no estaba muy seguro de si era eso lo que quería. Ella le había contestado con firmeza, con aquella manera que tenía de dejar las cosas tan diáfanas que no había margen de discusión posible: «Eso no ocurrirá nunca, Thomas». Solo con eso de llamarlo Thomas en lugar de Tommy, que era como lo llamaban todos sus amigos y colegas, había dicho mucho más que toda aquella otra verdad, más dilatada, que sabía que nunca le iba a decir: la casa de Eton Terrace todavía conservaba el olor de su esposa asesinada, y ocho meses después de que esta muriera en las escaleras de entrada del edificio, él no había sido capaz de introducir la menor modificación. No era tan tonto como para no darse cuenta de que existían escasas posibilidades de que alguna mujer se acostara en su cama mientras la ropa de Helen siguiera colgada en el armario, sus perfumes continuaran expuestos encima del tocador y su cepillo siguiera conservando prendidas unas cuantas hebras de su pelo. Hasta no haber erradicado la presencia de Helen de la casa, no podía esperar compartirla con alguien, ni siquiera por una noche. En ese sentido se encontraba, pues, atrapado, y, cuando Isabelle decía aquellas palabras —«¿esta noche?»—, se desplazaba hasta su domicilio, atraído por una fuerza que era a la vez una necesidad física y una forma de acceder, aun de manera breve, al olvido.

Esa noche también fue así. Por la tarde habían tenido una reunión con el jefe de la Comisión Independiente de Reclamaciones a la Policía por la reclamación que había presentado el verano anterior un abogado en nombre de su cliente, una paranoica esquizofrénica que se había metido a pie en el tráfico de una calle de Londres mientras la policía perseguía a un delincuente. La mujer reclamaba una compensación económica por las lesiones internas y fractura craneal subsiguientes, y el abogado no estaba dispuesto a cejar. La comisión investigaba el asunto, lo cual exigía una reunión tras otra, en las que todos los implicados expresaban su punto de vista, donde se analizaban las secuencias grabadas por las cámaras de seguridad, se interrogaba a los testigos, mientras todos los periódicos sensacionalistas de Londres aguardaban ansiosos por hacerse con la historia para huir corriendo con ella tan pronto como la comisión tomara una decisión de culpabilidad, inocencia, infracción, accidente, circunstancias involuntarias o lo que fuera. La reunión había sido tensa. Al terminar, él se sentía igual de nervioso que Isabelle.

Mientras recorrían los pasillos de vuelta a sus oficinas de Victoria Block, le había dicho: «Querría acostarme contigo esta noche, Thomas, si te quedan energías. Cena y un polvo. Unos bistecs exquisitos, un vino excelente, unas sábanas limpísimas…, no de algodón egipcio, como deben de ser las tuyas, pero, eso sí, recién cambiadas».

Después había venido la sonrisa y algo en sus ojos que aún no había sido capaz de interpretar, aunque ya habían pasado tres meses desde de que se habían acostado por primera vez, en el impersonal dormitorio de su sótano. No era que no la deseara, desde luego. En esos momentos podía creer que él la dominaba, pero lo cierto era que ella era la que llevaba el timón.

Habían llegado a un sencillo acuerdo. Ella se iría de tiendas y él podía, o bien ir directamente a su apartamento y entrar con su llave, o bien ir antes a su casa con alguno u otro pretexto y matar el tiempo hasta el momento de ir hasta aquella tétrica calle situada a medio camino entre la cárcel de Wandsworth y el cementerio. Él eligió la segunda posibilidad, pues le daba cierta sensación de independencia.

Para fortalecer tal ilusión, se demoraba en los preparativos: leer los mensajes de correo electrónico, ducharse y afeitarse, responder a la llamada telefónica de su madre, que quería consultarle algo relacionado con los canalones del lado oeste de la casa de Cornualles. ¿Debían cambiarlos o repararlos, qué le parecía a él? «Pronto va a llegar el invierno, cariño, y como entonces va a llover más fuerte...» Era un pretexto para llamar. Quería saber cómo estaba, pero no le gustaba preguntárselo directamente. Sabía de sobra que había que reparar los canalones, que no podía cambiarlos, porque era un edificio de interés histórico. Lo más seguro era que se cayeran a trozos antes de que recibieran permiso para arreglarlo. Hablaron un poco de la familia. ¿Qué tal estaba su hermano? Se interesó, usando la fórmula codificada que sustituía a la pregunta «¿Todavía resiste sin recaer en la cocaína, la heroína, o cualquier otra sustancia con la que podría evadirse de la realidad?». La respuesta fue: «Estupendamente, cariño»; en realidad eso equivalía a: «Lo estoy vigilando, como siempre, y no hay de qué preocuparse». Preguntar cómo estaba su hermana significaba si Judith había renunciado a la idea de perpetuar su estado de viudedad. Que le respondiera que estaba «ocupadísima» había que interpretarlo como «No tiene ninguna intención de arriesgarse a pasar por otro espantoso matrimonio, puedes estar seguro». La conversación prosiguió por dichos cauces hasta que hubieron agotado todos los temas. Entonces su madre dijo: «Espero que vengas por Navidad, Tommy». Él se lo prometió.

Después, como no había nada más que lo retuviera en Belgravia, se fue hasta el río y desde allí siguió hacia Wandsworth Bridge. Llegó a la casa donde vivía Isabelle justo después de las siete y media. Aunque aparcar era cosa de locos en la zona, tuvo la suerte de que se marchara una furgoneta unos treinta metros más allá.

Al llegar frente a la puerta, sacó la llave del bolsillo. La había introducido en la cerradura y ya estaba empujando la puerta cuando ella la abrió desde dentro y se apresuró a salir al descansillo de las escaleras que bajaban desde el nivel de la calle. Luego cerró la puerta a su espalda.

—Esta noche no voy a poder. Ha surgido algo. Te habría llamado al móvil, pero no he podido. Lo siento.

Sin dar crédito, se puso a mirar como un bobo las planchas de madera de la puerta.

—¿Quién hay dentro? —preguntó.

Resultaba evidente que había alguien. Otro hombre, dedujo, y en eso acertó, aunque no era el hombre que esperaba.

—Bob —respondió ella.

Su exmarido. ¿Cómo podía representar eso un problema?, se preguntó.

—¿Y qué? —inquirió con una sonrisa.

—Thomas, es complicado. Sandra está con él, y también los niños.

La mujer de Bob y los dos gemelos, que eran también hijos de Isabelle, fruto de su matrimonio, que duró cinco años. Tenían ocho años y él aún no los conocía. Que él supiera, nunca habían ido a Londres a verla.

—Eso es estupendo, Isabelle. ¿Te los ha traído, entonces?

—No entiendes —contestó—. Yo no esperaba...

—Hombre, eso ya lo sé. En ese caso los conoceré, cenaremos todos y después me iré.

—Él no sabe nada de ti.

—¿Quién?

—Bob. No le he dicho nada. Ha sido todo por sorpresa. Han venido a la ciudad para asistir a una especie de cena, algo por todo lo alto. Están vestidos de punta en blanco. Han traído a los niños y han pensado que podrían dejarlos conmigo mientras ellos van a ese acto.

—¿Y no te han llamado antes? ¿Y si no hubieras estado en casa? ¿Qué habrían hecho con ellos? ¿Tenerlos esperando en el coche durante la cena?

—Eso no es lo importante ahora, Thomas —replicó con tono irritado—. La cuestión es que sí estoy en casa y ellos están aquí en Londres. Hace semanas que no veo a los niños y, además, esta es la primera vez que deja que me quede a solas con ellos y no tengo intención de...

—¿Cómo? —La observó con más detenimiento. Tenía la boca crispada. Él sabía por qué. Necesitaba tomar un trago y ahora no tenía la menor oportunidad de hacerlo—. ¿Y qué se supone qué iba a hacer yo, Isabelle? ¿Corromperlos con mi moral disoluta?

—No pongas las cosas más difíciles. Esto no tiene nada que ver contigo.

—Entonces diles que soy un compañero.

—¿Un compañero que tiene la llave de mi casa?

—Por el amor de Dios, si sabe que tengo la llave de tu casa...

—No lo sabe, y no lo va a saber. Le he dicho que había oído llamar a la puerta y he salido a ver si había alguien.

—¿Te das cuenta de que te estás contradiciendo? —Una vez más, centró la mirada en la puerta—. ¿Hay alguien más ahí dentro, Isabelle? ¿Alguien que no es Bob, ni su mujer, ni los niños?

Se puso tensa, erguida con su metro ochenta de estatura, casi la misma que él. Sabía qué significaba ese gesto.

—¿Qué insinúas? —preguntó—. ¿Que tengo otro amante? Dios bendito. No me puedo creer que reacciones así. Tú sabes lo que esto significa para mí. Son mis hijos. Los conocerás, a ellos, a Bob y a Sandra y a quien sea, cuando esté preparada para ello, no antes. Ahora tengo que volver adentro antes de que él venga a ver qué pasa. Tienes que irte. Hablaremos mañana.

—¿Y si entro de todas formas? Tú me dejas fuera, pero yo uso la llave y entro. ¿Entonces qué? —Él mismo no podía creer que estuviera hablando así. Era como si su dignidad se hubiera esfumado, junto con su cerebro, su paciencia y su autocontrol.

Ella se dio cuenta. Eso sí lo percibió en sus ojos, a despecho de todo lo demás que era capaz de ocultarle tan bien.

—Será mejor que olvidemos lo que acabas de decir —zanjó.

Luego volvió dentro. Él se quedó digiriendo su exabrupto, que ahora se le antojaba casi como una rabieta infantil.

¿Qué le había pasado a él, a Thomas Linley, inspector detective de New Scotland Yard, retoño de la aristocracia rural, graduado por la Universidad de Oxford, para comportarse como un idiota?

28 de octubre

Marylebone
Londres

*L*ogró no verla durante dos días, aunque se decía a sí mismo que no intentaba evitarla, sino que había tenido que pasarse un par de días en los juzgados. Lo habían llamado para testificar en el juicio de un asesino en serie con quien había tenido un estrecho y casi fatal contacto el mes de febrero anterior. Acabados esos dos días, no obstante, dado que ya no se requería su presencia en las proximidades de la sala de juzgados número uno, rehusó amablemente tres peticiones de entrevista, consciente de que los periodistas acabarían sacando a relucir el único tema que no soportaba tocar —la muerte de su esposa—, y regresó a New Scotland Yard. Como era de prever, Isabelle le preguntó si había estado rehuyéndola, puesto que, durante su ausencia, en lugar de llamarla a ella, había estado llamando a la secretaria del departamento. Él contestó que por supuesto que no, qué por qué iba a evitarla y que había estado en los juzgados, igual que su colega de toda la vida, la sargento Barbara Havers. ¿A que Isabelle no pensaba que la sargento Havers estaba intentando evitarla?

Aquello último sobraba. Dejaba claro cuál era el quid de la cuestión: no deseaba conversar con Isabelle hasta que no supiera por qué había reaccionado de ese modo delante de la puerta de su apartamento. Isabel respondió que, para serle franca, de la sargento Havers sí se lo esperaba porque tenía la costumbre de evitarla.

—Bueno, sea como sea, ese no es mi caso —replicó él.

—Estás enfadado y estás en tu derecho, Tommy —le dijo ella—. No me porté bien contigo. Es que se presentó con los niños y estaba muy nerviosa. Ponte en mi lugar, por favor. Bob es muy capaz de llamar a uno de los mandamases de aquí y dejar caer algo del estilo: «¿Están enterados de que la comisaria Ardery mantiene relaciones con un subordinado? He pensado que les interesaría saberlo». Estoy segura de que lo haría, Tommy. Lo haría, y ya sabes qué ocurriría en tal caso.

Le pareció que se estaba poniendo paranoica, aunque no dijo nada, para no desencadenar una pelea que tendría lugar o bien en la oficina de ella, donde lo había convocado, o bien en cualquier otro lugar.

—Puede que tengas razón —concedió.

—Entonces…

Interpretó que era otra manera de decir: «¿Esta noche, pues?». Bistecs, vino, un polvo: era una perspectiva estimulante, estupenda. Tuvo que reconocer que para él era perfecta. Isabelle era inventiva y excitante en la cama, el único lugar en el que le permitía asumir el mando.

Cuando se estaba planteando si aceptar o no, en el umbral de la puerta, que había dejado abierta, apareció la bien proporcionada silueta de Dorothea Harriman, la secretaria del departamento.

—¿Inspector Lynley? —lo llamó—. Acabo de recibir una llamada. Le buscan.

—¿Quién, Dee? —inquirió, pensando que tendría que volver a la sala del Tribunal de la Corona.

—El jefe.

—Ah. —No tenía que ver con los juzgados. El jefe debía de ser el comisario general, *sir* David Hillier, que solo debía levantar un dedo para que los demás le obedecieran—. ¿Ahora mismo? —preguntó.

—Así es. Y no está aquí. Tiene que ir directamente a su club.

—¿A esta hora? ¿Qué hace en su club?

—Ni idea —respondió Harriman encogiéndose de hombros—, pero tiene que estar allí lo antes posible. Salvo que el tráfico se lo impida, querría que llegara dentro de un cuarto de hora. Su secretaria lo ha dejado bien claro.

—Entonces no hay más que decir, ¿no? —Se volvió hacia Isabelle—. Si me permite, jefa.

Cuando ella hubo asentido con la cabeza, se marchó, sin acabar de concretar cómo estaban las cosas entre ellos.

El club de *sir* David Hillier quedaba cerca de Portland Place, cosa que hacía ridícula la pretensión de que se trasladara desde New Scotland Yard en un cuarto de hora. No obstante, puesto que parecía urgente, cogió un taxi y pidió al conductor que fuera por las calles secundarias y que hiciera lo posible, sobre todo, por evitar Piccadilly Circus, donde siempre había atascos. Llegó a Twins —el club de Hillier— al cabo de veintidós minutos: todo un récord teniendo en cuenta la hora que era.

El Twins había sido acondicionado a partir de tres de las escasas casas adosadas de la zona que no habían caído víctimas de las tendencias reconversoras de urbanismo en el siglo XIX. Se anunciaba solo por medio de una discreta placa de bronce situada a la derecha del timbre y de una bandera de color azur alusiva a los epónimos fundadores del club, que, por lo que se deducía de la representación que de ellos se daba allí, habían sido siameses. Por lo que Lynley sabía, nadie había indagado lo bastante en la historia de aquella institución como para saber si esa versión acerca de la génesis del club era o no verdad.

En lugar de un portero, lo hizo pasar una anciana vestida de negro y que llevaba un almidonado delantal blanco. Parecía salida de otro siglo y, tal como se demostró a continuación, por su manera de moverse, incluso de otra era. Lynley expuso la razón de su visita en un vestíbulo adornado con cuadros victorianos de incierta calidad y pavimentado con baldosas de mármol negras y blancas. Tras asentir, la mujer giró en redondo antes de conducirlo a una puerta situada a la derecha de una impresionante escalera interrumpida por un entresuelo. Allí, posada en una concha, se alzaba una escultura de Venus, recortada en el arco de una ventana por la que se veía la parte alta de un jardín, representada por los restos de un árbol estrangulado por la hiedra.

Después de llamar, la mujer abrió y lo hizo pasar a un comedor revestido de madera oscura. A aquella hora, en la sala solo había dos hombres, frente a una de las mesas de manteles de lino. Entre ambos había un servicio de café de porcelana, con tres tazas.

Uno de ellos era el comisario general; el otro, un individuo con gafas que tal vez iba demasiado bien vestido para el lugar y para la hora del día, aunque, a decir verdad, lo mismo podía decirse de Hillier. Parecían tener la misma edad, pero, a diferencia de su jefe, el desconocido presentaba una incipiente calvicie que, lejos de tratar de disimular, exponía peinándose las mechas de pelo que le quedaban directamente hacia atrás, donde quedaban pegadas en el cuero cabelludo; parecía desafiar las tendencias de imagen y moda. El tono parduzco y uniforme de su cabello hacía sospechar que era teñido. Del mismo modo, las gafas, de enorme y gruesa montura negra, parecían desafiar a la última moda. Un labio superior terriblemente grande en comparación con el inferior completaba una imagen casi caricaturesca. Eso fue lo que llevó a pensar a Lynley que lo conocía, aunque no habría sabido decir su nombre.

—Bernard Fairclough, barón de Ireleth —lo presentó Hillier—. Bernard, este es el inspector Lynley.

Fairclough se puso en pie. Era más bajo que Lynley y Hillier, de metro sesenta y pico tal vez, y tenía un poco de barriga. Le estrechó la mano con firmeza. Por su comportamiento se infería que era un hombre tenaz y seguro de sí mismo.

—David me habló de usted —dijo Fairclough—. Espero que podamos trabajar bien juntos.

Su acento del norte sorprendió a Lynley. Lanzó una ojeada a Hillier. Le gustaba codearse con la aristocracia. Por otra parte, no habría pensado que le agradara mantener ese mismo tipo de roce con quienes, como él, no habían obtenido el título por vía hereditaria, sino a través de recientes nombramientos de la Corona.

—Lord Fairclough y yo recibimos la distinción de lord el mismo día —dijo Hillier como si sintiera que era necesario dar una explicación—. Fairclough Industries —añadió a modo de clarificación, como si el nombre del origen de la riqueza de los Fairclough tuviera que resultar evidente en el acto.

—Ah —dijo Lynley.

—El Fairwater —precisó, con una sonrisa, Fairclough.

Aquello sí fue más revelador. Bernard Fairclough se había hecho famoso por un curioso sanitario inventado y después fabricado por Fairclough Industries. No obstante, se había ganado su puesto en el firmamento de los beneficiarios de títulos dispensados por una agradecida nación al fundar una organización caritativa destinada a recaudar fondos para investigar posibles curas del cáncer de páncreas. De todos modos, Fairclough nunca consiguió disociar su imagen de la del sanitario y, a raíz de su nombramiento como lord y después como barón, los tabloides habían hecho múltiples alusiones jocosas a ello. Por ejemplo dijeron que había sido nombrado por «retrete real».

Hillier señaló la mesa, invitando a Lynley a sentarse con ellos. Sin preguntarle nada, le sirvió una taza de café. Le acercó también el azúcar y la leche.

—Bernard nos ha pedido un favor —expuso—. Se trata de un asunto absolutamente confidencial.

Eso explicaba que se hubieran encontrado en el Twins, pensó Lynley, y además a una hora en que allí no había más que gente amodorrada leyendo el periódico en la biblioteca o jugando al *squash* en el gimnasio subterráneo. Lynley asintió en silencio y posó la mirada en Fairclough, que se quitó un pañuelo blanco del bolsillo, que empleó para enjugarse la frente. Una fina película de sudor corría por ella, pese a que no hacía calor en la habitación.

—Mi sobrino…, que se llamaba Ian Cresswell, hijo de mi difunta hermana…, se ahogó hace diez días. Fue en el lago Windermere, poco después de las siete de la tarde. No encontraron su cadáver hasta la tarde siguiente. Fue mi esposa quien lo encontró.

—Lo lamento —respondió automáticamente.

—A Valerie le gusta pescar —prosiguió impertérrito Fairclough, como si cambiara de tema—. Sale al lago con una pequeña barca de pesca varias veces por semana. Es una afición bastante rara en una

mujer, pero así es. Pesca desde hace años. La barca la guardamos con
otras más en un cobertizo de la propiedad, y allí estaba el cadáver de
Ian, boca abajo en el agua, con una gran herida en la cabeza, aunque
entonces ya no salía sangre.

—¿Qué se cree que ocurrió?

—Perdió pie al bajarse de un *scull*. Ese era el deporte que él prac-
ticaba, el remo con *scull*. Al caer, se golpeó la cabeza en el muelle, que
es de piedra, y fue a parar al agua.

—¿No sabía nadar o quedó inconsciente?

—Lo segundo, según la investigación oficial.

—¿Usted no está de acuerdo?

Fairclough se revolvió en el asiento. Pareció que detenía la mirada
más arriba de la chimenea del otro extremo de la sala, donde se exponía una escena de circo pintada al estilo de William Hogarth. Era una
parte de la *Carrera de un libertino*, con diversos monstruos de circo en
lugar del libertino.

Aquel cuadro le recordó otra vez a los siameses, que sin duda alguna habrían podido trabajar en un circo. Fairclough lo estuvo observando hasta que se decidió a hablar.

—Se cayó porque se soltaron dos grandes piedras del embarcadero. Se desprendieron.

—Comprendo.

—Bernard cree que existe una posibilidad de que alguien «ayudara a moverse a las piedras», Tommy. El cobertizo lleva más de cien
años en pie y fue construido para resistir otros cien más, al igual que
el embarcadero.

—Pero si los investigadores han concluido que fue un accidente…

—En realidad tampoco afirmo que no tengan razón —se apresuró
a puntualizar Fairclough—, pero… —Miró a Hillier como para pedirle que terminara la frase en su lugar.

—Bernard quiere estar seguro de que fue un accidente, como le
ocurriría a cualquiera —acudió en su auxilio su jefe—. Hay asuntos
familiares de por medio.

—¿Qué asuntos familiares?

Los dos hombres guardaron silencio mientras Lynley posaba alternativamente la mirada en ellos.

—Comprenderá que no voy a poder verificar nada si me falta información, lord Fairclough.

—Llámeme Bernard —repuso, aunque la mirada que le lanzó Hi-
llier dio a entender que consideraba improcedente tal familiaridad—.
En realidad, mi familia me llama Bernie, pero Bernard está bien.
—Fairclough cogió la taza de café. Hillier se la había llenado, pero pa-

52

recía que la quería más para tener algo en las manos que para beber. Después de hacerla girar y examinarla, añadió—: Quiero estar seguro de que mi hijo Nicholas no tuvo nada que ver con la muerte de Ian.

Lynley dejó transcurrir un momento mientras asimilaba aquello, lo que implicaba con respecto al padre, al hijo y al difunto sobrino.

—¿Tiene motivos para creer que Nicholas pudiera estar implicado?

—No.

—¿Entonces?

Una vez más, Fairclough solicitó con la mirada la intervención de Hillier.

—Nicholas había tenido…, digamos…, una juventud turbulenta —explicó este—. Parece que ya lo ha superado, pero, como en otras ocasiones también parecía haberlo superado, Bernard teme que el chico…

—Ahora ya es un hombre —lo interrumpió Fairclough—. Tiene treinta y dos años. Está casado. Cuando lo miro, creo que sí ha cambiado. Parece que ha cambiado, pero se metió tantas drogas, de toda clase, pero sobre todo metanfetaminas, y la cosa duró años, porque empezó alrededor de los trece. Tiene suerte de estar vivo a estas alturas. Él jura que se da cuenta, pero, claro, eso es lo que decía también las otras veces.

Mientras escuchaba, Lynley comenzó a comprender cómo encajaba él en todo aquello. Aunque nunca le había hablado a Hillier de su hermano, su jefe tenía soplones en todos los sectores de la policía y no era improbable que entre la información que había reunido constara el pulso que Peter Lynley mantenía con la adicción.

—Después conoció a una mujer argentina —prosiguió Bernard—. Es toda una belleza. Él se enamoró, pero a ella no le gustaba ese mundo de yonquis. Le dijo que no quería tener nada con él hasta que no dejara definitivamente la droga. Y él lo hizo, según parece.

Lynley pensó que aquella era una razón más para descartar la implicación de Nicholas Fairclough, pero siguió escuchando en silencio. A trompicones, el padre explicó que el difunto había crecido en casa de los Fairclough, cumpliendo el papel de un hermano mayor cuya perfección había puesto un listón tan alto que el joven Nicholas no podía siquiera aspirar a medirse con él. Ian Cresswell había completado un expediente académico impecable en el prestigioso colegio Saint Bee de Cumbria y después había estudiado una carrera universitaria. Todo ello hizo de él la persona idónea para situarse al frente de las finanzas de las Fairclough Industries y encargarse asimismo de las cuentas personales de Bernard Fairclough, que, por lo visto, alcanzaban un considerable volumen.

—Todavía no se había tomado una decisión con respecto a quién asumiría la dirección de la empresa cuando falte yo —dijo Fairclough—, pero Ian estaba, desde luego, muy bien situado en la lista de aspirantes.

53

—¿Lo sabía Nicholas?

—Todo el mundo lo sabía.

—¿Él va a salir ganando, pues, con la muerte de Ian?

—Tal como he dicho, todavía no se había tomado…, ni se ha tomado…, ninguna decisión.

De aquello se desprendía que, si todo el mundo estaba enterado de la posición que ocupaba Ian, todo el mundo tenía un motivo para asesinarlo, suponiendo que lo hubieran asesinado. Ahora bien, si la policía había dictaminado que había sido un accidente, Fairclough debería haberse quedado tranquilo, cosa que obviamente no sucedía. Lynley se preguntó por un momento si, al contrario de lo que afirmaba, Fairclough no deseaba en realidad que su hijo hubiera sido el causante de la muerte de su primo. Aunque era perverso, durante el tiempo que llevaba en la policía, había sido testigo de innumerables muestras de perversión.

—¿Y quién es concretamente todo el mundo? —preguntó—. Supongo que aparte de Nicholas debe de haber otras personas con intereses personales en las Fairclough Industries.

Resultó que sí los había. Había dos hermanas mayores y un excuñado, pero el único que le planteaba dudas a Fairclough era Nicholas. Lynley podía descartarlos a todos. Ninguno era un asesino. Les faltaban agallas para eso. Nicholas, por lo visto, sí las tenía. Además, con sus antecedentes… Prefería estar seguro de que no tenía nada que ver con el asunto. Solamente quería asegurarse…

—Quiero dejar una cosa bien clara —le dijo Hillier a Lynley—: tendrá que ir a la zona de los Lagos y actuar con absoluta discreción.

Una investigación policial llevada a cabo con absoluta discreción, pensó Lynley, preguntándose cómo se suponía que iba a lograrlo.

—Nadie sabrá que ha ido hasta allí —precisó Hillier—, y la policía de la zona tampoco estará al corriente de su intervención. No queremos dar la impresión de que la Comisión de Reclamaciones va a implicarse en el caso. No hay que enfadar a nadie, pero no hay que dejar ninguna pista suelta. Usted sabe cómo conseguirlo.

La verdad era que no lo sabía. Aparte había otra cuestión que lo inquietaba.

—La comisaria Ardery querrá saber…

—Yo me encargaré de la comisaria Ardery. Me encargaré de todos.

—O sea, ¿que voy a trabajar completamente solo?

—No se puede implicar a nadie de Scotland Yard —contestó Hillier.

Aquello parecía una manera sibilina de decir que Lynley no debía hacer nada si se descubría que Nicholas Fairclough era un asesino. De-

bía dejarlo en manos de su padre, en manos de Dios o en manos de las
furias. No le interesaba estar involucrado en esa clase de investigación.
Sin embargo, sabía que no le estaban pidiendo que se desplazara a
Cumbria. Se lo estaban ordenando.

Fleet Street
Londres

Hasta llegar a su actual posición de director de *The Source*, Rodney Aronson había escalado peldaños mediante procedimientos lícitos
e ilícitos, uno de los cuales consistía en mantener una impresionante
colección de soplones. Se encontraba en el lugar donde quería estar en
la vida, es decir, sentado en una impresionante aunque algo caótica oficina desde donde ejercía un poder absoluto. Aun así, le molestaban
ciertas cosas: detestaba la arrogancia, detestaba la hipocresía, pero, por
encima de todo, detestaba la incompetencia.

Para seguir la historia de un reportaje no había que ser una lumbrera. Tampoco había que ser un genio para agilizarlo un poco. Para
eso se necesitaban solo tres cosas: investigación, gasto de zapatos y
perseverancia. Daba igual si para cumplir el último requisito se exigía
un empujón por parte del periodista. El producto final era el reportaje;
si este era lo bastante voluminoso y con las adecuadas dosis de sensacionalismo, el resultado era un aumento en las ventas. Y este se traducía en un incremento de publicidad, que se traducía en un incremento
de los ingresos, lo cual se traducía en un orgásmatico regocijo del pre-
sidente de *The Source*, el cadavérico Peter Ogilivie. A Ogilivie había
que mantenerlo a toda costa lubricado con buenas noticias en forma
de beneficios. Y si había personas cuyas cabezas o reputaciones roda-
ban por el camino, importaba bien poco.

La historia de la presunta rehabilitación de Nicholas Fairclough
desde las garras de la droga era soporífera a más no poder, desde luego.
En los quirófanos podrían haberla empleado como anestesia. Pero
ahora las cosas habían cambiado. Según se presentaban las cosas, era
posible que Rodney no tuviera que justificar los gastos del primer viaje de Zed Benjamin a Cumbria para montar la historia, pese a los in-
creíbles dispendios en que había incurrido el reportero.

Aquel asunto suscitaba, sin embargo, el cargante tema de la estupidez periodística. Rodney no podía entender cómo al idiota de Benjamin podía haberle fallado por segunda vez el olfato para dejar de percibir el condenado olor de la historia que tenía justo delante de las
narices. Los cinco días más de merodear por Cumbria no habían lleva-

do más que a ampliar el tedioso panegírico que ya había creado en torno a Nicholas Fairclough: su pasado de droga, su presente reformado y su dudoso santificado futuro. Aparte de eso, no había nada, pero nada, capaz de interesar al típico lector del *The Source*.

Cuando Benjamin le dio, muy abatido, la noticia de que no había nada que pudiera añadir a lo que ya había escrito, Rodney supo que debía deshacerse de él. No se explicaba por qué no lo había hecho ya. Al principio pensó que quizá se estaba volviendo blando, pero luego lo llamó uno de sus informantes y, tras escuchar el maravilloso soplo, se dijo que puede que no tuviera que despedir a Benjamin.

La noticia del informante daba para un «instructivo momento», y a Aronson le chiflaban casi tanto esos momentos como todo lo que tuviera cacao. Así pues, mandó llamar al gigante pelirrojo y saboreó una barra de Kit Kat, acompañada de un expreso preparado con su máquina de café particular, que era un regalo de la Gordinflona Betsy, una esposa que tenía muchos recursos a la hora de complacerlo. A él no le molestaba que sus atenciones fueran casi siempre de carácter gastronómico.

Rodney había terminado el Kit Kat y estaba preparándose otro café cuando Zed Benjamin entró con su pesado caminar. El imbécil todavía llevaba el casquete, constató con un suspiro. Seguro que se había vuelto a pasear por toda Cumbria con la kipá, poniendo otra vez sobre aviso a todo el mundo. Aronson sacudió la cabeza con resignación. A veces, el grado de estupidez que tenía que soportar como director de *The Source* no alcanzaba a compensar los beneficios del cargo. Decidió no volver a mencionar la cuestión de la gorra. Ya lo había hecho en una ocasión, y si Benjamin no quería escuchar su consejo, lo único que se podía hacer era dejar que se hundiera bajo el peso de sus propias y disparatadas inclinaciones. Una de dos: o bien acababa aprendiendo, o bien no. Posiblemente pasaría lo segundo. Él, en todo caso, ya había cumplido con su parte.

—Cierra la puerta —indicó al periodista—. Siéntate. Espera un momento. —Admirando la cremosa textura de su brebaje, apagó la máquina. Después se llevó la bebida al escritorio y tomó asiento—. La muerte es sensual —declaró—. Yo pensaba que tú mismo te darías cuenta, pero parece que no. Permíteme que te diga, Zedekiah, que puede que este trabajo no esté hecho para ti.

Zed lo miró. Después observó la pared y clavó la vista en el suelo.

—La muerte es sensual —repitió despacio.

Su jefe se preguntó si aquel tipo se había dejado el cerebro en otra parte. Además, en lugar de vestir unos zapatos decentes, llevaba unas sandalias de lo más estrafalarias, con suelas de neumático, acompañadas de unos calcetines de rayas que parecían haber sido tejidos a mano con restos sueltos de hilo.

—Te dije que la historia necesitaba un condimento sensual. Fuiste otra vez allá e intentaste buscarlo. El que no lo encontraras lo entiendo, más o menos, pero lo que no puedo entender es cómo ni atisbaste la ocasión de salvar el reportaje. Deberías haber llegado aquí como un rayo gritando «eureka», «cowabunga» o «Jesús sea loado». Bueno, esto último seguramente no, bien mirado, pero la cuestión es que se te presentó una forma de enmendar el reportaje... y, de paso, de justificar los gastos que tuvo el periódico cuando te mandó allá por primera vez... Pero se te pasó por alto, completamente por alto. El hecho de que haya tenido que ser yo el que lo descubra me resulta preocupante, Zed, bastante preocupante.

—La mujer tampoco quiso hablar conmigo, Rodney. Bueno, sí me habló, pero no reveló nada. Dice que ella no es lo importante. Es su esposa, se conocieron, se enamoraron, se casaron, volvieron a Inglaterra y ahí se acaba su versión. Por lo que yo sé, está totalmente consagrada a él, pero todo lo que él ha hecho, lo ha hecho por sí solo. Ella me dijo que para él sería beneficioso..., que le serviría «de aliento», dijo en concreto... que el reportaje se centrara solo en su recuperación y no en la parte que hubiera interpretado ella. Dijo algo así como «debe comprender lo importante que es para Nicholas que se reconozca que ha logrado esto por sí mismo», refiriéndose a su recuperación. Deduje que el motivo de que quisiera que se le atribuyera el mérito a él tenía que ver con la relación que mantiene con su padre. Introduje ese matiz en la historia, pero no percibí nada más...

—Ya sé que no eres completamente estúpido —lo atajó Rodney—, pero empiezo a creer que estás sordo. «La muerte es sensual», te acabo de decir. ¿Lo has oído o no?

—Hombre, sí. Y la mujer también. Habría que ser ciego para no...

—Olvídate de la mujer. No está muerta, ¿verdad?

—¿Muerta? No, no. Bueno, yo pensaba que estabas empleando una metáfora, Rodney.

Su jefe apuró de un trago el expreso. Eso le sirvió de pausa para superar las irreprimibles ganas que le entraron de estrangular a aquel joven.

—Mira, cuando utilice una metáfora, te vas a enterar, joder. ¿Te suena..., aunque sea remotamente..., que el primo de tu héroe se ha muerto? Hace muy poco, de hecho. ¿Te suena que murió en un embarcadero, donde cayó al agua y se ahogó? ¿Y que el embarcadero del que hablo está en la propiedad del padre de tu héroe?

—¿Que se ahogó mientras yo estaba allí? Imposible —afirmó Zed—. Aunque te creas que estoy ciego, Rod...

57

—No pienso discutir.

—De eso me habría dado cuenta. ¿Cuándo se murió y de qué primo hablas?

—¿Acaso hay más de uno?

Zed rebulló en la silla.

—Hombre, no que yo sepa. ¿Ian Cresswell se ahogó?

—Eso es —confirmó Rodney.

—¿Fue un asesinato?

—Un accidente, según la policía. De todas maneras da lo mismo, porque esa muerte es bastante sospechosa, y, para nosotros, las sospechas son el pan nuestro de cada día. Lo digo en sentido metafórico, por si acaso te lo tomas de otro modo. Nuestro propósito es atizar el fuego…, otra metáfora, creo que estoy en racha…, y ver qué esqueleto sale del armario.

—Algo embrollada —murmuró Zed.

—¿Cómo?

—Da igual. Entonces, ¿es eso lo que quiere que haga? Supongo que debo insinuar que hay razones para creer que hubo juego sucio y que Nicholas Fairclough es el sospechoso principal. Ya veo cómo encajan las piezas: el exdrogadicto se apea del tren de la rehabilitación y liquida a su primo por algún oscuro motivo y, en el momento de escribir esto, amables lectores, parece ser que ha salido bien parado de las pesquisas policiales. —Zed se dio una palmada en los muslos, como si se dispusiera a levantarse para ir a redactar lo que quería su jefe, pero no fue así—. Se criaron como hermanos, Rodney. El reportaje inicial ya lo mencionaba. Y no se odiaban, pero, claro, yo podría presentarlos como Caín contra Abel si te apetece.

—A mí no me hables con ese tono —le advirtió.

—¿Qué tono?

—Sabes perfectamente qué tono. Debería echarte a patadas de aquí, pero te voy a hacer un favor. Voy a pronunciar tres palabrillas que espero que escuches con las orejas bien tiesas. ¿Estás escuchando, Zed? No querría que te las perdieras. Ahí van: New Scotland Yard.

El hombre advirtió con satisfacción como Zed fruncía el ceño, meditabundo, abandonando sus aires de santurrón.

—¿Qué pasa con New Scotland Yard? —preguntó.

—Están en el ajo.

—¿Te refieres a que están investigando cómo se ahogó?

—Me refiero a algo aún mejor. Van a enviar a un tipo con pinta de roquero, ya me entiendes, y no es uno de la Comisión de Reclamaciones.

—¿No es una investigación interna? Entonces, ¿qué es?

—Una misión especial, ultrasecreta. Por lo visto, al roquero le han encargado elaborar una lista y comprobarlo todo un par de veces. Después tiene que informar a sus superiores.

—¿Por qué?

—Ahí está el meollo de la historia, Zed. Ahí está el morbo que conlleva la muerte.

Rodney omitió añadir, aunque no le faltaron ganas, que aquello era también lo que el propio Zed debería haber averiguado si hubiera realizado el esfuerzo que él mismo habría efectuado de haberse encontrado en su misma situación, con un reportaje rechazado por su director y con su empleo en la cuerda floja.

—O sea, que no tengo que inventar nada para aportar morbo a la historia —infirió Zed, como si necesitara clarificar la cuestión—. Según tú, ya lo contiene.

—En *The Source* no necesitamos inventar las cosas —afirmó con religioso fervor su jefe—. Solo necesitamos averiguarlas.

—Si me permites una pregunta…, ¿cómo sabes eso de la policía de Londres? ¿Cómo te has enterado, si es tan ultrasecreto?

Había llegado uno de sus momentos predilectos, uno de aquellos que exigían la superioridad paternalista que tanto le gustaba exhibir. Se levantó de su asiento, rodeó el escritorio y apoyó un recio muslo encima de su esquina. Aunque no era una postura muy cómoda, teniendo en cuenta la tirantez de los pantalones contra la piel, pensaba que transmitía un grado de *savoir faire* periodístico que subrayaba la importancia de lo que iba a decir.

—Zedekiah, llevo en este negocio desde que era un chaval. Estuve en el escalafón donde tú estás y esto es lo que aprendí: no somos nada sin nuestra red de soplones. Yo he mantenido una desde Edimburgo hasta Londres, pasando por todas las poblaciones intermedias, especialmente en la City, amigo mío. Tengo informantes en sitios que otras personas ni siquiera consideran lugares de interés. Yo les hago favores con mucha frecuencia, y ellos, cuando pueden, me los hacen a mí.

El chico parecía bastante impresionado. Le habían puesto en su sitio, sí. Se encontraba delante de alguien superior en la práctica del periodismo; por fin parecía reconocerlo.

—El padre de Nicholas Fairclough tiene un contacto en la policía de Londres. Y este es el que pide una investigación. Supongo que te das cuenta de lo que eso significa, ¿no, Zed?

—Cree que la muerte de Ian Cresswell no fue un accidente. Y si no fue un accidente, tenemos una historia jugosa. La verdad es que de todas maneras la tenemos, porque si ese tipo de Scotland Yard está hus-

59

meando por allí es de suponer que ocurrió algo turbio, y nosotros lo único que necesitamos es algo que dé pie a suposiciones.

Chalk Farm
Londres

La sargento detective Barbara Havers llegó a casa en un estado de inquietud al que prefería no poner nombre. Aunque debería haberse alegrado de haber encontrado un sitio para aparcar cerca de Eton Villas, no conseguía sentirse contenta por no tener que darse una caminata para llegar a su domicilio. Como de costumbre, el Mini dio unos cuantos resoplidos después de que quitara el contacto, pero ella apenas le prestó atención. Al otro lado del parabrisas comenzó a llover, pero tampoco reparó en ello. Seguía dándole vueltas a lo mismo —salvo por una breve distracción— durante el largo trayecto desde la central de la policía de Londres. Se decía a sí misma que aquello era infantil, pero no podía evitarlo, por más que quisiera.

Nadie se había dado cuenta, pensó Barbara. Nadie, ni un alma. Bueno, sí, la comisaria Ardery lo había notado, pero ella apenas contaba, pues había dado la orden inicial —aunque hubiera asegurado que era solo una sugerencia—. Además, ya la conocía hacía cuatros meses, y sabía de sobra que se percataba de todo. Era una suerte de don, casi un arte. Normalmente no le daba importancia a nada, salvo que afectara al rendimiento laboral. Isabelle Ardery tenía la irritante costumbre de fijarse en cuestiones superficiales, entre las cuales estaba, en un lugar destacado, la apariencia personal de Barbara Havers. En cuanto al resto del equipo, cuando Barbara había vuelto a las oficinas de Scotland Yard después de su cita con el dentista, habían seguido con sus quehaceres sin decir ni una palabra, enarcar una ceja o poner cara rara.

Se había dicho que le daba igual, y en parte era cierto: no le importaba que la mayoría de sus colegas pudieran darse cuenta o no. Sin embargo, había una excepción, una persona cuya opinión sí que la preocupaba. Por eso se sentía inquieta y necesitaba saber qué le pasaba o, cuando menos, saciar esa ansiedad con algún bollo. Un cruasán con chocolate no estaría mal, pero a esa hora del día ya no se conseguían. Una torta sí podría encontrarla, austriaca, claro, pero con lo tarde que era tampoco tenía que pararse en detalles secundarios como el país de origen. Con todo quería evitar caer en un desenfrenado consumo de calorías del que no saldría en varias semanas, así que, en lugar de hacer una pausa en la panadería de camino a casa, había decidido aplicarse otra terapia: ir de compras a Camden High Street, donde había adquirido una blusa y un pañuelo. Primero se había felicitado por haber reaccionado de una manera muy distinta a como solía hacerlo ante una decepción, el estrés, la frustración o la ansiedad, pero aquel sentimiento había durado solo hasta que aparcó el Mini. En ese momento, su último encuentro con Thomas Lynley se le vino a la cabeza.

Después de haber estado juntos en los juzgados ese mismo día, Lynley había vuelto a Scotland Yard y Barbara se había ido al dentista. No se habían vuelto a ver hasta el final de la jornada, cuando habían coincidido en el ascensor. Ella venía del aparcamiento. Cuando se detuvo en el vestíbulo, Lynley subió. Parecía preocupado. Antes, cuando esperaba frente a la sala número uno, ya lo estaba, pero había supuesto que era porque tenía que testificar sobre el día en que estuvo a punto de morir en el asiento trasero de una Ford Transit que habían equipado como escenario de crimen móvil unos meses atrás. Pero parecía preocupado por otra cosa. Cuando desapareció en la oficina de la comisaria Ardery después de que se abrieran las puertas del ascensor, Barbara creyó saber qué le preocupaba.

Pensaban que no sabía lo que se traían entre manos Ardery y él. Era comprensible, porque nadie del departamento tenía ni idea de que echaban un polvo dos o tres veces por semana, pero nadie conocía tan bien a Lynley como ella. Y aunque no podía imaginar que alguien tuviera realmente ganas de follarse a la comisaria, pues tenía que ser como acostarse con una cobra, se había pasado los últimos cuatro meses de su relación diciéndose que, por lo menos, Lynley se merecía un respiro. A su mujer la había asesinado en la calle un chico de doce años, tras lo cual había pasado cinco meses vagando como un alelado por la costa de Cornualles. Cuando regresó a Londres apenas podía trabajar... Si quería disfrutar de la dudosa diversión que procuraba desatascar las tuberías de Isabelle Ardery durante un tiempo, allá él. Los dos podían tener graves problemas si alguien se enteraba de aquello..., pero nadie se iba a enterar, pues eran bastante discretos y ella no pensaba decir ni una palabra. Además, Lynley no iba a quedarse atado de manera permanente a una mujer como Isabelle Ardery. Él tenía como unos trescientos años de historia familiar que respetar y era consciente de sus obligaciones, que no tenían nada que ver con ese interludio de casquetes con una mujer a quien el título de condesa de Asherton le pesaría una tonelada. El tipo de mujer que le convenía a él debía estar dispuesta a reproducirse y proyectar la familia hacia el futuro. Él lo sabía y obraría en consecuencia.

Aun así, el hecho de que Lynley y la comisaria fueran amantes le producía cierto desasosiego. Aquella relación lo apestaba todo cada vez que estaba con Lynley. Lo que le molestaba no era él, ni la relación en

61

sí, sino el hecho de que no le hablara de ella. Tampoco era que lo esperara ni que lo deseara. Ni siquiera se le ocurriría decir nada razonable en caso de que él le hiciera algún comentario al respecto. Pero eran compañeros, o al menos lo habían sido, y de los compañeros cabía esperar… Se preguntó qué cabía esperar. Prefirió no responderse a esa pregunta. Abrió la puerta del coche. Como no llovía mucho, se subió el cuello de la chaqueta y, prescindiendo del paraguas, cogió la bolsa con sus nuevas compras y se encaminó rápidamente hacia su casa.

Tal como solía hacer, dirigió la mirada hacia el apartamento inferior de la casa de estilo eduardiano detrás de la que se encontraba su diminuto bungaló. Empezaba a anochecer y había luces encendidas. Tras los ventanales vio pasar a su vecina.

De acuerdo, tenía que reconocerlo. La verdad era que necesitaba que alguien se diera cuenta. Había soportado horas y horas en el sillón del dentista y su única recompensa había sido la leve inclinación de cabeza de Isabelle Ardery, acompañada de estas palabras: «Después se tendrá que ocupar del pelo, sargento». Por eso, en lugar de bordear la casa para ir al jardín posterior donde se encontraba, bajo una monumental acacia blanca, su bungaló, se dirigió al enlosado que delimitaba la zona exterior del apartamento del sótano y llamó a la puerta. Mejor que se fijara en ella una niña de nueve años que nadie.

Hadiyyah abrió la puerta:

—Cariño, te tengo dicho que no hagas eso —la reprendió su madre—. Podría ser cualquiera.

—Soy yo —anunció Barbara.

—¡Barbara, Barbara! —gritó la niña—. ¡Mamá, es Barbara! ¿Le enseñamos lo que hemos hecho?

—Pues claro, boba. Dile que pase.

Solo con el olor que percibió al entrar, se dio cuenta de qué era lo que habían hecho madre e hija: habían pintado el salón del apartamento. Angelina Upman estaba imprimiéndole al lugar su sello personal. También había añadido cojines al sofá y había flores naturales en un par de jarrones, uno con un artístico arreglo floral en la mesa del sofá y otro en la repisa de la chimenea eléctrica.

—¿A que es precioso? —Hadiyyah observaba a su madre con una expresión de adoración tan intensa que Barbara sintió un nudo en la garganta—. Mamá sabe cómo transformar las cosas y hacerlas especiales. ¿Verdad, mamá, que a ti no te cuesta mucho?

Angelina se inclinó para besar la coronilla de su hija y luego le levantó el mentón.

—Tú eres mi mayor admiradora, cariño, y te lo agradezco mucho, pero también se necesita una opinión más neutral. —Sonrió a Barbara—. ¿Qué te parece? ¿Nos ha salido bien la redecoración a Hadiyyah y a mí?

—Tiene que ser una sorpresa —añadió Hadiyyah—. Fíjate, Barbara, papá ni siquiera lo sabe.

Habían cubierto el deslustrado color crema de las paredes con un verde claro propio de comienzos de primavera. A Angelina le sentaba bien aquel color; seguramente era consciente de ello. Una decisión sensata, pensó Barbara. Sobre esa tonalidad de fondo, parecía aún más atractiva de lo que ya era: un delicado duendecillo de cabello rubio y ojos azules.

—Me gusta —dijo a Hadiyyah—. ¿Tú ayudaste a elegir el color?

—Bueno… —Hadiyyah se quedó mirando la cara a su madre, mientras se mordisqueaba el labio.

—Sí ayudó —mintió sin escrúpulos Angelina—. Ella tomó la decisión final. Creo que tiene un gran futuro como diseñadora de interiores, aunque no es seguro que su padre esté de acuerdo. A ti te tocará estudiar ciencias, Hadiyyah.

—Bah —contestó la niña—. Yo quiero ser… —miró de reojo a su madre— bailarina de *jazz*, eso.

A Barbara no le sorprendió nada la elección. La versión oficial de la ausencia de Angelina decía que había estado trabajando como bailarina profesional durante los catorce meses en los que había desaparecido de la vida de su hija. Lo que no sabía Hadiyyah era que no había desaparecido sola.

—Conque bailarina de jazz, ¿eh? Mejor lo mantenemos en secreto. ¿Tomarás una taza de té con nosotras, Barbara? —ofreció—. Hadiyyah, pon a calentar el agua. Necesitamos un descanso.

—No, no. No me puedo quedar —rehusó ella—. Solo he pasado para…

Barbara cayó en la cuenta de que tampoco ellas se habían fijado. Horas y horas en el maldito sillón del dentista y nadie… Eso significaba… No era posible… ¿Qué demonios le pasaba? Se acordó de la bolsa que llevaba en la mano, con la bufanda y la blusa.

—He comprado algo en el centro comercial y me he dicho que ahora solo me falta la aprobación de Hadiyyah para ponérmelo mañana.

—¡Sí, sí! —exclamó la niña—. Enséñamelo, Barbara. Mamá, Barbara se ha estado renovando. Se ha comprado ropa nueva y todo. Primero quería ir a Marks & Spencer, pero yo le dije que no. Bueno, compramos una falda allí, ¿verdad, Barbara? Pero yo le dije que solo las abuelas van a Marks & Spencer.

—Eso no es del todo cierto, cariño —le respondió su madre.

—Pues tú siempre decías…

—Yo digo muchas tonterías que tú no tendrías que tomar al pie de la letra. Barbara, enséñanos eso. No, mejor pruébatelo.

—Sí, sí. ¿Te lo vas a poner? —preguntó Hadiyyah—. Te lo tienes que poner. Puedes usar mi habitación…

—Que está hecha un desastre —intervino Angelina—. Ve a la mía, Barbara. Mientras tanto, prepararé el té.

Barbara se encontró en el último sitio donde habría querido estar: en el dormitorio de Angelina Upman y del padre de Hadiyyah, Taymullah Azhar. Cerró la puerta con un discreto suspiro. Bueno, se dijo, tampoco era para tanto. Lo único que tenía que hacer era sacar la blusa del bolso, desplegarla, quitarse la que llevaba… No tenía que mirar nada de lo que tenía delante.

No sabía por qué, pero le resultó imposible. Lo que vio era lo que esperaba ver: los indicios de la convivencia de un hombre y una mujer que formaban una pareja, una pareja en el sentido de lo que se necesita para engendrar un hijo. Y no era que estuvieran buscando otro, pues vio las píldoras anticonceptivas de Angelina en la mesita de noche, junto a una radio despertador.

¿Y qué? ¿Qué coño esperaba? Además, ¿a ella qué le importaba? Taymullah Azhar y Angelina Upman tenían relaciones sexuales. O mejor dicho, habían reanudado sus relaciones sexuales en un momento u otro después de la repentina reaparición de la mujer. El hecho de que lo hubiera dejado por otro hombre había quedado, al parecer, perdonado y olvidado, y ahí acababa el asunto. Todo el mundo tenía que vivir feliz de una manera u otra. Ella también.

Después de abrocharse la blusa, trató de alisarla un poco. A continuación sacó el pañuelo que había comprado para llevar con ella y se lo colocó con inexperta mano en torno al cuello. Cuando se miró en el espejo que había detrás de la puerta, le dieron ganas de vomitar. Más habría valido que se hubiera zampado la torta. Le habría salido más barata y habría quedado más satisfecha.

—¿Te has cambiado ya, Barbara? —preguntó Hadiyyah desde el otro lado de la puerta—. Mamá pregunta si necesitas ayuda.

—No, ya está —respondió Barbara—. Ya salgo. ¿Estás lista? ¿Te has puesto las gafas de sol? Te voy a deslumbrar.

Primero la acogió el silencio. Después Hadiyyah y su madre hablaron a la vez.

—Una prenda sorprendente —dijo Angelina.

—¡Oh, no! —exclamó Hadiyyah—. ¡Te has olvidado lo de la barbilla y el escote! —gimió casi—. Tienen que seguir la misma línea, y te has olvidado.

Otra compra desastrosa, concluyó Barbara. Por algo se había pasado los últimos quince años de su vida llevando camisetas con letras y dibujos estampados, y pantalones atados con un cordón.

—Eso no es verdad, Hadiyyah —se apresuró a intervenir Angelina.

—Pero tiene que elegir escote redondo y ha escogido…

—Cariño, lo único malo es que no se ha colocado el pañuelo tal como debería. También se puede crear el mismo efecto con la curva del pañuelo. Tampoco es que solo haya una clase de escote… A ver, Barbara, déjame un momento.

—Pero, mamá, el color…

—Es perfecto y me alegra que te hayas dado cuenta —añadió con firmeza Angelina.

Quitó el pañuelo del cuello de Barbara y con unos toques certeros se lo volvió a colocar. Como la tenía más cerca, Barbara captó su olor. Era como oler una flor tropical. Además, tenía la piel más perfecta que había visto nunca.

—Ya está —dijo Angelina—. Mírate en el espejo ahora, Barbara. Dime qué te parece. Es muy fácil ponerlo. Te lo enseñaré.

Barbara volvió al dormitorio, cerca de aquellas píldoras, que se negó a mirar otra vez. Habría querido sentir antipatía por Angelina, una mujer que había abandonado a su hija y al padre de esta para vivir una larga aventura que hasta le había sido perdonada, pero no podía. Creyó entender por qué: al parecer, su marido la había perdonado.

Al verse en el espejo tuvo que reconocer que la condenada sabía cómo poner un pañuelo. Y ahora que lo tenía bien colocado, se dio cuenta de que, efectivamente, no era la prenda idónea para combinar con la blusa. Maldita sea, se lamentó. ¿Cuándo iba a aprender?

Estaba a punto de salir y preguntar a Angelina si ella y Hadiyyah podían acompañarla en su próxima expedición a Camden High Street, habida cuenta de que no tenía tanto dinero como para desperdiciarlo eligiendo mal la ropa, cuando oyó la puerta de afuera y el sonido de la voz de Taymullah Azhar.

Como por nada del mundo quería que la encontrara en el dormitorio que compartía con la madre de su hija, se quitó a toda prisa el pañuelo y la blusa, los metió en la bolsa y se puso el jersey que había llevado en el trabajo ese día.

Cuando salió, Azhar estaba admirando la nueva pintura de las paredes, con Hadiyyah colgada de su mano y Angelina prendida de su brazo.

Por la cara de sorpresa que puso al verla, dedujo que ni Hadiyyah ni su madre le habían avisado de que estaba allí.

—¡Barbara! Hola —la saludó—. ¿Qué te parece lo manitas que son?

—Las voy a contratar para que me pinten la casa —contestó ella—, aunque yo me voy a pedir lila y naranja. ¿A que me van a pegar, Hadiyyah?

—¡No, no, no! —gritó la niña.

Sus padres se echaron a reír. Barbara sonrió. Qué familia más feliz, ¿no? Había llegado la hora de abandonar aquel lugar.

—Os dejo tranquilos para la cena —dijo—. Gracias por la ayuda con el pañuelo —agradeció a Angelina—. Ya he visto la diferencia. Si tú pudieras vestirme todas las mañanas, estaría preparada para la vida.

—Cuando quieras —la alentó Angelina—. En serio.

Y lo peor, maldita sea, era que parecía sincera. Qué mujer más exasperante. Si al menos colaborara y fuera una mala pécora, las cosas serían más fáciles.

Les deseó las buenas noches y se fue. Azhar la siguió. Encendió un cigarrillo, fuera de la casa, ya que Angelina no permitía fumar en casa.

—Te felicito, Barbara.

—¿Por qué? —preguntó, volviéndose.

—Por los dientes. Veo que te los han arreglado. Te han quedado muy bien. Seguro que la gente te lo ha estado diciendo todo el día.

—Ah, sí. Ya. La jefa…, ella me lo mandó. Bueno, no me lo mandó exactamente; está claro que no puede inmiscuirse en estas cosas. Pero digamos que lo insinuó con energía. No sé adónde iremos a parar…, puede que después venga la liposucción y la cirugía plástica. Cuando haya acabado conmigo, espero tener que espantar a los hombres con una escoba.

—Le estás quitando importancia y sí la tiene —opinó Azhar—. Seguro que Angelina y Hadiyyah ya te han dicho…

—Pues no —lo interrumpió Barbara—. De todas maneras, gracias por el cumplido, Azhar.

Qué ironía, pensó, un cumplido del último hombre que debería haberse fijado en su dentadura; el último que ella habría querido que se fijara. Bueno, de todas maneras, no significaba nada.

Enhebrando aquella sarta de mentiras y tras darle las buenas noches a Taymullah Azhar, se encaminó a su bungaló.

30 de octubre

Belgravia
Londres

Como un hombre precavido vale por dos, Lynley había pasado los dos días siguientes a su entrevista con Hillier y Bernard Fairclough averiguando cuanto pudo sobre este, su familia y su situación. No quería adentrarse a ciegas en aquella investigación. Había bastante información disponible sobre Bernard Fairclough. Su verdadero nombre era Bernie Dexter de Barrow-in-Furness y vino al mundo en una casita de dos plantas de la calle Blake Street, situada en un barrio bajo.

Su metamorfosis de Bernie Dexter a Bernard Fairclough, barón de Ireleth, constituía una materia ideal para el tipo de relato que justificaba la existencia de los suplementos dominicales de los periódicos. A los quince años, Dexter había dejado el colegio y se había puesto a trabajar en lo más bajo del escalafón de la Fairclough Industries, donde trabajaba empaquetando accesorios de baño cromados durante ocho horas al día. Aunque aquel tipo de labor acababa privando de alma, esperanza y ambición a cualquier empleado, Bernie Dexter, de Blake Street, no era como los demás. Era «descarado desde el primer momento», tal como lo describió su esposa, Valerie Fairclough, nieta del fundador de la empresa, en una entrevista que le hicieron después de que obtuviera su título nobiliario. Se habían conocido cuando él tenía quince años, y ella, dieciocho. Fue en un espectáculo de Navidad de la empresa, donde él actuó. Valerie asistió por obligación; él, para divertirse. Se conocieron en una recepción en la que los propietarios Fairclough realizaban su demostración anual de nobleza de corazón y por la que los empleados avanzaban en fila con reverencias, la mirada gacha y pronunciando «sí, señor; gracias, señor» al más puro estilo dickensiano; todo para recibir el aguinaldo. Muy distinta actitud tuvo Bernie Dexter, que de entrada le dijo con un guiño a Valerie que pensaba casarse con ella: «Eres guapísima.

Así que creo que te voy a asegurar el porvenir». Lo dijo como si Valerie Fairclough no tuviera ya asegurado su futuro.

No obstante, había mantenido su palabra, porque no tuvo ninguna clase de reparo en ir a hablar con el padre de Valerie y anunciarle que «yo podría transformar esta empresa en algo mejor con tal de que me dé una oportunidad». Y así lo había hecho, no enseguida, por supuesto, pero sí con el tiempo. Por su parte, había conquistado a Valerie gracias a la persistente devoción que sentía por ella. La chica se quedó embarazada cuando tenía veinticinco años. Primero se fugaron y luego se casaron. Después adoptó el nombre de la familia, aumentó la eficacia de las Fairclough Industries y modernizó sus productos, uno de los cuales era precisamente una línea de modernos sanitarios que le hizo ganar una impresionante fortuna.

Su hijo Nicholas siempre fue el nubarrón en el despejado cielo de Bernie. Lynley encontró toneladas de información sobre él, porque cuando Nicholas Fairclough incurría en sus periódicas recaídas, lo hacía de una manera muy pública. Borracheras, peleas, robos, gamberrismo, conducir borracho, robo de coches, incendio provocado, conducta indecente bajo la influencia de... Aquel hombre tenía un pasado como el del hijo pródigo, pero potenciado con las drogas. Había exhibido su disoluta vida delante de Dios y de todos, y en particular ante la prensa local de Cumbria. Los artículos en los que se relataba su comportamiento habían llamado la atención de los tabloides de ámbito nacional, ávidos de un sensacionalismo con el que llenar sus primeras planas, en especial si contaban las hazañas del vástago de un noble.

La muerte prematura solía ser el desenlace de una vida como la que había llevado Nicholas Fairclough, pero en su camino se cruzó una joven argentina que tenía el impresionante nombre de Alatea Vásquez de Torres. Recién salido de otro programa de desintoxicación —esa vez en Estados Unidos, en Utah—, Nicholas se había trasladado a una antigua ciudad minera llamada Park City, con la idea de disfrutar de una merecida temporada de descanso y relax, financiada como de costumbre por su desesperado padre. Aquella antigua ciudad minera era ideal para su propósito, ya que estaba situada en medio de las Wasatch Mountains, que cada año, entre noviembre y abril, acogía a ávidos esquiadores llegados de todo el mundo, junto a decenas de jóvenes contratados para trabajar a su servicio.

Alatea Vásquez de Torres formaba parte de este segundo grupo. De acuerdo con los más palpitantes relatos que Lynley fue capaz de encontrar al respecto, ella y Nicholas Fairclough se enamoraron a primera vista, ante la caja registradora de uno de los numerosos restaurantes de la estación de esquí. Lo demás era, como se suele decir, historia. Después siguió un arrebatado noviazgo y una boda en los juzgados de Salt Lake City, un definitivo abandono de las drogas por parte de Nicholas (una manera extraña de celebrar un matrimonio, pero ahí lo pone, pensó Lynley). De ahí resurgió el fénix, que al parecer era la asombrosa naturalza de aquel hombre. De todos modos, su vuelta a la vida no tuvo mucho que ver con la determinación de Fairclough de deshacerse del yugo de la adicción, sino más bien con la decisión de Alatea Vásquez de abandonarlo tan solo dos meses después de la boda. «Yo haría cualquier cosa por ella. Moriría por ella. Para mí la cura fue un juego de niños», había declarado más adelante Fairclough.

Ella había regresado, él había perseverado en la abstinencia y todo el mundo era feliz, o al menos eso se desprendía de toda la información que Lynley pudo consultar durante las veinticuatro horas que dedicó a investigar la historia de la familia. A aquella altura de su vida parecía bastante descabellado que Nicholas Fairclough hubiera tenido alguna implicación en la muerte de su primo, pues parecía claro que su esposa no permanecería lealmente al lado de un asesino.

Lynley siguió leyendo cuanto pudo encontrar sobre el resto de la familia. La información era vaga, teniendo en cuenta lo anodinos que eran en comparación con el hijo varón de lord Fairclough. Una hermana divorciada, un hermana solterona, un primo —ese debía de ser el muerto— que administraba el dinero de los Fairclough, la mujer de ese primo (una respetable ama de casa) y sus dos hijos… La familia Fairclough componía un grupo heterogéneo, pero ninguno parecía ocultar nada turbio.

Al final de su segundo día de investigación, Lynley se puso a mirar la calle por la ventana de su biblioteca de Eaton Terrace, donde el resplandor del fuego de gas competía con la última luz de la tarde. Aunque no le gustaba mucho la situación en la que se encontraba, no estaba seguro de que pudiera hacer algo para cambiarla. Normalmente, el objetivo de su trabajo era reunir pruebas de la culpabilidad de alguien, no de su inocencia. Si la policía había dictaminado que la muerte fue accidental, no parecía que tuviera mucho sentido seguir escarbando en el asunto. Los investigadores de la policía sabían lo que hacían, y disponían de pruebas y testimonios en que basar sus pesquisas. Si ellos habían considerado que la muerte de Ian Cresswell había sido un accidente… desafortunado e inoportuno, como lo son todos los accidentes, pero accidente al fin y al cabo…, pues, en principio, todo el mundo debería haberse quedado conforme con su conclusión, por más honda que fuera la pena que sintieran por la repentina pérdida de un miembro de la familia.

Resultaba interesante, con todo, que Bernard Fairclough no se diera por satisfecho. Pese a la investigación y a sus resultados, las dudas de Fairclough indicaban que tal vez sabía más de lo que había reconocido en la entrevista en el *Twins*. Parecía que tras la muerte de Ian Cresswell se ocultaba algo.

Se preguntó si alguien habría informado a Fairclough sobre algún detalle de la investigación policial o si habría hablado con alguien del equipo.

Dio la espalda a la ventana para mirar su escritorio, donde tenía desparramadas sus notas y hojas impresas junto al portátil. Si había información adicional sobre la muerte de Ian Cresswell, seguramente habría más de una vía para conseguirla. Cuando se encaminó al teléfono para hacer unas llamadas e intentar averiguarlo, este sonó. Dudó si dejar saltar el contestador, como solía hacer, pero al final decidió cogerlo.

—¿Qué diantre estás haciendo, Tommy? —le preguntó Isabelle—. ¿Por qué no has ido al trabajo?

Había pensado que Hillier se ocuparía de aquel detalle, pero, por lo visto, se equivocaba.

—Es por un asuntillo que Hillier me ha encargado. Creía que te habría avisado.

—¿Hillier? ¿Qué clase de asunto? —inquirió, atónita, Isabelle.

Hillier y él no es que se llevaran muy bien. En caso de apuro, Lynley sería la última persona del Met a la que Hillier recurriría.

—Es confidencial —le advirtió—. No estoy en condiciones de…

—¿Qué ocurre?

Se tomó un momento antes de responder. Trataba de encontrar una manera de contarle lo que hacía sin decírselo directamente. Sin embargo, ella interpretó ese silencio como si la estuviera evitando.

—Ah, entiendo —añadió con aspereza—. ¿Tiene que ver con lo que pasó?

—¿Con qué? ¿Qué pasó?

—Para ya, por favor. Ya sabes a qué me refiero. Con Bob, la otra noche. El hecho de que no hayamos estado juntos desde…

—Ah, no. No tiene nada que ver con eso —la interrumpió, aunque, a decir verdad, no estaba del todo seguro.

—Entonces, ¿por qué me has estado evitando?

—Yo no te he estado evitando.

Durante el silencio que siguió, le dio por preguntarse dónde estaría. Por la hora del día, era posible que se encontrara aún en Scotland Yard, en su oficina quizá. Puede que estuviera delante de su escritorio, con la cabeza inclinada para hablar por teléfono y ese cabello tan suave que tenía, de un color casi ámbar, recogido detrás de una oreja, en la que se veía un pendiente a un tiempo clásico y de moda. Tal vez se había quitado un zapato y se encorvaba para frotarse la pantorrilla mientras pensaba lo que le iba a decir a continuación.

—Tommy, ayer se lo conté a Bob —anunció por sorpresa—. No le dije quién eres, porque, como te expliqué, sé muy bien que lo utilizaría contra mí en el momento oportuno, cuando sea más vulnerable, pero se lo dije.

—¿El qué?

—Que tengo una relación con alguien. Que tú habías venido a casa cuando él y Sandra estaban allí y que no te hice pasar porque pensé que los niños no estaban preparados para conocer… Después de todo, era la primera vez que venían a Londres para verme y tenían que adaptarse a que yo estuviera aquí, al apartamento y a todo lo que eso conlleva. Aparte, tener a un hombre allí… Le dije que consideré que era demasiado pronto y que te pedí que te fueras, pero que quería que supiera de tu existencia.

—Ah. Isabelle.

Debía de haberle costado mucho contárselo a su exmarido, que ejercía un gran poder sobre ella. Y, además, ahora se lo contaba a él, con lo orgullosa que era.

—Te echo de menos, Tommy. No quiero estar mal contigo.

—No estamos mal.

—¿No?

—No.

Otro silencio. Quizás estaba en casa, pensó, sentada en el borde de la cama de aquella claustrofóbica habitación. Solo tenía una ventana, que casi estaba sellada, para prevenir que alguien la abriera del todo. Por otro lado, su cama era demasiado pequeña para los dos. Puede que eso tuviera que ver. ¿Cómo se tomaría el que ella reconociera que era por eso?

—Las cosas son complicadas —dijo—. Siempre lo son, ¿no?

—A partir de cierta edad, sí. Uno carga demasiado equipaje. —Inspiró profundamente y añadió—: Quiero estar contigo esta noche, Tommy. ¿Vas a venir? —Luego formuló una pregunta extraordinaria, viniendo de ella—: ¿Tienes tiempo?

Le dieron ganas de contestar que no era una cuestión de tiempo, que lo que importaba era cómo se sentía y lo que quería ser, pero aquello era demasiado complicado.

—La verdad es que no lo sé.

ELIZABETH GEORGE

—Por lo de Hillier. No he insistido en saber qué ocurre, y no lo pienso hacer. Te lo prometo. Tampoco te insistiré luego. Sabes que luego te pones como te pones. A veces pienso que, en esos momentos, podría sacarte cualquier cosa.

—¿Y por qué no lo haces?

—Pues porque no me parece muy honrado. Además, no soy esa clase de mujer. No soy una arpía manipuladora…, o no mucho.

—¿Y ahora me estás manipulando?

—Solo para que vengas. Pero si lo reconozco de entrada, no se me puede tachar de manipuladora, ¿no?

Sonrió. Sintió que se ablandaba, pese a lo desastrosa que era su relación y a que no pegaban nada el uno con el otro. Aquello no tenía remedio, pero, aun así, la deseaba.

—Puede que llegue tarde —advirtió.

—Me da igual. ¿Vas a venir, Tommy?

—Sí —aceptó.

Chelsea
Londres

Antes tenía que realizar ciertas gestiones. Podía hacerlas por teléfono, pero sería mejor hacerlo en persona; así podría calibrar mejor si el favor que iba a pedir supondría una molestia o no.

Que aquello no fuera una investigación oficial de la policía no le facilitaba las cosas. Como debía actuar en secreto, necesitaba un enfoque creativo.

Podría haber insistido para que Hillier le permitiera utilizar los servicios de otro agente, pero los únicos con los que deseaba trabajar no eran buenos candidatos para pasar inadvertidos en Cumbria. Con su metro noventa de altura y la piel del color del té bien cargado, el sargento Winston Nkata difícilmente se fundiría en el marco otoñal de Lake District. En cuanto a la sargento Barbara Havers, que en otras circunstancias habría sido su acompañante ideal, pese a su multitud de irritantes hábitos…, bueno, solo imaginársela fumando un cigarrillo tras otro con su particular estilo beligerante mientras se paseaba por Cumbria intentando pasar por una excursionista que había ido a disfrutar de sus montañas resultaba ridículo. Aunque era una excelente policía, la discreción no era su punto fuerte. De haber estado viva, Helen habría sido perfecta para aquella misión. Además, le habría encantado. «¡Vamos a ir de incógnito, cariño! ¡Qué maravilla, Tommy! Vamos a ser como la pareja de *El misterioso señor*

Brown...» Pero Helen no estaba viva, no estaba viva. Pensar en ella y sentir ganas de salir de casa cuanto antes fue todo uno.

Para ir a Chelsea, optó por pasar por King's Road. Aunque era la vía más directa para llegar a Cheney Row, no resultaba la más rápida, ya que, además de ser estrecha, estaba llena de *boutiques*, zapaterías, tiendas de antigüedades, pubs y restaurantes. Viendo a la multitud que abarrotaba, como siempre, las aceras, le pudo la melancolía. Prefirió no pensar en por qué se sentía así.

Aparcó en Lawrence Street, cerca de Lordship Place. Desandando una parte del camino recorrido, en lugar de seguir hasta Cheney Row, se adentró en el jardín de la alta casa de ladrillo situada en la esquina.

El jardín lucía sus colores otoñales, preparándose para el invierno. En el césped se acumulaban las hojas secas mientras en los arriates se alzaban plantas cuyas flores se habían marchitado hacía tiempo y cuyos tallos se inclinaban peligrosamente hacia el suelo, como bajo la presión de una mano invisible. Los muebles de mimbre estaban protegidos con fundas de lona. Entre las baldosas de ladrillo crecía el musgo. Lynley tomó uno de los senderos, el que conducía a la casa. Allí unas escaleras comunicaban con la cocina del subsuelo, donde, con el declinar de la tarde, ya habían encendido la luz. Detrás de la ventana se advertía una figura que se movía, envuelta en el vaho del calor del interior.

Llamó dos veces a la puerta. El perro empezó a ladrar y él abrió la puerta.

—Soy yo, Joseph. He venido por detrás.

—¿Tommy? —Era una voz de mujer, no la del hombre que esperaba oír, sino la de su hija—. ¿Ahora entras por la puerta de servicio?

Salió de la cocina detrás del perro, un perro salchicha de pelo largo que respondía al paradójico nombre de *Melocotón*. El animal ladró, saltó y lo saludó con sus habituales idas y venidas. Igual de indisciplinado que siempre, era una prueba viviente de lo que Deborah James solía decir: era completamente nula para adiestrar a cualquier animal.

—Hola —saludó ella—. Qué sorpresa más agradable. —Apartó al perro para poder abrazarlo y después le dio un beso en la mejilla—. Te vas a quedar a cenar —anunció—. Hay varios motivos, pero el principal es que cocino yo.

—Vaya por Dios. ¿Dónde está tu padre?

—En Southampton. Por el aniversario. Este año no quiso que fuera. Supongo que es porque se cumplen veinte años.

—Ah.

Sabía que Deborah no iba a añadir nada más, no porque le apenara hablar de la muerte de su madre, que, al fin y al cabo, se había producido cuando ella solo tenía siete años, sino por los recuerdos que la muerte pudiera suscitar en él.

—De todas formas, volveré mañana —precisó—. Pero, mientras tanto, tú y el pobre Simon vais a quedar a merced de mis garras culinarias. ¿Lo querías ver, por cierto? Está arriba.

—Quería veros a los dos. ¿Y qué estás cocinando?

—Pastel de carne picada y puré de patatas. El puré es instantáneo, ¿eh? Es que no quería complicarme mucho. Además, las patatas son patatas, ¿no? También hay brécol, al estilo mediterráneo, bien impregnado de aceite de oliva y ajo. Y la ensalada de acompañamiento, lo mismo. ¿Te vas a quedar? No te puedes negar. Si es horrible, puedes mentir y decirme que estaba delicioso. Yo sabré que mientes, claro. Siempre me doy cuenta de cuándo mientes, que lo sepas. Si tú dices que todo está estupendo, Simon se verá obligado a hacer lo mismo. Ah, además, también hay postre.

—Ese va a ser el factor decisivo.

—¿Lo ves? Sé que mientes, pero te voy a seguir el juego. Pues es una tarta de fruta.

—¿Que va envuelta en un pastel o algo así?

—Muy gracioso, lord Asherton —contestó, riendo—. ¿Te vas a quedar o no? Es de manzana y pera, por cierto.

—¿Cómo me podría negar? —Lynley dirigió la mirada a las escaleras que comunicaban con el resto de la casa—. ¿Está en…?

—En el estudio. Sube. Yo iré después de comprobar que todo esté en orden en el horno.

Desde el pasillo del piso de arriba, oyó la voz de Simon Saint James, proveniente de su estudio, situado en la parte delantera de la casa. Tenía la extensión de un salón normal. Estaba abarrotado de libros hasta el techo en tres de las paredes; la cuarta estaba consagrada a las fotografías de Deborah. Cuando Lynley entró en la habitación, su amigo se encontraba sentado frente al escritorio hablando por teléfono. Al ver cómo se pasaba los dedos por el pelo, con la cabeza gacha, dedujo que tenía problemas.

—A mí también me parecía lo mismo, David —dijo—, y lo sigo pensando. Por lo que a mí respecta, es la solución que estábamos buscando… Sí, sí. Lo entiendo perfectamente… Volveré a hablar con ella… ¿Cuánto tiempo exactamente?… ¿Cuándo querría vernos?… Sí, comprendo. —Entonces levantó la cabeza y lo saludó con un gesto—. De acuerdo, pues. Dale recuerdos a mamá y a tu familia.

Lynley supuso que estaba hablando con su hermano mayor, David.

Saint James se levantó trabajosamente, agarrándose al borde del escritorio para superar la incapacidad de una pierna que no había funcionado sin una muleta desde hacía años. Después de saludarlo, fue hasta el carrito de las bebidas.

—El whisky es el remedio —dijo—. Para mí más largo que de costumbre y solo. ¿Y tú?

—Lo mismo —respondió Lynley—. ¿Problemas?

—Mi hermano David ha encontrado a una chica en Southampton que quiere dar en adopción a su hija. Sería un acuerdo en privado firmado ante notario.

—Es una excelente noticia, Simon —se congratuló Lynley—. Debes de estar encantado, después de tanto tiempo.

—En circunstancias normales, lo estaría. Es un regalo que ya no esperábamos. —Abrió una botella de Lagavulin y sirvió más de tres dedos en cada vaso—. Nos lo merecemos —aclaró al ver la expresión interrogativa de Lynley—. Yo por lo menos, y supongo que tú también.

Señaló los sillones de piel situados frente a la chimenea, gastados y llenos de resquebrajaduras, en los que había que hundirse con cuidado para no salpicarse con la bebida.

—¿Cuáles son las circunstancias ahora? —preguntó Lynley.

Saint James lanzó una mirada hacia la puerta, dando a entender que Deborah no tenía que enterarse de aquella conversación.

—La madre quiere una adopción abierta. No solo es ella la que está implicada en la vida del niño, sino también el padre. Ella tiene dieciséis años; él, quince.

—Ah, ya entiendo.

—Deborah ha reaccionado diciendo que no quiere compartir a su hijo.

—No parece muy razonable, ¿no?

—Y de lo que sí está segura —prosiguió Saint James— es de que no desea compartir a su hijo con dos adolescentes. Dice que sería como adoptar tres hijos en lugar de uno y, además, hay que tener en cuenta que ambos tienen sus familias respectivas y no se sabe qué implicación tendrían. —Tomó un sorbo de whisky.

—Ahora comprendo mejor su postura —admitió Lynley.

—Yo también. La situación no es la ideal, ni mucho menos. Por otra parte, parece... Bueno, ya se hizo el resto de las pruebas, Tommy. Es definitivo. No va a poder tener un embarazo hasta el final.

Lynley ya lo sabía. Hacía un año que lo sabía. Al parecer, Deborah le había contado por fin a su marido aquello que había soportado sola durante los doce meses anteriores. Translocación recíproca: así se llamaba el trastorno. No había nada que hacer, aparte de buscar vías alternativas para acceder a la paternidad.

Lynley guardó silencio. Los dos se quedaron pensativos un momento. En el pasillo sonó el repiqueteo de los pasos de *Melocotón*, que se acercaba acompañando, sin duda, a su ama.

—Deborah me ha pedido que me quedara a cenar —explicó Lynley en voz baja—, pero puedo inventar una excusa si os vais a sentir incómodos esta noche.

—Oh, no, al contrario —le aseguró él—. Ya me conoces. Haría cualquier cosa con tal de evitar una conversación peliaguda con la mujer a la que amo.

—He traído algo para picar —anunció Deborah, entrando en la habitación—. Palitos de queso. *Melocotón* ya se ha comido uno, así que puedo asegurar que son deliciosos, por lo menos para un paladar canino. No te levantes, Simon. Ya me serviré yo el jerez. —Después de dejar la bandeja con los palitos de queso en la otomana que había entre los sillones, apartó al perro salchicha y se acercó al carro de las bebidas—. Tommy me ha dicho que quería vernos a los dos —le explicó a su marido—. Supongo que será por negocios o para anunciarnos algo. Si tiene que ver con el Healey Elliot, yo voto por que se lo compremos ahora mismo, Simon.

—Ya te lo puedes quitar de la cabeza —replicó Lynley—. Me van a enterrar en ese coche.

—Mecachis —exclamó Saint James con una sonrisa.

—Lo he intentado —dijo su mujer. Luego se sentó en el brazo de su sillón—. Así pues, ¿de qué se trata, Tommy?

Pensó un instante en cómo enfocar el asunto.

—No sé si os apetecería realizar una excursión otoñal por la zona de los Lagos.

Chelsea
Londres

Deborah siempre se deshacía los nudos del pelo antes de acostarse. A veces él la peinaba; otras miraba. Tenía una larga cabellera rojiza, densa y rizada, a menudo incontrolable, que era precisamente lo que a él más le gustaba. Esa noche la observaba apoyado en los cojines de la cama. Instalada frente a la cómoda, ella veía como la miraba desde el espejo.

—¿Estás seguro de que puedes ausentarte todo ese tiempo del trabajo, Simon?

—Son solo unos cuantos días. La cuestión es si tú puedes y cómo te ves haciendo eso.

—¿Te refieres a que no se me da muy bien disimular? —Dejó el cepillo y fue hacia la cama. Llevaba un fino camisón de algodón, que se quitó, como hacía todas las noches, antes de meterse entre las sábanas. A él le agradaba que prefiriera dormir desnuda. Le gustaba encontrarse con su cálido y suave contacto cuando se volvía en sueños—. Es la clase de misión en la que a Helen le habría entusiasmado participar—señaló—. No sé si Tommy lo habrá pensado.

—Es posible.

—Mmm. Sí. Bueno, yo estoy dispuesta a ayudarlo, en la medida en que pueda. Pienso seguir la información de ese recuadro de revista que habla sobre Nicholas Fairclough, ese que ha mencionado Tommy. Quizá podría utilizarlo como punto de partida: «Después de haber leído esas líneas dedicadas a usted y a su proyecto en ese artículo dedicado al jardín de sus padres…». Por lo menos existe un motivo por el que alguien quiere hacer un documental. Si no, me encontraría sin saber a qué recurrir. ¿Y tú?

—El material de la encuesta no va a presentar ningún problema, ni tampoco los datos forenses. ¿Sobre lo demás? No estoy seguro. Es algo extraño, se mire por donde se mire. —Y hablando de situaciones extrañas, pensó, había otra que solicitaba su atención—. Ha llamado David —dijo—. Estaba hablando con él cuando ha llegado Tommy.

Notó el cambio que se produjo en ella en el acto. Se le alteró la respiración. Una lenta inhalación de aire precedió a una prolongada pausa.

—La chica querría conocernos, Deborah. Sus padres y el muchacho estarían presentes. Ella lo prefiere así y el notario dijo…

—No puedo —afirmó Deborah—. He estado pensándolo, Simon. Lo he sopesado desde todos los ángulos, créeme, pero, por más que intente verlo de otro modo, creo que lo malo supera lo bueno.

—No es lo ideal, pero otra gente consigue llevarlo bien.

—Puede que ellos sí, pero yo no soy como ellos ni puedo hacer como si lo fuera. Nos pedirían compartir un niño con su madre biológica, con su padre biológico, con sus abuelos biológicos y con vete a saber quién más. Ya sé que es muy moderno y todo eso, pero no es lo que quiero. No puedo ir en contra de mis deseos.

—También es posible que acaben desinteresándose por el niño —apuntó Saint James—. Son muy jóvenes.

Deborah se volvió a mirarlo. Estaba sentada en la cama, no recostada en los cojines.

—¿Desinteresarse? —replicó con incredulidad—. Estamos hablando de un niño, no de un cachorrillo. No van a desinteresarse. ¿Acaso tú lo harías?

—No, pero yo no tengo quince años. Además, se estipularían las condiciones. El notario las redactaría.

—No —reiteró—. No me lo vuelvas a pedir, por favor. No puedo.

Saint James dejó pasar un momento. Ella se volvió hacia la pared y él acercó la mano a la cabellera desparramada sobre su espalda, casi hasta la cintura. Tocó un mechón que se le enroscó espontáneamente en torno a sus dedos.

—¿No querrás pensártelo un poco más antes de tomar una decisión definitiva? —propuso—. Como te decía, la chica querría vernos. Ese paso, por lo menos, podríamos darlo. Es posible que te caigan bien ella, su familia y el chico. El hecho de que quiera mantener el contacto con el niño no…, no es algo malo, Deborah.

—¿Y qué tiene de bueno? —le preguntó, todavía de espaldas.

—Indica un sentido de la responsabilidad. No quiere alejarse simplemente y seguir con su vida como si nada hubiera ocurrido. En cierto sentido desea mantenerse disponible para el niño, estar presente en caso de que surjan preguntas.

—Nosotros podríamos responder a esas preguntas. Lo sabes perfectamente. Y si quiere estar implicada en la vida de su hijo, ¿por qué elige como padres a una pareja de Londres y no a una de Southampton? No tiene sentido. Ella es de Southampton, ¿no?

—Sí.

—Pues ya ves…

Intuía que no se sentía en condiciones de soportar otra decepción y lo entendía. Aun así, si no seguían insistiendo, si no aprovechaban todas las vías que se abrían ante ellos, era muy posible que perdieran una oportunidad, y si querían un hijo, si de veras querían un hijo…

Esa era la pregunta clave, por supuesto. No obstante, formularla equivalía a adentrarse en un campo de minas. Después de todo el tiempo que llevaba casado con Deborah, sabía que había ciertos terrenos por los que era demasiado arriesgado adentrarse.

—¿Tienes otra idea? —preguntó de toda formas—. ¿Te planteas otra posibilidad?

Ella no respondió enseguida. Pero estaba claro que contemplaba otra alternativa, algo que era reacia a expresar. Cuando le repitió la pregunta, contestó en el acto.

—Un vientre de alquiler.

—Por todos lo santos, Deborah, esa opción está plagada de…

—No con una madre donante, Simon, sino con una madre portadora. Sería nuestro embrión, nuestro hijo, solo que se gestaría en otro vientre. No sería un hijo suyo. Ella no tendría el mismo apego, o por lo menos no tendría derecho a encariñarse de esa forma.

A Simon se le vino el mundo al suelo. ¿Cómo era posible que una cosa que para los demás era algo tan natural se hubiera convertido para ellos en un lodazal plagado de citas, médicos, especialistas, trámites, notarios, preguntas, respuestas y más preguntas? ¿Y ahora eso? Pasarían meses y meses mientras buscaban posibles madres de alquiler, mientras las entrevistaban y recababan información sobre ellas, mientras Deborah tomaba medicamentos con posibles efectos secundarios para su cuerpo, para cosechar —Jesús, qué palabra— los óvulos, mientras él desaparecía en un cuarto de baño con un bote en la mano para obtener la necesaria secreción ajena a la pasión y al amor, y todo eso para tener quizá, con suerte, si nada se torcía, un hijo que sería biológicamente suyo. Se le antojaba algo complicado hasta lo indecible, inhumano, mecanizado y sin garantías de éxito.

—Deborah —dijo, tras un suspiro.

Supo que ella había reconocido en su tono una duda de la que no quería oír hablar. Era mejor que no supiera que lo único que deseaba era protegerla, pues no le gustaba que la protegieran, aun cuando las cosas podían afectarla más de lo aconsejable.

—Ya sé lo que piensas —afirmó Deborah en voz baja—. Y eso nos lleva a un callejón sin salida, ¿no?

—Es solo que vemos las cosas de un modo distinto. Las enfocamos desde posiciones diferentes. Uno ve una oportunidad donde el otro solo ve dificultades insuperables.

Deborah reflexionó un momento.

—Qué raro —concluyó en voz baja—. Entonces parece que no hay nada que hacer.

Después se acostó a su lado, pero dándole la espalda. Él apagó la luz y apoyó la mano en su cadera. Ella no correspondió el gesto.

Wandsworth
Londres

Eran casi las doce de la noche cuando Lynley llegó. Pese a la promesa que le había hecho, sabía que debería haberse ido a casa a dormir, aunque seguramente solo lograra descansar a ratos. Utilizó su llave para entrar en casa de Isabelle.

Ella lo recibió en la entrada. Lynley creía que ya se habría acostado hacía rato. Vio la luz encendida al lado del sofá y la revista que había dejado encima cuando oyó la llave en la cerradura. También había tirado el batín allí encima. No llevaba nada debajo. Desnuda, se acercó a él. Cuando cerró la puerta, se hundió entre sus brazos y pegó la boca a la suya.

Olía a limón. Por un instante, pensó que tal vez ese sabor indicaba que había vuelto a beber y que trataba de ocultarlo. Luego le dio igual, concentrado en la sensación de sus manos, que recorrieron la distancia entre las caderas y la cintura, y luego de la cintura a los pechos.

—Esto está muy mal, ¿sabes? —murmuró ella mientras comenzaba a quitarle la ropa.

—¿El qué? —susurró él.

—No he pensado en nada más en todo el día.

La chaqueta cayó al suelo y ella se puso a desabotonarle la camisa mientras él se inclinaba hacia su cuello y sus pechos.

—Está muy mal según tus normas de trabajo.

—Según las tuyas también.

—Ah, pero yo soy más disciplinado.

—¿Ah, sí?

—Sí.

—¿Y si te toco ahí, así?

Lynley sonrió al sentir el contacto.

—¿Qué pasa entonces con tu disciplina, eh?

—Lo mismo, supongo, que ocurre con la tuya si te beso aquí, y si decido insistir, usando la lengua…, más o menos así.

Ella contuvo la respiración y él soltó una carcajada.

—Eres un hombre malo, inspector, pero yo soy muy capaz de pagarte con la misma moneda. Por ejemplo, así.

Le bajó los pantalones y cuando lo tuvo igual de desnudo que ella, usó el contacto de su piel para acabarlo de excitar.

Lynley constató que estaba tan caliente como él.

—¿Vamos al cuarto?

—Esta noche no, Tommy —repuso.

—¿Aquí, entonces?

—Ay, sí. Aquí mismo.

2 de noviembre

Bryanbarrow
Cumbria

A aquella hora del día, Zed Benjamin había conseguido instalarse en una buena mesa del Willow and Well, en la que llevaba sentado cincuenta minutos, esperando a que ocurriera algo al otro lado de una ventana cuyos emplomados reclamaban a gritos una renovación. Aunque el frío se colaba por ellos como una visita del ángel de la muerte, aquella incomodidad tenía la ventaja de permitirle llevar sin llamar la atención el gorro de lana de esquí. Así pretendía pasar desapercibido, ya que ocultaba por completo su indiscreto cabello pelirrojo. Respecto a lo de la altura, lo único que podía hacer era encorvarse, de lo cual se acordaba de vez en cuando.

Eso mismo procuraba hacer en la mesa del pub. A ratos encorvaba los hombros encima de la pinta de cerveza, a ratos se hundía en la silla con las piernas estiradas hasta que se le quedaba el trasero igual de insensible que el corazón de un proxeneta. Fuera como fuera no había visto nada interesante desde el retazo del pueblo de Bryanbarrow que percibía desde la ventana.

Aquel era el tercer día que pasaba en Cumbria, dedicado a buscar el morbo que impediría que Rodney Aronson tirara a la basura su artículo sobre Nicholas Fairclough. Sin embargo, hasta el momento solo había escrito quince líneas de un nuevo poema que, por supuesto, no pensaba mencionar cuando el odioso director de *The Source* le llamara, como cada día, para preguntarle con retintín cómo iban las cosas y para recordarle que todos los gastos corrían de su cuenta. Como si no lo supiera, pensó Zed. Como si no se estuviera alojando en la más modesta habitación de la más humilde pensión que había podido encontrar en toda la región: un dormitorio situado en el desván de una de las multitudinarias casas adosadas que flanqueaban prácticamente todas las calles de Windermere, en Broad Street, a dos pasos de la biblioteca municipal. Tenía que agacharse para pasar por la puerta, así como mantenerse casi en posición de bailarín de limbó para desplazarse en su interior. El baño estaba en el piso de abajo y la calefacción se reducía al aire que subía del resto de la casa. No obstante, con tanto defecto, salía muy barata, así que la había cogido sin pensárselo dos veces. Probablemente para compensar tantos inconvenientes, la dueña servía abundantes desayunos, donde se podía encontrar desde gachas hasta ciruelas. De hecho se había saltado las comidas de los últimos tres días. El tiempo que se ahorraba lo invertía en tratar de dilucidar quién —aparte de él— rondaba por allí indagando sobre la muerte de Ian Cresswell. Si Scotland Yard había mandado a alguien a aquellos parajes a husmear en torno al desgraciado fallecimiento del primo de Nicholas Fairclough, Zed no había logrado localizarlo. Por otro lado, sabía que no estaría en condiciones de reconvertir «La novena vida» en «Las nueve vidas y una muerte» que deseaba su jefe hasta que lo averiguara.

Naturalmente, Aronson sabía quién era el detective de Scotland Yard. Zed habría apostado una de sus magras pagas semanales a que su jefe había elaborado un plan magistral para despedirlo con la excusa de que no había descubierto al detective, o lo que era lo mismo, que no había subido el tono de su reportaje. A eso se resumía todo. Y es que aquel tipo no soportaba la combinación de la educación y de las aspiraciones de Zed.

Desde luego, no estaba llegando muy lejos con sus aspiraciones, ni iba a llegar. En aquellos tiempos, con su edad podía malvivir escribiendo poesía, pero la poesía no le iba a proporcionar un techo bajo el que vivir.

Aquello le hizo pensar en el techo de Londres bajo el cual vivía y también en las personas que vivían con él. Y en las intenciones que tenían aquellas personas, en especial su madre.

Sin embargo, no había mucho de lo que preocuparse: después de pasar su primera noche en el piso de la familia —había llegado con una rapidez sorprendente incluso para su madre—, Yaffa Shaw abordó a Zed en la puerta del cuarto de baño que iban a verse obligados a compartir.

—No tienes de qué preocuparte, Zed. ¿De acuerdo? —le murmuró, con el neceser en la mano.

Como estaba tan concentrado en su trabajo, lo primero que pensó fue que hablaba de su próximo viaje a Cumbria, pero luego se dio cuenta de que se refería a su presencia en el piso y a la intención de su madre de emparejarlos a toda costa, hasta que, una vez socavada su resistencia, se comprometieran, se casaran y tuvieran un hijo.

—¿Eh? —dijo Zed, toqueteando el cinturón del batín.

La bata le quedaba demasiado corta, al igual que los pantalones del pijama y, como nunca encontraba zapatillas de su número, lucía lo que solía llevar en los pies todas las mañanas: un par de calcetines desparejados. Sintió que iba hecho un desastre, sobre todo en comparación con Yaffa, pulcra y arreglada, con la ropa bien combinada y un atractivo color que le realzaba el tono de la piel y los ojos.

Yaffa miró por encima del hombro en dirección a la cocina, desde donde llegaba el ruido de los preparativos del desayuno.

—Escucha, Zed —dijo en voz baja—. Yo tengo novio en Tel Aviv, en la Facultad de Medicina, así que no tienes de qué preocuparte.

Se arregló un mechón del cabello, oscuro y rizado, que ahora le caía con un gracioso efecto por debajo de los hombros, en contraste con otras veces en que lo llevaba recogido hacia atrás, y le dedicó una mirada que parecía traviesa.

—A ella no se lo dije. Verás, es que con esto me ahorro mucho dinero —explicó, inclinando la cabeza hacia la puerta de la habitación que le habían adjudicado—. Puedo reducir horas en el trabajo y cursar otra asignatura. Y si logro hacerlo todos los trimestres, podré acabar antes en la facultad y volver a casa con Micah.

—Ah.

—Cuando tu madre nos presentó, ya vi qué intenciones tenía, por eso no le dije nada de él. Necesitaba la habitación… La necesito…, y estoy dispuesta a seguirle el juego si tú quieres.

—¿Cómo? —Desconcertado, se dio cuenta de que con aquella joven apenas parecía capaz de articular palabras.

—Interpretaremos una farsa.

—¿Una farsa?

—Fingimos que nos sentimos atraídos. Luego representamos el papel de «enamorados» —trazó unas invisibles comillas en el aire— y después, cuando nos convenga, yo te parto el corazón. O tú me lo partes a mí. Da lo mismo, aunque tal como es tu madre, será mejor que la mala sea yo. Seguramente tendríamos que salir juntos un par de veces y mantener una especie de embelesado contacto con los móviles mientras tú no estés. Podrías hacer algún que otro ruido como de beso y dirigirme conmovedoras miradas a la hora del desayuno. Eso me daría tiempo para ahorrar el dinero que necesito para cursar una asignatura más por trimestre, y tú disfrutarías de una temporada sin soportar las presiones de tu madre para que te cases. Tendríamos que hacer algunas manifestaciones de afecto de vez en cuando, pero de ninguna manera tendrías que acostarte conmigo, pues eso sería una falta de respeto a tu madre, al no estar casados y vivir en su casa. Yo creo que podría funcionar. ¿Y tú?

—Ya entiendo —dijo, contento de haber llegado a pronunciar dos palabras en lugar de una.

—¿Qué me dices? —preguntó ella—. ¿Estás de acuerdo?

—Sí. —Después confirmó sus progresos, al lograr formar una frase de dos palabras—. ¿Cuándo empezamos?

—Con el desayuno.

Cuando Yaffa le pidió en la mesa que le hablara del reportaje en el que trabajaba en Cumbria, le siguió la corriente. Comprobó, sorprendido, que planteaba preguntas muy pertinentes. Su madre recibió con una radiante expresión aquel interés fingido. La buena mujer lo despidió con un abrazo emocionado: «¿Lo ves? ¿Lo ves, hijo?». Aquellas palabras se le quedaron grabadas. Yaffa le metió una nota en el bolsillo: «Espera treinta y seis horas, llama a casa y dile a tu madre si puedes hablar conmigo. Te daré el número de mi móvil mientras ella escucha. Buena suerte en Cumbria, amigo». Había llamado al cabo de treinta y seis horas exactas. Se sintió extraño al comprobar que había disfrutado de la breve conversación con Yaffa Shaw. Seguramente se debía a que todo estaba claro entre ellos. Con ella no sentía ninguna presión, pensó, y él siempre funcionaba mejor cuando la presión era mínima.

84

No podía decir lo mismo de su maldito reportaje. No se le ocurría qué podía hacer para descubrir al detective de Scotland Yard, aparte de plantarse en Bryanbarrow y esperar a ver quién se presentaba en la granja de Ian Cresswell siguiendo el rastro de su prematura muerte. El Willow and Well le procuraba una buena vista del lugar, puesto que la granja de Bryan Beck quedaba al otro lado de la pequeña plaza central del pueblo, y la antigua casona se veía detrás de una pared de piedra baja y una desvencijada casita de aparcero situada a un lado.

Cuando ya llevaba un par de horas de vigilancia en compañía de la pinta de cerveza, por fin advirtió una señal de vida en la granja. No provenía, sin embargo, de la casona, sino de la casa del aparcero. De su interior emergieron un hombre y un adolescente que se dirigieron a la plaza. Una vez allí, el adulto colocó una banqueta entre las hojas caídas de los robles que la rodeaban, se sentó en ella y dirigió un gesto al muchacho, que llevaba una especie de sábana vieja y una caja de zapatos bajo el brazo. Cubrió los hombros del hombre con una sábana y sacó unas tijeras, un peine y un espejo de mano. El hombre se quitó la gorra de *tweed* que llevaba y ladeó la cabeza, indicando al chico que podía comenzar. Y el muchacho empezó a cortarle el pelo.

Aquellos debían de ser George Cowley y su hijo Daniel. Sabía que el difunto Ian Cresswell tenía un hijo, pero, dadas las circunstancias, no creía que su hijo permaneciera en la granja, y menos aún que le cortara el pelo al aparcero de su padre. Lo que sí resultaba curioso era que lo hicieran en medio de la plaza del pueblo. Es cierto que después habría menos que limpiar, pero aquello no debía de ser muy del agrado de los otros residentes de Bryanbarrow, algunos de los cuales vivían en las casas adosadas de un lado de la plaza.

Zed apuró el resto de la cerveza, que a aquellas alturas ya estaba caliente y sin gas, y salió con paso pesado del pub para acercarse a la improvisada peluquería. Afuera soplaba un viento frío y en el aire flotaba un olor a leña quemada y a estiércol de vaca. A lo lejos, por el lado de la granja de Bryan Beck sonaban unos balidos de oveja, a los que parecían responder los estrepitosos graznidos de los patos, provenientes de la misma granja, que se prolongaba por el lado oeste del pueblo fuera de la vista de Zed.

—Buenas tardes —saludó Zed al hombre y al muchacho—. Usted debe de ser el señor Cowley.

Lo sabía porque había hablado un rato con el dueño del pub durante su primera hora en el Willow and Well. Aquel tipo lo había tomado por uno más de los muchos excursionistas que acudían a la zona de los Lagos para descubrir los parajes ensalzados por el genio creativo de Wordsworth o para ver lo que las donaciones de Beatrix Potter habían logrado salvar de esa tendencia tan humana a construir horrendas edificaciones por doquier. El hombre se había mostrado bien dispuesto a enriquecer los conocimientos de Zed sobre la región «de verdad», chismorreando sobre sus habitantes, muchos de los cuales eran «auténticos personajes cumbrianos». Entre ellos se encontraba, oportunamente, George Cowley, «un caso digno de mención», según el dueño del pub. «Uno de esos tipos que viven resentidos, a los que les gustan las rencillas. Me da una lástima tremenda ese chico suyo, porque George es un rencoroso que solo le tiene cariño a su maldito perro.» El maldito perro era un border collie que se había aproximado hasta el seto cuando George Cowley y su hijo se habían instalado en la plaza. Su amo solo le había tenido que decir una palabra para que se echara. Siguió sin moverse del sitio, observando con atención durante la conversación que Zed mantuvo con su amo.

Cowley miró a Zed con recelo. Su hijo mantenía las tijeras a punto, pero había parado de cortarle el pelo.

—Continúa, Dan —le ordenó, volviendo la cabeza.

Luego ya no volvió a mirar a Zed. «Buf, qué arisco.»

—Tiene una bonita granja —persistió—. No es muy normal que esté tocando al pueblo. Siempre las he visto apartadas.

—No es mía —señaló con acritud George.

—Pero usted trabaja la tierra, ¿no? ¿No es casi como si fuera suya?

—Pues no —replicó despectivamente—. Y, de todas formas, ¿a usted qué le importa?

Zed miró al chico, que se había ruborizado.

—A mí nada, en realidad. Es solo que parece un sitio interesante, con esa casona y todo lo demás. Siento una curiosidad especial por los edificios antiguos. Pertenece a un antiguo señorío, ¿verdad?

—Podría ser —contestó, ceñudo, Cowley—. Dan, ¿cortas o no? No pienso quedarme aquí sentado todo el día tomando el fresco. Tengo cosas que hacer.

—Es de estilo isabelino —le informó en voz baja Daniel a Zed—. Antes nosotros vivíamos allí.

—¡Dan!

—Perdón.

El chico empezó de nuevo a cortarle el pelo a su padre. Por la eficiencia con que manejaba las tijeras y el peine, parecía que llevaba años haciéndolo.

—Así pues, ¿quién coño quiere saberlo y por qué? —espetó Cowley a Zed.

—¿Qué?

—La casa, la granja. ¿Por qué pregunta por ellas? ¿Para qué le interesan? ¿Va a montar algún negocio en el pueblo?

—Ah. —Tenía que inventarse algo que pudiera aportarle información—. Solo me intereso por la historia de los lugares que visito. El señor del Willow and Well me decía que el edificio más antiguo del pueblo es esa casona.

—Pues se equivoca. La casa más pequeña tiene cien años más.

—¿Ah, sí? Será un sitio de esos habitados por fantasmas o algo así...

—¿A eso ha venido? ¿Buscando fantasmas? ¿O... algo así? —añadió con aspereza.

Un hombre desconfiado, pensó Zed. Por un momento se preguntó si no tendría unas monedas de plata escondidas en la chimenea o algo por estilo; tal vez sospechaba que estaba intentando engañarlo para sacarle dinero.

—Perdone, no —respondió con tono afable—. Solo estoy visitando la zona. No pretendía molestarlo.

—No me molesta. Sé cuidar de mí mismo y de Dan.

—Sí, claro. Seguro que sí. Supongo que no habrá mucha gente que le pregunte por la granja, ¿eh? —prosiguió con tono jovial—.

Aunque tampoco debe de venir mucha gente por aquí, y menos en esta época del año, a preguntar o a lo que sea.

Avergonzado por su escasa sutilidad, Zed se dijo que debía mejorar su estrategia.

—Si le gusta la historia, yo le voy a dar historia —apuntó Cowley, aunque después cruzó los brazos bajo la sábana que le protegía la ropa, adoptando una postura que indicaba que no iba a revelar nada.

—Papá —intervino Daniel con velado tono de advertencia.

—Yo no he dicho nada, ¿no? —replicó Cowley.

—Es solo que…

—Tú córtame el pelo. Acaba de una santa vez. —El tipo desvió la mirada, esa vez en dirección a la casona. Sus paredes de piedra estaban encaladas hasta la punta de las chimeneas y el tejado parecía haber sido reformado hacía poco—. Todo eso tendría que haber sido mío —afirmó—. Lo compraron bajo mano, sí, sin que nadie se enterase hasta que ya estuvo hecho. Y ahora ha pasado lo que tenía que pasar. Así son las cosas. A mí no me extraña para nada. Al final uno acaba pagando el salario.

Zed se lo quedó mirando, perplejo. Interpretó en sus palabras una alusión a la muerte de Ian Cresswell, que, como ya sabía, había vivido en la casona.

—¿El salario? —preguntó, sin la más remota idea sobre de qué diablos hablaba el hombre.

—Del pecado —respondió Daniel en voz baja—. El salario del pecado.

—Exacto, eso es —confirmó Cowley—. Pagó el salario del pecado, como debe ser. Bueno, allá está él, y aquí estamos nosotros. Cuando las cosas se calmen y vuelvan a poner en venta la granja, nosotros estaremos atentos y no habrá quien nos quite de en medio. Bryan Beck tiene que ser nuestra. No hemos estado ahorrando toda la vida para que alguien llegue y nos la quite de las manos otra vez.

Zed dedujo que el pecado de Ian Cresswell había sido comprar la granja de Bryan Beck antes de que pudiera hacerlo George Cowley. De eso se deducía…, y aquello era un dato útil, tal vez…, que Cowley tenía un motivo para asesinar a Cresswell. Y de eso se desprendía que era solo cuestión de tiempo antes de que los de New Scotland Yard acudieran a indagar allí, con lo cual lo único que tenía que hacer él era esperar su llegada. Entonces utilizaría su presencia allí para añadir morbo a su reportaje y luego se iría pitando a Londres para continuar con su vida. Sí. Las cosas se estaban arreglando.

87

—Se refiere a la compra de la granja por parte del señor Cresswell, supongo.

—¿La compra de la granja? —replicó Cowley, mirándolo como si estuviera loco.

—Como usted ha dicho el salario del pecado, yo he creído que su pecado fue comprar la granja.

—¡Bah! Eso estuvo muy mal, sí, señor, y a Dan y a mí nos puso en una situación muy mala, pero nadie paga salarios por los bienes inmuebles. —Las dos últimas palabras las pronunció con tono de burla. Luego, considerando al parecer que Zed era tan tonto que necesitaba más aclaraciones, añadió—: Una indecencia, eso era, lo de él y ese inquilino árabe que tenía. ¿Y qué hacen todavía esos niños metidos ahí? Eso es lo que yo me pregunto, pero nadie contesta, no. Eso ya es el colmo de la indecencia. Y le voy a decir otra cosa: se preparan más salarios, y van a ser gordos, se lo digo yo.

Swarthmoor
Cumbria

88   Tim Cresswell detestaba la Margaret Fox School, pero lo soportaba porque así no tenía que ir al instituto público, donde se habría esperado de él que trabara amistad con otros chicos, cosa que no deseaba hacer para nada. Antes tenía amigos, pero había aprendido que tener amigos significaba afrontar las sonrisas de satisfacción que ponían cuando se enteraban de lo que ocurría en su vida. Tener amigos significaba oír sus cuchicheos cuando se cruzaba con ellos en algún pasillo de camino a las clases. En realidad, le daba igual si no volvía a tener amigos nunca más, puesto que los que antes consideraba como tales habían dejado de serlo justo por la época en que su padre había abandonado a su familia para follarse a un afeminado iraní. La noticia había corrido rápidamente, porque la madre de Tim no tenía el más mínimo sentido común como para no ir pregonando los agravios, sobre todo cuando se consideraba la parte perjudicada. Ella no había salido bien parada, desde luego, ya que resultó que su padre llevaba años follando con otros hombres, exponiéndola a contagios, desastres, repugnancia, sin contar las otras muestras de faltas de respeto; Niamh era una especialista en recitar la lista de aquellas vejaciones a cuantos quisieran escucharla. Desde el principio se aseguró de que Tim las conociera. El chico reaccionó rompiendo unas cuantas cosas, quemando otras tantas, haciendo daño a varias personas y descuartizando a un gatito (que ya estaba muerto antes, el pobre). Al fi-

nal acabó en la Margaret Fox School, justo al lado de Ulverston, no lejos de Swarthmoor Hall, donde vivía la mismísima señora Fox. Tim tenía intención de seguir allí, pero para ello debía cooperar un poco, aunque no demasiado, lo justo para que no lo devolvieran al instituto donde educaban a los cuerdos.

La mayoría de los niños se quedaban internos en la Margaret Fox School porque estaban demasiado perturbados para vivir con sus familias. Había además algunos externos, categoría en la cual se había encargado Niamh de que pusieran a Tim. De este modo obligaba a su padre o a Kaveh Mehran a llevarlo y traerlo todos los días en coche de Bryanbarrow hasta Ulverston, soportando un interminable trayecto que les limitaba el tiempo que podían pasar juntos y los castigaba por haber herido tanto el orgullo de Niamh. Tim lo aceptaba porque así se encontraba lejos de cuantos estaban al corriente de lo que había ocurrido en el matrimonio de sus padres, es decir, la práctica totalidad de los habitantes de Grange-over-Sands.

Había algo, con todo, que no soportaba de la Margaret Fox School: la participación en aquellas estúpidas «Sociedades», que siempre había que escribir así, con mayúscula. Aparte de las clases normales, cada cual debía pertenecer a tres Sociedades: una de carácter académico, otra creativa y otra física. Supuestamente, promovían un comportamiento normal por parte de los alumnos de la Margaret Fox School, haciéndoles actuar como si fueran capaces de funcionar al otro lado de los altos muros de la institución. Tim las detestaba porque lo obligaban a relacionarse con los otros alumnos, pero había logrado encontrar tres que mantenían el contacto en los mínimos imprescindibles. Se había apuntado a los Senderistas, los Dibujantes y los Filatélicos, cuyas actividades podía realizar solo aunque hubiera otra gente al lado. No exigían ningún tipo de comunicación, aparte de escuchar las peroratas sobre el tema de supuesto interés pronunciadas por el miembro del personal encargado de cada Sociedad.

Eso era precisamente lo que estaba ocurriendo en la reunión periódica de los Senderistas. Quincy Arnold andaba con sus monsergas de siempre después de la caminata de la tarde. Aunque no había sido más que un paseo por el camino de Mansrigg a Mansrigg Hall, y de allí a Town Bank Road, donde los había recogido la furgoneta de la escuela, con el bombo que le daba él, cualquiera habría dicho que habían escalado el Matterhorn. El no va más había sido la vista de la peña de Ben —otro pincho de piedra caliza, pensó Tim—, pero el objetivo final era, por supuesto, la culminación de aquella y otras caminatas: lo que Quincey Arnold denominaba «La gran aventura del aguerrido *boy-scout*». La tal aventura no iba a tener lugar hasta la primavera; hasta entonces todas las excursiones no eran más que un preparativo para aquel fascinante acontecimiento. Bla, bla, bla... Quincey Arnold era un experto diciendo paridas y era como si alucinara en sus alabanzas de las escarpaduras de caliza y —¡qué maravilla de la naturaleza!— los erráticos bloques glaciares. Los tejos azotados por el viento, los peligrosos pedruscos donde era crucial asegurar bien los pies, las alondras, los halcones y los cucos en vuelo, los narcisos asomando entre las matas de avellanos... Para Tim aquello tenía el mismo interés que aprender la caligrafía china con un ciego, pero sabía que le convenía mirar a Quincy Arnold durante sus peroratas, manteniendo en todo caso una expresión que oscilaba entre la indiferencia y el aborrecimiento. Eso sí, sin descuidarse, no fuera a ser que lo dieran por curado.

Tenía que ir al baño, pensó. Debería haber orinado al lado del camino antes de subir a la furgoneta, al final de la excursión, pero detestaba bajarse la bragueta en público: uno nunca sabía cómo iban a interpretarlo esos chicos con los que se veía obligado a caminar. Así pues, le tocó aguantarse y sufrir mientras duró el resumen trazado por Quincey Arnold de la épica aventura de la tarde y, cuando por fin los soltaron en el patio de la escuela y estuvieron las verjas cerradas, se fue corriendo al baño más cercano y alivió la presión. Dejó caer un poco de orina en el suelo y otro poco en la pernera del pantalón. Cuando acabó, se examinó en el espejo y se rascó un grano de la frente. Satisfecho con la gota de sangre que había hecho aflorar, se fue a buscar su teléfono móvil.

Los móviles no estaban permitidos, desde luego. Los alumnos de media pensión podían tener uno, sin embargo, siempre y cuando los devolvieran cada mañana y quedara constancia de ello en una lista que se guardaba en el despacho del director. Para recuperarlos por las tardes, había que ir hasta allí, recibir un permiso escrito y después caminar hasta el puesto de golosinas, detrás de cuya caja registradora se guardaban, en unos armarios cerrados con llave.

Aquel día, Tim fue el último en recuperar el suyo. En cuanto lo tuvo en la mano, miró si había mensajes. Al ver que no había ninguno, sintió un hormigueo en los dedos. Conteniendo las ganas de arrojar el móvil contra alguien, caminó hasta la puerta de la tienda de golosinas y desde allí hasta el camino central que lo conduciría a la zona donde iba a esperar junto con los otros externos para el control de los coches que los llevaban de vuelta a casa. Solo podían ir con los conductores autorizados, claro. Tim tenía tres, pero con la muerte de su padre se había quedado con dos, lo que en el fondo significaba solo uno, porque Niamh no iba a ir por nada del mundo a buscarlo, con lo cual solo quedaba Kaveh. Hasta entonces Kaveh se había ocupado porque no tenía más remedio y porque aún no se le había ocurrido cómo podía quitarse de encima aquella responsabilidad.

A Tim le daba igual. Le tenía sin cuidado quién fuera a buscarlo. Ahora lo importante era el trato al que había llegado con Toy4You y el hecho de que no hubiera recibido respuesta al mensaje que había mandado aquella mañana en el trayecto hacia la escuela. De nuevo se puso en contacto:

> ¿Dónde estás?
>
> Aquí.
>
> No me has respondido.
>
> ¿Cuándo?
>
> Ya sabes a qué me refiero.
>
> No.
>
> Me lo prometiste.
>
> No puedo hacerlo.
>
> ¿Por qué?
>
> Por el móvil no.
>
> Lo prometiste.
>
> Hablemos.

91

Tim apartó la vista de la pantalla. No quería hablar. Quería acción. Él había cumplido con su parte del trato y era justo que Toy4You también lo hiciera. Al final las cosas siempre acababan así, pensó con amargura. La gente jugaba con los demás como si nada… Ya estaba más que harto. ¿Qué opciones le quedaban, sin embargo? Podía empezar desde cero, pero no quería. Le había llevado bastante tiempo localizar a Toy4You.

> ¿Dónde?
>
> Ya sabes.
>
> Hoy.
>
> Esta noche.
>
> Vale.

Apagó el teléfono y lo guardó en el bolsillo. Una niña gorda cuyo nombre ignoraba lo estaba observando desde un banco. Cuando se cruzaron sus miradas, se levantó la falda de colegiala y abrió las piernas. No llevaba bragas. Con ganas de ponerse a vomitar allí mismo, se fue a un banco más apartado y se sentó a esperar a que llegara Kaveh. Pensando de qué manera podía atormentarlo durante el largo trayecto hasta Bryanbarrow, se acordó con regocijo de la orina con que se había impregnado los pantalones. El pobre no sabría dónde poner la nariz, pensó. Seguro que su madre no venía; seguro que el que aparecería sería Kaveh.

Arnside
Cumbria

A Alatea Fairclough le fascinaba la bahía de Morecambe. Nunca había visto nada igual. Cuando el reflujo de la marea la vaciaba, quedaba al descubierto una extensión de doscientos kilómetros cuadrados de arena de diversas texturas y colores. Aquella arena era, no obstante, tan peligrosa que solo se aventuraban a pisarla los incautos, los veteranos pescadores de la región o el guía oficial nombrado por la Corona a tal propósito. Los imprudentes que se adentraban en la bahía con la marea baja, que eran muchos, se exponían a acabar sepultados al topar con una zona de arenas movedizas, que, para los ojos inexpertos, no se distinguían del suelo firme. También ocurría que permanecieran demasiado tiempo alejados en montículos de arena que parecían seguros, como islas, y luego se encontraban con que la pleamar los desprendía de su base para después sumergirlos. Y cuando en lugar de una simple pleamar había ola de marea, el agua retrocedía hacia el interior de la bahía a una velocidad tremenda, cubriéndolo todo a su paso con vertiginosa rapidez. Eso era lo que más la cautivaba: aquel impetuoso torrente surgido como de la nada que sugería la existencia de una fuerza ajena al control del hombre. Le aportaba paz la idea de que existiera una fuerza superior al hombre, una fuerza a la que podía recurrir en busca de consuelo cuando más lo necesitaba.

Le encantaba la ubicación de esa casa. Fue un regalo de sus suegros con ocasión de la boda de su único hijo varón. Estaba justo encima el canal de Kent, en el marco de la bahía de Morecambe. Desde el borde de la propiedad, colindante con el sendero que bordeaba el canal, subía hasta las tempestuosas alturas de Arnside Knot. Alatea se apostaba a observar el renovador retorno del agua marina envuelta en un voluminoso chal y hasta fingía un poco que sabía interpretar las corrientes que esta creaba.

Allí se encontraba aquella tarde de noviembre. La luz del sol menguaba tal como seguiría haciéndolo, cada vez más temprano, hasta finales de diciembre, y la temperatura descendía rápidamente. Las nubes acumuladas al otro lado del canal, en lo alto del acantilado de Humphrey Head Point, auguraban una noche de lluvia, pero a ella no le molestaba. Al igual que muchos de los habitantes de su país de adopción, siempre acogía la lluvia como una promesa de crecimiento y renovación. Aun así, se sentía inquieta por su marido.

No había tenido noticias de él. Lo había estado llamando al móvil por la tarde; en las Fairclough Industries le habían dicho que Nicholas no había ido a trabajar ese día. Había llamado sobre las doce; todavía debería haber estado allí, antes de irse a la sede del Proyecto de la Torre Middlebarrow, donde pasaba la mitad de los días laborables. Al principio había pensado que se habría ido antes que de costumbre. Entonces lo había llamado al móvil, pero lo único que oía era aquella voz impersonal que le indicaba que dejara un mensaje. Así lo había hecho, tres veces. Que Nicholas no le hubiera respondido le preocupaba.

La repentina muerte de su primo había dejado huella. Alatea no quería pensar en ella. Si la muerte en sí la hacía sentir intranquila, aquella en particular, así como las circunstancias que la habían rodeado, le producía un pavor que apenas lograba disimular. Toda la familia estaba muy afectada por el fallecimiento de Ian, en especial el padre de Nicholas. Al principio, Bernard se mostraba tan apenado que Alatea había llegado a concebir dudas sobre la verdadera naturaleza de la relación que mantenía con su sobrino. Luego, cuando Bernard había comenzado a distanciarse de Nicholas, Alatea había intuido algo que subyacía bajo el dolor de su suegro.

Nicholas no estaba implicado en la muerte de Ian. Ella lo sabía por un sinfín de razones, pero, sobre todo, porque conocía a su marido. Aunque la gente lo consideraba débil, por su pasado, no lo era. Él era la roca que daba consistencia a su vida; un hombre capaz de convertirse en puntal de muchas otras personas si le daban la oportunidad. Eso era lo que le aportaba el Proyecto de la Torre Middlebarrow.

Ese día, sin embargo, no había ido al proyecto ni tampoco a las Fairclough Industries. Si no, habría tenido el móvil conectado. Sabía que para ella era importante mantener un contacto regular con él y siempre estaba accesible a sus llamadas.

—¿Es que no confías en mí, Allie? —le había preguntado al principio—. Mira, si voy a volver a caer, caeré de todas formas. No podrás impedírmelo con una llamada.

Pero esa no era la razón por la que quería tenerlo siempre localizado. Al final, entre medias verdades, había conseguido convencerlo de que no tenía nada que ver con su antigua adicción a las drogas.

Siempre que no estaba con ella, le preocupaba que pudiera ocurrirle algo, algo que no guardaba relación alguna con sus adicciones.

93

Una avería del coche, una piedra que se desprendiera de la vieja torre de defensa, un accidente extraño…, tal y como le había ocurrido a Ian. Pero mejor no pensar en Ian. Ya tenía demasiadas preocupaciones.

Dio la espalda a la marea que ascendía hacia el canal de Kent. En lo alto de la pendiente cubierta de césped que tenía delante se extendía Arnside House. Al mirar el edificio, experimentó un momentáneo sentimiento de placer. Aquella casa suponía para ella una suerte de liberación; se preguntó si Bernard ya lo habría supuesto tras su regreso a Inglaterra.

—Se había utilizado para albergar a soldados convalecientes después de la guerra —explicó mientras se la enseñaba—. Luego sirvió como escuela de niñas, durante treinta años. Después tuvo dos propietarios que realizaron algunos esfuerzos para devolverle el lustre de antaño, pero, por desgracia, quedó deshabitada durante un tiempo. De todas formas, tiene algo especial. Creo que merece tener una familia que viva en ella y, sobre todo, que alguien como tú le aporte su toque personal.

Mientras la acompañaba, mantuvo la mano apoyada en la parte inferior de su espalda. Tenía una manera de mirarla que resultaba un poco turbadora. A menudo desplazaba la vista de Nicholas a ella y viceversa, como si no entendiera qué había entre ellos, de dónde había nacido su vínculo o cómo se iba a mantener.

A Alatea no le importaba. Lo que contaba era que Bernard la había aceptado. Notaba que la creía poseedora de una especie de poder mágico que protegía a Nicholas, como una especie de brujería. Por las miradas que le dirigía, recorriéndola de los pies a la cabeza, tenía claro de dónde creía que venía su hechizo.

Se fue por la cuesta en dirección a la casa y subió con precaución los escalones que conducían a una terraza, para no resbalar sobre el musgo que crecía en la piedra. Después de atravesar la terraza, entró por una puerta situada a un lado del edificio. Allí había un salón cuyas paredes de color amarillo pálido evocaban la luz del sol incluso en los más sombríos días.

Aquella era la primera habitación que habían restaurado ella y Nicholas. Daba a la terraza, a la explanada de césped y al canal. Desde sus ventanales se veía Grange-over-Waters, que por la noche formaba un abanico de luces en la otra orilla. Ella y Nicholas se sentaban a pasar las veladas allí, delante del fuego de la chimenea, mientras las sombras se extendían por el suelo.

Aunque era pronto para instalarse frente a la chimenea, de todas maneras encendió el fuego, buscando su reconfortante calor. Después consultó el teléfono. Al ver que no había ningún parpadeo que la avisara de que su marido la había llamado, decidió probar otra vez. Marcó despacio los números, como se suele hacer cuando la llamada anterior estaba comunicando. Antes de terminar, no obstante, percibió el ruido de sus pasos cuando se acercaba por el pasillo.

No había oído ni su coche ni se había percatado de que hubiera entrado en la casa. De todas maneras sabía que era Nicholas, como también sabía, por su manera de andar, cuál era su estado de ánimo. Guardó el móvil en el bolsillo y Nicholas la llamó.

—Estoy aquí cariño. —Al cabo de un momento estaba con ella.

Se detuvo en el umbral. Con aquella difusa luz, tenía un aspecto angelical, como un querubín de una pintura renacentista, demasiado crecido, eso sí, con una cara redonda y unos relucientes rizos desparramados sobre la frente.

—Eres una mujer increíblemente guapa —dijo—. ¿No me habré equivocado de casa?

En aquel momento, ella llevaba zapatos planos, de modo que quedaban a la misma altura: ambos medían casi metro ochenta. Así le resultaba más fácil besarla, cosa que hizo con entusiasmo. Recorriéndole la espalda con las manos, las detuvo en su trasero y la atrajo hacia sí.

95

—Estoy cargado, Allie, como no te puedes imaginar.

Por un momento, concibió la terrible sospecha de que venía colocado, pero luego él le quitó los pasadores y clips con que llevaba recogido el pelo y se lo dejó suelto sobre los hombros. A continuación comenzó a desabrocharle la blusa y se puso a hablar de espermatozoides.

— … Espermatozoides. Hay millones y están en una estupenda forma y seguro que están listos para funcionar a la perfección. ¿En qué fase del ciclo estás? —Después le pegó la boca al cuello mientras le desabrochaba con destreza el sujetador—. Olvídalo —murmuró—. Me da completamente igual.

Su cuerpo reaccionó mientras su cerebro aún analizaba la situación. Se dejó caer en la alfombra frente al fuego, arrastrando a Nicholas con ella, y lo desnudó. No era la clase de hombre que copulaba en silencio. A través de sus exclamaciones, del tipo «Aaay, cómo me gusta sentirte», «Jesús, Allie» o «Ah, así, así», ella percibía las diferentes fases de su creciente excitación.

La suya no era menor. Aun cuando el hilo de sus pensamientos se iniciara en otro lugar, tal como ocurría siempre, en otra época, con otro hombre, acababan centrados en aquel hombre, allí. Sus cuerpos se compenetraban perfectamente; al lado de aquel placer, todo parecía insignificante.

Aquello era suficiente para ella. No, era más que suficiente. Suficiente era el amor y la protección que Nicholas le procuraba. Que además de eso, hubiera encontrado un hombre cuyo cuerpo se fundiera de aquel modo con el suyo hasta sustraerla al recuerdo y al miedo... Aquello era algo que jamás habría podido esperar aquel día en que, detrás de la caja de la cafetería de una montaña de Utah, recibió el dinero del plato de chili con carne que él había elegido.

—Dios santo, ¿no le resulta difícil? —le preguntó él, maravillado.

—¿El qué?

—Ser tan hermosa. ¿Es como una especie de maldición? —Luego sonrió y cogió la bandeja—. Qué carajo. Da igual. Qué bobadas, ¿eh? Perdone. No pretendía pasarme de la raya.

Después se fue, pero al día siguiente volvió y al otro también. La cuarta vez que hizo cola detrás de su caja, le preguntó si quería ir a tomar un café con él por la tarde y le dijo que no tomaba ninguna clase de licor, que se estaba recuperando de la dependencia a la metanfetamina, que era inglés, que su intención era volver a Inglaterra, que se proponía demostrar a su padre y a su madre que por fin había vencido los demonios que habían dominado su vida durante muchos años, que... La cola crecía a su espalda, pero él no se daba cuenta. Ella sí se percató y, para hacer que avanzara, aceptó la invitación.

—Nos veremos esta tarde, sí. Hay un bar en la ciudad, al otro lado del telesilla. Se llama...

No lograba recordar el nombre. Lo miró, algo confusa, y él la observó con igual desconcierto.

—Lo encontraré, no se preocupe —aseguró.

Y así fue.

Ahora permanecían acostados en la alfombra, uno al lado del otro.

—Deberías levantar las caderas, Allie —le dijo—. Aunque son unos espermatozoides muy dinámicos, será más fácil si van en bajada. —Se apoyó en el codo y la observó—. He ido a Lancaster —anunció con franqueza—. ¿Has intentado llamarme? He desconectado el móvil porque sabía que sería incapaz de mentirte.

—Nicky...

Ella misma oyó la decepción que impregnaba su voz. Lamentó no haberla disimulado, pero de todas formas era mejor eso que reconocer el repentino y lacerante miedo que la asaltó.

—No, escucha, cariño. Necesitaba probar, solo para estar seguro. Me estuve machacando tanto el cuerpo durante años que era lógico que quisiera saber... ¿No desearías tú saberlo, en mi lugar? ¿En vista de que no ocurre nada?

Alatea se volvió hacia él y apoyó la cabeza en el brazo. En lugar de posar la vista en él, la tendió por encima de su hombro. Había comenzado a llover y en los ventanales se formaban regueros de agua.

—Yo no soy una máquina para hacer niños, Nicky. ¿Cómo se llama ese aparato dónde los ponen para que crezcan?

—Incubadora —repuso—. Ya sé que no lo eres, y tampoco yo quiero que lo seas, pero es natural… Es que han pasado ya dos años… Los dos hemos estado ansiosos, ya sabes…

Le tocó el pelo. Su cabello, crespo y rebelde, no se podía surcar fácilmente con los dedos. Era herencia de algún antepasado, aunque no había forma de saber cuál, porque representaban una mezcla de razas y etnias demasiado variadas para entender cómo acabaron reproduciéndose entre sí.

—Eso es justo lo que no funciona, la ansiedad. En esa revista que tengo dicen que la ansiedad influye negativamente para que una mujer conciba.

—Lo entiendo, de verdad, cariño. Pero podría ser otra cosa y ya es hora de que lo averigüemos, ¿no crees? Por eso he ido allí y por eso tú también podrías…

—No. —Apartó la mano posada en su cabello y se incorporó.

—¡No te sientes! Eso hará…

—En mi país no se hace sentir de esta manera a las mujeres —afirmó, mirándolo con fijeza—, como si solo existieran para una cosa.

—Yo no pienso eso.

—Estas cosas llevan tiempo. En la zona de donde yo soy lo sabemos. Además, un hijo es algo para darle afecto y no… —Titubeó, desviando la mirada. Ella sabía cuál era el fondo de la cuestión, que nada tenía que ver con lo que hiciera o no su cuerpo. Convencida de que debía hablar de ello con él, prosiguió—. Un niño no es una forma de ganarte la aprobación de tu padre, Nicky.

Otro hombre habría reaccionado con indignación o con una negativa, pero Nicholas no era así. El amor que ella le profesaba se debía en parte a su radical honestidad, tan extraña en un hombre que había invertido muchos años de su vida cortejando a las drogas.

—Tienes razón, claro. Lo quiero por esa razón. Se lo debo por todo lo que le hice pasar. Está loco por tener un nieto y yo puedo dárselo, ya que mis hermanas no pudieron. Los dos podemos hacerle ese regalo.

—¿Lo ves?

—Pero ese no es el único motivo, Allie. Yo deseo tener un hijo contigo, porque eres tú y por la relación que tenemos los dos.

—Y si me hago esas pruebas... ¿Y si resulta que no soy capaz...?

Mientras permanecían en silencio, notó que a él se le tensaban los músculos. No sabía qué significaba y aquella incertidumbre le aceleró el pulso de la sangre en los brazos, que, al concentrarse en los dedos, la obligó a moverse. Cuando se puso en pie, él también se levantó.

—¿Es eso lo que piensas?

—¿Cómo voy a pensar otra cosa cuando esto... —abarcó con un gesto la alfombra, el fuego, el sitio donde se habían acostado, lo que habían hecho— acaba reduciéndose a la concepción, a tus espermatozoides, a su dinamismo, a su manera de moverse, a la conveniencia de que me quede en una determinada posición después para asegurarnos de que hagan lo que tú quieres? ¿Cómo se supone que me voy a sentir —continuó, elevando la voz— delante de todo esto y de tu insistencia en que vaya a ver a un médico, me abra de piernas para que me pongan instrumentos dentro y no sé qué más?

Se inclinó para recoger la ropa desperdigada y comenzó a vestirse.

—Todo el día te he echado de menos. Estaba preocupada cuando te llamaba y no me contestabas. Yo tengo ganas de estar contigo por ti, mientras que...

—A mí me ocurre lo mismo, ya lo sabes.

—No sé nada.

Salió de la habitación. La cocina quedaba en la otra punta de la casa, después del salón principal y el comedor. Se fue allí y se puso a preparar la cena. Aunque era demasiado temprano todavía, quería ocuparse con algo. Estaba cortando cebollas cuando Nicholas llegó. También se había vestido, pero se había abotonado mal la camisa. Al ver como le colgaba medio torcida, disminuyó su animosidad. Sabía que sin ella era un niño desamparado, como también ella estaría desamparada sin él.

—Lo siento —se disculpó—. No quiero hacerte sentir como una máquina reproductora, ni nada por el estilo.

—Me esfuerzo —dijo ella—. Con las vitaminas, todas esas pastillas, controlando la temperatura, la dieta, todo lo que pueda facilitarlo, hacerlo posible... —Calló porque se había puesto a llorar. Con el brazo se enjugó las lágrimas de la cara.

—Allie... —Se acercó a ella y la volvió de cara a él.

Permanecieron juntos, abrazándose. Así transcurrió un minuto y luego dos.

—Solo de abrazarte así, me siento maravillado. ¿Tú sabes la suerte que tengo? Yo sí lo sé, Allie.

Ella asintió con la cabeza y entonces él la soltó. Luego le tomó la cara entre las manos y la escrutó de aquella manera, tal como solía hacer. Eso siempre le hacía sentir que las miles de verdades que le había ocultado afloraban allí y que él las captaba todas.

—¿Me perdonas?

—Por supuesto. Y haré lo que me pides. Pero todavía no, por favor, Nicky. Esperemos unos meses más.

—De acuerdo. —Luego agregó, sonriendo—: Mientras tanto, les haremos practicar un poco de ejercicio a esos espermatozoides, ¿eh? ¿Para mejorar su sentido de la orientación?

—Sí, se puede —aceptó ella, sonriendo a su vez.

—Perfecto. Ahora dime por qué estás cortando una montaña de cebollas, porque me escuecen tanto los ojos… ¿Qué vas a preparar?

—No tengo ni idea —reconoció, observando el montículo que había creado.

—Qué mujer más loca —se mofó él. Después fue a mirar el correo del día, que se encontraba pulcramente apilado al lado del teléfono de la cocina—. ¿Hablaste con ese tipo para restaurar las vidrieras?

Sí había hablado. Podía encontrar un vidrio igual que el de las otras ventanas de la sala, pero tardaría un poco. Tendría que llevarse una muestra durante un tiempo, o bien llevarles muestras a ellos, pero, en ambos casos, saldría caro. ¿Quería Nicky que…?

La conversación había derivado hacia los cauces normales, una vez resuelta la tensión. Trataron otros asuntos que les concernían hasta que Nicholas encontró el mensaje que Alatea había escrito y que había olvidado, concentrada en despejar la cuestión de los hijos, los médicos de Lancaster y lo que Nicholas quería o esperaba de ella.

—¿Qué es esto? —preguntó él, levantando el papel que había arrancado de un bloc hacía unas horas.

—Ah. Te han llamado. Están preparando un programa para la televisión y ha llamado una mujer. Quería hablar contigo de eso. Es una… No sé, creo que ha dicho que hacía el reconocimiento o algo así.

—¿Qué clase de programa?

—Tratamientos alternativos para la drogadicción. Es un reportaje, ha dicho, con entrevistas con drogodependientes, médicos y asistentes sociales. Hay un equipo de rodaje y alguien que los acompaña…, una famosa o una presentadora… Yo no sé hacer las preguntas necesarias. Le he dicho que seguramente no te interesaría, pero…

—¿Por qué?

—¿Cómo?

—¿Por qué le has dicho eso?

99

Alatea fue a buscar uno de sus libros de cocina en el estante que Nicholas le había puesto para guardarlos. Cogió uno al azar, sin saber qué hacer con las tres cebollas que ya tenía picadas.

—Esa clase de cosas… es lo que alimenta el ego, Nicky. Ya hablamos de eso otras veces. No puede ser bueno, porque lleva a algo de lo que te debes proteger.

—De acuerdo, de acuerdo. Pero no se trata de mí, Allie. —Volvió a mirar el papel que tenía en la mano—. ¿De dónde es esa mujer? ¿De dónde son los directores del reportaje?

—No se lo he preguntado. No creía… —Observó la portada del libro que había cogido, pensando qué enfoque le convenía adoptar—. Nicky, debes tener cuidado con ese tipo de cosas. Tú siempre has dicho que tu intervención es discreta, que te mantienes detrás del escenario. Así es mejor.

—Lo mejor es recaudar dinero para sacar adelante el proyecto —replicó—. Esto podría ser lo que necesitamos para recibir un impulso.

—¿Y si no sirve?

—¿Por qué dices eso?

—Aquello otro…, ese periodista que estuvo aquí tantas veces… ¿Qué resultó de eso? Nada. ¿Y todas las horas que pasaste con él, hablando, yendo de un sitio a otro, trabajando en la torre con él y todo lo demás? No dio nada. No querría ver luego la decepción en tu cara —le dijo.

«Por las consecuencias que podría traer», añadió él para sí. Su expresión cambió, pero no se endureció. El semblante se le iluminó, lleno de amor.

—Allie, cariño, no tienes por qué preocuparte. Soy consciente del riesgo que corro todos los días. —Cogió el teléfono, pero sin marcar aún el número—. Eso no tiene que ver con mi ego. El objetivo es salvar vidas, igual que yo pude salvar la mía.

—Siempre has afirmado que yo te salvé la vida.

—No —repuso—. Tú hiciste que mereciera la pena salvarla. Me gustaría ver de qué va esto —añadió, señalando el teléfono—, pero no llamaré si tú no estás de acuerdo.

No vio otra salida. Él le pedía muy poco. Después de todo lo que le había dado, no le pareció que se pudiera negar.

—De acuerdo, Nicky, pero ten cuidado.

—Estupendo —se felicitó él, empezando a marcar el número—. ¿Cuál es el apellido, Allie? No lo leo bien.

Alatea acudió a mirar lo que había escrito.

—Saint James —dijo.

Great Urswick
Cumbria

Manette Fairclough McGhie suspiró con alivio cuando se abrieron las puertas de la Margaret Fox School. Había pensado que era muy probable que Niamh Cresswell no hubiera llamado al colegio para informarles de que ese día iría a recoger a su hijo una persona que no constaba en la lista. Habría sido muy propio de ella. Niamh sabía que Manette había mantenido una estrecha relación con Ian, lo cual hacía de ella una enemiga. No obstante, por lo visto, la exmujer de Ian había llegado a la conclusión de que le convenía más disponer de otra persona dispuesta a ir a buscar a su hijo que insistir en vengar todos los pecados putativos cometidos en su contra. «Se lo diré a Gracie —había señalado—. Se llevará un disgusto si Tim no llega a la hora de siempre.» Manette lo había interpretado como una indirecta para que fuera a recoger también a Gracie, pero aquel día a quien deseaba ver era a Tim, porque la cara que este tenía durante el funeral de su padre la atormentaba todas las noches. Aquella sería la enésima vez que trataba de establecer contacto con el hijo de su primo. Lo había intentado en la recepción de después del funeral. Y también con llamadas por teléfono. Y con mensajes electrónicos. Esa vez iba a hacerlo directamente. Tim no tendría muchas posibilidades de evitarla si viajaban los dos en el mismo coche. Había salido temprano del trabajo y había pasado por la oficina de Freddie para avisarlo de que se encontrarían en casa.

—Voy a buscar a Tim —le explicó—. He pensado que igual le gustaría pasar la noche con nosotros. Cenar y ver una película, ya sabes. Quizá se podría quedar a dormir…

La reacción de Freddie la había extrañado. En lugar de contestar de una manera distraída, su antiguo compañero se había puesto rojo como una amapola.

—Ah, sí. En lo de…. —Después de una insólita vacilación, acabó por añadir—. Es que tengo una cita, Manette.

—Ah —había respondido ella, tratando de disimular la sorpresa.

—Me parecía que ya era hora —se apresuró a aclarar él—. Seguramente debería habértelo dicho antes, pero no sabía cómo enfocarlo.

Manette ocultó su malestar con una sonrisa.

—Oh. Es fantástico, Freddie. ¿Es alguien que conozco?

—No, no. Por supuesto que no. Solo alguien…

—¿Cómo os conocisteis?

Freddie salió de detrás de su escritorio. Al ver el gráfico de la pantalla que tenía delante, ella se preguntó en qué estaría trabajando. En ganancias y pérdidas, probablemente. También debía analizar la proporción entre salarios y beneficios, y, además, sobre él había recaído la responsabilidad de revisar los libros de cuentas después de la muerte de Ian. ¿Cuándo demonios había encontrado el tiempo para conocer a alguien?

—En realidad, preferiría no hablar de eso. Es algo incómodo.

—De acuerdo —aceptó Manette. Consciente de la seriedad con que él la observaba para calibrar su reacción, se esforzó por mostrarse alegre—. En ese caso, tal vez puedas traerla algún día. Querría verla para darle mi aprobación. No querrás cometer el mismo error dos veces.

—Tú no fuiste un error —señaló él.

—Ah, gracias. —Buscó en el bolso las llaves del coche—. ¿Sigues siendo mi mejor amigo? —preguntó alegremente.

—Siempre —le aseguró él.

Lo que omitió decir era lo que ella ya sabía: que no podían seguir para siempre tal como estaban, divorciados pero compartiendo casa, llevando la misma vida con excepción de la cama donde dormían y la persona con quien se acostaban. Lo que quedaba de su matrimonio era la profunda amistad que siempre había existido entre ellos y que, al final, había sido la raíz del problema. Ella había pensado a menudo desde el día en que acordaron divorciarse que las cosas podrían haber sido diferentes si hubieran podido tener hijos juntos, que su relación no se habría deteriorado hasta el punto de que su conversación en la cena quedara reducida a las ventajas de un inodoro autolimpiante y autodesodorizante, y a las estrategias para lanzarlo al mercado. Nadie podía seguir así indefinidamente, sin despertarse una buena mañana y preguntarse adónde había ido a parar la magia. El divorcio de común acuerdo se les presentó como la mejor solución.

Sabía que Freddie acabaría encontrando a otra persona. Ella misma pensaba hacer lo mismo. Pero no creía que fuera a suceder tan deprisa. En ese momento tuvo que plantearse si la verdad era que había confiado en que no sucediera nunca.

Franqueó con el coche la verja de la Margaret Fox School. Aunque nunca había estado allí, Niamh le había dicho dónde estaría esperando Tim. Cerca del edificio de la administración, había un área vigilada, le había explicado. El nombre de Manette estaría en una lista correspondiente al nombre de Tim. Debía llevar algún documento de identificación. El pasaporte sería lo mejor, porque con eso no pondrían peros. Encontró a Tim sin problemas, pues la avenida central del colegio conducía directamente al edificio de la administración, detrás del cual formaban un cuadrángulo las alas de las clases y los dormitorios. El hijo de su primo estaba encorvado en un banco, con una mochila al lado, ocupado en la actividad que, según la experiencia de

Manette, se había convertido en el principal pasatiempo de los adolescentes en su tiempo libre: mandaba un mensaje a alguien.

Cuando paró a su lado, no levantó la mirada, de tan concentrado como estaba con el teléfono. Aprovechando la oportunidad de observarlo, constató una vez más los extremos a los que llegaba Tim con objeto de ocultar el parecido que guardaba con su padre. Al igual que Ian, había iniciado tarde la pubertad y todavía no se había acelerado su desarrollo. Como consecuencia de ello, era bajo para su edad. Sin el uniforme del colegio, lo parecería aún más, porque entonces se ponía una ropa tan holgada que parecía informe, y hasta las gorras de béisbol que solía utilizar eran demasiado grandes. Le tapaban el pelo, que no se cortaba desde hacía una eternidad y que dejaba caer por encima de los ojos. Su objetivo era, sin duda, ocultarlos, pues, como los de su padre, eran grandes, castaños y límpidos, y cumplían a la perfección su función de metafóricas ventanas del alma.

Manette advirtió que estaba ceñudo. La respuesta que había recibido a su mensaje no debía de ser de su agrado. Mientras lo miraba, levantó la mano y se martirizó los dedos. Se dio un mordisco tan fuerte que ella misma esbozó una mueca de dolor. Luego se bajó del coche a toda prisa y lo llamó. Entonces el chico levantó la cabeza; por un momento, pudo ver la sorpresa en su cara. Sorpresa y alegría, habría querido interpretar Manette, aunque no se atrevía a tanto. Enseguida, sin embargo, volvió a torcer el gesto, sin moverse del banco.

—Eh, colega, vamos. Hoy te llevo yo. Necesito ayuda con algo y tú me vas a sacar del apuro.

—Tengo que ir a un sitio —anunció él con hosquedad, antes de volver a centrarse en los mensajes, o fingirlo en todo caso.

—Pues no sé cómo vas a ir a ese sitio, porque yo soy el único pájaro con ruedas que vas a ver.

—¿Dónde está el maldito Kaveh?

—¿Qué tiene que ver Kaveh con esto?

Tim levantó la vista del móvil. Manette lo vio soltar un resoplido, una burlona exhalación de aire destinada a expresar el concepto que tenía de ella. La llamó «estúpida» sin recurrir a las palabras. Los chicos de catorce años eran transparentes como el cristal.

—Venga, Tim —le dijo—. Vámonos. Los del colegio no van a dejar que nadie más te recoja hoy. Tu madre ha llamado.

Ya debía de conocer el reglamento y sabía, por lo tanto, que era inútil resistirse. Farfullando, se puso en pie y se acercó con paso cansino al coche, arrastrando la mochila tras de sí. Luego se precipitó en el asiento del acompañante con la fuerza suficiente como para hacer bambolear el coche.

—Calma —le dijo ella—. Ponte el cinturón, por favor. —Luego esperó a que cooperara.

Le daba pena. Había recibido muchos golpes. Estaba en la peor edad en el momento en que su padre abandonó la familia; que se fuera con otro hombre había puesto patas arriba su mundo. ¿Qué se suponía que debía hacer? ¿Cómo iba a comprender las primeras manifestaciones de su propia sexualidad? No era de extrañar que Tim hubiera acabado en un colegio para alumnos conflictivos. Su comportamiento cambió de la noche a la mañana. El chico estaba perturbado, no cabía duda. ¿Quién no iba a estarlo en su lugar?

Tomó con cuidado la curva al salir del recinto del colegio.

—Los CD están en la guantera. ¿Por qué no pones algo?

—No habrá nada que me guste. —Giró el torso y se puso a mirar por la ventana.

—Apuesto a que sí. Mira un poco, colega.

—Tengo que verme con alguien —anunció—. Lo he prometido.

—¿Quién?

—Alguien.

—¿Tu madre está al corriente?

Volvió a emitir el despreciativo bufido y luego murmuró algo.

—¿Qué has dicho?

—Nada. Olvídalo —zanjó, centrándose de nuevo en el paisaje.

En realidad no había nada fascinante en aquella parte del condado. Al sur de Ulverston, en dirección a Great Urswick, se elevaba un terreno ondulado delimitado por setos y paredes de piedra, al otro lado del cual pastaban las omnipresentes ovejas. También se podía ver algún que otro bosque de arces y abedules.

El trayecto no fue largo. Situada en Great Urswick, la casa de Manette quedaba más cerca de la Margaret Fox School que las de los demás parientes del chico. Era el sitio más lógico donde fijar la residencia de Tim durante los periodos escolares, tal como le había comentado a Ian y a Niamh poco después de que inscribieran al chico allí. Niamh no quiso ni oír hablar del asunto; alegó que había que tener en cuenta a Gracie, para quien sería horrible estar sin su hermano después de salir de la escuela. Manette había deducido que había algo más que eso, pero no insistió, y resolvió que vería al chico cuando pudiera.

Great Urswick era un pueblo pequeño, una aglomeración de casas que había ido creciendo en torno a la intersección de varios caminos rurales, a cierta distancia del mar. Contaba con un pub, una oficina de correos, un restaurante, dos iglesias y una escuela primaria; además disfrutaban de una laguna de considerables dimensiones. El barrio caro —como lo solían llamar Manette y Freddie— se componía de casas construidas en la orilla de dicha laguna. Aunque quedaban cerca de la carretera, sus extensos jardines posteriores daban directamente al agua. Los juncos formaban intermitentes barreras en su extremo y, en los huecos, unos diminutos embarcaderos daban acceso a los barcos de pesca o proporcionaban espacio para sentarse a contemplar los patos y los dos cisnes que residían allí durante todo el año.

Manette y Freddie vivían en esa zona. Aparcó delante de la casa; dejó el garaje para el coche de Freddie.

—Ven a echar un vistazo —invitó a Tim—. Aquí atrás es donde necesito que me ayudes.

—¿Y por qué no te ayuda Freddie? —preguntó Tim con brusquedad, sin desabrocharse el cinturón.

—¿Freddie? —Soltó una carcajada—. Imposible. Tendría que leer las instrucciones, y es un negado para eso. Había pensado que yo te las leo y tú montas. Y después comemos unas hamburguesas con patatas fritas.

—¿Montar? ¿El qué? Yo no sé montar nada.

—Anda, claro que sí. Ya lo verás. Es justo aquí detrás. Ven. —Echó a andar hacia la esquina de la casa, sin esperar a ver si la seguía.

Una tienda de campaña. Podría haberla montado sola, por supuesto, pero eso era lo de menos. Lo importante era hacer algo para poder entablar conversación con Tim o, cuando menos, para lograr que bajara un poco la guardia, para poder conectar con él.

Desempaquetó la tienda y la dejó encima del césped. Era bastante grande, más indicada para una familia de cuatro que para el uso que ella quería darle, pero, como no era la temporada en que solían comprarse, había tenido que conformarse con lo que había disponible. Estaba separando las piquetas cuando oyó a Tim, que por fin se acercaba por el lado de la casa.

—Bueno, ya estás aquí —dijo—. ¿Necesitas comer algo antes de empezar?

Él negó con la cabeza. Después posó alternativamente la vista en la lona, en su cara y en el agua.

—¿Para qué quieres armar esto?

—Bah, solo para practicar los dos —respondió—. Cuando estemos bien entrenados, la llevaremos a Scout Scar.

—¿Para qué?

—Para acampar, tonto. ¿Para qué íbamos a usarla si no? Tu madre me dijo que haces senderismo y pensé que, como yo también lo practico, podríamos ir a caminar juntos, en cuanto estés listo.

—Tú no haces senderismo.

—Pues claro que sí. Yo hago toda clase de deportes. Además, a

105

Freddie no le gusta que vaya corriendo por la carretera. Cree que me podría atropellar un coche. Venga, ven. ¿A qué esperas? ¿Seguro que no quieres merendar algo? ¿Natillas? ¿Pastel de naranja? ¿Plátano? ¿Tostadas con mantequilla?

—¡He dicho que no! —exclamó el chico—. Mira, ya te he dicho que tenía que encontrarme con alguien.

—¿Dónde?

—Es importante. He dicho que iba a ir.

—¿Adónde?

—A Windermere.

—¿A Windermere? ¿A quién diantre vas a ver en Windermere? ¿Sabe tu madre que vas a verte con alguien allí? —Encorvada entre las piezas destinadas a montar la tienda, se puso en pie—. Veamos, Tim. ¿Qué es lo que pasa? ¿Estás tramando algo que no va por el buen camino?

—¿Y qué significa eso?

—Lo sabes perfectamente. Drogas, bebida, ese tipo de tonterías que...

—No. Mira, tengo que ir allí. Debo ir.

Aun cuando percibía su desesperación, no podía determinar a qué se debía. Su instinto le decía que no había nada bueno en todo aquello, pero, cuando la miró, en sus ojos se hizo patente el sufrimiento y también una demanda de ayuda.

—No te puedo llevar sin hablar con tu madre —dijo, dirigiéndose a la casa—. Voy a llamarla para asegurarme...

—¡No!

—¿Por qué no? ¿Qué ocurre, Tim?

—A ella le va a dar igual. Ella no sabe nada. No tiene importancia. Si la llamas..., ah, mierda, mierda, mierda.

Se alejó con paso airado hacia el pequeño embarcadero que se adentraba en la laguna. En lugar de subirse a la barca allí amarrada, se dejó caer pesadamente sobre las planchas de madera y hundió la cabeza entre las manos.

Se puso a llorar. Ella cruzó el jardín para reunirse con él y se sentó a su lado, pero sin tocarlo.

—Sé que estás pasando una mala temporada —le dijo—. Esta es la fase peor, pero pasará, te lo prometo. Se acabará porque...

—¡Tú no sabes nada! —Se volvió bruscamente y le dio un empujón, que la hizo caer de costado—. ¡No sabes una mierda!

Luego le propinó un puntapié; ella sintió la fuerza del golpe en la zona de los riñones. Trató de pronunciar su nombre, pero no alcanzó a articularlo antes de que volviera a descargarle otra patada.

3 de noviembre

Lago Windermere
Cumbria

*L*ynley llegó a Ireleth Hall por la tarde. A pesar de que el trayecto era largo, había preferido ir en coche; nada de avión ni de tren. Salió de Londres mucho antes del amanecer, se paró dos veces por el camino y pasó el rato reflexionando en el interior del coche.

La noche anterior no había estado con Isabelle. Ella se lo había pedido, pero se resistió: lo mejor para los dos era que mantuvieran cierta distancia. Pese a que aseguraba lo contrario, sabía que pretendía averiguar adónde iba y por qué, y él no estaba dispuesto a revelárselo. Quería evitar el conflicto que aquello habría generado entre ellos. Isabelle había dejado de beber durante los meses que llevaban juntos y no quería que nada, como una pelea, la volviera a hacer caer en la bebida. Necesitaba mantenerse sobria, tal como le gustaba a él; si para ello era necesario evitar los conflictos, estaba dispuesto a realizar ese esfuerzo.

«Cariño, no tenía idea de que te habías vuelto tan cobarde con las mujeres», le habría dicho Helen. Pero, en realidad, no era cobardía. Era la voz de la sabiduría, y estaba resuelto a seguir sus dictados. De todas maneras, estuvo pensando en aquello y en su relación con Isabelle durante casi todo el viaje hasta Cumbria, preguntándose si eran compatibles.

Cuando llegó a Ireleth Hall, las grandes verjas de hierro estaban abiertas, como si se previera su visita. Siguió conduciendo bajo el abrigo de los viejos robles por la sinuosa carretera que conducía al lago Windermere, hasta detenerse por fin ante una impresionante edificación de piedra recubierta de liquen y con tejado de varias aguas, en el centro de la cual destacaba una torre de defensa de enormes proporciones que permitía formarse una idea de la antigüedad de, al menos, una parte del edificio. Siglo XIII, calculó Lynley. Tenía cuatrocientos años más que su casa de Cornualles.

A partir de la torre, se habían ido añadiendo diversos edificios con el paso de los siglos. No obstante, todos estaban pegados y componían una armoniosa fusión de periodos arquitectónicos, flanqueada de explanadas de césped dotadas de una buena cantidad de robles, los más impresionantes que Lynley había visto nunca. Entre los robles crecían también unos imponentes plátanos bajo los cuales pastaban plácidamente los ciervos.

Al bajarse del coche, respiró hondo el fresco aire impregnado del olor a lluvia. Aun cuando desde allí no se veía el lago, calculó que desde la casa, orientada al oeste, debía de disfrutarse de una magnífica vista del agua y de sus orillas.

—Ah, ya ha llegado.

Lynley se volvió al oír la voz de Bernard Fairclough, que salía de un jardín rodeado de un muro. Entonces acudió a su encuentro, junto al Healey Elliot. Con admiración, pasó la mano por el elegante flanco del viejo vehículo y planteó las preguntas de rigor sobre su edad y su funcionamiento, además de interesarse por si había tenido un buen viaje. Una vez concluidas las formalidades, lo acompañó al interior de la casa por una puerta que daba a una gran sala revestida de paneles de roble y decorada con bruñidos petos de armadura. Delante del fuego de la chimenea había dos sofás dispuestos frente a frente. Aparte del crepitar de las llamas y del tictac de un reloj de pared, el silencio era absoluto.

Fairclough se puso a hablar en voz baja, como quien se encuentra en la iglesia o teme la presencia de oídos indiscretos, aunque Lynley tenía la impresión de que estaban solos.

—He tenido que decirle a Valerie por qué está usted aquí —explicó—. En general no tenemos secretos… De todas maneras, después de cuarenta años juntos, sería imposible… O sea, que ella está al corriente y colaborará. Aunque no aprueba del todo que quiera llevar este asunto hasta el final, lo entiende…, hasta donde puede entender una madre en lo que respecta a su hijo. —Fairclough se subió las gafas de gruesa montura sobre el puente de la nariz mientras sopesaba las palabras—. Ella es la única que está enterada; para todos los demás, usted es un amigo del Twins que ha venido a visitarnos. Algunos también saben lo de su esposa. De este modo… Bueno, todo queda más creíble. ¿No le molestará, espero?

Parecía nervioso. Lynley se planteó si su nerviosismo se debía a su presencia allí, al hecho de que era policía, o a la posibilidad de que descubriera algo escabroso mientras se paseaba por la propiedad. Las tres hipótesis eran posibles, pero aquel desasosiego despertó su curiosidad.

—La muerte de Helen salió en los periódicos —respondió—, así que no puedo tomarme a mal que sea de dominio común.

—Perfecto. —Fairclough se frotó las manos con pragmático gesto y luego dirigió una sonrisa a Lynley—. Le enseñaré su habitación, y después daremos una vuelta por aquí. Para esta noche había pensado que podíamos cenar tranquilamente, solo nosotros cuatro, y mañana quizá podría... Bueno, hacer lo que usted hace.

—¿Los cuatro?

—Nuestra hija Mignon nos acompañará. Vive aquí, en la propiedad, no en la casa. Ya es una mujer, así que prefiere tener su propia casa. Pero no está lejos y, como ella está soltera y usted es viudo, parecía posible... —Lynley advirtió que Fairclough tuvo el detalle de mostrar cierto embarazo—. Podría aparecer como otro motivo para su presencia aquí. A Mignon no le he dicho nada directamente, pero si tiene en cuenta que no está casada... Tengo la impresión de que podría ser más franca con usted si... le demostrara, tal vez, cierto interés.

—¿Sospecha que ella pueda ocultar algo? —preguntó Lynley.

—Es un enigma —respondió Fairclough—. Nunca he conseguido sacar nada en claro de ella. Espero que usted sí. Venga, por aquí.

Las escaleras, que formaban parte de la base de la torre, ascendían entre una colección de acuarelas de paisajes hasta desembocar en un corredor revestido de roble, al igual que la gran sala, pero sin la luminosidad que aportaban los ventanales abajo. Fairclough lo condujo hasta una puerta del extremo norte, donde una ventana con emplomaduras dejaba entrar un tenue haz de luz en el que quedaban flotando las motas de polvo liberadas de la cautividad en las alfombras persas.

La habitación en la que entraron era amplia, dotada de unos magníficos ventanales, con un ancho alféizar en el que habían acondicionado un asiento. Fairclough acompañó a Lynley hasta allí.

—Windermere —informó ociosamente.

Tal como había supuesto Lynley, aquella parte de la casa daba al lago. Tres terrazas se interponían hasta su orilla: dos cubiertas de césped y la tercera de gravilla, con mesas, sillas y tumbonas desgastadas por la intemperie. Después de la tercera, el lago se extendía para desaparecer detrás de una lengua de tierra encarada hacia el noreste y que, tal como explicó Fairclough, se llamaba Rawlinson Nab. Más cerca, la diminuta isla de Grass Holme parecía flotar en el agua coronada por un bosquecillo de fresnos, y Grubbins Point surgía del agua como una pulida peña.

—Debe de disfrutar viviendo aquí —dijo Lynley—. Como mínimo, la mayor parte del año, porque supongo que en verano habrá una invasión.

Se refería a los turistas, que de junio a septiembre acudían en masa a Cumbria y, sobre todo, a la región de los Lagos. Con sol o con lluvia —que por desgracia era más abundante que el sol—, paseaban, hacían excursiones y acampaban por todas partes donde había un espacio libre.

—Francamente, desearía disponer de más tiempo para vivir aquí, sin más —confesó Fairclough—. Entre la fábrica de Barrow, la fundación, mis abogados de Londres y el Ministerio de Defensa, me puedo considerar afortunado si vengo aquí una vez al mes.

—¿El Ministerio de Defensa?

—Mi vida está gobernada por asuntos de lo más prosaico. Tengo un váter compostador en el que están interesados. Llevamos meses hablando de la cuestión.

—¿Y los abogados? ¿Hay algún problema del que debería estar al corriente? ¿Algo relacionado con la familia? ¿Con Ian Cresswell?

—No, no —repuso Fairclough—. Son abogados expertos en patentes, y también notarios para la fundación. Con todo eso, siempre estoy de un sitio a otro y dejo a Valerie a cargo de este lugar. Es la casa de su familia y le gusta ocuparse de ella.

—Parece que no se ven mucho.

—Es el secreto de un largo matrimonio feliz —aseguró Fairclough con una sonrisa—. Aunque no sea muy normal, nos ha dado resultado durante todos estos años. Ah, ahí llega Valerie.

Lynley observó las explanadas de abajo, deduciendo que la mujer había aparecido por allí. Fairclough señaló, sin embargo, una barca en el lago. Una persona acababa de hundir los remos en el agua y comenzaba a remar hacia la orilla.

—Seguro que va al embarcadero —dijo, pese a que a aquella distancia era imposible distinguir si se trataba de un hombre o una mujer—. Lo acompañaré hasta allí. Así podrá ver el sitio donde Ian… Bueno, ya sabe.

Una vez afuera, Lynley advirtió que el embarcadero no se veía desde la casa. Para llegar hasta él, Fairclough lo condujo al ala sur de Ireleth Hall, donde, a través de los arbustos formados por el rojo follaje otoñal de una masa de espiraea de más de metro ochenta de altura, una pérgola daba paso a un camino. Este discurría por un jardín poblado de matas de mahonia, una planta casi idéntica al acebo, que parecía crecer desde hacía siglos en ese mismo lugar. Luego, después de descender a través de una pequeña plantación de chopos, desembocaba en un rellano en forma de abanico, donde se encontraba el cobertizo para las barcas, una estrafalaria construcción de pizarra de la región con techo picudo y una puerta por el lado de tierra, sin ventanas.

Fairclough entró por la puerta, que estaba abierta. Adentro, un estrecho embarcadero de piedra ocupaba los tres costados del edificio, lamido por el agua del lago. Había amarrados una motora, un *scull* y una vieja canoa. El *scull*, según le informó Fairclough, pertenecía a Ian Cresswell. Por el lado del agua, se veía aproximarse a Valerie, que tardaría tan solo unos minutos en llegar.

—Ian hizo volcar el *scull* al caer —explicó Fairclough—. Fue allí, donde faltan las piedras. Se desencajaron dos. Al parecer se agarró a una y perdió el equilibrio cuando se desprendió. Cuando cayó, se soltó también la de al lado.

—¿Dónde están las piedras ahora?

Lynley se acercó y se agachó para escrutar la zona. La luz era escasa en el interior del cobertizo. Tendría que volver con una linterna.

—¿Cómo?

—Las piedras que se soltaron. ¿Dónde están? Quiero examinarlas.

—Están aún en el agua, que yo sepa.

—¿Nadie las sacó para inspeccionarlas?

Aquello no era normal. Una muerte repentina planteaba toda clase de interrogantes; uno de los primeros que reclamaba respuesta era el cómo se había podido desprender una piedra del embarcadero, por más viejo que fuera. Podría haber sido por el desgaste, desde luego, pero también alguien podría haber empleado un cincel.

—El encargado de la investigación dictaminó que fue un accidente, tal como le dije. Eso fue lo que dedujo directamente el policía que acudió al lugar de los hechos. Luego llamó a un inspector, que vino, echó un vistazo y llegó a la misma conclusión.

—¿Dónde se encontraba usted cuando ocurrió?

—En Londres.

—¿Estaba sola su esposa cuando encontró el cadáver?

—Sí. —Luego dirigió la mirada hacia el lago—. Ya está aquí.

Lynley se enderezó. La barca se aproximaba deprisa, impulsada por vigorosas paladas. Cuando se halló cerca, Valerie Fairclough quitó los remos de los toletes y los depositó en el fondo de la barca, dejando que la embarcación entrara por inercia en el cobertizo.

Vestía chubasquero y pantalón impermeable, botas y guantes. En la cabeza no llevaba nada, sin embargo, y su pelo gris se veía perfectamente arreglado, pese a haber estado remando en el lago.

—¿Ha habido suerte? —preguntó Fairclough.

Ella volvió la cabeza sin aparentar ningún sobresalto.

—Ah, aquí estáis. Una suerte fatal. He estado tres horas allá afuera y lo único que ha picado han sido dos miserables pececitos que me han mirado con tanta cara de pena que he tenido que devolverlos al agua. Usted debe de ser Thomas Lynley —dijo—. Bienvenido a Cumbria.

—Me puede llamar Tommy.

Le tendió la mano, pero, en lugar de estrechársela, ella le lanzó el cabo de amarre.

—Nudo de cornamusa —precisó—. ¿O igual le suena a chino?

—No, no.

—Estupendo.

Entregó a su marido el material de pesca: una caja con los aparejos, una caña y un cubo de cebo vivo. Al ver los gusanos que se retorcían dentro, Lynley se dijo que no era una mujer aprensiva.

Se bajó del bote mientras Lynley lo amarraba. Sabía que tenía setenta y siete años, por lo que quedó impresionado por su agilidad. Una vez en el embarcadero, le estrechó la mano.

—Bienvenido de nuevo —reiteró—. ¿Le ha enseñado Bernie la propiedad?

Se quitó el chubasquero y los pantalones, y los colgó en unos ganchos de la pared mientras su marido guardaba su equipo de pesca debajo de un banco de carpintero. Cuando se volvió hacia ella, le presentó la mejilla para que le diera un beso.

—Cariño —dijo, a modo de ostensible saludo, antes de añadir—. ¿Cuánto tiempo has estado?

—Hasta mediodía —respondió él.

—Deberías haber mandado un aviso —señaló ella—. ¿Y Mignon?

—Todavía no. ¿Está bien?

—Va despacio, pero mejor.

Lynley reconoció en aquel intercambio la forma de comunicación abreviada típica de las parejas que llevan muchos años juntas.

—Estaba echando un vistazo al sitio donde se ahogó nuestro Ian, ¿verdad? —le dijo Valerie a él—. Bernie y yo no opinamos lo mismo en este asunto, pero supongo que ya se lo habrá dicho.

—Ha mencionado que usted encontró el cadáver. Se debió de llevar un buen susto.

—Ni siquiera sabía que había salido a remar. Tampoco sabía que estaba en la propiedad, porque no había aparcado el coche cerca de la casa. Llevaba casi veinticuatro horas en el agua cuando lo encontré, así que ya se puede imaginar qué aspecto tenía. De todas maneras, me alegro de que fuera yo quien lo encontrara, y no Mignon o Kaveh. No me quiero ni imaginar cómo habrían reaccionado.

—¿Kaveh? —preguntó Lynley.

—El compañero de Ian. Está haciendo un trabajo para mí en la propiedad. Estoy instalando un área de juegos y él se ha encargado del diseño. También supervisa las obras.

—¿Viene todos los días?

—Unas tres veces por semana, no llevo la cuenta. —Observó a Lynley como si evaluara lo que pensaba—. ¿Qué, le parece un buen sospechoso?

—Es muy posible que la policía tuviera razón —señaló Lynley con una breve sonrisa.

—Yo estoy convencida de que sí. —Miró a su marido, que, según advirtió Lynley, observaba abstraído el agua del lago—. Fue algo terrible. Bernie y yo queríamos mucho a Ian. Debió tener más cuidado con el embarcadero. Es bastante viejo…, de más de cien años…, y se ha usado bastante. Las piedras se acaban soltando. Fíjese, aquí hay otra.

Apoyó la punta del pie en una piedra contigua al lugar donde habían caído las otras dos. Era inestable, en efecto. Aunque claro, pensó Lynley, también se podría deber a que alguien la había desencajado expresamente.

—Cuando ocurre un accidente, queremos achacar la culpa a alguien —sentenció Valerie—. Y esto que pasó es una desgracia porque deja a esos pobres niños con una madre loca, sin ninguna clase de contrapeso. De todas formas, si alguien es culpable en este caso, soy yo.

—Valerie —dijo su marido.

—Yo estoy al frente de Ireleth Hall y de la propiedad, Bernie. Yo tuve un descuido en el mantenimiento y tu sobrino murió como consecuencia de ello.

—Yo no te culpo —replicó él.

—Pues quizá deberías hacerlo.

Intercambiaron una dura mirada. Bernard acabó desviando la vista. Aquella mirada decía más que mil palabras. Lynley dedujo que allí había mar de fondo, de mayor calado que las aguas del lago.

4 de noviembre

Milnthorpe & Arnside
Cumbria

Mientras trazaban planes para tomarse unos días para ayudar a Tommy en Cumbria, Deborah Saint James se había imaginado a ella y a Simon instalados en un hotel revestido de parra de Virginia aureolada con su glorioso colorido otoñal, con vistas a uno de los lagos. También le habría gustado un hostal situado al lado de una simple cascada, habida cuenta de que eran tan abundantes en aquel condado, pero al final acabó yendo a parar a una antigua posada llamada The Crow and Eagle, ubicada justo en el lugar donde es más previsible encontrar una posada: en la intersección de dos carreteras por la que no paraban de circular camiones durante toda la noche. El cruce se hallaba en el centro de Milnthorpe, una localidad con mercado tan alejada de los Lagos que ni siquiera se consideraba como parte integrante de la región, y la única agua presente por aquellos parajes, aunque no resultaba visible, era la del río Bela, uno de los innumerables cursos de agua que desembocaban en la bahía de Morecambe.

Simon había reparado en la expresión que había puesto al ver el hostal.

—Ah —había dicho—, bueno, no hemos venido de vacaciones, ¿verdad, cariño? Pero nos tomaremos un par de días libres cuando hayamos acabado, en un lujoso hotel con vistas al Windermere, fuego en la chimenea, té con pastelillos y todo lo demás. —Le dirigió una maliciosa mirada.

—Mira que te tomo la palabra, Simon.

—Eso espero.

La tarde siguiente, había recibido en el móvil la llamada que esperaba. La respondió con la misma fórmula que llevaba usando al contestar todas las llamadas desde hacía veinticuatro horas, para acostumbrarse.

—Deborah Saint James. Fotografía.

Cuando al otro lado del teléfono alguien se identificó como Nicholas Fairclough, hizo una señal a James. La conversación fue fluida. Estaba dispuesto a verla para hablar del reportaje.

—Pero ese documental... no será sobre mí, ¿no? —preguntó—. O como mínimo no sobre mi vida privada.

Ella le aseguró que era solo sobre el proyecto que había montado para la rehabilitación de drogadictos. Se trataría de hacer una entrevista preliminar, le explicó. Entonces ella elaboraría un informe para un director de Query Productions, que sería quien tomaría la decisión de incluir o no el proyecto en su documental.

—Sería algo preliminar e hipotético —señaló, recurriendo a un lenguaje oficial que aportara visos de autenticidad—. Debe comprender que yo misma no tengo ni idea de si lo van a acabar incluyendo en el reportaje.

—De acuerdo, pues —aceptó optimista y aparentemente aliviado por el desarrollo de la conversación—. ¿Cuándo nos vemos?

Se estaba arreglando para acudir a la cita. Simon hablaba por teléfono con el responsable de la investigación policial, exponiéndole su propio embuste sobre una conferencia que iba a dar a una clase de la Universidad de Londres. Lo hacía con mucha elocuencia. Aquello la dejó sorprendida, porque aunque él siempre había sido un hombre dotado de una gran confianza en sí mismo, apoyada en su sobrada valía, ella tenía la impresión de que su aplomo provenía de su relación con la verdad. Aquella capacidad para el disimulo le dio que pensar. A ninguna mujer le gustaba saber que su marido tenía tanta habilidad para mentir.

Su propio móvil sonó cuando iba a salir. Al ver el número, supo que no tenía necesidad de responder como Deborah Saint James, fotografía. Era David, el hermano de Simon.

Al instante adivinó por qué la llamaba. Estaba lista para mantener aquella conversación, más o menos.

—He pensado que podría responder a cualquier duda que se te plantee —dijo David a modo de introducción con una actitud alegre y alentadora—. La chica tiene muchas ganas de conocerte, Deborah. Ha visto tu página web, con las fotos y todo. Simon me dijo que te preocupaba un poco que lo quisiera dejar en Londres, cuando vive aquí en Southampton. Yo diría que ni siquiera pensó en eso, pero sabe que Simon es mi hermano, y su padre trabajó aquí en la empresa durante más de veinte años. En el Departamento de Contabilidad —se apresuró a añadir.

Aquello equivalía a precisar que era de buena familia, como si pensara que el hecho de que el padre de la chica fuera un estibador le haría pensar en la impureza de su sangre.

115

Querían que tomara una decisión. Era comprensible. David y Simon veían aquello como la solución perfecta para un problema que arrastraban desde hacía años. Ambos eran la clase de hombre que afronta todas las dificultades de la vida tal como se presentan y las despacha de manera eficiente y sin demora. No se parecían a ella, que se proyectaba hacia el futuro y veía lo complicada y desgarradora que podía llegar a ser la situación que le proponían.

—Es que no sé, David —contestó—. No creo que pudiera funcionar. No veo cómo…

—¿Estás diciendo que no?

Ese era otro de los problemas con ellos. Decir «no» significaba «no». Pedir más tiempo equivalía a no asumir una posición. ¿Por qué diablos, se dijo Deborah, no le iba a estar permitido el no adoptar una posición definitiva en aquel asunto? Los motivos se resumían en «última oportunidad» y «única oportunidad», pero ella seguía encallada, sin ganas de hablar.

Le prometió que lo llamaría más tarde, porque en ese momento tenía que ir a Arnside. Él mostró su descontento con un sonoro suspiro y colgó. Simon guardó silencio, pese a que debía de haber oído parte de la conversación después de dar por terminada la suya. Se marcharon cada cual con su coche de alquiler, deseándose suerte.

Deborah tuvo que conducir menos rato. Nicholas Fairclough vivía justo en las afueras del pueblo de Arnside, situado al suroeste de Milnthorpe, más allá de una arenosa marisma que daba al canal de Kent. Allí había pescadores, apostados a lo largo de la carretera y en la base del terraplén, aunque Deborah no comprendía qué estaban pescando. Desde el coche parecía como si no hubiera nada de agua en la marisma. Sí advirtió, no obstante, que la marea proveniente de la bahía de Morecambe había dejado hondonadas en la arena, hasta crear orillas y pendientes que parecían peligrosas.

La propiedad de Nicholas Fairclough se llamaba Arnside House. Quedaba al final del paseo marítimo, donde se sucedían unas impresionantes mansiones victorianas que debían de haber servido de residencias de verano para los industriales de Mánchester, Liverpool y Lancaster. La mayoría de aquellas majestuosas construcciones albergaban ahora apartamentos dotados de excelentes vistas sobre el canal, el viaducto del tren que se extendía hasta Grange-over-Sands y esa misma localidad, que ese día se divisaba envuelta en una tenue neblina otoñal.

A diferencia de las mansiones que la precedían, Arnside House era un edificio sin florituras, con enlucido de mortero grueso pintado de blanco sobre una superficie de piedra o ladrillo. Las ventanas estaban enmarcadas por piezas de piedra arenisca y en los tejados de diversas vertientes las chimeneas surgían pintadas de blanco al igual que el resto de la casa.

El único elemento que destacaba entre aquella sencillez eran los canalones, que presentaban la estilizada marca típica del movimiento artístico Arts and Crafts. Influencia de Charles Rennie MacIntosh, pensó Deborah. Una vez en el interior de la construcción, no obstante, descubrió una curiosa mezcla de estilos que abarcaba desde el medieval al moderno.

Nicholas Fairclough acudió a abrir y la hizo pasar a un vestíbulo revestido de paneles de roble y suelo de mármol con figuras de diamantes, círculos y cuadrados. Después de recoger su chaqueta, la condujo por un pasillo que daba a una gran estancia con la apariencia de un salón de banquetes medieval, con su galería elevada encima de la chimenea. Mientras apreciaba el ruinoso estado de la habitación, Nicholas Fairclough se explicó:

—Estamos restaurando esta vieja casa pieza por pieza. Esta va a ser la última, me temo, porque debemos encontrar a alguien que pueda dar una réplica a un papel pintado de lo más extraño. Yo lo llamo Pavos y Petunias. Lo de pavos es riguroso, aunque en lo de las flores no estoy tan seguro. Por aquí, hablaremos en la sala de estar.

Aquella habitación era de un luminoso color amarillo, con un friso de yeso con relieves de bayas, pájaros, hojas, rosas y bellotas. Aquella sofisticada decoración, que habría sido la característica principal en cualquier otra estancia, quedaba reducida a un segundo plano por la chimenea, que, con sus brillantes baldosas turquesas y los mismos diamantes, círculos y cuadrados de la entrada, servía de foco central. Un fuego ardía en el hogar. Allí mismo había banquetas, estanterías y ventanas con emplomaduras. Nicholas señaló una de las dos butacas dispuestas frente a los ventanales encarados a la bahía. Entre las butacas había una mesa con un servicio de café y tres tazas, junto a un fajo de revistas.

—Quería hablar un momento con usted antes de ir a buscar a mi esposa —dijo Nicholas—. Debo decirle que yo acepto de entrada hablar con usted y la eventual inclusión del proyecto en ese reportaje, pero le va a costar un poco convencer a Allie. Me ha parecido conveniente avisarla.

—Comprendo. ¿Me podría dar alguna idea...?

—Ella es bastante reservada —repuso—. Es argentina y se siente cohibida con el inglés. Yo creo que lo habla perfectamente, la verdad, pero ella no. Además... —Se acarició un momento la barbilla, con aire pensativo—. Ella me protege...

117

—Nosotros no vamos a hacer un reportaje de denuncia ni nada por el estilo, señor Fairclough, aunque, para serle sincera, podría adoptar ese cariz si usted estuviera esclavizando a los drogodependientes para su propio provecho. Supongo que debería preguntarle si necesita protección por alguna razón.

Pese a que había planteado la cuestión con desenfado, advirtió que él se la tomaba muy en serio. Encontró significativo que pareciera barajar varias posibilidades antes de contestar.

—Así es como veo las cosas —respondió por fin—: a ella le preocupa que yo sufra algún tipo de decepción, y le preocupa adónde pudiera conducirme esa decepción. Ella no lo dice, pero, al cabo de un tiempo, uno percibe ese tipo de cosas en su propia esposa. Ya sabe a qué me refiero.

—¿Cuánto tiempo llevan casados?

—Hizo dos años en marzo.

—Están bastante unidos, por lo que se ve.

—Sí, sin duda. Voy a buscarla. No parece que la vaya asustar, ¿verdad?

Se levantó del sillón y la dejó sola. Deborah aprovechó para admirar el salón. La persona que lo había decorado poseía un apreciable talante artístico. El mobiliario reflejaba el periodo de construcción de la casa, pero se mantenía en un plano secundario en relación con los elementos arquitectónicos de la pieza. Aparte de la chimenea, los más notables eran unas esbeltas columnas rematadas con capiteles adornados con formas de pájaros, frutas y hojas que flanqueaban los ventanales, delimitaban los extremos de las banquetas de la chimenea y sostenían un estante que recorría toda la estancia justo debajo del friso. Solo la restauración de aquella habitación debía de haber costado una fortuna, calculó Deborah, que se preguntó cómo podía haber reunido tal suma un exdrogadicto.

Posó la mirada en el ventanal y de allí la desplazó a la mesa, donde estaba el servicio de café preparado para que alguien lo usara. El fajo de revistas le llamó la atención y se puso a ojearlas. Arquitectura, interiorismo, jardinería… Luego topó con una que le llamó la atención. Se titulaba *Concepción*.

Deborah la había visto a menudo durante las interminables citas que había mantenido con los especialistas hasta recibir el descorazonador diagnóstico que había echado por tierra sus sueños, pero nunca la había mirado, pues había considerado que era tentar demasiado al destino. En ese momento la cogió, sin embargo, pensando que tal vez existiera alguna clase de vínculo fraternal entre la esposa de Nicholas Fairclough y ella misma, algo que pudiera explotar.

La hojeó rápidamente. Tenía el tipo de artículos previsibles en una revista con ese título. Dietas recomendadas para el embarazo, suplementos de vitaminas y minerales, depresión posparto y problemas afines, comadronas, lactancia… Todo estaba allí. Lo curioso era que en la parte de atrás habían arrancado varias páginas.

Al oír pasos en el corredor, Deborah devolvió la revista a la mesa y se puso de pie.

—Alatea Vásquez de Torres Fairclough —dijo Nicholas Fairclough. Luego con una cantarina carcajada, añadió—: Tendrá que perdonarme. Es que me encanta pronunciar ese nombre. Allie, esta es Deborah Saint James.

La mujer era bastante exótica, según observó Deborah: piel olivácea, ojos oscuros y pómulos que definían una cara angulosa. Tenía una densa cabellera de color café tan gruesa y rizada que formaba una esponjosa masa en torno a su cabeza, entre la cual se percibían dos enormes pendientes de oro cuando se movía. Era una pareja extraña para Nicholas Fairclough, exdrogadicto y oveja negra de la familia.

Alatea cruzó la habitación y le tendió la mano. Aunque tenía unas manos grandes, los dedos eran largos y delgados, al igual que el resto de su persona.

—Nicky me ha dicho que parecía inofensiva —señaló, sonriente, con un marcado acento extranjero—. Él ya le habrá sugerido que yo tengo reparos con esto.

—¿En que yo sea inofensiva o con respecto al proyecto? —preguntó Deborah.

—Sentémonos a charlar —propuso Nicholas, tomando la palabra, como si temiera que su esposa no fuera a comprender el humor de la réplica de Deborah—. He preparado café, Allie.

Alatea lo sirvió. En las muñecas llevaba unas esclavas del mismo estilo que el de los pendientes; se deslizaron por sus brazos al coger la cafetera. Entonces pareció que se fijaba en las revistas y titubeó un instante. Lanzó una mirada a Deborah, que le dirigió una alentadora sonrisa.

—Me sorprendió lo de ese documental suyo, señora Saint James.

—Llámeme Deborah, por favor.

—Como quiera. Lo que hace Nicholas aquí es pequeño. Me preguntaba cómo se había enterado.

Deborah ya había previsto aquella pregunta. Tommy, que había realizado un buen trabajo de documentación sobre los Fairclough, le había proporcionado una respuesta lógica.

—En realidad no fui yo —contestó—. Yo solo voy adonde me indican y me encargo de la investigación preliminar para los cineastas

119

de Query Productions. No sé cómo decidieron exactamente incluirlo a usted —inclinó la cabeza hacia Nicholas—, pero creo que tuvo que ver con un artículo relacionado con la casa de sus padres.

—Fue otra vez por ese recuadro dedicado a nosotros, cariño —le indicó Nicholas a su esposa—. Fue un artículo que escribieron sobre Ireleth Hall, la casa de mis padres. Es un edificio histórico situado a orillas del lago Windermere. Tiene un jardín de esculturas vegetales de unos doscientos años de antigüedad. Mi madre lo restauró. Ella misma mencionó este sitio…, nuestra casa…, al periodista y, como el reportaje era una especie de entrevista sobre fondo arquitectónico, este vino a echar un vistazo, no sé muy bien por qué. Quizá fuera para poder realizar una afirmación del tipo: «Los Fairclough llevan en la sangre el amor por las restauraciones históricas». La propiedad fue un regalo de mi padre y por eso la acepté sin mirarle el dentado, aunque creo que tanto Allie como yo habríamos preferido algo más moderno, con todas las comodidades a punto. ¿No es así, cariño?

—Es una casa muy bonita —respondió Alatea—. Yo me considero afortunada por vivir aquí.

—Eso es porque tú siempre insistes en ver el vaso medio lleno —apuntó Nicholas—, y por eso me haces tan feliz, supongo.

120

—Uno de los productores del documental —le dijo Deborah a Alatea— sacó a colación el Proyecto de la Torre Middlebarrow en una de las primeras reuniones que mantuvimos en Londres, cuando estábamos tomando en cuenta todas las posibilidades. Aunque nadie sabía a qué venía lo de la torre, había varias personas que conocían a su esposo, bueno, que sabían quién es y todo lo demás. —Omitió especificar más, porque era evidente.

—¿Y yo no tendría que intervenir en este documental? —prosiguió Alatea—. Verá, es por mi inglés…

Deborah pensó que su inglés no solo era excelente, sino cautivador.

—También porque Nicky lo ha hecho todo por sí solo.

—No lo hubiera hecho sin tenerte a ti en mi vida —señaló Nicholas.

—Pero eso es una cuestión completamente distinta. —Cuando se volvió, se le levantó la abultada masa de pelo—. El Proyecto de la Torre… es algo tuyo que has hecho tú y que estás llevando a cabo por tu cuenta. Yo solo soy tu respaldo, Nicky.

—Como si eso no fuera importante —exclamó él, dirigiendo una patética mirada a Deborah, como si quisiera añadir: «¿Ve lo que tengo que soportar?».

—De todas maneras, yo no tengo nada que ver y no quiero participar.

—En ese sentido no tiene por qué preocuparse —le aseguró Deborah, dispuesta a hacer lo que fuera para que concediera su visto bueno—. Y de todas formas, quiero destacar que es posible que al final esto no dé nada. No soy yo quien toma las decisiones. Yo solo me encargo de la investigación. Hago un informe, saco fotos y lo mando todo a Londres. Los de la productora deciden qué se incluirá en el documental.

—¿Lo ves? —dijo Nicholas a su mujer—. No hay de qué preocuparse.

Alatea asintió con la cabeza, pero no parecía muy convencida. Aun así dio su consentimiento tácito.

—Entonces quizá deberías llevar a Deborah a ver el proyecto, Nicky. Creo que sería un buen sitio para empezar.

Arnside
Cumbria

Una vez que su marido se hubo marchado con aquella mujer pelirroja, Alatea permaneció sentada un momento mirando las revistas desparramadas encima de la mesa del hueco del ventanal. Alguien las había estado hojeando. Pese a que aquello no tenía nada de raro en un principio, habida cuenta de que la mujer había estado esperando mientras Nicholas iba a buscarla a ella para presentársela y de que era natural que alguien distrajera la espera hojeando unas revistas, en los últimos tiempos eran pocas las cosas que no alteraban los nervios de Alatea. Se dijo a sí misma que no significaba absolutamente nada que *Concepción* ocupara ahora la parte superior de la pila. Pese a que era algo embarazoso que una desconocida pudiera sacar la conclusión de que estaba obsesionada con el tema de la revista, tampoco cabía pensar que ello pudiera tener mayores consecuencias.

Aquella mujer no había venido de Londres para hablar con ella ni para interesarse por el laberinto de su historia personal. Estaba allí por lo que hacía su marido, y lo más probable era que no se hubiera interesado para nada en aquello si Nicholas hubiera sido un individuo como tantos otros que intentaban aplicar otro procedimiento para ayudar a rehacer su vida a los drogadictos. Lo que convertía en atractiva su experiencia era el hecho de que su juventud descarriada le había procurado un gran publicidad debido a la posición de su padre. Eso daba de sí la historia del hijo del barón Fairclough de Ireleth, rehabilitado tras años de vida disoluta.

De haber estado al corriente cuando conoció a Nicholas de que era hijo del conocido barón Fairclough de Ireleth, Alatea habría rehuido todo contacto con él. Lo único de lo que se enteró fue de que su padre era un fabricante de toda clase de artilugios que uno podía encontrar en un cuarto de baño, cosa que Nicholas explicó sin darle mayor importancia. Lo que omitió mencionar fue el título de su padre, su aportación a la causa del cáncer de páncreas y la prominente posición que ello le reportaba. Ella preveía conocer a un hombre prematuramente envejecido a causa de un hijo que había tirado por la borda veinte años de su vida; sin embargo, se encontró con Bernard Fairclough. También la sorprendió cómo la miró el padre de Nicholas a través de sus gafas de ancha montura.

—Llámame Bernard —le había dicho. Entonces descendió la mirada hasta su pecho antes de volver a posarla en sus ojos—. Bienvenida a la familia, querida.

Estaba acostumbrada a que los hombres le miraran el pecho. Aquello nunca le había supuesto un problema; era algo natural. Los hombres eran así. Por el contrario, no solían mirarla con aquella expresión inquisitiva en la cara: «¿Qué hace una mujer como tú con mi hijo?». Esa era la muda pregunta que Bernard Fairclough le había formulado.

Había visto aquel mismo semblante interrogativo cada vez que Nicholas le había presentado a un miembro de su familia. Para ellos, no era la esposa apropiada para Nicholas Fairclough y, aun cuando a menudo prefería pensar que ello se debía a su aspecto físico, percibía que había algo más. La consideraban una cazafortunas. Era una extranjera, no sabían nada de ella, y su noviazgo había sido sospechosamente breve. Para ellos aquello significaba que iba a la caza de algo, de la fortuna de la familia sin duda. El que abrigaba una especial desconfianza era el primo de Nicholas, Ian, porque era él quien administraba el dinero de Bernard Fairclough.

Lo que la familia de Nicholas no había tomado en cuenta era que pudiera estar enamorada de él. Había invertido mucho esfuerzo tratando de demostrarles su devoción. No les había dado el menor motivo para dudar de su amor por Nicholas y, al final, había llegado a creer que había mitigado su recelo.

Aquella prevención era infundada, porque ella amaba de veras a su marido y era una esposa devota. Además, tampoco era la primera mujer, ni sería la última, que se enamoraba de un hombre menos atractivo que ella. Era algo bastante frecuente. No se entendía que todos la mirasen con aquel aire dubitativo… Aquello tenía que parar, pero no sabía muy bien cómo poner fin a la situación.

Alatea sabía que debía encontrar una solución a la ansiedad que le producían aquella y otras cuestiones. Debía dejar de asustarse por cualquier minucia. No era un pecado disfrutar de la vida que se le ofrecía. Ella no la había buscado. Había acudido a ella y de eso cabía deducir, tal vez, que era la vía que le tenía reservada el destino.

Por otro lado, estaba el detalle de la revista, que antes se encontraba mezclada con las demás en la mesa y que ahora aparecía encima de todas. Además, esa mujer la había mirado de un modo particular. ¿Qué sabían de ella, de los motivos de su presencia allí y de sus intenciones? Nada. Deberían esperar para averiguarlo.

Alatea cogió la bandeja con el servicio del café y la llevó a la cocina. Junto al teléfono vio el papel en que había escrito el mensaje de Deborah Saint James. Aunque entonces no había anotado el nombre de la empresa que esta representaba, ella misma lo había mencionado, por suerte, lo cual le proporcionaba un dato por donde iniciar sus pesquisas.

Se fue al segundo piso. De entre las habitaciones donde antes dormían los criados, había elegido un diminuto dormitorio para utilizarlo como centro de diseño para programar las obras de la casa. También lo usaba como madriguera, y era allí donde tenía su ordenador portátil.

123

Pese a que, desde aquel cuarto, la conexión a Internet era muy lenta, logró conectarse sin mucha demora. Luego permaneció un momento con la vista perdida en la pantalla antes de comenzar a teclear.

Bryanbarrow
Cumbria

Había sido fácil hacer novillos. Dado que ninguna persona con un mínimo de cerebro tenía ganas de llevarlo hasta más allá de Ulverston, y puesto que Kaveh sí tenía cerebro, no le había costado mucho. Solo había tenido que quedarse acostado apretándose el estómago, decir que la prima Manette le había dado algo en mal estado la tarde anterior, asegurar que ya había vomitado dos veces durante la noche y mostrarse agradecido cuando Gracie reaccionó tal como él había previsto que lo iba a hacer. Se había ido corriendo a la habitación de Kaveh, desde donde la había oído gritar: «¡Timmy ha vomitado! ¡Timmy está mal!». Notó un leve sentimiento de culpa, porque en la voz de Gracie se notaba que tenía miedo. No había que ser un genio para ver que a la pobre le preocupaba que, de repente, pudiera morirse alguien más de la familia.

La muy boba aún no entendía la situación. Las personas se morían todo el tiempo y uno no podía evitarlo estando pendiente de ellas, respirando, comiendo, durmiendo y cagando por ellas. Además, en su opinión, Gracie tenía otros motivos de preocupación más graves que la potencial muerte de otra persona de su entorno. Tenía que preocuparse de qué diablos iba a ser de ella ahora que su padre estaba muerto y que su madre no hacía ni el menor gesto para reclamarlos.

Bueno, al menos ellos no eran los únicos con esa preocupación, pensó. Era solo cuestión de tiempo antes de que Kaveh recibiera el aviso de expulsión y entonces se quedaría en la calle. «Tendrás que buscarte otro sitio donde vivir y otra polla. Vas a tener que volver al antro donde vivías antes de conocer a papá, Kaveh», pensó.

Tim aguardaba con impaciencia ese momento. Y no era el único.

Aquella mañana el viejo George Cowley había abordado a Kaveh cuando se dirigía al coche seguido de Gracie. Cowley tenía un aspecto desastroso, por lo que Tim alcanzó a ver desde la ventana de su habitación; sin embargo, siempre iba hecho un desastre, así que no tenía nada de especial que hubiera olvidado ponerse los tirantes y que llevara la bragueta tan bajada que una parte de la camisa le saliese por ella a modo de andrajosa bandera. Debía de haber visto a Kaveh y a Gracie desde la ventana de su chabola y había salido a la carrera para aclarar ciertas cosas.

Aunque no oía lo que decían, no le cabían muchas dudas sobre de qué hablaban. Cowley se subió los pantalones y adoptó una postura que hacía presagiar una confrontación. Solo existía un motivo por el que desearía enfrentarse con Kaveh: quería saber cuándo iba a desalojar la casa; quería averiguar cuándo iba a pasar a manos suyas la granja de Bryan Beck.

Gracie esperaba a que Kaveh abriera la puerta del coche, con la mochila en el suelo, desplazando la mirada de la cara de Kaveh a la de Cowley con expresión cada vez más alarmada. Percibiendo su miedo, Tim se dijo que tal vez debería salir para ver si podía hacer algo para interferir entre Cowley y Kaveh, o, cuando menos, alejar a Gracie de ellos, pero entonces Kaveh se fijaría en él y le diría que se preparara para que lo llevara a la Margaret Fox School, cosa que de ninguna manera estaba dispuesto a aceptar ese día.

Se apartó de la ventana y se acostó en la cama. Esperaría a oír el ruido del coche de Kaveh, la señal de que por fin se quedaba solo. Cuando oyó el quedo rugido —Kaveh siempre apretaba demasiado el acelerador, como si creyera que había que inundar el motor antes de poner la marcha— cogió el móvil y se puso a marcar el número.

124

Lo del día anterior había sido una pérdida de tiempo. Se había puesto hecho una fiera con la prima Manette, y eso no estaba bien, aunque, dentro de todo, no había llegado a hacerle mucho daño. Había recuperado el control justo en el momento en que se disponía a precipitarse sobre ella y estrangularla, deleitarse apretando su cuello para que dejara de estar tan preocupada por él de una puta vez. Se le había nublado la vista y ni siquiera podía ver a la muy imbécil tumbada en el suelo delante de él. Entonces había doblado las rodillas y se había puesto a aporrear las tablas de madera en lugar de a ella y, para colmo, ella se había dado la vuelta y se había arrastrado hasta él para intentar calmarlo. No se explicaba dónde había aprendido la prima de su padre esa afición a poner la otra mejilla. Su capacidad para perdonar y olvidar era un síntoma claro de que tenía más de un tornillo suelto.

En cualquier caso, no había habido forma de ir a Windermere. Tim había representado su papel sollozando un poco y después se había calmado por fin. Se habían quedado una buena media hora en el embarcadero, durante la cual la prima Manette lo tuvo abrazado murmurando que no pasaba nada y que las cosas iban a mejorar y que los dos se iban a ir de acampada a Scout Scar. Quién sabía lo que iba a pasar. Tal vez su padre volviera a la vida… Quizá su madre cambiara…, lo cual era aún más improbable. Tim la dejó hablar. Qué más daba. Lo importante era no tener que pasar la noche en Great Urswick, cosa que consiguió. Escribió en el móvil: «¿Dónde estás? Hoy me va bien».

No hubo respuesta.

Insistió: «No pude. No tenía coche». No era necesario especificar lo de Manette, la tienda y todo lo demás. Lo que contaba era que no había tenido forma de desplazarse a Windermere una vez que su prima lo había llevado a Great Urswick: habría tardado horas haciendo autoestop.

Tampoco obtuvo respuesta esa vez. Esperó un momento. Sintió un tirón en el estómago, como si realmente hubiera comido algo en mal estado, tal como había afirmado. Engulló saliva para despejar un nudo de desesperación en la garganta. No, no estaba desesperado, se dijo de inmediato. Para nada.

Se levantó de la cama y dejó el móvil en la mesita. Luego encendió el portátil y accedió a su cuenta de correo. No había ningún mensaje.

Había llegado la hora de presionar más fuerte. Nadie se echaba atrás tras llegar a un trato con Tim. Él había cumplido con su parte, tal como había prometido. Era la hora de que el otro cumpliera con la suya.

125

Lago Windermere
Cumbria

Lynley había sacado una linterna de bolsillo de la guantera del Healey Elliot y se dirigía al embarcadero para examinarlo con más detenimiento cuando sonó el móvil. Era Isabelle.

—Tommy, te necesito en Londres —fue lo primero que le dijo.

¿Había ocurrido algo?

—No hablo de una necesidad profesional —contestó ella—. Hay ciertos actos que no querría encargar a otro miembro del equipo.

—Ah, me alegro de oírlo —repuso, sonriendo—. No me haría mucha gracia compartirte con el detective Stewart.

—No tientes demasiado a la suerte. ¿Cuándo vas a volver?

Tendió la mirada hacia el lago. Había llegado a través de la plantación de chopos y se encontraba en el camino, recibiendo el sol de la mañana en los hombros. El día se auguraba magnífico. Por un instante pensó cómo sería compartir ese día con Isabel.

—En realidad no lo sé. Acabo de empezar.

—¿Qué me dices de un breve encuentro? Te echo de menos y no me gusta esa sensación. Cuando te echo de menos, te instalas en mi cabeza y entonces no puedo hacer correctamente mi trabajo.

—¿Un breve encuentro te solucionaría el problema?

—Sí. No tengo ninguna excusa que presentar: me encanta estar en la cama contigo.

—Por lo menos eres directa.

—Y siempre lo voy a ser. ¿Tienes tiempo entonces? Puedo venir a verte esta tarde… —Durante la breve pausa, la imaginó consultando la agenda. Cuando continuó, confirmó sus suposiciones—. A eso de las tres y media. ¿Te puedes liberar a esa hora?

—Es que no estoy cerca de Londres.

—¿Ah, no? ¿Dónde estás?

—Isabelle… —Se preguntó si aquello no era más que una triquiñuela. Primero lo distraía con la perspectiva del sexo, para luego facilitar una indiscreción por su parte en relación con el lugar donde estaba—. Ya sabes que no te lo puedo decir.

—Sé que Hillier te ha dado instrucciones de mantener la boca cerrada. No esperaba que eso se aplicara a mí. ¿Se habría aplicado…? —Calló de repente—. Da igual.

Había estado a punto de preguntar: «¿Se habría aplicado a tu mujer?». Se contuvo a tiempo. Nunca mencionaban a Helen; si lo hacían, corrían el riesgo de llevar su relación por unos derroteros que dejaban el aspecto puramente sexual para explorar un área en la que ella había indicado desde el primer momento no quererse adentrar.

—En cualquier caso, esto es ridículo —señaló—. ¿Qué cree Hillier que voy a hacer con esa información?

—No creo que sea nada personal —le aseguró—. Me refiero a que no es que no quiera que «tú» lo sepas. Es que quiere que no lo sepa nadie. Para serte sincero, no le pregunté por qué.

—Pues no parece muy propio de ti. ¿Acaso querías irte de Londres por alguna razón? —Luego corrigió enseguida—: Déjalo. Esta es la clase de conversación que nos podría meter en un lío. Hablaremos más tarde, Tommy.

Colgó. Se quedó con el móvil en la mano un momento antes de guardarlo en el bolsillo y proseguir su camino. Más valía centrarse en el momento actual, pensó. Isabelle tenía razón en lo de las conversaciones que podían enturbiar las aguas de lo que ocurría entre ellos.

Descubrió que el cobertizo del embarcadero no estaba cerrado con llave. A esa hora del día, su interior estaba más oscuro que en la ocasión anterior, de modo que encendió la linterna. También hacía bastante frío, a consecuencia del agua, las piedras y la época del año, y el aire estaba impregnado de un olor a madera húmeda y a algas. Se acercó a donde estaba amarrado el *scull* de Ian Cresswell.

Se puso de rodillas y encaró el haz de la linterna a los bordes de las piedras que formaban los tres costados del hueco dejado por las otras dos que habían ido a parar al agua. No había mucho que ver. La argamasa era de por sí una materia rugosa; el desgaste de años de uso había ocasionado grietas, arañazos y demás en muchos sitios. Lo que él buscaba era un indicio de que alguien hubiera empleado una herramienta para acelerar el proceso de desintegración, como un cincel, un destornillador o una cuña. Cualquiera de aquellos utensilios habría servido; todos ellos habrían dejado una marca.

No veía ninguna. Debería hacer un examen más detenido con la luz del día, cosa que sería un tanto complicada, si debía seguir fingiendo que estaba solo de visita. Asimismo, se reafirmó en la conclusión de la vez anterior: habría que recuperar las piedras que habían caído al agua. No resultaba una perspectiva muy agradable, pues, aunque el agua no era profunda, estaría glacial.

Apagó la linterna y, tras salir del embarcadero, se detuvo a contemplar el lago. No había nadie y en su lisa superficie se reflejaba el dorado follaje otoñal de los árboles de la orilla y el cielo sin nubes. Luego se volvió para mirar en dirección a la casa. Esta no resultaba visible desde el punto donde se encontraba, aunque cualquiera que se encontrara en el camino que atravesaba la plantación de chopos

127

podía verla. Había, no obstante, otro lugar desde el que probablemente se divisaba el embarcadero: el piso superior y el tejado de una torre cuadrada que se elevaba encima de un altozano al sur de la chopera. Aquel era el curioso edificio donde vivía Mignon Fairclough. No se había presentado a la cena la noche anterior. Quizá no le importaría recibir una visita matinal.

Aquel edificio era una réplica de las torres de defensa distintivas de la región. Era la clase de estructura que en cierta época añadió mucha gente a sus propiedades para conferirles un falso barniz histórico, aunque en el caso de Ireleth Hall resultaba del todo innecesario. Fuera como fuera, en un momento determinado se había construido y allí seguía, erguida con sus cuatro pisos y un tejado almenado que hacía suponer que se podía subir hasta allí. Aquel tejado debía de ofrecer una amplia panorámica. Se debía de ver Ireleth Hall, la carretera que conducía hasta allí, los jardines y el lago, así como el embarcadero.

Cuando llamó a la puerta, oyó una voz de mujer que contestaba: «¿Cómo? ¿Cómo?», desde dentro, con cierta exasperación. Dedujo que estaba importunando a Mignon en medio de sus quehaceres, cuya naturaleza ignoraba, y la llamó.

—¿Señorita Fairclough? Disculpe. ¿La he molestado?

—¡Ah! —exclamó ella con sorpresa—. Creía que era mi madre otra vez.

Al cabo de un momento se abrió la puerta y en el umbral apareció una de las hijas mellizas de Bernard Fairclough, apoyándose en un andador ortopédico. Había heredado la diminuta estatura de su padre. Iba envuelta en varias túnicas y batas que le conferían cierto aire de artista, al tiempo que camuflaban su cuerpo. También se había maquillado, advirtió Lynley, como si tuviera intención de salir en algún momento del día. Se había peinado, aunque había elegido un estilo bastante infantil. Llevaba el pelo apartado de la cara a la manera de Alicia en el País de las Maravillas, con una cinta azul, aunque a diferencia de Alicia su color era castaño, no rubio.

—Usted debe de ser el londinense —dijo—. ¿Qué le trae por aquí esta mañana? Lo he vuelto a ver en el embarcadero.

—¿Ah, sí? —Lynley se preguntó cómo habría conseguido subir tres pisos con un andador ortopédico… y por qué—. Estaba tomando el fresco —explicó—. He visto la torre desde el embarcadero y he venido a presentarme. Pensaba conocerla anoche en la cena.

—No estaba muy en forma —repuso—. Aún me estoy recuperando de una intervención quirúrgica. —Lo miró de hito en hito, con todo descaro, hasta el punto de que él pensó que iba a decir «puede servir», o que iba a abrirle la boca para inspeccionar su dentadura—. Pase pues, ya que ha venido —dijo, en cambio.

—¿La molesto?

—Estaba navegando por Internet, pero no es algo urgente. —Se apartó de la puerta.

Una vez dentro, abarcó la totalidad de la planta baja con un solo vistazo. Comprendía una sala de estar, una cocina y una zona para el ordenador. El espacio parecía cumplir, asimismo, funciones de almacén para las cajas que se apilaban en casi todas las zonas despejadas del suelo. Al principio pensó que quizá se preparaba para una mudanza, pero luego advirtió que eran paquetes enviados a su nombre, con la dirección incluida en fundas de plástico.

El ordenador estaba encendido. Al ver el formato de la pantalla, comprendió que había estado mirando el correo.

—La vida virtual —dijo ella, percatándose de su interés—. Me parece, de lejos, preferible a la real.

—¿Participa en uno de esos clubes de amigos?

—Ah, no, por Dios. Estoy manteniendo un romance bastante tórrido con un señor de las Seychelles. Al menos allí dice que vive. También dice que está casado y es profesor y que no tiene perspectivas de ascender. El pobre hombre se fue allí en busca de aventura y acabó descubriendo que la única aventura disponible estaba en Internet. —Esbozó una breve e hipócrita sonrisa—. Claro que podría estar mintiendo sobre eso y sobre todo lo demás, porque para él yo soy una diseñadora de moda que está ocupadísima con los preparativos de su próximo desfile. La última vez fui una médica que realizaba una noble labor humanitaria en Ruanda y antes de eso…, veamos…, ah, sí: fui un ama de casa maltratada que buscaba a alguien que comprendiera mis penas. Tal como decía, es una vida virtual, de modo que todo es posible. Uno puede prescindir de la verdad.

—¿Y no podría acabar acarreándole problemas?

—Ahí está una parte de la diversión. De todas maneras soy prudente y, en cuanto empiezan a hablar de vernos en un puerto u otro, liquido la relación. —Se encaminó a la cocina, sin dejar de hablar—. Debería ofrecerle café o algo. Solo tengo instantáneo. ¿Quiere una taza? ¿O té? Solo tengo bolsitas. Ya sé que es mejor el otro, pero a mí me da lo mismo. ¿Qué prefiere?

—Café. Pero no querría molestarla.

—¿No? Demuestra buena educación diciéndolo.

Cuando desapareció en la cocina, él aprovechó para examinar el salón. Aparte de la plétora de cajas, había loza sucia casi por todas partes. Los platos y tazones debían de llevar bastante tiempo allí, porque, cuando levantó uno, dejó un perfecto círculo rodeado de la capa de polvo circundante.

Se acercó al ordenador. Con un vistazo, comprobó que Mignon no le había mentido: «Dios, no sabes cómo te comprendo —había escrito—. Hay veces en que la vida impide centrarse en lo importante. En mi caso, antes solíamos hacerlo cada noche, y ahora, con suerte, una vez al mes. Pero tú deberías hablar con ella de la cuestión, de verdad. Claro que yo digo eso y no me decido a hablar con James. Cómo me gustaría… No, dejémoslo. Lo que deseo es imposible. Aunque qué lástima…».

—Hemos progresado hasta el punto de poner al descubierto nuestra desgraciada vida conyugal —dijo Mignon a su espalda—. Es increíble. El proceso siempre es exactamente el mismo. Sería de esperar que demostraran un poco más de imaginación cuando pretenden seducir, pero no, nunca lo hacen. He puesto el agua. El café estará listo dentro de un minuto. Necesitaré que usted mismo vaya a buscar la taza.

Lynley fue a la cocina. Aunque era diminuta, disponía de todo lo necesario. Observó que pronto se vería obligada a fregar los platos, porque quedaban pocos, y la última taza limpia la estaba usando él para el café. Ella no tomaba nada.

—¿Y no preferiría una relación real? —preguntó.

—¿Como la de mis padres, quizá?

—Parecen bastante bien avenidos.

—Oh, sí, así es. Están muy bien avenidos y son perfectamente compatibles y todo eso. No hay más que verlos con sus arrumacos. ¿Le hicieron una demostración a usted?

—No estoy seguro de si identificaría un arrumaco.

—Bueno, si no intercambiaron unos cuantos ayer, lo harán hoy, sin duda. Fíjese bien y verá que intercambian profundas miradas. Se les da muy bien.

—O sea, ¿que solo es pura apariencia?

—Yo no he dicho eso. He dicho que están bien avenidos. Son compatibles y se nota. Creo que eso se debe a que mi padre casi nunca está aquí. Es una situación perfecta para los dos, o por lo menos para él. Mi madre no se queja y tampoco tiene de qué. Mientras pueda salir a pescar, ir a comer con amigos, dirigir mi vida y gastar grandes cantidades de dinero en los jardines, creo que está conforme con su existencia. Además, el dinero es suyo, por cierto, y no de papá, pero a él eso nunca le ha importado mientras pueda usarlo a su antojo. No es eso lo que yo querría en un matrimonio, pero, como, por mi parte, no me quiero casar, ¿quién soy yo para juzgarlos?

El agua arrancó a hervir. Mignon se centró en prepararle una taza de café, aunque lo hizo sin el menor esmero. Puso un montón de café instantáneo, dejando un reguero entre el bote y la taza, y, cuando lo removió, el líquido rebosó del borde. Tras hundir la misma cuchara en la azucarera, removió un poco más, añadió leche y volvió a derramar el contenido de la taza. Después se la entregó a Lynley sin secarla.

—Perdone. No soy nada aficionada a las labores domésticas —reconoció, quedándose corta.

—Yo tampoco —repuso él—. Gracias.

Luego regresó a la sala de estar.

—¿Qué clase de coche es ese, por cierto?

—¿Coche?

—Ese cacharro tan raro que conduce. Lo vi cuando llegó. Es bastante elegante, pero debe de consumir más gasolina que agua un camello en un oasis.

—Es un Healey Elliot —le informó.

—Nunca he oído hablar de esa marca. —Localizó un sillón libre de revistas y cajas y se dejó caer pesadamente en él—. Busque un sitio donde sentarse. Aparte lo que haga falta, da igual. —Mientras él se aplicaba cumpliendo la recomendación, añadió—: ¿Qué hacía, pues, en el embarcadero? Ayer lo vi allí con mi padre. ¿Por qué le atrae tanto?

Tendría que ir con más cuidado a la hora de moverse por allí. Según parecía, aparte de entretenerse con Internet, Mignon pasaba el tiempo observando lo que ocurría en el recinto de la propiedad.

—Había pensado salir al lago con ese *scull*, pero al final ganó mi tendencia natural a la pereza.

—Mejor. —Ladeó la cabeza en la dirección donde se encontraba el embarcadero—. La última persona que lo utilizó se ahogó. Había creído que iba allí para observar el escenario del crimen —apuntó con una áspera carcajada.

—¿Del crimen? —Tomó un sorbo de café. Estaba horrendo.

—Mi primo Ian. Ya deben de haberlo puesto al corriente, ¿no?

Le contó buena parte de lo que ya sabía, con la misma despreocupación con que le había hablado de lo demás. Aquella acusada franqueza le pareció sospechosa, pues, según su experiencia, ese ostensible alarde de sinceridad solía ocultar toneladas de información.

Según Mignon, no cabía la menor duda de que Ian Cresswell había sido asesinado. La gente raras veces moría solo porque alguien les deseara la muerte. Al ver la expresión de extrañeza que puso él, prosiguió con su explicación. Su hermano Nicholas había tenido que tropezar casi toda su vida con las santas huellas de su primo Ian.

131

Desde el momento en que el queridísimo Ian había llegado de Kenia para instalarse con la familia Fairclough a raíz de la muerte de su madre, había sido Ian esto, Ian lo otro. «¿Y por qué no puedes ser como Ian?» Fue el primero de la clase en Saint Bee's, el mejor atleta, sobrino de primera para su tío Bernard, estrella rutilante, un niño de pelo rubio que nunca rompió un plato.

—Cuando dejó a su familia y se puso a vivir con Kaveh, pensé que aquello abriría los ojos a papá. Estoy segura de que Nicky también sintió lo mismo. Pero ni abandonando a su familia dejó de ser la niña de sus ojos. Y ahora Kaveh está trabajando para mi madre. ¿Y quién cree que orquestó eso? Ian. No, nada de lo que el pobre Nicky ha hecho en su vida ha sido suficiente para compararse con el brillo de su primo, y nada de lo que hiciera Ian hacía palidecer su imagen a ojos de mi padre. Da bastante que pensar.

—¿En qué?

—En toda clase de deliciosos detalles —replicó con angelical expresión de satisfacción, mediante la cual advertía que no pensaba añadir nada más.

—¿Así que fue Nicholas quien lo mató? —preguntó Lynley—. Parece que tenía algo que ganar.

—En cuanto a lo de matarlo, personalmente, no me sorprendería nada. En cuanto a lo salir ganando algo…, vaya a saber.

Pareció dar a entender que no culparía a Nicholas por lo que hubiera podido ocurrirle a Ian Cresswell, cosa que, sumada a sus observaciones sobre el difunto, proporcionaba a Lynley materia para indagar. También debería interesarse por lo estipulado en el testamento de Cresswell, pensó.

—Parece, no obstante, una manera bastante arriesgada de planificar su muerte, ¿no cree?

—¿Por qué?

—Tengo entendido que su madre utiliza el embarcadero casi todos los días.

Mignon se enderezó en el asiento al escuchar aquello.

—¿Qué está insinuando…?

—Que su madre podría haber sido la víctima de un asesinato, en el supuesto de que alguien pretendiera cometer uno, claro.

—Nadie tendría el menor interés en ver muerta a mi madre —aseguró Mignon.

Al parecer sintió la necesidad de ir detallando con los dedos todas las personas que profesaban un ferviente afecto por su madre, y así sacó a relucir de nuevo a su padre, en primer lugar, con todas sus demostraciones de amor por Valerie.

Lynley se acordó de una frase de *Hamlet*: «La dama protesta demasiado». También pensó en la gente rica y en lo que hacía con el dinero, y en cómo este podía comprarlo todo, desde el silencio a la cooperación. Todo ello le llevaba a la pregunta de por qué Bernard Fairclough había viajado a Londres para solicitar que alguien investigara la muerte de su sobrino.

«Como si se pasara de listo», se le ocurrió, sin saber muy bien, ni siquiera él mismo, qué quería decir.

Grange-over-Sands
Cumbria

Manette Fairclough McGhie había creído durante mucho tiempo que no existía un ser más manipulador en toda el planeta que su propia hermana, aunque ahora no estaba tan segura. Mignon había utilizado un simple accidente ocurrido en Launchy Gill para controlar a sus padres durante más de treinta años. Le bastó con resbalar por las piedras demasiado cerca de la cascada, golpearse la cabeza y sufrir una fractura de cráneo para hacer como si el mundo se hubiera acabado. Ahora resultaba que lo de Mignon no era nada en comparación con la situación de Niamh Cresswell. Mignon utilizaba la culpa, el miedo y la preocupación de los demás para conseguir lo que quería. Niamh, en cambio, usaba a sus propios hijos y, para ella, aquello tenía que acabar.

Se tomó el día libre en el trabajo. El dolor y los morados que le había ocasionado la agresión de Tim la tarde anterior le proporcionaban una buena excusa; sin embargo, aunque él no le hubiera propinado aquellas salvajes patadas en los riñones y la columna, habría encontrado otro pretexto. Los niños de catorce años no se comportaban como Tim lo hacía sin tener algún motivo. Ella sabía, por supuesto, que detrás de aquel ataque había algo más grave que la confusión causada por la opción de vida que había tomado su padre o el hecho de que lo hubieran llevado a la Margaret Fox School. Lo que no sabía era que el desencadenante había sido su patético intento de justificar a su madre.

La casa de Niamh quedaba justo en las afueras de Grange-over-Sands, no lejos de Great Urswick. Formaba parte de una pulcra y nueva urbanización instalada en la ladera de una colina, con vistas a un estuario de la bahía de Morecambe. Aquellas casas reflejaban una preferencia por la estética mediterránea, con su uniforme y resplandeciente pintura blanca, sus uniformes ribetes de color azul oscuro,

133

sus uniformes y austeros jardines presididos por la grava y los arbustos. Presentaban varios tamaños y, tal como era de esperar, Niamh poseía el más extenso y el que proporcionaba la mejor panorámica sobre el estuario y las aves migratorias que pasaban el invierno allí. Aquella era la vivienda adonde se había trasladado después de que Ian abandonara a su familia. Manette sabía, porque había hablado de ello con su primo después del divorcio, que su mujer se había mostrado inflexible en su voluntad de mudarse de casa. Bueno, era comprensible, había pensado Manette en ese momento. Los recuerdos asociados a la casa anterior serían dolorosos, y tenía dos hijos de los que preocuparse después de la explosión que se había producido en el núcleo familiar. Era lógico que quisiera un entorno agradable, al menos para ayudar a amortiguar el golpe de aquella transición en la vida de Tim y de Gracie.

Aquella era la conclusión a la que Manette había llegado antes de enterarse de que Tim y Gracie no estaban viviendo con su madre, sino con su padre y su amante. ¿Qué demonios pasaba? Al final se olvidó de la pregunta cuando Ian le dijo que eso era lo que deseaba: tener a sus hijos con él. Al morir Ian, Manette había pensado que Niamh se habría llevado a los niños a vivir con ella. Que no lo hubiera hecho había vuelto a reavivar las preguntas de Manette. Aquella vez estaba resuelta a obtener una respuesta.

El coche de Niamh estaba delante de la casa. Ella fue a abrir no bien hubo llamado a la puerta. Su expresión se alteró en cuanto vio a Manette. Aunque no se hubiera puesto una cantidad de perfume capaz de derribar a un poni y un descocado vestido rosa de profundo escote, aquel cambio en su semblante habría bastado para revelar que esperaba a alguien.

—Manette —dijo a modo de saludo, sin apartarse de la puerta para hacerla pasar.

Da igual, pensó Manette. Siguió adelante, con lo cual no le dejó más alternativa que quedarse frente a frente con ella o despejar la entrada. Eligió la segunda opción, aunque no cerró la puerta antes de seguirla hacia el interior de la casa.

Manette se encaminó al salón, que estaba provisto de grandes ventanas encaradas al estuario. Tras dirigir una breve mirada a la localidad de Arnside Knot, visible al otro lado de la bahía, se le ocurrió pensar que con un telescopio lo bastante potente se podrían ver no solo las escasas coníferas martirizadas por el viento de la cumbre de la colina que la dominaba y el círculo de árboles de la base, sino también, un poco más abajo, el interior de la sala de estar de su hermano Nicholas.

Se volvió para encararse con Niamh. La otra mujer la miraba, pero, curiosamente, su mirada había oscilado varias veces entre Manette y la puerta de la cocina. Era como si alguien se escondiera allí, lo cual no parecía encajar con la expectante expresión con que había abierto la puerta.

—No me vendría mal un café —dijo Manette—. ¿Te importa si…? —Sin más preámbulos, dirigió sus pasos hacia allí.

—¿Qué quieres, Manette? —preguntó Niamh—. No habría estado mal que me llamaras para decirme…

Sin embargo, en ese instante, Manette se encontraba ya en la cocina, conectando la cafetera, como si viviera allí. Al lado del fregadero vio el origen de las inquietas miradas de Niamh: un cubo metálico de color rojo lleno de diversos artículos. Una pegatina negra con letras blancas contenía una bandera que pregonaba: CUBO DEL AMOR. Aquel intrigante objeto acababa de llegar por correo, tal como se desprendía de la caja abierta que había a su lado. No se necesitaba ser un experto en sexo para comprender que el cubo contenía diversos y sugerentes objetos para parejas que pretendían aportar un poco de chispa a su vida sexual. Muy interesante, pensó Manette.

Niamh llegó a toda prisa, cogió el «cubo del amor» y lo metió en la caja.

—Muy bien —dijo—. Y ahora, ¿qué quieres? Y seré yo quien prepare el café, si no te importa.

Cogió una cafetera y la depositó con fuerza en la encimera. Luego sacó un paquete de café y una taza.

—He venido para hablar de los niños —respondió Manette, considerando ocioso perderse en preliminares—. ¿Por qué no han vuelto a vivir contigo, Niamh?

—No creo que sea asunto de tu incumbencia. ¿Te dijo algo Timothy ayer?

—Tim me agredió. Me parece que estarás de acuerdo conmigo en que ese no es un comportamiento normal en un chico de catorce años.

—Ah, por eso has venido. Pues fuiste tú quien quiso ir a buscarlo al colegio. ¿No salió bien la cosa? Qué lástima. —Pronunció la última frase con un tono que daba a entender que aquello de la agresión era una patraña. Después puso una cucharada de café en la cafetera y sacó leche de la nevera—. No sé de qué te sorprendes, Manette. Está en la Margaret Fox School por algún motivo.

—Y las dos sabemos cuál es ese motivo —replicó Manette—. ¿Qué diablos pasa?

135

—Lo que pasa, tal como dices tú, es que el comportamiento de Timothy no ha sido normal, tal como dices tú también, desde hace tiempo. Tú misma puedes deducir por qué.

Jesús, pensó Manette, Niamh volvía otra vez con la canción de siempre: el cumpleaños de Tim y el invitado que se presentó por sorpresa. Un magnífico momento para enterarse de que su propio padre tenía un amante de su mismo sexo. A Manette le dieron ganas de estrangular a Niamh. ¿Durante cuánto tiempo más pensaba seguir sacando partido de lo que le habían hecho Ian y Kaveh?

—No fue culpa de Tim, Niamh —señaló—. Y no intentes desviar la conversación, tal y como sueles hacer, ¿vale? Puede que eso te funcionara con Ian, pero te aseguro que no va a resultar conmigo.

—Francamente, no tengo ganas de hablar de Ian. En ese sentido no tienes por qué preocuparte.

Eso sí que tenía gracia, pensó Manette. Aquel sería un cambio fenomenal en la vida de la esposa de su primo, cuyo único tema de conversación durante el año anterior había sido Ian y el ultraje que había cometido contra ella. Tanto mejor. Había ido allí para hablar de Tim.

—Estupendo. Yo tampoco siento deseo alguno de hablar de Ian.

—¿De verdad? —Niamh se miró las uñas, que llevaba perfectamente acicaladas, al igual que el resto de su cuerpo—. Es toda una novedad. Creía que Ian era uno de tus temas favoritos de conversación.

—Pero ¿de qué hablas?

—Por favor… No te hagas la sorprendida. Por más que hayas intentado disimularlo todos estos años, para mí no era un secreto que tú lo amabas.

—¿A Ian?

—Supusiste que si me dejaba, sería por ti. Pues sí, Manette, debería darte la misma rabia que a mí que eligiera a Kaveh como su siguiente pareja.

Por todos los santos, pensó Manette, ¿de qué estaba hablando? Había conseguido desviarse del tema de Tim con maestría.

—Para ya. Sé lo que estás haciendo. No te va a dar resultado. No me voy a ir hasta que no hayamos hablado de Tim. Puedes mantener esa conversación conmigo o podemos pasarnos el día entero jugando al gato y al ratón. Algo me dice —añadió, lanzando una ostensible mirada al cubo del amor— que preferirías que no me quedara mucho, y no creas que lo vas a conseguir enfadándome.

Niamh guardó silencio. El ruido de la cafetera le sirvió para salvar las apariencias.

—Tim es un alumno externo de la Margaret Fox School. No es un interno. Por lo tanto, se supone que debe volver a casa a pasar la noche con sus padres, pero todavía vuelve a casa con Kaveh Mehran, no contigo. ¿Qué consecuencias crees que tiene eso para su salud mental?

—¿Qué consecuencias tiene para su salud mental? ¿A qué te refieres? —Niamh se volvió con rapidez—. ¿A que vuelva a casa con el querido Kaveh o a que vuelva a casa en lugar de quedarse allí encerrado como un criminal?

—Su casa está aquí, no en Bryanbarrow. Lo sabes perfectamente. Si hubieras visto cómo estaba ayer... Pero ¿qué te pasa, eh? Es tu hijo. ¿Por qué no lo has traído a casa? ¿Por qué no has traído a Gracie a casa? ¿Los estás castigando por algo? ¿Acaso estás jugando con sus vidas?

—¿Y qué sabes tú de sus vidas? ¿Qué has sabido nunca de ellas? Tú solo has tenido relación con ellos... cuando la has tenido..., por Ian. El santo de Ian, incapaz de hacer ningún daño a ningún jodido Fairclough. Hasta tu padre se puso de su parte cuando me dejó. Tu padre. Ian, con su aureola en la cabeza, sale por la puerta cogido de la mano..., o con la mano en el culo.... de un..., de un..., de un árabe, casi un mocoso, y tu padre no hace nada. Ninguno de vosotros hizo nada. Y ahora él está trabajando para vuestra familia como si no hubiera hecho absolutamente nada para destruir mi vida. ¿Y tú me acusas de jugar con algo? Me vienes a preguntar qué hago yo cuando ninguno de vosotros hizo nada para hacer volver a Ian a casa, como era su obligación, donde estaba su lugar, donde estaban sus hijos, donde yo..., yo...

Cogió papel de cocina, para enjugarse las lágrimas. Las secó antes de que estropearan la raya de sus ojos o dejaran un reguero en el maquillaje. A continuación, tiró el papel a la basura y se puso a servir el café, poniendo fin a sus propias protestas.

Manette la observaba. Por primera vez vio clara la situación.

—No piensas traerlos a casa, ¿verdad? Pretendes que Kaveh se quede con ellos. ¿Por qué?

—Tómate el café y lárgate de una vez —contestó Niamh.

—No me iré hasta haber aclarado las cosas, hasta que haya entendido con todo detalle lo que te propones hacer. Ian está muerto, así que queda descartado de tu lista. Ahora queda Kaveh. Él no se va a morir así como así, a no ser que tú lo mates...

Manette calló de golpe y ambas se quedaron mirándose. Niamh fue la primera en desviar la vista.

—Vete —dijo—. Vete.

—¿Y Tim? ¿Y Gracie? ¿Qué hay de ellos?

137

—Nada.

—O sea, que los vas a dejar con Kaveh; hasta que alguien te obligue por procedimientos legales, o de algún otro tipo, los vas a dejar en Bryanbarrow. Para que Kaveh tenga bien presente lo que destruyó. Esos dos niños…, que son, por cierto, totalmente inocentes en este asunto…

—Yo no estaría tan segura.

—¿Cómo? Ahora sales con que Tim… Dios mío, cada vez estás peor.

Manette comprendió que no tenía sentido alargar aquella conversación. Desentendiéndose del café, se encaminó a la puerta. Casi había llegado cuando por los dos escalones de afuera sonaron pasos.

—¿Nee? ¿Amorcito? ¿Dónde está mi chica?

En el porche apareció un hombre, con un maceta de crisantemos en la mano y una expresión de avidez en la cara, tan intensa que Manette supo al instante que era él quien había enviado el «cubo del amor». Seguro que había ido para jugar con su contenido. La expectación había recubierto su rechoncho rostro de una leve capa de sudor.

—¡Ah! —exclamó, volviéndose a mirar hacia otro lado como si creyera que se había equivocado de casa.

—Entra, Charlie —lo invitó a pasar Niamh—. Manette ya se iba.

Charlie. Le resultaba vagamente familiar. No logró precisar por qué hasta que, inclinando con nerviosismo la cabeza, pasó a su lado. La proximidad le permitió percibir su olor. Olía a aceite de fritura y a algo más. Al principio pensó que era como el aroma de los bares de pescado y patatas fritas, pero enseguida cayó en la cuenta de que era el propietario de uno de los tres restaurantes chinos de comida rápida de la plaza de Milnthorpe. Había parado allí más de una vez al volver de casa de Nicholas, para comprarle comida a Freddie. Nunca había visto a aquel hombre sin su uniforme de cocina manchado de grasa y de abundantes salpicaduras de salsa de soja, pero allí lo tenía, listo para cumplir una tarea que no tenía nada que ver con meter *chop suey* en recipientes de cartón.

—Estás como para comerte —dijo al entrar en la casa.

—Eso espero —respondió Niamh con una risita—. ¿Vienes con hambre?

Los dos se echaron a reír. La puerta se cerró tras ellos, dejándolos solos para entregarse a su banquete.

Manette sintió una oleada de rabia. La mujer de su primo necesitaba que le dieran una lección. No obstante, el instinto le decía que era un caso perdido y que no tenía solución. Sin embargo, sí podía hacer algo por Tim y Gracie, y eso haría.

Windermere
Cumbria

A Saint James no le costó obtener los informes forenses, en gran medida gracias a su reputación como testigo cualificado. Si bien en aquel caso no se necesitaba para nada su pericia como experto, dado que la policía ya había hecho públicas sus conclusiones, no había tenido más que llamar explicando que preparaba una presentación universitaria sobre los rudimentos de la labor del forense para que le entregaran todos los documentos relevantes. Estos habían confirmado lo que Lynley le había dicho sobre la muerte de Ian Cresswell, y le habían aportado unos cuantos detalles adicionales. El difunto había sufrido un duro golpe en la cabeza, en la proximidad de la sien izquierda, que había bastado para dejarlo inconsciente y fracturarle el cráneo. El objeto con que al parecer se había golpeado era la piedra del muelle y, pese a que su cuerpo llevaba aproximadamente diecinueve horas en el agua cuando lo encontraron, había sido posible —cuando menos de acuerdo con el informe forense— efectuar una comparación entre la herida de la cabeza y el perfil de la piedra con la que sin duda se había golpeado antes de caer al agua.

A Saint James aquello le pareció raro. Diecinueve horas en el agua tenían que alterar por fuerza la herida infligida, hasta volver inútil aquella información, a menos que se hubiera realizado algún tipo de reconstrucción. Después de buscar en vano alguna referencia al respecto, anotó algo y prosiguió la lectura.

La muerte se había producido por ahogamiento, tal como había confirmado el examen de los pulmones. Los morados en la pierna derecha indicaban que seguramente se le había enganchado el pie en la peana del *scull* al perder el equilibrio. Luego la embarcación había volcado, manteniendo a la víctima debajo del agua durante un tiempo, hasta que, debido tal vez a la lenta acción del lago a lo largo de las horas, el pie había acabado soltándose y el cadáver había quedado flotando junto al embarcadero.

Las pruebas toxicológicas no habían dado nada anormal. El índice de alcohol en la sangre indicaba que había bebido, pero no estaba borracho. El resto del informe revelaba que era un hombre de entre cuarenta y cuarenta y cinco años, en perfecto estado de salud y magníficas condiciones físicas.

Al tratarse de un ahogamiento sin testigos, había sido necesario abrir una investigación para determinar las causas de la muerte. Tras escuchar el testimonio de Valerie Fairclough, del forense, del primer policía que había acudido al lugar de los hechos y del siguiente agente al que se había recurrido para confirmar las conclusiones del primero, se había dictaminado que la causa de la muerte fue accidental.

Hasta ese punto, Saint James no advirtió nada irregular. No obstante, de haberse producido algún error, este se habría cometido en la fase inicial del proceso, durante la intervención del primer policía. Así pues, decidió que lo mejor sería hablar con él. Aquello le exigía desplazarse a Windermere, localidad en la que estaba destinado.

El agente se llamaba William Schlicht. Con solo verlo aparecer en la recepción de la comisaria de Windermere, dedujo que acababa de salir del centro de formación más cercano. Aquello explicaría por qué había solicitado la presencia de otro policía para confirmar sus conclusiones. Probablemente aquel había sido el primer muerto con el que Schlicht se había encontrado y no había querido iniciar su carrera con un flagrante error. Aparte de eso, la muerte se había producido en la finca de una personalidad relevante. Aquello suscitaría el interés de los periódicos de la zona, y el agente era consciente de que había muchas miradas pendientes de él.

Schlicht era un hombre menudo, pero de aspecto atlético, y su impoluto uniforme aparecía recién planchado y almidonado, y con los botones pulidos al máximo. Aparentaba unos veintipocos años y tenía la expresión de las personas ansiosas por caer simpáticas a todo el mundo, lo cual no era una actitud muy recomendable para un policía, en su modesta opinión. Eso lo volvía muy vulnerable frente a las manipulaciones exteriores.

—¿Está dando un curso? —preguntó el agente Schlicht después de saludarlo.

Había llevado a Saint James al interior de la comisaría, a un *office* con una nevera que tenía pegada la advertencia «¡Marcad las bolsas de la comida con vuestro nombre, maldita sea», y una antigua cafetera de los años ochenta de la cual se desprendía un aroma parecido al de las minas de carbón del siglo XIX. Había interrumpido a Schlicht cuando estaba dando buena cuenta de lo que parecía un resto de pastel de pollo metido en una fiambrera. A su lado aguardaba otro recipiente más pequeño con una crema de frambuesa: el postre.

Saint James efectuó los pertinentes sonidos afirmativos tras la mención del supuesto curso. Solía dar conferencias en la Universidad de Londres, explicó. Si el agente Schlicht deseaba consultar su trayectoria, podía verificar los motivos de su viaje a Cumbria. Aparte, instó al policía a reanudar su comida; solo deseaba confirmar unos cuantos detalles.

—Pues yo habría creído que alguien como usted buscaría un caso más complicado para presentar en una conferencia, no sé si me explico. —Schlicht levantó una pierna para tomar asiento, cogió los cubiertos y se puso a comer—. La situación de Cresswell resultó clara desde el principio.

—Alguna duda debió de tener, pues hizo venir a otro agente —apuntó Saint James

—Ah, sí. —Schlicht agitó el tenedor a modo de confirmación, y después reconoció lo que Saint James había sospechado: aquella era la primera muerte que debía investigar y no quería dejar una mancha en su expediente, sobre todo teniendo en cuenta la relevancia que aquella familia tenía en la región—. Y además están forrados de dinero, ya me entiende —añadió sonriendo, como si hubiera necesidad de que la policía local llegara a una conclusión en lo tocante a la fortuna de los Fairclough. Saint James se limitó a dirigirle una mirada interrogadora que lo animó a proseguir—. Los ricos tienen otra forma de ser, ya sabe. No son como usted ni como yo, desde luego. Fíjese, por ejemplo, en mi mujer: si ella encontrara un cadáver en nuestro embarcadero…, aunque no tenemos, claro…, pues le aseguro que se pondría a chillar como una loca y a correr de un lado a otro; y, aunque llamara al número de la policía, no habría forma de entenderla. Esa otra —dedujo que se refería a Valerie Fairclough— se quedó tan fresca. «Parece ser que hay un muerto flotando en mi embarcadero», dijo, según el tipo que recogió la llamada, y luego dio directamente la dirección sin que se la pidieran, lo cual resulta un pelín extraño, porque en momentos así lo más normal es que le tuvieran que preguntar o recordar algo… o no sé. Y, cuando llego allí, ¿cree que me estaba esperando delante de la entrada o yendo y viniendo por el jardín, o moviendo los pies en las escaleras…, o lo esperable en esa situación? Pues no. Estaba dentro de la casa y salió vestida como si fuera a ir a tomar el té con señoras bien o algo por el estilo, y yo hasta me pregunté si ya había ido antes al embarcadero vestida de esa manera. Sin que yo se lo preguntara, me dijo a bocajarro que había bajado a pescar al lago. Vestida así, fíjese. Dijo que sale mucho a pescar, dos, tres o cuatro veces por semana, a la hora que sea. Por lo visto le gusta estar en el lago. Luego va y dice que no esperaba encontrar un cadáver flotando allí y que sabe quién es: el sobrino de su marido. Entonces me acompaña para que eche un vistazo. Mientras íbamos, aparece la ambulancia y ella los espera.

—Entonces ya sabía seguro que el hombre que había en el agua estaba muerto.

141

Schlicht detuvo en el aire la mano con que empuñaba el tenedor.

—Sí, eso sí. Desde luego, estaba flotando boca abajo y llevaba bastante tiempo en el agua. Lo que me dejó extrañado fue como iba vestida esa mujer. Eso debe de querer decir algo, ¿no?

Schlicht reconoció que, cuando llegaron al embarcadero, todo estaba clarísimo, pese a la peculiar vestimenta y al comportamiento de Valerie Fairclough. La barca estaba volcada, el cadáver flotaba al lado y las piedras que faltaban en el embarcadero revelaban lo ocurrido. De todas formas, llamó para que mandaran a un detective por si acaso, y el detective en cuestión —una mujer llamada Dankanics— llegó, echó un vistazo y coincidió con él en que las pruebas estaban claras. A partir de ahí, lo demás había sido rutina: rellenar papeles, escribir informes, declarar ante el responsable de la investigación…

—¿La detective Dankanics estuvo en el lugar de los hechos con usted?

—Exacto. Echó un vistazo, como todos los demás.

—¿Todos?

—Los de la ambulancia, la señora Fairclough y la hija.

—¿La hija? ¿Dónde estaba?

Aquello era raro. El lugar debería haber estado acordonado. Se preguntó si aquella irregularidad había que atribuirla a la inexperiencia de Schlicht, a la posible indiferencia de la detective Dankanics o a algo más.

—No sé dónde estaba exactamente cuando se enteró del alboroto —repuso Schlicht—, pero lo que la hizo bajar fue el ruido. La ambulancia llegó con la sirena puesta hasta la casa… Esos tipos le tienen tanto cariño a su sirena como yo a mi perro, la verdad… y, al oírla, ella se acercó con su andador.

—¿Es discapacitada?

—Eso parece. Pues así acabó la cosa. La ambulancia se llevó el cadáver para la autopsia, la detective Dankanics y yo tomamos declaraciones… —Frunció el entrecejo.

—¿Sí?

—Perdón. Me había olvidado del novio.

—¿El novio?

—Resulta que el muerto era marica. Su pareja trabajaba en la propiedad. No en ese momento, ¿eh?, pero llegó conduciendo cuando la ambulancia se iba y quiso saber lo que pasaba, claro…, como todo el mundo, así es la gente…, y la señora Fairclough se lo contó. Lo llevó aparte y habló con él y entonces se fue *pal* suelo.

—¿Se desmayó?

—Cayó de cara contra la gravilla. Al principio, como no sabíamos quién era, nos pareció muy raro que se desmayara un tipo que acaba de llegar a la casa y se entera de que alguien se ha ahogado, así que preguntamos quién era. Ella..., Valerie..., nos dijo que ese tipo hacía decorados y cosas por el estilo, y que el otro tipo..., el muerto..., era su pareja. Su pareja, ya me entiende. El caso es que pronto recuperó el conocimiento y se puso a lloriquear. Y va y dice que fue culpa suya que el otro tipo se muriera, y entonces yo y Dankanics nos pusimos a escuchar con gran interés, pero resultó que la noche anterior habían tenido una pelea. El muerto quería casarse con una ceremonia civil, para dejarlo todo bien claro delante de todo el mundo, mientras que el vivo prefería dejar las cosas tal como estaban. ¡Y Jesús, cómo chillaba el pobre! ¡Parecía que se iba a volver loco! Eso da que pensar, ya me entiende.

No, no lo entendía muy bien, aunque cada vez todo aquello le parecía más curioso.

—Y con respecto al embarcadero...

—¿Mmm?

—¿Todo estaba en su lugar? Aparte de las piedras que se habían soltado, claro.

—Para la señora Fairclough, sí.

—¿Y las barcas?

—Todas estaban dentro.

—¿Como de costumbre?

Schlicht, que acababa de terminar el pastel de pollo y se disponía a abrir el envase del postre, lo miró con cierta perplejidad.

—No acabo de entender.

—¿Las barcas las guardaban siempre en el orden en que estaban cuando usted vio el cadáver? ¿O por el contrario, el orden era arbitrario?

Schlicht formó un círculo con los labios como si fuera a silbar, aunque no llegó a hacerlo. Tardó un poco en responder, pero Saint James había advertido que, pese a sus modales informales, no era tonto.

—Eso es algo que no preguntamos —admitió—. Ay, señor Saint James, espero que eso no signifique lo que creo.

Un orden arbitrario apuntaba a un probable accidente. Lo contrario daba pie a pensar en un asesinato.

143

Middlebarrow Farm
Cumbria

La sede del Proyecto de la Torre Middlebarrow estaba al este de la colina que comprendía el bosque de Arnside, a partir del cual se iniciaba el área protegida denominada Arnside Knot. De camino al proyecto, Deborah Saint James y Nicholas Fairclough bordearon la falda de la colina y, tras pasar por la parte alta del pueblo de Arnside, volvieron a bajar siguiendo los letreros que indicaban un lugar llamado Silverdale. Mientras conducía, Fairclough charlaba con una actitud cordial que, en opinión de Deborah, debía de ser habitual en él. Se le veía franco y abierto, y ni por asomo parecía el tipo de persona capaz de planear el asesinato de su propio primo, en el supuesto de que alguien lo hubiera asesinado. No hizo alusión alguna a la muerte de Ian Cresswell, por supuesto. Por más lamentable que fuera, esta no guardaba relación alguna con los motivos alegados por Deborah para visitar aquel lugar. No estaba muy segura, con todo, de si debía prolongar mucho la omisión. Tenía la impresión de que de una manera u otra debería integrar a Cresswell en la charla.

Aquel no era su punto fuerte. En general le costaba conversar con la gente, aunque con los años había mejorado, puesto que había tomado conciencia de lo importante que era procurar que sus modelos se relajaran mientras los fotografiaba. Sin embargo, aquella situación, en la que se hacía pasar por una persona que no era, le creaba un dilema.

Por suerte, Nicholas no parecía darse cuenta de nada. Estaba demasiado concentrado tratando de despejar las dudas con respecto al apoyo que prestaba su esposa a su trabajo.

—Se mantendrá distante hasta que no la conozca mejor —le advirtió a Deborah mientras circulaban a toda velocidad por aquella estrecha carretera—. Ella es así. No debe tomarlo como algo personal. Allie no suele fiarse de la gente. Es algo que le viene de su familia. —Le dedicó una sonrisa. Viendo su rostro juvenil, semejante al de un niño que no hubiera llegado aún a la edad adulta, Deborah se dijo que conservaría ese aspecto de joven hasta la tumba. Alguna gente tenía esa suerte—. Su padre era el alcalde de la ciudad donde nació, en Argentina. Como fue alcalde durante años, ella creció siendo el centro de atención de la localidad y tuvo que aprender a controlar todo lo que hacía. Por eso siempre piensa que alguien la está mirando, para pillarla haciendo… no sé qué. El caso es que eso la vuelve retraída al principio. Todo el mundo tiene que ganarse su confianza.

—Es bastante atractiva, ¿no? —preguntó Deborah—. Supongo que eso podía ser un problema para alguien situado en esa posición pública, incluso en una pequeña ciudad. Eso de tener todas las miradas concentradas en ella, en ese otro sentido, ya me entiende. ¿De qué lugar de Argentina es?

—De Santa María de algo. Siempre se me olvida. Es larguísimo. Está al pie de no sé qué montañas. Lo siento. Me cuesta retener los nombres en español. Soy un desastre con los idiomas y tampoco es que sea un as en inglés. De todas formas, a ella no le gusta ese sitio. Dice que era como una base en la Luna. No debe de ser muy grande, no. Se escapó de casa cuando tenía unos quince años. Al cabo de un tiempo se reconcilió con su familia, pero nunca volvió.

—Su familia debe de echarla de menos.

—Pues no lo sé, supongo que sí.

—¿No los conoce? ¿No asistieron a su boda?

—En realidad no hubo boda. Solo estábamos Allie y yo en el ayuntamiento de Salt Lake City, con el tipo que ofició la ceremonia y dos mujeres que recogimos en la calle para hacer de testigos. Después Allie escribió a sus padres, pero no respondieron. Deben de estar molestos porque no los avisamos, pero ya se les pasará. Los padres siempre acaban cediendo, sobre todo si hay un nieto en camino —añadió con una sonrisa.

Eso explicaba la revista que había visto, *Concepción*, con sus innumerables artículos sobre elementos prenatales y postnatales.

—¿Están esperando un hijo? Felic…

—Todavía no, pero cualquier día de estos. —Tamborileó unos segundos en el volante— Soy afortunado —dijo—, muy afortunado. —Después señaló un boscoso paisaje otoñal, por el lado este de la carretera, una densa masa de árboles de hojas caducas cuyos tonos pardos y dorados contrastaban con el verde de las coníferas—. El bosque de Middlebarrow —le explicó—. Desde aquí se ve la torre de defensa. —Paró el coche en un área de descanso para que pudiera apreciar el paisaje.

La torre se encontraba en un altozano que presentaba un aspecto similar al de los túmulos prehistóricos tan frecuentes en la campiña inglesa. Detrás de la loma comenzaban los bosques, si bien la torre quedaba en un área despejada, en una situación idónea para protegerse frente a las frecuentes razias que se producían durante los siglos de constante fluctuación de la frontera entre Inglaterra y Escocia. Los asaltantes eran merodeadores que aprovechaban la anarquía de aquel periodo para perfeccionar el arte de robar ganado y bueyes, invadir hogares y despojar a sus víctimas de cuanto poseían. Su objetivo era

145

saquear y regresar a sus casas sin salir maltrechos. Si para ello debían matar a otros, lo hacían, aunque aquello no era su prioridad.

Las torres de defensa habían sido una solución ante aquella oleada de pillajes. Las mejores eran indestructibles, con recias paredes de piedra y angostas ventanas que solo permitían la salida de las flechas, diferentes pisos para los animales, sus propietarios, las actividades domésticas y las defensivas. Con el correr del tiempo, no obstante, las torres habían perdido su utilidad, una vez que las fronteras quedaron claramente definidas, junto con las leyes y la llegada de legisladores dispuestos a hacerlas perdurar. Cuando cayeron en desuso, los materiales de las torres se emplearon para otros edificios. En otros casos, las torres quedaron englobadas en estructuras mayores, pasando a formar parte de una gran casa, una vicaría o una escuela.

La torre de Middlebarrow era del primer tipo. Aún se erguía en toda su estatura, con la mayoría de las ventanas intactas. A poca distancia, al otro lado de un prado, el grupo de viejos edificios de una granja era buena prueba del destino que habían tenido algunas de las piedras originales de la torre. Entre esta y aquellas edificaciones, habían instalado un campamento con tiendas, varios rudimentarios cobertizos y una tienda de mayores dimensiones que, tal como explicó Nicholas Fairclough, servía para la aplicación del programa de los doce pasos, similar al de los alcohólicos anónimos, y también como comedor. Las comidas y las reuniones siempre se celebraban una después de otra.

Nicholas volvió a arrancar el coche para descender por una pista que conducía a la torre. Esta se encontraba en la propiedad privada de la granja de Middlebarrow. Había conseguido convencer al granjero para que aceptara realizar aquel proyecto, con la ayuda de los drogadictos en vías de rehabilitación que entonces vivían y trabajaban allí; había resaltado el beneficio que le reportaría disponer de una torre restaurada que podría usar como atracción turística o alquilar durante las vacaciones.

—Ha decidido convertir el lugar en un campin —la informó Nicholas—. Eso le reportará unos ingresos extra durante la temporada alta, y está conforme con soportarnos si al final sale ganando con eso. Fue idea de Allie, por cierto, lo de plantear al granjero las posibilidades que ofrecería la torre si nos dejaba restaurarla. Ella participó en las fases iniciales del proyecto.

—¿Y ahora no?

—Prefiere permanecer en un segundo plano. Además…, bueno, yo diría que, a partir del momento en que empezaron a llegar los drogadictos, se sentía más cómoda en casa que rondando por aquí.

—Cuando pararon en el lugar donde se realizaban las obras, Nicholas añadió—: Pero no debe tener ninguna aprensión. Estos tipos están demasiado cansados… y demasiado ansiosos por dar un giro en sus vidas… como para hacerle daño a alguien.

No estaban, sin embargo, demasiado cansados para trabajar, según advirtió Deborah. Habían asignado un jefe de equipo para el proyecto, que Nicholas le presentó como Dave K, especificando que era tradicional no utilizar apellidos. Enseguida comprendió que el orden del día consistía en trabajar para despertar el hambre, comer para después participar en el programa de los doce pasos de las reuniones, y después dormir. Dave K desenrolló uno de los planos que llevaba en el maletero del coche de Nicholas Fairclough. Inclinando la cabeza de cara a Deborah, como para dirigirle un saludo, encendió un cigarrillo y con él fue señalando el plano mientras hablaba del proyecto con Nicholas.

Ella se fue a curiosear por los alrededores. La torre era un enorme e imponente edificio del estilo de los castillos normandos, rematado con almenas. A primera vista, no parecía necesitar mucha restauración, pero cuando la miró por atrás, vio la degradación que habían causado los siglos de abandono.

El proyecto iba a suponer un trabajo colosal. Deborah no se imaginaba cómo iban a conseguir llevarlo a cabo. En el interior no había ninguna división de pisos, una de las paredes exteriores había desaparecido y otra estaba medio derrumbada. Solo la labor de retirar escombros iba a durar una eternidad, y aparte había que obtener los materiales para sustituir las piedras que habían ido a parar mucho tiempo atrás a otros edificios de la zona.

La contempló con mirada de fotógrafa. Desde la misma óptica, observó también a los hombres que allí trabajaban, la mayoría de los cuales parecían estar en edad de jubilación. La única cámara que llevaba consigo era una digital pequeña, para ajustarse mejor a su papel de trabajadora de una productora de cine. La sacó del bolsillo y se puso a fotografiar cuanto había a su alrededor.

—Lo que realmente cura es el acto de creación. Lo importante es el proceso, no el producto. Como es lógico, ellos, al principio, se centran en el producto. Así es la naturaleza humana. Pero al final acabarán comprendiendo que el producto que cuenta es la confianza en uno mismo, la autoestima y el conocimiento de sí, o como se quiera llamar.

Deborah se volvió. Nicholas Fairclough se había situado a su lado.

—Para serle sincera, sus trabajadores no parecen muy fuertes como para hacer tanto trabajo, señor Fairclough. ¿Por qué no hay hombres más jóvenes para ayudarlos?

147

—Porque estas son las personas que más necesitan que las salven. Es algo urgente. Si alguien no les tiende una mano, morirán en las calles a lo largo de los dos próximos años. Considero que nadie merece morir así. En todo el país, en todo el mundo, hay programas para jóvenes, y créame que lo sé porque yo pasé temporadas en muchos de ellos. ¿Y para estos individuos qué hay? Un techo para pasar la noche, bocadillos, sopa caliente, Biblias, mantas y todo eso, pero nadie cree en ellos. No están tan alelados como para no percibir la compasión a la legua. Si uno les da dinero con ese sentimiento, lo aceptarán, pero lo emplearán para colocarse, mientras lo maldicen con toda el alma. Discúlpeme un momento. Eche un vistazo si le apetece. Tengo que hablar con uno de ellos.

Deborah lo miró mientras se alejaba sorteando con cuidado los escombros.

—¡Eh, Joe! —gritó—. ¿Qué dijo el otro día ese cantero?

Deborah se encaminó a la gran tienda, en la que destacaba un cartel: COMIDA Y REUNIONES. Dentro, un hombre barbudo con gorro de lana y un abrigo tan grueso que parecía demasiado gordo para el tiempo, aunque quizá no para alguien como él, que estaba en los huesos, se encargaba de los preparativos para la comida. Había colocado encima de los infiernillos de alcohol unas grandes ollas de las que se desprendía una fragancia con cierto olor a carne roja y patatas.

Cuando vio a Deborah, clavó la vista en la cámara que llevaba en las manos.

—Hola —lo saludó ella con afabilidad—. No se preocupe. Solo estoy echando un vistazo.

—Eso es lo que hacen todos —murmuró él.

—¿Hay muchas visitas?

—Siempre hay alguien que viene por aquí. El jefe necesita fondos.

—Ah, comprendo. Pues siento decirle que yo no soy una donante potencial.

—Tampoco lo era el último. A mí me da igual. A mí me dan la comida y asisto a las reuniones; y si alguien quiere preguntarme si creo que esto va a funcionar, respondo que sí.

—Pero ¿usted no cree en todo esto? —inquirió Deborah, acercándose.

—No he dicho eso. Además no importa lo que yo crea. Como le he dicho, a mí me dan comida y reuniones, y con eso me basta. Las reuniones no se me hacen tan pesadas como pensaba, así que no está tan mal. Y aparte, tengo un sitio seco donde dormir.

—¿Durante las reuniones? —le preguntó Deborah.

El hombre la miró con recelo, pero, al verla sonreír, rio entre dientes.

—Mujer, ya le he dicho que no están tan mal. Se pasan un poco con lo de Dios y también con lo de la aceptación, pero se soporta. Igual me sale bien. Voy a intentarlo. Diez años de dormir al raso es mucho.

Ella le ayudó a poner la mesa. Tenía una caja grande encima de una silla, de la que comenzó a sacar cubiertos, platos metálicos, vasos de plástico, tazas y una montaña de servilletas de papel que fueron disponiendo poco a poco.

—Profesor —dijo en voz baja.

—¿Cómo?

—Eso era yo. Profesor en un instituto de Lancaster. De química. ¿A que no se esperaba eso, eh?

—Pues no —reconoció ella también en voz baja.

—Aquí los hay de todas las formas y tamaños —afirmó el hombre señalando hacia fuera—. Tenemos un cirujano, un físico, dos banqueros y un agente inmobiliario. Y esos son solo los que están dispuestos a decir lo que dejaron atrás. Los demás aún no están preparados. Lleva tiempo admitir lo bajo que ha caído uno. No hay necesidad de poner tan bien las servilletas. No estamos en el Ritz.

—Ah, perdone. Es la costumbre.

—Igual que el jefe —señaló—. No pueden ocultar sus orígenes.

Deborah no se molestó en decirle que sus orígenes se hallaban en el nivel de lo que en otro siglo se habría denominado la servidumbre. Su padre había trabajado durante mucho tiempo para la familia Saint James y había pasado los últimos diecisiete años de su vida cuidando de Simon, aunque fingiera lo contrario. En aquel delicado acto de equilibrio todavía llamaba a su yerno «señor Saint James».

—Parece que le tiene aprecio —señaló, después de expresar su asentimiento con un murmullo.

—¿Al jefe? Es un tipo decente. Demasiado confiado, pero buena persona.

—¿Cree que se aprovechan de él? Me refiero a estos señores que tiene aquí.

—No. La mayoría sabe que esto vale la pena y, a no ser que estén demasiado minados por la bebida o las drogas, van a seguir esforzándose mientras puedan.

—Entonces... ¿quién?

—¿Lo de aprovecharse?

La miró directamente. Deborah advirtió que se le estaba formando una catarata en el ojo izquierdo; se preguntó qué edad tendría.

Con diez años de vida en la calle en su currículo, era imposible determinarlo por su apariencia.

—La gente viene por aquí con promesas, y él se las cree. Es así de ingenuo.

—¿Tiene que ver con el dinero? ¿Con las donaciones?

—A veces. Otras, quieren sacarle algo. —De nuevo, le clavó la mirada.

Deborah se dio cuenta de que la estaba catalogando como una de esas personas que quería sacarle algo a Nicholas Fairclough. No era una conclusión descabellada, teniendo en cuenta el papel que representaba.

—¿Como por ejemplo? —preguntó, aun así.

—Bueno, él tiene una buena historia que contar, claro, y cree que, contándola, atraerá dinero para ayudar aquí. Lo malo es que las cosas no siempre funcionan así. La mayoría de las veces el asunto queda en nada. Tuvimos a un tipo de un periódico que estuvo aquí cuatro veces prometiendo un artículo; el jefe ya veía sacos de dinero que llegarían para ayudarnos cuando se imprimiera el reportaje. Pues no se publicó nada de nada y otra vez estamos como antes, luchando para conseguir financiación. A eso me refería con lo de ingenuo.

—¿Cuatro veces? —inquirió Deborah.

—Ajá.

—¿Que un periodista estuvo aquí cuatro veces y no publicó ningún artículo? Eso es raro, porque hay una inversión de tiempo sin beneficios por ninguna parte. Debió de haber sido una gran decepción. ¿Qué clase de periodista invierte todo ese tiempo en preparar un artículo sin escribirlo?

—Eso es lo que querría saber yo. Dijo que era de *The Source*, de Londres, pero como nadie leyó sus credenciales, podría haber sido cualquiera. Creo que vino a escarbar para encontrar algo escabroso del jefe, para presentarlo mal y, así, con la bazofia, avanzar él en su propia carrera, ya sabe. Aunque el jefe no lo ve de esa manera. «No era el momento adecuado», suele decir.

—Pero usted no está de acuerdo.

—Tal como yo lo veo, debería tener más cuidado. Nunca lo tiene, y eso va a ser un problema para él, si no ahora, sí más adelante. Un problema.

Windermere
Cumbria

Yaffa Shaw había sugerido a Zed que quizá debería hacer algo más, aparte de permanecer en el Willow and Well de Bryanbarrow esperando a que le cayera alguna milagrosa revelación como llovida del cielo, en forma de un detective de Scotland Yard con su lupa en la mano y una pipa entre los labios, lo cual, era cierto, facilitaría mucho su identificación. Habían mantenido su habitual conversación después de que Zed escribiera unas notas para dejar constancia de cuanto había dicho el viejo campesino George Cowley en la plaza. También había anotado que el hijo adolescente de Cowley parecía bastante incómodo oyendo despotricar a su padre. Había pensado que sería bueno mantener una conversación en privado con Daniel Cowley.

Yaffa, representando a la perfección su papel, señaló que la muerte de Ian Cresswell y las intenciones de George Cowley podían ir por caminos dispares, en contraste con las conclusiones de Zed, que había deducido que estaban directamente relacionadas.

Al principio, Zed no se tomó bien la intromisión. Al fin y al cabo, él era el periodista de investigación. Ella no era más que una estudiante de la Universidad de Londres que trataba de acelerar sus cursos para poder volver con Micah, el novio que tenía en la Facultad de Medicina de Tel Aviv.

—Yo no estaría tan seguro de eso, Yaf —replicó sin darse cuenta de que empleaba el diminutivo—. Perdón, Yaffa —corrigió.

—Me gusta más el otro —contestó ella—. Me hace sonreír. —Y luego, respondiendo sin duda a la pregunta que Susanna Benjamin debía de haberle cuchicheado para saber por qué Yaffa Shaw sonreía mientras conversaba con su amado Zed, añadió—: Ah, Zed me ha llamado Yaf. Me ha parecido muy tierno. —Y a continuación—: Tu madre dice que eres muy tierno, que, detrás de esa fachada de gigante, eres un amor.

—Jesús —gruñó Zed—. ¿No puedes hacer que se vaya de la habitación? ¿O si no, cuelgo y damos por terminada la obligación de hoy?

—¡Zed! ¡Para! —exclamó riendo, y él descubrió que tenía una forma de reír encantadora. A su madre le dio la siguiente explicación—: Está haciendo ruidos como de besos. ¿Siempre hace eso cuando habla por teléfono con una mujer?… ¿No? Ahhh. A ver qué va a decir ahora.

—Dile que te estoy pidiendo que te quites las bragas o algo por el estilo —aventuró Zed.

—¡Pero qué cosas tienes, Zed! Tu madre está aquí mismo. —Aparte—: Está subiendo de tono. —Al cabo de un momento, informó a Zed en un tono distinto de voz—: Se ha ido. Aunque, de verdad, Zed, tu madre es un encanto. Ha empezado a traerme un vaso de leche caliente y galletas por la noche, cuando estudio.

—Sabe lo que quiere. Hace años que trabaja para lograr su objetivo. Así pues, ¿todo va bien?

—Sí. Micah me llamó y lo incluí en la escena. Ahora representa a mi hermano Ari, que llama desde Israel para ver cómo le va con los estudios a su hermana menor.

—Perfecto. Bueno.

En realidad, hubieran podido colgar ya, puesto que ya habían cumplido con la obligación de mantener una conversación telefónica un par de veces al día cuando su madre estaba cerca. Yaffa, no obstante, volvió a tomar el hilo de lo que habían hablado antes.

—¿Y si las cosas no son como parecen?

—¿Como en nuestro caso, quieres decir?

—Bueno, no hablaba de nosotros, pero como ejemplo sirve, ¿no? A lo que me refiero es que aquí podría haber una paradoja que podría darle mucho morbo a tu reportaje sobre Nicholas Fairclough.

—El tipo de Scotland Yard...

—Al margen del tipo de Scotland Yard. Fíjate en lo que me has contado: un hombre ha muerto, otro hombre quiere la granja que ocupaba el muerto. Otro hombre más vive en la granja con los hijos del muerto. ¿Qué te sugiere todo eso?

Lo cierto es que no le sugería nada. Yaffa le había sacado varios metros de ventaja en la lectura de la historia, lo cual lo dejó titubeante. Solo era capaz de soltar carraspeos.

—Hay otros elementos detrás de la fachada, Zed —apuntó ella, sacándolo del apuro—. ¿Dejó testamento el muerto?

—¿Testamento? —¿Qué diablos tenía que ver el testamento con todo aquello? ¿Dónde estaba el morbo sexual en ese caso?

—Sí, testamento. ¿No ves el potencial conflicto? George Cowley da por sentado que la granja va a quedar para él ahora, pues piensa que va a salir a subasta. Pero ¿y si no es así? ¿Y si esa granja está libre de hipoteca? ¿Y si Ian Cresswell se la dejó a alguien? ¿Y si puso otro nombre al lado del suyo en la escritura? Qué ironía, ¿eh? George Cowley se quedaría con un palmo de narices otra vez. Aún sería más irónico si ese tal George Cowley hubiera tenido algo que ver con la muerte de Ian Cresswell, ¿no?

Tenía razón. Era una joven lista y que obraba a su favor. Por eso, después de hablar con ella, se puso a indagar sobre un posible testamento de Ian Cresswell. No tardó en averiguar que efectivamente existía. Cresswell había tenido la precaución de registrarlo en línea y la información estaba a la vista de todos. Había una copia del documento en la oficina de su notario en Windermere. La otra, puesto que el hombre había muerto, estaría disponible en el registro de testamentos. Sin embargo, para hacerse con él gastaría un valioso tiempo, aparte de tener que desplazarse hasta York; tendría que conseguir la información por otra vía.

Habría sido maravilloso si el testamento se hubiera podido ver por Internet, pero la falta de intimidad en el Reino Unido, que se estaba convirtiendo en pandémica teniendo en cuenta el terrorismo internacional, la permeabilidad de las fronteras y la facilidad de acceso a los explosivos, que había que agradecer a los fabricantes de armas, no había llegado hasta el punto de exigir que cada cual ofreciera su testamento y las últimas voluntades para consumo público. De todos modos, había una manera de acceder a él, y Zed sabía cuál era la única persona del planeta capaz de hacerse con el documento que necesitaba.

—Un testamento —repitió Rodney Aronson cuando le respondió desde su oficina de Londres—. ¿Me estás diciendo que quieres ver el testamento del muerto? Estoy en medio de una reunión, Zed. Aquí tenemos que publicar un periódico, lo sabes, ¿no?

Se dio cuenta de que su director estaba devorando una barra de chocolate, pues a través del auricular oyó el crujido del envoltorio.

—La situación es más complicada de lo que parece. Aquí hay un individuo que quiere quedarse con la granja que pertenecía a Ian Cresswell. Está esperando que salga a subasta. A mí me parece que tenía un motivo excelente para hacer picadillo a nuestro hombre…

—Nuestro hombre, como tú dices, es Nick Fairclough. El reportaje que escribes es sobre él, ¿no? El picante que buscamos son los policías, pero solo dará morbo al reportaje de Fairclough si lo están investigando a él. Oye, Zed, ¿tengo que dártelo todo hecho o serás capaz de subirte solo al tren en marcha?

—Comprendo, sí. Ya estoy en el tren, pero como todavía no ha aparecido ningún policía ..

—¿Eso es lo que estás haciendo? ¿Esperando a que los policías aparezcan delante de ti? Por el amor de Dios, Zed, ¿qué clase de periodista eres? Te lo voy a explicar bien claro. Si ese tal Credwell…

—Cresswell. Ian Cresswell. Tenía una granja aquí y sus hijos viven en ella con un tipo, por lo que sé. O sea, que si la granja pasara a ese tipo o incluso a los niños y…

—Me importa un comino a quién dejó la granja, a quién pertenece o si se pone a bailar el tango cuando nadie está mirando. Y me importa un comino si a ese Cresswell lo asesinaron. Lo importante es lo que esos polis hacen allí. Si no están merodeando en torno a Nicholas Fairclough, tu artículo no tiene salida y ya puedes volver a Londres. ¿Entiendes eso o te lo tengo que explicar de otra forma?

—Lo entiendo, pero…

—Vale. Ahora céntrate en Fairclough y deja de molestarme. O, si no, vuelve a Londres, olvídate de todo el asunto y búscate un trabajo como escritor de tarjetas de felicitación, de esas que riman…

—Está bien —dijo Zed, fingiendo no haber acusado aquel golpe bajo.

Sin embargo, no se quedó conforme. Aquello no era una buena práctica periodística. Aunque *The Source* no se distinguiera precisamente por eso, habida cuenta de que el reportaje les estaba cayendo casi del cielo, cabía pensar que no era imposible.

Bueno, volvería a centrarse en Nicholas Fairclough y en Scotland Yard. Antes, no obstante, estaba resuelto a indagar en torno a la granja y las cláusulas de aquel testamento. Intuía que aquella información tenía una importancia crucial para más de una persona en Cumbria.

154

Milnthorpe
Cumbria

Lynley se reunió con Saint James y con Deborah en el bar de su hotel. Tomando un oporto bastante mediocre, repasaron la información que habían conseguido. Lynley descubrió que Saint James estaba de acuerdo con él: tenían que sacar del agua las piedras que faltaban en el embarcadero y debían examinarlas. Además, le habría gustado inspeccionar la caseta del embarcadero, pero no era imposible hacerlo sin levantar sospechas.

—Supongo que al final se acabarán enterando —señaló Lynley—. No sé cuánto tiempo voy a poder seguir haciendo creer que me mueve solo una ociosa curiosidad. La esposa de Fairclough ya está al corriente, por cierto. Él mismo se lo contó.

—Eso facilita un poco las cosas.

—Relativamente, sí. Estoy de acuerdo contigo, Simon. Estaría bien que pudieras ir a ese embarcadero, por más de una razón.

—¿Y eso? —preguntó Deborah.

Tenía la cámara digital encima de la mesa, junto a la copa de oporto, y también había sacado un pequeño cuaderno del bolso. Se estaba tomando en serio la parte que le correspondía en la investigación del grupo. Lynley le sonrió, contento de encontrarse por primera vez desde hacía meses en compañía de viejos amigos.

—Ian Cresswell no salía con el *scull* de manera rutinaria —le explicó Lynley—, pero Valerie Fairclough utiliza su barca varias veces por semana. Aunque el *scull* estaba amarrado en el lugar donde se soltaron las piedras, no había un lugar predeterminado para unos u otros. En la finca, cada cual amarraba su embarcación donde había un sitio libre.

—Pero alguien que viera el *scull* en ese lugar podría haber aflojado las piedras mientras estaba en el lago esa noche, ¿no? —apuntó Deborah.

—Entonces tendría que tratarse de alguien que se encontraba en la propiedad en ese momento —señaló su marido—. ¿Estuvo Nicholas Fairclough allí esa noche?

—Si estuvo, nadie lo vio. —Lynley se volvió hacia Deborah—. ¿Qué impresión te llevaste de Fairclough?

—Parece una persona encantadora. Y su mujer es muy guapa, Tommy. No puedo calibrar exactamente el efecto que causa en los hombres, pero apuesto a que no debería esforzarse apenas para hacer renunciar a sus votos a un monje trapense.

—¿Y si hubiera habido algo entre ella y Cresswell? —aventuró Saint James—. Eso habría enfurecido a Nicholas.

—Difícilmente, puesto que era homosexual.

—O bisexual, Tommy.

—Hay algo más —prosiguió Deborah—. Dos cosas más, en realidad. Puede que no tengan ninguna importancia, pero si queréis que me fije en detalles intrigantes...

—Sí, sí —la animó Lynley.

—Pues ahí va: Alatea Fairclough tiene un ejemplar de la revista *Concepción*. En ella hay varias páginas arrancadas. No estaría mal que consiguiéramos otro ejemplar completo, para ver qué es lo que falta. Nicholas me dijo que están intentando tener un hijo.

Saint James se movió, inquieto. Aquella revista no significaba nada y no habría significado nada para nadie, salvo para Deborah, cuya preocupación sobre el tema le había nublado el juicio.

Lynley comprobó que Deborah había interpretado igual que él la expresión de la cara de su marido.

—No estamos hablando de mí, Simon. Tommy está buscando algo fuera de lo normal... ¿Y si el abuso de drogas volvió estéril a Nicholas pero Alatea no quiere que él lo sepa? Es posible que un médico se lo dijera a ella y no a él. O también puede que hubiera convencido a un médico para que le mintiera a él, para preservar su ego,

155

para mantenerlo en la buena vía. ¿Y si, sabiendo que él no puede darle hijos, hubiera pedido a Ian que le prestara una mano en el asunto?

—¿Para mantenerlo dentro de la familia? —inquirió Lynley—. Todo es posible.

—Y hay algo más —añadió Deborah—. Un periodista de *The Source*...

—Vaya por Dios.

—Ha ido a ver a Nicholas cuatro veces, alegando que iba a escribir un reportaje. Sin embargo, no publicó nada. Me lo dijo uno de los participantes del Proyecto de la Torre Middlebarrow.

—Si es de *The Source*, es que alguien tiene mierda en la suela de los zapatos —señaló Saint James.

Lynley reflexionó un momento, tratando de dilucidar de quién serían esos zapatos.

—El amante de Cresswell ha estado en la finca, no cabe duda..., en la propiedad de Ireleth Hall..., bastantes veces, trabajando en un proyecto para Valerie. Se llama Kaveh Mehran.

—El agente Schlicht lo mencionó —dijo Saint James—. ¿Tiene algún móvil?

—Hay que investigar la cuestión del testamento y las pólizas de seguros.

—¿Alguien más?

—¿Con un móvil? —Lynley les habló de su encuentro con Mignon Fairclough, de sus insinuaciones en torno al matrimonio de sus padres, seguidas de una negativa de tales insinuaciones. También les refirió el esmero con que había cuidado la imagen de Nicholas Fairclough—. Es una mujer de cuidado y me da la impresión de que ejerce un curioso poder sobre sus padres. O sea, que quizá valga la pena indagar del lado del propio Fairclough.

—¿Chantaje? ¿En el que estaría implicado de algún modo Cresswell?

—Emocional o de otro tipo, no sé. Vive en la propiedad; no en la casa. Sospecho que Bernard Fairclough le construyó la vivienda especialmente para ella y no me sorprendería si en parte fue para quitársela de encima. Hay también una hermana, a la que aún no he conocido.

A continuación les explicó que Bernard Fairclough le había entregado una cinta de vídeo. Le había sugerido que la mirase, pues, si se confirmaba que alguien había provocado la muerte de Ian, tenía que «ver algo bastante revelador».

Resultó que el vídeo era una filmación del funeral, que habían realizado con intención de enviarla al padre de Ian, que vivía en Ke-

nia y estaba demasiado débil para viajar hasta Inglaterra para despedirse de su hijo. Fairclough lo había mirado al lado de Lynley, que
quiso destacar precisamente lo que no se veía. Niamh Cresswell, madre de sus dos hijos, y su esposa durante diecisiete años, no había
asistido. En opinión de Fairclough debería haber acudido, aunque
solo fuera para estar al lado de sus hijos en aquel momento.

—Me contó algunos detalles de cómo acabó el matrimonio de
Ian Cresswell.

Lynley les relató lo que sabía al respecto.

—Aquí hay un móvil, Tommy —exclamaron Saint James y Deborah a un tiempo.

—La legendaria furia de la mujer desdeñada. Sí, pero es bastante
improbable que Niamh Cresswell pudiera merodear por la propiedad de Ireleth Hall sin que nadie la viera, y hasta el momento nadie
ha mencionado haberla visto.

—De todas formas, hay que indagar por ahí —insistió Saint James—. La venganza es un móvil poderoso.

—Y también la codicia —abundó Deborah—. Aunque lo mismo
ocurre con todos los pecados capitales, ¿no? ¿Por qué serían capitales
si no?

—Sí —convino Lynley—. Tendremos que ver si sale beneficiada,
más allá de lograr vengarse.

—Otra vez volvemos a la cuestión del testamento o de la póliza de
seguros —señaló Saint James—. No va a ser fácil enterarse de eso
mientras pretendes ocultar los motivos reales de tu presencia en Cumbria, Tommy.

—Sí, yo no debo ir directamente. En eso tienes razón —convino
Lynley—, pero hay otra persona que sí que puede.

Lago Windermere
Cumbria

Cuando terminaron la reunión, era demasiado tarde para que
Lynley hiciera aquella llamada. En su lugar, llamó a Isabelle. La echaba de menos. Por otra parte, se alegraba de estar lejos de ella. No es
que no tuviera ganas de estar a su lado, sino que necesitaba averiguar qué sentía por ella cuando estaban alejados. Al verla cada día en
el trabajo y varias noches por semana, le resultaba casi imposible
precisar qué sentía por aquella mujer, más allá del deseo sexual. Sabía que añoraba su cuerpo. Pero lo que no estaba claro era si echaba
de menos todo lo demás.

Esperó a llegar a Ireleth Hall para llamarla. Apoyado en el Healey Elliot, marcó el número. De repente sintió unas ganas inmensas de tenerla a su lado. La fluida conversación que había mantenido con sus amigos y la forma que tenían de comunicarse Simon y Deborah entre sí le habían hecho sentir ganas de experimentar aquella misma cercanía, aquella confianza. Lo que realmente quería era recuperar aquella manera que tenían de hablar él y su mujer por la mañana, o durante la cena, estando en la cama o incluso mientras uno de los dos se bañaba. Por primera vez, se dio cuenta de que aquella mujer podía ser otra persona; no tenía que ser Helen forzosamente. En parte le parecía que era como traicionar a su amada esposa, que había muerto asesinada de una forma tan cruel; sin embargo, sabía que Helen habría querido que él hubiera seguido adelante con su vida.

Al otro lado de la línea, en Londres, paró de sonar el teléfono.

—Maldita sea —oyó apenas.

Después sonó el ruido que hizo el teléfono de Isabelle al chocar contra algo y luego ya no oyó nada.

—¿Isabelle? —dijo—. ¿Estás ahí?

Esperó. Nada. Volvió a pronunciar su nombre. Al no recibir respuesta, colgó.

Volvió a marcar el número. El teléfono comenzó a sonar y así siguió un tiempo. Quizá estaba en el coche, pensó. O en la ducha. U ocupada con algo que le impedía contestar.

—¿*Sssí*? ¿Tommy? ¿Me *hasss* llamado? —Luego se produjo un sonido que no quería escuchar: el tintineo producido por el contacto del móvil contra una copa o una botella—. *Essstaba penssando* en ti y *vasss* y *llamasss*. *Essso esss puraaa tepe…*, telepatía, ¿no?

—Isabelle…

Incapaz de decir nada más, cortó la comunicación. Después guardó el teléfono en el bolsillo y volvió a su habitación.

5 de noviembre

*B*arbara Havers había invertido la primera parte de su día libre en ir a visitar a su madre a la residencia privada de Greenford donde vivía. Había tardado mucho en ir. Hacía seis semanas que no acudía, aunque a partir de la tercera ya había comenzado a sentir el peso de la culpa. Lo peor, tal como no dejaba de reconocer en su fuero interno, era que se alegraba de tener una sobrecarga de trabajo que le impedía ir y presenciar la creciente degradación de las facultades mentales de su madre. Había llegado un punto, no obstante, en que para poder seguir viviendo consigo misma había tenido que viajar hasta aquella casa de cuidado jardín, inmaculadas cortinas y relucientes ventanas, de modo que había tomado la línea central que partía de Tottenham Court Road, no porque fuera las más rápida, sino al contrario.

No tenía tanta capacidad de autoengaño como para no reconocer que viajaba de esa manera para disponer de tiempo para pensar. Aunque, en realidad, no deseaba pensar en nada, y su madre era solo uno de los temas que pretendía eludir. Thomas Lynley era otro. Habría querido saber dónde estaba, qué hacía y por qué no le había dicho nada. Isabelle Ardery era la base de una incertidumbre más: se preguntaba si iban a nombrarla de manera permanente para el cargo de comisaria y qué repercusiones tendría para su propio futuro en el cuerpo y, en especial, para su relación laboral con Thomas Lynley. Angelina Upman le planteaba asimismo otro interrogante. Barbara abrigaba dudas de que pudiera llegar a ser amiga de la amante de su vecino y amigo Taymullah Azhar, cuya hija se había convertido en una especie de condimento que aportaba sal a su vida. No. La razón por la que cogía el tren era, pura y simplemente, para no pensar. Las distracciones que ofrecía ese medio de transporte eran, además, variadas y cambiantes, y lo que ella necesitaba eran distracciones que le inspirasen algún tema de conversación para poderlo utilizar cuando viera a su madre.

La verdad era, no obstante, que ella y su madre ya no mantenían conversaciones, como mínimo no del tipo que se podría considerar normal entre madre e hija. Aquel día no había sido distinto de los demás. Barbara hablaba, titubeaba y observaba, con unas ganas horribles de poner fin lo antes posible a la visita.

Su madre se había enamorado de Laurence Olivier, en su versión más joven. Estaba encandilada con Heathcliff y Max de Winter. No estaba segura de quién era exactamente el hombre que miraba sin cesar en la pantalla del televisor, que tan pronto atormentaba a Merle Oberon como dejaba sin habla a la pobre Joan Fontaine. Lo único que sabía era que ella y aquel apuesto galán estaban predestinados a estar juntos, y el hecho de que él llevara ya mucho tiempo muerto y enterrado le tenía sin cuidado.

No reconocía al actor en las películas en que era más viejo. El Olivier que perforaba una muela al pobre Dustin Hoffman en *Marathon man* o el que rodaba por el suelo con Gregory Peck en *Los niños del Brasil* no le producía ningún efecto. De hecho, cuando alguien pretendía atraer su atención hacia una película protagonizada por Olivier que no fuera *Cumbres borrascosas* o *Rebeca*, se volvía incontrolable. Ni siquiera el Olivier que interpretaba al señor Darcy en *Orgullo y prejuicio* lograba apartarla de aquellas dos películas que pasaban sin descanso una detrás de otra en el televisor de la habitación de su madre, que la señora Florence Magentry se había encargado de instalarle, para preservar la salud mental de los otros ancianos de la residencia, así como la suya propia. Nadie podía mirar impunemente cientos de veces cómo el maquiavélico Laurence destruía las tenues expectativas de felicidad de David Niven.

Barbara había pasado dos angustiantes horas con su madre y el dolor la había acompañado durante todo el trayecto de regreso desde Greenford. Por ello, cuando se encontró con Angelina Upman y su hija Hadiyyah justo delante de la gran casa de Eton Villas donde vivían, aceptó su invitación para «mirar lo que mamá ha comprado, Barbara» como una manera de despejar del recuerdo las imágenes de su madre abrazándose tiernamente un pecho mientras veía a través de la titilante pantalla el tormento padecido por Max de Winter tras la muerte de su malvada primera esposa.

Ahora estaba con Hadiyyah y su madre, después de haber admirado tal como se debía las dos ultramodernas litografías que Angelina se había «llevado casi regaladas, Barbara, de tan baratas que eran, ¿verdad, mamá?» de una parada del Stables Market. Aunque no eran de su estilo, Barbara veía que iban a quedar bien en la sala de estar del piso de Azhar.

Angelina había llevado a su hija a uno de los sitios que le tenía tajantemente prohibidos su padre. Tal vez Hadiyyah no se lo había dicho a su madre, o quizás Angelina y Azhar habían convenido en que ya era hora de que la niña empezara a ampliar su experiencia del mundo. Hadiyyah la sacó de dudas enseguida, tapándose la boca con las manos.

—¡Se me había olvidado, mamá!

—Da igual, cariño —le respondió Angelina—. Barbara nos guardará el secreto, espero.

—No lo dirás, ¿verdad, Barbara? —preguntó la cría—. Papá se enfadaría mucho si se entera de dónde hemos estado.

—No hace falta que insistas, Hadiyyah —le dijo Angelina, antes de dirigirse a Barbara—. ¿Te apetece una taza de té? Yo me muero de sed y tú pareces un poco tensa. ¿Has tenido un mal día?

—Solo he hecho un viaje a Greenford.

Barbara no añadió nada, pero Hadiyyah comprendió al instante.

—Allí es donde vive la madre de Barbara, mamá. No está bien, ¿verdad, Barbara?

Como no quería hablar de su madre, trató de cambiar de tema. Dado el elevado grado de feminidad alcanzado por Angelina, al que ella no podía aspirar ni en sueños, se le ocurrió plantear una cuestión idónea para ese tipo de mujer.

El cabello. Precisamente, siguiendo la firme recomendación de Isabelle Ardery, iba a tener que hacer algún cambio en su peinado. Angelina había mencionado, si mal no recordaba, un salón que conocía...

—¡Un salón! —exclamó Hadiyyah—. No se dice salón, Barbara. ¡Se dice peluquería!

—Hadiyyah, no seas maleducada —intervino su madre con severidad—. Y salón también es correcto, por cierto. Peluquería es más moderno, pero eso no tiene importancia. No seas tan boba. —Luego, dirigiéndose a Barbara, añadió—: Sí, claro que conozco una, Barbara: donde voy yo.

—¿Crees que podrían...?

Ni siquiera sabía lo que debía pedir. ¿Un corte? ¿Un cambio de estilo? ¿Un tinte? Llevaba años cortándose el pelo ella misma y, aunque, por lo general, el resultado era el de esperar (sin ningún estilo y con bastantes trasquilones), durante mucho tiempo le había servido sencillamente para mantenerlo fuera de la cara. Ahora, sin embargo, no iba a ser suficiente con eso, o cuando menos así lo consideraba su superior.

—Podrían hacerte lo que quieras. Son muy buenos. Te puedo dar su número de teléfono y el nombre de mi estilista. Se llama Dusty y es un poco gilipollas y estrafalario... Perdona un momento; Hadiyyah, no le digas a tu padre que he dicho «gilipollas» delante de ti...

161

Bueno, aunque sea tan creído, es buenísimo con el pelo. Si quieres, llamo para pedirte cita y así voy yo también, si no te importa, claro.

Barbara no sabía muy bien qué pensar de eso de ir en compañía de la amante de Azhar a aquella sesión de mejora de imagen. Hadiyyah le había prestado aquella clase de servicio antes de que Angelina volviera a incorporarse a su vida, pero echar mano de su madre para ese tipo de cosas, con lo que eso implicaba, como un inicio de amistad… No estaba segura.

—Bueno, iré a buscar el teléfono y, mientras tanto, te lo piensas —dijo Angelina, como si percibiera sus dudas—. Para mí no es ninguna molestia.

—¿Dónde está exactamente ese sal…, esa peluquería?

—En Knightsbridge.

—¿Knightsbridge? —Uf, aquello costaría una fortuna.

—Tampoco está en la Luna, Barbara —señaló Hadiyyah.

—Hadiyyah… —la reprendió su madre, levantando un dedo con gesto de amenaza.

—No pasa nada —aseguró Barbara—. Me conoce demasiado bien. Si me das el número, los llamaré ahora mismo. ¿Tú también vas a querer venir, chiquitina? —preguntó a Hadiyyah.

—¡Oh, sí, sí, sí! —gritó Hadiyyah—. Mamá, ¿puedo ir con Barbara?

—Tú también —le dijo Barbara a Angelina—. Creo que necesitaré toda la ayuda que pueda conseguir para esta iniciativa.

Angelina sonrió: tenía un bonita sonrisa. Azhar nunca le había contado cómo la había conocido, pero seguro que debió de ser su sonrisa lo primero que le llamó la atención. Después, como era un hombre, debía de haberse fijado en su cuerpo, que era esbelto y femenino, envuelto en ropa atractiva y bien combinada, llevada con una gracia que ella nunca podría ni imitar.

Cuando sacó el móvil, este comenzó a sonar. Era Lynley. No le gustó nada la sensación de placer que la invadió al reconocer el número.

—Voy a ver qué tal me sienta la lluvia en el pelo —informó a Angelina—. Tengo que responder a esta llamada.

Chalk Farm
Londres

—¿Qué haces? —le preguntó Lynley—. ¿Dónde estás? ¿Puedes hablar?

—No se me han estropeado las cuerdas vocales, si te refieres a eso —contestó Barbara—. Si, por otra parte, te refieres a si no hay peligro... Dios, eso era lo que el tipo le repetía todo el rato a Dustin Hoffman, ¿no? Voy a perder la chaveta si me pongo a citar...

—¿De qué hablas, Barbara?

—De Laurence Olivier en *Marathon man*. No preguntes. Estoy en casa, más o menos. Bueno, estoy delante de la casa de Azhar, porque tú me has salvado justo antes de pedir una cita para cambiarme el peinado, y todo para complacer a la comisaria en funciones Ardery. Estaba pensando en hacerme un corte bien llamativo, de los años ochenta o así. O uno de esos rollos complicados que llevaban por la época de la Segunda Guerra Mundial. Ya sabes, la masa de pelo de los dos lados de la frente enrollada alrededor de algo como un embutido gordo. Siempre me ha intrigado qué se debían de meter. ¿Un rollo de papel higiénico, tal vez?

—¿Debo deducir que a partir de ahora las conversaciones contigo van a versar sobre esos temas? —preguntó Lynley—. Francamente, siempre he creído que tu atractivo radicaba en tu escasa afición a emperifollarte.

—Eso ha quedado atrás, señor mío. ¿En qué puedo ayudarte? Supongo que esta no es una llamada personal, para comprobar si llevo bien depiladas las piernas.

—Necesito que averigües ciertas cosas, pero sin que nadie te vea ni te oiga. Es posible que también haya que patear la calle. ¿Estás dispuesta? ¿Tienes tiempo?

—Tiene que ver con lo que estás haciendo, supongo. Todo el mundo habla de eso, ¿sabes?

—¿De qué?

—De dónde estás, por qué, quién te envió... La creencia general es que estás investigando una monumental cagada en algún sitio, un caso de corrupción policial, por ejemplo. Te imaginan yendo a esconderte de puntillas detrás de una valla para sorprender a alguien entregando un soborno, o bien aplicando electrodos en los huevos de un sospechoso, ese tipo de cosas.

—¿Y tú?

—¿Qué pienso yo? Hillier te ha metido hasta las cejas en algo que él no quiere tocar ni con un palo de plástico. Si das un paso en falso, serás tú el que se caiga y él seguirá oliendo a rosas. ¿Me equivoco?

—En lo de Hillier no. Pero es solo un favor.

—Y no puedes decir nada más.

—Por ahora. ¿Estás dispuesta?

—¿A qué? ¿A echarte una mano?

—Nadie lo debe saber. Tienes que volar por debajo del radar, del de todo el mundo, pero en especial...

—De la comisaria.

—Eso podría traerte problemas con ella. No a la larga, pero sí de momento.

—¿Y para qué están los amigos? —contestó Barbara—. Dime qué necesitas.

Chalk Farm
Londres

En cuanto Lynley mencionó a Fairclough, Barbara supo de quién se trataba. No se debía a que estuviera al corriente de la vida de cuantos poseían un título nobiliario en el Reino Unido, ni mucho menos, sino a su secreta afición a leer *The Source*. Hacía años que era una adicta, una víctima irremisible de los grandes titulares y de las fotografías comprometedoras. Siempre que pasaba por delante de un estanco o un quiosco, le llamaban la atención aquellos titulares, y se dejaba guiar por la automática reacción de sus pies, entregaba el dinero y después se recreaba en la lectura del ejemplar, acompañándola por regla general con una taza de té y un pastelillo. El apellido Fairclough le resultaba familiar, y no solo en relación con el barón de Ireleth y sus negocios, que habían suscitado innumerables bromas periodísticas con el curso de los años, sino también en lo que concernía a su descarriado retoño, Nicholas.

Enseguida supo dónde estaba Lynley: en Cumbria, donde vivían los Fairclough y se encontraban las Fairclough Industries. Lo que ignoraba era de qué conocía Hillier a los Fairclough y qué le había pedido a Lynley en relación con la familia. No estaba, pues, segura de si se trataba de una acción destinada a protegerlos o a perjudicarlos, aunque, habiendo un título nobiliario de por medio, lo más probable era que Hillier apostara por la protección. Hillier tenía predilección por los títulos, especialmente por los que estaban por encima de su propio rango, lo cual equivalía a decir todos.

Aquello debía guardar relación con lord Fairclough y no con el holgazán de su hijo, que había dado mucha carnaza a los periódicos sensacionalistas, al igual que otros ricos herederos que se dedicaban a desperdiciar su vida. La lista de lo que le había pedido Lynley daba a entender, no obstante, que había trazado un amplio círculo en sus pesquisas, puesto que había que indagar en torno a un testamento, una póliza de seguros, *The Source*, Bernard Fairclough y el último número de la revista *Concepción*. También aparecía un individuo llamado Ian Cresswell, al que identificó como sobrino de Fairclough;

además, por si aquello fuera poco, y si tenía tiempo para todo, debía investigar a una mujer llamada Alatea Vásquez de Torres, originaria de un lugar de Argentina llamado Santa María de algo. Lynley había insistido, con todo, en que aquello último solo lo hiciera si tenía tiempo. De momento, había que centrarse en Fairclough, en Fairclough padre, no el hijo, según había recalcado.

Lago Windermere
Cumbria

Freddie había entrado en contacto a través de Internet con una mujer, y esta había pasado la noche allí; por más que Manette siempre había querido considerarse una persona liberal, aquello le pareció excesivo. Su exmarido no era un chiquillo, desde luego, y tampoco le pedía la opinión en aquel asunto, pero, por el amor de Dios, aquella había sido su primera cita... ¿Adónde iba a ir a parar el mundo, o adónde iba a ir a parar el mismo Freddie, si los hombres y las mujeres se dedicaban a probarse en la cama como procedimiento para «conocerse mejor»? Eso era exactamente lo que había ocurrido, según Freddie..., ¡y la idea no había sido de él, sino de ella!

165

—La verdad es que no tendría sentido seguir adelante si no somos compatibles sexualmente —había dicho, según Freddie, la mujer—. ¿No te parece, Freddie?

Freddie era, al fin y al cabo, un hombre. Si se le presentaba la ocasión, no iba a reclamar seis meses de castidad para ir viendo el funcionamiento de la otra persona a través de conversaciones sobre política o prestidigitación... Además, para él era un enfoque bastante razonable. Los tiempos estaban cambiando, no cabía duda. Así que, después de tomar un par de copas de vino en el pub, se fueron para casa a lanzarse de lleno al conocimiento mutuo. Evidentemente, habían comprobado que cada cual tenía en buen estado de funcionamiento las partes concernientes y habían encontrado placentero el acto, con lo cual lo habían repetido dos veces más —eso también, según afirmación de Freddie—, y ella se había quedado el resto de la noche con él. Y allí estaba, tomando café con él en la cocina, cuando Manette bajó por la mañana. Llevaba puesta solamente la camisa de Freddie, con lo cual enseñaba una gran superficie de piernas, además de bastante trozo de la parte donde nacían las piernas.

—Hola —la saludó igual que un gato que aún lleva las plumas del canario pegadas a la boca—. Tú debes de ser la ex de Freddie. Yo soy Holly.

¡Holly! ¡Menudo nombre estrafalario! Manette miró a Freddie, que al menos tuvo el detalle de ponerse colorado, y después se sirvió a toda prisa un café antes de retirarse a su cuarto de baño. Freddie acudió a disculparse por lo incómodo de la situación, pero no por haber dejado que la mujer pasara toda la noche allí, tal como no dejó de advertir Manette. Tan amable como siempre, prometió que en adelante pasaría la noche en casa de ellas.

—Es que todo pasó bastante deprisa entre nosotros —adujo—. No era mi intención que esto ocurriera.

Manette retuvo sobre todo lo de «en casa de ellas»; con eso comprendió que los tiempos habían cambiado y que la copulación instantánea se había convertido en la nueva forma de chocar la mano.

—O sea, ¿que pretendes probarlas a todas de la misma manera? —replicó.

—Mujer, así parece que se hacen las cosas hoy en día.

Intentó hacerle ver que aquello era un desatino. Lo había sermoneado con respecto a las enfermedades de transmisión sexual, los embarazos no deseados, las personas de mala calaña y todo lo que se le había ocurrido. Lo que había omitido decir era que ellos dos disfrutaban de una situación estupenda, compartiendo casa, porque no quería oírle decir que era hora de que cada cual siguiera por su camino. Al final, sin embargo, él le había dado un beso en la frente y, tras aconsejarle que no se preocupara por él, le había revelado que tenía otra cita para esa noche, así que quizá no volvería a casa después: ya se verían en el trabajo. Aquel día se llevaría su propio coche, había explicado, porque la mujer de la cita vivía en Barrow-in-Furness; por la noche se iban a ver en el club Scorpio, de manera que si estaba interesada en engancharse —Freddie dijo realmente «engancharse»— irían a su casa, puesto que el trayecto hasta Great Urswick era demasiado largo si ya se habían puesto cachondos.

—¡Pero Freddie…! —gritó Manette.

Enseguida se dio cuenta de que no podía decir nada más. No podía acusarlo de serle infiel, de destruir lo que tenían ni de actuar de manera precipitada. No estaban casados, no «tenían» prácticamente nada, y, con el tiempo que ya llevaban divorciados, no se podía decir que la decisión de Freddie de volverse a poner en circulación para ligar fuese apresurada, por más extraña que le pareciera. No era un hombre que hiciera las cosas a la ligera. Además, no había más que mirarlo para comprender por qué las mujeres querrían probarlo como potencial pareja: era atrevido, tierno y bastante bien parecido.

No, no tenía ningún derecho a hacerle reproches. Aun así, aquello le provocaba un sentimiento de pérdida.

Debía centrarse en otras cosas, olvidarse de su situación con Freddie. Y en ese momento agradeció poder hacerlo, cosa que jamás habría sospechado el día anterior después de su discusión con Niamh Cresswell. Aunque no sabía qué se podía hacer con ella, en el caso de Tim y Gracie no se sentía tan impotente. Estaba dispuesta a mover montañas, si era necesario, con tal de ayudar a esos niños.

Se fue a Ireleth Hall pensando que había bastantes probabilidades de que Kaveh Mehran se encontrara allí, puesto que llevaba tiempo ocupándose del diseño de un parque infantil para la finca y de supervisar las obras. Manette pensaba que Valerie cantaba victoria antes de tiempo construyendo aquel parque para los futuros hijos de Nicholas y, a juzgar por su tamaño, parecía como si previera que iba a tenerlos por docenas.

Al llegar vio que había tenido suerte. Cuando llegó al futuro parque infantil, situado al norte del inmenso e increíble jardín de esculturas vegetales, no solo vio a Kaveh Mehran, sino también a su padre. Con ellos había otro hombre al que no conocía, pero que dedujo que debía de ser «el conde» del que le había hablado su hermana por teléfono.

—Es viudo —le había confiado Mignon. Oyendo el teclear de fondo, Manette adivinó que su hermana estaba ocupada con sus habituales quehaceres, que consistían en mandar *e-mails* a uno de sus amantes virtuales al tiempo que descartaba a todo aquel que diera atisbos de poder llegar a convertirse en una persona real—. Es bastante evidente por qué lo ha hecho venir papá desde Londres, con esperanzas de la eterna primavera y todo eso. Y ahora que me he operado y he perdido tanto peso, piensa que estoy a punto para recibir a un pretendiente, como una Charlotte Lucas cualquiera esperando la aparición del señor Collins. ¡Qué incómodo! Pues ya puede esperar sentado. Me siento perfectamente a gusto tal como estoy.

A Manette no le habría extrañado aquello por parte de su padre. Llevaba años intentando deshacerse de Mignon, pero ella lo mantenía a raya y no tenía intención de introducir ningún cambio. Ella no alcanzaba a comprender por qué Bernard no le había enseñado la puerta o le había dado una patada, o había recurrido a cualquier otro subterfugio para cortar el vínculo con Mignon, aunque cuando había construido aquella torre para su hermana, seis años atrás, había llegado a la conclusión de que su melliza sabía algo capaz de destruir a su padre si se decidía a ventilarlo. No podía imaginarse de qué se trataba, pero tenía que ser algo muy peligroso.

Kaveh Mehran parecía estar mostrando a los otros hombres los avances en las obras del parque. Señalaba las pilas de vigas cubiertas de lona, montículos de piedras e hileras de estacas unidas con cuerdas y clavadas en el suelo. Manette los saludó desde lejos y se acercó.

En cuanto los tipos se volvieron hacia ella, se dijo que Mignon debía haber perdido los cabales para creer que habían traído desde Londres «al viudo» como un potencial pretendiente para ella, como una especie de «aristocrático visitante» ajustado a la tradición de los psicodramas de Tenesse Williams. Era alto, rubio, sumamente atractivo e iba vestido —incluso en la región de los Lagos, Jesús— con aquella clase de sobria elegancia, un poco al desgaire, que olía a la legua a raigambre de ricos. Aunque fuera un viudo buscando a su segunda, o enésima, esposa, no iba a elegir a su hermana para ocupar aquella posición. La capacidad del ser humano para el autoengaño era absolutamente asombrosa.

Bernard la acogió con una sonrisa y procedió a las presentaciones. El conde se llamaba Tommy Lynley, pero su padre no mencionó de qué era conde. Tenía un firme apretón de manos, una interesante cicatriz en el labio superior, una agradable sonrisa, unos ojos de un color marrón muy oscuro que contrastaban con su pelo claro. Sabía entablar conversación sobre cuestiones triviales y crear un buen clima con la gente. Un hermoso día en un bonito lugar, le dijo a ella. Él era originario de Cornualles, al sur de Penzance, una zona que era preciosa —por supuesto—, y había pasado poco tiempo en Cumbria, pero, por lo que había visto de los alrededores de Ireleth Hall, se había hecho el propósito de visitar más a menudo la región.

Muy bien expresado, pensó Manette, con mucha educación. Si se lo hubiera dicho a Mignon, seguro que lo habría recibido como un mensaje trufado de sobreentendidos.

—Si viene en invierno, es probable que no piense lo mismo —señaló Manette, antes de dirigirse a Kaveh Mehran—. Querría hablar un momento contigo, si tienes tiempo.

Su padre había obtenido un rotundo éxito como fabricante porque era un hombre capaz de percibir hasta los menores matices.

—¿Qué ocurre, Manette? —preguntó. Al ver que ella miraba de reojo a Lynley, aclaró—: Tommy es un amigo íntimo y sabe que hemos vivido una tragedia en la familia. ¿Hay algo más…?

—Niamh —repuso Manette.

—¿Qué le pasa?

—No estoy segura de si será… —advirtió Manette, tras dirigir otra mirada a Lynley.

Lynley se dispuso a excusarse para anunciar que se retiraba, pero Bernard lo retuvo.

—No, quédate, de verdad. Como te he dicho, es amigo mío —reiteró a Manette—. No será nada…

«Como quieras», se dijo Manette.

—Niamh no se ha vuelto a quedar con los niños —anunció sin preámbulos—. Todavía están con Kaveh. Tenemos que hacer algo.

Bernard miró a Kaveh, frunciendo el entrecejo.

—La mujer de mi difunto sobrino —informó a Lynley.

—Eso no está bien —señaló Manette—. Ella lo sabe y le da lo mismo. Ayer hablé con ella. Iba vestida de punta en blanco y tenía un cubo de artilugios para juegos sexuales allá mismo, a la vista. Al parecer, un tipo va a su casa para esos asuntos, y Tim y Gracie le representan un estorbo.

Bernard dirigió otra mirada a Kaveh.

—¿A qué te refieres con lo de que «no está bien», Manette? —Aunque no subió la voz, por el tono empleado advirtió que había malinterpretado sus palabras.

—Vamos, Kaveh. Sabes muy bien que no hablo de ti. Tú puedes ser todo lo homosexual que quieras, pero en lo que respecta a los niños…

—A mí no me interesan los niños.

—Bueno, pues ahí está la cuestión, ¿no? —espetó Manette, optando por atribuir un sentido distinto a su observación—. Es necesario tener interés por los niños cuando uno cuida de ellos. Papá, Tim y Gracie deben estar con su familia y, sea lo que sea, Kaveh no es familiar suyo.

—Manette… —advirtió su padre con tono de amenaza.

Por lo visto, la «tragedia» familiar contenía ciertos detalles que prefería que Tommy Lynley no supiera, pese a lo que acababa de afirmar.

Pues bueno, ya que él la había animado a hablar sin tapujos delante de aquel tipo, ahora no se iba a echar a atrás.

—Ian estaba conforme con tener a los niños con él en Bryanbarrow. Yo lo entendía y lo aceptaba. Me parecía mejor mantenerlos alejados de Niamh, que tiene el mismo instinto maternal que un gran tiburón blanco, como tú bien sabes, pero no creo que Ian quisiera que Kaveh se quedara con ellos si le ocurría algo. Tú también lo sabes, Kaveh. Debes hablar con Niamh —reclamó a su padre—. Tienes que ordenárselo. Has de hacer algo. Tim está muy mal…, peor de lo que estaba cuando decidieron ponerlo en la Margaret Fox School… Y Gracie necesita una madre ahora más que nunca, y todavía la va a necesitar más dentro de uno o dos años. Si Niamh no quiere asumir esa responsabilidad, alguien más tendrá que saltar al ruedo.

169

—Comprendo la situación —afirmó Bernard—. Seguiremos tratando el asunto en otro momento.

—No, papá. Lo siento. Aún no hemos acabado de ventilar la ropa sucia —dijo a Lynley—. Si no tienes el ánimo para lavarla…

—Quizá yo pueda prestar alguna ayuda —se ofreció Lynley a Bernard.

Luego entre ellos hubo un intercambio, una especie de mensaje que mitigó la preocupación que hubiera podido causar en el padre de Manette la presencia de Lynley en aquella espinosa conversación.

—Tim me agredió —explicó Manette—. No, no, no me hizo daño. Estoy dolorida, pero eso da igual. Hay que hacer algo por él…, hay que hacer algo para resolver esta dichosa situación… y, puesto que Kaveh no se va a quedar para siempre en esa granja, a todos nos conviene encontrar una solución ahora, antes de que se venda. Una vez que Kaveh tenga que mudarse, ¿qué va pasar con los niños? ¿Se van a ir con él? ¿Y adónde? Esto no puede seguir así. No se les puede seguir dejando en esa situación de desarraigo.

—Me la dejó a mí —anunció Kaveh—. No me voy a ir a ninguna parte.

—¿Cómo? —inquirió Manette, volviéndose en redondo hacia él.

—La granja, Manette. No me voy a mudar de casa. Ian me la dejó a mí.

—¿A ti? ¿Por qué?

—Porque me quería —respondió él con una dignidad que Manette no pudo dejar de admirar—. Porque era su pareja y eso es lo que se suele hacer entre las parejas: tomar disposiciones para protegerse el uno al otro en caso de que alguno de los dos muera.

Se hizo el silencio; a lo lejos se oyeron los graznidos de unas grajillas. Hasta ellos llegó un olor a hojas quemadas que sugería la proximidad de una hoguera, aunque no hubiera ninguna.

—Los hombres también suelen pensar en el futuro de sus hijos —apuntó Manette—. Esa granja debería ser de Tim, y no tuya. Debería ser de Gracie. Ellos deberían poder venderla, para asegurar su futuro.

Kaveh desvió la vista y movió la mandíbula como si aquello le sirviera para controlar una emoción.

—Creo que averiguarás que había una póliza de seguros para eso.

—Qué bien. ¿De quién fue la idea de dejarte la granja para ti y el seguro para ellos? ¿A cuánto asciende el seguro, por cierto? Porque si va a parar a Niamh en fideicomiso por los niños…

—Manette, ahora no es el momento —la atajó su padre—. ¿Vas a conservar la granja o la vas a vender, Kaveh? —le preguntó.

—La voy a conservar. En cuanto a Tim y Gracie, se pueden quedar conmigo hasta que Niamh quiera reclamarlos. Y si no llega ese momento, Ian habría querido...

—¡No, no, no! —lo interrumpió Manette para no oír el resto. Para ella lo importante era que los niños debían estar con su familia y que, por más pareja que fuera de Ian, Kaveh no era familiar suyo—. Papá, tienes que... —reclamó con ardor—. Seguro que Ian no quería... ¿Está enterada Niamh de todo esto?

—¿De qué parte? —preguntó Kaveh—. ¿Y tú crees que a ella le importará mucho, sea como sea?

—¿Sabe que tú has heredado la granja? ¿Cuándo tomó esas disposiciones?

Kaveh titubeó, como si calibrase qué respuesta convenía dar. Manette tuvo que repetir dos veces su nombre para hacerlo reaccionar.

—No lo sé —le dijo.

Bernard y Tommy Lynley intercambiaron una mirada. Manette, que lo advirtió, supo que pensaban lo mismo que ella, que Kaveh ocultaba algo. Lo que había que precisar era a cuál de sus preguntas había respondido con un «no lo sé».

—¿Qué es lo que no sabes exactamente? —preguntó.

171

—No sé nada de Niamh, ni en un sentido ni en otro. Ella tiene el dinero del seguro: a una buena suma. Ian se lo dejó para ayudarla a cuidar de Tim y de Gracie, por supuesto, pero eso fue porque creía que si a él le ocurría algo, Niamh recuperaría la cordura en lo concerniente a sus hijos.

—Pues no ha sido así, y no parece que la vaya a recuperar.

—Entonces, si lo necesitan, se pueden quedar conmigo. Ya están acostumbrados a la granja. Allí están a gusto.

Era ridículo pensar que Tim Cresswell estuviera a gusto. Hacía siglos que no se encontraba a gusto en ningún sitio.

—¿Y qué crees que va a pasar cuando conozcas a otra persona dentro de un mes o dos, Kaveh? ¿Cuando lo instales en la granja y reanudes tu vida con él? ¿Qué va a pasar entonces? ¿Qué van a hacer los niños? ¿Qué van a pensar?

—Manette —murmuró Bernard, reclamándole prudencia.

Kaveh, muy pálido, accionó con furia la mandíbula y crispó un puño, pero no dijo nada.

—Niamh te disputará la propiedad de la granja en los tribunales —prosiguió Manette—. Impugnará el testamento, por los niños.

—Ya basta, Manette —zanjó su padre con un suspiro—. Todos hemos sufrido mucho y debemos recuperarnos, incluida tú.

—¿Por qué adoptas el papel de conciliador en esto? —replicó Manette a su padre—. Él no es nada nuestro —espetó, señalando con la cabeza a Kaveh—. No es nada para los niños. Es solo la persona por la que Ian arruinó su vida y...

—¡He dicho que basta! —la atajó Bernard—. Discúlpala, Kaveh —añadió—. No lo ha dicho con intención de...

—Oh, sabe muy bien qué intención tenía —contestó Kaveh—, como la mayoría de la gente.

—De acuerdo. Mirémoslo de otra manera: tú eres demasiado joven para hacer de padre de un chico de catorce años, Kaveh —arguyó Manette, intentando arreglar el desaguisado que ella misma había creado—. Él necesita alguien de más edad, con más experiencia, alguien...

—Que no sea homosexual —concluyó Kaveh por ella.

—Yo no he dicho eso, ni era eso a lo que me refería. Iba a decir alguien de su propia familia.

—Eso ya lo has repetido más de una vez.

—Perdona, Kaveh. No lo digo por atacarte, sino para proteger a Tim y a Gracie. No se les puede pedir que soporten más devastación en su vida. A Tim eso ya lo está destruyendo, y con Gracie puede que ocurra lo mismo. Tengo que impedir que su mundo se siga desmoronando. Espero que lo entiendas.

—Deja las cosas como están, Manette —le aconsejó su padre—. En este momento tenemos otras preocupaciones.

—¿Como cuáles?

Su padre guardó silencio. Viendo el intercambio de miradas que se repetía entre él y su amigo, intuyó que allí ocurría algo raro. Aquel hombre no pretendía hacerle la corte a su taimada hermana, a la usanza del siglo XVIII, interesado tal vez por su dinero, a fin de mantener una ruinosa propiedad de Cornualles. Además, que su padre hubiera querido que escuchara hasta la última palabra de su conversación con Kaveh hacía pensar que, bajo aquella plácida superficie, Tommy Lynley ocultaba algo más profundo. Bueno, daba igual. Nada la haría vacilar en su empeño. Quería solucionar la situación de los hijos de su primo; si su padre no le prestaba su apoyo, sabía de alguien que sí estaría dispuesto a hacerlo.

—De acuerdo —dijo, como si se diera por vencida. Luego se dirigió a Lynley—: Siento que haya tenido que escuchar todo esto.

Él inclinó cortésmente la cabeza, pero en la expresión de su cara vio que no le había importado lo más mínimo hacerse con toda aquella información.

De Bryanbarrow a Windermere
Cumbria

El día anterior fue un fracaso. Tim acabó por renunciar, después de pasarse dos horas intentando llegar, haciendo autoestop, hasta Windermere; sin embargo, aquel día estaba decidido a llegar hasta el final.

La lluvia comenzó a caer poco después de haber iniciado la parte más difícil de su viaje: el inacabable tramo desde el pueblo de Bryanbarrow hasta la carretera principal que atravesaba el valle de Lyth. No esperaba desplazarse a dedo en ese trecho, ya que pasaban muy pocos coches por allí, y los pocos vehículos que habrían podido pararle, como por ejemplo un tractor, iban tan lentos que para eso más valía ir a pie.

Lo de la lluvia no lo había previsto. Había sido una estupidez por su parte, teniendo en cuenta que estaban en el puñetero mes de noviembre y, si en otros sitios llovía, allí en los Lagos diluviaba, pero, como había salido de la granja de Bryan Beck en un estado que le impedía pensar con claridad, se había puesto una chaqueta con capucha encima de una camiseta de franela y un jersey, y ninguna de aquellas prendas era impermeable. Aparte, iba calzado con zapatillas de deporte, que, aunque aún no se habían empapado del todo, estaban recubiertas de fango hasta los tobillos, pues los bordes del camino se transformaban en barrizales en aquella época del año. Los vaqueros le pesaban más y más; además, como le iban varias tallas grandes, la lucha para mantenerlos a la altura de la cadera era exasperante.

Se encontraba en la carretera general del valle cuando le paró el primer coche, lo cual fue un golpe de suerte en un día por lo demás fatal a más no poder. Era un Land Rover de un campesino, rebozado hasta arriba de barro.

—Sube, chico. Parece que te hubieras caído en un charco. ¿Adónde vas?

Tim respondió que a Newby Bridge, la dirección opuesta de Windermere, porque tenía un presentimiento sobre ese tipo y la curiosidad con que lo observaba. Aparte, no quería dejar ningún rastro una vez que todo hubiera acabado. Si las cosas salían tal como él quería, si su cara y su nombre salían en los periódicos, y si ese tipo lo reconocía, entonces le convenía que llamara a la policía para decirles: «Oh, sí, me acuerdo de ese chaval. Dijo que iba a Newby Bridge».

—Newby Bridge, ¿eh? —repitió el granjero, que volvió a arrancar. Después de decirle que podía llevarlo hasta Minster, hizo lo que todos hacían siempre: preguntar por qué no estaba en el colegio—. Hoy es día de colegio, ¿no? ¿Te has fugado?

Tim estaba acostumbrado a la horrorosa costumbre que tenían los mayores de hacer preguntas sobre lo que no era de su incumbencia. Siempre le daban ganas de clavarles los pulgares en los ojos. Si se encontraban a otro adulto no se les ocurriría preguntar: «¿Por qué no ha ido a trabajar hoy como la demás gente?», pero, por lo visto, pensaban que a los niños se les podía soltar cualquier pregunta. Con todo, ya tenía una respuesta preparada.

—Mire la hora. Es la pausa de mediodía.

—Pues mis tres hijos no tienen. ¿Adónde vas al colegio?

Jesús, se exasperó Tim. ¿Acaso le preguntaba él al granjero cuándo había ido a cagar por última vez?

—No es por aquí. Voy a la Margaret Fox, cerca de Ulverston —explicó, casi seguro de que el hombre no habría oído hablar de ese lugar—. Es un centro privado. Muchos son internos, pero yo no.

—¿Y qué te ha pasado en las manos? —preguntó el granjero—. Tendrías que ponerte algo.

Tim comprimió la mandíbula.

—Me he cortado. Debo tener más cuidado.

—¿Cortado? Pues no parecen cortes…

—Mire, pare aquí —indicó Tim—. Puede dejarme aquí mismo.

—Aún estamos lejos de Minster, chico.

Tenía toda la razón, porque todavía no habían recorrido dos kilómetros.

—Usted déjeme aquí, ¿vale?

Había hablado con voz controlada. No quería impregnarla de rabia, con todo lo que ella dejaba traslucir, pero sabía que si no se bajaba del coche de inmediato, haría algo bastante desagradable.

Tras encogerse de hombros, el campesino paró el coche. Mientras frenaba, miró fijamente a Tim, que comprendió que estaba memorizando su cara. Seguro que luego escucharía las noticias de la radio, esperando oír hablar de un robo en los alrededores o de alguna barrabasada que le achacaría a él. Bueno, tendría que correr ese riesgo. Era mejor que seguir viajando con ese tipo.

—Cuídate, chaval —le dijo el granjero justo antes de que Tim cerrara con un sonoro portazo.

—Sí, claro —contestó el chico cuando el Land Rover ya se había puesto en marcha.

Luego hincó los dientes en el dorso de la mano.

El siguiente coche que se paró fue mejor. Una pareja de alemanes lo llevó hasta la carretera de Crook, donde se desviaron en busca de algún hotel rural de lujo. Aunque hablaban inglés, lo único que le decían era «uf, cómo llueve en Cumbria», y cuando hablaban entre sí, que era casi todo el tiempo, lo hacían en alemán, con rápidas frases en las que aludían a una persona llamada Heidi.

Tim consiguió parar un camión, justo al norte de Crook Road. El conductor le dijo que, como se dirigía a Keswick, no habría ningún problema para llevarlo hasta Windermere.

Lo que sí resultó un problema fue el empecinamiento del hombre en emplear el tiempo que pasaron juntos sermoneándolo sobre los peligros de hacer autoestop e interrogándolo sobre sus padres con preguntas del tipo de si sabían ellos que estaba en la carretera subiéndose en el coche de personas desconocidas.

—Ni siquiera sabes quién soy yo —anunció—. Podría ser un pederasta que quisiera abusar de ti. ¿Entiendes eso?

Tim soportó la charla reprimiendo el violento deseo de propinarle una patada en la cara a aquel tipo. En lugar de ello, asentía con la cabeza y decía: «Sí, claro». Cuando por fin llegaron a Windermere, dijo: «Déjeme por ahí, cerca de la biblioteca». El camionero obedeció, no sin reiterar que había tenido suerte de que él no estuviera interesado en los chicos de doce años. Como aquello era el colmo, Tim replicó que tenía catorce años, no doce.

—Qué va —replicó, con una carcajada, el camionero—. ¿Y qué escondes debajo de esa ropa que te sobra por todos lados? Apuesto a que eres un chica, ¿eh?

Tim se limitó a cerrar con contundencia la puerta. Había soportado hasta el límite de su paciencia. De haber seguido sus impulsos, en ese preciso momento habría ido a la biblioteca y habría vaciado una estantería completa. Diciéndose que con eso no conseguiría acercarse al lugar donde quería estar, se mordió con fuerza los nudillos hasta que notó el gusto de la sangre. Aquello lo ayudó un poco. Y así se encaminó al centro comercial.

Incluso en aquella época del año, había turistas en Windermere, aunque no era como en verano, en que uno no podía moverse en la ciudad sin chocar con algún enamorado del senderismo equipado con una mochila y un bastón en la mano. Entonces cualquier persona de la zona con un mínimo de sentido común evitaba entrar en la población, pues las interminables caravanas transformaban todas las calles en una especie de aparcamiento permanente. Ahora, sin embargo, se podía avanzar sin inconvenientes, y los turistas que transitaban por la acera eran del tipo pasota, envueltos en unas capelinas verdes; aquel bulto de las mochilas les daban un aspecto de jorobados. Tim se cruzó a más de uno mientras se dirigía al centro comer-

175

cial, donde no se encontró con un solo turista: no tenían ningún motivo para ir hasta allí.

Él, en cambio, sí tenía un buen motivo: Shots. Era una tienda de fotos, tal como había averiguado la vez anterior que estuvo allí, especializada en realizar grandes ampliaciones para los fotógrafos profesionales que acudían a la zona de los Lagos para inmortalizar sus magníficas panorámicas en las diferentes épocas del año.

En el escaparate de Shots! se exponían muestras de sus productos apoyadas en unos grandes caballetes sobre el telón de fondo de una cortina negra. En el interior de la tienda, había retratos colgados en las paredes, cámaras digitales de oferta y una exposición de cámaras antiguas dispuestas en una vitrina. También había un mostrador y, como Tim sabía, una trastienda. De ella salió un individuo que llevaba una bata blanca con la leyenda «Shots!» bordada a la altura del pecho y un plástico con su nombre que se apresuró a quitarse cuando se topó con la mirada de Tim. Después lo guardó en un bolsillo.

Una vez más, Tim se maravilló del aspecto tan normal que tenía Toy4You. Con su pulcro pelo castaño, mejillas rosadas y gafas de montura metálica, no respondía para nada a la imagen que uno se podía formar de él. Tenía asimismo una agradable sonrisa, que mostró a Tim:

—Ahora no es un buen momento —le advirtió.

—Te envié un mensaje y no me respondiste —dijo Tim.

—No he recibido ningún mensaje tuyo —replicó Toy4You—. ¿Estás seguro de que lo mandaste al número correcto?

Miró directamente a Tim, con lo cual este supo que mentía, porque eso era justo lo que él solía hacer hasta que comprendió que uno siempre se delataba mirando a los ojos del otro.

—¿Por qué no me has respondido? Hicimos un trato. Hicimos un trato. Yo cumplí con mi parte y tú no.

El hombre desvió la mirada hacia la puerta. Sin duda esperaba que alguien entrara en la tienda para poder poner fin a aquella conversación, pues sabía tan bien como Tim que a ninguno de los dos les convenía hablar delante de otra gente. Sin embargo, no entró nadie, así que iba a tener que hablar con aquel chaval si no quería que este hiciera algo en el local…, como abalanzarse contra aquellas cámaras antiguas de la vitrina o contra una de las digitales. Seguro que Toy-4You no quería que destruyera ninguna.

—He dicho… —prosiguió Tim.

—El riesgo es demasiado grande para lo que propones. Lo he estado pensando y lo he visto claro.

A Tim le entró un intenso calor, como si hubieran encendido fuego bajo sus pies. Respiró a fondo, con sucesivas inhalaciones: aquella era la mejor manera que había encontrado para controlar aquel sofocante agobio.

—Habíamos llegado a un acuerdo, joder —insistió—. ¿Crees que me he olvidado? —Crispó los puños, los relajó y miró en torno a sí—. ¿Quieres saber lo que te puedo hacer si no cumples tu promesa?

Toy4You se acercó al cajón que había en el extremo del mostrador. Tim se tensó, suponiendo que iba a sacar una pistola o algo por el estilo, tal como ocurría en las películas. No obstante, en lugar de un arma, sacó un paquete de cigarrillos y encendió uno. Antes de hablar estuvo observando un momento a Tim.

—Bueno, de acuerdo —dijo—, pero, si quieres llegar hasta el final, necesito que me des algo más. Si no, no me merece la pena. Tú asumes un riesgo y yo asumo otro. Así estaremos en paz.

Tim abrió la boca para hablar, pero, en ese momento, no supo qué decir. Él ya lo había hecho todo, todo lo que le había pedido. ¿Y ahora aún quería más?

—Me lo prometiste —alegó, porque no se le ocurría qué más podía decir.

Toy4You puso cara de asco, como si se hubiera encontrado un pañal sucio en el asiento de un coche.

—¿Qué es eso de «me lo prometiste»? ¿Te crees que esto es un trato, como en parvulitos, del tipo «tú me das tu pastelito de chocolate y yo te dejo montar en mi patinete»? ¿Y si yo me como el pastelillo y después me largo sin dejarte el patinete?

—Tú estabas de acuerdo. Dijiste que sí. Esto no es justo, mierda.

Toy4You dio una larga calada al cigarrillo y observó a Tim.

—He cambiado de opinión. La gente lo hace continuamente. He evaluado los riesgos y todos caen de mi parte, no de la tuya. Vas a tener que arreglártelas solo.

Tim vio una cortina roja que se interponía entre él y Toy4You. Sabía lo que significaba: era el momento de pasar a la acción. Toy4You no iba a llamar a la policía para impedírselo. Por otra parte, aquello pondría fin a su relación y, pese a lo que sentía en ese momento, era consciente de que no quería volver a iniciar todo aquel proceso para encontrar a otra persona. No podía afrontar la perspectiva de alargar el asunto durante semanas.

—Juro por Dios que lo voy a contar —amenazó—. Y cuando haya acabado de contarlo… No, antes de eso; te mataré y después lo contaré. Lo juro. Diré que no tuve más remedio, que tú me obligaste.

Toy4You enarcó tranquilamente una ceja.

177

—¿Con el rastro que has dejado en tu ordenador? No me lo creo, colega. —Lanzó una ojeada al reloj de pared que había detrás del mostrador—. Es hora de que te vayas.

—No me pienso ir —afirmó Tim con un incipiente temblor en la voz, atrapado entre la rabia y la necesidad—. Se lo voy a contar a todos los que entren por esa puerta. Si me echas, esperaré en el aparcamiento y se lo contaré a todos los que lleguen. Si llamas a la policía para que me echen de allí, se lo contaré también a ellos. ¿Crees que no lo voy a hacer? ¿Crees que, a estas alturas, no me la suda?

Toy4You tardó un poco en responder. En la tienda se hizo un silencio tan profundo que el movimiento de la manecilla del reloj sonó como el chasquido de la recámara de una pistola.

—Cálmate, hombre —recomendó por fin el hombre—. Tú me tienes agarrado por los huevos, de acuerdo, pero yo también te tengo a ti, y no te quieres dar cuenta. Como ya te he dicho, tú no estás corriendo ningún riesgo, pero yo sí, así que vas a tener que hacer que me merezca más la pena; eso es todo.

Tim guardó silencio. Sentía unas ganas inmensas de abalanzarse sobre el mostrador y hacer picadillo a ese cabrón, pero no se movió.

—A ver, chaval —prosiguió Toy4You—. ¿Cuánto rato te va a llevar eso? ¿Una hora, dos, tres? Si de verdad lo quieres, vas a tener que aceptar. Si no, llama a la policía, pero, en ese caso, vas a tener que presentarles pruebas de lo que dices, y tanto tú como yo sabemos lo que van a revelar esas pruebas. Tienes un móvil con mensajes y un ordenador con *e-mails*. Los policías que echen un vistazo a todo eso veían sin problemas qué es lo que estás tramando. Los dos estamos en una mala posición aquí, así que lo mejor es que nos ayudemos mutuamente para tirar del carro, ¿eh?

Se miraron fijamente. El sentimiento de rabia y de necesidad de Tim se transformó en pura desesperanza. No quería afrontar la verdad, que Toy4You tenía razón. No lo podía negar.

—¿Qué? —acabó por soltar, aturdido.

—Esta vez no será solo —repuso, con un breve sonrisa, Toy4You.

Tim sintió una tenaza en las entrañas.

—¿Cuándo?

El hombre volvió a esbozar aquella sonrisa triunfal.

—Pronto, amigo mío. Te mandaré un mensaje. Tienes que estar listo, completamente listo esta vez. ¿De acuerdo?

—Sí —aceptó Tim, que sabía que no tenía otra alternativa.

Lago Windermere
Cumbria

Después de que Manette se fuera, Lynley le dijo a Bernard Fairclough que tenían que hablar; este se limitó a asentir con la cabeza.

—Primero permítame llevarlo al jardín de esculturas vegetales —propuso, a pesar de la lluvia.

Lynley dedujo que Fairclough pretendía ganar con ello tiempo para prepararse para la conversación que se avecinaba, pero no lo presionó. Pasaron bajo el arqueado dintel de una pared de piedra moteada de grises colonias de liquen. Fairclough se puso a dar detalles sobre el lugar. Lo hacía con gran desenvoltura, aunque seguramente había dado cientos de veces aquel paseo, exhibiendo el fruto de los esfuerzos de su mujer, que había logrado recuperar el antiguo esplendor del jardín.

A Lynley, que escuchaba sin hacer comentarios, le pareció que aquel jardín tenía una extraña belleza. Pese a que, por lo general, prefería los arbustos en su estado natural, en aquel sitio el boj, el acebo, el mirto y el tejo habían adquirido fantásticas formas, que en algunos casos alcanzaban los tres metros de altura. Había trapecios, pirámides, espirales, espirales dobles, hongos, arcos, toneles y conos. Entre ellos discurrían unos senderos recubiertos de empalidecida piedra caliza que delimitaban los arriates cercados con setos de boj en los que aún florecían las capuchinas, lo cual proporcionaba un marcado contraste con su color amarillo a los tonos morados de las violas.

Fairclough le explicó que, desde que heredó Ireleth Hall, Valerie siempre había soñado con restaurar aquel jardín, que tenía más de doscientos años de antigüedad. Habían sido necesarios años de trabajo, con la colaboración de cuatro jardineros y el cotejo con fotos tomadas a principios del siglo xx.

—Magnífico, ¿eh? —señaló con orgullo Fairclough—. Mi mujer es un ser asombroso.

Lynley admiraba el jardín. Cualquiera habría hecho lo mismo. En el tono de Fairclough había, sin embargo, algo que no acababa de cuadrar.

—¿Quiere que hablemos aquí o en otro sitio? —preguntó Lynley.

—Venga conmigo —le indicó Fairclough, reconociendo que no podía prolongar la demora—. Valerie ha ido a ver a Mignon y tardará un rato. Podemos charlar en la biblioteca.

El nombre no resultó muy apropiado para la estancia, pues no había libro alguno en ella. Se trataba de una habitación pequeña y acogedora situada a un lado del gran salón, en cuyas paredes revestidas de oscura madera pendían retratos de los antepasados de los Fairclough. En el centro había un escritorio y dos cómodos sillones encarados a una impresionante chimenea, en cuya repisa se exhibían piezas de cerámica antigua. Fairclough encendió el carbón que había preparado en el hogar, ya que hacía frío allí dentro. Después corrió las pesadas cortinas que cubrían las ventanas emplomadas, veteadas de regueros de lluvia.

A continuación le ofreció algo de beber. Lynley rehusó porque era demasiado pronto para él, pero Fairclough se sirvió un jerez. Luego se instalaron en los sillones.

—Estás viendo más ropa sucia de lo que había previsto —reconoció—. Lo siento.

—Todas las familias tienen sus trapos sucios, incluida la mía —señaló Lynley.

—Seguro que no tantos como esta.

Lynley se encogió de hombros, antes de plantear la pregunta que se imponía en ese momento:

—¿Quieres que siga adelante, Bernard?

—¿Por qué lo preguntas?

Lynley entrelazó los dedos bajo la barbilla y posó la mirada en el fuego de carbón, que, alimentado por los cabos de vela colocados debajo, iba cobrando vigor. La habitación no iba a tardar en caldearse.

—Aparte de ese asunto de la granja de Cresswell, que reclama una investigación, es posible que ya se sepa lo que hay. Si la policía lo declaró un accidente, quizá sea conveniente dejarlo así.

—¿Y permitir que alguien quede impune de un asesinato?

—Yo mismo he constatado que al final nadie sale impune de nada.

—¿Qué has descubierto?

—No se trata de lo que haya descubierto. Hasta ahora muy poco, ya que tengo las manos atadas fingiendo que estoy de visita aquí. Se trata más bien de lo que pueda descubrir, es decir, los móviles para un asesinato. Lo que quiero decir es que, aunque podría haber sido un accidente, corres el riesgo de descubrir cosas sobre tu hijo, tus hijas e incluso tu mujer que más te valdría no saber, al margen de cómo muriera tu sobrino. Ese es el tipo de cosas con las que se topa uno en una investigación.

Fairclough pareció meditar sobre el asunto. Como Lynley, fijó la vista en el fuego, antes de desplazarla a la cerámica de la repisa. Lynley advirtió que uno de los jarrones estaba agrietado y que lo habían reparado hacía bastante tiempo. Era una restauración imperfecta, a diferencia de lo que se podía lograr con los métodos actuales.

—Por otra parte —añadió Lynley—, podríamos encontrarnos ante un caso de asesinato, cuya víctima es un ser querido para ti. ¿Estás dispuesto a afrontar eso?

Fairclough lo miró a la cara y, aunque no dijo nada, Lynley percibió que estaba barajando posibilidades.

—También deberías tener en cuenta otro aspecto —continuó—. Querías saber si Nicholas estaba implicado en lo que le ocurrió a su primo. Por eso fuiste a Londres. Pero ¿y si hubiera implicada otra persona, en lugar de Nicholas? Algún otro miembro de la familia. ¿Y si Ian no era la víctima buscada? ¿También quieres saber eso?

Fairclough no vaciló un instante. Ambos sabían cuál podría haber sido la otra víctima.

—Nadie tiene motivos para querer hacerle daño a Valerie. Ella es el centro de este mundo, de mi mundo y del de ellos. —Señaló hacia fuera, con un gesto que Lynley interpretó como una alusión a sus hijos, y en especial a uno de ellos.

—Bernard, no podemos evitar incluir a Mignon en la investigación. Ella pudo acceder al embarcadero ese día.

—De Mignon no cabe sospechar nada —afirmó Fairclough—. Ella no habría levantado ni un dedo contra Ian y, menos aún, contra su propia madre.

—¿Por qué no?

—Es frágil, Tommy. Siempre lo ha sido. Tuvo un traumatismo en la cabeza, cuando era niña, y desde entonces… Está incapacitada. Sus rodillas, la operación… Bueno, da igual… El caso es que ella no habría podido hacerlo.

—Y si hubiera podido… ¿Tiene un móvil? —insistió Lynley—. ¿Hay algo en la relación que tiene con su madre que yo debería saber? ¿Y con su primo? ¿Estaban unidos? ¿Eran enemigos?

—En otras palabras, me estás preguntando si tenía algún motivo para desear la muerte de Ian.

—Eso es.

Fairclough se quitó las gafas y se frotó los ojos.

—Ian era mi consejero en lo relativo al dinero, como ya sabes. Él se ocupaba de todo lo económico. Ese era su trabajo. Era eficiente y yo dependía de él.

—Comprendo —dijo Lynley.

—Durante un tiempo…, unos tres años quizás…, estuvo insistiendo para que dejara de darle dinero a Mignon. Nunca entendió que esa chica no puede trabajar. Nunca ha podido. Ian opinaba que dándole dinero la habíamos mantenido en esa situación de dependencia y que, por lo demás, estaba perfectamente bien. Yo, sin em-

181

bargo, no tenía intención alguna de… No podía. Cuando un hijo ha sufrido un grave accidente… Cuando tengas hijos, lo entenderás, Tommy.

—¿Sabía Mignon que Ian quería que dejaran de mantenerla?

—Sí —admitió a desgana Fairclough—. Habló con ella. Como yo no acepté dejar de darle dinero, fue a verla. Le dijo, literalmente, que estaba «chupando el dinero de su padre». Mignon me lo contó. No le sentó nada bien, desde luego. Me dijo que podía dejar de darle dinero en cuanto quisiera. Me animó a hacerlo, de hecho.

—Apuesto a que sabía que no lo ibas a hacer.

—Es mi hija —adujo Fairclough.

—¿Y tus otros hijos? ¿Tenía Manette algún motivo para eliminar a Ian?

—Manette sentía adoración por Ian. Creo que hubo un tiempo en que le habría gustado casarse con él. Eso fue mucho antes de que apareciera Kaveh, claro.

—¿Y él qué sentía por ella?

Fairclough terminó el jerez y fue a servirse otra copa. Lynley volvió a declinar cuando inclinó la licorera hacia él.

—Él le tenía cariño —respondió Fairclough—, pero eso era todo.

—Está divorciada, ¿verdad?

—Sí. Su exmarido, Freddie McGhie, trabaja para mí. Ella también trabaja en la empresa, por cierto.

—¿Hay alguna razón por la que a Freddie McGhie le hubiera convenido quitar de en medio a Ian? Me dijiste que aún no has tomado una decisión definitiva respecto a quién te va a suceder al frente de las Fairclough Industries. ¿Cómo quedan las cosas ahora que Ian ha muerto?

Fairclough lo miró un momento. Lynley tuvo la impresión de que se estaban acercando a algo que su amigo prefería pasar por alto.

—Como ya dije, aún no he tomado una decisión. Tanto Manette como Freddie podrían asumir el mando. Ellos conocen el negocio, pues han trabajado para mí desde siempre. En especial, Freddie sería una persona idónea, a pesar de que se divorció de Manette. Conoce cada departamento y ha trabajado en todos. Yo preferiría a un miembro de la familia, igual que Valerie, pero, si nadie posee la experiencia y la perspectiva que se necesita, Freddie sería la persona más indicada para asumir las riendas.

—¿Y Nicholas?

—Sería una locura elegirlo a él, con su historial, aunque intenta demostrarme que es una persona nueva.

—¿Qué pensaba Ian al respecto?

—Creía que Nick no saldría adelante, pero, como él me había asegurado que había cambiado de una vez por todas, quise darle una oportunidad para demostrarlo. Está trabajando en la empresa, empezando desde abajo. Creo que es admirable.

—¿Ese fue el trato al que llegasteis?

—Para nada. Fue idea suya. Supongo que fue Alatea quien se lo aconsejó.

—O sea, ¿que es posible que él asumiera el relevo en la empresa?

—Todo es posible —respondió Fairclough—, puesto que no hay nada decidido.

—Pero tú debes de habértelo planteado en algún momento. ¿Para qué me habrías hecho venir, si no para investigar a Nicholas?

Fairclough no contestó. Su silencio bastó como respuesta. Nicholas era, después de todo, el hijo varón y, normalmente, el hijo varón era el heredero.

—¿Hay alguien más que pudiera tener algún motivo para eliminar a Ian? —continuó Lynley—. ¿Se te ocurre alguien?

—Nadie, que yo sepa. —Fairclough tomó un sorbo de jerez, pero siguió mirando a Lynley por encima del borde de la copa.

Lynley sabía que mentía, pero ignoraba el motivo. También tenía la impresión de que no habían llegado a aclarar por qué él se encontraba allí, en Ireleth Hall, investigando algo que ya había quedado resuelto de una manera que debería haber aliviado a Fairclough.

—Bernard, en este asunto nadie queda a salvo de sospecha, con excepción de quienes no pudieron acceder al embarcadero. Debes tomar una decisión si quieres conocer la verdad, sea cual sea.

—¿Qué clase de decisión?

—Si de veras quieres llegar al fondo del asunto, vas a tener que aceptar que yo sea lo que soy.

—¿Y eso qué es?

—Un policía.

Fleet Street
Londres

Barbara Havers eligió un pub cercano a Fleet Street, uno de los bares que habían servido de punto de encuentro para los periodistas en la época de apogeo de la prensa diaria, cuando prácticamente todos los periódicos y tabloides tenían su sede en los alrededores. Las cosas habían cambiado, pues el complejo de Canary Wharf había atraído a más de una empresa editora a la zona este de la ciudad. Sin

183

embargo, no todos habían sucumbido al canto de sirena de los alquileres más bajos; uno en particular había resistido con obstinación, decidido a mantenerse cerca del centro de la acción: *The Source*. Barbara estaba esperando precisamente a la fuente de ese periódico en particular. Lo había llamado para pedirle que se vieran. Él se había mostrado reacio hasta que ella le dejó decidir la hora y lo invitó a comer. Aun así no había logrado vencer su resistencia hasta que no mencionó a Lynley. Aquello atrajo su atención. «¿Cómo está?», preguntó. Barbara adivinó que el periodista esperaba una respuesta capaz de suscitar la avidez de los lectores en la sección «Recuperación de una tragedia personal». Aunque no daría para un titular, podía aspirar a ocupar la página tres, con fotos, si los detalles eran jugosos.

—No estoy dispuesta a decir nada de nada por teléfono —contestó—. ¿Podemos vernos?

El recurso había funcionado. Detestaba utilizar a Lynley de ese modo —en realidad detestaba utilizarlo de cualquier manera—, pero, puesto que había sido él mismo quien solicitaba aquella información, dedujo que no se había sobrepasado abusando de su confianza.

Isabelle Ardery le había presentado más dificultades. Cuando la había llamado para pedirle algunos días libres que le debían, había reaccionado con suspicacia, tal como indicaban sus preguntas: «¿Por qué? ¿Adónde vas a ir?». Como ya había previsto tal reacción, tenía lista una excusa.

—A cortarme el pelo —dijo—. O quizá debería decir a mejorar mi estilo. He encontrado un sitio en Knighsbridge.

—Entonces solo necesitas un día —había precisado Ardery.

—De momento —replicó Barbara.

—¿Qué quiere decir con eso, sargento?

De nuevo empleó aquel tono de desconfianza. Debería corregir esa aspereza en la voz si quería disimular su paranoia, pensó Barbara.

—No me apriete tanto, jefa. Si acabo pareciendo un mamarracho, voy a tener que reparar los desperfectos. Ya le diré algo. De todos modos, me deben más de un día.

Aquello no era ninguna mentira y Ardery lo sabía. Además, había sido ella misma la que le había ordenado —so capa de recomendación— que mejorase su aspecto. La comisaria no había tenido más remedio que aceptar.

—No más de dos días —añadió, sin embargo, para dejar claro quién de las dos mandaba allí.

De camino al pub, Barbara se había ocupado de otro de los encargos de Lynley: buscar la última edición de la revista *Concepción*. La encontró en la estación de Kingk's Cross, en un W. H. Smith donde tenían toda clase de periódicos y revistas imaginables. Dado que la línea de metro desde Chalk Farm la llevaba directamente a King's Cross, solo había tenido que bajarse un momento allí y soportar la expresión guasona del joven de la caja, que la miró como si le dijera: «¿*Concepción*? ¿Tú? Ni de broma». Le habían dado ganas de agarrarlo por el cuello de su blanca camisa, pero la retuvo el cerco de suciedad que advirtió en él. No era necesario exponerse tan de cerca a alguien con una higiene personal tan deficiente que no llegaba ni a lavarse la ropa con regularidad.

Mientras esperaba en el pub estuvo hojeando la revista y preguntándose de dónde sacarían todos aquellos bebés perfectos para fotografiarlos y todas esas madres que parecían frescas como el rocío, sin rastros de las ojeras que debería haberles acarreado la falta de sueño. Había pedido una patata asada rellena de chili con carne y estaba atacándola al tiempo que leía los consejos para el cuidado de los pezones durante la lactancia —¿quién habría pensado que pudieran hacer tanto daño?, se maravilló— cuando apareció su contacto de *The Source*.

Mitchell Corsico entró en el pub con su indumentaria habitual. Siempre llevaba un sombrero vaquero, pantalones tejanos y botas camperas, aunque esta vez Barbara vio que había añadido una chaqueta de cuero con flecos. Jesús, se dijo, ya solo le faltaban unos zahones y un revólver. Al verla, él levantó la barbilla a modo de saludo y se fue a pedir a la barra. Después de consultar un momento el menú, lo dejó y encargó lo que quería. También pagó, cosa que Barbara interpretó como una buena señal hasta que se acercó a su mesa.

—Doce libras con cincuenta —le reclamó.

—Vaya por Dios, ¿qué has pedido?

—¿Había límite?

Sacó el monedero refunfuñando y le tendió la suma mientras él cogía una silla y se instalaba en ella a horcajadas, como si montara a caballo.

—¿Dónde te has dejado a *Trigger*?

—¿Cómo?

—Da igual.

—Eso no es bueno para las arterias —indicó, señalando la patata.

—¿Y tú qué has pedido?

—Bah, qué más da. ¿Qué querías?

—Un pequeño favor.

Advirtió su comprensible expresión de desconfianza, ya que Corsico era quien normalmente recurría a la policía en busca de información y no al revés. En su cara se hizo patente también la esperanza, porque sabía que en Scotland Yard no tenía una reputación muy alta. Hacía casi un año, había cubierto con la policía la persecución de un asesino en serie y aquello había mermado su popularidad.

—No sé —repuso con cautela—. Veamos, ¿qué necesitas?

—Un nombre.

Él omitió dar una respuesta, para no comprometerse.

—Hay un periodista en *The Source* al que han enviado a Cumbria. Necesito saber quién es y por qué esta allí. —Viendo que él metía la mano en el bolsillo de la chaqueta, advirtió—: Aún no hemos entrado en detalles, Mitch. Mantén las riendas de *Trigger* un poco, ¿vale?

—Ah, es un caballo.

—Sí, como *Plata*. ¿Sabes eso de «Sooo»? Yo creía que estarías enterado, en vista de lo demás. Bueno, ¿quién ha ido a Cumbria? ¿Y por qué?

El hombre se puso a reflexionar. Mientras tanto llegó su comida: rosbif con pastel de Yorkshire y todo su acompañamiento, que seguro que nunca pedía si no era otro el que pagaba.

—Necesito saber qué obtengo yo a cambio —dijo al cabo de un momento.

—Eso dependerá del valor de tu información.

—Las cosas no funcionan así —replicó.

—Normalmente no, pero la situación ha cambiado. Tengo una nueva comisaria que me controla y debo andarme con cuidado.

—Una exclusiva con el inspector Lynley sería lo ideal.

—¡Ja! Eso ni lo sueñes.

Hizo ademán de levantarse. Barbara sabía que era puro teatro, pues de ninguna manera iba a abandonar su rosbif con el pastel de Yorkshire. De todos modos, decidió seguirle la corriente.

—De acuerdo. Haré lo que pueda, así que tú haz lo que puedas. ¿A quién han enviado a Cumbria?

Desembuchó, tal como había previsto. Se lo explicó todo: Zedekiah Benjamin; un reportaje sobre Nicholas Fairclough; un rechazo del director y el empeño del periodista por transformar el artículo en algo adecuado para *The Source* a partir de lo que había escrito al principio, que parecía un reportaje para el *¡Hola!* más que otra cosa. Había ido a Cumbria por lo menos tres veces... o, con aquella, quizá cuatro..., intentando añadir las dosis suficientes de morbo para el gusto de Rodney Aronson, pero, por lo visto, no era muy espabilado. No había avanzado nada hasta que Ian Cresswell se ahogó.

Aquello era interesante, pensó Barbara. Preguntó las fechas de los viajes de Zedekiah Benjamin a Cumbria y advirtió que dos de ellos habían tenido lugar con anterioridad a la muerte de Cresswell. El segundo había concluido justo tres días antes. Benjamin había regresado a Londres con el rabo entre las piernas, tras haber fracasado en su intento de incorporar los detalles picantes que le exigía su director.

—¿Y qué le va a pasar a ese tipo si no encuentra el «morbo necesario»? —planteó.

Corsico se pasó la mano por el cuello, indicando que sería degollado. Recalcó el gesto apuntando el índice hacia atrás, por si Barbara era demasiado boba como para comprender el sentido.

—Ya. ¿Sabes dónde se aloja?

No lo sabía, pero no sería muy difícil detectar a Benjamin en caso de que estuviera espiando detrás de los arbustos en las proximidades de la casa de alguien.

—¿Por qué? —preguntó Barbara.

Pues porque medía dos metros y era tan pelirrojo que parecía que se le hubiera encendido el pelo, explicó Corsico.

—Y ahora, la contrapartida —concluyó, sacando su cuaderno.

—Tendrá que ser en otro momento —replicó ella.

187

Arnside Knot
Cumbria

La lluvia había comenzado a caer durante el paseo de Alatea. Sin embargo, no la pilló desprevenida, pues ya había visto los feos nubarrones que se aproximaban por la bahía de Morecambe, provenientes de la punta de Humphrey. Lo que no había sospechado era la fuerza que iba a adquirir. Por el viento había barruntado que no tardaría en llegar, pero el breve chubasco que esperaba se había transformado en una auténtica tempestad.

Se encontraba a medio camino cuando empezó a llover a cántaros. Habría podido dar media vuelta y regresar a casa, pero no lo hizo. Sintió que necesitaba llegar hasta lo alto de Arnside Knot. Podría caerle un rayo allí mismo y, en ese momento, aquel no le pareció un final tan malo. Todo se acabaría en un instante y no habría nada más en que pensar. En una situación en que la incertidumbre la esta consumiendo poco a poco, aquello sí que sería definitivo.

La lluvia había amainado cuando emprendió el ascenso del último tramo, entre los bueyes escoceses que pastaban sueltos por los alrededores. Procurando afianzar los pies en las zonas rocosas y agarrándose a los troncos de las coníferas combadas por el viento, llegó a la cumbre. Una vez allí, advirtió que jadeaba menos que en las anteriores ocasiones en que había subido. Tal vez pronto podría llegar trotando hasta lo alto de Arnside Knot sin apenas acusar el esfuerzo.

Desde allá arriba se divisaba una panorámica de doscientos ochenta grados que abarcaba desde el minúsculo punto de Peel Island Castle hasta la ondulante masa de la bahía de Morecambe, con los pueblos de pescadores que se sucedían en su orilla. Aquel lugar ofrecía imponentes vistas de un cielo inacabable, bajo el cual se extendían las traicioneras aguas y unos paisajes de una variedad increíble. Lo que no proporcionaba, sin embargo, era un atisbo del futuro. Alatea había acudido allí, pese a aquel tiempo tan revuelto, para escapar de algo de lo que sabía que no podría huir eternamente.

Le había explicado a Nicholas lo que había descubierto, pero no se lo había dicho todo.

—Es fotógrafa y trabaja por cuenta propia, pero no se dedica a hacer prospección de localizaciones para filmar —le había informado. Como tenía los nervios de punta, tomó un poco de jerez para calmarlos—. Ven a mirar, Nicholas. Tiene una página web.

No había sido difícil averiguar lo que quería saber sobre Deborah Saint James. Internet era un pozo insondable de información y no había que ser un genio para utilizarlo. Bastaba con escribir un nombre en un motor de búsqueda. En el mundo actual, uno podía huir, pero no se podía esconder.

Deborah Saint James ni siquiera intentaba esconderse. ¿Y a usted qué le gustaría fotografiar?, preguntaba en su página web, en la que presentaba varios enlaces para mostrar sus trabajos. Era una fotógrafa artística, si es que se decía así. Hacía la clase de fotos que se vendían en las galerías: paisajes, retratos, naturalezas muertas, instantáneas de acción dramática, momentos espontáneos de la vida captados en las calles… Trabajaba sobre todo en blanco y negro, había expuesto en varias galerías y había participado en concursos fotográficos. No había duda respecto a dos cosas: era buena en su trabajo y… no se dedicaba a hacer prospección de localizaciones para una empresa llamada Query Productions.

Aquella empresa no existía. Alatea también lo había descubierto, pero eso era lo que había omitido decir a su marido, porque sabía por instinto qué consecuencias iba a traer si se lo contaba a Nicholas. De ello se desprendería una pregunta lógica: entonces, ¿a qué ha venido? Alatea no quería que su marido se lo planteara, porque lo obligaría a buscar respuestas. El encabezamiento de su página web era bien explícito: ¿y a usted qué le gustaría fotografiar? En el fondo bastaba con preguntarse qué pretendía hacer Deborah Saint James con las fotos.

No obstante, como aquello le parecía demasiado delicado como para hablar de ello con su marido, probó con otro enfoque.

—No estoy a gusto teniéndola por aquí, Nickie. Hay algo en ella que no me gusta.

Nicholas frunció el entrecejo. Estaba en la cama, de cara a ella, con la cabeza apoyada en la mano. Aun sin llevar las gafas puestas, lo cual le impedía verla bien, pareció como si estuviera observando su cara, y lo que creyó percibir en ella atrajo una sonrisa a sus labios.

—¿Porque es fotógrafa o porque es una mujer? Porque has de saber, esposa mía, que si lo que te preocupa es lo segundo, jamás vas a tener motivo alguno para ello.

Se había abalanzado con ardor sobre ella para demostrarle la sinceridad de su afirmación. Ella lo había dejado hacer. Incluso lo deseaba, aunque solo fuera porque hacer el amor con él la distraía de sus cavilaciones. Después, sin embargo, la inquietud y el miedo volvieron a apoderarse de ella, como inundaba la marea la bahía de Morecambe. No había escapatoria: el agua que ascendía a toda prisa amenazaba con ahogarla. Él se había dado cuenta. Nicholas era capaz de captar su tensión, aunque no pudiera interpretarla.

189

—¿Por qué te angustias tanto por eso? Es una fotógrafa *freelance*. A esa gente los contratan para hacer fotos y entregarlas a quien se las ha encargado. Para eso ha venido. —Se apartó, sin abandonar la cama—. Me parece que necesitamos tomarnos un descanso —apuntó con ternura—. Hemos estado trabajando mucho, sin parar. Tú has estado liada durante meses con las obras de la casa y yo no he parado entre el proyecto y Barrow, tan concentrado en recuperar el favor de mi padre que no he estado tan pendiente de ti como debería. He olvidado que todo esto es nuevo para ti. Para mí ha sido volver a casa, pero para ti esto es un país extranjero. —Sonrió con pesar—. Los adictos son unos gilipollas egoístas, Allie. Yo soy el ejemplo número uno.

—¿Por qué necesitas hacer esto? —preguntó ella.

—¿Lo del descanso? ¿Estar contigo aquí, en la cama? —Su sonrisa se esfumó—. No pensaba que tuvieras que preguntarme eso.

—Lo de tu padre —aclaró—. ¿Por qué necesitas ganarte su favor?

—Porque le hice vivir un infierno durante años —respondió, sorprendido—. Y a mi madre también.

—Uno no puede transformar el pasado, Nickie.

—Pero sí puedo resarcirlos por eso. Les privé de disfrutar de varios años de su vida y, si puedo, quiero devolvérselos. Si estuvieras en mi caso, ¿no harías tú lo mismo?

—Cada persona tiene que vivir su vida, siendo fiel a sí misma —replicó—. Lo que haces tú es vivir tu vida para ser fiel a la percepción que tiene de ti otra persona.

Nicholas pestañeó y en su cara asomó una expresión de dolor que enseguida se disipó.

—Tendremos que reconocer que no estamos de acuerdo en eso —dijo—. Y tú deberás esperar a que evolucionen las cosas, para ver cómo cambian para mí, para ti y para la familia.

—Tu familia…

—No me refiero a mi familia —la interrumpió—. Me refiero a nuestra familia, a la tuya y a la mía, a la familia que estamos formando. A partir de ahora todo irá mejor, ya lo verás.

Por la mañana lo había vuelto a intentar, aunque esa vez optó por una distracción en lugar de por un ataque frontal.

—No vayas a trabajar hoy. Quédate aquí conmigo, no vayas a la torre.

—Es una proposición muy tentadora —repuso él, proporcionándole un instante de esperanza—. Aun así, tengo que ir al trabajo, Allie. Ya me tomé un día libre.

—Tú eres el hijo del dueño, Nickie. Si tú no te puedes tomar un día libre…

—Soy un operario más en la cadena del Departamento de Envíos. Puede que algún día vuelva a ser el hijo del dueño, pero todavía no estoy en esa situación.

Volvían a encontrarse, pues, en el mismo lugar. Alatea sabía que aquel era el principal punto de desacuerdo entre ellos. Él creía que tenía que demostrar quién era ahora, para compensar los errores del pasado. De esa manera, se abriría un camino hacia el futuro, probando una y otra vez que no era el mismo de antes. Aunque lo comprendía, ella no vivía así. En realidad, para Alatea era imposible llevar la vida que Nicholas había elegido vivir.

Y ahora surgía el asunto de Query Productions. De la inexistencia de la empresa solo cabía deducir que la presencia de la fotógrafa en Cumbria no tenía nada que ver con la labor que estaba realizando Nicholas, ni con lo que intentaba crear con el Proyecto de la Torre Middlebarrow, ni con las intenciones que él pudiera tener con respecto a sus padres y al nuevo rumbo de su vida. Para ella solo había una explicación posible. El anuncio de su web lo decía todo: ¿y a usted qué le gustaría fotografiar?

Alatea tardó más en descender de Arnside Knot que en subir. Después de la lluvia, las placas de piedra caliza no proporcionaban un buen agarre para los pies. Las probabilidades de resbalar y caer rodando por la pendiente eran elevadas, como también lo eran las de deslizarse sobre la capa de hojas caídas de los tilos y castaños que formaban un bosquecillo en la falda de la colina. Por ello agradeció la seguridad que se ofrecía ante ella cuando llegó a casa mientras menguaba la luz del día. La necesidad de sentirse protegida fue la que la impulsó a coger el teléfono poco después de haber entrado en Arnside House.

Siempre llevaba el número consigo. Desde la primera vez que había llamado. Tenía que hacerlo, no veía otra posibilidad. Sacó la tarjeta y, después de respirar hondo varias veces, marcó los números y aguardó a que le respondiera. Luego formuló la única pregunta que le interesaba en ese momento.

—No quiero presionarle, pero necesito saberlo. ¿Ha tomado en cuenta mi oferta?

—Sí —respondió una voz tranquila.

—¿Y entonces?

—Será mejor que nos veamos para hablar de la cuestión.

—¿Y eso qué significa?

—¿Iba completamente en serio lo del dinero?

—Sí, sí. Por supuesto que sí.

—Entonces creo que podré hacer lo que me pide.

191

Milnthorpe
Cumbria

Lynley los encontró comiendo un curry que Deborah calificó de «supermediocre», en un restaurante llamado Sabor de la India, situado en la calle de la iglesia de Milnthorpe.

—Tampoco es que tuviéramos mucho donde elegir. Era eso, un *fast-food* de comida china o pizza. Yo he votado por la pizza, pero ella se ha impuesto.

Habían acabado de cenar y estaban tomando un vaso de *limoncello* de colosales dimensiones. No solo era raro por su tamaño, sino por que en un restaurante hindú sirvieran una bebida italiana.

—A Simon le gusta verme piripi después de las nueve de la noche —aseguró Deborah, explicando por lo menos la razón del desproporcionado tamaño del vaso—. Así me vuelve maleable en sus astutas *manoss*, aunque no creo que haya pensado en cómo va a conseguir hacerme poner de pie, salir del restaurante y volver al hotel, si me bebo todo esto.

—Con un carro de supermercado —dijo Saint James.

Después señaló la mesa libre que había a un lado. Lynley cogió una silla para sentarse con ellos.

—¿Alguna novedad? —inquirió Saint James.

—Estoy descubriendo que más de uno tenía hipotéticos móviles. En realidad, los hay a patadas. —Los fue detallando: una póliza de seguros a favor de Niamh Cresswell; las tierras y la granja legadas a Kaveh Mehran; la potencial pérdida de financiación de Mignon Fairclough; la posible promoción al frente de las Fairclough Industries para Manette o Freddie McGhie, o incluso Nicholas Fairclough; las ansias de venganza de Niamh Cresswell—. Aparte, al hijo de Cresswell, Tim, le pasa algo. Es alumno de un colegio llamado Margaret Fox, que es una institución para niños con trastornos, aunque él no está internado. Esto lo he averiguado llamando por teléfono, pero nadie me ha explicado nada más sobre él.

—O sea, que lo de trastornos se puede interpretar de muchas maneras —señaló Saint James.

—Sí. —Lynley les explicó que la madre de los hijos de Cresswell los había encasquetado sin miramientos a su padre y a su amante, y ahora al amante solo—. La hermana…, Manette McGhie…, estaba bastante indignada con la situación esta tarde.

—¿Y quién no lo iba a estar? —observó Deborah—. Eso es espantoso, Tommy.

—Tienes razón. Las únicas personas que hasta el momento no parecen tener ningún móvil son el propio Fairclough y su mujer. Aunque tengo la impresión —añadió con aire pensativo— de que Fairclough oculta algo. Por eso he encargado a Barbara que investigue la vida que lleva cuando está en Londres.

—Pero ¿para qué te iba a pedir que indagues en sus asuntos si tiene algo que ocultar? —planteó Deborah.

—Es extraño, ¿verdad? —convino Lynley—. No tiene mucho sentido que el asesino que ha salido impune del crimen recurra a la policía para que investiguen más a fondo.

—Respecto a eso…

Saint James explicó que había visto al forense. Al parecer todo se había llevado a cabo con meticulosidad. Había examinado los informes y las radiografías, en las cuales se apreciaba claramente que Ian Cresswell se había fracturado la cabeza. Tal como Lynley sabía, cuando un cráneo se fracturaba, no conservaba la marca del objeto que lo había fracturado. El cráneo se cascaba como un huevo y dejaba una red radial de grietas en torno al punto de impacto, o bien experimentaba una rotura lateral que formaba un semicírculo en la superficie. En ambos casos, no obstante, era necesario examinar los instrumentos que habían podido provocar la fractura para poder determinar cómo se había producido.

—¿Y se hizo?

Efectivamente, confirmó Saint James. Había sangre en una de las piedras que habían permanecido en el embarcadero cuando las otras se desprendieron y cayeron al agua. Los análisis de ADN de dicha sangre indicaban que procedía de Ian Cresswell. Había asimismo cabellos, piel y fibras que también se había comprobado que pertenecían a Ian Cresswell.

—Me reuní con los agentes que llevaron a cabo la investigación preliminar a la reunión de evaluación —expuso Saint James—. Eran un antiguo detective del cuerpo de policía de Barrow-in-Furness y un auxiliar sanitario, que hace esa clase de trabajo en su tiempo libre. Su primera impresión fue que se trataba de un accidente, no de un asesinato, pero, de todos modos, comprobaron las coartadas, por si acaso.

Saint James fue desgranándolas, con ayuda de un cuaderno que sacó del bolsillo de su chaqueta: Kaveh Mehran estaba en casa y, aunque los hijos de Cresswell podrían haberlo confirmado, no los interrogaron para no traumatizarlos más; Valerie Fairclough estaba en la propiedad, había entrado en la casa a las cinco de la tarde después de pescar en el lago y no salió hasta la mañana siguiente, cuando fue a hablar con los jardineros que trabajaban en el recinto de esculturas vegetales; Mignon Fairclough estaba también en su casa, si bien nadie podía confirmar su coartada de que estuvo enviando mensajes por Internet, puesto que cualquiera que tuviera acceso a su ordenador y su contraseña podría haber mandado *e-mails* en su nombre; Niamh Cresswell estaba en la carretera llevando a los niños a la granja de Bryan Beck, y después se encontraba de camino a Grange-over-Sands, aunque nadie podía corroborarlo...

—Con lo cual quedan ella y Kaveh Mehran sin coartadas comprobables durante un periodo de tiempo —señaló Lynley.

—En efecto. —Saint James prosiguió con la lista de posibles implicados: Manette y Freddie McGhie se encontraban en casa, donde permanecieron toda la velada; Nicholas estaba en casa con su esposa, Alatea; lord Fairclough se hallaba en Londres cenando con un miembro del consejo de su fundación, una mujer llamada Vivienne Tully, que había confirmado tal información—. La dificultad del asunto radica, por supuesto, en la manera en que murió ese hombre —concluyó Saint James.

—Así es —convino Lynley—. Si alguien hubiera manipulado las piedras del embarcadero, podría haberlo hecho en cualquier momen-

193

to. Eso nos lleva a la cuestión del acceso y, por consiguiente, hay que reconocer que pudo haber sido prácticamente cualquiera.

—Volvemos a lo mismo. Hay que examinar con más detalle el embarcadero y recuperar las piedras que faltan. Si no hacemos eso, tendremos que declarar que fue un accidente y dejar las cosas como están. Yo propongo que realicemos un examen detenido, si Fairclough quiere estar seguro.

—Él dice que sí.

—Entonces debemos entrar en ese cobertizo del embarcadero con luces potentes. Además, alguien tendrá que sumergirse en el agua para sacar las piedras.

—A menos que convenza a Fairclough de hacer pública nuestra labor, es posible que tengamos que hacerlo a escondidas —advirtió Lynley.

—¿Tienes idea de por qué quiere mantener el secreto?

—Tiene que ver con su hijo, pero no sé por qué, aparte de lo obvio.

—¿A qué te refieres?

—Me imagino que no querrá que su único hijo varón se entere de que su padre alberga sospechas contra él, por más altibajos que haya tenido en su pasado. Al fin y al cabo, se supone que ha pasado página. La familia lo acogió con los brazos abiertos, desde luego.

—Y, tal como dices, tiene una coartada.

—Estaba en casa con su mujer, eso es —corroboró Lynley.

Deborah, que había estado escuchando en silencio, sacó un fajo de papeles del bolso.

—Barbara me ha mandado por fax las páginas que quería de la revista *Concepción*, Tommy. Me va a enviar también la revista, pero mientras tanto… —Deborah le tendió las páginas.

—¿Son relevantes? —preguntó Lynley, al ver que contenían un gran número de anuncios, de carácter personal y profesional.

—Coinciden con lo que me dijo Nicholas sobre sus deseos de fundar una familia.

Lynley intercambió una mirada con Saint James. Sabía que ambos pensaban lo mismo: ¿hasta qué punto podía ser objetiva Deborah si resultaba que había topado con una mujer que sufría el mismo problema que ella?

—Uf, qué mal disimuláis los dos —reaccionó—. ¿No se supone que tenéis que mantener cara de póquer delante de un sospechoso?

—Perdona, es la fuerza de la costumbre —se disculpó, con una sonrisa, Lynley—. Continúa, por favor.

—Bueno… Observando lo que tenemos aquí, hay que tener en cuenta que Alatea…, u otra persona…, arrancó esas páginas de la revista.

—Lo de quién fue esa persona podría ser importante —reconoció Saint James.

—No creo que sea… Fijaos. Hay anuncios de todo lo imaginable relacionado con el proceso de reproducción. Los hay de abogados especializados en adopciones privadas, de bancos de esperma, de parejas lesbianas que buscan donantes de esperma, de agencias de adopción, de abogados especializados en alquiler de úteros, otros destinados a universitarias interesadas en donar sus óvulos o bien a universitarios dispuestos a ceder con regularidad una cantidad de semen a cambio de dinero… Esto se ha convertido en toda una industria, gracias a los avances de la ciencia.

Advirtiendo la pasión que impregnaba la voz de Deborah, Lynley se planteó qué implicaciones podía tener, sobre todo en lo concerniente a Nicholas Fairclough y a su esposa.

—Para un hombre es importante proteger a su mujer, Deb. Es posible que, al ver la revista, Fairclough arrancara esas páginas para que Alatea no se topara con ellas.

—Puede que sí —admitió—, pero eso no significa que Alatea no las hubiera visto ya.

—De acuerdo, pero ¿qué relación tiene eso con la muerte de Ian Cresswell?

—Aún no lo sé, pero si quieres explorar todas las vías posibles, Tommy, hay que incluir esta.

Lynley volvió a mirar a Saint James.

—Creo que tiene razón —acordó este.

En la cara de Deborah se hizo patente la sorpresa. Hacía mucho que entre ellos era motivo de conflicto la crónica actitud protectora de Saint James, que tanto exasperaba a Deborah y que podía explicarse por que él la conocía desde que tenía siete años, y también porque tenía once años más que ella.

—Creo que necesito volver a hablar con Alatea, Tommy. Podría entablar una relación con ella. Será bastante fácil si tiene la misma clase de problema que yo. Solo otra mujer puede saber lo que es eso, créeme.

Lynley tuvo la precaución de no mirar a Saint James. Sabía que a Deborah le sentaría mal si daba la impresión de estar pidiendo permiso a su marido, como si fuese un personaje salido de una novela victoriana.

—Estoy de acuerdo —dijo—. Deberás ir otra vez. A ver qué más puedes averiguar sobre ella.

Omitió añadir que debía tener cuidado, porque estaba seguro de que Saint James ya se ocuparía de eso.

6 de noviembre

Bryanbarrow
Cumbria

Zed Benjamin estaba descubriendo, sorprendido y encantado, que Yaffa Shaw era una auténtica joya. No solo resultaba divertido hablar por teléfono con ella todos los días, con aquellos diálogos que propiciaba, dignos de un premio de interpretación, sino que además le estaba prestando una ayuda inestimable en su trabajo. No sabía cómo lo había conseguido, pero lo cierto era que había podido ver el testamento de Ian Cresswell. El día anterior, en lugar de ir a la universidad, se había desplazado en tren hasta York, donde un empleado de las oficinas había quedado al parecer tan embelesado con sus encantos que le había dejado echar un vistazo al documento. Con un vistazo había tenido suficiente, porque, según había averiguado, aquella joven tenía memoria fotográfica. Después le había contado por teléfono el contenido, con lo cual le había ahorrado el viaje y el tiempo que habría tenido que esperar a que le hicieran una copia y se lo enviaran. Era, en resumidas cuentas, maravillosa.

—Te adoro —le había dicho espontáneamente.

—Me estás poniendo colorada —contestó ella—. Su hijo me está sacando los colores, de verdad señora Benjamin —informó a su madre, que se encontraba, cómo no, cerca, escuchando.

Luego emitió un ruido de besos. Zed le correspondió con otros tantos, absorto en su entusiasmo. Después recordó cuál era la situación y también que Micah aguardaba el regreso de Yaffa en Tel Aviv. Qué ironías tenía la vida, pensó.

Después del intercambio de los sonoros abrazos y los besos de rigor, pusieron fin a la conversación. Zed empezó a pensar acerca de lo que había averiguado. Pese a las órdenes de Aronson con respecto a lo que debía hacer en Cumbria, decidió que se imponía efectuar un ataque contra el flanco del ejército enemigo. No pensaba hablar con

George Cowley sobre lo que iba o no iba a hacer con la granja. Era con su hijo con quien iba a hablar.

Llegó a Bryanbarrow temprano. El Willow and Well, con sus ventanas encaradas justo del lado de la granja de Bryan Beck, no estaba abierto todavía, de modo que tuvo que esperar en el coche, que había aparcado a un lado de la plaza. Para él aquello equivalía a un suplicio, pero no se podía hacer nada. Las rampas en las piernas y la posibilidad de desarrollar una trombosis eran el precio que estaba dispuesto a pagar por una entrevista que podía aportarle mucho.

Estaba lloviendo, por supuesto. A Zed le extrañaba que toda la zona de los Lagos no fuera un pantano, dado el tiempo que tenían allí. Sumada al frío que hacía ese día, la incesante precipitación no paraba de llenarle de vaho el salpicadero del coche mientras esperaba que Daniel Cowley diera señales de vida. Aunque lo quitaba todo el rato con la mano, lo único que conseguía era mojarse las mangas de la camisa, pues la condensación le chorreaba hasta el brazo.

Finalmente apareció el muchacho. Zed dedujo que debía de ir al colegio en Windermere. Eso le dejaba dos alternativas: o bien su padre lo acompañaba en coche hasta allí, o bien iba a tener que coger el autobús escolar. A Zed le daba lo mismo, porque, tanto en un caso como en otro, estaba decidido a hablar con él. Lo abordaría antes de entrar en el colegio o se ofrecería a llevarlo mientras caminaba hasta la parada del autobús, que seguro que no estaba allí mismo, en pleno campo.

La segunda hipótesis resultó la correcta. Daniel cruzó la plaza, dobló la esquina y salió del pueblo, con la cabeza gacha, comenzando a ensuciarse ya de barro los pantalones y los pies. Zed lo dejó adelantarse diez minutos, previendo que se dirigía a la carretera principal que atravesaba el valle de Lyth: era una buena caminata.

Cuando paró al lado de Daniel, este estaba completamente empapado, puesto que, como la mayoría de los chicos de su edad, no estaba dispuesto por nada del mundo a que lo vieran con un paraguas. Aquello habría sido una especie de suicidio social. En su condición de antiguo alumno que había soportado ser un paria a diario, durante sus años de secundaria, Zed comprendía perfectamente dicha actitud.

—¿Quieres que te lleve a algún sitio? —ofreció, bajando la ventanilla.

Daniel lo observó, ceñudo. Luego miró a derecha e izquierda, evaluando la situación bajo la lluvia.

—Me acuerdo de usted —dijo por fin—. ¿Es un pervertido o algo por el estilo? Porque si me pone una mano encima...

197

—Tranquilo —contestó Zed—. Este es tu día de suerte y hoy solo me gustan las chicas. Mañana sería más peligroso. Vamos, sube.

Daniel puso los ojos en blanco para expresar la opinión que le merecía el chiste de Zed y luego cedió. Se dejó caer en el asiento del pasajero, chorreando.

—Perdón —se disculpó.

—No te preocupes.

Zed arrancó. Decidido a sonsacar lo máximo posible al muchacho, conducía despacio. Mientras tanto mantenía la vista fija en la carretera como para explicar su escasa velocidad, adoptando el papel de turista paranoico preocupado por la posibilidad de chocar contra un cordero o algún animal salvaje.

—¿Y a qué ha venido otra vez por aquí, por cierto?

Zed ya tenía preparada su táctica; el propio Daniel le había indicado por dónde empezar.

—Parece que te preocupa el ambiente de la zona.

—¿Cómo? —El chico puso cara de perplejidad.

—Lo digo por lo del pervertido.

—Claro —reconoció Daniel, encogiéndose de hombros—. Los hay a patadas.

198

—Bueno, en la región también hay tantos corderos como uno quiera, ¿no? —señaló Zed con un guiño—. Nadie debe de estar a salvo, supongo.

El chico lo observó con aquella muda expresión con que los adolescentes lo tratan a uno de idiota, mucho más efectiva que las palabras.

—Era solo una broma. Es que es demasiado temprano para mí. ¿Dónde quieres que te deje?

—En el valle de Lyth. Cojo el autobús escolar allí.

—¿Para ir adónde?

—A Windermere.

—Te puedo llevar hasta allí si quieres. No me cuesta nada porque voy por ese lado.

El muchacho volvió a reaccionar con desconfianza. Otra vez se adentraban en territorio de pervertidos.

—¿Y usted qué quiere? Aún no me ha dicho por qué ha vuelto al pueblo. ¿Qué pasa?

El chaval no era tonto.

—Cálmate, hombre —lo tranquilizó—. Te dejaré donde quieras. ¿Te quieres bajar ahora?

Daniel miró la lluvia.

—Bueno, pero no intente nada. Le daré un puñetazo justo en la nuez, no se crea que no soy capaz. Sé cómo hay que hacerlo. Mi padre me enseñó y funciona mejor que una patada en las pelotas, muchísimo mejor.

—Está bien saber esas cosas —acordó Zed. Tenía que llevar la conversación hacia donde le convenía antes de que llegaran al valle de Lyth y se pusiera a gritar que querían asesinarlo o algo así—. Parece que se preocupa por ti, tu padre.

—Bueno, sí. Como tenemos pervertidos viviendo al lado de casa… Hacen ver que solo viven en la misma casa, pero nosotros sabemos la verdad. Mi padre dice que hay que tener mucho cuidado con tipos así, y ahora es peor.

—¿Por qué? —«Aleluya», pensó Zed.

—Porque uno de ellos ha muerto; ahora el otro estará buscando a otra persona.

Aquello parecía una observación sacada de un manual de comportamiento de burros o algo por el estilo.

—También podría ocurrir que el otro se fuera, ¿no crees?

—Eso es lo que está esperando mi padre —dijo Daniel—. Va a comprar la granja en cuanto ese tipo se marche.

—¿Cuál? ¿La granja de corderos donde vivís vosotros?

Esa misma, confirmó Daniel. Después se apartó un empapado mechón de la frente y se lanzó a hablar. Parecía más cómodo con un tema que no tenía que ver con pervertidos —como los llamaba él—, pues subió la calefacción del coche hasta un nivel tropical y sacó de su mochila un plátano, que se puso a comer. Contó que su padre quería la granja sobre todo para dejársela al propio Daniel, que, por su parte, lo consideraba una estupidez, pues él, ni loco, se iba a dedicar a criar corderos.

Él quería marcharse de la región. Deseaba enrolarse en la aviación. Los aviones de la RAF sobrevolaban la zona de los Lagos casi a ras de tierra, ¿lo sabía? Uno iba caminando cuando repente uno de ellos bajaba rugiendo por el valle o justo encima del lago Windermere: era una pasada.

—Se lo he dicho mil veces a mi padre —afirmó—. Él cree que puede hacer que me quede, que para eso solo necesita esa granja.

Él quería a su padre, aseguró, pero no deseaba llevar su misma clase de vida. Solo había que fijarse en que hasta su propia madre los había abandonado. A ella tampoco le gustaba esa vida, pero no había forma de que su padre entendiera eso.

—Yo no paro de decirle que tendría que dedicarse a lo que sabe hacer mejor, como todo el mundo.

«Cuánta razón tiene», se dijo Zed.

—¿Y eso qué es? —preguntó.

199

Daniel titubeó. Zed lo miró de reojo. El chico parecía incómodo. Aquel podía ser el momento crucial. El muchacho estaba a punto de confesar que lo que a George Cowley se le daba mejor era eliminar tipos que vivían en la granja que quería comprar. Zed estaba a punto de conseguir la primicia de su vida.

—Hacer muebles para casas de muñecas —murmuró Daniel.

—¿Cómo?

—Muebles para casas de muñecas. Los muebles que se ponen en las casas de muñecas. ¿No sabe qué es eso?

Vaya por Dios.

—Es muy bueno en eso —prosiguió Daniel—. Ya sé que suena estúpido, pero eso es lo que hace. Los vende por Internet, tantos como fabrica. Yo le digo que debería hacer eso a tiempo completo, en lugar de ir por ahí en el barro, con esas malditas ovejas. Él contesta que es una afición y que yo debería saber que no es lo mismo la afición que el trabajo. —Daniel sacudió la cabeza—. Para él lo único que cuenta es esa dichosa granja.

¡Ajá! Se dijo Zed. ¿Y qué iba a hacer Cowley cuando se enterase de que la granja pertenecía legalmente a Kaveh Mehran según las disposiciones del testamento de Ian Cresswell?

Daniel señaló un enorme roble situado justo al lado de una pared de piedra seca, indicando que podía dejarlo allí. «Y gracias por traerme», agregó.

Zed paró el coche. Daniel se bajó. En ese momento, sonó el móvil de Zed. Echó una ojeada y vio que era una llamada de Londres, de Rodney Aronson. Era algo temprano para que su jefe hubiera llegado siquiera a su despacho, de modo que aquello no presagiaba nada bueno. Por otra parte, después de aquella conversación con Daniel Cowley, Zed podía anunciar que había hecho progresos.

—Ándate con cuidado —le recomendó Rodney, sin ningún preámbulo.

—¿Por qué? ¿Qué ha ocurrido?

—Los de Scotland Yard saben que estás ahí. Mantén la cabeza agachada...

¿Cuando medía más de metro noventa?

—Y no pierdas de vista a Nick Fairclough. Allí es donde encontrarás a los que han mandado para investigar sobre la muerte de Ian Cresswell.

Barrow-in-Furness
Cumbria

El exmarido de Manette no había regresado a casa la noche anterior. Ella no quería ni pensar en eso. Tampoco deseaba darle vueltas a lo que sentía al respecto, aunque le resultaba difícil no hacerlo.

Habían hablado hasta la saciedad del tema de su matrimonio extinto durante años. Habían analizado todos los aspectos de lo que les había sucedido, de lo que hubiera podido pasar y de lo que sin duda iba a suceder si no hacían algún cambio. Al final habían llegado a la conclusión de que lo que había acabado con su matrimonio había sido la falta de romanticismo, el pragmatismo que impregnaba todos los aspectos de sus vidas y, en especial, la ausencia total de sorpresas. Se habían convertido en una pareja que tenía que consultar sus agendas y darse cita para hacer el amor, algo que en el fondo les dejaba fríos, por más que intentaran disimularlo. Al final de horas y horas de diálogo, habían llegado a la conclusión de que la amistad era más importante que la pasión, por lo que habían decidido vivir como amigos, disfrutando de la compañía del otro, pues al final del día siempre les había gustado estar juntos, convencidos de que pocas eran las parejas que podían jactarse de tanto al cabo de veinte años de convivencia.

201

Sin embargo, Freddie no había vuelto a casa. Cuando sí estaba en casa había cogido la costumbre de silbar por las mañanas mientras se preparaba para ir al trabajo y, para colmo, le había dado por cantar en la ducha. ¿Freddie cantando? ¿Quién se lo iba a creer, cantando? Y siempre elegía la misma dichosa canción, que la estaba volviendo majareta. Era aquella maldita exhortación a las armas de *Los miserables*. Si tenía que oír otra vez más aquello de «¡la sangre de los mártires regará los prados de Francia!», podría llegar hasta el extremo de regar los prados del cuarto de baño con la sangre de Freddie.

Claro que, en el fondo, no lo pensaba hacer. Ella jamás le haría daño.

Fue a verlo a su oficina. Se había quitado la americana y estaba inclinado sobre el escritorio con su inmaculada camisa blanca y su corbata roja con estampado de patos, revisando un grueso fajo de papel salido de la impresora. Estaba ocupado con los libros de cuentas, para estar preparado para asumir el puesto de Ian en caso de que su padre se lo ofreciera, lo cual habría sido lo más sensato.

—¿Qué? ¿Cómo te fue en el Scorpio?

Freddie levantó la vista, como si no supiera de qué le estaba hablando. ¿De signos del Zodiaco?

—¿El club? —le recordó—. El sitio donde tenías una cita anoche.

—¡Ah, el Scorpio! —exclamó él. Luego dejó los papeles encima de su impoluto escritorio—. En realidad, no entramos. Nos encontramos en la puerta.

—Vaya por Dios, Freddie. ¿Y después os fuisteis directamente a la cama? Te estás volviendo un pillo.

Él se ruborizó. Manette se preguntó en qué momento de su matrimonio había dejado de fijarse en lo mucho que se ruborizaba y en cómo el rojo comenzaba a formarse en las orejas para invadir luego las mejillas. También se preguntó cuándo había dejado de admirar aquellas orejas tan bonitas que tenía, pegadas sin ningún defecto a la cabeza.

—No, no —negó, riendo—. Lo que pasa es que la mayoría de los que entraban a ese sitio tenían sobre los diecinueve años, y casi todos iban vestidos como los actores de *Rocky Horror Show*. Así que nos fuimos a cenar a un bar. Comimos *rigattoni* a la *puttanesca*. No estaban muy buenos. Habían cargado más la mano en lo de «*putta*» que en lo de «*nesca*». —Tras sonreír por lo tonto de la gracia, añadió con su impecable sinceridad de siempre—: La ocurrencia no es mía, sino de Sarah.

—¿Se llama así? ¿Sarah? ¿Y qué tal? —inquirió, aunque en realidad no quería saberlo—. ¿Hay detalles picantes? Dada la monotonía de mi vida, que ya conoces, no me vendría mal una distracción. —Avanzó con desenfado y se sentó en la silla contigua al escritorio.

—No me gusta contar este tipo de cosas —respondió él, aún más ruborizado que antes.

—Pero lo hicisteis, ¿no?

—¿Qué es eso de si lo hicimos?

Manette ladeó la cabeza, lanzándole una enfática mirada.

—Freddie…

—Bueno, sí. Hombre, ya te expliqué cómo funcionan las cosas hoy en día cuando la gente tiene una cita. O sea que, bueno…, sí, lo hicimos.

—¿Más de una vez?

Le pareció odioso hacer esa pregunta, que surgió de una repentina urgencia. Tenía que saberlo porque en todos los años que habían estado juntos…, incluso cuando tenían veinte años y se deseaban, durante los seis meses en que de verdad se habían deseado…, ella y Freddie nunca se habían fundido en un apasionado abrazo más de una vez durante un periodo de veinticuatro horas.

—Jesús, Manette —contestó Freddie con expresión de caballerosa consternación—. Hay cosas que…

—O sea, que sí lo hiciste más de una vez. ¿Más que con Holly? ¿Estás tomando precauciones, Freddie?

—Creo que ya hemos hablado bastante de este asunto —repuso él con actitud digna.

—¿Y esta noche? ¿Vas a verte con alguien esta noche? ¿Quién va a ser hoy?

—Voy a volver a verme con Sarah.

Manette cruzó las piernas, con ganas de encender un cigarrillo. Había fumado de jovencita y, aunque hacía años que no pensaba en eso, de improviso la asaltó la necesidad de hacer algo con las manos. Para calmarse, cogió una caja de clips y se puso a manosearla.

—Es que me pica la curiosidad. Puesto que ya habéis pasado por esa fase y la podéis dejar a un lado, ¿qué viene a continuación? ¿Las fotos de familia? ¿O entonces os decís cuáles son vuestros apellidos y las enfermedades confesables?

Él la miró de una manera extraña. Manette intuyó que estaba evaluando su comentario, sopesándolo para formular una respuesta que lo igualara en peso, pero sin superarlo. Antes de que pudiera decir lo que sabía que iba a decir —«Estás molesta con esto. ¿Por qué? Llevamos un montón de tiempo divorciados y decidimos conservar nuestra amistad, pero yo nunca tuve intención de mantener el celibato durante el resto de mi vida»—, ella se le adelantó.

—Bueno, ¿vas a volver a casa esta noche o debo prever que volverás a pasarla con Sarah?

Freddie se encogió de hombros, aunque en su cara persistía la misma expresión, entre curiosa y confusa.

—Pues no lo sé.

—Claro. ¿Cómo lo ibas a saber? Perdona. De todas formas, espero que la traigas a casa. Me gustaría conocerla. Solo me tienes que avisar para que no me presente en pelotas a la hora del desayuno.

—Así lo haré, descuida. Es que lo de la otra noche, con Holly, fue algo espontáneo, ¿entiendes? Entonces no sabía en qué suelen acabar estas cosas. Ahora que ya lo sé…, bueno, hay que tomar ciertas precauciones, claro…, y dar alguna explicación y todo eso…

Entonces fue Manette quien se quedó intrigada. Freddie no solía embarullarse con las palabras.

—¿Qué ocurre? —preguntó—. Hombre, Freddie, tampoco es como si te hubieras fugado y hubieras hecho algo…, alguna locura, ¿verdad?

No se imaginaba qué locura podría haber sido aquella, porque las locuras eran algo que no casaba con la personalidad de Freddie. Él era leal y recto como una flecha.

203

—No, no —respondió—. Es solo que no le he hablado de…, bueno, de ti.

—¿Cómo? ¿No le has dicho que estamos divorciados?

—Eso ya lo sabe, por supuesto, pero no le he dicho que tú y yo…, bueno, que vivimos en la misma casa.

—Holly sí lo sabía, en cambio, y no pareció que le supusiera un problema. Muchos hombres comparten casa con mujeres.

—Sí, claro, pero Sarah… Con Sarah sentí algo distinto. Me pareció un riesgo que no me convenía tomar. —Cogió el fajo de hojas y lo compactó golpeándolo en la mesa—. Ya sabes que llevaba una eternidad fuera de la circulación, Manette. Con esas mujeres voy a tientas.

—Sí, ya.

En realidad había ido a su oficina para hablarle de Tim y Gracie, y de la conversación que había mantenido con su padre. En aquel momento, no obstante, no le pareció lo mejor. Además, el mismo Freddie acababa de señalar que, en las situaciones nuevas, era aconsejable improvisar.

—Entonces supongo que no te veré —dijo, levantándose—. Cuídate. No me gustaría ver…, no sé…, que te hacen daño o algo así.

Sin darle tiempo a responder, salió del despacho y se alejó en busca de su hermano, diciéndose que Freddie tenía su propia vida y ella la suya, y que era hora de que actuara al respecto, tal como estaba haciendo su exmarido. No sabía, sin embargo, qué podía hacer. En cualquier caso, no se imaginaba lanzándose al desconocido mundo de las citas por Internet. Solo de pensar en meterse en la cama con un extraño para ver si congeniaban, le daban escalofríos. A ella aquello se le antojaba como una receta para acabar asada en el horno de un asesino en serie, aunque, quién sabe, quizás había visto demasiadas series de detectives en la tele.

Encontró a Nicholas en el Departamento de Envíos, un almacén que servía de modesta plataforma en la que había estado trabajando los seis meses anteriores. Antes había estado en las tapas de las cisternas, las tazas de los sanitarios y los fregaderos, encargándose de la aplicación de porcelana a los moldes de arcilla que luego se introducían en el gigantesco horno. En esa parte de la fábrica, el calor era intolerable, y el ruido, infernal, pero Nicholas lo había soportado bien. De hecho, había realizado una labor impecable en todas las secciones en que lo habían colocado a lo largo de aquellos dos últimos años.

Manette sabía que se estaba labrando una posición pasando por todos los puestos posibles de la fábrica. A regañadientes, había llegado a admirarlo por ello, pese a que el motivo de tal actitud suscitaba en ella cierta preocupación. ¿No pensaría que al cabo de unos cuantos años de entretenerse por los distintos departamentos de Fairclough Industries iba a colocarse a la misma altura que ella y Freddie, que llevaban décadas trabajando allí? ¿No albergaría la ridícula expectativa de que lo fueran a nombrar director gerente una vez que se retirara su padre?

Manette vio que ese día Nicholas estaba trabajando con las bañeras. Con un bloc en una mano y un bolígrafo en la otra, cotejaba en la zona de carga y descarga los tamaños y estilos de las cajas con los del pedido. Una vez que hubiera constatado que todo era correcto, cargaría con una carretilla elevadora las bañeras que le habían traído en el camión que estaba esperando. Después de haber encarado la caja en la puerta correspondiente, el conductor esperaba, fumando, ocioso.

Las enormes puertas abiertas para acoger el camión dejaban entrar el frío en el almacén. Aparte, de los altavoces del edificio surgía una estruendosa música, como si algún aficionado a los viejos temas de Carlos Santana pretendiera caldear el ambiente.

Manette se acercó a su hermano, que levantó la vista y la saludó inclinando la cabeza. Debido a la música, tuvo que forzar la voz para preguntarle si podía hablar un momento con él.

—Todavía me falta bastante para el descanso —le respondió.

—Vamos, Nick —le contestó ella con irritación—. Creo que te puedes tomar cinco minutos sin que te echen de la empresa.

—Tenemos que terminar el envío. Este hombre está esperando.

Nicholas se refería al conductor del camión, que no parecía precisamente ansioso por ponerse en marcha. Aunque había ido hasta la cabina del camión y había abierto la puerta, en realidad había vuelto a aparecer con un termo del cual se había servido una humeante bebida, y se lo veía bastante satisfecho con aquella interrupción en su rutina.

—Necesito hablar contigo. Es importante. Pide permiso si quieres. ¿O prefieres que lo haga por ti?

El supervisor de su hermano se había aproximado. La saludó tocándose el sombrero y la llamó señora McGhie, lo cual le produjo un pinchazo en el corazón, pese a que aquel era en efecto su apellido legal.

—¿Puedo hablar un momento con Nicholas, señor Perkins? —preguntó—. Es algo importante. Asuntos de familia —añadió para recordarle, por si fuera necesario, quién era Nicholas.

El señor Perkins miró hacia el camión, calibrando la actitud del conductor, que seguía desocupado.

—Cinco minutos, Nick —dijo antes de alejarse.

205

Manette buscó un lugar más tranquilo, que encontró a un lado del almacén. Aquel era el sitio donde se reunían los fumadores, según constató por las colillas del suelo. Tras hacerse el propósito de hablarle a Freddie del asunto, reformuló la idea diciéndose que ella misma se encargaría de ello.

—Se trata de Tim y Gracie. —Le expuso la cuestión en todos sus pormenores: las intenciones de Niamh, las responsabilidades de Kaveh, la postura de su padre, el sufrimiento de Tim, las futuras necesidades de Gracie…—. Tenemos que hacer algo, Nick —concluyó—. No podemos dejar pasar el tiempo. Si no, quién sabe qué complicaciones podría buscar Tim. Ya está bastante tocado con lo que ha ocurrido.

Su hermano se quitó los guantes que llevaba. Luego sacó del bolsillo un tubo de crema y se la aplicó a las manos. Ella pensó que lo hacía para mantenerlas suaves para Alatea. Ella era el tipo de mujer para la que cualquier hombre querría tener unas manos suaves.

—¿No le corresponde a Niamh ocuparse de cómo acusan los niños la situación y todo lo demás?

—Por supuesto que sí. Según el curso natural de las cosas, las madres cuidan de sus hijos, pero Niamh no se comporta de una forma natural desde que Ian la dejó, como muy bien sabes. —Manette observó como su hermano se masajeaba las manos para hacer penetrar la crema. Durante dos años, había estado realizando trabajo manual no solo en la fábrica, sino también en el Proyecto de la Torre cerca de Arnside, pero nadie lo habría dicho viéndole los dedos, las uñas o las manos. Las tenía como las de una mujer, aunque de mayor tamaño—. Alguien tiene que saltar al ruedo. Aunque cueste de creer, Niamh pretende dejar a esos niños con Kaveh Mehran.

—Kaveh es una buena persona. Me cae bien. ¿A ti no?

—Esa no es la cuestión. Hombre, Nick, ni siquiera es pariente suyo. Mira, yo soy tan progresista como cualquiera y, mientras vivían con su padre, no le veía ningún inconveniente. Era mejor que estuvieran con Ian en una casa donde había amor que con Niamh instilándoles rabia, amargura y deseos de venganza. Ahora la situación no funciona y Tim…

—Hay que dejar un margen de tiempo para que funcione, ¿no? —apuntó Nick—. A mí me parece que no ha pasado el tiempo suficiente desde que murió Ian para que los demás decidan qué es mejor para sus hijos.

—Es posible que tengas razón, pero, mientras tanto, deberían estar con la familia; si no con su madre, sí con uno de nosotros. Nick, ya sé que Ian y tú no os queríais mucho. Él fue duro contigo. No se fiaba de ti y aconsejaba a papá que te retirara la confianza. Aun así, uno de nosotros debe procurar a esos niños un sentimiento de seguridad, de familiaridad y…

—¿Por qué no mamá y papá, entonces? En Ireleth Hall tienen espacio de sobra.

—Hablé con él y no saqué nada. —Manette sentía la creciente necesidad de llevar a su hermano a su terreno. No debía resultar difícil: convencer a Nicholas de algo siempre había sido pan comido, lo cual fue precisamente uno de los motivos de que hubiera vivido una juventud tan agitada. Cualquiera habría podido persuadirlc de lo que fuera—. Mira, sé lo que intentas hacer y te admiro por eso, igual que papá y que todos los demás. Bueno, excepto Mignon, pero no te lo tienes que tomar como algo personal, pues ella ignora que exista alguien en el planeta aparte de sí misma.

Nicholas la miró, sonriendo. Conocía a Mignon tan bien como ella.

—Eso sería otro punto a tu favor, Nick. Si hicieras eso, si te quedas con los niños, tu posición se vería reforzada. Eso demuestra capacidad de compromiso, de asumir más responsabilidad. Además, tú estás más cerca de la Margaret Fox School que Kaveh, y podrías llevar a Tim cuando vas al trabajo.

—Bueno, en realidad, tú eres la que vive más cerca de la Margaret Fox School—señaló Nicholas—. Podríamos decir que estás en las afueras. ¿Por qué no te los quedas tú?

—Nick…

Viendo que no tenía más remedio que contarle la verdad, Manette le explicó cómo estaban las cosas, las citas de Freddie y el nuevo mundo en el que el sexo era inmediato, lo cual traía como consecuencia la presencia de mujeres desconocidas a la hora del desayuno. Aquel no era el entorno más aconsejable para unos niños.

Nicholas la estuvo mirando fijamente mientras se lo explicaba.

—Lo siento —dijo cuando terminó, y luego se apresuró a continuar para que no creyera que se disculpaba por rehusar acoger a los niños—. Sé lo que Freddie significa para ti, Manette, aunque tú no te des cuenta.

Ella desvió la mirada, pestañeando.

—No te digo que no… Verás…

—Tengo que volver al trabajo. —La rodeó con el brazo y le dio un beso en la frente—. Deja que hable primero con Allie. Hay algo que la tiene preocupada en este momento. No sé qué es. Aún no me lo ha dicho, pero lo hará. Entre nosotros no hay secretos, así que no tardará mucho en ponerme al corriente. Hasta entonces, tendrás que dejarme un tiempo, ¿de acuerdo? No estoy diciendo que no quiera tener conmigo a Tim y Gracie.

207

Arnside
Cumbria

Zed no sabía nada de pesca, pero daba igual. Comprendía que lo importante no era pescar algo o aspirar siquiera a lograrlo, sino dar la impresión de que estaba pescando. Para eso se había llevado la caña que le había prestado la anciana propietaria de su pensión. La señora le contó con pelos y señales las horas que su difunto marido había desperdiciado con aquella caña de pescar en las aguas de tal lago, tal río o tal bahía. También le dio un cubo, un impermeable y unas botas de agua que le iban pequeñas. Luego le puso un taburete plegable en los brazos y le deseó buena suerte, especificando que su marido no había tenido prácticamente ninguna. Según ella, el hombre había pescado quince peces en veinticinco años. Si quería podía comprobarlo, pues ella lo anotaba todo, cada vez que el condenado salía de casa. También había podido ser que tuviera un lío, aventuró, porque cuando uno se ponía a meditar sobre el asunto…

Tras apresurarse a darle las gracias, Zed se había dirigido a Arnside, donde se encontró, gracias a Dios, con la marea alta. Instalado en el sendero del borde del dique, justo debajo de la casa de Nicholas Fairclough, había arrojado el sedal al agua. No le había puesto cebo, pues por nada del mundo habría querido atrapar un pez y tener que hacer algo con él, como tocarlo, por ejemplo.

Ahora que los de Scotland Yard sabían que se encontraba por los alrededores, debía extremar las precauciones. Una vez que lo tuvieran fichado, se le complicaría el trabajo. Tenía que saber quiénes eran exactamente (suponiendo que fueran más de uno, ya que en la tele solían trabajar en equipo). Si lograba descubrirlos antes de que ellos lo descubrieran a él, se encontraría en una posición idónea para llegar a un acuerdo. Si estaban de incógnito, no les convendría nada que sus caras salieran impresas en la primera página de *The Source*, porque con eso pondrían sobre aviso a Nicholas Fairclough acerca de su presencia y sus intenciones.

Preveía que acabarían apareciendo por Arnside House, así que Zed se había apostado allí para observar lo que ocurría.

El taburete había sido una idea excelente. Después de asumir posiciones junto al dique, alternó entre permanecer de pie y sentado. Las horas transcurrían, con todo, y al otro lado del jardín de Arnside House no sucedía nada, y ya estaba aquejándolo un creciente sentimiento de impaciencia por enterarse de algo, de lo que fuera, que pudiera ser útil para su reportaje, cuando Alatea Fairclough salió por fin.

Al ver que caminaba directamente hacia él, maldijo su puñetera suerte. Estaba a punto de ser descubierto antes de haber averiguado nada de interés, como si no tuviera ya bastante. La mujer se detuvo antes del malecón, no obstante, y se puso a contemplar la incesante ondulación de las aguas de la bahía con expresión sombría. Zed se dijo que tal vez pensaba en todas las personas que habían encontrado una prematura muerte en la zona, como esos pobres chinos…, más de cincuenta desgraciados que quedaron atrapados en la oscuridad de la marea montante, llamando a casa como ET, esperando un rescate que no llegó. O aquel tipo y su hijo, que se vieron rodeados por la marea y un repentino banco de niebla y quedaron desorientados por las bocinas antiniebla que parecían oír por todos lados. Evocando aquellos sucesos, Zed pensó que la punta de la bahía de Morecambe era un sitio bastante deprimente para vivir. Alatea Fairclough parecía, en todo caso, deprimida a más no poder.

Demonios, ¿no estaría pensando en arrojarse allí mismo, a aquellas traicioneras aguas? Ojalá que no. Entonces se vería en la obligación de socorrerla, y lo más probable era que acabaran muriendo los dos.

Él estaba demasiado lejos para oírlo, pero, al parecer, el móvil de Alatea comenzó a sonar, porque ella lo sacó de la chaqueta y lo abrió. Se puso a hablar con alguien. Después de caminar un momento de un lado a otro, consultó el reloj, que relucía en su muñeca incluso desde lejos. Luego miró alrededor, como si le preocupara que alguien pudiera estar observándola. Zed agachó la cabeza.

Jesús, qué guapa era. No podía entender cómo había acabado allí, en aquel rincón del mundo: una mujer como ella debía estar en una pasarela o, como mínimo, en un catálogo vestida con unas prendas íntimas como las que lucían las modelos de Victoria's Secret, mostrando los exuberantes pechos por encima de los sujetadores, siempre a juego con las bragas, que dejaban asomar grandes cantidades de firmes y apetecibles muslos, de tal manera que uno podía imaginarse fácilmente todas las delicias de…

Interrumpió aquellos pensamientos. ¿Qué diablos le pasaba? Con ellos se mostraba desleal para con el género femenino y, en especial, con Yaffa, que desde Londres realizaba esfuerzos a su favor y lo ayudaba a afrontar los desatinos de su madre y… Pero ¿de qué servía pensar en Yaffa cuando Micah ocupaba el telón de fondo de su vida, estudiando Medicina en Tel Aviv como buen hijo de su madre, cosa que no era él?

Se golpeó la frente con la palma de la mano. Después se aventuró a mirar a Alatea Fairclough. La mujer regresaba a la casa, una vez concluida la conversación por teléfono.

209

Durante un rato, aquel pareció el acontecimiento culminante del día de Zed. Magnífico, pensó. Otro resultado nulo que añadir a la nulidad de sus logros en Cumbria. Pasó dos horas más fingiendo pescar antes de ponerse a recoger las cosas mientras se planteaba qué iba a hacer a continuación.

La situación cambió, no obstante, cuando marchaba en dirección al paseo marítimo, hacia donde tenía el coche. Justo cuando llegaba al final del malecón que definía los límites de Arnside House, apareció otro automóvil que se adentró en la propiedad.

Lo conducía una mujer. Parecía que sabía adónde iba. Cuando se detuvo delante de la casa y se bajó, Zed retrocedió con sigilo (en la medida en que se lo permitía su metro noventa de estatura).

La recién llegada era pelirroja, como él. Iba vestida de manera informal, con vaqueros y un grueso jersey de lana de color musgo. Supuso que sería una amiga de Alatea, que iba a visitarla, y que se encaminaría directamente a la puerta, pero no fue así. En lugar de ello, se puso a merodear en torno a la casa como un ladrón de baja estofa. Sacó una cámara digital de la mochila y se puso a hacer fotos.

Al final, fue hacia la puerta y llamó. Mientras esperaba, miraba a su alrededor, como si pensara que pudiera haber alguien —como el mismo Zed— acechando en los arbustos. También sacó el móvil y lo miró, quizá para comprobar si tenía algún mensaje. Luego se abrió la puerta y, después de hablar un momento con ella, Alatea Fairclough la hizo pasar dentro.

Estaba clarísimo que la hizo pasar sin ningunas ganas, se dijo Zed. Entonces se dio cuenta con alborozo de que su perseverancia había dado frutos. Ya tenía la exclusiva que necesitaba. Ya tenía con que insuflar morbo al reportaje. Había averiguado la identidad de la detective que New Scotland Yard había enviado desde Londres.

Arnside
Cumbria

Cuando Alatea acudió a la puerta, Deborah percibió enseguida su expresión de alarma. Desconcertada, se dijo que solamente sería comprensible si se hubiera topado por sorpresa con alguien que pretendía hacerle daño.

—Tengo la impresión de que el señor Fairclough no está en casa —dijo, a modo de improvisada introducción—, pero tampoco era con él con quien quería hablar.

Aquello acabó de empeorar las cosas.

—¿Qué quiere? —preguntó con brusquedad Alatea. Miró por encima del hombro de Deborah, como si esperase ver aparecer a alguien más por la esquina del edificio—. Nickie está en el trabajo. —Miró su reloj, una enorme pieza de oro y diamantes de imitación que le sentaba muy bien, aunque hubiera quedado ridículo en la muñeca de otra mujer de apariencia menos espectacular—. A esta hora ya debe de estar yendo al Proyecto de la Torre.

—No hay problema —respondió alegremente Deborah—. He sacado algunas fotos del exterior, para que el productor se forme una idea del entorno y de los lugares donde se podrían llevar a cabo las entrevistas. El césped quedaría estupendo, sobre todo si hay marea alta en ese momento. Aunque siempre existe una posibilidad de que llueva a cántaros, ¿verdad? Por eso querría tomar también algunas fotos en el interior de la casa. ¿Le parece bien? No quisiera molestarla. No voy a tardar nada. Será algo muy informal.

Alatea trató de engullir saliva, sin apartarse del umbral.

—Sería cosa de un cuarto de hora —aseguró Deborah con agradable actitud, como para darle a entender que no debía temer nada de ella—. En realidad, lo que más me interesa es el salón. Hay una buena luz y también presenta un telón de fondo interesante.

Decir que Alatea era reacia a dejarla entrar habría sido poco. Percibiendo la tensión que irradiaba aquella mujer, Deborah se preguntó si no tendría a algún hombre escondido en la casa.

Se dirigieron al salón amarillo, pasando junto a la sala principal cuyas puertas correderas estaban cerradas. Admirando las impresionantes vidrieras con motivos de tulipas rojas y hojas verdes, Deborah dedujo que podría haber alguien apostado en aquella habitación, aunque no alcanzaba a imaginar quién podía ser.

Trató de entablar una conversación superficial, elogiando la casa. ¿Había salido en alguna revista?, le preguntó. El movimiento Arts and Crafts era tan puro y tan agradable, ¿no? ¿No estaba interesada Alatea en realizar un documental sobre la restauración de aquel edificio? ¿No se lo habían propuesto desde alguno de los numerosos programas de televisión que presentaban casas antiguas? Alatea solo respondía con monosílabos. No iba a ser fácil establecer un vínculo con aquella mujer. Una vez en el salón, cambió de tema. ¿Le gustaba vivir en Inglaterra? Aquello tenía que ser muy diferente de Argentina, imaginaba.

—¿Cómo sabe que soy de Argentina? —preguntó con sobresalto Alatea.

—Me lo dijo su marido.

Habría querido añadir: «¿Por qué? ¿Hay algo de malo en que sea de Argentina?», pero optó por callar y se puso a examinar la habita-

211

ción. Para hacer desplazar a Alatea a la zona de los ventanales donde se encontraban las revistas, sacó unas cuantas fotos de potenciales zonas donde podrían llevarse a cabo las entrevistas.

Lo primero que vio fue que el número de *Concepción* había desaparecido de la pila de revistas. Aquello iba a volver las cosas difíciles, pero no imposibles. Tomó una foto de los dos sillones y de la mesa baja situada delante del ventanal, ajustando el aparato a la luz de fuera, de tal forma que se vieran tanto el interior como el exterior.

—Usted y yo tenemos algo en común, señora Fairclough —apuntó de pasada.

Luego levantó la vista y sonrió.

Alatea, que se encontraba junto a la puerta, como si estuviera a punto de salir huyendo, reaccionó con una cortés sonrisa y una expresión sumamente dubitativa. Si tenían algo en común, estaba claro que no tenía ni remota idea de qué era, aparte de ser dos mujeres que en aquel momento estaban en la misma habitación de aquella casa.

—Las dos intentamos tener un hijo. Su marido me lo dijo. Se dio cuenta de que había visto la revista… ¿*Concepción*? Llevo leyéndola desde hace siglos —mintió—. Bueno, desde hace cinco años, el tiempo que llevamos intentándolo con Simon, mi marido.

212

Alatea no dijo nada, pero Deborah vio que tragaba saliva mientras desplazaba la mirada hacia la mesa donde antes estaba la revista. Deborah se preguntó si habría sido ella o Nicholas quien la había quitado de allí. También se preguntó, asimismo, si él se preocuparía tanto por el estado físico y mental de su esposa como Simon.

—Simon y yo comenzamos sin aprensiones, esperando que la naturaleza siguiera su curso —confesó mientras tomaba otra foto—. Después empezamos a controlar mis ciclos menstruales, mi temperatura cotidiana, las fases de la luna… —Exhaló una risa forzada. Aunque no era agradable revelar ese tipo de cuestiones a nadie, sabía que era importante, y hasta percibía el potencial consuelo que aquello le podía aportar—. Luego pasamos a la fase de las pruebas —agregó—, que Simon consideró detestable, créame. Después llegaron las inacabables conversaciones sobre las distintas alternativas, las visitas a los especialistas y los planteamientos de otras posibilidades de ejercer de padres. Al final resultó que nunca voy a poder mantener un embarazo hasta el final —le confesó a Alatea con un encogimiento de hombros, mientras paraba de fotografiar un momento—. Parece que me hicieron con alguna anomalía. Ahora pensamos en la adopción, o en alguna otra alternativa. A mí me gustaría probar con el alquiler de útero, pero Simon no está de acuerdo.

Alatea había entrado en el salón y ahora se encontraba más cerca, aunque todavía a cierta distancia. Deborah advirtió que se le había demudado el rostro y que enlazaba y descruzaba las manos continuamente. Tenía los ojos brillantes; las lágrimas se agolpaban en ellos.

Deborah sabía por lo que pasaba, porque ella misma había sentido lo mismo durante años.

—Discúlpeme. Lo siento mucho. Como le decía, vi la revista la otra vez que estuve aquí. Su marido me confió que intentaban tener hijos. Dijo que llevaban dos años casados y... Lo siento muchísimo, señora Fairclough. No quería disgustarla. Venga, por favor. Siéntese.

Alatea se sentó, pero no donde Deborah habría querido. Eligió el rincón contiguo a la chimenea, un asiento situado justo debajo de una vidriera que desparramaba la luz sobre su encrespado cabello. Deborah se acercó hasta una prudencial distancia.

—Sé lo difícil que es —dijo—. Yo llegué a tener seis abortos antes de averiguar la verdad. Es posible que un día lleguen a poder corregir ese problema, tal como avanza la ciencia, pero entonces seré seguramente demasiado vieja.

Por la mejilla de Alatea rodó una lágrima. Entonces cambió de posición, como si aquello fuera a impedirle derramar más lágrimas delante de una mujer que era poco menos que desconocida.

—A mí me resulta chocante que algo tan simple para algunas mujeres sea totalmente imposible para otras —apuntó Deborah.

Esperaba que reaccionara de otra manera, aparte de con lágrimas, que reconociera sentir algo parecido, pero no lo hizo. Tuvo que reconocer que la razón que había detrás de su intenso deseo de tener un hijo tenía que ver, por una parte, con el hecho de que su marido era un discapacitado —un «inválido», decía él—, y por otra, con los estragos que dicha incapacidad había causado en el sentimiento de hombría de Simon. No tenía, sin embargo, ninguna intención de adentrarse por aquellos derroteros con Alatea, porque ya era bastante difícil admitirlo ante sí misma, de modo que optó por un cambio radical de tema.

—Me parece que esta habitación presenta unas posibilidades más interesantes para filmar una entrevista que los escenarios de fuera. De hecho, el sitio donde está sentada sería magnífico, por la luz. Si no le importa, me gustaría sacarle una foto allí para ilustrar...

—¡No!

Alatea se puso bruscamente en pie y Deborah retrocedió un paso.

—Es para...

—¡No! ¡No! ¡Dígame quién es! —gritó Alatea—. ¡Dígame a qué ha venido de verdad! ¡Dígamelo, dígamelo de una vez

213

7 de noviembre

Bryanbarrow
Cumbria

*C*uando sonó el móvil, Tim confió en que fuera Toy4You: estaba harto de esperar, pero era la idiota de Manette. Se comportó como si él no le hubiera hecho nada, diciendo que llamaba para hablar de su próxima aventura de acampada. Lo llamaba así, una aventura, como si fueran a ir a África o algo por el estilo, y no adonde seguramente iban a ir a parar, que sería a un puñetero campo de alguien, apretujados con los plomazos de turistas de Mánchester.

—Marquemos la fecha en las agendas, ¿vale? —propuso—. Habrá que ir antes de que llegue el invierno. La lluvia se puede soportar, pero, si nieva, sería un desastre. ¿Qué te parece?

—¿Por qué no me dejas en paz? —espetó.

—Tim… —dijo ella con ese tono paciente que solían usar los mayores cuando creían que estaba gritando, cosa que ocurría muy a menudo.

—Mira, deja ya todas esas memeces para hacer ver que te importo mucho.

—Es que me importas mucho. Nos importas a todos. Jo, Tim, tú eres…

—No me vengas con gilipolleces. El único que era importante para vosotros era mi padre, ¿te crees que no lo sé? El único que os importaba a todos era ese asqueroso cabrón, y ahora está muerto, y yo me alegro, así que déjame en paz.

—Seguro que no crees lo que dices.

—Sí lo creo, joder.

—No. Tú querías a tu padre. Él te hizo mucho daño, pero con lo que hizo no pretendía herirte a ti. —Esperó para ver si respondía, pero él no le quiso dar aquella satisfacción—. Tim, siento lo que pasó, pero él no lo habría hecho si hubiera visto otra manera de poder vivir de acuerdo consigo mismo. Ahora no lo entiendes, pero algún día lo entenderás. De verdad, más adelante lo entenderás.

—No sabes de qué coño estás hablando.

—Ya sé que es difícil para ti, Tim. Es normal. Pero tu padre te adoraba. Todos te queremos. Todos nosotros, tu familia, queremos que...

—¡Cállate! —gritó—. ¡Déjame en paz!

Interrumpió la conexión, poseído por la cólera. Era su tono, aquel maldito tono tranquilizador y maternal que usaba. Era lo que decía. Era todo lo que tenía que ver con su vida.

Arrojó el móvil a la cama. Sentía el cuerpo tenso como un cable. Le faltaba el aire. Fue a la ventana de su cuarto y la abrió con violencia. Afuera hacía frío, pero le daba igual.

Al otro lado del patio de la granja, George Cowley y Dan salían de su casa. Iban hablando, con las cabezas inclinadas, como si estuvieran contándose algo de suma importancia. Después se acercaron al destartalado coche de George, un Land Rover completamente cubierto de barro y de mierda de cordero, que formaba una tupida capa en los neumáticos.

George abrió la puerta del conductor y subió. En lugar de rodear el coche para montar al otro lado, Daniel se quedó agachado al lado de la puerta, fijando la atención en los pedales y en los pies de su padre, que hablaba y gesticulaba accionando aquellos pedales. Después de apretarlos y soltarlos varias veces, se bajó de la carraca y Dan se instaló en su lugar. Luego accionó los pedales de la misma manera, mientras George asentía, gesticulaba y volvía a asentir.

Dan puso el contacto, sin dejar de escuchar a su padre. George cerró la puerta y su hijo bajó la ventanilla. El vehículo estaba aparcado de tal manera que no necesitaba dar marcha atrás para salir. George abarcó con un ademán la plaza triangular y Dan se puso en marcha. La primera vez con el embrague, el acelerador y los frenos, avanzó a trompicones, dando bandazos. Su padre corría a su lado, gritando y agitando los brazos. El Land Rover lo adelantó y, después de dar otro bandazo, se caló.

George lo alcanzó corriendo y, después de decir algo más, introdujo la mano por la ventanilla. Al verlo, Tim pensó que el granjero iba a darle una bofetada, pero, en realidad, le alborotó el pelo riendo. Dan se echó a reír también. Acto seguido, volvió a poner en marcha el Land Rover. Volvieron a repetir el proceso. Aquella vez George permaneció atrás gritando para darle ánimo. Dan lo hizo mejor. Su padre alzó un puño al aire.

Tim se volvió de espaldas a la ventana. Eran unos capullos, pensó. Dos pobres cabrones. De tal padre, tal hijo. Dan acabaría igual que su padre, yendo por ahí, pisando mierda de cordero. Era un don na-

215

die, una nulidad, un cero a la izquierda. Era tan insignificante que había que eliminarlo de la faz de la Tierra, y él mismo quería encargarse de ello, en ese mismo instante, sin tardanza. Saldría de la casa con una pistola, un cuchillo o una porra. Lo malo era que no tenía ni lo uno ni lo otro… y los necesitaba con tanta ansia. Eso era lo peor, aquellas ansias…

Abandonó su dormitorio. Oyendo la voz de Gracie y la respuesta de Kaveh, se encaminó en aquella dirección. Los encontró en el cuarto situado en lo alto de las escaleras, una alcoba que Kaveh utilizaba como oficina. El hijo de puta estaba sentado delante de una mesa de dibujo trabajando en algo, y la mema de Gracie permanecía a sus pies con aquella dichosa muñeca en los brazos, meciéndola y, para colmo, canturreándole. Alguien tendría que hacerle entrar en razón; ya era hora de que creciera, y la mejor manera era…

Gracie se puso a chillar, como si le hubiera pinchado el culo con una estaca, cuando le quitó la muñeca.

—¿No te da vergüenza, imbécil, más que imbécil? —dijo. Luego golpeó la muñeca contra el borde de la mesa de dibujo antes de arrancarle los brazos y las piernas y arrojarla al suelo—. A ver si creces y te enteras, bicho raro —gruñó.

Después dio media vuelta y se encaminó a las escaleras. Bajó a la carrera y salió por la puerta. Tras él oyó los gritos de Gracie, que no le produjeron el placer esperado. Después sonó la voz de Kaveh, que lo llamaba, y el ruido de sus pasos, que lo seguían. Precisamente Kaveh; él, que había creado aquel montón de mierda que era su vida.

Pasó al lado de George Cowley y Daniel, que permanecían junto al Land Rover, y, aunque no necesitaba siquiera acercarse a ellos, se aproximó, solo para poder apartar de un empellón al afeminado de Daniel.

—Pero ¿qué coño…? —gritó George.

—¡Vete a la mierda! —le espetó Tim.

Quería, necesitaba, tenía que encontrar algo, porque en su interior todo se encrespaba, hasta la misma sangre, y sabía que tenía que hallar algo; de lo contrario, le explotaría la cabeza, y la sangre y el cerebro saldrían disparados, y, aunque aquello no tenía la menor importancia, no quería que fuera de esa manera… Y allí estaba Kaveh, llamándolo, diciéndole que parase, que esperara; pero eso era lo último que pensaba hacer, jamás: esperar a Kaveh Mehran.

Solo tuvo que rodear el *pub* y atravesar un jardín para llegar a Bryan Beck. Los patos del pueblo flotaban en el arroyo; en la otra orilla, los ánades reales hurgaban entre las altas hierbas en busca de babosas o gusanos, o lo que coño comieran… Y qué ganas tenía de aplastar uno con los puños o con los pies, daba lo mismo, con tal de que murieran, de que murieran.

Se metió en el agua sin darse cuenta. Los patos se dispersaron. Se abalanzó tras ellos. Por todas partes sonaban gritos; algunos eran suyos, tal como advirtió justo antes de que alguien lo agarrara.

—No —le dijo una voz al oído mientras unos fuertes brazos lo inmovilizaban—. No hagas eso. No es lo que tú quieres hacer. Tranquilo.

Agh, era el chapero, el afeminado, el marica. Lo tenía rodeado con los brazos y las manos. Lo estaba tocando, el muy asqueroso.

—¡Apártate! —chilló, intentando zafarse.

Kaveh aumentó la presión.

—¡Tim, para! —gritó—. No debes hacer esto. Vamos.

Forcejearon en el agua como dos monos grasientos hasta que Tim se soltó y Kaveh cayó de espaldas. Aterrizó sobre el trasero y, con el agua hasta la cintura, se esforzó por levantarse. El chico experimentó una inmensa sensación de triunfo; lo que quería era tener a aquel capullo desestabilizado, quería enseñarle, quería demostrarle...

—Yo no soy un maricón de mierda —vociferó—. No me pongas las manos encima. ¿Me oyes? Búscate a otro.

Kaveh se quedó mirándolo. Aunque estaba sin resuello, al igual que Tim, en su cara apareció una expresión que no era la que el chaval había querido: dolor, devastación o destrucción.

—Claro que no lo eres, Tim. ¿Acaso creías que podías serlo?

—¡Cállate! —gritó Tim.

Luego dio media vuelta y se fue corriendo. Dejó a Kaveh sentado en el Bryan Beck, con el agua hasta la cintura, observándolo.

217

Great Urswick
Cumbria

Manette había logrado montar la tienda sola. No había sido fácil y, pese a que ella siempre había sido extraordinariamente competente cuando se trataba de seguir instrucciones, aquella vez había colocado los palos y la tela de manera bastante deficiente, y lo mismo habría podido decirse de las piquetas. Era muy probable, pues, que se le cayera todo encima, pero, aun así, entró encorvándose y se sentó a la manera de un buda, en la entrada, de cara a la laguna y al final del jardín.

Freddie había llamado a la puerta de su cuarto de baño para decirle que tenían que hablar. Ella había respondido que, desde luego, que solo necesitaba unos minutos, que estaba…, bueno, daba igual. Él se había apresurado a decir «por supuesto», como si no quisiera saber ni remotamente qué estaba haciendo en el cuarto de baño, lo cual era muy lógico. Había ciertas formas de intimidad que eran demasiado íntimas.

En realidad no estaba haciendo nada. Solo mataba el tiempo. Había percibido que a Freddie le pasaba algo cuando se habían encontrado junto a la cafetera a media mañana. Ella venía de su habitación y él llegaba de fuera, y, como llevaba la misma ropa del día anterior, dedujo que había pasado la noche con Sarah. Era una chica lista, esa Sarah, se dijo Manette. Sabía reconocer una perla con solo verla.

Por eso, cuando Freddie le pidió hablar con ella, previó que iba a lanzar la bomba. Sarah era la mujer que buscaba y probablemente quería traerla a casa esa misma noche, o instalarla pronto allí, y no estaba segura cómo iba a encajarlo.

Estaba claro que deberían vender la casa y seguir cada uno su propio camino. No deseaba venderla: le encantaba ese lugar. No era tanto por la casa, que era más bien minúscula, sino porque aquel sitio concreto había sido su refugio durante años. Solo de pensar en que tendría que abandonarlo, la asaltaba un sentimiento de desasosiego. Estaba, por una parte, el silencio de Great Urswick, el cielo estrellado que cubría el pueblo por la noche. Estaban la laguna y los cisnes que flotaban plácidamente en ella y que solo alguna que otra vez reaccionaban frente a algún estúpido perro que intentaba perseguirlos. Estaba además la vieja y desteñida barca amarrada al embarcadero, con la que podía adentrarse en el agua y quedarse contemplando la salida o la puesta de sol, o sentada allí en medio de la lluvia si le apetecía.

Aquella aprensión se debía seguramente a que había echado raíces allí y no quería arrancarlas, porque con los trasplantes muchas veces se mataba la planta, y no sabía cómo se iba a sentir cuando tuviera que cambiar de sitio.

Aquello no tenía nada que ver con Freddie, se dijo, ni tampoco con Sarah ni con ninguna otra mujer que él pudiera elegir. No podía ser de otro modo cuando ella misma había sacado a colación el asunto, asegurando que habían perdido la chispa, los dos. Había desaparecido completamente, de manera irrevocable; tenía que reconocerlo, en el fondo.

Manette no lograba recordar qué expresión había puesto Freddie cuando ella inició aquella dolorosa conversación. Tampoco recordaba si había manifestado su desacuerdo. Él tenía ese vicio de ser tan afable en toda circunstancia… No debería haberle extrañado que se hubiera mostrado igualmente afable ante la idea de que su matrimonio estaba muerto y enterrado. Entonces experimentó un sentimiento de alivio. Ahora, sin embargo, no podía recordar por qué diablos se había sentido tan aliviada. ¿Qué esperaba, al fin y al cabo, del matrimonio? ¿Melodrama, chispas y sexo todas las noches, igual que adolescentes en celo? ¿Quién podía mantener eso? ¿Quién querría mantenerlo?

—¿Tú y Freddie? —había dicho Mignon—. ¿Que os divorciáis? Más valdría que mirases un poco lo que hay por ahí últimamente antes de tomar esa decisión.

Su intención no era, no obstante, cambiar a Freddie por otro. No tenía el más mínimo interés en eso. Se trataba de ser realista, de mirar de frente la vida que llevaba y valorar su capacidad para resistir el curso del tiempo. Eran grandes amigos que de vez en cuando encontraban un hueco para disfrutar de un placentero encuentro entre las sábanas, y así aquello no podía durar. Ella lo sabía, y él también, y tenían que ser consecuentes. Eso era lo que habían hecho y, para ambos, había sido un alivio oficializar la situación. ¿O acaso no había sido así?

—Ah, aquí estás. ¿Qué diablos estás haciendo ahí dentro?

Al salir de su ensimismamiento, vio que Freddie había acudido con dos tazas en la mano. Agachado delante de la tienda, le ofreció una.

—Un momento —le dijo cuando se disponía a salir—. Hace años que no he estado dentro de una tienda. —Se introdujo a gachas—. Ese palo se va a caer, Manette —advirtió, señalando con la cabeza la parte de la armazón que le había dado más problemas.

—Ya —reconoció ella—. Una racha fuerte de viento la echaría abajo. De todas formas, es un buen sitio para pensar. Además, quería probarla.

—No es necesario —afirmó él.

Estaba sentado a su lado, con las piernas cruzadas como un indio. Ella advirtió que también tenía la flexibilidad suficiente para tocar el suelo con las piernas.

Tomó un sorbo del líquido que le había llevado. Caldo de pollo. Una elección interesante, como si estuviera enferma.

—¿Qué no es necesario? —inquirió.

—Buscarte otro refugio —dijo—. Optar por la alternativa en el jardín, por si acaso.

—¿De qué estás hablando, Freddie?

Él ladeó la cabeza. El brillo de sus ojos le indicó que estaba bromeando y le dio rabia no entender a qué se refería.

—Ya sabes. Lo de la otra noche, con Holly. Fue algo único, que no se va a repetir.

219

—¿Acaso vas a renunciar al asunto? —preguntó.

—¿A las citas? Oh, no. —Entonces se ruborizó, tal y como se sonrojaba él—. Bueno, es que lo estoy pasando bastante bien. No tenía ni idea de que las mujeres se habían vuelto tan... directas durante los años en que estuve fuera de circulación. Aunque tampoco es que hubiera estado antes mucho en circulación.

—Muchas gracias —replicó con acritud.

—No, no. No me refería a eso... Lo que quería decir es que tú y yo, al haber empezado a salir tan jóvenes y habiendo estado juntos desde el principio, más o menos... Tú fuiste la primera, ya lo sabes, la única, a decir verdad. O sea, que eso de ver qué es lo que sucede por ahí en el mundo... te hace abrir bastante los ojos, te lo aseguro. Bueno, claro que pronto tú lo verás por ti misma.

—No estoy segura de querer eso —dijo.

—Ah. —Guardó silencio y se puso a tomar el caldo de pollo. Le gustaba que nunca hubiera hecho ruido bebiendo. Detestaba el sonido que hacía mucha gente al sorber. Freddie jamás lo había hecho—. Bueno, pues no sé.

—Y volviendo a ti, yo no tengo derecho a pedirte que no traigas mujeres a casa, Freddie. No te preocupes. Lo que sí estaría bien es que me avisaras, que me llamaras por teléfono cuando ella vaya al baño de señoras, por ejemplo, aunque tampoco es obligatorio.

—Ya sé —admitió—. Conozco eso de los derechos..., pero también sé cómo me sentiría yo si al bajar me encontrara con un tipo tomándose un tazón de cereales en la cocina. Me sentiría raro. Así que, por lo general, voy a proponer que nos encontremos en otro sitio, no aquí.

—Como con Sarah.

—Como con Sarah, exacto.

Manette trató de captar algo en su voz, pero no lo consiguió. Entonces se preguntó si alguna vez había sido capaz de captar los matices de su voz. Era extraño pensarlo, pero ¿llegaba alguien a conocer a su cónyuge? Luego ahuyentó la pregunta, diciéndose que Freddie no era entonces ni había sido desde hacía mucho su pareja.

Siguió un momento de silencio, roto solo por los graznidos de los patos que pasaban volando.

—¿Y de dónde ha salido esto? —preguntó en alusión a la tienda—. Es nueva, ¿verdad?

Le contó que con la tienda tenía planeado acampar con Tim, hacer excursiones y llegar a Scout Scar.

—Digamos que él no se mostró muy entusiasmado con la propuesta —admitió al final.

—Pobre chico —dijo Freddie—. Qué vida le ha tocado, ¿eh?

Era como para suscitar compasión, desde luego. ¿Qué iba a ser de Tim y de Gracie? ¿Cuál iba a ser su mundo? Estaba convencida de que, si se hubieran encontrado en otro momento de su vida, ella y Freddie se habrían quedado con ellos. Ella lo habría sugerido y Freddie habría aceptado, sin pensárselo dos veces. Ahora, sin embargo, no podía pedirle aquello, y, aunque pudiera, no podría llevar a los niños a una casa donde podían toparse con una desconocida caminando por el pasillo en plena noche en busca del cuarto de baño. Y es que aunque Freddie dijera que no iba a traer ni a Sarah ni a Holly, o a cualquier otra para una sesión de prueba, siempre existía una posibilidad de que, con el acaloramiento del momento, olvidara aquella promesa. No podía correr ese riesgo.

Afuera, los dos cisnes de la laguna entraron en su campo de visión. Parecían moverse sin esfuerzo, majestuosos y tranquilos. Manette se puso a mirarlos y vio que, a su lado, Freddie hacía lo mismo. Finalmente, él volvió a tomar la palabra con tono pensativo.

—Manette, he empezado a trabajar con el programa de contabilidad de Ian.

—Ya me di cuenta —repuso.

—Sí. Bueno, he encontrado algo. Varias cosas, en realidad, y no sé muy bien qué pensar. Para serte sincero, no sé si son o no importantes, pero hay que tomarlas en consideración.

—¿Qué tipo de cosas?

Freddie se colocó frente a ella. Viendo que dudaba, Manette lo animó a continuar.

—¿Sabías que tu padre financiaba todos los gastos relacionados con Arnside House?

—La compró como regalo de boda para Nicholas y Alatea.

—Sí, claro, pero también ha pagado todas las obras de restauración, y han sido muy caras. Extremadamente caras, tal como deben de ser siempre esas cosas, supongo. ¿Tienes idea de por qué lo ha hecho?

—No. ¿Es importante? Papá tiene dinero a patadas.

—Es verdad. De todas maneras, no me imagino que Ian no intentara convencerlo para que no le diera tanto dinero a Nick sin alguna clase de plan de retribución, aunque fuera para devolver al cabo de un siglo y sin intereses. Habría sido normal que Ian hubiera ideado algo así. Aparte hay que tener en cuenta el pasado de Nick. Entregar tanto dinero a un adicto…

—Dudo que papá le diera el dinero, Freddie. Lo más probable es que solo pagara las facturas. Y es un exadicto.

—El mismo Nick no diría exadicto. Por eso pone tanto empeño en acudir a sus reuniones. Ian, en todo caso, no lo habría visto así, con el historial de Nick.

—Supongo que sí. De todas formas… Nicholas tiene derecho a heredar algo de papá. Quizá llegaron a un acuerdo para que disfrutara de su herencia ahora, en vida de papá.

Freddie no pareció muy convencido.

—¿Sabes que también ha estado pagando una asignación a Mignon durante años?

—¿Y qué va a hacer si no? Lo ha tenido en un puño desde que se cayó en Launchy Gill. Francamente, cualquiera diría que fue papá el que la empujó. Igual habría tenido que hacerlo.

—Los pagos mensuales han aumentado en los últimos tiempos.

—¿Por el coste de la vida?

—¿Qué coste de la vida tiene ella? Y el aumento ha sido muy elevado. Se han multiplicado por dos. No es posible que Ian hubiera aprobado eso. Tuvo que haber protestado.

Manette reflexionó un momento. Freddie tenía razón, pero había cosas relacionadas con Mignon que nunca había comprendido.

—La han operado no hace mucho. Eso no va incluido en la sanidad pública. Alguien tenía que pagar los gastos. ¿Y quién iba a hacerlo?

—Esos pagos habrían sido para el cirujano, ¿no? Estos iban dirigidos a Mignon.

—Quizá se lo ingresaron a Mignon para que ella misma pagara al cirujano.

—Entonces, ¿por qué se han prolongado? ¿Por qué han seguido pagándole?

Manette sacudió la cabeza. La verdad era que no lo sabía.

Guardó silencio. Freddie también permaneció callado hasta que exhaló un suspiro y ella previó que iba a añadir algo más. Cuando le preguntó de qué se trataba, él respiró hondo.

—¿Qué fue de Vivienne Tully? —preguntó.

Lo miró, pero él había desviado la mirada. La tenía centrada en los dos cisnes de la laguna.

—No tengo ni la menor idea. ¿Por qué?

—Porque durante los últimos ocho años, ella también ha recibido pagos regulares.

—¿Para qué?

—No tengo ni idea. En todo caso, tu padre ha estado gastando dinero a mansalva, Manette, y que yo sepa, Ian era el único que estaba al corriente.

De Chalk Farm a Marylebone
Londres

Barbara Havers estaba tomando un tentempié cuando Angelina Upman y su hija llamaron a la puerta. El tentempié consistía en un pedazo de tarta de arándano con un acompañamiento de queso fresco: se debía incluir al menos tres grupos de alimentos en cada comida y, por lo que a ella respectaba, aquello parecía abarcar, por lo menos, más de un grupo de alimentos. Antes de abrir la puerta, se metió lo que quedaba de pastel en la boca. Puesto que había oído la excitada voz de Hadiyyah afuera, se dijo que más valía dar una virtuosa impresión con el queso fresco que despreciable con la tarta.

Aparte, estaba fumando, tal como no dejó de advertir Hadiyyah. Enseguida detectó el pitillo que humeaba en un cenicero encima de la mesa. Aunque sacudió la cabeza, no dijo nada, limitándose a mirar a su madre, la virtuosa no fumadora, como si dijera: «¿Te das cuenta con lo que tengo que bregar aquí?».

—Somos mensajeras que traemos buenas y malas noticias. ¿Podemos pasar, Barbara?

No, por Dios, pensó ella. Hasta el momento había logrado mantener a Angelina fuera de su chabola y prefería dejar las cosas así. No se había hecho la cama, no había fregado los platos y tenía cinco pares de bragas colgadas en la cuerda que había tensado encima del fregadero de la cocina. Aun así, no podía salir al frío aire de noviembre para averiguar por qué Angelina y su hija habían ido a su casa en lugar de hacer lo que habría hecho esta, es decir, abrir la puerta de par en par, invitar a café y a té, y mostrarse educada con la inesperada visita.

—Me habéis pillado justo cuando empezaba a ordenar la casa —dijo, haciéndolas pasar.

La mentira era tan evidente que casi se le atragantó en la garganta. Hadiyyah puso cara de escepticismo, pero Angelina no conocía tan bien a Barbara como para saber que, para ella, las tareas de la casa eran tan horribles como arrancarse los pelos de las cejas de uno a uno.

—¿Café? ¿Té? —ofreció—. Puedo lavar un par de tazas.

En el fregadero había diez sucias, junto con otras piezas de vajilla y un montón de cubiertos.

—No, no. No nos podemos quedar —se apresuró a rehusar Angelina—. Pero quería decirte lo de Dusty.

¿Quién diablos...? Tardó un poco en recordar que ese era el nombre del estilista de Knightsbridge encargado de alterar para siempre su apariencia.

223

—Ah, sí —dijo, antes de acercarse a la mesa para apagar el cigarrillo.

—Te he pedido cita con él —la informó Angelina—, pero no es hasta dentro de un mes. Está muy ocupado. Siempre lo está. En eso se mide el éxito de un estilista. Todo el mundo quiere que lo atienda enseguida.

—Una crisis en el sector del pelo, sí —afirmó sabiamente Barbara, como si supiera algo del tema—. Vaya, qué lástima.

—¿Qué lastima? —repitió Hadiyyah—. Pero Barbara, tienes que verlo. Es el mejor. Te hará un peinado precioso.

—Ay, estoy segurísima de que sí lo haría, guapa —acordó Barbara—, pero le he dicho a mi jefa que me he tomado el día libre para ir a la peluquería y no puedo faltar al trabajo durante un mes ni presentarme sin haberme cambiado el peinado, así que... ¿conoces a alguien más? —preguntó a Angelina

La mujer se concentró un momento. Acercando una mano de cuidadas uñas a la cara, se dio un golpecito en la mejilla.

—Creo que podríamos encontrar una solución, Barbara. No sería con Dusty, pero sí en la misma peluquería. Allí tiene ayudantes, estilistas en periodo de formación... Quizá te convendría uno de ellos. Si pudiera cogerte un hueco y si te acompañara, estoy segura de que Dusty podría venir a inspeccionar qué hace la otra persona. ¿Te parece bien?

Teniendo en cuenta que se había pasado los últimos diez años cortándose a tijeretazos el pelo en la ducha, cualquier cosa moderadamente profesional sería perfecta. Aun así, Barbara consideró necesario fingir cierta inquietud.

—Mmm... No sé... ¿Qué crees tú? Es que es importante. Mi jefa se toma muy en serio este asunto...

—Yo creo que quedarás bien —afirmó Angelina—. Esa peluquería es muy selecta y no van a admitir a cualquiera como aprendiz. ¿Quieres que llame?

—Oh, sí, Barbara —la animó Hadiyyah—. Di que sí. Y después igual podemos ir a tomar el té. Podemos ponernos elegantes y llevar sombreros y bolsos bonitos y...

—Me parece que ya nadie lleva sombreros —la atajó Angelina. Seguro que había visto la expresión de horror que había asomado a su cara, pensó Barbara—. ¿Qué dices, Barbara?

No había ninguna alternativa, puesto que iba a tener que presentarse en el trabajo con un nuevo peinado y, a menos que le cortara el pelo alguien con experiencia, iba a tener que hacerlo ella misma, lo cual resultaba impensable a esas alturas.

—De acuerdo —aceptó.

Angelina preguntó si podía usar el teléfono para llamar directamente desde allí. Así dejarían resuelta la cuestión.

Hadiyyah se fue brincando hasta el polvoriento estante de detrás de la tele donde se encontraba el teléfono. Barbara se dio cuenta de que no llevaba el pelo recogido con trenzas como de costumbre. Ese día lo llevaba suelto formando una ondulante masa bien cepillada, sujeto arriba con un pasador.

Mientras Angelina llamaba a la peluquería, Barbara felicitó a Hadiyyah por su nuevo peinado. La niña quedó encantada, tal como era de prever. Mamá la había peinado, explicó. A papá solo se le daban bien las trenzas, pero siempre lo había llevado de esa manera antes del viaje de mamá a Canadá.

Barbara se preguntó si Hadiyyah había llevado de veras el pelo de esa manera desde el regreso de Angelina, cuatro meses atrás. Jesús, de ser así: ¿qué cabía pensar de ella, si no se había fijado hasta entonces? Barbara evitó responder a esa pregunta, pues sabía que iba a llegar a la conclusión de que durante los cuatro meses anteriores había centrado la atención en la propia Angelina y, lo que era peor, en su pareja.

—Estupendo —dijo Angelina por teléfono—. Allí estaremos. ¿Y estás seguro de que Cedric…?

¿Cedric?

—¿… lo hará bien?… Magnífico… Sí, gracias. Nos vemos luego. —Colgó y puso al corriente a Barbara—: Tenemos hora a las tres de esta tarde. Dusty vendrá a verte y dará su opinión. Solo tienes que recordar que no hay que hacer caso de su pretenciosa actitud y que no debes tomártelo como algo personal. Y después, haremos lo que dice Hadiyyah. Cogeremos un taxi para ir a tomar el té como Dios manda en el Dorchester. Invito yo, por cierto.

—¿Té en el Dorchester? —gritó Hadiyyah, cruzando las manos encima del pecho—. Ah, sí, sí, sí. Di que sí, Barbara.

Barbara tenía tantas ganas de ir a tomar el té al Dorchester como de dar a luz a octillizos, pero Hadiyyah parecía tan ilusionada y, además, Angelina se había mostrado tan amable que no se podía negar.

—Té en el Dorchester, vale —aceptó, preguntándose qué demonios se iba a poner y cómo diablos iba a sobrevivir a la experiencia.

Barbara se despidió de sus amigas y, después de arreglarse para ofrecer un aspecto relativamente presentable, se fue a Portland Place, para indagar en el Twins, el club de Bernard Fairclough. Pensó que lord Fairclough debía de alojarse en el club cuando estaba en

225

Londres. De ser así, era probable que hubiera algún trabajador del centro que tendría algún secretillo que divulgar.

Como nunca había estado en un club privado, no sabía con qué se iba a encontrar. Se imaginaba a unos tipos fumando puros con los pies enfundados en zapatillas persas, con el ruido de las bolas de billar como telón de fondo sonoro, y también sillones de orejas de cuero al lado de una chimenea y revistas de solera.

Lo que no esperaba era a la anciana que acudió a la puerta cuando llamó al timbre. Era tan vieja que parecía que hubiera trabajado allí desde la fundación del club. Más que arrugada, su tez estaba agrietada, acartonada. Tenía los ojos turbios y, por lo visto, se había olvidado de ponerse los dientes. O igual era que se había quedado sin dientes y no quería tener nada que ver con las dentaduras postizas. Aquella podía ser una manera eficaz de moderarse en la comida, se dijo de paso Barbara.

Aunque podría haber tenido doscientos años, era astuta. Después de mirar de hito en hito a Barbara, no quedó impresionada en lo más mínimo.

—No se admite a los no miembros que no vayan acompañados de un miembro —dijo con la voz de una mujer cincuenta años más joven.

Barbara quedó tan desconcertada al oírla que poco le faltó para ponerse a mirar en derredor en busca de un ventrílocuo.

—Estaba pensando en solicitar la admisión —apuntó Barbara a fin de poder acceder a la puerta.

Por encima del hombro de la anciana percibió un atisbo de paredes revestidas de madera y de cuadros, pero nada más.

—Este club es solo para caballeros —la informó entonces la anciana—. Siento decirle que las mujeres solo pueden entrar en compañía de un miembro. Solo tienen acceso al comedor, aunque también pueden usar las instalaciones, claro.

Viendo que aquello no la iba a llevar a ningún lado, Barbara asintió y cambió de estrategia.

—Es que también hay otra cuestión —anunció, sacando la identificación de Scotland Yard—. Si me permite entrar, tengo que hacer unas cuantas preguntas sobre uno de sus miembros.

—Ha dicho que estaba interesada en solicitar su admisión —señaló la anciana—. Entonces, ¿en qué quedamos? ¿Admisión o preguntas?

—Ambas cosas, más o menos. Pero en vista de que lo de la admisión no va a ser posible, me conformaré con las preguntas, aunque preferiría no tener que hacerlas aquí, delante de la puerta.

Dio un paso adelante. Aquello solía dar resultado, pero esa vez no funcionó. La vieja permaneció donde estaba.

—¿Preguntas sobre qué?

—Debo plantearlas al responsable del lugar —precisó Barbara—. Si tuviera la amabilidad de irlo a buscar... Esperaré en el vestíbulo, o donde sea que ponen a los policías cuando vienen al club.

—Aquí no hay ningún responsable. Hay un consejo de administración compuesto por varios miembros; si desea hablar con uno de ellos, tendrá que volver el día en que se reúnen, el próximo mes.

—Lo siento, pero no es posible —le advirtió Barbara—. Se trata de una investigación policial.

—Pues estas son las normas del club —afirmó la dama—. ¿Quiere que llame al abogado del club para que venga? Esa será la única manera de que pueda entrar por esta puerta, porque yo no la pienso dejar pasar.

Caramba, pensó Barbara. Aquella mujer encajaba bastante bien en la categoría de «vieja bruja».

—Mire, le voy a ser franca. Tengo que hacer unas preguntas sobre uno de sus miembros por un caso que podría ser de asesinato.

—Comprendo. —La mujer se puso a reflexionar, ladeando la cabeza. Observando su pelo, blanco y espeso, Barbara se dijo que debía de llevar una peluca. Nadie llegaba a tal estado de avanzada vejez con todos los folículos activos. Era imposible. No había más que fijarse en la Reina Madre—. Bueno, cuando el caso que «podría ser de asesinato» se convierta en «es de asesinato», podremos volver a hablar. Mientras tanto, no hay nada que discutir.

Una vez dicho esto, retrocedió y cerró la puerta. Barbara se quedó en el escalón: había perdido la batalla por haber utilizado aquel maldito «podría».

Exhalando una maldición, sacó un paquete de Players del bolso y, tras encender uno, se planteó qué iba a hacer. Debía de haber algún trabajador de aquel lugar capaz de compartir una información: un chef, un cocinero, un camarero, un limpiador. Seguro que la vieja bruja no se ocupaba ella sola del club.

Bajó los escalones y observó el edificio. Estaba cerrado a cal y canto, como una imponente fortaleza que guardaba los secretos de sus miembros.

Miró en torno a sí. Quizás había alguna otra alternativa. ¿Una tienda con un dependiente curioso que espiaba por la ventana las entradas y salidas de los ricachones del club? ¿Una florista que efectuaba frecuentes entregas por la puerta principal? ¿Un estanquero que vendía el rapé o los puros para los miembros? Lo malo era que en

Portland Place no había nada aparte de una parada de taxis, no lejos del edificio de la BBC.

Resolvió que lo de la fila de taxis tenía posibilidades. Los taxistas debían de tener sus rutas favoritas y sus paradas predilectas. Debían de frecuentar ciertas zonas donde abundaban más los clientes. Por consiguiente, era lógico que uno de los taxistas de la parada hubiera llevado a algún sitio a un miembro del Twins o a las personas que salían de la BBC.

Se acercó a charlar con ellos. Con los tres primeros de la fila no obtuvo nada. Con el cuarto dio en la diana. Con su pinta de típico personaje de los barrios del este londinense, Barbara se lo imaginó vendiendo fruta en un puesto callejero los domingos.

Conocía a lord Fairclough. Conocía a «casi todos esos pijos», según aseguró. Le gustaba parlotear con ellos porque les molestaba, sí, señora, y le encantaba ver cuánto iban a tardar en decirle que cerrara el pico. Fairclough siempre estaba dispuesto a charlar, cuando estaba solo. Cuando iba con otra persona, la cosa cambiaba.

Lo de la «otra persona» llamó la atención de Barbara. ¿Iba con alguien en especial?

—Oh, sí —contestó el taxista—. Siempre la misma nena.

—¿Su mujer? —inquirió Barbara.

El taxista soltó una carcajada.

—¿Y se acuerda de adónde lo llevó a él y a la nena? —preguntó.

Con una complacida sonrisa, el taxista se dio un golpecito en la cabeza, depositaria de tanto conocimiento. Luego dijo que claro que se acordaba: siempre era el mismo sitio, y, con un guiño, añadió que la nena era bastante joven.

La cosa se ponía más interesante. Bernard Fairclough y una joven yendo siempre en taxi al mismo sitio después de las reuniones en el club. Pidió al taxista si podía llevarla a aquel sitio.

El hombre dirigió la mirada a la fila de taxis que le precedían. Barbara entendió. No podía salir con un pasajero hasta que le tocara el turno porque, si no, se armaría una buena. Ella le dijo que esperaría hasta que llegara al principio de la fila, si podía llevarla al sitio exacto y mostrarle adonde iban Fairclough y su acompañante. Después le enseñó su carné. Es una investigación policial, especificó.

—¿Tiene con qué pagar? —preguntó el taxista. Ella asintió—. Entonces sube, cariño. Estoy a tus órdenes.

De Milnthorpe al lago Windermere
Cumbria

—¿No ves lo que todo esto significa, Simon?

Siempre que Deborah le decía aquello, Saint James sabía que debía andarse con pies de plomo. Ella pretendía agregar algo más, y en esa situación aquello podía colocarla en una posición peligrosa.

—Pues no, cariño. Lo que veo es que, mientras hablabas con ella, Alatea Fairclough se alteró por motivos que no están del todo claros, pero que no parecen guardar para nada relación con la muerte de Ian Cresswell. Lo mejor que puedes hacer es devolver la llamada a su marido y decirle que ha surgido un imprevisto y que tienes que regresar a Londres.

—¿Sin ver qué quiere? —respondió Deborah, incrédula y suspicaz. Tal como suele ocurrir con los matrimonios, conocía sus puntos débiles y sabía que el más débil de todos era ella misma— ¿Y por qué iba a hacer tal cosa?

—Tú misma dices que ella sabe que no eres la persona que afirmaste ser. No creerás que no se lo ha contado a Nicholas. Si te ha llamado y ha dicho que deseaba hablar contigo, querrá hacerlo sobre el estado en que quedó su mujer después de que te fueras.

—Eso es de lo que tú desearías hablar, pero él podría querer hablarme de una docena de cosas distintas, y no lo voy a saber a menos que lo llame y concierte una cita.

Se encontraban en el aparcamiento del Crow and Eagle, al lado del coche que habían alquilado. Simon tenía que reunirse con Lynley en Ireleth Hall y, aunque aún iba bien de tiempo, si la conversación se prolongaba mucho más, sí que llegaría tarde. Deborah lo había seguido desde la habitación: la conversación aún no había acabado. Iba vestida como si fuera a salir, y no era una buena señal. Sin embargo, no había cogido ni el bolso ni la cámara, lo que dejaba un margen a la esperanza.

Deborah le había descrito con pelos y señales su encuentro con Alatea Fairclough; según veía él las cosas, la mujer la había desenmascarado, y debía, por lo tanto, quedarse al margen. Ella argüía que su reacción había sido tan exagerada que por fuerza debía de estar ocultando algo, y que, si era así, lo más probable era que su marido no estuviera al corriente. La única forma que tenía de averiguarlo era hablando con él.

Saint James había recalcado que, según decía Lynley, un periodista de *The Source* había estado husmeando por allí, lo cual, unido a una fotógrafa que no era lo que decía ser, habría bastado para irri-

229

tar a Alatea Fairclough. ¿Qué creía que ocultaba, un pasado nazi? Después de todo, era argentina.

—Paparruchas —replicó Deborah.

¿Paparruchas? ¿Qué clase de palabra era «paparruchas»? Sin embargo, no dijo nada.

—Yo creo que todo este tiene que ver con la revista, Simon. Alatea estaba perfectamente…, bueno, un poco nerviosa, pero nada más…, hasta que saqué a colación el número de *Concepción*. Intenté acercarme a ella, le expliqué un poco las dificultades que habíamos tenido nosotros con el embarazo, y ahí empezó todo. Se descontroló un poco y…

—Ya hemos hablado de eso, Deborah —le recordó pacientemente—. ¿No ves en qué va a acabar? Su marido llega a casa, ella le dice que tú no eres quien decías ser, él te llama diciendo que desea tener una conversación contigo…, y en esa conversación te va a decir que la tapadera que usabas para inmiscuirte en su vida…

—Yo le dije que era fotógrafa independiente y le expliqué lo que significa. Le dije que me había contratado Query Productions, que es una empresa nueva que aún no ha hecho ninguna película. Se me ocurrió en ese momento, por cierto, porque lo que va a hacer a continuación es averiguar que no existe ninguna empresa reciente llamada Query Productions, y ambos lo sabemos. Puedo improvisar de nuevo…

—Te encuentras en una posición muy mala —insistió él, a punto de accionar la manecilla de la puerta del coche—. Tienes que dejarlo.

No le dijo que le prohibía seguir adelante. No dijo que deseaba que no hiciera nada más. Sus años de matrimonio le habían enseñado que por esa vía la iba a encolerizar, así que solo procuró conducirla sin presiones hacia esa conclusión. En el fondo, lo que lo aterrorizaba era perderla, pero no podía expresarlo, porque ella se apresuraría a contestar que no la iba a perder; entonces él hablaría de la muerte de Helen y el cráter que había provocado en la vida de Tommy. No quería ni mencionar siquiera la muerte de Helen. Era algo demasiado doloroso, siempre lo iba a ser.

—Sé cuidar de mí misma —aseguró ella—. ¿Qué me va a hacer? ¿Empujarme por un acantilado? ¿Golpearme en la cabeza? Alatea se trae algo raro entre manos y me falta muy poco para descubrirlo. Si es algo importante, si Ian Cresswell se enteró de ello… ¿No lo ves?

El problema era que sí lo veía, demasiado bien. No podía admitirlo, sin embargo, porque con ello llegarían a una conclusión a la que no le interesaba llegar.

—No creo que tarde mucho —anunció—. Seguiremos hablando cuando vuelva, ¿de acuerdo?

En la cara de Deborah vio esa expresión que tan bien conocía. Dios, qué testaruda era. De todas maneras, se apartó del coche y regresó al hostal. Convencido de que la cosa no iba a acabar ahí, lamentó no haberle cogido las llaves de su coche.

No tenía más remedio que irse a Ireleth Hall. Todo estaba previsto. Valerie Fairclough estaría en la torre manteniendo a su hija ocupada para que no mirara por la ventana. Lynley y lord Fairclough lo esperarían con todas las luces que hubieran logrado reunir para alumbrar el interior de la caseta del embarcadero.

Saint James circuló deprisa y localizó sin contratiempos Ireleth Hall. Después de cruzar la verja, se adentró en la propiedad. Los ciervos pastaban plácidamente a lo lejos, levantando de vez en cuando la cabeza como para controlar su entorno. Quedó impresionado por aquel extenso parque, presidido por magníficos robles, plátanos, hayas y bosquecillos de abedules.

Lynley salió de la casa cuando detuvo el coche, acompañado de Bernard Fairclough. Después de las presentaciones, el anfitrión señaló el camino que conducía al embarcadero y explicó que habían conseguido montar una iluminación provisional utilizando la corriente de una bombilla exterior. También tenían linternas, por si acaso, y llevaban, además, un montón de toallas.

El camino descendía entre arbustos y chopos hasta el lago Windermere. El lago estaba plácido. Solo los trinos de los pájaros y el distante ruido del motor de alguna embarcación interrumpían el silencio. La caseta del embarcadero era un achaparrado edificio de empinado tejado que casi llegaba hasta el suelo. Su única puerta permanecía abierta y, tal como advirtió Saint James, carecía de cerradura. Lynley ya debía de haber sacado la conclusión de lo que implicaba que no hubiera cerradura.

Una vez dentro, Saint James observó que el embarcadero de piedra ocupaba tres de los lados del edificio. En la zona donde Ian Cresswell cayó habían colocado varias bombillas de electricista y, en una de las vigas, había sujeto un cable con más bombillas que llegaba desde el exterior. Como las luces proyectaban largas sombras por todas partes salvo en la zona inmediata a las piedras en cuestión, Lynley y Fairclough encendieron las linternas para mitigarlas.

Saint James vio que había un banco de carpintero a un lado; a juzgar por el olor, debía de utilizarse para limpiar el pescado. Puesto que para dicha tarea se necesitaban herramientas, alguien ya debía de haberlas examinado. Había cuatro embarcaciones: el *scull* de Ian

231

Cresswell, una barca de remos, una motora y una canoa. La barca era de Valerie Fairclough, según le informaron. La canoa y la motora la usaban indistintamente los demás miembros de la familia, aunque solo de manera ocasional.

Saint James se dirigió con cuidado a la zona de donde se habían desencajado las piedras y pidió una linterna.

Saltaba a la vista que quienquiera que cayera allí podía fracturarse fácilmente el cráneo. Las piedras tenían contornos toscos como solía ocurrir en muchas edificaciones de Cumbria. Eran de pizarra, con alguna que otra pieza de granito intercalada. Las habían fijado con argamasa allí mismo, ya que habría sido una temeridad dejarlas sueltas, pero la argamasa estaba gastada y se desmenuzaba en algunos sitios. Las piedras podrían haberse desprendido por sí solas. También podría haberse tratado, no obstante, de algo intencionado. Podía deberse tanto al uso continuado a lo largo de varias generaciones como a la acción deliberada de alguien que las había acabado de desencajar.

Se desplazó observando la argamasa, en busca de marcas que indicaran si se había introducido una herramienta para hacer palanca. La argamasa estaba en tan mal estado que sería complicado dilucidar si el desmenuzamiento apreciable en ciertas zonas se debía a algo más que al paso de los años. La presencia de alguna franja más brillante habría sido un indicio de que alguien había utilizado una herramienta para aflojar la argamasa, pero no parecía que hubiera ninguna.

Finalmente se enderezó, después de haber examinado centímetro a centímetro toda la zona en la que se habían soltado las piedras.

—¿Qué le parece? —preguntó Fairclough.

—No se aprecia nada en particular.

—¿Está seguro? —Fairclough parecía aliviado.

—No hay indicios de nada. Podríamos traer luces más potentes y lupas para aumentar la percepción, pero, por el momento, comprendo que lo consideraran un accidente.

—¿Por el momento? —inquirió Fairclough, mirando de reojo a Lynley.

—El hecho de que no haya marcas en la argamasa no significa que no las haya en las piedras que cayeron. Esperaba poder evitar esto —añadió, mirando con ironía a su amigo.

—Ya me lo suponía —replicó Saint James, sonriendo—. Esto de ser discapacitado tiene también sus ventajas, tal como se demuestra ahora.

Lynley le entregó su linterna y comenzó a quitarse la ropa. Cuando se halló con ropa interior, esbozó una mueca y se introdujo en el agua.

—Aghh —exclamó cuando aquella helada agua le llegó hasta la cintura—. Por lo menos no es hondo —agregó.

—Aunque eso no te va a salvar de mucho —observó Saint James—. Tienes que llegar hasta el fondo, Tommy. No va a ser difícil, porque esas piedras no tienen algas.

—Ya lo sé —replicó, quejumbroso.

Luego se sumergió. Tal como había apuntado Saint James, fue sencillo. Las piedras desprendidas no habían permanecido tanto tiempo en el agua como para recubrirse de algas, con lo cual las localizó enseguida. Sin embargo, después de sacarlas, no salió aún del agua.

—Hay algo más —informó a Fairclough—. ¿Puedes enfocar la luz hacia aquí?

Volvió a sumergirse. Mientras Fairclough encaraba la linterna en aquella dirección, Saint James examinó las piedras. Había llegado a la conclusión de que no presentaban ningún problema, puesto que no había ningún brillo ni marca en su superficie, cuando Lynley volvió a salir. Llevaba algo que depositó en el embarcadero. Luego subió temblando y cogió las toallas.

Saint James acudió a ver qué había sacado.

—¿Qué has encontrado? —preguntó Fairclough.

Era un cuchillo, como los que solían usarse para limpiar el pescado. Tenía una hoja fina de unos quince centímetros de largo. Por su estado, no había duda de que no llevaba mucho tiempo en el agua.

Milnthorpe
Cumbria

Deborah no se explicaba qué demonios pensaba Simon que iba a sucederle si le devolvía la llamada a Nicholas Fairclough. Había capeado sin problemas la confrontación con su mujer y estaba decidida a hacer lo mismo con Nicholas.

Cuando lo llamó, él le pidió si podían verse. Luego le preguntó si necesitaba algo más y apuntó que, según tenía entendido, para la realización de documentales se utilizaban muchos tipos de imágenes que se iban mostrando durante las narraciones de voz en *off*. En ese sentido, las posibilidades eran múltiples y había pensado que podía llevarla a Barrow-in-Furness para mostrarle algunas de las zonas pobres donde la gente vivía en condiciones terribles, porque aquello podría ser importante para ofrecer una visión global.

Deborah aceptó. Sería otra oportunidad para hurgar en su vida, tal como Tommy quería.

—¿Dónde quiere que nos encontremos? —preguntó a Nicholas.

Él contestó que iría a buscarla a su hotel; ella aceptó. Tenía su móvil y, al fin y al cabo, tanto Simon como Tommy se encontraban cerca: no había peligro. Abandonó la habitación, dejando una nota a su marido en la que incluyó el número de teléfono de Nicholas.

Llegó al cabo de unos veinte minutos en un viejo Hillman. Deborah lo esperaba delante del hotel y, cuando le propuso tomar un café antes de ir a Barrow-in-Furness, no se hizo de rogar.

No les costó encontrar un bar idóneo, dado que Milnthorpe era un centro de mercado provisto de una plaza cuadrada de buenas dimensiones justo al lado de la carretera. Aunque un lado de la plaza lo ocupaba una iglesia, que se elevaba por encima de la localidad en lo alto de una discreta loma, también había restaurantes y tiendas. Al lado del Milnthorpe Chippy, especializado al parecer en toda clase de refritos, había un pequeño café.

—¿Niamh? ¿Niamh? —llamó justo antes de entrar, dirigiéndose a una mujer que acababa de salir de un restaurante chino situado tres puertas más allá.

Cuando se volvió, Deborah advirtió que aquella mujer era menuda y esbelta. Iba vestida con formidable elegancia, teniendo en cuenta que a aquella hora del día nadie solía llevar tacones de aguja y atuendo de noche. La falda del vestido dejaba al descubierto buena parte de unas piernas bien torneadas, y el escote realzaba unos pechos turgentes y erguidos, evidentemente artificiales. Detrás de ella había un hombre con un delantal del restaurante chino. Al parecer existía alguna relación entre ambos, porque Niamh se volvió a hablarle mientras él la miraba con embeleso.

—¿Me permite un momento? —pidió Nicholas a Deborah, antes de encaminarse hacia la mujer.

Ella no pareció alegrarse de verlo. Con expresión glacial, dijo algo a su acompañante, que, tras observar a Nicholas, volvió a meterse en el restaurante.

Nicholas se puso a hablar. Niamh lo escuchaba. Deborah se aproximó para enterarse de la conversación, lo que no era fácil, pues aquel día había mercado en la plaza, así que, además del ruido de los vehículos de la carretera que atravesaba Milnthorpe, tenía que lidiar con el parloteo de las señoras que compraban fruta y verdura y de los individuos que hacían provisiones de toda clase de artículos, desde pilas hasta calcetines.

—No es de tu incumbencia —decía Niamh—, y menos aún de la de Manette.

—Sí, claro —contestó con afabilidad Nicholas—. Pero como ellos forman parte de nuestra familia, Niamh, es comprensible su preocupación, y también la mía.

—¿Que forman parte de vuestra familia? —repitió Niamh—. Ay, qué risa. Ahora son de la familia, pero ¿qué eran cuando él se marchó y los demás lo dejasteis hacer? ¿Eran también parte de vuestra familia cuando él destruyó la nuestra?

Perplejo, Nicholas miró en derredor, no solo como si quisiera cerciorarse de que nadie los escuchaba, sino también como si buscara las palabras que debía decir.

—No creo que ninguno de nosotros hubiera podido impedir lo que ocurrió.

—¿Ah, no? Pues mira, por ejemplo, tu condenado padre podría haberle dejado sin empleo si no entraba en razón; eso para empezar. Podría haber dicho: «Si haces eso, no quiero saber nada de ti», y todos vosotros podríais haber hecho lo mismo. Pero no lo hicisteis, claro, porque Ian os tenía controlados a todos…

—Las cosas no eran así —la atajó Nicholas.

—Y ninguno estaba dispuesto a plantarle cara, ninguno.

—Mira, no quiero discutir contigo. Cada uno ve las cosas a su manera y ya está. Lo único que quería decirte es que Tim no está bien…

—¿Crees que no lo sé? Fui yo la que tuve que buscarle un colegio donde los demás alumnos no lo señalaran con el dedo por ser el hijo del tipo que se dejaba dar por culo por un árabe. Sé perfectamente que está mal y hago lo que me parece, así que no consiento que tú ni tu miserable familia os metáis en nuestra vida. Eso es lo que hicisteis en vida de Ian, ¿no?

Después se fue hecha una fiera hacia la hilera de coches que había aparcados en el lado norte de la plaza. Nicholas permaneció cabizbajo y pensativo un momento, antes de reunirse con Deborah.

—Disculpe. Asuntos de familia —dijo.

—Ah —respondió ella—. ¿Es una pariente, entonces?

—La mujer de mi primo. Él se ahogó hace poco y a ella le cuesta…, bueno, sobrellevar la situación. Además, tenían hijos.

—Lo siento. ¿Quiere que entremos? —Señaló el café adonde se dirigían—. ¿O prefiere que lo dejemos para otro momento?

—No, no —declinó él—. Quiero hablar con usted. ¿Sabe lo de Barrow? Para serle franco, era una especie de excusa para verla.

Como sabía que no se refería a que deseara estar con ella para recrearse con sus encantos, Deborah se preparó para lo peor. Puesto que había sido él quien la llamó pidiendo una entrevista, al principio

235

había deducido que Alatea no le había contado la verdad sobre lo sucedido entre ellas. Quizá se había equivocado.

—Por supuesto —dijo, entrando tras él al bar.

Allí pidió café y pastel, con fingida desenvoltura.

Él no sacó a colación a Alatea hasta que los hubieron servido.

—No sé muy bien cómo expresar esto, así que se lo diré sin rodeos. Para que pueda rodarse este documental, tiene que permanecer alejada de mi esposa. Los realizadores también deben saberlo.

Deborah hizo lo posible por adoptar una inocente actitud de perplejidad ante aquel imprevisto cambio de rumbo.

—¿Su esposa? —dijo con cara de sorpresa. Después, como si se acordara de algo, añadió, apesadumbrada—: Ayer la incomodé y ella se lo contó, ¿verdad? Sinceramente, tenía esperanzas de que no lo hiciera. Lo lamento muchísimo, señor Fairclough. No fue a propósito. Estuve un poco torpe, dejándome llevar por mis emociones. Fue a causa de esa revista, ¿no?

—¿Qué revista? —preguntó él con aspereza.

Qué raro, pensó.

—*Concepción* —repuso.

En realidad, habría querido agregar si había otra revista que debería haber mirado, pero se reprimió, por supuesto. Trató febrilmente de acordarse de las otras publicaciones que había en la mesa. No se acordaba, porque había centrado en exclusiva la atención en aquella.

—Ah, *Concepción* —dijo él—. No, no. No es… Da igual.

Sintiendo que no podía dejar las cosas así, Deborah optó por un enfoque directo.

—¿Ocurre algo, señor Fairclough? ¿Hay algo que quisiera decirme? ¿O algo que querría preguntarme? ¿Podría yo de alguna manera tranquilizar los temores…?

Él estuvo toqueteando un momento el asa de la taza de café y luego se decidió a responder, con un suspiro.

—Hay cosas de las que Alatea no quiere hablar, y una de ellas es su pasado. Ya sé que usted no ha venido a indagar sobre sus antecedentes ni nada por el estilo, pero eso es lo que a ella le da miedo.

—Comprendo —dijo Deborah—. Bueno, el documental no pretende investigar nada más de lo relacionado con el proyecto… ¿Está seguro de que lo que le preocupa no es cómo pueda afectarle a usted el reportaje? ¿La incidencia que pueda tener en su reputación, en su posición en la comunidad?

Nicholas soltó una sarcástica carcajada.

—Ya me perjudiqué bastante cuando consumía droga. Ningún documental podría hacerme caer más bajo. No, es algo relacionado con lo que Alatea tuvo que hacer para salir adelante antes de que nos conociéramos. Es francamente tonto que le produzca tanta aprensión, porque no es nada. Tampoco es que hubiera hecho películas porno o algo así.

Deborah asintió con empatía, aunque sin hacer comentarios. Estaba justo a punto de realizar el gran descubrimiento, se decía... Nicholas solo necesitaba un ligero empujoncito.

—Se conocieron en Utah, ¿verdad? —preguntó por fin, con aire pensativo—. Yo fui a estudiar un tiempo a Estados Unidos, a Santa Barbara. ¿Conoce la ciudad? Allí la vida es cara y yo...; bueno, las becas no son cuantiosas y siempre hay maneras de ganar dinero fácil...

Dejó la frase en el aire. La verdad es que no había hecho nada aparte de asistir a las clases, pero él no tenía modo de saberlo.

Fairclough frunció los labios, planteándose tal vez revelar algo. Después tomó un sorbo de café y depositó la taza.

—Bueno, en realidad se trataba de lencería.

—¿Lencería?

—Alatea era modelo de ropa interior. Posaba para las fotos de los catálogos y también para anuncios de revistas.

—¿Y eso es lo que no quiere que averigüe? —dijo, sonriendo, Deborah—. Tampoco es que sea algo vergonzoso, señor Fairclough. Y para ser sinceros, tiene el cuerpo preciso para eso, y es muy atractiva. Se ve que...

—Era lencería... picante, por decirlo así —. Dejó transcurrir un momento para que Deborah asimilara la información—. Catálogos para ciertos tipos de personas, ya me entiende. Anuncios en ciertos tipos de revistas. No era...; bueno, no se trataba precisamente de lencería fina. Ahora le da una vergüenza horrible y le preocupa que alguien pudiera sacarlo a la luz y humillarla de algún modo.

—Entiendo. Bueno, en ese sentido puede tranquilizarla. Yo no estoy interesada en su pasado como modelo de lencería.

Miró por la ventana del bar, que daba a la plaza del mercado. Entre el trajín reinante, afuera se había formado una cola frente a una caravana donde vendían comida para llevar. Delante, los clientes comían en unas bandejas de cartón, sentados alrededor de unas mesas de picnic.

—Yo creí que había sido esa revista..., *Concepción*..., pero supongo que el tema tiene más que ver conmigo que con ella. No debí haberlo sacado a colación. Transmítale mis disculpas.

—No fue eso —le aseguró Nicholas—. Ella quiere quedarse embarazada, claro, pero la verdad es que en este momento yo lo deseo más que ella, y eso la vuelve susceptible. De todos modos, el proble-

237

ma radica en esa parte de su vida y en esas fotos que teme ver aparecer de repente en algún periódico.

Miró hacia fuera, pero a diferencia de ella, que había observado vagamente el puesto de venta de comida con sus mesas, él se fijó en algo y su expresión se alteró. Su afable semblante se volvió duro.

—Discúlpeme un momento —dijo.

Sin darle tiempo a responder, salió. Se dirigió hacia uno de los individuos que comían al lado de la caravana. El hombre agachó la cabeza mientras se acercaba, esforzándose por pasar inadvertido. Su esfuerzo fue en vano. Cuando Nicholas lo agarró por el hombro, se puso en pie.

Entonces Deborah advirtió que era altísimo. Debía de medir metro noventa. En su precipitación al levantarse, se golpeó la cabeza contra la sombrilla plegada del centro de la mesa. Entonces se le soltó el gorro que llevaba, dejando al descubierto un pelo de encendido color pelirrojo.

Deborah cogió el bolso mientras el hombre se apartaba de la mesa y escuchaba lo que le decía Nicholas. Parecía furioso. Después, el tipo se encogió de hombros y el diálogo se prolongó un momento.

Deborah sacó la cámara y se puso a fotografiar al individuo y el enfrentamiento que mantenía con Nicholas Fairclough.

Kensington
Londres

Barbara Havers se consideró una persona afortunada cuando vio que el recorrido del taxi fue corto: desde Portland Place hasta Rutland Gate, al sur de Hyde Park. La carrera habría podido llevarla hasta Wapping o incluso más lejos y, aunque sabía que Lynley le habría reembolsado el gasto, no había llevado consigo dinero suficiente para pagar un trayecto largo, y dudaba que el taxista estuviera dispuesto a aceptar un cuarto de hora de besuqueos a cambio de la tarifa. Aunque no había pensado en eso en el momento en que se subió alegremente al vehículo, exhaló un suspiro de alivio cuando el hombre se dirigió al oeste en lugar de al este y luego giró a la izquierda, cerca de los cuarteles de Hyde Park.

El taxista señaló el edificio en cuestión, una imponente estructura blanca con un panel de timbres que indicaba que estaba dividido en pisos. Después de pagar la carrera y mientras el taxi se alejaba, Barbara se preguntó qué debía hacer. El conductor le había explicado con un guiño que allí era donde se bajaba la pareja, que siempre entraban juntos y que tanto uno como otro tenían llaves, puesto que abrían indistintamente cuando llegaban a la puerta.

Tendría que averiguar la identidad de aquella mujer. Sacó un cigarrillo y se puso a caminar mientras fumaba, con la esperanza de que aquello aguzara su ingenio. Al cabo de poco ya se le había ocurrido algo.

Se acercó a la puerta y observó la hilera de timbres. Tal como sucedía siempre en Londres, al lado constaba el piso, pero no los nombres. Había, sin embargo, uno en el que se especificaba «portero», lo cual resultó un golpe de suerte, pues no todos los edificios residenciales de Londres tenían portero. Aunque su presencia aumentaba el valor de los apartamentos, también incrementaba mucho los gastos comunitarios.

Una voz incorpórea preguntó que qué quería. Barbara explicó que había acudido a hacer una consulta por uno de los pisos que, según había sabido, se iba a poner en venta pronto. ¿Podría hablar un momento con él sobre el funcionamiento de la escalera?

El portero no recibió con mucho entusiasmo la petición, pero decidió cooperar. Le abrió la puerta y le indicó que siguiera el pasillo hasta el fondo, donde encontraría su oficina.

239

Dentro reinaba un silencio absoluto, apenas turbado por el apagado ruido del tráfico de Kensington Road. Sus pasos quedaron amortiguados por la descolorida alfombra turca tendida sobre el suelo de mármol. Dos de las puertas de los apartamentos de la planta baja estaban situadas frente a frente. También había una mesa en la que reposaba el casillero destinado a recibir el correo, presidida por un voluminoso espejo de marco dorado. Lanzó una ojeada al casillero, pero, tal como ocurría con los timbres de fuera, solo constaban los números de los pisos.

Justo después de la escalera y el ascensor, encontró una puerta con el letrero «portería». El portero que acudió a abrir parecía un pensionista. Llevaba un uniforme demasiado ajustado en el cuello y excesivamente holgado a la altura del estómago. Después de mirarla de arriba abajo, en su gesto se dibujó una expresión que parecía indicar que, si pretendía adquirir un piso en aquel edificio, ya podía prepararse para quedarse con las ganas, pues no pasaría una preselección.

—No sé que haya ningún piso en venta —anunció sin preámbulos.

—Se trata de una especie de oferta preferente, ya sabe. ¿Podría…? —Abarcó con un gesto, sonriendo, el interior de la portería—. Solo le robaré un par de minutos —prometió.

El hombre le cedió el paso y señaló con la cabeza el escritorio que había en un rincón. La portería parecía un lugar acogedor. Allí, en un televisor vio que estaban dando una película antigua: Sandra Dee y Troy Donahue fundidos en un angustiante e interminable abrazo adolescente acompañado de una música que le resultaba familiar. Trató de recordar el título. *En una isla tranquila, al sur*, eso era, una película de amores atormentados, de esas que ya no se ven hoy en día.

Al advertir que miraba el televisor, creyendo tal vez que la película seleccionada podía revelar algo sobre él, el portero se apresuró a apagarlo. A continuación, se desplazó hasta el escritorio y se sentó detrás, con lo cual Barbara se quedó de pie, tal como al parecer pretendía el hombre.

Barbara expresó las dosis de gratitud que consideró necesarias por la amabilidad que demostraba el hombre aviniéndose a hablar con ella. Luego le formuló unas cuantas preguntas sobre el edificio. Fue desgranando el tipo de interrogantes que desde su punto de vista se plantearía un potencial comprador antes de desembolsar una astronómica cantidad de dinero ganado con su sudor en una propiedad inmobiliaria situada en Kensington, como sobre los años y el estado del edificio, los problemas relacionados con la calefacción, las cañerías y la ventilación, las dificultades surgidas con los otros residentes, la posible presencia de indeseables, el barrio, el ruido, los *pubs*, restaurantes, mercados, tiendas… Después de anotar las respuestas en su cuaderno y, cuando ya no se le ocurría nada más, lanzó el anzuelo, para ver si picaba.

—Estupendo. No sabe cuánto se lo agradezco. Casi todo coincide con lo que Bernard me contó de la escalera.

—¿Bernard? —mordió el hombre—. ¿Es su agente inmobiliario? Porque, como ya le he dicho, que yo sepa no se ha puesto ningún piso en venta.

—No, no. Bernard Fairclough. Me dijo que una socia suya vive aquí y que, por lo visto, le habló de un piso. Ahora no recuerdo su nombre…

—Ah. Debe de ser Vivienne Tully —dedujo—. Vive en el seis, aunque no creo que sea su casa la que van a vender. Está demasiado bien situada para ella.

—Ah, no es la de Vivienne —dijo Barbara—. Yo primero pensé que podría ser su piso y me entusiasmé con la posibilidad, pero Bernie… —se recreó añadiendo aquel toque de familiaridad— dijo que está muy bien instalada allí.

—Pues sí —confirmó el portero—. Es una buena mujer, sí. Se acuerda de mí por Navidad, cosa que no se puede decir de otros.

Echó una mirada hacia el televisor, carraspeando. Barbara advirtió entonces que en una mesita contigua a un sillón reclinable lo esperaba un plato de judías. Seguro que quería volver a concentrarse en él y en la visión de los apasionados y clandestinos amores de Sandra y Troy. Bueno, era comprensible. Los amores apasionados y clandestinos hacían más interesante la vida, no cabía duda.

Lago Windermere
Cumbria

Lynley estaba tomando un jerez de aperitivo con Valerie y Bernard Fairclough cuando se presentó Mignon. Se encontraban en la habitación a la que Valerie aludía con el nombre de «salita», donde un vigoroso fuego de carbón ahuyentaba el frío. Puesto que ninguno de ellos la oyó entrar en la casa, dada la distancia que mediaba desde la puerta exterior y la estancia donde se hallaban, aprovechó la ocasión para aparecer de forma teatral.

La puerta se abrió de par en par; primero empujó el andador ante sí. Había vuelto a empezar a llover con fuerza y había venido desde la torre sin paraguas ni impermeable. Llegó tan mojada como para causar una conmoción a sus padres (Lynley sospechó que lo había hecho a propósito). Tenía el pelo pegado al cráneo, su cinta de Alicia en el País de las Maravillas chorreaba agua sobre la frente y los ojos, y los zapatos y la ropa estaban empapados. La torre no estaba tan lejos de la casa como para haberse mojado de ese modo, así que Lynley concluyó que había permanecido un rato bajo el aguacero para aprovechar los efectos dramáticos que le podía aportar. Al verla, su madre se levantó al instante. Lynley hizo lo propio, obedeciendo al impulso automático que le dictaba su buena educación.

—¡Mignon! —gritó Valerie—. ¿Por qué has venido sin paraguas?

—No puedo sostener un paraguas mientras voy con esto —adujo ella, en alusión al andador.

—Con un impermeable y un sombrero habrías solucionado el problema —señaló su padre, con candidez.

Curiosamente, no se había levantado, y con su expresión daba a entender que no se dejaba engañar por sus artimañas.

—Me he olvidado —dijo Mignon.

—Ven a sentarte al lado del fuego, cariño —ofreció Valerie—. Iré a buscar unas toallas para secarte el pelo.

—No te molestes —replicó Mignon—. Me voy a ir enseguida. Vais a cenar pronto, ¿no? Como no me habíais invitado para pasar la velada con vosotros, no quiero haceros perder mucho tiempo.

—Tú no necesitas ninguna invitación —señaló Valerie—. Puedes venir cuando quieras. Pero como preferiste…, por lo de… —Evidentemente, no quiso añadir nada más delante de Lynley.

Mignon, en cambio, no demostró los mismos escrúpulos.

—Me practicaron una cirugía gástrica, Thomas. Estaba gorda como una foca. No te podrías creer lo gorda que estaba. Como me destrocé las rodillas transportando mi grasa por el planeta durante veinte años, también me las van a cambiar. Las rodillas, quiero decir. Entonces quedaré como nueva y llegará algún hombre que pedirá mi mano a mis padres. Eso es por lo menos lo que ellos esperan.

Atravesó la habitación y se sentó en el sillón que había dejado libre su madre.

—Me caería bien un jerez —le dijo a su padre—. Al principio pensé que habías venido por eso —le soltó a Lynley—. Es una estupidez, ya lo sé, pero también hay que tener en cuenta quién es mi padre. Él siempre está tramando algo. En cuanto te vi, supe que formabas parte de una de sus intrigas. Me equivoqué solo en la naturaleza de la intriga, al pensar que habías acudido para mirarme, ya me entiendes.

—Qué cosas dices, Mignon —intervino su madre.

—Me parece que, después de todo, no me vendrían mal esas toallas. —Mignon parecía complacida con la idea de hacer ir y venir a su antojo a su madre. Su padre, entre tanto, no se había movido—. ¿Y ese jerez, papá?

Lynley tuvo la impresión de que Bernard estaba a punto de decir algo que más tarde iba a lamentar. En otras circunstancias, habría esperado para ver de qué se trataba, pero su natural inclinación hacia la cortesía se lo impidió. Dejó su copa de jerez en la mesa de al lado.

—Permítame —se ofreció.

—Yo se la serviré, Tommy —lo disuadió Bernard.

—Llena bien la copa —pidió Mignon a su padre—. Acabo de tener un satisfactorio intercambio romántico con el señor Seychelles y, aunque normalmente uno se fuma un cigarro después, yo prefiero agarrarme un pedo.

Fairclough observó a su hija con una expresión de repugnancia tan evidente que esta se echó a reír.

—¿Te he ofendido? —preguntó—. Lo siento mucho.

Su padre vertió magnánimamente el jerez en un vaso. Dada la

capacidad de aquel recipiente, Lynley pensó que, si se lo tomaba todo, conseguiría emborracharse, e intuía que esa era su intención.

Fairclough estaba tendiendo el vaso a su hija cuando Valerie regresó con las toallas. Se acercó a Mignon y se puso a secarle suavemente el pelo. Lynley esperaba que reaccionara irritada, rechazando sus atenciones, pero no fue así. Se dejó secar sin protestar, el pelo, el cuello, la cara.

—Mamá nunca viene a hacerme una visita sin motivo. ¿Lo sabías, Thomas? Lo que quiero decir es que sí me trae comida…, algo así como dar limosna a los pobres, cosa que le va muy bien con su papel de castellana…, pero lo de venir a charlar un rato no lo ha hecho desde hace años. Por eso, cuando ha venido hoy, me he llevado una gran sorpresa. He pensado: ¿qué debe de querer?

Valerie despegó las manos y la toalla del pelo de su hija y miró a su marido. Este guardó silencio. Advirtiendo que ambos parecían prepararse para recibir alguna clase de embestida, Lynley se preguntó cómo habían podido llegar a asumir aquella clase de posición con respecto a su hija.

Mignon tomó un largo sorbo de jerez y mantuvo el vaso entre ambas manos, como sostendría un cáliz un sacerdote.

—Mamá y yo no tenemos nada de que hablar, ¿comprendes? —prosiguió—. A ella no le interesa oír mi vida, y yo, desde luego, no tengo ningún interés por la suya. Eso limita bastante la conversación. Después de charlar del tiempo, ¿de qué más se puede hablar? Aparte, claro, del aburrido tema de las esculturas vegetales y del aún más aburrido del área de juegos infantil…

—Mignon —intervino por fin su padre—, ¿vas a quedarte a cenar con nosotros o has venido para algo más?

—No me acorrales —replicó Mignon—. No te conviene.

—Cariño —quiso poner paz su madre.

—Por favor. Si hay algún «cariño» en la familia, las dos sabemos que no soy yo.

—Eso no es verdad.

—Jesús. —Mignon puso cara de exasperación—. Es Nicholas, siempre ha sido Nicholas desde el día en que nació, Thomas. Por fin un hijo varón, ¡aleluya! De todas maneras, no he venido por eso. Quería hablar de ese patético tullido.

Por un momento, Lynley no comprendió a quién se refería. Saint James estaba discapacitado; él mismo había sido el causante del accidente que le había provocado su invalidez, cosa que no podía quitarse de la cabeza. Sin embargo, llamar «patético» a aquel hombre al que conocía desde la adolescencia era una descripción tan inapropia-

243

da que, por un momento, pensó que Mignon hablaba de otra persona. Cuando continuó, enseguida lo sacó de su error.

—Mamá no ha permanecido conmigo todo el tiempo que debería haberse quedado. En cuanto se ha ido, me he planteado por qué había venido y no me ha costado averiguarlo. Allí mismo habéis aparecido todos, viniendo del embarcadero, papá, tú, Thomas y el tullido. Thomas parecía, además, haber tomado un chapuzón, en vista de las toallas y de su pelo mojado. El tullido, no; estaba bien seco, igual que tú, papá. —Una pausa para tomar otro poco de jerez—. Las toallas indican que Thomas ha ido preparado al embarcadero. No se ha resbalado y ha caído al agua, y, puesto que tenía la ropa seca, creo que eso confirma la anterior deducción. O sea, que se ha metido a propósito en el agua. Como esta no es la temporada idónea para darse chapuzones en el lago, tiene que haber otro motivo, y creo que está relacionado con Ian. ¿Me equivoco?

Lynley notó que Fairclough lo observaba. Valerie trasladó con nerviosismo la mirada de su hija a su marido. Lynley guardó silencio, considerando que le correspondía a Fairclough confirmar o negar aquello. Por lo que a él respectaba, era más aconsejable exponer abiertamente los motivos de su visita a Ireleth Hall que intentar fingir que había otra razón.

Fairclough no respondió a su hija, quien lo interpretó como una confirmación.

—O sea, que eso significa que crees que la muerte de Ian no fue un accidente, papá. Como mínimo eso es lo que he deducido cuando os he visto subir a los tres del lago. Ya he averiguado quién es realmente nuestro amigo, solo he tardado unos minutos de navegar por Internet. Si hubierais querido ocultarme la información, tendríais que haber utilizado un seudónimo.

—Nadie quiere ocultarte nada, Mignon —le aseguró su padre—. Tommy está aquí porque yo lo invité. El hecho de que sea policía no tiene nada que ver...

—Detective —lo corrigió Mignon—. Detective de Scotland Yard, papá, aunque supongo que tú ya lo sabes. Y puesto que está aquí porque tú lo invitaste y se pasea por el embarcadero en compañía de quienquiera que sea ese otro tipo, creo que soy perfectamente capaz de atar cabos. —Se volvió en el asiento para situarse de cara a Lynley. Su madre se había apartado de ella, con las toallas en las manos—. O sea, que estás llevando a cabo una investigación a escondidas —dijo a Lynley—. ¿Y quién la ha tramado? ¿No habrá sido papá, verdad?

—Mignon —dijo su padre.

—Porque eso daría a entender que papá es inocente, cosa que, la verdad, me parece más que improbable.

—¡Mignon! —exclamó Valerie—. Qué cosa más horrible de decir.

—¿Eso crees? Pues papá tenía un motivo para liquidar a Ian. ¿No es así, papá?

Fairclough rehusó responder a su hija. La mirada que le dedicó no expresaba nada. O bien estaba acostumbrado a ese tipo de conversación con ella, o bien sabía que no iría más allá. Transcurrió un tenso momento de suspense. Fuera, una racha de viento arrojó algo contra las ventanas del salón pequeño. Valerie dio un respingo.

—Aunque yo también los tenía. ¿No es así, papá? —Se arrellanó en el sillón, satisfecha. Manteniendo la mirada fija en su padre, se dirigió a Lynley—. Papá no sabe que yo sé que Ian quería que me dejara de pasar dinero, Thomas. Ian siempre estaba revisando los libros de cuentas, buscando la manera de ahorrarle dinero a papá, y yo, claro, era una de esas maneras. Por una parte está la torre, cuya construcción costó su buen dinero, y después está su mantenimiento, aparte del mío. Y tal como sin duda dedujiste tú con tus dotes de detective cuando viniste a visitarme, me gusta gastar un poco de dinero con esto y con lo otro. Teniendo en cuenta las cantidades que papá ha ganado con la empresa a lo largo de los años, lo que yo necesito no es mucho, desde luego, pero para Ian era mucho más de lo que me merecía. Hay que reconocerle a papá que nunca le dio la razón en eso, pero tanto él como yo sabemos que siempre existía la posibilidad de que cambiara de idea y cediera a las propuestas de Ian para que me pusiera de patitas en la calle. ¿Me equivoco?

Fairclough tenía una expresión glacial. Su madre se mantenía vigilante. Aquello le dio más información a Lynley de la que podían haberle procurado de otro modo.

—Valerie —dijo por fin Bernard, mirando fijamente a su hija—, creo que es hora de ir a cenar, ¿no? Mignon se va a marchar ya.

Mignon sonrió y apuró el vaso de jerez.

—Creo que necesitaré ayuda para volver a la torre, papá —le replicó su hija.

—Pues yo creo que te las apañarás muy bien solita —contestó él.

245

8 de noviembre

De Chalk Farm a Victoria
Londres

*B*arbara Havers lanzó un chillido cuando se vio en el espejo del cuarto de baño, después de llegar con paso vacilante de madrugada; se había olvidado del radical cambio que había experimentado en su apariencia. El corazón le dio un vuelco y se dio media vuelta dispuesta a enfrentarse a la mujer que veía de reojo en el espejo. Aquello duró solo unos segundos, pero, aun así, se sintió ridícula cuando se hizo cargo de la situación y todo lo ocurrido el día anterior regresó en forma de una cálida oleada que se parecía muchísimo a la vergüenza.

Después de visitar el edificio en el que vivía la socia de Bernard Fairclough, Vivienne Tully, había llamado al móvil de Angelina Upman para argüir que como se encontraba en Kensington, tan lejos de Chalk Farm, tendría que cancelar «lo del pelo», como decía ella. Angelina, sin embargo, reaccionó con entusiasmo: pero si Kensington quedaba a tres pasos de Knightsbridge… Quedarían directamente allí. Oyendo a su madre, Hadiyyah había querido intervenir en la conversación.

—No te puedes echar atrás, Barbara —había insistido, poniéndose al aparato—. Además, estás cumpliendo órdenes; no lo olvides. Y no te van a hacer daño. —Bajó la voz, antes de continuar—: Y es el Dorchester, Barbara. Después tomaremos té en el Dorchester. Mamá dice que tienen a una persona que toca el piano mientras uno toma té y que siempre hay alguien paseándose con bandejas de plata llenas de bocadillos, y, además, otra persona va sirviendo bollos calientes…, y hay pasteles, cantidad de pasteles, Barbara.

Aceptó de mala gana. Se reunirían en Knighsbridge, aunque solo fuera para que después la sirvieran con bandeja de plata.

Lo que vivió en la peluquería podría haberse denominado, según la jerga empleada por los psicólogos mediáticos, «una experiencia de crecimiento». Dusty, el estilista de Angelina, se había revelado exactamente igual de antipático que como lo había descrito esta. Una vez que Barbara estuvo apoltronada en la silla de uno de sus ayudantes, acudió desde su puesto y, tras echarle un vistazo, había espetado:

—¡Vaya por Dios! ¿Y qué siglo se supone que está representando? —Era delgado, guapo, tenía el pelo de punta y estaba tan moreno para el mes de noviembre que solo podía haber conseguido tan evidente tez de precancerosa salud a base de numerosas sesiones de rayos UVA. Sin esperar a que a Barbara se le ocurriera alguna ingeniosa réplica a su pulla, había pasado a impartir órdenes a la ayudante—: Córtale a lo paje, hazle mechas con papel de plata ciento ochenta y dos y sesenta y cuatro. Luego pasaré para ver cué tal lo haces. —Después volvió a dirigirse a Barbara—. Total, si ha aguantado tanto tiempo así, podría haber esperado otras seis semanas y yo mismo la habría atendido. ¿Qué diablos de champú usa?

—Fairy. Lo uso para todo.

—Está de broma, claro, pero seguro que es un champú comprado en el supermercado, ¿no?

—¿Y dónde se supone que voy a comprar el champú?

—Jesús —exclamó el hombre con cara de horror. Luego se volvió hacia Angelina—. Estás tan espléndida como siempre —la elogió.

Después le lanzó un beso en el aire y dejó a Barbara en manos de la ayudante. A Hadiyyah ni la miró.

Al cabo de un rato que a ella se le antojó una eternidad infernal, gracias a los cuidados de la ayudante de Dusty, Barbara emergió con un elegante corte de estilo paje, realzado con mechas de una rutilante tonalidad rubia y entreverado de sutiles visos caoba. La ayudante, que no había resultado ser el tal Cedric sino una agradable joven de Essex, pese a las cuatro anillas que llevaba en el labio y a los tatuajes que lucía en el pecho, le dio instrucciones para el cuidado y mantenimiento de las mechas, que no incluían el uso de Fairy ni nada parecido, sino una botella de elixir de prohibitivo precio que, por lo visto, iba a «mantener el color, mejorar el cuerpo, reparar los folículos» y, según cabía suponer, revitalizar su vida social.

Barbara pagó con un escalofrío la cuenta, preguntándose si las mujeres se gastaban realmente tanta pasta en algo que ellas mismas podían hacer de vez en cuando en la ducha.

De todas maneras, cuando se duchó esa mañana, se protegió del agua el carísimo peinado envolviéndolo con una hoja de plástico transparente. Enfundada en unos holgados pantalones de franela atados con cordón, se estaba tostando una tarta de fresa cuando oyó el excitado parloteo de Hadiyyah delante de la puerta, seguido del golpe de sus nudillos.

247

—¿Estás ahí? ¿Estás ahí? —gritó la niña—. He traído a papá para que vea tu nuevo peinado, Barbara.

—No, no, no —musitó ella.

No estaba lista para que la viera nadie y, menos aún, Taymullah Azhar, cuya voz alcanzaba a oír, aunque no distinguía las palabras. Aguardó en silencio, con la esperanza de que la cría pensara que ya se había ido a trabajar, pero se dio cuenta de que no iba a ser así. Aún no eran las ocho de la mañana y Hadiyyah conocía sus costumbres; además, de todos modos, su Mini quedaba a la vista del apartamento de Azhar. No le quedaba más remedio que abrir la puerta.

—¿Ves? —gritó Hadiyyah, agarrando la mano de su padre—. ¿Ves, papá? Mamá y yo llevamos ayer a Barbara al mismo peluquero de mamá. ¿A que está guapa? En el Dorchester, todo el mundo se fijó en ella.

—Ah, sí. Ya veo —dijo Azhar, cosa que Barbara no interpretó como un gran elogio.

—Un poco diferente, ¿eh? —señaló—. Me he llevado un susto de muerte cuando me he visto en el espejo esta mañana.

—No es para asustarse —opinó gravemente Azhar.

—Ya. Bueno. Me refiero a que no me había reconocido.

—Pues a mí me parece que Barbara está guapísima —le dijo Hadiyyah a su padre—. Y a mamá también. Dijo que con este peinado se le ve el cutis más luminoso y se le resaltan los ojos. Dice que Barbara tiene unos ojos bonitos y que debe lucirlos. Dusty le dijo a Barbara que se tiene que dejar crecer el flequillo para que al final ya no haya flequillo, sino que…

—Khushi —la interrumpió sin aspereza Azhar—, tú y tu madre hicisteis muy bien, y ahora Barbara está desayunando, y tú y yo nos tenemos que ir. —Dirigió una prolongada y sombría mirada a Barbara—. Te queda bien —alabó antes de posar la mano en la cabeza de su hija y hacerla girar para marcharse.

Barbara los observó mientras regresaban a su piso. Hadiyyah iba dando brincos, sin parar de hablar. Azhar siempre había sido una persona seria, pero tenía la impresión de que su gravedad era ahora más acusada. Aunque no estaba segura de a qué se debía, se le ocurrió que, puesto que Angelina no trabajaba en ese momento, quizá le preocupaba el hecho de que iba a ser él quien tuviera que correr con la factura del té de lujo que habían tomado en el Dorchester. Angelina no había reparado en gastos, empezando por el champán con el que había brindado por la floreciente belleza de Barbara, según ella misma dijo.

Barbara cerró, meditabunda, la puerta. Si había colocado a Azhar en una posición incómoda, debía hacer algo para remediarlo, pero no estaba segura de qué podía hacer, aparte de meterle unas cuantas libras en el bolsillo, que seguro que él no iba a aceptar.

Cuando estuvo lista para salir, intentó concienciarse para lo que le esperaba. Pese a que aún seguía disfrutando oficialmente de sus días de permiso, sus obligaciones con Lynley le exigían pasar una parte de su tiempo en New Scotland Yard, lo que la iba a colocar en el punto de mira de las bienintencionadas bromas de sus colegas en cuanto vieran su nuevo peinado.

En otra situación tal vez habría podido posponer lo inevitable, puesto que aún estaba de vacaciones, pero Lynley necesitaba una información que iba a resultar más fácil conseguir allí que en otro lugar. No le quedaba más remedio que ir a Victoria Street y procurar pasar lo más inadvertida posible.

Tenía un nombre, Vivienne Tully, y poco más. Antes de salir del edificio de Rutland Gate, había tratado de averiguar algo más revisando el casillero donde se depositaba el correo. Vivienne Tully vivía en el apartamento 6, según se deducía de la dirección de las cartas de esa casilla. Subió las escaleras y lo localizó en el tercer piso. En realidad, era el único apartamento de esa planta. Cuando Barbara llamó a la puerta, solo pudo averiguar que Vivienne Tully tenía una mujer de la limpieza que abría la puerta si se presentaba alguien mientras fregaba y quitaba el polvo. Le preguntó educadamente dónde estaba la señora Tully, y averiguó que aquella asistenta casi no hablaba inglés. Aunque su lengua materna debía de ser un idioma báltico, la mujer reconoció el nombre de Vivienne Tully y, a través de gestos, una revista que cogió de una mesa y a base de señalar un reloj de pared, Barbara alcanzó a colegir que: o bien Vivienne Tully era bailarina del Royal Ballet, o bien había ido a ver el Royal Ballet con alguien llamada Bianca, o bien que ella y su amiga Bianca habían ido a una clase de danza. Fuera como fuese, daba lo mismo: Vivienne no estaba en casa y no era probable que volviera hasta al cabo de dos horas, como mínimo. Puesto que su cita con el salón de belleza le impedía quedarse por allí para abordarla, se había largado a Knightsbridge dejando la página de Vivienne Tully en blanco, aún por rellenar.

Con su visita a Scotland Yard pretendía remediar aquella omisión y recabar datos sobre Ian Cresswell, Bernard Fairclough y la mujer argentina a la que había mencionado Lynley: Alatea Vásquez de Torres. Puso en marcha el Mini y tomó la dirección de Westminster abrigando la esperanza de cruzarse con el menor número posible de colegas durante sus furtivos recorridos por los pasillos de New Scotland Yard.

249

Al principio, le sonrió la suerte. Las únicas personas a las que vio fueron Winston Nkata y la secretaria de departamento, Dorothea Harriman. Esta, que era la viva imagen de la perfección en el vestir y poseía un inmejorable grado de excelencia en todo lo tocante al cuidado personal, se paró en seco sobre sus peligrosos tacones de doce centímetros de altura.

—Magnífico, sargento. Perfecto. ¿Quién le hizo ese corte? —Tocó el pelo de Barbara con sus esbeltos dedos y prosiguió sin aguardar respuesta—: No hay más que ver el brillo. Espléndido. La comisaria Ardery estará encantada, ya verá.

Eso era precisamente lo último que deseaba ver Barbara.

—Sí, ya. Estoy un poco cambiada, ¿eh?

—Más que cambiada —afirmó Dorothea—. Necesito el nombre de ese estilista. ¿Me lo podría dar?

—Claro —contestó Barbara—. ¿Por qué no se lo iba a dar?

—Algunas mujeres no quieren compartir ese tipo de cosas. Es una especie de batalla entre las que van de caza, ya sabes. —Se alejó un paso y, con un suspiro, volvió a clavar la vista en el pelo de Barbara—. Estoy verde de envidia.

Solo de pensar que Dorothea Harriman pudiera tener envidia de su peinado, le dieron ganas de echarse a reír, y también le pareció muy graciosa la idea de que ella pretendiera capturar a un hombre con aquella renovación de imagen que se veía obligada a soportar. Conteniéndose, le dio a la secretaria el nombre de Dusty, así como el de la peluquería de Knightsbridge, convencida de que no le costaría encontrarlo, pues sospechaba que invertía una gran cantidad de tiempo y buena parte de su sueldo en ese barrio.

La reacción de Winston Nkata fue más discreta, cosa que Barbara agradeció.

—Estás muy bien, Barbara. ¿Te ha visto ya la jefa? —le dijo tan solo.

—Esperaba evitarla. Si la ves, no estoy aquí, ¿vale? Bueno, sí estoy pero no quiero que se entere. Solo necesito acceder a la base de datos y cosas así.

—¿Por el detective Lynley?

—De esto ni mu.

Nkata prometió que haría lo posible por ocultar su presencia, pero advirtió que no había forma de prever cuándo iba a aparecer Isabelle Ardery.

—Más vale que prepares alguna clase de excusa —le aconsejó—. Le ha fastidiado bastante que el inspector se fuera sin informarla de adónde iba.

Barbara observó atentamente a Nkata, preguntándose qué sabía de la relación de Lynley e Isabelle Ardery. La expresión de su compañero permaneció inmutable, algo habitual en él. Supuso que simplemente se había fijado en algo obvio: Lynley formaba parte del equipo de Ardery; el subdirector lo había enrolado para ocuparse de un asunto que no guardaba relación con las preocupaciones de Ardery y, por consiguiente, ella estaba molesta.

Barbara encontró un lugar discreto desde donde acceder a la miríada de fuentes de información del ordenador del centro. Primero empezó con Vivienne Tully y, casi sin dificultad alguna, fue reuniendo detalles sobre ella, como su lugar de nacimiento (Wellington, Nueva Zelanda), su educación desde la escuela primaria a la Universidad de Auckland o su impresionante diploma conseguido en la London School of Economics. Era la directora gerente de una empresa llamada Precision Gardening, que fabricaba herramientas de jardinería, lo cual no constituía una ocupación muy glamurosa, desde el punto de vista de Barbara, y también era miembro de la junta directiva de la Fundación Fairclough. Después de hurgar un poco, descubrió que tenía otra conexión con Bernard Fairclough. Cuando tenía veintipocos años, había sido su ayudante de dirección en Fairclough Industries, en Barrow-in-Furness. Entre su periodo en Fairclough Industries y Precision Gardening, había sido asesora financiera independiente, lo que, tal como iba el mundo moderno, interpretó como un posible intento de montar su propio negocio o una fase de desempleo que había durado cuatro años. Para entonces, tenía treinta y tres años, y la foto que aparecía de ella representaba a una mujer con el pelo tieso, un estilo de vestir más bien masculino y una expresión de inteligencia que casi asustaba. Con su mirada expresaba que no soportaba a los tontos. Sumado a su trayectoria y a su aspecto general, aquel rasgo sugería que poseía un temperamento feroz e independiente.

En lo concerniente a lord Fairclough, Barbara no encontró nada especial. Había multitud de detalles curiosos sobre el calavera de su hijo, Nicholas Fairclough, que no había ido precisamente por el buen camino ya desde su adolescencia, tal como atestiguaban los accidentes de coche, las detenciones por conducción en estado de embriaguez, los robos con destrozos y en tiendas, o la venta de objetos robados. Ahora parecía haber retomado la buena senda. Había pagado todas sus deudas con la sociedad y, desde que se había casado, no se había oído hablar más de él.

Aquello le recordó a Alatea Vásquez de Torres, la mujer de impronunciable nombre. Aparte de su nombre, Barbara había anota-

251

do en un papel el de la ciudad donde se había criado, Santa María de algo, cosa que no resultaba muy útil, pues en Latinoamérica había tantas ciudades y pueblos llamados Santa María de algo como apellidos Jones y Smith en las guías de su país. Aquello no iba a ser fácil.

Se estaba planteando por dónde enfocar las pesquisas cuando la sorprendió la comisaria. Estaba claro que Dorothea Harriman no había podido callar los elogios que le inspiraba su peinado. Como consecuencia, Isabelle Ardery la abordó en el duodécimo piso, donde se había escondido en la biblioteca, un lugar ideal para acceder en paz a las bases de datos de la policía.

—Ah, aquí está.

La comisaria en funciones se había acercado con el sigilo de un gato, y su satisfacción parecía que iba en consonancia. Parecía un gato con un ratón decapitado en las fauces.

—Hola, jefa —la saludó Barbara—. Aún estoy de vacaciones —añadió, por si acaso Isabelle Ardery quería reclutarla para trabajar.

Ardery no parecía tener tal intención, ni tampoco pareció reconocer que Barbara estaba disfrutando de un día de asueto.

—Primero veamos ese pelo, sargento.

Teniendo en cuenta el tono de voz que había empleado, Barbara prefirió no hacer cábalas sobre lo que vendría a continuación. Se levantó para que la comisaria la viera mejor.

—Pues sí, es un corte de verdad. Incluso se podría decir que tiene estilo.

Ya podía tener estilo, pensó Barbara; con lo que le había costado, seguramente habría podido pasar una noche en el Ritz.

Ardery caminó a su alrededor y asintió con la cabeza.

—El pelo y los dientes. Muy bien. Me alegra ver que es capaz de reaccionar cuando tiene los pies en las brasas, sargento.

—Y a mí me alegra complacerla —repuso Barbara.

—En cuanto a la ropa.

—¿Vamos a hablar de eso en mi día libre, jefa? —le recordó Barbara, creyendo que así justificaba su elección de unos pantalones de chándal, una camiseta con la leyenda «Acábate la cerveza… Los niños de China no toman alcohol» estampada, zapatillas de deporte y chaqueta gruesa de obrero.

—Incluso estando de vacaciones, Barbara, es una representante del cuerpo. Cuando pasa por esa puerta… —De pronto, posó la mirada en el cuaderno y descartó lo que iba a decir—. ¿Qué está haciendo aquí?

—Es que necesitaba cierta información.

—Si necesitaba consultarla aquí es que debe de ser algo relacionado con la policía. —Isabelle cambió de posición para poder ver la pantalla del ordenador—. ¿Argentina? —dijo.

—Vacaciones —repuso vagamente Barbara.

Isabelle siguió mirando. Retrocedió una par de pantallas.

—¿Le está viniendo una repentina devoción por la Virgen María? —preguntó al leer la lista de localidades que comenzaban por «Santa María de»—. Para las vacaciones uno busca centros de descanso, de esquí, sitios situados al lado del mar, excursiones en la selva, aventuras, ecoviajes. ¿Qué le interesa de todo eso?

—Ah, solo estoy contemplando varias posibilidades —adujo Barbara.

—No soy idiota, sargento —espetó, volviéndose hacia ella—. Si quisiera buscar ideas para vacaciones, no lo haría aquí. Puesto que está aquí y ya que pidió unos días libres, no es difícil deducir que se está ocupando de algún encargo para el inspector Lynley. ¿Me equivoco?

—No —reconoció Barbara con un suspiro.

—Comprendo. —Isabelle entornó los ojos mientras reflexionaba, hasta que llegó a una conclusión—. Entonces ha estado en contacto con él.

—Bueno…, más o menos. Sí.

—¿De manera regular?

—No entiendo a qué se refiere —dijo Barbara, extrañada por el cariz que tomaba la conversación.

Al fin y al cabo, ella no tenía ningún lío con el inspector Lynley, si Ardery creía tal cosa, era que había perdido la chaveta.

—¿Dónde está, sargento? —le preguntó sin rodeos la comisaria—. Lo sabe, ¿no?

Barbara se tomó un tiempo antes de responder. La verdad era que sí lo sabía, pero también era cierto que Lynley no se lo había dicho. Ella lo había deducido con la sola mención de Bernard Fairclough.

—No me lo ha dicho, jefa —contestó.

Ardery, no obstante, interpretó de otro modo su demora en responder.

—Entiendo —dijo de una manera en la que resultaba evidente que había captado algo que no correspondía a la verdad—. Gracias, sargento —añadió—. Muchas gracias.

Después se marchó. Barbara sabía que podía llamarla antes de que llegara a la puerta de la biblioteca. Sabía que podía aclarar las cosas, pero no lo hizo. Tampoco se preguntó por qué dejaba que la comisaria creyera algo que era completamente falso.

253

En lugar de eso, volvió a concentrarse en su búsqueda de Santa María de algo. El quid de la cuestión residía en la tal Alatea Vásquez de Torres, no en Isabelle Ardery.

Milnthorpe
Cumbria

Saint James concluyó que lo que sucedía, simplemente, era que su esposa tenía miedo. El miedo la hacía proyectarse hacia un futuro para el que había ideado media docena de hipotéticas situaciones, ninguna de las cuales alcanzaba a apaciguar sus temores. Lo que él sentía como una posible solución para poder tener un hijo, para ella no lo era. Ella aducía que había muchas variables que no podían controlar, y él había tenido que reconocer que no le faltaba una parte de razón. Una adopción abierta podía hacer que en sus vidas no solo hubiera lugar para un pequeño necesitado de una familia, sino también para una madre biológica, un padre biológico, unos abuelos biológicos maternos y paternos… Aquello no era tan simple como recoger un bebé de brazos de una asistente social y confiar —eso también había que tomarlo en cuenta— en que cuando creciera no sintiera la necesidad de llevar una segunda vida con una familia biológica cuyas huellas podría descubrir a partir de cierta edad. Deborah tenía toda la razón en ese sentido, pero también la tenía él cuando afirmaba que no había garantías en ninguna de las distintas vías disponibles para ser padres.

Su hermano lo presionaba para que dieran una respuesta. La muchacha de Southampton no podía esperar indefinidamente, le había recordado. Había otras parejas interesadas.

—Decidíos ya, Simon. Hay que contestar sí o no. A ti nunca te ha costado tomar una resolución.

Saint James había vuelto a hablar con Deborah. Ella se había mostrado categórica una vez más. Habían vuelto a repasar los pros y los contras durante un cuarto de hora; al final él había salido a caminar. En realidad no se habían enfadado, pero necesitaba disponer de un poco de espacio para dejar que se disipara el ardor de la discusión.

Después de salir del Crow and Eagle, había tomado la dirección de Arnside, por la carretera que bordeaba el río Bela y luego las marismas de Milnthorpe Sands. Procuraba no pensar y dejarse llevar por aquel día lluvioso. Necesitaba poner en claro, de una vez por todas, su postura con respecto a la adopción. Si no lo hacía —o si Deborah tampoco lo hacía—, aquello acabaría envenenando su matrimonio.

Aquella dichosa revista no había hecho más que empeorar las cosas. Ahora Deborah la tenía en las manos y la había leído de cabo a rabo. A partir de un relato publicado en *Concepción* había llegado a la firme conclusión de que quería optar por la vía del vientre de alquiler, que solo exigía como ingredientes el óvulo de ella, el esperma de él, una placa de Petri y una mujer que quisiera traer al mundo a su hijo. Había leído un artículo sobre una altruista madre de alquiler que se había sometido a seis embarazos para ayudar a otras mujeres.

—Sería nuestro hijo —argüía—. Nuestro y de nadie más.

Bueno, según su punto de vista, sí; por una parte, sí lo sería, pero, por otra, no. Aquella opción no carecía de riesgos, igual que las otras.

Pese a que por la noche había estado lloviendo a cántaros en toda Cumbria, no hacía mal día. El aire estaba limpio y fresco, y el cielo exhibía cenicientas masas de cúmulos. Más allá, en las marismas, varias bandadas de aves realizaban una pausa en su viaje a África y al Mediterráneo para cazar gusanos, lombrices y tallarinas. Alcanzó a identificar los chorlitos y los correlimos. Después de observarlos un rato, admirando la simplicidad de sus vidas, regresó a Milnthorpe.

En el aparcamiento del hostal, se encontró con Lynley, que acababa de llegar. Lo recibió cuando bajaba del Healey Elliot y empezaron a comentar las virtudes de aquel automóvil, su estilo, su pintura.

—Aunque espero que no hayas venido para seguir dándome envidia con tu coche —señaló por fin Saint James.

—No te creas que voy desperdiciar ninguna ocasión, pero, en este caso, tienes razón. Quería hablar contigo.

—Una llamada al móvil habría bastado. Has tenido que conducir un buen trecho.

—Mmm, sí, pero he pensado que me vendría bien pasar unas horas apartado de los Fairclough. —Le contó lo que había sucedido entre Valerie, Bernard y Mignon Fairclough—. Ahora que sabe que Scotland Yard está investigando, no parará hasta haber puesto al corriente a todo el mundo.

—Eso podría ser bueno.

—En realidad es tal como lo prefería yo.

—Pero estás preocupado...

—Sí.

—¿Por qué?

—Por quién es Fairclough. Por quién es Hillier. Por la dichosa propensión que tiene este a utilizarme para sus propósitos.

Saint James se mantuvo expectante. Sabía qué relación había

255

mantenido Lynley con el comisario general, jalonada, por ejemplo, con una tentativa de encubrimiento de un crimen que había ocurrido mucho tiempo atrás. No le habría extrañado que Hillier volviera a utilizarlo para una situación similar, en la que una persona de su mismo clase —grupo en el que sin duda incluía a Fairclough, a Lynley y a sí mismo— tenía algo grave que ocultar y sobre lo que Lynley debía supuestamente arrojar tierra. Todo era posible. Ambos lo sabían.

—Todo podría ser una cortina de humo.

—¿En qué sentido?

—Lo de que Fairclough desee que investigue la muerte de Ian Cresswell. Eso es, desde luego, lo que Mignon quiso dar a entender anoche. Vino a decir que no tenía más que fijarme en qué persona me había hecho el encargo. Yo mismo ya lo había pensado antes, aunque lo había descartado.

—¿Por qué?

—Porque no le veo sentido, Simon. —Lynley se apoyó en un costado del Healey Elliot, cruzando los brazos—. Comprendería que hubiera solicitado la intervención de Scotland Yard si se hubiera producido un asesinato y lo hubieran acusado o considerado sospechoso, y quisiera limpiar su nombre, o si las sospechas hubieran recaído sobre alguno de sus hijos. Pero, si se dedujo que todo había sido un accidente desde el principio, ¿por qué buscar a alguien para que indague si él mismo es culpable de algo o si sospecha que lo puede ser alguien de su familia?

—Quizá sea la misma Mignon la que está tendiendo una cortina de humo, ¿no?

—Eso explicaría que anoche tratara de desviar la atención hacia su padre. Evidentemente, Cresswell quería que Bernard dejara de darle dinero. —Lynley explicó el acuerdo financiero que al parecer tenía Mignon con su padre—. A ella no debía de gustarle nada, y, puesto que Cresswell llevaba las cuentas y se enteraba de todos los movimientos financieros de Bernard, también existe la posibilidad de que quisiera suprimir los pagos destinados a otra persona.

—¿El hijo?

—Él parece el más indicado, ¿no? Con su pasado, Cresswell debía de haberse manifestado en contra de que le confiaran un solo penique, lo cual tiene su fundamento. Por más que ya no tome metanfetaminas, Nicholas Fairclough no está recuperado de la adicción. Los drogadictos nunca se recuperan. Solo van resistiendo día a día.

Lynley tenía motivos fundados para saberlo, reconoció Saint James, dado lo que había pasado con su propio hermano.

—¿Y Fairclough le ha dado dinero a su hijo?

—Quiero averiguarlo. La otra hermana y su marido serán una buena fuente de información.

Saint James desvió la mirada. Desde la puerta abierta de la parte trasera del hotel llegaba el ruido de sartenes y cazuelas, y el olor a beicon frito y a pan tostado.

—¿Y Valerie Fairclough, Tommy?

—¿Como asesina?

—Ian Cresswell no era de su misma sangre. Era el sobrino de su marido y podía llegar a perjudicar a sus hijos. Si quería suprimir los pagos a Mignon y dudaba de la capacidad de rehabilitación de Nicholas, habría tratado de disuadir a Fairclough de ayudarlos económicamente. Además, el comportamiento de Valerie Fairclough fue extraño, según el agente Schlicht: vestida de punta en blanco, impasible, realizando una llamada en la que anunciaba «parece ser que hay un muerto flotando en mi embarcadero».

—Sí —reconoció Lynley—, pero ella también podría haber sido la víctima elegida.

—¿Con qué móvil?

—Mignon asegura que su padre casi nunca está allí, que va a Londres muy a menudo. Havers está investigando esa cuestión, pero si el matrimonio de los Fairclough hace agua, Bernard podría haber concebido la esperanza de librarse de su esposa.

—¿Y por qué no divorciarse, simplemente?

—Por las Fairclough Industries. Él ha dirigido desde siempre la empresa y tendría derecho a recibir una sustanciosa compensación si lo despidieran, a menos que exista algún acuerdo prematrimonial del que no estamos enterados, pero, hoy por hoy, la empresa sigue siendo de ella, y apuesto a que puede imponer su voluntad en cualquier decisión que se tome, si así lo desea.

—Otro motivo para que quisiera ver muerto a Ian, si es que este había estado recomendando medidas que no eran de su agrado.

—Es posible, pero habría sido más lógico que despidiera a Ian. ¿Para qué matarlo cuando tenía la capacidad de neutralizarlo con suma facilidad?

—¿Qué nos queda, pues?

Saint James señaló que el cuchillo de pescado que habían sacado del agua parecía, a simple vista, inocuo; no tenía ni el más mínimo arañazo. Las piedras que habían sacado tampoco presentaban ninguna raspadura que indicara que las habían aflojado a propósito. Podían enviar al embarcadero al agente Schlicht y a los de la Científica, pero no tenían prácticamente nada para justificar la reapertura del caso de la muerte de Ian Cresswell.

—La respuesta habrá que encontrarla en las personas —apuntó Lynley—. Hay que estudiar con más detenimiento los motivos que pudiera tener cada cual.

—En ese caso, me parece que ya no me necesitas aquí —concluyó Saint James—. Aunque hay una última indagación que podría realizarse con ese cuchillo. Y también valdría la pena mantener una conversación con Mignon.

Lynley se disponía a responder cuando sonó su móvil.

—Es Havers —dijo al ver quien lo llamaba—. Tal vez pueda decirnos hacia dónde debemos mirar. —Respondió—: Dime que tienes algo trascendente, sargento, porque aquí no hacemos más que toparnos con callejones sin salida.

Arnside
Cumbria

Alatea había salido temprano a plantar los bulbos porque quería evitar a su marido. Había dormido mal, sin parar de darle vueltas a la cabeza. Con las primeras luces del amanecer, se había levantado.

Nicholas tampoco había dormido bien. Pasaba algo grave.

La primera señal de alarma la había tenido durante la cena de la noche anterior. Él había estado toqueteando la comida, cortándola y moviéndola por el plato sin llevársela a la boca. Cuando le había preguntado qué pasaba, él había respondido con una vaga sonrisa que no tenía hambre y, al final, se había levantado de la mesa y se había ido al salón, donde se había quedado sentado un momento junto a la chimenea, para después ponerse a caminar de un lado a otro como un animal enjaulado.

Cuando se acostaron, la situación había empeorado. Con creciente pavor, se había acercado a él y le había posado la mano en el pecho.

—Nicky, dime qué pasa —le había pedido, pese a que temía más oír su respuesta que soportar la febril sucesión de sus pensamientos, que, en cuanto dejaba de ponerles freno, la llevaban a un lugar adonde no quería ir.

—Nada, de verdad, cariño —le aseguró él—. Solo estoy cansado y un poco nervioso. —Al advertir la expresión de alarma que ella no había podido reprimir, había añadido—: No tienes de qué preocuparte, Allie.

Con eso supo que le estaba dando a entender que lo que le ocurría no guardaba relación alguna con su pasado con las drogas. Aunque no lo había creído, optó por seguirle la corriente.

—Puede que te viniera bien hablar con alguien, Nicky. Ya sabes cómo son esas cosas.

Él asintió, pero la miró con tanto amor en el rostro que se dio cuenta de que lo que le inquietaba no debía de tener nada que ver con ella.

No habían hecho el amor. Aquello tampoco era normal en su marido, porque había sido ella la que se había aproximado a él, y siempre le había encantado que ella tomara la iniciativa, porque no era tonto y era muy consciente de lo distintos que eran entre sí, cuando menos para un mundo que juzgaba a las personas por su apariencia. Por ello, que ella le manifestara su deseo con la misma frecuencia que lo hacía él siempre lo había entusiasmado y había desencadenado una pronta reacción por su parte. Aquello también era una mala señal.

Cuando salió de la casa para ir al jardín, lo hizo en parte porque necesitaba hacer algo para ahuyentar de su mente las terroríficas posibilidades que la habían estado asaltando durante la noche, pero también para no tener que ver a Nicholas, pues al final saldría a la luz lo que lo tenía preocupado y no se creía capaz de afrontarlo.

Había varios miles de bulbos que plantar. Había previsto llenar el césped de glorias de la nieve para formar un manto azul desde la casa hasta el malecón, y aquello iba a exigir una cantidad considerable de trabajo, que en ese momento agradecía. No iba a poder terminarlo aquella mañana, desde luego, pero sí podría avanzar bastante. Hundiendo y retirando la pala, transcurrieron con rapidez varias horas. Cuando tuvo la certeza de que su marido debía de haberse ido a Barrow-in-Furness para cumplir con su media jornada de trabajo en la Fairclough Industries antes de desplazarse al Proyecto de la torre, se enderezó y se masajeó la espalda, dolorida.

259

Mientras regresaba, vio su coche y comprendió que no había ido a trabajar. Luego desplazó la mirada hacia la casa y el terror le recorrió la columna dorsal.

Estaba en la cocina, sentado frente a la gran mesa de roble, como si cavilara algo. Tenía delante una taza de café, una cafetera y un azucarero, pero parecía que no hubiera tocado el café.

No se había vestido para salir. Llevaba los pantalones del pijama y el batín que ella le había regalado para su cumpleaños. Iba descalzo y no parecía molestarle el frío contacto de las baldosas del suelo. Aunque su aspecto ya anunciaba que algo iba mal, lo más significativo era que hubiera faltado al trabajo.

Como no sabía qué decir, Alatea tiró del hilo que él le había dado durante la cena.

—Nicky, no sabía que aún estabas en casa. ¿Te encuentras mal?

—Solo necesitaba pensar. —Cuando la miró, ella notó que tenía los ojos rojos. El hormigueo que le subió por los brazos amenazó con oprimirle el corazón—. Me ha parecido que este era el mejor sitio para eso.

Aunque no quería formular una pregunta obvia, no hacerlo también habría resultado extraño.

—¿En qué tenías que pensar? ¿Qué pasa?

Al principio permaneció callado. Mientras lo observaba, él rehuyó la mirada, al tiempo que se planteaba cómo responder a su pregunta.

—Manette ha venido a verme, al Departamento de Envíos —dijo.

—¿Hay problemas allí?

—Era por Tim y Gracie. Quería que nosotros nos quedáramos con ellos.

—¿Que nos quedáramos con ellos? ¿Qué significa eso?

Él se lo explicó. Alatea lo escuchaba pero no lo oía, pues estaba concentrada tratando de calibrar su tono. Le habló de su primo Ian, de su esposa Niamh y de sus dos hijos. Ella los conocía a todos, por supuesto, pero ignoraba la relación de Niamh con sus hijos. Para ella era inconcebible que los utilizara de esa manera, como piezas en una partida de ajedrez que, de todas formas, ya debería haber dado por concluida. Conmovida por la situación de Tim y Gracie, sintió el mismo apremio de hacer algo por ellos que sentía Nicholas. Aun así, le pareció raro que aquello le hubiera perturbado el sueño y lo hubiera puesto en ese estado… Le ocultaba algo.

—Manette y Freddie son los más indicados para acogerlos —concluyó—. Yo no estoy a la altura para hacer frente a los problemas de Tim, pero ellos sí. Manette lo enderezaría, lo haría bien. Ella nunca se da por vencida con nadie.

—Entonces parece que hay una solución, ¿no? —apuntó, esperanzada.

—Lo malo es que Manette y Freddie ya no son pareja, lo cual es un inconveniente —objetó Nicholas—. Su situación es extraña e inestable. —Guardó silencio un momento. Mientras tanto, volvió a añadir café frío al que ya tenía en la taza y le agregó una cucharada de azúcar—. Es una lástima, porque ellos dos están hechos el uno para el otro —señaló—. No entiendo por qué se separaron. Tal vez influyera el hecho de que no tuvieran hijos.

Ay, Dios mío, pensó Alatea; aquel era el meollo adonde siempre iba a parar todo. Siempre había sabido que sería así, si no con Nicholas, sí con otro.

—Quizá no deseaban tener hijos —señaló—. Algunas personas no quieren.

—Sí, pero no Manette.

La miró y, al observar su rostro demacrado, Alatea supo que no le estaba diciendo la verdad. Por más que Tim y Gracie necesitaran un hogar estable, no era aquello lo que atormentaba a su marido.

—Hay algo más —afirmó, instalándose en la mesa—. Creo que lo mejor será que me lo cuentes, Nicky.

Un puntal de su relación era que desde el principio Nicholas se lo había contado todo. Había insistido en ello por la vida que había llevado anteriormente, presidida por la mentira, por la intención de ocultar por cualquier medio su adicción a las drogas. El que ahora dejara de compartirlo todo con ella y se reservara algo para sí podía ser perjudicial para su matrimonio. Ambos lo sabían.

—Creo que mi padre piensa que yo maté a Ian —anunció por fin.

Aquella revelación estaba tan alejada de lo que Alatea esperaba oír que se quedó sin habla. Aunque en su interior surgían palabras, no consiguió hacerlas aflorar en inglés.

—Han venido unos agentes de Scotland Yard para investigar la muerte de Ian. Teniendo en cuenta que esta se consideró un accidente, solo puede haber un motivo para que se hayan presentado aquí. Papá es capaz de tocar las teclas apropiadas cuando le interesa.

—Eso es imposible. —Alatea sintió la boca seca. Quiso coger la taza de café de Nicholas y tomársela, pero ni siquiera movió la mano; no sabía si podía disimular su temblor—. ¿Cómo lo sabes, Nicky?

—Por ese periodista.

—¿Cómo...? ¿Te refieres a ese hombre? ¿A ese que vino aquí...? ¿Al que iba a escribir un reportaje que nunca se publicó?

—Sí. Ha vuelto. Él me dijo que los de Scotland Yard están aquí. Lo demás se deduce con facilidad: yo soy la persona en la que están interesados.

—¿El periodista te dijo eso?

—No exactamente, pero, con todo lo que ha ocurrido, resulta evidente.

Había algo más que no le decía. Alatea lo percibía en su cara.

—No me lo creo. ¿Tú? ¿Por qué ibas a hacerle daño a Ian? ¿Y por qué iba a pensar tal cosa tu padre?

Se encogió de hombros. Ella se dio cuenta de que había algo que no podía revelar. Trató de comprender qué era y qué consecuencias podía tener para ambos. Estaba muy deprimido, o muy dolido..., muy afectado por algo.

—Creo que tendrías que hablar con tu padre. Debes hacerlo directamente. Ese periodista te quiere perjudicar, Nicky. Y ahora esa mu-

261

jer que dice que trabaja para una productora que no existe… Debes hablar con tu padre ahora mismo. Tienes que oír la verdad de sus propios labios. No hay otra alternativa, Nicky.

Levantó la cabeza, con ojos anegados. El amor que le inspiraba aquel hombre de alma atormentada, como la suya, hizo que se le encogiera el corazón.

—Bueno, por cierto, he decidido que no voy participar en ese documental. Ya se lo he dicho a la fotógrafa, así que nos podemos olvidar de ese asunto.

Curvó los labios en un vano esfuerzo por esbozar una sonrisa. Pretendía animarla, asegurarle que todo se iba a arreglar pronto. Ambos sabían, no obstante, que era mentira, pero, una vez más, ninguno de los dos estaba dispuesto a admitirlo.

Milnthorpe
Cumbria

—Te daría mucho trabajo escribirlo en un sobre, aunque en español seguramente tienen alguna clase de abreviatura para enviar cartas allí —explicó Barbara. Se refería a la ciudad de Argentina que había logrado identificar como el lugar de origen más probable de Alatea Vásquez de Torres—. Santa María de la Cruz de los Ángeles y de los Santos —le anunció a Lynley—. Hablamos de una ciudad que se adscribe a todas las bases espirituales. Debe de estar en una zona de frecuentes terremotos, tal vez por eso se encomiendan a la protección divina.

Lynley la oía fumar por el auricular, cosa que no tenía nada de extraño. Barbara siempre estaba fumando. De ello se deducía que no se encontraba en Scotland Yard o que, si estaba allí, debía de llamar desde una escalera donde solía refugiarse para fumar un pitillo a escondidas.

—¿Por qué esta ciudad, Barbara? —le preguntó—. Está indagando los antecedentes de Alatea Fairclough —informó a Saint James, que acababa de apoyarse a su lado en la carrocería del Healey Elliot.

—¿Con quién hablas? —inquirió con tono irritado Barbara—. Me ponen negra las conversaciones a tres bandas.

—Saint James está aquí. Pondré los altavoces…, si consigo averiguar cómo se hace.

—Ya, eso será cuando las ranas críen pelo —se mofó—. Déjalo en manos de Simon.

—Havers, tampoco soy tan…

—Sí, señor —contestó con voz de santa.

Sabiendo que era inútil discutir, entregó el móvil a Saint James. Después de accionar un par de botones, ambos pudieron escuchar simultáneamente a Barbara en el aparcamiento del Crow and Eagle.

—Ha sido por el alcalde —anunció ella—. Ya sé que es como dar palos de ciego, señor, pero el alcalde es un tipo llamado Esteban Vásquez Vega, y su mujer se llama Dominga de Torres Padilla y de Vásquez. A mí me ha parecido que de ese rompecabezas se podía sacar algo. Algunos de los apellidos son los mismos que los de Alatea.

—Eso es apurar un poco las cosas, Barbara.

—¿Lo has sacado de Internet? —preguntó Saint James.

—No veas las horas que me ha costado. Y como todo está en español, solo supongo que es el alcalde. También podría ser el dueño de la perrera, pero he visto una foto suya y no me imagino para qué iba a entregar uno de la perrera las llaves de la ciudad a alguien en una foto. Bueno, a menos que fuera un entrenador de perros superfamoso.

»El caso es que hay una foto suya en la que sale con el ringorrango de alcalde al lado de su mujer, posando con alguien, y, claro, resulta que no puedo leer el pie de foto porque está en español y en esa lengua lo único que sé decir es «una cerveza, por favor». En el pie de foto están los nombres: Estaban y Dominga y todos los apellidos. Por el momento, es lo único que tenemos. No he podido encontrar nada más.

—Necesitaremos a alguien que traduzca los textos —señaló Lynley.

—¿Y Simon? ¿No se cuenta el español entre sus muchos talentos?

—Solo el francés —reconoció Saint James—. Bueno, también sé algo de latín, pero no estoy seguro de que vaya a servir.

—Bueno, tenemos que encontrar a alguien. Y también necesitamos a alguien que nos explique cómo se encadenan todos esos apellidos, porque yo no acabo de verlo claro.

—Tiene que ver con los antepasados —apuntó Lynley.

—Hasta ahí sí lo entiendo. Pero ¿cómo funciona? ¿Van añadiendo uno después de otro a través de las generaciones? No me gustaría tener que escribir toda esa retahíla para la solicitud de renovación del pasaporte.

Lynley reflexionó sobre cómo resolver la cuestión de la traducción del español. En Scotland Yard debía de haber alguien que pudiera hacerlo, pero si recurría a ello se exponía a que Isabelle atara cabos hasta llegar a él.

—¿Y qué hay de Alatea? —planteó—. ¿Qué has encontrado que la relacione con esa ciudad de Santa María de no sé qué? Habrás supuesto que es la hija del alcalde, ¿no?

—Eso no lo puedo afirmar —admitió Barbara—. Por lo visto, tienen cinco hijos varones. —Aspiró y después exhaló el humo de manera audible. Al oír el ruido del roce de papel, Lynley adivinó que estaba pasando las hojas de su cuaderno—. Carlos, Miguel, Ángel, Santiago y Diego. Por lo menos, me parece que son cinco hijos varones, aunque teniendo en cuenta la misteriosa forma en que juntan los nombres en esos países, a lo mejor podría ser un solo individuo.

—¿Y dónde encaja Alatea en eso?

—Se me ha ocurrido que podría ser la mujer de uno de ellos.

—¿Una esposa que se fugó?

—A mí me parece perfectamente plausible.

—¿Y si fuera una pariente? —apuntó Saint James—. Una sobrina, una prima…

—Supongo que también es posible.

—¿Has explorado esa vía? —preguntó Lynley.

—No. Lo podría hacer, aunque, en realidad, no puedo porque, tal como he dicho, todo está en español —le recordó—. En el trabajo deben de tener un programa de traducción, una cosa de esas que tienen en algún sitio del interior de los ordenadores, bien escondido para que las personas como nosotros no lo encontremos el día que podamos necesitarlo. Puedo hablar con Winston. Él sabrá cómo se hace. ¿Quieres que le pregunte?

Lynley contempló aquella posibilidad y llegó a la misma conclusión de antes: si Isabelle Ardery descubría que había reclutado a otro miembro del equipo para sus propios propósitos, podría tener problemas. Debía haber otra manera de solucionar el problema del español. Lo que no quería pensar en ese momento era por qué le preocupaba la reacción de Isabelle. Antes no le habría preocupado cómo pudiera reaccionar un superior en una situación como aquella. Eso lo colocaba en un escabroso terreno en el que no deseaba encontrarse en aquel momento de su vida.

—Tiene que haber otra forma, Barbara. No puedo meter también a Winston en esto. No estoy autorizado.

Barbara omitió señalar que tampoco estaba autorizado para incluirla a ella.

—Vamos a ver… —dijo—. Hombre, podría preguntarle a Azhar.

—¿Tu vecino? ¿Habla español?

—Habla prácticamente todo y de todo —repuso con ironía—. De todas formas, creo que, si no habla español, podría conseguir a alguien de la universidad que sí lo hable, como un profesor o un estudiante. A las malas, hasta podría ir al mercado de Camden Lock y ponerme a escuchar a los turistas…, si es que hay alguno en esta época del año…, detectar a alguno que hable español y llevármelo al ciber-café más cercano para que le eche un vistazo a la información de Internet. Siempre se puede encontrar algún modo.

—Pregúntale a Azhar —dijo Lynley—. Si no te compromete —añadió.

—¿Por qué me iba a comprometer? —contestó ella, con lógico recelo.

Lynley prefirió no responder. Había cosas entre ellos de las que nunca hablaban, y su relación con Taymullah Azhar era una de ellas.

—¿Algo más? —preguntó.

—Bernard Fairclough. Tiene un juego de llaves del apartamento de una mujer llamada Vivienne Tully. He ido allí, pero hasta el momento no he tenido la suerte de poder verla. En la foto suya que encontré se la ve relativamente joven, con ropa de moda, buena piel, buen tipo y un cuidado corte de pelo; en resumidas cuentas, una rival temible para otra mujer. Lo único que sé de ella es que trabajó un tiempo para él, que ahora trabaja en Londres y que le gusta la danza, pues ayer fue a un espectáculo de danza, aunque también podría haber ido a una clase. Como su señora de la limpieza no hablaba inglés, tuvimos que comunicarnos por signos, con bastante gesticulación, por cierto. Jesús, ¿no te has fijado en la poca gente que habla inglés en Londres últimamente? ¿Y tú te has fijado, Simon? Me da la impresión de que estuviera viviendo en el vestíbulo de las Naciones Unidas, joder.

—¿Fairclough tiene una llave de su piso?

—Parece como si fueran muy amigos, ¿eh? Tengo previsto volver a ir a Kensington a ver si puedo sacarle algo. Aún no me he puesto con lo del testamento de Cresswell…

Lynley le dijo que no importaba, que podía comprobar los detalles, pero que ya disponían de la información general. Se habían enterado de que había un seguro que había cobrado la exmujer y que, según aseguraba la pareja que tenía, un tal Kaveh, Cresswell le había legado la granja a él. Lo que sí podía hacer era confirmar aquellos supuestos. También sería interesante averiguar la fecha de redacción del testamento.

—¿Puedes ocuparte de ello? —concluyó.

—Desde luego. ¿Y qué hay de los hijos?

—Por lo visto, Cresswell dio por sentado que ellos se beneficiarían del dinero del seguro, aunque no parece ser el caso.

Barbara emitió un silbido.

—Siempre es interesante seguir la pista del dinero.

—Entre otras.

—Y ahora que me acuerdo, ¿y ese periodista de *The Source*? ¿Todavía no os habéis topado con él? —preguntó.

—Todavía no —respondió Lynley—. ¿Por qué?

—Porque también pasa algo curioso con él. Resulta que estuvo en Cumbria justo tres días antes de la muerte de Ian Cresswell. Como necesitaba ponerle un poco de salsa al reportaje que había escrito para el periódico, tal vez se le ocurriera aderezarlo con un asesinato.

—Lo tendremos en cuenta —le prometió Lynley—, pero para eso tendría que haber podido entrar en la propiedad de Fairclough, bajar hasta el embarcadero, manipular las piedras y volver a salir sin que nadie lo viera. ¿No habías mencionado que es un tipo muy alto?

—De casi metro noventa, sí. O sea, que no es un buen candidato.

—No creo, pero, bueno, a estas alturas, todo es posible.

Lynley se planteó la posibilidad de que un periodista pelirrojo de metro noventa lograra pasar inadvertido a la vigilancia de Mignon Fairclough y concluyó que aquello solo habría podido producirse a altas horas de la madrugada y en una noche bien oscura.

—Sea como sea, lo tenemos bastante difícil —añadió, dispuesto a poner fin a la conversación, consciente de que la sargento también lo interpretaría así. Pero antes tenía que averiguar algo, aunque no quisiera plantearse muy bien por qué—. ¿Estás haciendo todo esto sin que se entere la comisaria? ¿Todavía cree que estás de vacaciones? ¿No te habrás encontrado con ella en Scotland Yard?

Se produjo un silencio significativo.

—Mierda —exclamó, rehuyendo la mirada de Saint James—. Eso nos va a complicar las cosas. Bueno, a ti más que nada. Lo siento, Barbara.

—La verdad es que la jefa está un poco tensa —apuntó ella con despreocupación—, pero ya me conoces. Estoy acostumbrada a las situaciones tensas.

Milnthorpe
Cumbria

Deborah detestaba estar enfrentada con su marido. En parte se debía a la diferencia de edad y también a la discapacidad de él, y todo lo que implicaba, pero sobre todo a los caracteres tan distintos que tenían y que condicionaban su manera de ver la vida. Simon enfocaba las cosas de manera lógica, con extraordinario desapego. A ella le resultaba imposible mantener una discusión con él, porque ella todo lo pasaba por el tamiz de la emoción. En las batallas donde los contendientes acudían al campo desde la base del corazón o de la cabeza, estos siempre salían vencedores. Al final, para poner fin a las acaloradas discusiones que mantenían, solo le quedaba recurrir a la misma fútil frase: «Tú no lo entiendes».

Cuando Simon la dejó sola en la habitación del hostal, hizo lo que sabía que debía hacer. Llamó por teléfono al hermano de David y le comunicó su decisión.

—Te agradezco mucho que pensaras en nosotros, David —le había dicho con toda sinceridad—, pero no creo ser capaz de compartir al pequeño con sus padres biológicos. Así pues, la respuesta es no.

Había notado el desencanto de David y no le cabía duda de que el resto de la familia de Simon también se llevaría una decepción. A ellos no les pedían, sin embargo, que abrieran la puerta de su corazón y de sus vidas a unas personas prácticamente desconocidas.

—Ya sabes, Deborah, que cualquiera de las opciones que se elija para tener un hijo es un poco como una ruleta —le recordó David.

—Lo sé, pero, aun así, no quiero. No sería capaz de soportar las posibles complicaciones.

Aquello, pues, había concluido. Al cabo de un par de días, la chica embarazada en cuestión pasaría a concentrarse en otra pareja ansiosa por tener hijos. Aunque se alegraba de haber tomado la decisión, Deborah se sentía desconsolada. A Simon no le gustaría, pero ella no podía concebir más respuesta que la que había dado. Debían pasar a otra cosa.

Se había dado cuenta de que a su marido no le hacía ninguna gracia la alternativa del alquiler de útero. En un principio había pensado que le atraería, al ser él un científico, pero para él los milagros de la medicina moderna se estaban convirtiendo en algo «deshumanizador, Deborah». No le atraía nada aquello de encerrarse en los lavabos del médico y depositar el fluido necesario en un recipiente estéril. Después estaba la cuestión de la extracción de sus óvulos y lo que eso implicaba, aparte de la implantación en la madre de alquiler y el control del embarazo de esta, aunque para eso había que encontrar antes una candidata.

—¿Quién es esa persona? —preguntaba él, no sin razón—. ¿Y cómo vas a hacer todas las comprobaciones que necesitas hacer respecto a ella?

—Esa persona es solo un vientre que alquilamos —le había explicado Deborah.

—Si crees que su implicación se limita a eso —le replicó él—, es que tienes la cabeza en las nubes. No es lo mismo que alquilar una habitación libre en su casa para guardar los muebles, Deborah. Se trata de una vida que crecería dentro de su cuerpo. No puedes creer que ella no lo percibiría de ese modo.

—Habría un contrato, hombre. Mira, en la revista hay un artículo sobre...

—Esa revista tendría que ir a parar a la basura —replicó él.

Deborah no la tiró, ni mucho menos. Cuando él se hubo marchado, llamó a David y después se sentó a ojear el ejemplar de *Concepción* que le había enviado Barbara Havers. Observó las fotos de la séxtuple madre de alquiler, que posaba con las felices familias a las que había ayudado. Después de releer el artículo, acabó volviendo a revisar las páginas de los anuncios del final.

Allí aparecía todo lo relacionado con la reproducción, pero, a pesar del esperanzador artículo publicado en esa misma revista, no había nada que hiciera referencia al alquiler de úteros. Extrañada, llamó a un servicio legal que aparecía en aquella página y averiguó que era ilegal anunciarse como madre de alquiler. Cada cual debía encontrar por sus medios a la mujer interesada. Lo mejor era una pariente, le dijeron. «¿Tiene usted una hermana, señora? ¿O una prima?» Incluso había casos de madres que habían traído al mundo a sus propios nietos. «¿Qué edad tiene su madre?»

Dios mío, nada era fácil, pensó Deborah. Ella no tenía ninguna hermana, su madre estaba muerta y era hija única de hijos únicos. La hermana de Simon era una posibilidad, pero no se imaginaba que la alocada Sidney —por aquel entonces concentrada en sus amoríos con un soldado mercenario, ni más ni menos— se aviniera a ofrecer su valioso cuerpo de modelo como plataforma para el nacimiento del hijo de su hermano. El amor fraternal tenía límites y, en ese caso, Deborah sabía que no podrían traspasarlos.

La ley no la protegía. La publicidad de todo lo demás relacionado con la reproducción parecía ser legal..., incluida la de las clínicas que ofrecían dinero a las mujeres interesadas en donar sus óvulos o la de las parejas lesbianas que buscaban esperma. Había incluso anuncios que pretendían disuadir a los posibles donantes, junto a otros que ofrecían servicios de asesoría para donantes, receptores y otras personas implicadas. Había teléfonos de atención y enfermeras, médicos, clínicas y comadronas que ofrecían su asistencia. Había tantas opciones que apuntaban a direcciones tan distintas que Deborah se maravilló de que no hubiera nadie que se anunciara en *Concepción* pregonando simplemente: ¡SOCORRO!

Alatea Fairclough había arrancado aquellas páginas, las que ahora la alteraban a ella misma. Deborah comenzó a ver más claramente cómo podía percibir aquella mujer su propia situación. ¿Y si Alatea sabía que no podría cumplir los nueve meses de gestación? ¿Y si todavía no se lo había confesado a su marido? ¿Y si estaba buscando —tal como se proponía hacer ella misma— un útero de alquiler? Allí en Inglaterra se encontraba lejos de amigas y familiares que podrían ofrecerse voluntarias para eso… ¿Había alguien a quien pudiera recurrir? ¿Había alguien a quien pudiera pedir que gestara al hijo concebido entre ella y Nicholas Fairclough?

Deborah estuvo meditando sobre ello, comparándose con Alatea. Ella tenía a Sidney Saint James, pese a que era una pésima candidata. ¿A quién tenía Alatea?

Se dio cuenta de que había una posibilidad que encajaba con lo que había ocurrido en el embarcadero de Ireleth Hall. Tenía que hablarles de ello a Simon y a Tommy.

Salió de la habitación. Mientras bajaba las escaleras, marcó el número del móvil de Simon, que se había ido ya hacía rato a pasear. Le dijo que había estado hablando con Tommy en el aparcamiento, que justo entonces iban a…

Ella le pidió que la esperase, que acudía a reunirse con ambos.

Sin embargo, Nicholas Fairclough se interpuso en su camino. Era la última persona que esperaba ver en el diminuto vestíbulo del Crow and Eagle. Allí estaba, no obstante, esperándola. Al verla, se levantó.

—Supuse que estaría aquí —dijo.

—Habla como si yo hubiera estado esforzándome por esconderme —señaló.

—No, ya veo que no. La mejor manera de esconder algo es dejarlo a la vista.

Deborah lo observó con extrañeza. Tenía un aspecto completamente alterado. Su cara de querubín aparecía demacrada, sin afeitar. No debía de haber dormido mucho, a juzgar por sus ojeras. Además, no irradiaba nada de la afabilidad que antes había percibido en él.

—Mire, sé quién es realmente usted —afirmó sin más preámbulos—. Quiero que sepa algo, que yo no le hice nada a Ian. Nunca le habría hecho daño. El hecho de que mi padre piense que podría haber sido capaz de tal cosa deja a las claras cómo está nuestra familia, pero nada más. Lo mejor es que usted se vaya por donde ha venido —indicó apuntándola con el índice, aunque sin tocarla—. No tiene nada que averiguar rondando por aquí. Su maldita investigación ha terminado. Y deje a mi mujer en paz, ¿entiende?

—¿Me está…?

—No se acerque a ella. —Retrocedió de espaldas y, al llegar a cierta distancia, dio media vuelta y se fue.

Deborah se quedó allí, sola, con el corazón acelerado y el martilleo del pulso en los oídos. Supuso que Nicholas Fairclough, por algún inconcebible motivo, creía que ella era la detective de Scotland Yard que había viajado hasta Cumbria para investigar la muerte de su primo.

Solo había una vía por la que había podido llegar a tal conclusión, y en su cámara digital había quedado constancia de ello.

Milnthorpe
Cumbria

Zed Benjamin se había esfumado el día anterior, después de su encuentro con Nicholas Fairclough en la plaza de mercado de Milnthorpe. Por suerte, la multitud de puestos le habían permitido esconderse de las posibles miradas de los ocupantes del café en el que Fairclough se había reunido con la detective de Scotland Yard. Solo le bastó esperar unos cuantos minutos a que acabaran de hablar y salieran del bar. A partir de ahí fue pan comido ver el lugar adonde se dirigía la mujer, que resultó ser el hostal Crow and Eagle, situado en el cruce de la carretera que iba de Milnthorpe a Arnside. Ese día Zed había aparcado allí a primera hora de la mañana, cerca de una oficina del NatWest. Había estado merodeando durante horas, con la vista fija en el hotel, esperando a que saliera la mujer. Con aquello atrajo más de una mirada de recelo por parte de los clientes del banco y alguna que otra amonestación de los usuarios del cajero automático. Una bruja incluso le había clavado el dedo en el pecho diciéndole: «Vete de aquí, muchacho, antes de que llame a la policía… Ya me conozco a los de tu calaña». Impaciente, esperaba que hubiera algún movimiento de parte de los de Scotland Yard; si no, ya se veía entre rejas, por eso de dar vueltas alrededor de la sucursal bancaria.

No podía olvidarse de la llamada de Yaffa esa mañana. Ese día no le había devuelto sus sonoros besos porque, al parecer, su madre no estaba en la habitación. Se enteró de que Micah empezaba a causar problemas desde Tel Aviv, ya que, por lo visto, se estaba cansando de interpretar el papel de hermano de Yaffa. En una conversación que había mantenido con él, había empleado la palabra «atractivo» refiriéndose a Zed. Tampoco es que fuera para tanto, le había dicho ella a Micah, pero no le había hecho ninguna gracia. Y mientras Zed se regocijaba con la idea de que Yaffa hubiera usado la palabra «atractivo» para referirse a él, había apuntado que, por desgracia, era muy posible que tuviera que buscar pronto otro alojamiento. «Estaba fuera de sí», dijo. Temía que la preocupación por el vínculo que pudiera establecer con él lo distrajera de los estudios. Para un estudiante de Medicina, aquello podía ser fatal, «pero ya sabes cómo se ponen los hombres cuando empiezan a inquietarse por la fidelidad de su mujer, Zed».

En realidad, Zed no tenía ni idea porque había pasado años evitando por completo a las mujeres.

Yaffa dijo que creía que podría tranquilizar a su novio durante un tiempo, aunque no mucho. Después tendría que cambiar de casa o regresar a Tel Aviv.

Zed no supo qué decir. En su posición no era apropiado rogarle que se quedara, y ni siquiera estaba seguro de por qué motivo se le había ocurrido siquiera rogarle tal cosa. Fuera como fuera, había estado a punto de pedirle que se quedara, y eso lo tenía sorprendido.

Ella había colgado antes de que pudiera añadir nada. Estuvo tentado de volver a llamarla y decirle que la echaría muchísimo de menos, que con su silencio no había pretendido dar a entender lo contrario, que había disfrutado con cada conversación que había mantenido con ella, que, en realidad, ella era precisamente la clase de mujer... Pero no podía ir tan lejos. Maldita sea, se dijo. Estaban condenados a escribirse torturadas cartas como el poeta John Keats y Fanny Brawne, hasta que al final todo acabara.

Pensaba en Yaffa, en Micah, en lo irónico de la situación; se encontraba con una mujer que era —tenía que reconocerlo— perfecta para él, pero resulta que ella ya estaba comprometida con otro hombre. Estaba tan ensimismado en sus pensamientos que cuando Nicholas Fairclough apareció en el Crow and Eagle y desapareció en el interior, al principio ni siquiera le dio importancia. «Ah, ahí está Nick Fairclough», se dijo, mientras se bajaba el gorro y se encorvaba para reducir su estatura e intentar pasar desapercibido. Cuando Fairclough salió del hotel al cabo de nada, con una expresión glacial en el rostro, sumó dos más dos: la presencia de Fairclough y la detective en aquel lugar podía tener su importancia.

Después salió la propia detective, hablando por teléfono. Una detective hablando por el móvil significaba que iba a ocurrir algo. Fairclough se había ido y la mujer se disponía a seguirlo. Zed tenía que hacer lo mismo.

Su coche no quedaba lejos. Lo había dejado por el lado de la carretera de Arnside. Se precipitó en dicha dirección mientras la mujer pelirroja doblaba la esquina del hostal para ir, seguro, a donde tenía aparcado su automóvil. Arrancó y esperó a que apareciera. No pensaba consentir que fuera a ninguna parte sin pisarle los talones.

271

Contó los segundos, que se convirtieron en minutos. ¿Qué debía de ocurrir?, se preguntó. ¿Algún problema mecánico? ¿Un pinchazo? ¿Dónde diablos se había…?

Al final, del aparcamiento de detrás del Crow and Eagle salió un vehículo, pero no era un coche de alquiler, sino un elegante modelo antiguo de color cobre, de esos que cuestan un ojo de la cara, conducido por un individuo que se veía muy a gusto dentro y debía de ser un ricachón, para haberse pagado ese cacharro. Sería otro cliente del hotel, dedujo Zed. El hombre se alejó en dirección norte.

Al cabo de unos tres minutos, salió otro coche y Zed puso la marcha, pero ese también iba conducido por un hombre, un caballero de aspecto serio y espeso pelo oscuro que se tocaba la cabeza como si quisiera librarse de una migraña.

Después vio, por fin, a la mujer, pero iba a pie. Aquella vez no hablaba por el móvil, pero tenía una expresión seria y decidida. Zed pensó que se dirigía a algún lugar cercano; el sitio más lógico era la plaza del mercado, donde uno podía reunirse con la gente en los bares, restaurantes y los chinos de comida rápida, llegado el caso. Sin embargo, ella dio media vuelta y entró en el Crow and Eagle.

272

Zed tomó la decisión en un instante. Desconectó el motor y se precipitó tras ella. Podía seguirla toda una eternidad, o bien podía coger el toro por los cuernos.

Empujó la puerta del hostal.

Milnthorpe
Cumbria

Deborah estaba enfadadísima con Simon.

Lo había encontrado hablando con Tommy en el aparcamiento. Fue una suerte que Tommy estuviera con él, ya que este iba a poner de su parte y sabía que iba a necesitar un aliado.

Les había expuesto de manera sucinta la información: que Fairclough la había abordado en el hotel, que sabía que Scotland Yard indagaba las circunstancias de la muerte de Ian Cresswell y que creía que, precisamente ella, era la detective de Scotland Yard que husmeaba en su vida.

—Solo hay una manera posible de que haya llegado a esa conclusión —dijo.

Entonces les enseñó la foto que había sacado el día anterior, del pelirrojo que habló con Fairclough en la plaza del mercado.

—Justo después, Nicholas ya no quiso nada más conmigo. Teníamos que ir a Barrow, pero no fuimos. Y luego, esta mañana, se ha presentado en un estado... Comprendéis lo que esto significa, ¿no?

Tommy miró la foto. Simon no.

—Es el periodista de *The Source*, Simon —lo identificó Tommy—. Barbara me describió su aspecto. Muy alto, pelirrojo. No puede haber dos tipos paseándose por Cumbria que encajen en esa descripción y que se interesen a la vez por Fairclough.

Estupendo, se congratuló Deborah.

—Tommy, podríamos utilizarlo —propuso—. Es evidente que esta gente se trae algo entre manos y que él lo sigue, porque, si no, no estaría aquí. Deja que me ponga en contacto con él. Pensará que ha conseguido un contacto con la policía. Podemos...

—Deborah —dijo Simon con ese tono, ese insoportable tono supuestamente apaciguador.

. —No sé, Deb —había añadido Tommy, desviando un momento la mirada.

Ella no pudo discernir si estaba pensando en lo que le había dicho o en irse del aparcamiento antes de que entre ella y Simon estallara la discusión que ya debía de prever, puesto que Tommy conocía mejor que nadie a Simon. Sabía lo que significaba «Deborah» cuando lo decía de esa manera. En algunas situaciones, la preocupación de Simon estaba justificada, y ella misma estaba dispuesta a reconocerlo, pero, en aquel caso no, tenía motivos para inquietarse.

—Es algo que se nos presenta en bandeja, Tommy —había argüido.

—Barbara me dijo que estuvo por aquí tres días antes de la muerte de Cresswell, Deb, con intención de añadir algún detalle interesante al artículo que había escrito sobre Nicholas Fairclough.

—¿Y qué?

—Es evidente, Deborah —intervino Simon—. Existe una posibilidad de que ese tipo...

—Ah, no, no pensarás que para añadir un detalle de interés al reportaje se le ocurrió provocar la muerte de un miembro de la familia. Eso es completamente absurdo. No —los atajó, porque ambos se habían puesto a hablar a la vez—. Un momento. Escuchadme. He estado pensando en esto y hay cosas que vosotros ignoráis y que tienen que ver con la mujer de Nicholas.

Ella contaba con la ventaja de que ninguno de los dos había visto a Alatea. Tampoco conocían a Nicholas Fairclough, lo cual la dejaba en una posición aún más ventajosa.

—Barbara está investigando a Alatea Fairclough, Deb.

—Puede que sí, pero ella no lo sabe todo —replicó antes de explicarles que había cosas que Alatea Fairclough tenía que ocultar—. Según Nicholas, hay fotos comprometedoras en algún lugar. Era una modelo que posaba para un tipo de fotos que preferiría no ver publicadas. Se lo contó a Nicholas, pero nadie más de la familia lo sabe. Él habló de «lencería picante», y me parece que todos podemos deducir de qué se trataba.

—¿De qué exactamente? —preguntó Simon con esa mirada tan típica suya, grave, comprensiva y preocupada.

«Pues por mí puedes seguir preocupándote todo lo que quieras», pensó Deborah.

—En esto podemos incluir un abanico que va desde fotos de catálogo y de artículos de piel para sadomasoquistas a pornografía, Simon. Creo que en esto estamos de acuerdo, ¿no?

—Tienes razón, sí —admitió Tommy—, pero Barbara se ocupa de esto. Ella lo descubrirá.

—Es que eso no es todo, Tommy. Hay algo más. —Aun siendo consciente de que a Simon no le iba a gustar el camino que iba a tomar, estaba resuelta a hacerlo; merecía la pena indagar por ahí, porque seguramente tenía alguna conexión con la muerte de Ian Cresswell—. Hay que tener en cuenta la posibilidad del útero de alquiler.

Simon se puso pálido. Deborah se dio cuenta de que pensaba que ella pretendía sacar a colación aquel asunto tan personal delante de Tommy para utilizarlo como árbitro de sus discrepancias y su dolor.

—No es eso —lo tranquilizó—. Es que creo que es muy probable que Alatea no pueda llevar a término un embarazo, o que tenga dificultades para quedarse embarazada. Creo que está buscando una madre de alquiler y que esa persona podría ser la esposa de Ian Cresswell, Niamh.

Simon y Tommy intercambiaron una mirada. Ellos no habían visto a Niamh Cresswell, así que no lo sabían todo. Deborah fue desgranando sus hipótesis: el deseo de Nicholas Fairclough de tener un hijo; la revista que tenía Alatea con toda la sección de anuncios arrancada; el aspecto de Niamh Cresswell, del que se deducía a las claras que había tomado medidas de carácter quirúrgico para mejorarlo —acompañado del argumento de que «las operaciones de aumento de pechos no las cubre la seguridad social»—; y la simple lógica de una mujer que ha perdido a su hombre y cree que tiene que encontrar un sustituto y quiere hacer algo para tener más posibilidades de conseguirlo…

—Niamh tiene que costearse todo eso. Aceptando gestar el hijo de Alatea conseguiría el dinero. Aunque es ilegal sacar un provecho material alquilando un útero, esto quedaría en el seno de la familia y nadie se enteraría de que se ha pagado dinero. Seguro que Nicholas y Alatea no se lo iban a contar a nadie. O sea, que Niamh tiene el niño, se lo entrega, ellos le dan el dinero y ya está.

Simon y Tommy guardaron silencio. Tommy se miraba los zapatos. Deborah conocía muy bien a aquellos dos hombres, de modo que, previendo que, de un momento a otro, iban a decirle que estaba chiflada, volvió a la carga.

—O puede incluso que Nicholas Fairclough no esté enterado del acuerdo a que han llegado las dos. Alatea va a fingir el embarazo. Como es bastante alta, es muy posible que, de todas maneras, no se le notara hasta el cabo de unos cuantos meses. Niamh desaparece del mapa unos meses y, cuando está a punto de dar a luz, Alatea se reúne con ella. Inventan un pretexto y...

—Por el amor de Dios, Deborah. —Simon se masajeaba la frente.

Tommy movía los pies en el suelo.

A Deborah le dio por pensar que Tommy siempre llevaba zapatos de la marca Lobbs. Debían de haberle costado un dineral, aunque, claro, le iban a durar una eternidad y, seguramente, el par que llevaba puesto era el mismo que calzaba desde los veinticinco años. No tenían ningún rasguño. Charlie Denton —el criado, mayordomo, Viernes, ayuda de cámara o lo que fuera en la vida de Tommy— jamás habría permitido que los zapatos de Tommy presentaran la menor marca de arañazos. De todas maneras estaban usados y eran cómodos, más o menos como los amigos y...

Advirtiendo que Simon estaba hablando, se dio cuenta de que, a propósito, había dejado de escuchar. Debía de pensar que todo eso estaba relacionado con ella, con ellos dos, con aquel dichoso asunto de la adopción abierta al que ella había puesto punto final sin decírselo.

—Llamé a David —anunció de repente—. Le dije que no. No puedo aceptar eso, Simon.

Simon movió la mandíbula, sin articular palabra alguna.

—Entonces supongamos que Ian Cresswell se enteró de todo eso —se apresuró ella a decirle a Tommy— Él no está de acuerdo. Argumenta que sus hijos, los de él y Niamh, ya están soportando bastantes complicaciones y que no sería bueno para ellos que su madre geste al hijo de la mujer de su primo, pues eso les causaría demasiada confusión. Se pone firme en su negativa.

—Estaban divorciados —le recordó con delicadeza Tommy.

—¿Desde cuando ha impedido el divorcio que la gente siga intentando controlar a su expareja? Pongamos que va a ver a Nicholas e intenta ponerlo de su parte. Nicholas está al corriente de lo que

275

ocurre, o no, pero, en cualquier caso, Ian no consigue convencerlo, así que amenaza con ir a hablar de la cuestión con el padre de Nicholas. A nadie le conviene que Bernard Fairclough se entere de esto. Ya se ha pasado años y años creyendo que Nicholas es un holgazán y, ahora, esta terrible división de la familia…

—Basta —la atajó Simon—. Hablo en serio. Ya basta.

El tono paternal que había empleado surtió el efecto de una descarga de treinta mil voltios que le recorrió todo el cuerpo.

—¿Cómo? ¿Qué me acabas de decir? —replicó.

—No hace falta ser Freud para ver de dónde sale esto, Deborah.

Al instante, aquella descarga eléctrica se transformó en furia. Deborah se dispuso a hablar, pero Simon la interrumpió.

—Esto es un delirio. Ya es hora de que volvamos a Londres. Yo ya he hecho aquí todo lo que estaba en mi mano, y, a menos que decidamos volver a inspeccionar el embarcadero, diría que el dictamen de la policía sobre que la muerte de Ian Cresswell fue accidental es correcto.

¿Cómo se atrevía a despacharla así de la conversación? Nunca había tenido ganas de agredir a su marido, pero, en aquel momento, la asaltaron unas ganas locas de hacerlo. «Modera ese genio, Deb», le habría dicho su padre, pero a este nunca lo había tratado tan a la ligera aquel hombre que entonces permanecía ante ella con implacable actitud. Jesús, qué insoportable era. Era pretencioso y encima tenía aires de santurrón. Siempre estaba tan seguro, tan convencido, tan empapado de su condenado conocimiento científico, sin tener en cuenta que ciertas cosas no tenían nada que ver con la ciencia, que algunas cosas tenían que ver con el corazón, que no todo estaba relacionado con la técnica forense, los microscopios, las manchas de sangre, los análisis informáticos, los gráficos y las asombrosas máquinas que con solo una hebra de tejido eran capaces de encontrar el hilo de un fabricante, una madeja de lana, el cordero de donde procedía y la granja de las Hébridas donde había nacido el animal… Tenía ganas de gritar, de arrancarle los ojos, de…

—Tiene su parte de razón, Simon —apuntó Tommy.

Simon le asestó una mirada que parecía decirle a su amigo que había perdido el juicio.

—A mí no me cabe duda de que entre Nicholas y su primo había hostilidad. Bernard también oculta algo raro.

—De acuerdo —concedió Simon—, pero ese guion en el que la exmujer de Ian… —Con un ademán, desechó el resto.

—Pero es demasiado peligroso, Deb, si lo que dices es cierto —prosiguió Tommy.

—Pero...

—Has hecho un buen trabajo aquí, pero Simon tiene razón en eso de que es mejor volver a Londres. Yo seguiré con el caso desde aquí. No puedo permitir que te expongas a una situación de riesgo, entiéndelo.

La última explicación podía interpretarse de más de una manera y todos lo sabían. Ella tenía un pasado en común con Tommy y, aunque no hubiera sido así, él nunca habría permitido que se expusiera hasta el punto de que pudiese sucederle lo mismo que a su difunta esposa.

—Esto no entraña ningún peligro —adujo, ya calmada—. Lo sabes bien, Tommy.

—Si hay un asesinato de por medio, siempre existe algún peligro.

Tras añadir todo lo que podía argüir sobre el tema, se marchó y la dejó a solas con Simon en el aparcamiento.

—Lo siento, Deborah —se disculpó Simon—. Ya sé que solo quieres ayudar.

—¿Ah, sí? —replicó con tono mordaz—. Y ahora haz como si esto no fuera una revancha.

—¿Por qué? —preguntó él, sorprendido.

—Por haberle dicho que no a David. Por no haber solucionado nuestro problema con una simple palabra: sí. Eso era lo que tú querías, una solución instantánea, sin tener en cuenta cómo me iba a sentir yo con toda una familia revoloteando cerca, pendiente de todo lo que hiciera, juzgando si sería una buena madre... —El llanto que amenazaba con aflorar la enfureció aún más.

—Esto no tiene nada que ver con que hayas llamado a David. Si esa es la decisión que has tomado, la acepto. ¿Qué puedo hacer? Aunque mis deseos no coincidieran con los tuyos...

—Eso es lo que cuenta. Eso es lo que cuenta siempre. Tus deseos, no los míos. Porque si alguna vez se me concedieran mis deseos, el poder cambiaría de lado, ¿no? Y eso no te conviene.

Él tendió la mano. Ella retrocedió.

—Ve a hacer lo que tuvieras que hacer. Ya hemos hablado bastante por ahora.

Simon aguardó un instante. Él la observaba, pero ella no podía ni verle. No podía mirarlo a los ojos y ver ese dolor que estaba tan arraigado en su interior.

—Hablaremos más tarde —dijo por fin, antes de dirigirse al coche.

Al cabo de un momento, se encontraba lejos del aparcamiento. Deborah no sabía qué era lo que tenía que hacer y le daba igual.

Se encaminó a la puerta del hotel.

—Un momento —le dijo alguien justo cuando acababa de entrar—. Usted y yo tenemos que hablar. —Al volverse, vio que se trataba ni más ni menos que del gigante pelirrojo—. Su tapadera ha quedado al descubierto. Puede salir en la primera página de la edición de mañana de *The Source*, o bien podemos hacer un trato. Elija.

—¿Qué clase de trato? —preguntó Deborah.

—Uno que nos beneficie a los dos.

Great Urswick
Cumbria

Lynley sabía que Simon tenía razón en lo tocante a Deborah: en adelante era mejor que se mantuviera al margen de la investigación. Puesto que no sabían exactamente con qué debían tratar, cualquier cosa que pudiera ponerla en peligro era inaceptable desde diversos puntos de vista, aunque para ellos resultara insoportable hablar abiertamente de ellos.

Había cometido un error al implicarlos en aquella aventura. Al principio le había parecido que era un trabajo sencillo que podía ventilar con su ayuda en cuestión de un par de días. La realidad había resultado distinta, y debía poner fin a aquello antes de que Deborah hiciera algo que los tres pudieran lamentar.

Tras abandonar Milnthorpe, se dirigió al norte y después al este. Luego tomó la carretera que recorría la península de Furness para ir a Great Urswick, pues su intención era mantener una conversación con Manette Fairclough.

En su itinerario atravesó la población marítima de Grange-over-Sands, situada en un estuario de marismas donde las numerosas aves migratorias establecían jerarquías a la hora de buscar comida. Esta era abundante, ya que se renovaba cada día gracias a las mareas que afluían desde la bahía de Morecambe.

Después de Grange-over-Sands, la carretera discurría entre una grisácea extensión de agua de engañosa calma y una sucesión de pastizales interrumpidos aquí y allá por las casitas que ocupaban de manera estacional los veraneantes. Aquella era la parte sur de Cumbria, diferente de la zona de los Lagos, tan pródiga en narcisos, sobre la que habían volcado sus elogios John Ruskin y William Woodsworth. Allí la mayoría de la gente vivía a costa de una ruda labor, principalmente los pescadores. Las generaciones anteriores se habían adentrado en los cambiantes arenales con caballos y carros; las actuales lo hacían con tractores, pero, aun así, siempre estaban expuestos a perder la vida si cometían algún error de cálculo. Si la marea los atrapaba en aquel terreno movedizo, nadie podía salvarlos. Lo único que se podía hacer era esperar a que aparecieran sus cadáveres. Algunas veces lo hacían; otras no.

En Bardsea, se desvió hacia el interior. Great Urswick era uno de aquellos pueblos que parecían existir tan solo porque se encontraban en un cruce de carreteras y disponían de un *pub*. Para llegar allí, se atravesaba un paisaje que nada tenía que ver con las espectaculares aglomeraciones de piedras y los grandes afloramientos de pizarra y piedra caliza de la zona norte de los Lagos. Aquella parte de Cumbria se parecía más al parque nacional de The Broads. Después de atravesar el breve trecho encumbrado de un pueblo, uno volvía a salir a un paisaje plano barrido por el viento, idóneo para pastar el ganado.

Los edificios de Great Urswick tampoco se parecían a los típicos de Cumbria. Aunque estaban pintados con primor, no se ajustaban al estilo vernacular de los Lagos. En lugar de las hileras de pizarra que recubrían las fachadas, allí había argamasa basta. Algunos incluso estaban recubiertos de madera, un material de construcción insólito en aquella parte del mundo.

Lynley localizó la casa de Manette junto a una gran laguna en torno a la cual parecía estar distribuido el pueblo. En la orilla crecía una tupida barrera de juncos, ideal para ofrecer protección a los cisnes que nadaban en sus aguas, a sus nidos y a sus crías. Al ver que había dos coches aparcados delante, supuso que podría matar dos pájaros de un tiro hablando con Manette y con su exmarido, con quien, según le había revelado Bernard Fairclough, todavía seguía viviendo su hija.

Un hombre acudió a abrir la puerta. Aquel debía de ser Freddie McGhie. Era un tipo bien parecido, muy pulcro, de cabello moreno y ojos oscuros. «Qué pulcro, cariño», habría dicho Helen, aunque lo habría dicho en el mejor sentido, porque iba muy arreglado. Aun sin estar vestido para ir a trabajar, ofrecía el aspecto de alguien salido de un anuncio de revista como *Country Life*.

Lynley se presentó.

—Ah, sí —dijo Freddie—. El invitado londinense de Bernard. Manette me dijo que lo había visto.

Pese a que hablaba con afabilidad, en su tono se percibía una interrogación. Al fin y al cabo, no había ninguna razón para que se presentara en Great Urswick y llamara a su casa.

Lynley le explicó que querría hablar con Manette, si esta se encontraba en casa.

McGhie miró hacia la calle como si en ella fuera a encontrar la respuesta a una pregunta que no había formulado.

279

—Ah, sí —dijo luego, recuperando los buenos modales—. Por supuesto. Es que no me había mencionado…

Lynley aguardó educadamente.

—Da igual —concluyó McGhie—. Pase. Iré a buscarla.

Acompañó a Lynley hasta un salón que daba al jardín de atrás y que tenía vistas a la laguna. El elemento más destacado del interior era una cinta de correr. Era el último modelo, con pantalla, botones y accesorios. Para hacerle hueco, habían tenido que correr hacia la pared buena parte del mobiliario.

—Ay, perdone. No me acordaba. Será mejor la cocina. Por aquí.

Luego lo dejó un momento allí y se fue, llamando a Manette. Mientras se oían sus pasos subiendo por las escaleras, la puerta exterior de la cocina se abrió y por ella entró la mujer. Lynley se dio cuenta de que no se parecía nada a su hermana. Tenía la estatura de su madre y su misma constitución alargada, pero había heredado, por desgracia, el cabello del padre. Lo tenía tan ralo que, pese a que lo llevaba corto y rizado, se le veía el cuero cabelludo a través de él. Resultaba evidente, dada su indumentaria de deporte, que era ella la que utilizaba la cinta para poder correr ajena a las frecuentes inclemencias del tiempo de aquella región. Enseguida vio a Lynley.

—Vaya por Dios —exclamó—. Buenos días. —Después dirigió la mirada a la puerta—. Disculpe —dijo, saliendo. Lynley la oyó llamar—. Estoy aquí abajo, Freddie. Había salido a correr.

—Ah, vaya, Manette —alcanzó a oír Lynley, porque entonces se pusieron a hablar en voz baja—. ¿Quieres que…? Por mí encantado, ya sabes.

Lynley no comprendió, desde luego, el significado de aquel retazo de diálogo. En cualquier caso, Manette regresó seguida de Freddie McGhie.

—Qué agradable sorpresa —dijo, como si hubiera elegido con cuidado las palabras—. ¿Quería papá que viniera a vernos por algún motivo?

—Deseaba hablar con ustedes dos —explicó Lynley.

Intercambiaron una mirada. Él se dio cuenta de que ya era hora de dejarse de fingimientos, que no habían dado resultado con Mignon y tampoco iban a funcionar con otra persona, de modo que sacó su identificación como policía y se la tendió a Manette. Esta la observó con extrañeza y luego se la entregó a McGhie.

—¿Qué ocurre? —preguntó mientras él la examinaba—. No creo que Scotland Yard proyecte cambiar sus sanitarios y que lo hayan enviado a usted a evaluar nuestra línea de tazas de váter. ¿A ti qué te parece, Freddie?

La cara de Freddie se cubrió con un leve rubor que, según intuyó Lynley, no tenía nada que ver con los accesorios de baño.

—Yo había pensado... —Se encogió de hombros, con uno de esos movimientos con los que son capaces de comunicarse, amén de con medias frases, las parejas que llevan muchos años de convivencia.

—Ja. Te agradezco el voto de confianza —replicó Manette—, pero tengo la impresión de que al inspector le gustan un poco menos viejas.

—No seas boba. Solo tienes cuarenta y dos años —le dijo Freddie.

—Los años de las mujeres suman como los años de los perros, Freddie. Desde un punto de vista masculino, es como si me acercara a los ochenta. ¿En qué puedo serle útil, inspector?

—Su padre me pidió que investigara la muerte de Ian Cresswell.

—¿Qué te decía yo? —le apuntó Manette a Freddie, tomando asiento a la mesa de la cocina. Luego cogió un plátano de un frutero y se puso a pelarlo—. Bueno, la pobre Mignon se habrá quedado un poco desinflada. —Enganchó el pie encima del travesaño de una de las sillas y la corrió—. Siéntese —indicó a Lynley antes de invitar también a tomar asiento a su exmarido.

Al principio Lynley creyó que con aquel gesto daba a entender que estaba dispuesta a prestar su colaboración, pero enseguida lo sacó de su error.

—Si papá cree que yo voy a apuntar con el dedo a alguien, por lo que sea, le agradecería que le diga que nadie me va a sacar nada por el estilo, ni a mí ni a nadie de esta casa. Francamente, me cuesta creer que sea capaz de hacerle esto a su propia familia.

—Es más bien que desea estar seguro del dictamen de la policía local —le explicó Lynley—. Eso ocurre con más frecuencia de lo que la gente piensa.

—Pero ¿de qué va esto? —inquirió Manette—. ¿Alguien de Londres se presenta y solicita una segunda investigación en un caso que ya ha resuelto la policía de aquí? ¿Scotland Yard toma el relevo, así sin más? Por favor, inspector. ¿No me habrá tomado por idiota?

—¿Qué ha motivado esta investigación? —preguntó Freddie—. Era un asunto que parecía resuelto, de acuerdo con la policía.

—Papá está aprovechando su influencia —le dijo Manette—. No sé cómo, pero seguro que conoce a alguien que conoce a alguien que está dispuesto a tocar unas cuantas teclas o realizar un donativo para los huérfanos y las viudas. Así funcionan las cosas. Supongo que quiere ver si Nick está implicado, aunque sea un caso zanjado. Vete a saber cómo se las hubiera arreglado Nick, pero con su historial hay que reconocer que todo es posible. —Miró a Lynley—. ¿Estoy en lo cierto? Ha venido para ver si lo ayudo a apretarle las clavijas a mi hermano.

—De ninguna manera —negó Lynley—. Se trata solo de poder llegar a comprender qué lugar ocupa cada uno en el tablero.

—¿Y eso qué significa?

—Que a veces una muerte se produce en un momento muy oportuno para ciertas personas. La policía no se debió fijar en eso. No tendría por qué si las circunstancias son suficientemente claras.

—Entonces, ¿por qué está usted aquí? ¿Para determinar el grado de oportunidad, tal como lo expresa usted, de la muerte de mi primo? ¿Y para quién fue oportuna su muerte? Porque permítame decirle que para mí no fue oportuna. ¿Y para ti, Freddie?

—Manette, si los de Scotland Yard están aquí…

—¡Para, caramba! —lo atajó—. Si los de Scotland Yard están aquí es seguramente porque mi padre le dio dinero a alguien, para añadir un nuevo departamento a sus oficinas… o lo que sea. Tú mismo has visto los libros de cuentas, Freddie. Si te esfuerzas, acabarás localizando el gasto. Habrá un desembolso que no entenderás, aparte de los otros que tampoco entiendes.

—¿Hay irregularidades en los libros de cuentas de la empresa de su suegro? —intervino Lynley.

—Estaba bromeando —intervino Manette—. ¿Verdad que sí, Freddie? —preguntó en un tono con el que le prohibía decir ni una palabra.

—Ex —precisó Freddie.

—¿Cómo?

—Exsuegro.

—Sí, claro.

—Que sea ex o actual da lo mismo —afirmó Manette—. Lo que cuenta es que Ian se ahogó, que fue un accidente y que, si no lo fue, usted tiene que averiguar para quién pudo ser oportuna su muerte; no para mí, desde luego. Por otra parte, me parece, si mal no recuerdo, que la gran oportunidad en todo esto le cayó servida en bandeja a Kaveh Mehran.

—¿De qué estás hablando? —le preguntó Freddie.

—No te lo había dicho. Kaveh es ahora el único propietario de la granja.

—Estás de broma.

—No, no. Ian se la dejó, o eso asegura él. Supongo que dice la verdad, porque no costaría mucho comprobarlo.

—Nos ocupamos de ello, señora McGhie.

—Pero no creen que Kaveh matara a Ian, ¿no? —preguntó Freddie.

—Nadie lo mató —afirmó Manette—. Por más que su muerte fuera oportuna para alguien, fue un accidente, Freddie. Ese embarcadero lo tendrían que derrumbar antes de que se venga abajo por sí solo. Me sorprende que no fuera mamá la que se cayó, se golpeó la cabeza y se ahogó. Ella va allí más a menudo de lo que iba Ian.

Freddie guardó silencio, pero se le alteró el gesto. Aunque se le bajó la mandíbula, los labios no se despegaron. Las palabras de su exesposa lo habían hecho pensar en algo, un algo de lo que tal vez se avendría a hablar si Lynley procedía con habilidad.

—¿Señor McGhie? —dijo.

Encima de la mesa, la mano del hombre se crispó un poco. Estaba mirando a Manette e intentando decidir algo: qué consecuencias tendría si dijera lo que sabía.

El silencio era siempre un arma de gran valor. Causaba en la gente casi el mismo efecto que el tiempo en que los dejaban solos en una sala de interrogatorios. La tensión desestabilizaba a todo el mundo por igual. La mayoría de las personas no podían soportarlo, sobre todo cuando podían desactivar fácilmente la bomba de relojería que representaba.

Lynley aguardó. Manette miró a los ojos a su exmarido y, por lo visto, percibió en ellos algo que no le gustó.

—Nosotros no sabemos qué significa todo, Freddie —dijo.

—Tienes razón, chica, pero sí podemos sacar ciertas conclusiones, ¿no?

Acto seguido, comenzó a hablar sin ceremonia. Ella protestó, pero él adujo que si alguien había manipulado el embarcadero con intención de hacerle daño a Ian Cresswell, o bien a la propia madre de Manette, tenía que salir a la luz todo lo que hasta entonces permanecía en la sombra.

Desde el punto de vista de Freddie McGhie, Bernard Fairclough llevaba años despilfarrando el dinero: los pagos a las diversas clínicas para los tratamientos de desintoxicación de Nicholas, la fortuna invertida en los jardines de Ireleth Hall, la compra de Arnside House a un valor elevado de mercado, la renovación de dicho edificio para hacerlo habitable para Nicholas Fairclough y su esposa, la torre construida para Mignon, las diversas operaciones quirúrgicas de esta para permitirle deshacerse del sobrepeso que había ido acumulando desde la infancia, las subsiguientes operaciones destinadas a corregir el exceso de piel que le había quedado...

—Por más que firmara los cheques, seguro que Ian tuvo que decirle y repetirle a Bernard que aquello debía parar —opinó McGhie—. Y es que ese desbarajuste duraba desde hace años. No tenía razón de

283

ser, en mi opinión. Era como si no pudiera reprimirse, o como si se sintiera obligado por algún motivo a gastarse el dinero.

—¿Durante años? —inquirió Lynley.

—Bueno, Nick estuvo planteando problemas durante mucho tiempo y aparte estaba…

—Ya basta, Freddie —intervino con contundencia Manette.

—Tiene que saberlo todo —replicó Freddie—. Lo siento, cariño, pero, si hay alguna posibilidad de que Vivienne esté en el trasfondo de todo esto, hay que mencionarla.

—¿Vivienne Tully? —preguntó Lynley.

—¿Sabe algo de ella?

—Estamos en ello.

—¿Sabe dónde está? —preguntó Manette—. ¿Lo sabe papá?

—Hombre, tiene que saberlo ¿no? —le dijo Freddie—. A no ser que Ian le estuviera pagando cada mes sin que lo supiera tu padre. Pero ¿para qué diantre iba a hacer eso?

—Por una razón evidente: porque sabía de sus tendencias, que ocultaba a Niamh y a todos los demás. Eso le servía para hacerle chantaje, Freddie.

—Eso no te lo crees ni tú, mujer. Solo existe un motivo y ambos sabemos lo que debe de ser.

Lynley se dio cuenta de que casi se habían olvidado de su presencia. Ambos parecían empeñados en creer lo que deseaban creer: sobre Ian Cresswell, sobre Vivienne Tully, sobre el dinero que Cresswell había pagado a derecha e izquierda, ya fuera en nombre de Bernard Fairclough o a escondidas de este.

Aparte de todos los demás que habían recibido donativos salidos de los fondos de Bernard Fairclough, Freddie McGhie le explicó a Lynley que Vivienne Tully, una antigua empleada de la empresa, había estado recibiendo una suma mensual durante años, pese a que su relación laboral con Fairclough Industries había cesado hacía mucho tiempo. Ese dinero no podía guardar relación alguna ni con un reparto de beneficios ni con un plan de pensiones, especificó Freddie.

—Esos pagos podrían tener diversos orígenes —concluyó—. Un intento de evitar una denuncia por acoso sexual, un despido improcedente… —Miró a su exmujer como si buscara una confirmación de sus hipótesis.

—O bien papá no lo sabía —apuntó ella—. Tú mismo has dicho que Ian podría haber estado falsificando las cuentas.

Para Lynley, toda aquella información indicaba que aquella muerte no había sido accidental. Lo que no quedaba claro, sin embargo, era si la víctima debía de ser Ian u otra persona.

Después de darles las gracias a Manette y a su exmarido, los dejó enzarzados en una previsible discusión sobre la situación familiar. Por la reacción que había tenido Manette mientras Freddie le revelaba aquella información, estaba seguro de que no iba a dejar pasar ni un minuto.

Iba a subir al Healey Elliot cuando sonó el móvil. Supuso que sería Barbara Havers, que le iba a aclarar las cosas; sin embargo, era Isabelle.

—Hola —saludó—. Me alegro de oírte.

—Me temo que tenemos que hablar, Thomas —dijo ella.

Aunque no lo hubiera llamado «Thomas», por el tono ya podía deducir que no se trataba de la mujer de cuyas suaves curvas y cálido cuerpo le encantaba disfrutar. Aquella era su superior y estaba enfadada. Por otra parte, se notaba que estaba completamente sobria.

—Sí, claro —respondió—. ¿Dónde estás?

—Donde deberías estar tú. Estoy en el trabajo.

—Y yo también, Isabelle.

—Más o menos, pero esa no es la cuestión.

Lynley esperó a que siguiera.

—¿Por qué a Barbara Havers le puedes confiar una información y a mí no? ¿Qué crees que hubiera hecho si lo hubiera sabido? ¿Qué podría haber hecho? ¿Irme a la oficina de Hillier alardeando de que estaba al corriente?

—Barbara está realizando unas pesquisas que le encargué, Isabelle. Eso es todo.

—Me mentiste. ¿Sí o no?

—¿En qué?

—En lo de que todo tenía que ser secreto. No puede ser un asunto que requiera tanta discreción si la sargento Havers está interviniendo en él, con su proverbial delicadeza.

—Barbara solo conoce algunos nombres. Hay ciertas cuestiones que yo no puedo resolver desde aquí. Está haciendo una labor de investigación.

—No me vengas con esas, que no soy idiota, Tommy. Sé muy bien lo unidos que estáis tú y Barbara. Ella se echaría al fuego si tú se lo pidieras. Tú le dices que de esto ni mu, Barbara, y ella es capaz de cortarse la lengua. Esto tiene que ver con Bob, ¿verdad?

¿Bob? Lynley se quedó desconcertado, completamente desorientado.

—Con Bob, su mujer, los gemelos —añadió ella—. Me estás castigando porque, a diferencia de lo que sucede contigo, mi vida tiene ciertas complicaciones que a veces nos molestan.

—¿Te refieres a lo de aquella noche? —preguntó—. ¿Cuando yo llegué y ellos estaban allí? Por Dios, Isabelle… Eso pasó y ya está. No guardo ningún…

—¿Ningún rencor? No, claro. Tú estás demasiado bien educado para eso.

—De verdad, Isabelle, estás molesta por nada. Las cosas son tal como te las expliqué. Hillier quiere que esto no se sepa en Scotland Yard y yo me he atenido a ello.

—De lo que hablamos es de confianza. Y no me refiero solo a esta situación, sino también a la otra. Tú podrías arruinar mi carrera, Tommy. Te bastaría con decir una palabra y estaría acabada. Si no confías en mí, ¿cómo puedo yo confiar en ti? No sé en qué lío me he metido.

—El único lío es el que te has montado tú sola por nada. ¿Qué crees que te iba a hacer yo?

—Si yo me paso de la raya, si no colaboro, si no acabo de ser la mujer que tú querrías que fuera…

—¿Qué? ¿Entonces me voy a la oficina de Hillier y le anuncio que he sido el amante de mi jefa a escondidas durante los últimos cuatro meses, cinco meses, dos años o lo que sea? ¿Eso es lo que piensas?

—Podrías destruirme. Yo no tengo ese poder sobre ti. Tú no necesitas el trabajo, ni lo deseas siquiera. Entre las muchas cosas que nos diferencian, esta es la principal. Y si a esto añadimos el hecho de que ahora no hay confianza mutua, ¿qué nos queda?

—¿Qué es eso de que no hay confianza mutua? Eso es ridículo, totalmente absurdo. —Entonces le surgió la duda. Se había equivocado—. ¿Has estado bebiendo?

Durante el prolongado silencio que se produjo, se dio cuenta de que era lo peor que podía haber preguntado. Lamentó haberlo dicho, pero no podía borrar sus palabras.

—Gracias, Tommy —dijo ella en voz baja.

Después cortó la comunicación y lo dejó mirando la laguna de Great Urswick, en cuyas plácidas aguas nadaba una familia de cisnes.

Lago Windermere
Cumbria

En cuanto se hubo marchado el detective, Manette se fue a Ireleth Hall. Después de aparcar el coche, se encaminó a la torre. Antes de marcharse, Freddie le dijo que no había tenido más remedio que hablar, que si la muerte de Ian no había sido un accidente, debían llegar al fondo del asunto. De todas formas, había precisado, había que aclarar otras cuestiones. Sí, señor, había contestado Manette. Eso era exactamente lo que se proponía hacer entonces.

Mignon estaba en casa. Claro que ella siempre estaba en casa. Lo malo era que aquella vez no estaba sola, de modo que se vio obligada a esperar a que terminara la sesión de masaje en los pies y la cabeza de la que Mignon disfrutaba tres veces por semana. El masajista era un chino muy serio que acudía desde Windermere a dispensarle aquellos cuidados, para los que invertía una hora en los pies y otra en la cabeza, y cuya factura corría, por supuesto, a cargo de su padre.

Mignon permanecía en una tumbona, con los ojos cerrados mientras le mimaban los pies, con presión, masajes y lo que fuera. A Manette no le importaba lo más mínimo. En cualquier caso, conociendo como conocía a su hermana, buscó un asiento para esperar, pues sabía que aquella sería la única manera de conseguir que colaborase. Si interrumpía su momento de placer, lo pagaría caro.

Tuvo que soportar media hora de tedio, durante la cual Mignon murmuraba de vez en cuando «Estupendo», «Así» o «Un poco más de presión a la izquierda, por favor». Observando como el solemne masajista chino obedecía las instrucciones, Manette se preguntó qué haría si su hermana le pedía que le chupara los dedos de los pies.

Al final, el hombre le envolvió suavemente los pies con una toalla tibia.

—¿Tan pronto? —murmuró ella con un gemido—. Me ha parecido como si hubiera durado cinco minutos. —Abrió poco a poco los ojos y dirigió una radiante sonrisa al chino—. Es usted un milagro encarnado, señor Zhao —dijo—. Ya sabe dónde enviar la factura, claro.

Claro, pensó Manette.

El señor Zhao asintió mientras recogía sus cosas, aceites, ungüentos y demás. Después se esfumó, con el mismo sigilo que un bochornoso pensamiento.

Mignon se estiró con deleite en la tumbona, alargando los brazos por encima de la cabeza, y las puntas de los pies, igual que un gato. Después se quitó la toalla de los pies, se levantó y caminó hasta la ventana, donde se volvió a tumbar. Luego se inclinó para tocarse los dedos de los pies y realizó unos ejercicios para aflojar la cintura y las caderas. Manette casi se temió que se pusiera a dar precarios saltitos o cualquier otra cosa destinada a mantener la comedia que continuamente representaba antes sus padres.

—No entiendo cómo te puedes soportar a ti misma —le dijo Manette.

287

—Es un eterno ciclo de horrible dolor —le respondió con una maliciosa mirada su hermana. Su expresión era la viva imagen de regodeo en el dolor—. No te puedes llegar a imaginar lo que sufro.

Se desplazó de la zona del sofá a la otra, donde tenía el ordenador, tomando la precaución de llevarse el andador por si acaso acudía su padre o su madre. Luego tecleó algo y pasó un momento leyendo lo que parecía un mensaje electrónico.

—Ay, este se está poniendo un poco aburrido. Hemos llegado a la fase de reconocer lo imposible de nuestro amor y, cuando llegan allí, la angustia y el rechinar de dientes lo ponen todo muy gris. —Lanzó un suspiro—. Tenía cifradas grandes esperanzas en él. Parecía idóneo para durar un año, por lo menos, sobre todo desde que empezó con las fotos de los genitales. Pero qué le vamos a hacer... Cuando se caen, es una lástima. —Accionó unas cuantas teclas, murmurando—: Adiós, querido. Qué tragedia. El amor siempre triunfa... y todo eso.

—Quiero hablar contigo —le dijo su hermana.

—Ya me había parecido, Manette, pues no acostumbras a ir a ver a tus hermanos por nada, bueno, al menos a tu hermana. Eso me preocupa, ¿sabes? Antes estábamos muy unidas.

—Qué raro. Yo no recuerdo tal cosa —replicó Manette.

—No, es lógico. En cuanto apareció Freddie, no se habló más que de él y de los métodos que emplearías para cazarlo. El pobre no era tu predilecto, desde luego, pero él no lo sabía. A menos que murmurases el nombre del otro en el peor momento. ¿Lo hiciste alguna vez, por cierto? ¿Fue eso lo que precipitó el final entre Freddie y tú?

—Papá está gastando dinero a espuertas —dijo Manette, negándose a morder el anzuelo—. Estoy enterada del aumento de los pagos que recibes. Tenemos que hablar de eso.

—Ah, la economía —contestó hipócritamente Mignon—. Siempre es una cosa frágil, ¿verdad?

—Déjate de juegos. Lo que ocurra con la empresa y con papá no tiene nada que ver con una repentina y sorprendente baja en la demanda de váteres, lavabos y bañeras, puesto que este negocio tiene la gracia de que siempre se necesitan esos artículos. Lo que quizá te interese saber es que Freddie ha estado revisando las cuentas desde la muerte de Ian. Esos pagos que recibes tienen que parar.

—¿Ah, sí? ¿Por qué? ¿Te preocupa que acabe con todo el dinero y que no quede nada para ti?

—Creo que he hablado bastante claro. Sé que ha habido un aumento de las cantidades que te pasa papá, Mignon. Está en los libros.

Es ridículo. Tú no necesitas ese dinero. Tienes cubiertas todas tus necesidades. Debes dejar de exigírselo.

—¿Y vas a mantener esta misma conversación con Nick, que ha sido la amada niña de los ojos de papá durante toda su infructuosa vida?

—Para ya. Tú no fuiste el hijo varón que él quería, como tampoco lo fui yo. ¿Te vas a pasar la vida pensando en eso? ¿Toda tu existencia se va a limitar a aquello de que papá no me quiso bastante? Has estado celosa de Nick desde el día en que nació.

—Y tú nunca has tenido ni una pizca de celos, ¿no? —replicó Mignon mientras volvía a la zona del sofá, abriéndose camino entre las cajas, cajones y la infinidad de artículos que se le había antojado comprar en Internet—. Yo al menos sé qué hacer con mis «celos», como dices tú.

—¿Y eso qué significa?

Manette vio demasiado tarde la trampa. Mignon sonrió, como la viuda negra que se prepara para atacar al macho.

—Ian, por supuesto. Tú siempre quisiste a Ian. Todo el mundo lo sabía. Todo el mundo estuvo cuchicheando a tus espaldas durante años. Elegiste a Freddie porque no pudiste conquistar a Ian; todo el mundo lo sabía, incluido el pobre Freddie. Ese hombre es un santo, o poco le falta.

—Tonterías.

—¿Ah, sí? ¿El qué? ¿Lo de santo? ¿Lo de que querías a Ian? ¿Lo de que Freddie lo sabía? No puedes referirte a lo de que querías a Ian, Manette. Madre mía, lo que te debió doler cuando apareció Niamh. Supongo que incluso ahora debes de pensar que, con lo pájara que es, debió de ser ella la que lo indujo a aficionarse a los hombres.

—Si lo piensas con más detenimiento —apuntó con calma Manette, pese a que ardía de rabia—, te darás cuenta de que hay un error en esa película que te has montado.

—¿Cuál?

—Que yo ya estaba casada con Freddie cuando Ian eligió a Niamh. O sea, que no todo concuerda.

—Eso son solo detalles insignificantes —le restó importancia Mignon—. De todas formas, tú no querías casarte con Ian. Solo querías…, bueno, ya sabes: un buen meneo a escondidas.

—No seas idiota.

—Bueno, como quieras. ¿Hemos terminado con esta conversación? —preguntó con un bostezo—. Me gustaría acostarme un rato. Los masajes lo dejan a uno muy flojo, ¿eh? O sea, que si no hay nada más…

—Para de sacarle el dinero a papá. Te juro, Mignon, que, si no…

—Por favor, no seas ridícula. Estoy recibiendo lo que me corresponde. Todo el mundo lo hace. No entiendo por qué tú no.

—¿Todo el mundo? ¿Como Vivienne Tully, por ejemplo?

Mignon puso cara de póquer un instante, hasta que se le ocurrió una buena réplica.

—Tendrás que preguntarle a papá por ella —contestó con aire de despreocupación.

—¿Qué sabes?

—Da igual lo que yo sepa. Lo que cuenta es lo que sabía Ian, querida. Es lo que te digo: al final del día cada cual coge lo que le corresponde. Ian lo sabía mejor que nadie. Seguramente él también cogía un poco de pasta. No me extrañaría un pelo. Habría sido pan comido, puesto que él controlaba el monedero. No le habría costado nada. Claro que existe la posibilidad de que papá lo descubriera. El que empieza haciendo esa clase de trampas no puede durar para siempre. Alguien se tiene que enterar. Alguien le tiene que poner freno.

—Me parece que tú misma tendrías que aplicarte el cuento —señaló Manette.

290

—Bah, yo soy la excepción a todas las reglas —replicó, sonriente, Mignon.

Lago Windermere
Cumbria

En lo que Mignon había dicho había al menos una parte de verdad. Manette había estado enamorada de Ian, pero había sido un amor de adolescencia, débil e insustancial, aunque tan evidente como las lánguidas miradas que le lanzaba durante las comidas familiares y las desesperadas cartas que le había escrito y luego le había colocado en la mano al final de las vacaciones, cuando él se marchó a la universidad.

Ian no había compartido, por desgracia, su pasión. Pese al cariño que le tenía a Manette, le había hecho vivir un momento espantoso cuando durante unas vacaciones de mitad de trimestre le había entregado una caja de zapatos con todas sus cartas sin abrir.

—Mira, quémalas —le había dicho—. Sé lo que son y tienes que saber que esto no va a ninguna parte.

No había estado brusco; ese no era su estilo, pero sí había hablado con firmeza.

«Bueno, este tipo de cosas siempre se acaban superando», se dijo Manette. Le quedaba, no obstante, la duda de que todos pudieran hacerlo.

Se fue en busca de su padre. Lo localizó en la parte oeste de Ireleth Hall, bastante cerca del lago. Hablaba con alguien por el móvil, con expresión concentrada. Manette se planteaba acercase con sigilo cuando él puso fin a la llamada. Al volverse para dirigirse a la casa, la vio llegar y se quedó parado, esperándola.

Manette trató de escrutar su expresión. Era extraño que hubiera salido de la casa para llamar. También era posible que estuviera dando un paseo y que alguien lo hubiera llamado, pero lo dudaba mucho, por el gesto furtivo con que había guardado el teléfono en el bolsillo.

—¿Por qué has permitido que todo esto continuara? —le preguntó a su padre cuando llegó hasta él.

Ella era más alta que él, al igual que su madre.

—¿A qué te refieres con «todo esto»?

—Freddie tiene los libros de cuentas de Ian. Ha imprimido las hojas de cálculo. Ahora tiene los programas. Debiste imaginar que pondría orden en las cuentas después dela muerte de Ian.

—Con eso demuestra su competencia. Le gustaría controlar la empresa.

—Freddie no es así, papá. Él se pondría al frente de la empresa si tú se lo pidieras, pero nada más. Freddie no busca nada más allá, no conspira contra nadie.

—¿Estás segura?

—Lo conozco muy bien.

—Todos creemos conocer bien a nuestros cónyuges, pero nunca acabamos de conocerlos del todo.

—Espero que no estés acusando a Freddie de nada, porque no viene a cuento.

—No, la verdad es que no —reconoció, con una tenue sonrisa, Bernard—. Es un buen hombre.

—Pues sí lo es.

—Siempre me ha extrañado que os divorciarais. Nick y Mignon —Fairclough hizo revolotear los dedos en dirección a la torre— tenían sus demonios, pero parecía que tú no. Me gustó mucho que te casaras con Freddie. «Ha elegido bien», pensé. Fue una pena ver que acabara como acabó… Has cometido muy pocos errores en tu vida, Manette, pero dejar escapar a Freddie fue uno de ellos.

—Son cosas que pasan —apuntó lacónicamente.

—Si nosotros lo permitimos —respondió su padre.

291

—¿Como tú permitiste que Vivienne Tully entrara en tu vida? —replicó, enfurecida por la observación.

Bernard no rehuyó la mirada. Manette adivinó lo que pasaba por su cabeza. Se estaba preguntando a qué venía aquello, qué es lo que, exactamente, ella sabía.

—Vivienne Tully es cosa del pasado —dijo—. Hace mucho que salió de mi vida.

Viendo la prudencia con que la tanteaba, Manette decidió seguirle el juego.

—El pasado nunca queda tan lejos como querríamos. Muchas veces vuelve al presente, como ahora está volviendo Vivienne.

—No acabo de entenderte.

—Me refiero a los pagos que le estuvo ingresando Ian durante años, mensuales, según parece. Cada mes, durante años. Tú ya estarás al corriente, desde luego.

—En realidad, no sé nada de eso —afirmó, con extrañeza.

Manette lo miró fijamente. Trató de interpretar el sudor perceptible en su piel como un indicio de lo que era y de lo que podía haber hecho.

—No te creo —contestó por fin—. Entre tú y Vivienne Tully siempre ha habido algo.

—Vivienne pertenece a una parte del pasado que yo permití que tuviera lugar.

—¿Qué quieres decir con eso?

—Que cometí un error en un momento de debilidad.

—Comprendo —dijo Manette.

—No todo —contestó su padre—. Yo deseaba a Vivienne, y ella estuvo de acuerdo, pero ninguno de los dos pretendió nunca…

—Sí, claro, nadie lo pretende, ¿no?

La misma Manette se asombró de la amargura que asomó en sus palabras. Al fin y al cabo, lo que su padre reconocía era algo que ella llevaba años sospechando: una larga relación con una mujer muy joven. ¿Qué representaba eso para ella, su hija? Nada. No sabía por qué reaccionaba así.

—La gente no hace esas cosas de manera intencionada —insistió Fairclough—. Se ven atrapados en una situación. Al principio son tan estúpidos como para creer que la vida les debe algo más que lo que ya tienen y, cuando actúan creyendo eso, el resultado es…

—Tú y Vivienne Tully. Te voy a ser sincera. No quiero ofenderte, pero no alcanzo a entender por qué habría querido acostarse contigo.

—No lo hizo.

—¿Acostarse contigo? Vamos, por favor.

—No, no me refiero a eso. —Fairclough miró un instante hacia la casa. Había un sendero que bordeaba el lago Windermere, hasta llegar a un bosque que delimitaba la propiedad por el norte—. Caminemos un poco. Intentaré explicártelo.

—Yo no quiero una explicación.

—No, pero estás intranquila y yo soy en parte el responsable. Ven conmigo, Manette.

La tomó del brazo. Ella sintió la presión de sus dedos a través de su jersey de lana. Quiso soltarse y apartarse definitivamente de él, pero, al igual que su hermana, estaba atrapada por aquel inmenso deseo que había tenido su padre de tener un hijo varón. A diferencia de Mignon, que se había pasado toda la vida tratando de castigarlo por ello, Manette había procurado ser para él como un hijo varón, adoptando sus costumbres, sus posturas, su manera de hablar, pararse y mirar fijamente a alguien con quien conversaba, e incluso trabajando en su empresa desde que fue capaz, todo para demostrarle que era un digno heredero, lo cual era, claro, algo imposible. Después el hijo que había tenido se demostró indigno desde el principio, por más que se hubiera rehabilitado hacía poco, e incluso aquello no había bastado para que su padre posara la mirada en ella y advirtiera sus méritos. Por eso no quería caminar con ese cabrón ni escuchar las mentiras que le iba a contar sobre Vivienne Tully.

—A los hijos no les gusta oír hablar de la sexualidad de sus padres. Es algo inapropiado.

—Si me vas a salir con algo de mamá…, con que te hubiera rechazado…

—No, no. Tu madre nunca… Bueno, da igual. Te hablaré de mí. Yo deseaba a Vivienne solo por ella misma, por su juventud, su frescura…

—No quiero…

—Tú has sacado a colación el tema, cariño. Ahora debes escucharme hasta el final. No hubo ninguna maniobra de seducción. ¿Acaso habías creído que sí? —La miró un instante. Manette notó su mirada, pero mantuvo la vista tendida hacia delante, hacia el camino de grava, con su recorrido paralelo a la orilla y la pendiente que lo conducía hacia los bosques que parecían alejarse más y más aunque ellos caminaran—. Yo no soy un seductor, Manette. A ella la abordé de frente. Entonces llevaba más o menos dos meses trabajando para mí. Fui sincero, tal como lo había sido con tu madre la noche en que la conocí. Entre nosotros no cabía la posibilidad de casarnos, ni cabía siquiera plantearla, de modo que le dije a Vivienne que deseaba que fuera mi amante, que quería tener con ella una relación discreta de la que nadie se debía enterar, algo que nunca afectaría a su carrera, que, según sabía, era importante para ella. Tenía una inteligencia extraordinaria y un excelente futuro. Yo no esperaba que ella desperdiciara su talento quedándose toda la vida en Barrow-in-Furness ni que renunciara a ese futuro porque yo quisiera acostarme con ella mientras permaneciera en Cumbria.

—No quiero saber esto —insistió Manette, con la garganta tan dolorida que apenas lograba hablar.

—Pero, como tú lo has sacado a colación, ahora debes escuchar. Ella me pidió un tiempo para pensarlo, para meditar acerca de las consecuencias de lo que le proponía. Se demoró dos semanas. Después vino a verme y me expuso su propia propuesta. Probaría cómo era yo como amante, dijo. Nunca se había planteado ser la amante de nadie y, menos aún, tener nada que ver con un hombre más viejo que su padre. Reconoció con franqueza que para ella aquello era más bien desagradable, porque no era el tipo de mujer que consideraba que el dinero de un hombre tuviera efectos afrodisiacos. A ella le gustaban los hombres jóvenes, más o menos de su edad, y no sabía si conseguiría soportarme ni una vez en la cama. No me encontraba excitante, dijo. Aunque si yo le gustaba como amante, cosa que francamente no creía, aceptaría mi propuesta. Si yo no le gustaba, no tenía por qué tomármelo mal.

—Por Dios. Podría haberte llevado a los tribunales. Podría haberte costado cientos de miles de libras. El acoso…

—Era consciente de ello, pero se apoderó de mí esa locura de desear de la que te hablaba antes. No se puede explicar si no se ha vivido. Todo se vuelve razonable, hasta hacerle una proposición a una empleada y aceptar la que ella presenta a cambio. —Seguían caminando lentamente mientras comenzaba a alzarse el viento por el lado del lago. Manette se estremeció y su padre le rodeó la cintura y la atrajo hacia sí—. Parece que va a llover pronto —pronosticó—. Durante un tiempo, Vivienne y yo representamos dos papeles distintos. En el trabajo éramos el patrón y su ayudante de dirección; no dábamos pie a la menor sospecha de que hubiera algo entre nosotros; en otro momento, éramos un hombre y su amante, a quienes todas esas horas del día de respeto del decoro servían de estimulante. Luego ella se cansó. Quería avanzar en su carrera y yo no fui tan tonto como para querer retenerla. La tuve que dejar marchar y, tal como había prometido al principio, nos despedimos sin rencor.

—¿Dónde está ahora?

—No tengo ni idea. El trabajo que le habían ofrecido era en Londres, pero eso fue hace bastante tiempo. Seguramente no se quedó en el mismo.

—¿Y mamá? ¿Cómo pudiste…?

—Tu madre nunca lo supo, Manette.

—Pero Mignon lo sabe, ¿verdad?

Fairclough desvió la mirada. Una bandada de patos alzaron el vuelo en dirección al lago.

—Sí —admitió por fin—. No sé cómo lo averiguó, pero Mignon siempre se entera de todo.

—Por eso ha podido…

—Sí.

—Pero ¿Ian? ¿Esas cantidades que le ingresaba a Vivienne?

Fairclough sacudió la cabeza y luego volvió a posar la vista en ella.

—Pongo a Dios por testigo de que no lo sé, Manette. Si Ian pagaba algo a Vivienne, debía de hacerlo para protegerme de algo. Quizás ella se puso en contacto con él, con alguna amenaza… No lo sé.

—Tal vez amenazó con contárselo a mamá, como Mignon. Eso es lo que ha estado haciendo, ¿no? ¿Mignon amenaza con decírselo a mamá si no sigues dándole lo que quiere? ¿Qué haría mamá si lo supiera?

Fairclough se volvió hacia ella. Por primera vez, Manette se dio cuenta de que su padre se veía viejo. Parecía frágil, capaz de romperse entre las manos de alguien.

—Tu madre quedaría destrozada, cariño —dijo—. Después de todos estos años, querría ahorrarle ese trago.

Bryanbarrow
Cumbria

Tim veía a Gracie desde la ventana. Estaba en la cama elástica. Llevaba una hora saltando sin parar, con expresión concentrada. A veces se caía de culo y rodaba un poco, pero siempre se volvía a levantar y continuaba saltando.

Tim la había visto antes en el jardín, en la parte posterior de la casa. Estaba cavando, con una pequeña caja de cartón atada con una cinta roja al lado. Cuando consideró que el hoyo era bastante profundo, puso la caja en él y la enterró. Usó un cubo para recoger la tierra sobrante, que esparció cuidadosamente por el jardín, pese a que, en aquella época del año, el jardín presentaba un aspecto tan lamentable que tal precaución resultaba del todo innecesaria. Antes, sin embargo, se arrodilló y cruzó los brazos sobre el pecho, con el puño derecho apoyado en el hombro izquierdo y el puño izquierdo encima del hombro derecho, y con la cabeza inclinada a un lado. A Tim se le ocurrió que se parecía un poco a uno de esos ángeles que se veían en los antiguos cementerios victorianos. Esa fue la pista para darse cuenta de qué estaba haciendo. Estaba enterrando a *Bella*, celebrándole un funeral.

Aún habría habido posibilidades de reparar la muñeca. Tim la había destruido con saña, pero se podía volver a coserle los brazos y las piernas, y disimular los arañazos. Gracie no quería oír hablar de ello, sin embargo, como tampoco quería saber nada de Tim desde que volvió empapado tras su inmersión en el Bryan Beck. Después de cambiarse de ropa, fue a verla y se ofreció a peinarla y hacerle trenzas, pero ella no quiso ni que se acercara.

—No me toques…, y no toques a *Bella*, Timmy —dijo, con un tono que no era ni siquiera triste, solo resignado.

Después del entierro de la muñeca, se fue a la cama elástica. Allí seguía desde entonces. Tim quería hacerla parar y no sabía cómo. Pensó en llamar a su madre, pero enseguida descartó la idea. Sabía lo que diría: «Parará de saltar cuando se canse. No voy a conducir hasta Bryanbarrow para sacar a tu hermana de esa cama elástica. Si estás tan preocupado, pídele a Kaveh que la saque. Seguro que agradecerá la oportunidad de hacer de padre». Aquello último lo diría con sarcasmo. Después se iría con ese gilipollas de Wilcox para hacerlo con un hombre de verdad. Eso era lo que ella pensaba. Como Charlie Wilcox quería hacerlo con ella, era estupendo, mientras que los que no querían hacerlo con ella —como el padre de Tim, por ejemplo— eran una mierda. Bueno, eso también era verdad, ¿o no? Su padre era una mierda, igual que Kaveh, y él estaba aprendiendo que todos los demás eran también unos mierdas.

Después de volver de su arremetida contra los patos en el arroyo, Kaveh lo había seguido y había intentado hablar con él, pero Tim no deseaba tener nada que ver con ese tipo. Ya era bastante desgracia que el gilipollas le hubiera puesto las mugrientas manos encima; solo le faltaba tener que hablar con él.

Tim pensó, no obstante, que tal vez Kaveh conseguiría hacer bajar a Gracie de la cama elástica. Incluso podría convencerla para que permitiera que Tim desenterrara la muñeca y la llevara a Windermere para que la arreglaran. A Gracie le gustaba Kaveh. Ella era así: le gustaba todo el mundo. Seguramente a él lo escucharía. Además, Kaveh no le había hecho nunca nada malo, aparte de destrozar su familia, claro.

Lo peor era que tendría que ser él mismo el que hablara con Kaveh. Tendría que ir a buscarlo abajo y decirle que Gracie estaba saltando fuera; sin embargo, si hacía eso, Kaveh probablemente comentaría que no tenía nada de malo que saltara en la cama elástica, que para eso eran las camas elásticas y que por eso le habían comprado una a Gracie, porque le gustaba saltar. Entonces Tim tendría que explicar que, cuando saltaba durante una hora seguida tal como había estado haciendo, era porque estaba sufriendo. Entonces Kaveh contestaría algo evidente: «Los dos sabemos por qué sufre ¿verdad, Tim?».

No había querido hacer eso. Ahí estaba el problema. No pretendía hacer llorar a Gracie. Su hermana era la única persona que le importaba; lo que pasó es que se la encontró allí, en medio de su camino. No había pensado qué iba a ocurrir después del momento en que cogió a *Bella* y le arrancó los brazos y las piernas. Él solo deseaba hacer algo para que parase aquel fuego que tenía dentro. Pero ¿cómo iba a entenderlo Gracie, si ella nunca tenía fuego dentro de sí? La niña solo podía pensar que había sido un mezquino cogiendo a *Bella* y destrozándola.

Gracie paró un momento. Tim advirtió que tenía la respiración jadeante. También reparó en algo más, que lo dejó paralizado. Le estaban saliendo los pechos; los pezones resultaban perceptibles a través de su jersey.

Lo inundó una horrible tristeza que le enturbió la visión. Cuando se le despejó la vista, Gracie volvía a saltar de nuevo. Esa vez, observando sus incipientes pechos, se dijo que había que hacer algo.

¿Sería del todo inútil coger el teléfono para llamar a su madre? El que a Gracie le salieran los pechos representaba que necesitaba que su madre hiciera algo, como llevarla a la ciudad a comprar un sujetador infantil, o lo que fuera que se ponían las niñas cuando les empezaban a crecer los pechos. Eso era más serio que sacar a Gracie de la cama elástica. Aun así, Niamh lo vería de la misma forma que lo veía todo. Díselo a Kaveh. Él se puede encargar de ese pequeño problema.

Todo iba incluido en el mismo paquete: todo con lo que Gracie iba a tenerse que enfrentar según fuera creciendo tendría que afrontarlo sin una madre que la ayudara, porque, y de eso podía estar seguro, Niamh Cresswell había forjado unos planes para sí sin contar con los hijos que había tenido con el canalla de su exmarido. Tim sabía que le correspondería a él o a Kaveh ayudar a Gracie, o bien a los dos.

Salió de su habitación. Kaveh estaba en algún lugar de la casa. Tim había llegado a la conclusión de que aquel momento era tan bueno como cualquier otro para decirle que tenían que llevar a Gracie a Windermere para comprar lo que necesitaba. Si no, los niños de

297

su escuela empezarían a tomarle el pelo. Al final las niñas también comenzarían a burlarse de ella. Luego empezarían a intimidarla, y él no quería que su hermana tuviera que soportar eso.

Mientras bajaba por la escalera, oyó la voz de Kaveh, procedente del salón. Aunque la puerta del salón estaba entornada, en el suelo se proyectaba un haz de luz proveniente del interior, y también oyó el ruido del atizador sobre las brasas de la chimenea.

—… en realidad dentro de mis planes —le decía educadamente Kaveh a alguien.

—Pero no querrás quedarte ahora que Cresswell ha muerto.

Tim reconoció la voz de George Cowley y de qué estaban discutiendo. Lo de «quedarse» significaba que hablaban de la granja de Bryan Beck. George Cowley debía de haber considerado la muerte de su padre como una oportunidad para comprar la propiedad y, por lo visto, Kaveh no estaba de acuerdo.

—Pues sí —confirmó Kaveh.

—¿No estarás pensando en ponerte a criar corderos? —preguntó Cowley, con tono jocoso.

Seguramente se imaginaba a Kaveh caminando de puntillas por el patio de la granja con botas rosas de agua y chubasquero de color lila, o algo por el estilo.

—Bueno, pensaba que usted podía seguir alquilando las tierras igual que antes —señaló Kaveh—. Hasta ahora nos ha ido bien. No veo por qué no podemos seguir así. Además, las tierras son bastante caras, suponiendo que salieran a la venta.

—Y tú crees que yo nunca tendría el dinero para quedarme con ellas —dedujo Cowley—. ¿Y tú, chico, tendrías el dinero para comprarlas? Este sitio va a salir a subasta dentro de unos meses y yo estaré allí, a punto con el dinero.

—Siento decirle que no va a salir a subasta —replicó Kaveh.

—¿Por qué no? ¿No me vas a decir que te lo dejó a ti?

—Pues sí, así es.

George Cowley calló un momento, mientras digería la noticia.

—Te estás cachondeando de mí —dijo por fin.

—No, en absoluto.

—¿No? Y de donde piensas sacar lo de los derechos de sucesión, ¿eh? Eso va a representar una buena pasta.

—Los derechos de sucesión no me van a suponer ningún problema, señor Cowley —aseguró Kaveh.

Se produjo otra pausa en el diálogo. Tim se preguntó qué pensaría George Cowley. Por primera vez, se planteó qué papel había tenido Kaveh Mehran en la muerte de su padre. Había sido un accidente, claro y simple, ¿no? Todo el mundo lo había dicho, incluso la policía. Sin embargo, ahora no le parecía tan sencillo. Lo que dijo Kaveh a continuación complicó el asunto hasta unos límites inimaginables para él.

—Verá, mi familia va a venir a vivir conmigo aquí. La suma de nuestros ahorros bastará para pagar los derechos de sucesión...

—¿Familia? —se mofó Cowley—. ¿Qué significa eso de familia para los tipos como tú, eh?

Kaveh guardó silencio un momento y, cuando habló, empleó un tono grave y formal.

—Mi familia son mis padres, por ejemplo. Se trasladarán desde Mánchester para vivir conmigo. También vendrá con ellos mi esposa.

Tim tuvo la impresión de que las paredes se ponían a temblar a su alrededor y que la misma Tierra se inclinaba. Todo cuanto creía saber se vio, de repente, envuelto en un torbellino en el que las palabras significaban mucho más de lo que habían querido decir en sus catorce años de vida. Una sola palabra.

—Tu esposa —dijo rotundamente Cowley.

—Mi esposa, sí.

Oyó un movimiento. Tal vez lo hacía Kaveh al desplazarse hacia la ventana o el escritorio que había a un lado de la sala. O quizá se había situado de pie junto a la chimenea, con un brazo apoyado en la repisa, con la actitud de quien tiene todos los ases de la baraja.

—Me voy a casar dentro de un mes.

—Ajá. —Cowley soltó un bufido—. ¿Y conoce la «situación» que tenías aquí, esa que va a ser tu esposa dentro de un mes?

—¿Situación? No sé de qué me habla.

—A mí no me vengas con triquiñuelas. Sabes muy bien de qué hablo. De ti y de Cresswell, unos pervertidos de la acera de enfrente. ¿Qué te crees, que los demás del pueblo no saben la verdad?

—Si se refiere a que los del pueblo sabían que Ian Cresswell y yo compartíamos esta casa, por supuesto que lo saben. Aparte de eso, no veo qué más hay.

—Desviado. O sea, ¿que sales con que...?

—Lo que estoy diciendo es que me voy a casar, que mi esposa va a vivir aquí junto con mis padres y, luego, nuestros hijos. Si hay algo que no le queda claro, no sé de qué otra forma se lo puedo decir.

—¿Y esos niños qué? ¿Crees que no van a contarle a esa esposa de la que hablas lo que te pasa a ti?

—¿Se refiere a Tim y a Gracie, señor Cowley?

—Sabes muy bien que sí, joder.

—Aparte de que mi novia no habla inglés y no podría entender ni

299

una palabra de lo que le dijeran, no hay nada que contarle ni a ella ni a nadie. Además, Tim y Gracie van a volver con su madre. Eso es lo que está previsto.

—¿Ah, sí?

—Pues sí.

—Estás hecho un buen elemento, vaya que sí. Supongo que lo tenías planeado desde el principio, ¿no?

Tim no llegó a escuchar la respuesta de Kaveh. Ya había oído suficiente. Con paso indeciso se encaminó a la cocina y de allí salió al exterior.

Lago Windermere
Cumbria

Saint James había resuelto que quedaba una última posibilidad por tener en cuenta respecto a la muerte de Ian Cresswell. Aunque era tenue, existía, así que la tenía que contemplar. Para ello solo necesitaba algo muy sencillo.

Curiosamente, ni en Milnthorpe ni en Arnside había ninguna tienda de artículos de pesca, de modo que tuvo que desplazarse hasta Grange-over-Sands para comprar lo que quería, en una empresa llamada Lancasters, donde vendían desde ropa de bebé a herramientas de jardinería. El establecimiento se prolongaba por la calle principal del pueblo en una serie de tiendas que, sin duda, había ido adquiriendo la familia Lancaster a lo largo de los últimos cien años en un extraordinario y exitoso proyecto de expansión que había dado lugar a una intercomunicación de tiendas. El lema de la empresa parecía ser que lo que no se vendía en aquel lugar no valía la pena ser comprado. Dado que en aquella zona del mundo había bastante afición a la pesca, los clientes podían encontrar hasta un cuchillo para limpiar el pescado exactamente igual que el que Lynley había sacado del agua en el interior de la caseta del embarcadero de Ireleth Hall.

Lo compró, llamó al móvil de Lynley y le dijo que se dirigía a Ireleth Hall. También llamó a Deborah, pero no respondió. No le sorprendió, dado lo enfadada que estaba con él.

También él estaba molesto. Pese al profundo amor que sentía por ella, que no pudieran enfrentarse a aquello de una forma serena y conjunta lo llevaba a desesperarse del matrimonio. Aquella desesperación era siempre un sentimiento pasajero que, después, le hacía reír, cuando ya no estaban de mal humor. ¿Por qué se habían obsesionado tanto? Las cuestiones que eran vitales un día se convertían en menudencias al siguiente. Sin embargo, aquella no parecía tan intrascendente.

Tomó la ruta más directa hacia el lago Windermere. Pese a que en otro momento hubiera disfrutado tomando un desvío por el valle de Lyth, se conformó con la ruta nororiental, más rápida, que lo condujo justo hasta la punta del lago. La masa de la morena terminal de Newby Bridge constituía un vestigio de épocas de glaciares y de un tiempo remoto en que el pueblo se encontraba en el extremo sur del lago, que ahora quedaba bastante lejano. A partir de allí prosiguió rumbo al norte. Al cabo de un momento, divisó la extensa y plácida superficie gris azulado del lago Windermere en cuyas orillas se formaban rojizos bosquecillos con el reflejo del follaje otoñal de los árboles.

Ireleth Hall quedaba a unos cuantos kilómetros de aquella zona en que las maravillosas casas vitorianas de Fell Foot Park ofrecían paseos y vistas que, si bien en aquella época del año transmitían una inhóspita sensación de frío, en primavera presentarían un conjunto de colores presidido por los narcisos y las flores de los rododendros, que alcanzaban la altura de los edificios. Al dejar atrás el lugar, entró en uno de los diversos túneles arbóreos que jalonaban la carretera. Algunos presentaban todavía los colores caoba y ocre de las hojas de los árboles, mientras que otros conservaban tan solo el esquelético ramaje.

301

Las puertas de Ireleth Hall estaban cerradas, pero entre la hiedra que recubría el pedestal de sus límites había un timbre. Saint James se bajó del coche de alquiler y, justo cuando lo presionaba, Lynley llegó detrás de él en el Healey Elliot.

Aquello hizo más fácil poder entrar. Anunció: «Soy Thomas Lynley», a través del aparato, y la verja se abrió con un chirrido digno de una película de terror. Volvió a cerrarse una vez que estuvieron dentro.

Fueron directamente al embarcadero. Saint James le explicó a su amigo que aquella era la única posibilidad que quedaba antes de dar por concluida aquella parte de la investigación. Aunque nadie pudiera llegar a asegurar nunca que todas las circunstancias que habían rodeado la muerte de Ian Cresswell habían sido absolutamente claras, si había algo capaz de persuadir a la policía para que volviera a abrir el caso, lo iban a encontrar justo entonces. Aunque incluso en el supuesto de que lo hallaran, tampoco tendrían ninguna garantía al respecto.

Lynley, por su parte, dijo que él estaría encantado de dar por terminadas las pesquisas y poder volver lo antes posible a Londres. Saint James le dirigió una mirada dubitativa.

—Mi superior no está satisfecho conmigo.

—¿Hillier esperaba algo distinto de lo que estás descubriendo?

—No. Me refiero a Isabelle. No le gusta que Hillier me haya reclutado para este asunto.

—Ah, mala cosa.

—Sí, desde luego.

Aunque no añadieron más comentarios, Saint James se preguntó en qué punto se encontraría la relación de Lynley con Isabelle Ardery. Habían acudido juntos a consultarlo por un caso en el que habían trabajado, y Saint James no estaba tan abstraído de las cosas que ocurrían a su alrededor como para no darse cuenta de la chispa que existía entre ambos. Las relaciones sentimentales con un superior eran, no obstante, un asunto peligroso. En realidad, ninguna relación que Lynley mantuviera con alguien de Scotland Yard carecía de peligro.

Mientras se encaminaban al embarcadero, Lynley le habló a Saint James de su encuentro con la hija de Bernard Fairclough, Manette, y su marido, y le explicó lo que le habían revelado sobre los pagos que Ian Cresswell había estado efectuando. No se sabía si Bernard Fairclough había estado al corriente de todos ellos, precisó, pero, en cualquier caso, parecía que Cresswell sabía cosas que podían haber supuesto una amenaza para él. En caso de que Fairclough no hubiera estado enterado de la transferencia de ciertas cantidades, el peligro habría podido venir de él. Si, por otra parte, Ian había intentado poner fin a aquellos pagos, el peligro podía venir del lado de los destinatarios de aquellas sumas.

—Al final todo parece resumirse en dinero —concluyó Lynley.

—Como ocurre a menudo —señaló Saint James.

En el interior de la caseta del embarcadero no necesitaron luces adicionales. Para lo que Saint James se proponía hacer bastaba con la luz de aquel radiante día que se reflejaba en el lago. Se proponía examinar el estado del resto de las piedras que componían el embarcadero. Si había otras sueltas, aparte de las dos que se habían soltado, habría que concluir que lo que le había ocurrido a Ian había sido fruto del azar.

El *scull* se encontraba allí, pero no la barca. Por lo visto, Valerie había salido al lago. Saint James fue a la zona donde había amarrado antes la barca, considerando que lo más sensato era empezar por allí. Avanzó tanteando con manos y pies. Tras arrodillarse con esfuerzo, declinó la ayuda de Lynley cuando este acudió a su lado. Todo presentó una considerable solidez hasta que llegó a la quinta piedra, que bailaba igual que un diente de un niño de siete años. La sexta y la séptima también tenían una adherencia precaria. Luego las cuatro siguientes se mantenían bien fijas, mientras que la duodécima apenas se mantenía en su sitio. Fue debajo de aquella donde Saint James introdujo el cuchillo que había comprado en Grange-over-Sands. Fue fácil hacer ceder lo que quedaba de lechada para conseguir que la piedra quedara en una posición que la haría caer al agua con la más leve presión. Le bastó con deslizar la hoja y hacer palanca. Con solo colocar un pie encima, Lynley la hizo caer. Era evidente que, si alguien se hubiera bajado de un *scull* y hubiera apoyado el peso del cuerpo encima de una piedra aflojada de ese modo, habría corrido la misma suerte que Ian Cresswell. Ahora se trataba de ver si las otras piedras sueltas cederían a la presión de Lynley y caerían al agua sin que Saint James las hubiera aflojado con el cuchillo. Una de ellas cedió y otras tres resistieron. Lynley lanzó un suspiro, sacudiendo la cabeza.

—Ahora mismo, estoy dispuesto a escuchar sugerencias. Si una de ellas fuera volver a Londres, no me opondría.

—Necesitamos luz directa.

—¿Para qué?

—No es para nada de aquí. Ven conmigo.

Salieron del embarcadero y Saint James expuso el cuchillo. Tras observarlo, resultó evidente que no se precisaba ningún examen microscópico en un laboratorio forense. La lámina presentaba profundos arañazos causados por el roce con la lechada, en tanto que la hoja del cuchillo que Lynley había rescatado anteriormente del agua no tenía ninguna marca.

—Ah, comprendo —dijo Lynley.

—Me parece que esto aclara las cosas. Es hora de que Deborah y yo volvamos a Londres. A estas alturas no afirmo que no se pudieran haber aflojado esas piedras por otro procedimiento, pero que el cuchillo que sacaste del agua no tuviera ninguna marca da pie a pensar que Cresswell se ahogó de forma accidental, o bien que se utilizó otro objeto para desencajar una de esas piedras, y a menos que quieras trasladar todos los objetos de la propiedad a un laboratorio forense para efectuar una especie de cotejo con las piedras que cayeron al agua...

—Tendré que tomar otro camino —completó su amigo—. O también puedo dar por concluido el caso y regresar a casa.

—A no ser que Barbara Havers te aporte algo, diría que así están las cosas. Tampoco es que sea un mal resultado. Es solo un resultado.

—Sí.

Guardaron silencio, con la mirada puesta en el lago. Una barca se acercaba impulsada por una hábil remera. Valerie Fairclough vestía

303

con la indumentaria para pescar, pero estaba claro que no había tenido suerte.

—Menos mal que no estamos pasando hambre —apuntó alegremente, enseñando el cubo vacío—. Estos últimos días no hay manera de que piquen.

—Hay más piedras flojas dentro, en el embarcadero —le advirtió Lynley—. Aparte, hemos aflojado alguna más. Tenga cuidado. La ayudaremos.

Volvieron a entrar. Ella se deslizó hacia el interior y amarró la barca justo en el lugar donde estaban las piedras flojas.

—Ha elegido el peor sitio —señaló Lynley—. ¿Había salido desde aquí?

—Sí —confirmó Valerie—. No me había fijado. ¿Están mal?

—Con el tiempo se van a acabar soltando.

—¿Como las otras?

—Como las otras.

Se le relajó la expresión. Aunque no sonrió, su alivio fue palpable. Saint James no dejó de advertirlo, consciente de que a Lynley tampoco se le escapaba ningún detalle mientras recogía el material de pesca que Valerie Fairclough le había tendido. Después de dejarlo a un lado, alargó la mano para ayudarla a bajar de la barca. Luego le presentó a Saint James.

—Usted fue quien encontró el cadáver de Ian Cresswell, según tengo entendido —señaló este.

—Así fue.

Valerie se quitó la gorra de béisbol y se pasó la mano por el pelo. Aunque era gris, lo llevaba cuidado, con un corte juvenil.

—También llamó por teléfono a la policía —prosiguió Saint James.

—Sí.

—Hay algo que me tiene extrañado —señaló Saint James—. ¿Va hacia la casa? Si quiere, podemos acompañarla.

Valerie miró a Lynley. No parecía que sintiera desconfianza. Aunque poseía demasiado control de sí misma como para dejar traslucir tal cosa, sí debía de estar preguntándose por qué aquel tipo quería charlar con ella. Sin duda sabía que el tema de conversación no iba a ser su mala suerte en la pesca.

—Por supuesto —aceptó con magnanimidad, mientras en sus ojos azules se evidenciaba un sentimiento distinto.

—¿Había estado pescando aquel día? —inquirió Saint James cuando empezaron a caminar.

—¿Cuando lo encontré? No.

—¿Por qué bajó al embarcadero?

—Había salido a pasear. Suelo pasear por las tardes. Cuando hay mal tiempo en invierno paso más horas encerrada de las que me gustaría, como nos ocurre a todos, así que procuro permanecer al aire libre lo máximo que puedo cuando hace bueno.

—¿Pasea por la propiedad? ¿Por el bosque? ¿Por la zona de las colinas?

—He vivido aquí toda la vida, señor Saint James. Paseo por cualquier lugar que se me antoje.

—¿Y ese día?

Valerie Fairclough miró a Lynley.

—¿Querría aclararme esto? —pidió, reclamando educadamente que le explicara el porqué de ese interrogatorio.

—Es por propia curiosidad, más que de Tommy. Hablé con el agente Schlicht, el que vino aquí el día en que encontraron a Ian Cresswell. Me dijo un par de cosas peculiares en relación con la llamada que se efectuó a la policía. Es algo que trato de comprender desde entonces. Bueno, en realidad solo una de las cosas que me dijo tenía que ver con la llamada. La otra estaba relacionada con usted.

Valerie Fairclough se detuvo en el sendero, sin disimular ya su desconfianza. Luego se frotó las manos en los pantalones, con un movimiento con el que, según dedujo Saint James, pretendía calmar los nervios. Lynley le dirigió una mirada para indicarle que insistiera, para sacarle el máximo posible de información.

—¿Y qué le dijo el agente? —preguntó Valerie.

—Había estado hablando con el tipo de recepción, que debió de ser la persona que atendió la llamada en la que se comunicaba el ahogamiento de Ian Cresswell. Se enteró de que quien efectuó la llamada dio prueba de una extraordinaria calma, teniendo en cuenta las circunstancias.

—Comprendo.

Aunque hablaba con afabilidad, el hecho de que hubiera parado de caminar daba a entender que ocultaba algo, como si hubiera elementos en los que no deseaba que reparasen. Uno de ellos había desaparecido de su campo visual: la torre construida para su hija Mignon.

—«Parece ser que hay un muerto flotando en mi embarcadero», fue más o menos el anuncio —le dijo Saint James a Valerie.

La mujer desvió la mirada. La alteración en su rostro no difirió de la ondulación que se produjo en la superficie del lago. Ya fuera por efecto de algo que nadaba más abajo o del impulso de una ráfaga de viento, hubo un instante en que la abandonó su placidez. Se llevó una mano a la frente para recoger una mecha de pelo descarriada. No

305

se había vuelto a poner la gorra de béisbol. El sol le iluminaba la cara, resaltando una red de finas arrugas, una marca de envejecimiento que ella parecía decidida a mantener a raya.

—Nadie sabe cómo va a reaccionar en ese tipo de situación —dijo.

—Estoy completamente de acuerdo, pero ese día también hubo algo extraño, que fue la manera como usted iba vestida cuando recibió a la policía y la ambulancia. No iba vestida para salir a pasear, en todo caso no por la campiña otoñal.

Lynley decidió intervenir, advirtiendo el rumbo que Saint James quería imprimir a la conversación.

—Verá, hay varias posibilidades que desearíamos examinar. —Dejó transcurrir un momento para dejar que se lo pensase—. Usted no estuvo en el embarcadero ese día, ¿verdad? No fue usted la que encontró el cadáver ni tampoco la que llamó a la policía.

—Creo que di mi nombre cuando llamé.

Pese a la firmeza con que contestó, Valerie no era estúpida y sabía que al menos aquella parte del juego había concluido.

—Cualquiera puede dar el nombre que quiera —señaló Saint James.

—Quizá sería hora de que nos dijera la verdad —la animó Lynley—. Se trata de su hija, ¿no? Yo diría que Mignon encontró el cadáver y que fue ella misma la que llamó. Desde la torre se ve el embarcadero. Supongo que, si se sube arriba de todo, se alcanza a ver la totalidad de la caseta y las idas y venidas de las barcas. El único interrogante que cabe plantearse es si ella tenía también un motivo para tramar la muerte de Ian Cresswell, porque ella sí pudo saber que había salido a navegar esa tarde.

Valerie elevó la mirada hacia el cielo. Su semblante evocó a Saint James el de una madona, con todo el sufrimiento que la maternidad comportaba para una mujer tan valiente como para asumir las consecuencias hasta el final. Lejos de terminarse con la llegada del hijo a la edad adulta, aquella carga perduraba hasta la muerte, ya fuera de la madre, ya fuera del hijo.

—Ninguno de ellos… —balbució Valerie. Luego los miró a la cara—. Mis hijos son inocentes en todo esto.

—Encontramos un cuchillo para escamar pescado en el agua —explicó Saint James, enseñándole el que había utilizado para aflojar las piedras—. No era este, desde luego, sino uno parecido.

—Debe de ser el que perdí hace unas semanas —dedujo—. Fue un accidente. Estaba limpiando una trucha bastante grande cuando se me cayó de la mano y fue a parar al agua.

—¿Ah, sí? —dijo Lynley.

—Así es —corroboró la mujer—. Ese día debía de estar muy torpe.

Lynley y Saint James intercambiaron una mirada. Los dos sabían que aquello era mentira, puesto que el banco de carpintero utilizado para limpiar el pescado estaba en el lado opuesto de donde el cuchillo había podido caer al agua. A menos que Saint James estuviera completamente equivocado sobre las capacidades de aquel utensilio, era imposible que este hubiera acabado debajo del *scull* de Ian Cresswell, a no ser que hubiera llegado nadando hasta allí.

Kensington
Londres

Vivienne Tully tenía el mismo aspecto en persona que en las fotografías que Barbara había visto en Internet. Aunque tenía más o menos su misma edad, no se parecían en nada. Vivienne debía de ser el patrón exacto del tipo de mujer en la que habría deseado convertirla la comisaria Ardery: cuerpo esbelto, elegancia en el vestir (tanto en la ropa como en los accesorios) y absoluto esmero en el peinado y en el maquillaje. Había que reconocer que si hubiera grados de esbeltez, que seguramente los había, Vivienne Tully se habría colocado en los primeros puestos. Solo por eso, a Barbara ya le cayó mal de entrada.

Había decidido presentarse en Rutland Gate con su propia identidad, sin fingir ser, como en la otra ocasión, una persona interesada en realizar una inversión inmobiliaria en la prohibitiva zona de Kensington. Cuando llamó al timbre del apartamento 6, Vivienne Tully —o la persona que se encontraba allí— le abrió sin preguntar nada, con lo cual Barbara dedujo que esperaba a alguien. Muy pocas personas cometían la imprudencia de dejar entrar a alguien en sus escaleras sin someterlo a un interrogatorio previo, porque, de lo contrario, corrían el riesgo de que los robaran o, incluso, los mataran.

Resultó que la visita que esperaba Vivienne Tully era un agente inmobiliario. Barbara se enteró enseguida, en cuanto la mujer le hubo echado un vistazo general.

—¿Usted es de Foxton's? —le preguntó, extrañadísima.

Habría podido ofenderse, pero se recordó a sí misma que no había ido allí a participar en un concurso de belleza. Tampoco era factible aprovechar la oportunidad de hacerse pasar por un agente inmobiliario, porque Vivienne Tully jamás habría creído que ese tipo de vendedor acudiría a casa de un cliente vestido con zapatillas de deporte rojas, pantalones de pana naranja y chaqueta de obrero.

—Sargento detective Havers, de New Scotland Yard —se presentó—. Necesito hablar con usted.

Vivienne Tully no pareció para nada sorprendida.

—Pase. No dispongo de mucho tiempo. Tengo una cita.

—Con los de Foxton's, ya lo he entendido. Va a vender el piso, ¿verdad?

Barbara miró en torno a sí mientras Vivienne cerraba la puerta. El apartamento era magnífico, con techos altos, exquisitas molduras, suelos de madera noble cubiertos de alfombras persas, diversos muebles antiguos selectos y chimenea de mármol. Lo curioso era, sin embargo, que no se veía nada de carácter personal por ninguna parte. Las refinadas piezas de porcelana alemana expuestas podían considerarse detalles personales, reconoció Barbara, pero la colección de libros antiguos de la estantería no parecía ofrecer el tipo de lectura a la que recurría uno para entretenerse los días de lluvia.

—Me voy a vivir a Nueva Zelanda —explicó Vivienne—. Es hora de volver a mi país.

—¿Nació allí? —preguntó Barbara, pese a que ya conocía la respuesta.

Puesto que no tenía ningún acento perceptible, Vivienne habría podido mentir si hubiera querido.

—En Wellington —confirmó, sin faltar a la verdad—. Mis padres viven allí. Se están haciendo viejos y querrían tenerme cerca.

—¿Lleva mucho tiempo en Gran Bretaña?

—¿Puedo preguntarle a qué se debe esta visita, sargento Havers? ¿En qué puedo serle útil?

—Hablándome de su relación con Bernard Fairclough. Eso para empezar.

—No creo que ese sea asunto de su incumbencia —replicó Vivienne, conservando una expresión de sobrenatural placidez—. ¿De qué trata exactamente su investigación?

—La muerte de Ian Cresswell. Supongo que usted lo conoció, puesto que trabajó un tiempo para Fairclough Industries, al igual que él.

—Entonces la pregunta más lógica sería qué relación tenía con Ian Cresswell.

—A eso podríamos pasar después. Por ahora, lo que me interesa es lo de Fairclough. —Barbara paseó la mirada por la habitación con gesto admirativo—. Un salón muy bonito. ¿Le importa si me instalo por ahí?

Sin esperar respuesta, localizó un sillón y, después de dejar el bolso al lado, se arrellanó entre sus acogedores brazos. Pasó una mano por la elegante tapicería. Dios del amor hermoso, parecía de seda... Estaba claro que Vivienne Tully no hacía las compras en Ikea.

—Creo haberle dicho que estaba esperando...

—A alguien de Foxton's, ya. No se preocupe. Tengo una memoria de elefante, como la del proverbio, ¿sabe? ¿O es una metáfora? Nunca lo distingo bien. Bueno, da igual. Seguramente preferiría que me largue antes de que lleguen los de Foxton's, ¿no?

Vivienne, que no era tonta, interpretó que le proponía un intercambio: ella le daba la información y ella desaparecía.

—Tal como ha señalado, trabajé un tiempo para Fairclough Industries —corroboró, tras sentarse en un sofá—. Era la ayudante de dirección de Bernard Fairclough. Aquel fue el primer empleo que tuve después de salir de la Facultad de Económicas de Londres. Al cabo de unos años, busqué otra colocación.

—La gente de su clase suele ir cambiando de trabajo, ya sé —reconoció Barbara—. Pero, en su caso, primero fue Fairclough Industries, después una temporada de asesoría por cuenta propia y luego ese sitio de cosas de jardinería donde se ha quedado.

—¿Y qué tiene de malo? Quería más seguridad de la que se obtiene trabajando de asesora, cosa que me ofreció Precision Gardening. Allí fui ascendiendo en el escalafón, aunque también me ayudó que en esa época se consideraba importante demostrar que no había discriminación hacia las mujeres. No se crea que me dieron el puesto de directora gerente de la noche a la mañana, sargento.

—Pero siguió manteniendo relación con Fairclough.

—Considero aconsejable no distanciarme de la gente. Cuando Bernard me pidió si quería participar en la junta directiva de la Fundación Fairclough, acepté encantada.

—Y se lo pidió porque…

—Supongo que pensó que el trabajo que había realizado para él en Barrow demostraba competencia y posibles ganas de aportar mi ayuda en otro plano. Cuando me marché de Fairclough Industries…

—¿Por qué?

—¿Por qué me marché?

—Habría podido subir en el escalafón allí como en cualquier otra parte.

—¿Ha estado usted en Barrow, sargento Havers? ¿No? Bueno, pues a mí no me resultó muy atractivo. Tenía la oportunidad de venir a Londres y la aproveché. Eso es lo que hace todo el mundo. Tenía una oferta para ocupar un puesto que habría tardado años en conseguir en Barrow, aunque hubiera querido quedarme allí, cosa que desde luego no me interesaba.

—Y aquí está ahora, en el piso de lord Fairclough.

Vivienne alteró levemente la postura, que, aun siendo perfecta antes, llegó a adquirir una apariencia más regia aún.

—No sé qué es lo que cree, pero, en todo caso, está mal informada.

309

—¿Fairclough no es el propietario de este piso? ¿Por qué tiene entonces su propia llave? Yo suponía que venía para comprobar que no le estaba causando ningún desperfecto, cumpliendo con su papel de casero, por decirlo así.

—¿Y qué tiene eso que ver con Ian Cresswell, que era el motivo de su visita?

—Aún no lo sé —reconoció alegremente Barbara—. ¿Me quiere explicar lo de las llaves? Resulta intrigante, si es que Fairclough no es, tal como pensaba, el propietario del piso. Por lo demás, es muy agradable. Debió de haber costado un dineral. Seguro que le conviene mantenerlo bien seguro, así que, o bien le da la llave a todo el mundo, o bien solo se la confía a ciertas personas especiales.

—Siento decirle que ese asunto no es de su incumbencia.

—¿Dónde se queda Bernard cuando está en Londres, señorita Tully? O igual tendría que decir señora, ¿eh? He preguntado en el Twins, pero, por lo visto, ningún miembro pernocta allí. Además, aparte de la vieja bruja que monta guardia en la puerta, no permiten la entrada a las mujeres si no van acompañadas de un miembro. Lo sé por experiencia, créame. Por otra parte, tengo entendido que usted entra y sale de allí continuamente del brazo de Fairclough, para la comida, la cena, una copa o lo que sea, y después se suben a un taxi, y el taxi siempre los trae aquí. A veces usted abre el portal; otras veces lo abre él, con su propia llave. A continuación suben hasta este…, bueno, permítame decirle que es un espléndido apartamento…, y después… ¿Dónde aparca Fairclough su viejo cuerpo cuando está en Londres? He aquí el quid de la cuestión.

Vivienne se puso en pie. Barbara ya lo había previsto. Faltaba poco para el momento en que iba a arrojar ceremoniosamente su rotundo cuerpo por la puerta. Mientras tanto, se había propuesto presionarla lo más posible. Le resultaba más que gratificante ver que Vivienne abandonaba poco a poco su compostura. Sí, le gustaba incomodar a alguien tan manifiestamente perfecto.

—No, ese no es el quid de la cuestión —replicó—. La cuestión es cuánto va a tardar usted en ir hasta la puerta y marcharse. Nuestra conversación ha terminado.

—Tengo que ir andando hasta allí, ¿no? Hasta la puerta, me refiero.

—También la puedo llevar a rastras, claro.

—¿Dando patadas, gritos y alaridos que podrían oír los vecinos? ¿Montando un jaleo de esos que llaman más de la cuenta la atención?

—Quiero que se vaya de aquí, sargento. En mi vida no hay nada ilegal. No veo qué puede tener que ver con la muerte de Ian Cresswell el que yo coma, cene o tome una copa con Bernard Fairclough, a no ser que Bernard le pasara a Ian los recibos y él no los quisiera pagar. De todas maneras, eso tampoco sería como para perder la vida, ¿no le parece?

—¿Habría sido un gesto propio de Ian? ¿Era tacaño con el dinero del barón?

—No lo sé. No tuve ningún contacto con Ian desde que dejé la empresa, y eso fue hace años. ¿Es eso todo lo que quería saber? Porque, como le he dicho, tengo una cita.

—Todavía queda por aclarar la cuestión de las llaves.

—Pues solo me queda desearle suerte en ese sentido —contestó, con una falsa sonrisa. Se encaminó a la puerta del piso y la abrió—. Si no le importa…

A Barbara no le quedó más remedio que cooperar. Ya le había sacado todo lo que había podido. Que no la hubiera sorprendido encontrarse en la puerta de su casa con una inspectora de Scotland Yard, sumado a la proeza de haberse mantenido imperturbable durante toda la entrevista, daba a entender que su llegada no la había tomado desprevenida. Tendría que probar por otro lado. Al fin y al cabo, nada era imposible.

En lugar del ascensor, tomó las escaleras, que la condujeron delante de la mesa en la que se encontraban los buzones. El portero, que había recogido el correo del buzón externo, lo estaba distribuyendo. Al oírla, se volvió.

—Ah. ¿Otra vez por aquí? —la saludó—. ¿Aún busca piso?

Barbara se puso a su lado, para ver qué colocaba en el casillero. Lo ideal hubiera sido una carta en la que pusiera: «Es culpable de algo», colocada en la casilla de Vivienne Tully, o, puestos a pedir, que se la entregaran directamente a Barbara para que se la hiciera llegar a Lynley. No obstante, por lo que alcanzó a ver, solo había remitentes y correspondencia normales, cartas de las compañías del agua y del teléfono…

—Tengo un contacto en Foxton's. Creo que el apartamento seis va a salir pronto a la venta, así que he querido echarle un vistazo.

—¿El de la señorita Tully? —dijo el portero—. Pues yo no he oído nada de eso. Es raro. Los vecinos suelen avisarme, porque en esa situación siempre hay muchas idas y venidas de gente.

—Podría ser algo repentino —apuntó Barbara.

—Puede, aunque nunca pensé que fuera a vender, con lo bien instalada que está. No es fácil encontrar un buen piso con una buena escuela al lado.

Barbara sintió un escalofrío.

—¿Una escuela? —preguntó con tiento—. ¿Y qué escuela es esa?

9 de noviembre

Windermere
Cumbria

Consciente de que cada vez esperaba con mayor anhelo disfrutar de su charla matinal con Yaffa Shaw, Zed Benjamin se planteaba si aquello era lo que ocurría entre un hombre y una mujer. Se preguntaba por qué lo había estado evitando durante años, con la misma insistencia con que la gente evita a los mendigos en las escaleras de las iglesias.

Cuando la llamó, por su respuesta enseguida supo que su madre estaba cerca.

—Zed, cariñito, no sabes cuánto te he echado de menos.

Luego construyó un improvisado panegírico dedicado a su inteligencia, su ingenio, su afabilidad e incluso a la calidez de sus abrazos, tras el cual Zed quedó convencido de que su madre habría alcanzado el séptimo cielo al escuchar todo aquello.

—Mmm, yo también te echo de menos —respondió, sin pensar en lo que conllevaba aquella respuesta. Al fin y al cabo, él no tenía que responder más que dando las gracias a Yaffa por seguir engañando a su madre durante sus conversaciones diarias—. Si estuviera allí, te demostraría una calidez como nunca la has experimentado.

—Con mucho más que abrazos, espero —dijo Yaffa.

—De eso puedes estar segura —confirmó.

—Eres malo —contestó ella, riendo—. Mamá Benjamin, nuestro Zed está muy travieso hoy —le comunicó a su madre.

—¿Mamá Benjamin?

—Ha insistido en que la llame así —explicó Yaffa y, sin dar pie a ningún comentario, pasó a otro tema—. Dime qué has descubierto, cariño. Seguro que has adelantado mucho con tu reportaje, ¿a que sí? Lo noto en tu voz.

Zed tenía que admitir que por eso llamaba. Quería alardear ante la mujer que fingía ser el amor de su vida, igual que lo haría cualquier hombre que estuviera de verdad enamorado.

—He localizado a la policía —anunció.

—¿De verdad? Eso es maravilloso, Zed. Sabía que lo conseguirías. ¿Vas a llamar al director para decírselo? ¿Vas… a volver a casa? —preguntó con el grado de ansiedad necesario en la voz.

—Todavía no puedo. Tampoco quiero llamar a Rod. Primero he de tener el artículo bien atado y firmado para poder entregárselo y decirle que está listo para publicar, palabra por palabra, con todos los detalles cotejados. He hablado con la detective y hemos llegado a un acuerdo. Vamos a actuar en equipo.

—Qué bien —exclamó, admirativa, Yaffa—. Eso es genial, Zed.

—Me va a ayudar sin darse cuenta. Ella cree que vamos a indagar para escribir un artículo, pero yo voy a lograr dos artículos; ella va a protagonizar el segundo.

—¿Así que es una mujer?

—La detective sargento Cotter; Deborah de nombre de pila. La puse entre la espada y la pared. Ella es una parte del reportaje, pero la cosa no acaba ahí. Resulta que está investigando a la mujer, Alatea Fairclough. No está para nada interesada en Nick Fairclough. Bueno, al principio sí, pero descubrió que hay algo especialmente sospechoso en su mujer. Lo cierto es que yo también me lo había olido desde el principio. Nunca me pareció muy normal que alguien como Nick Fairclough acabara con alguien como Alatea.

—¿Ah, sí? —inquirió, muy interesada, Yaffa—. ¿Y eso por qué, Zed?

—Él es un tipo bien, pero ella… Su mujer es despampanante, Yaf. Nunca en mi vida he visto a nadie como ella.

La chica guardó silencio un momento.

—Vaya —exclamó escuetamente en voz baja.

A Zed le dieron ganas de propinarse una bofetada. Menuda metedura de pata.

—No es para nada mi tipo, desde luego —precisó—. Es fría y distante, la clase de mujer que tiene a un hombre pendiente de ella, comiendo de su mano, ya me entiendes. Una especie de viuda negra. ¿Sabes lo que hacen las viudas negras, Yaffa?

—Atraen a los machos para aparearse con ellos, si mal no recuerdo —repuso.

—Bueno, sí, claro, pero la cuestión es que son mortíferas. O sea, que se trata de aparearse y morir. O más bien, aparearse y morir asesinado. Me pone los pelos de punta, Yaffa. Es guapa, pero tiene algo extraño. Eso se nota.

Pareció que Yaffa se tranquilizaba con la explicación, aunque Zed se planteó qué significado tenía el que necesitara tales garantías, te-

313

niendo al detestado Micah en Tel Aviv estudiando para ser médico, físico nuclear, neurocirujano y mago de las finanzas, todo en uno.

—Has de tener cuidado, Zed —le advirtió—. Podría ser peligroso.

—No hay de qué preocuparse —le aseguró—. Además, tengo a la detective de Scotland Yard conmigo, por si necesitara protección.

—Otra mujer —apuntó con un amago de tristeza en la voz.

—Es pelirroja como yo, pero a mí me gustan las mujeres morenas.

—¿Como esa Alatea?

—No —contestó—, para nada como esa Alatea. En cualquier caso, querida, esa detective posee información a mansalva y me la va a dar a cambio de que yo espere unos cuantos días para publicar el reportaje.

—Pero ¿qué le vas a decir al director, Zed? ¿Cuánto tiempo puedes tardar en darle algo?

—Por eso no hay problema. Voy a tenerlo a mi disposición en cuanto le hable del trato a que he llegado con Scotland Yard. Le va a encantar. Es lo que le va.

—Entonces ten cuidado.

—Sí, como siempre.

Yaffa colgó. Zed se quedó con el teléfono en la mano, hasta que por fin se encogió de hombros y lo guardó en el bolsillo. Hasta que no se encontró en la escalera para ir a tomar el desayuno, no se dio cuenta de que no le había enviado los besos que solía mandarle; hasta que no tuvo delante un plato de huevos revueltos no descubrió que lo había echado de menos.

Milnthorpe
Cumbria

Habían pasado una noche horrorosa. Deborah sabía que Simon estaba molesto con ella. Habían cenado con desgana en el restaurante del Crow and Eagle, un establecimiento que ni en sueños podía aspirar a aparecer en la guía Michelin. Él apenas había dicho nada sobre el asunto de la adopción abierta, que era a su entender lo que provocaba su disgusto. Solamente había dicho en voz baja: «Habría preferido que no llamaras tan pronto a David». Nada más. Lo que quería decir, por supuesto, era que habría preferido que esperara hasta que él lograra convencerla de embarcarse en algo que, de entrada, no deseaba.

Al principio había optado por no responder. Había estado conversando con él sobre otras cuestiones, esperando hasta volver a su habitación.

—Siento que estés molesto por lo de la adopción, Simon —le dijo una vez allí—. Tú mismo me dijiste que la chica quería saber cuál era nuestra decisión.

Entonces él la observó con aquellos ojos suyos de color azul grisáceo que parecían hechos para calibrar y evaluar.

—Pero la cuestión no es esa, ¿verdad?

Aquel era el tipo de observación que, o bien podía deprimirla, o bien ponerla hecha una furia, según la parte de su pasado con Simon a la que echara mano. Podía oírla como la esposa de un tierno marido al que había herido sin querer, o tal vez podía interpretarla como la niña que había crecido en su casa, ante su mirada, y reconocer un paternal tono de decepción en su voz. Pese a que la razón le dictaba lo primero, el corazón gritaba lo segundo. Y a veces daba tanto gusto dejarse llevar por los sentimientos… Así pues, le soltó:

—No sabes cómo detesto cuando me hablas así.

—¿Que te hablo cómo? —replicó él con una expresión de sorpresa que no hizo más que añadir leña al fuego.

—Sabes muy bien cómo. Tú no eres mi padre.

—Lo sé perfectamente; créeme, Deborah.

Eso fue lo que la sacó de sus casillas: que no quisiera dejarse llevar por la ira, porque la ira no formaba parte de su manera de ser. Aquello la enfurecía, tanto que no alcanzaba a imaginar que algún día le pudiera resultar indiferente.

A partir de ahí, la discusión había adquirido la pauta habitual de las peleas. De la manera como ella había puesto fin a aquel asunto con David y la muchacha de Southampton, habían pasado a examinar la multitud de aspectos en los que, al parecer, ella había necesitado la benévola intervención de él en su vida. De ahí habían ido a parar a cómo él había descalificado sus puntos de vista en el aparcamiento durante la conversación que habían tenido con Tommy. Había señalado que aquel era uno de los casos que ejemplificaban por qué era necesario que la vigilara, pues, cuando se ponía testaruda, era incapaz de darse cuenta de cuándo se exponía a algún peligro.

Simon no había utilizado la palabra testaruda, claro. No era su estilo.

—Hay veces en que no ves claramente las cosas —había dicho—. No las ves ni las quieres ver. Eso tienes que reconocerlo —había recalcado aludiendo a la insistencia con que ella había argumentado en el aparcamiento que la investigación debía centrarse en el hecho de que Alatea Fairclough tuviera un número de la revista Concepción.

»Has llegado a una conclusión basándote en tus propias inclinaciones —afirmó—. Estás dejando empañar tu percepción por tus de-

315

seos, en lugar de dejarte guiar por lo que sabes. Con esa actitud no puedes ser eficaz en una investigación. De todas maneras, da igual, porque tú no deberías tener nada que ver con este asunto.

—Tommy me pidió…

—Hablando de Tommy, él también está de acuerdo con que ya has cumplido con tu objetivo y que podría haber algún peligro si sigues adelante.

—¿Y de quién, o de qué, vendría el peligro? No hay ningún peligro. Esto es absurdo.

—Estoy de acuerdo —zanjó él—. Aquí ya no tenemos nada que hacer, Deborah, así que volvemos a Londres. Voy a hacer las gestiones.

Aquello la había hecho montar en cólera tal como seguramente él mismo había previsto. Cuando regresó a la habitación, la rabia de Deborah se había condensado en algo tan glacial que ni siquiera se dignó dirigirle la palabra.

Por la mañana, él hizo su equipaje. Ella no. A menos que pretendiera cargarla a hombros hasta el coche, se iba a quedar en Cumbria.

—Esto no ha acabado, Simon —señaló.

—No, claro —contestó él.

Deborah interpretó que no solo se refería a lo tocante a la muerte de Ian Cresswell.

—Quiero llegar hasta el final. ¿No puedes tratar de entender al menos que necesito hacerlo? Sé que hay cosas relacionadas con esa mujer…

Aquella observación fue totalmente contraproducente. Para Simon, toda mención a Alatea Fairclough no hacía más que corroborar que actuaba cegada por sus propios deseos.

—Nos veremos en Londres —dijo con voz calmada—, cuando vuelvas. —Le dedicó una media sonrisa que para ella fue como una flecha dirigida a su corazón, antes de añadir—: Buena suerte.

Podría haberle hablado de los planes que tenía con el periodista de *The Source*, pero era consciente de que, si le explicaba que pretendía cooperar con Benjamin, él habría hecho todo lo posible por impedirlo. La manera más eficaz habría sido contárselo a Tommy. Al ocultarle la verdad a Simon, en realidad protegía a Tommy; así evitaba que lo identificaran como detective de Scotland Yard. De esta manera le estaba proporcionando tiempo para llegar al fondo del asunto. Si Simon era incapaz de ver que ella ocupaba entonces un lugar vital en la investigación, no podía hacer nada para evitarlo.

Mientras ella se despedía de su marido en el hostal de Milnthorpe, Zed Benjamin se encontraba en la carretera de Arnside, en un lugar desde el que podía ver quién entraba y salía de Arnside House. Habían convenido que le mandaría un mensaje de texto en caso de que Alatea abandonara la propiedad. «En camino» significaba que se dirigía a algún lugar en el coche. «Hacia ti» significaba que se dirigía hacia Milnthorpe.

Aquello era lo bueno que tenía Arnside, tal como habían observado Deborah y Zed el día anterior: pese a la existencia de múltiples senderos que comunicaban el pueblo con el otro lado de Arnside Knot y las aldeas situadas más allá, para ir en un vehículo había tan solo una carretera, la que iba a Milnthorpe y que pasaba precisamente delante del Crow and Eagle.

Cuando llegó el SMS, Simon se había ido desde hacía media hora. Deborah consultó, muy excitada, el móvil. En el mensaje había «En camino» y «Hacia ti».

Ya había preparado lo que iba a necesitar. Al cabo de menos de un minuto, había bajado las escaleras y se había apostado en el vestíbulo del hotel. A través del vidrio de la puerta, vio pasar el coche de Alatea Fairclough, que luego tomó el desvío de la derecha, el de la A6. Después de tres coches, llegó el de Zed Benjamin. Deborah ya lo esperaba cuando se detuvo en la acera.

—Hacia el sur —indicó.

—Allí vamos —repuso él—. Nick también se ha marchado, cabizbajo. Debía de irse a la empresa, a poner su granito de arena para que el país siga bien abastecido de váteres.

—¿Qué te parece? ¿Deberíamos seguirlo también a él?

—No. Creo que tienes razón. Esta mujer es el centro del enigma.

Lancaster
Lancashire

Aquel hombre era enorme, constató Deborah al ver que apenas cabía en el coche. No es que estuviera gordo, es que era altísimo. Aun teniendo el asiento situado hacia atrás hasta el máximo, le costaba evitar que las rodillas chocaran contra el volante. Sin embargo, pese a su tamaño, no resultaba intimidante. Irradiaba una especie de ternura extraña que debía de hacerlo sentir como un pez fuera del agua en el entorno de trabajo que había elegido.

Iba a decir algo al respecto cuando él soltó:

—Pues no habría adivinado que era una policía. Jamás lo habría pensado si no hubiera estado husmeando por Arnside House.

—¿Y qué hice para delatarme, si no le molesta que le pregunte?

—Es que tengo un sexto sentido para este tipo de cosas. —Se dio un golpecito en la aleta de la nariz—. Las huelo a la legua, ¿entiende? Es algo que va con el campo, como tiene que ser.

—¿A qué campo se refiere?

—Al periodismo. El caso es que —confió en un alarde comunicativo— para mi trabajo hay que ver más allá de las apariencias. El periodismo de investigación no consiste precisamente en estar sentado delante de un escritorio a esperar que los enemigos de toda la vida de alguien lo llamen a uno para darle detalles de un reportaje que hará venirse abajo al Gobierno. Hay que saber hurgar, comprometerse indagando.

—Periodismo de investigación —repitió con aire contemplativo Deborah, fascinada con aquellos despropósitos—. O sea, ¿que para usted es eso lo que practican en *The Source*? No parece que publiquen muchos artículos de investigación sobre el Gobierno, ¿no? En realidad no sacan prácticamente ninguno.

—Era solo un ejemplo —adujo él.

—Ah.

—Mire, es una forma de ganarse la vida —dijo, pues había captado sin duda su ironía—. De todas formas, lo mío es la poesía, pero nadie vive de la poesía hoy en día.

—Así es —corroboró Deborah.

—Oiga, ya sé que es un periodicucho, sargento Cotter, pero a mí me gusta comer y tener un sitio donde vivir, y con eso lo pago. Aunque me imagino que tampoco es mucho mejor lo que hacen ustedes, rebuscar debajo de las piedras para descubrir la escoria de la sociedad, ¿eh?

Una metáfora revuelta, pensó Deborah. Aunque fuera extraño viniendo de un poeta, ahí la tenía.

—Supongo que algo hay de eso —admitió.

—En todo hay una parte buena y una parte mala.

Delante de ellos, Alatea seguía circulando. Pronto quedó claro que se dirigía a Lancaster. Una vez que se hallaron en las proximidades de la ciudad, conscientes de que había que extremar las precauciones, dejaron un espacio de seis coches entre su vehículo y el de ella.

Avanzaron zigzagueando entre las calles. Alatea sabía muy bien adónde iba. Se detuvo en el centro de la ciudad, en un pequeño aparcamiento de un macizo edificio de ladrillo frente al que pasaron de largo Deborah y Zed Benjamin. Zed se paró junto a la acera, a treinta metros de distancia, y Deborah volvió la cabeza para controlar lo que ocurría detrás. Al cabo de cuarenta y cinco segundos, Alatea dobló la esquina del edificio y desapareció en su interior.

—Tenemos que averiguar qué es este lugar —dijo Deborah. Teniendo en cuenta la estatura de Zed, no era fácil que cumpliera dicho cometido sin llamar la atención, así que fue ella la que se bajó del coche—. Espere aquí.

Se precipitó hacia el otro lado de la calle, donde podía esconderse entre los coches aparcados. Llegó justo hasta la distancia que le permitía ver el letrero de la entrada del edificio: FUNDACIÓN KENT-HOWARTH PARA INVÁLIDOS DE GUERRA. Un hogar para los soldados heridos en combate.

Deborah pensó en el país de origen de Alatea, Argentina. Relacionándolo enseguida con la guerra de las Malvinas, se planteó la posibilidad de que algún soldado argentino hubiera ido a parar allí y que Alatea fuera a visitarlo.

Aún seguía pensando en otras guerras posibles, como las del Golfo, cuando Alatea volvió a salir. No iba sola, sino con una persona que ni remotamente parecía un lisiado de guerra. Era una mujer, igual de alta que Alatea, pero más corpulenta. Por su aspecto y soltura en los movimientos parecía ser la clase de persona con predilección por llevar la ropa que vestía en ese momento: una falda larga estampada, jersey holgado y botas. Tenía el cabello largo, moreno aunque veteado de canas; lo llevaba recogido con un pasador.

Las dos mujeres se dirigieron al aparcamiento, absortas en su conversación. Adivinando sus intenciones, Deborah se precipitó hacia el coche de Zed.

—Se va a poner en marcha —dijo, subiendo—. Va con alguien.

Zed arrancó el motor, listo para reanudar la persecución.

—¿Qué era ese sitio? —preguntó.

—Un hogar para soldados inválidos.

—¿Va con un soldado?

—No. Va con una mujer. Supongo que podría ser una soldado, pero no parece que esté incapacitada. Ahí van. Rápido. —Deborah se abalanzó sobre Zed y, rodeándolo con los brazos, lo atrajo para fingir un apasionado abrazo. Luego, al ver por encima del hombro de él que el coche ya había pasado, lo soltó y vio que tenía la cara encendida—. Perdón —dijo—. Me ha parecido lo mejor.

—Sí, sí, claro —tartamudeó Zed antes de ponerse en marcha para seguir a Alatea Fairclough.

Abandonaron el centro de la ciudad. Aunque el tráfico era denso, no llegaron a perder de vista el coche de Alatea. Zed adivinó adónde se dirigía. Poco después de dejar el centro de Lancaster, llegaron a la ladera de una colina poblada de diversos edificios de estilo moderno.

319

—Va a la universidad —dijo—. Es posible que eso no nos aporte ninguna información.

Deborah no estaba de acuerdo. Si Alatea iba a la Universidad de Lancaster con una compañera, lo hacía por algún motivo. Ella intuía cuál podía ser y estaba casi segura de que no guardaba relación alguna con el deseo de seguir algún curso de educación superior.

Aparcar en aquella zona sin exponerse a ser vistos por Alatea era una tarea imposible. Los vehículos que se dirigían a la universidad tenían que utilizar un periférico y, después de seguirlo, Deborah y Zed descubrieron que el aparcamiento era de uso restringido. Había algunas vías sin salida que no ofrecían ningún espacio para esconderse. Estaba claro, pensó Deborah, que la universidad no había sido planificada pensando en los individuos que estuvieran siguiéndole los pasos a alguien.

Cuando Alatea se desvió hacia una de las vías sin salida, Deborah le indicó a Zed que la dejara bajar del coche. Él empezó a protestar, alegando que debían seguirla juntos y que no estaba del todo seguro de que Scotland Yard no le fuera a fallar.

—Mire —lo interrumpió ella—, no podemos entrar ahí detrás de ellas, Zed. Déjeme aquí y siga conduciendo. Aparque en otro sitio. Luego me llama al móvil y le diré dónde estoy. Lo demás no va a funcionar.

Él la miró con recelo. Qué se le iba a hacer, se dijo. No había ido allí para ganarse su confianza personal. Estaba allí para arrojar luz en torno al misterio de Alatea Fairclough. Lo que contaba era que él había frenado.

—Llámeme al móvil —repitió mientras bajaba del coche, antes de salir corriendo sin darle margen a expresar más objeciones.

De todas maneras, no era tonto. Sabía que Alatea Fairclough no podía verlo; si no, aquello tendría graves consecuencias. Tampoco convenía que viera a Deborah, pero a ella le sería más fácil pasar desapercibida.

Seguir a las dos mujeres resultó sencillo. La providencia la ayudó haciendo caer un repentino chubasco, de los que exigían paraguas. No había medio mejor para ocultarse. Deborah sacó el suyo de la mochila y pudo taparse la cara y, sobre todo, su cabello cobrizo.

Dejó una buena distancia entre ella y las dos mujeres, mientras estas se encaminaban a los edificios de la universidad. Por suerte, en el campus había muchos estudiantes a esa hora del día. También le facilitó las cosas el hecho de que, a diferencia de otras instituciones más antiguas del país, aquella universidad estuviera concentrada en un solo lugar, la colina que se elevaba a las afueras de la ciudad.

Las dos mujeres seguían charlando mientras caminaban, con las cabezas pegadas, pues andaban bajo un mismo paraguas. Alatea iba cogida del brazo de la otra. En una ocasión resbaló y su acompañante la ayudó a mantener el equilibrio. Parecían amigas.

Al observar que en ningún momento se detuvieron en el campus a consultar un mapa o a pedir una dirección, Deborah sintió una oleada de excitación. Entonces sonó su móvil.

—Estamos en el parque central —dijo con precipitación—, en una especie de pasadizo que atraviesa el campus.

—¿Deb?

Era la voz de Tommy. Dio un respingo, maldiciéndose por no haber mirado quién llamaba.

—Ah, Tommy —dijo—. Creí que era otra persona.

—Ya lo he notado. ¿Dónde estás?

—¿Para qué lo quieres saber?

—Porque te conozco. Sé muy bien lo que significa la expresión que pusiste ayer en el aparcamiento. Estás haciendo algo que te pedimos que no hicieras, ¿no?

—Simon no es mi padre, Tommy. ¿Está contigo?

—Me ha pedido que fuéramos a tomar café en Newby Bridge. Deborah, ¿qué estás haciendo? ¿De quién esperabas la llamada?

Deborah se planteó mentirle, pero consideró que no tenía muchas posibilidades de salir airosa del embrollo.

—En la Universidad de Lancaster —respondió con un suspiro.

—¿La Universidad de Lancaster? ¿Qué ocurre?

—Estoy siguiendo a Alatea Fairclough. Ha venido en compañía de una mujer que recogió en una casa de soldados inválidos. Quiero ver adónde van. —Sin darle tiempo a extraer ninguna conclusión, prosiguió—: Toda esta situación gira en torno a Alatea Fairclough. Aquí hay algo raro, Tommy, y sé que tú también lo percibes.

—No estoy seguro de percibir nada aparte de la posibilidad de que te estés complicando la vida, con o sin Alatea Fairclough.

—No hay ninguna complicación en seguirlas. No saben que voy detrás de ellas. E incluso si lo averiguaran… —Titubeó, temiendo que, si añadía algo más, se lo contaría a Simon.

—No has respondido a mi pregunta anterior, Deb —señaló él, demostrando lo astuto que era—. ¿Con quién estás?

—Con el periodista.

—¿El tipo de *The Source*? Deb, es una locura involucrarte en este asunto. Podría ocurrir cualquier cosa.

—Lo peor que me podría suceder es que apareciera mi foto en la primera página de *The Source* con una leyenda al pie en que se me

321

identificaría como la detective sargento Cotter. A mí eso me parece gracioso, no peligroso.

Tommy guardó silencio un momento. Deborah vio que las dos mujeres habían llegado a su destino: un moderno edificio de ladrillo y cemento en forma de cubículo, típico de los años sesenta. Calculó que les debía dejar un minuto de margen para que entraran, cruzaran el vestíbulo y se encaminaran al ascensor.

—Deb, ¿tienes idea de lo que representaría para Simon que te ocurriera algo? —le dijo mientras tanto Tommy—. Yo sí la tengo.

—Eres un amor, Tommy —dijo suavemente, deteniéndose delante de la puerta del edificio, consciente de lo que le había costado hacerle esa pregunta—. Pero no tienes por qué preocuparte. No corro ningún peligro. Dado que el periodista cree que está con una detective de Scotland Yard, eso te cubre las espaldas para que no te descubran los de *The Source*..., y también es una protección para mí. No le va a hacer daño a la potencial gallina de los huevos de oro ni va a permitir que se lo haga otra persona.

—Ten cuidado —le pidió con un suspiro.

—Por supuesto —afirmó—. Y, por favor, de esto ni una palabra a Simon.

—Si me pregunta...

—No te va a preguntar. —Acto seguido colgó.

El móvil se puso a sonar de inmediato.

—¿Con quién demonios estaba hablando? —quiso saber Zed Benjamin—. Estaba intentando llamarla. ¿Dónde carajo está?

Deborah le dijo la verdad, que estaba hablando con un detective de la policía de Londres. Se encontraba delante de...; bueno, el edificio se llamaba George Childress Centre. Estaba a punto de entrar y ver qué había dentro. Podía reunirse con ella allí, aunque no se lo aconsejaba, porque él tenía menos posibilidades de camuflarse que ella. A él no debió de parecerle descabellado, a tenor de su respuesta.

—Entonces llámeme cuando sepa algo. Y más vale que no pretenda engañarme si no quiere salir en el periódico de mañana y que todo el mundo se entere de quién es.

—Comprendido.

Colgó el teléfono y entró en el edificio. En el vestíbulo había dos ascensores y un guardia de seguridad. Consciente de que no podría seducirlo ni sobornarlo para pasar, se puso a mirar en derredor y, entre dos lánguidas plantas de bambú, vio un tablón de anuncios colgado de la pared. Encaminándose hacia allí, se puso a examinar su contenido.

Identificaba despachos, consultorios y dependencias que parecían ser laboratorios. Deborah emitió una queda exclamación de alborozo al ver, arriba, que el edificio dependía de la Facultad de Ciencia y Tecnología. Luego, febril, recorrió la lista de secciones hasta encontrar lo que esperaba. Uno de los laboratorios estaba dedicado al estudio de la ciencia reproductora. Su intuición no le había fallado. Estaba en la buena vía. El que se había equivocado era Simon.

Newby Bridge
Cumbria

Después de colgar, Lynley miró a su amigo. Saint James no le había quitado la vista de encima durante el tiempo en que había estado hablando con Deborah. Lynley conocía a pocas personas más perspicaces que su amigo para deducir algo a partir de escasos indicios, aunque en aquel caso no debía haber tenido que recurrir mucho a sus dotes, pues había enfocado su conversación con Deborah de tal manera que su marido comprendiera dónde y con quién estaba sin tener que traicionar abiertamente su confianza.

—Esa mujer te puede llegar a volver loco —dijo Saint James.

—¿No son, en general, así todas las mujeres? —apuntó, resignado, Lynley.

—Debí haberle impedido que siguiera adelante.

—Pero, Simon, es una adulta. No puedes llevártela a rastras a Londres.

—Eso mismo dice ella. —Saint James se acarició la frente. Parecía como si no hubiera dormido nada aquella noche—. Es una lástima que necesitáramos alquilar dos coches —prosiguió—. En el caso de haber alquilado solo uno, podría haberle dado a elegir entre ir conmigo al aeropuerto de Mánchester o volver por sus propios medios a casa.

—Dudo mucho que te hubiera servido de algo. Además, ya sabes qué te hubiera contestado.

—Sí, claro. Eso es lo malo. Conozco perfectamente a mi mujer.

—Gracias por haber venido a echarme una mano, Simon.

—Me habría gustado poder darte una respuesta más tajante, pero, por más que lo mire desde una perspectiva u otra, todo parece apuntar a que fue un desafortunado accidente.

—¿A pesar de la multitud de móviles para cometer el crimen? Parece que todo el mundo tuviera uno: Mignon, Freddie Mcghie, Nick Fairclough, Kaveh Mehran… y quién sabe quién más.

—Sí, a pesar de ello —confirmó Saint James.

—¿Y no sería un crimen perfecto?

323

Saint James se puso a mirar por la ventana la hilera de hayas revestidas de cobrizo color otoñal. Se habían encontrado en un decadente hotel victoriano situado cerca de Newby Bridge, en cuyo salón pidieron café. Era la clase de establecimiento que habría suscitado en Helen un gracioso comentario del tipo: «Jesús, qué delicia de ambiente, Tommy»: las horribles alfombras, la capa de polvo acumulada en las cabezas de ciervo expuestas en la pared y el lamentable estado de la tapicería de los sofás y los sillones.

Por un momento, el sentimiento de añoranza por su mujer se le hizo insoportable. Se puso a respirar con calma para superarlo, tal como había aprendido a hacer. Todo pasa, se dijo. Aquello también iba a pasar.

—En cierto momento sí hubo crímenes perfectos, desde luego —repuso por fin Saint James—, pero hoy en día es tan difícil que prácticamente nadie lo consigue. La ciencia forense ha realizado grandes avances, Tommy. El crimen perfecto de hoy en día tendría que ser aquel en el que de entrada nadie sospeche que se haya podido cometer un crimen.

—Pero ¿no era este el caso?

—No, porque la policía llevó a cabo una investigación y porque Bernard Fairclough fue a Londres para reclutarte a ti. El crimen perfecto de nuestro tiempo es aquel en que nadie se plantea que pueda estar ante un crimen, con lo cual no se considera necesario abrir una investigación. A la víctima se la incinera en un plazo de cuarenta y ocho horas y todo acaba ahí. Aquí se han tomado en cuenta todas las opciones y no se ha identificado nada que señale que la muerte de Ian Cresswell no fuera accidental.

—¿Y si la víctima debía ser Valerie y no Ian?

—El problema es exactamente el mismo, como bien sabes. —Saint James cogió la taza de café—. Si hubiera sido algo intencionado, Tommy, y si la víctima elegida hubiera sido Valerie y no Ian, tendrás que reconocer que había métodos mucho mejores para deshacerse de ella. Todo el mundo sabía que Ian utilizaba el embarcadero tanto como Valerie. ¿Por qué correr el riesgo de matarlo a él si era a ella a quien se pretendía liquidar? ¿Y cuál sería el móvil? E incluso si hubiera un móvil para asesinarla, no se llegaría a ninguna parte tratando de resolver el problema con datos forenses.

—Porque no hay datos forenses.

—Ninguno que indique que la muerte no fue lo que parece: un accidente.

—Aparte del cuchillo se podría haber utilizado otro instrumento para aflojar las piedras, Simon.

—Por supuesto, pero en las piedras habría quedado la marca de dicho instrumento, y no las había. Tú lo viste. Además, hay que tener en cuenta cuántas piedras más había medio sueltas. En ese embarcadero podría haberse producido un accidente desde hace años.

—Entonces no hay caso.

—Esa es mi conclusión. —Saint James sonrió con pesar—. O sea, que te voy a tener que decir lo que ya le dije, sin mucho éxito, a Deborah: es hora de volver a Londres.

—¿Y un crimen de intención?

—¿Y eso qué significa?

—Que alguien desea la muerte de otra persona, espera que se produzca e incluso la planifica, pero, antes de que pueda poner en práctica sus intenciones, se produce un accidente. La pretendida víctima muere de todas formas. ¿Podría ser el caso?

—Sí, por supuesto, pero, aun así, la cuestión es que en este caso no se puede establecer ninguna culpabilidad; no se aprecia culpa en el comportamiento de nadie.

—Sí —admitió con aire pensativo Lynley—. De todas maneras…

—¿Qué?

—Tengo la sensación… —Sonó el móvil de Lynley. Tras mirar el número en la pantalla, informó a Saint James—: Havers.

—Podría aportar algo nuevo.

—Eso espero. —Lynley respondió a la llamada—: Dime algo, sargento. A estas alturas, me conformaré con cualquier cosa.

Chalk Farm
Londres

Barbara había llamado a Lynley desde su casa. Había ido a Scotland Yard antes del amanecer para profundizar en su investigación, con la ayuda de los vastos recursos de que disponían allí. Después, deseosa de abandonar las dependencias antes de que la comisaria en funciones Ardery se presentara, se había largado a casa. Las doce tazas de café consumidas la habían mantenido alerta hasta la madrugada y, para entonces, estaba tan saturada de cafeína que abrigaba dudas de que pudiera conciliar el sueño hasta al cabo de varios días. Aparte, fumaba como una carretera y tenía la sensación de que el cerebro estaba a punto de comenzar a lanzar una descarga de torpedos.

—Hay una niña, inspector —anunció a Lynley—. Podría ser importante o no, pero resulta que Vivienne Tully tiene una hija de ocho años llamada Bianca. También creo que ella ya sabía que yo iba a

325

asomar la jeta en su puerta. En su piso no se veía ni el más mínimo detalle personal, y no es que se desmayara de asombro cuando le dije que era de la policía. Averigüé lo de la niña porque me llevo de maravilla con el portero del edificio. Seguro que se ha enamorado de mí.

—Entonces conseguiste infiltrarte.

—Mis talentos no tienen límite, señor. Vivo para impresionarte.

—Barbara pasó a exponerle lo que había averiguado sobre Vivienne, desde su formación académica y su trayectoria laboral a su intención de regresar a Nueva Zelanda, su país de origen—. No negó nada con respecto a Fairclough, ni que lo conociera, ni que estuviera en la junta directiva de su fundación, ni que lo viera con frecuencia para comer en el Twins; sin embargo, cuando saqué a colación que él tenía una llave de su casa, se produjo un bloqueo total.

—Y esa niña, Bianca, ¿podría ser hija de Fairclough?

—Es posible, aunque también podría serlo de su hijo, de Ian Cresswell, del primer ministro o del príncipe de Gales, ya puestos. También podría ser el fruto de una noche loca, de un pequeño descuido, ya sabe. El caso es que Vivienne hace años que no trabajaba para Fairclough. No trabaja para él desde antes de tener la niña. Costaría creer que hubieran mantenido una larga relación a distancia, un romance que hubiera durado tanto como para tener una hija suya, ¿no?

—Quizá no sea un romance que duró durante años, Barbara. Podría ser producto de un encuentro fortuito tras el cual Vivienne volvió a entrar en la vida de Fairclough.

—¿Cómo? O sea, ¿que se encuentran, por ejemplo, en un ascensor, se miran embelesados y luego aparece Bianca? Supongo que es posible.

—Él montó una fundación —señaló Lynley—. Necesitaba miembros para la junta, y ella es uno de ellos.

—No puede ser eso. La fundación existe desde mucho antes de que Bianca fuera ni el chisporroteo de ilusión de una mirada. En cualquier caso, no es lo mismo aceptar un puesto en la junta directiva que iniciar una relación con Fairclough y mantenerla. No veo por qué le iba a interesar. Él le saca muchos años. He visto fotos de él y, la verdad, no tienen ni punto de comparación. Sería más normal que hubiera preferido a alguien de su edad que estuviera libre. Liarse con un hombre casado es como subirse a un tren que no lleva a ninguna parte. Ella parece demasiado lista para eso.

—Si se hubiera dejado llevar por la sensatez, habría visto las cosas igual que tú y habría tomado otro tipo de decisión. Pero, si no lo hizo, tendrás que reconocer que la gente suele hacer cosas que no son nada sensatas.

Barbara oyó el murmullo de otra voz, a la que enseguida Lynley puso nombre.

—Simon dice que cuando hay grandes cantidades de dinero de por medio la gente no se comporta siempre con sensatez.

—Bueno, vale, pero, si la niña es hija de Fairclough y si este ha estado bailando la rumba horizontal con Vivienne Tully durante vaya usted a saber cuánto tiempo, ¿por qué habría puesto a Scotland Yard a investigar la muerte de su sobrino, que ya había sido declarada un accidente? Tendría que haber previsto que íbamos a indagar en la vida de todos, incluida la suya. ¿Para qué correr ese riesgo?

—Si no tiene ninguna relación con la muerte de Cresswell, debió de pensar que yo correría un tupido velo sobre este punto.

—Si no está relacionado —puntualizó Barbara—. Y si lo está, así se explica por qué Hillier te eligió a ti para este trabajo, ¿no? El conde encubriendo al barón. A Hillier le encantaría esa idea.

—No te digo que no. Ya lo ha hecho otras veces. ¿Algo más? —inquirió.

—Sí. He trabajado mucho. Kaveh Mehran no miente en lo de la propiedad de esa granja. Cresswell se la dejó. Lo interesante es el momento en que se la dejó. Agárrate: firmó el testamento una semana antes de ahogarse.

—Eso es sospechoso —concedió Lynley—, aunque no debe de haber muchos asesinos tan estúpidos como para matar a alguien una semana después de que se haya firmado un testamento a su favor.

—Eso también es verdad —reconoció Barbara.

—¿Algo más?

—Ah, ya sabes que me levanto tempranísimo. Eso me permite hacer llamadas a Argentina a personas que puedo encontrar fácilmente en casa porque todavía están en la cama.

—¿A Argentina?

—Como lo oyes. Conseguí comunicar con la casa del alcalde de Santa María de no sé cuántos. Primero probé en su oficina, pero me contestó alguien que solo decía «¿Quién?» y «¿Qué?», y yo dale, pidiéndole en inglés que me pasara con el maldito alcalde, hasta que al final calculé la diferencia horaria y me di cuenta de que hablaba con la mujer de la limpieza. Entonces se me ocurrió llamar a la casa y, créeme, no fue una tarea fácil.

—Me tienes admirado, Barbara. ¿Y qué descubriste?

—Que nadie habla inglés en Argentina, o que todos hacen como si no lo hablaran, que viene a ser lo mismo. Conseguí acorralar a alguien que creo que era Dominga de Torres Padilla de Vásquez. Yo le iba repitiendo el nombre y ella no paraba de decir «sí» cuando no de-

327

cía «quién». Y cuando pronuncié el nombre de Alatea, la tal Dominga se puso a parlotear. Yo solo capté: «Dios mío», «dónde» y «gracias», pero apuesto a que esa mujer sabe quién es Alatea. Lo que ahora necesito es alguien que pueda hablar con ella.

—¿Es en lo que trabajas ahora?

—Como ya dije, Azhar tiene que conocer a alguien en la universidad.

—En Scotland Yard también tiene que haber alguien, Barbara.

—Se podría conseguir, pero, si voy por ese lado, la jefa no me va a dejar ni a sol ni a sombra. Ya me preguntó si…

—Hablé con ella. Sabe dónde estoy. Te voy a hacer una pregunta, Barbara. ¿Se lo dijiste?

Barbara se sintió profundamente ofendida. Con los años que hacía que se conocían ella y el inspector…, que ahora se le ocurriera pensar que traicionaría todo ese pasado…

—No se lo dije, ni de broma.

Era la verdad. Si había dejado que Isabelle Ardery lo dedujera por sí misma sin desviarla hacia otra pista falsa, no era su problema.

Lynley guardó silencio. Barbara tuvo de repente el presentimiento de que se encaminaban a una situación del tipo «ella o yo», lo cual no le convenía para nada, pues era consciente de que, llegados a ese punto, sería difícil que Lynley eligiera algo que lo pondría a malas con su amante. Al fin y al cabo, era, y así tenía que reconocerlo, un hombre. Se decidió por omitir el asunto y volver al punto anterior de la conversación.

—Pues sí, tenía intención de hablar con Azhar. Si él encuentra a alguien que entienda español, habremos resuelto el problema y tendremos la clave del misterio de Alatea Fairclough.

—A ese respecto, hay algo más. —Lynley le habló de la actividad de modelo que había tenido Alatea Fairclough por la época en que aún no conocía a Nicholas—. Él le dijo a Deborah que se trataba de «lencería picante» y que ella tenía miedo de que se descubriera. Dado que la lencería picante no es algo tan demoledor para alguien que no sea una monja ni que pase a formar parte de la familia real, pensamos que podría ser más bien pornografía.

—Veré qué puedo hacer —prometió Barbara.

Intercambiaron unas cuantas palabras más. Barbara aprovechó para inentar deducir algo de su tono. ¿La creía en lo que había dicho sobre Isabelle Ardery y su presencia en Cumbria? ¿Era importante lo que él creyera? Cuando terminaron de hablar, aún no tenía respuestas. En todo caso, tampoco le gustaban nada aquellas preguntas.

Chalk Farm
Londres

Barbara oyó un ruido de voces destempladas cuando se acercaba al apartamento de enfrente de su casa. Ya estaba cruzando el retazo de césped que precedía a las puertas de la terraza cuando sonó la voz inconfundible de Taymullah Azhar.

—Voy a tomar medidas, Angelina —gritó con furia—, te lo aseguro.

—¿Me estás amenazando? —replicó ella.

—¿Y me lo preguntas a mí? —contestó a voz en cuello Azhar—. De esto no se va a hablar más.

Barbara giró sobre sí dispuesta a batirse en retirada, pero era demasiado tarde. Por la puerta salió Azhar como una tromba, enfadado como nunca lo había visto. No había sitio posible donde esconderse. Sin decir nada se fue a toda prisa, en dirección a Steeles Road.

Aquel momento de incomodidad empeoró aún más, pues Angelina Upman también salió precipitadamente del apartamento, como si quisiera ir detrás de su compañero, y se tapó la boca con la mano cuando vio a Barbara. Se miraron un instante a los ojos y luego Angelina dio media vuelta y entró en su casa. Aquello no pintaba bien. Barbara se encontraba en una encerrona. Angelina se había comportado como una amiga con ella y ahora no podía marcharse sin preguntarle si la podía ayudar en algo aunque, en realidad, no le apetecía nada. Respondió enseguida cuando llamó a la puerta.

—Lo siento —dijo Barbara—. Venía para pedirle a Azhar… —Se pasó una mano por el pelo y, de repente, se dio cuenta de que tenía un tacto muy distinto al de antes. Aquello pareció definir cómo iba a encarar la conversación—: Ay, Dios, no sabes cómo siento haber oído la pelea. De todas formas no he oído mucho, solo el final. Venía a pedirle un favor a Azhar.

—Lo lamento mucho, Barbara —repuso, dejando caer un poco los hombros, Angelina—. Deberíamos haber moderado el tono, pero los dos tenemos demasiado genio. Yo he sacado a colación algo que no debía. Hay temas de los que Hari no quiere hablar.

—¿De los que siempre acaban en pelea?

—Sí, eso es. —Exhaló un pesaroso suspiro—. Bueno, ya se calmarán las cosas, como ocurre siempre.

—¿Puedo ayudarte en algo?

—Si no te importa el desorden, podrías entrar y tomar un té conmigo. O una copa de ginebra, que, lo que es a mí, no me vendría nada mal —añadió con una sonrisa.

—Yo me conformo con el té —decidió Barbara—. La ginebra la dejaré para otro día.

Una vez en el interior, Barbara comprendió a qué se refería Angelina con lo del desorden. Parecía como si se hubieran dedicado a arrojarse objetos a la cabeza. Aquello parecía tan impropio de Azhar que, después de observar el salón, Barbara miró a Angelina preguntándose si no habría sido exclusivamente ella la que había estado lanzando todo aquello. Había revistas desparramadas, una estatuilla rota, una lámpara volcada, un jarrón hecho añicos y unas flores acostadas en medio de un charco de agua.

—También te puedo ayudar a ordenar esto —se ofreció Barbara.

—Primero el té —dijo Angelina.

La cocina estaba intacta. Angelina mantuvo en alto la taza de té mientras escuchaba su explicación. Tenía unas manos preciosas, como todo en ella; sus afilados dedos terminaban en unas uñas bien arregladas.

—Debe de conocer a alguien —dijo—. Seguro que querrá ayudarte. Siente una enorme simpatía por ti, Barbara. No quiero que pienses que esto… —Inclinó la cabeza en dirección a la sala de estar— es un indicio de algo más que del choque de dos temperamentos fogosos. Lo superaremos, tal como solemos hacer.

—Me alegro de oírlo.

Angelina tomó un sorbo de té.

—Las peleas entre las parejas surgen por cualquier bobada. Uno propone algo que al otro no le gusta y, en un santiamén, se caldean los ánimos y se dice lo que no se debería decir. Es ridículo.

Barbara no supo qué decir, pues no tenía pareja, nunca la había tenido ni veía la posibilidad de que algún encuentro fortuito pudiera cambiar la situación. Para ella aquello de pelearse con alguien y de tirarse trastos a la cabeza era algo bastante improbable.

—Es horrible, ¿eh? —dijo de todas formas, esperando que con eso fuera suficiente.

—Sabías lo de la mujer de Hari, ¿no? —preguntó Angelina—. Supongo que él te contaría que la dejó, pero que nunca se firmó el divorcio.

—Sí, ya —contestó Barbara, con la sensación de adentrarse en un terreno un tanto espinoso—. Bueno, más o menos.

—La dejó por mí. Yo era estudiante. No alumna suya, claro, porque yo no tengo capacidad para la ciencia. Un día nos conocimos a la hora de la comida. Estaba lleno y él me pidió si podía sentarse en mi mesa. Me gustó su…, bueno, su gravedad, su aire ponderado. También me gustó su confianza, esa tranquilidad que hacía que no se sintiera obligado a responder deprisa ni a querer parecer divertido en una conversación. Era una persona auténtica. Eso fue lo que me atrajo de él.

—Entiendo.

A ella también le resultaba atractivo aquello, y desde hacía mucho. Taymullah Azhar era como aparentaba ser.

—Yo no quería que la dejara. Yo lo quería, lo quiero, pero eso de destruir una familia... no lo veía bien. Después llegó Hadiyyah. Cuando Hari se enteró de que estaba embarazada, se empeñó en que viviéramos juntos. Yo podría haber puesto fin al embarazo, desde luego, pero se trataba de una hija de los dos, entiéndelo, y no podía afrontar la idea de no tenerla. —Adelantó el torso para rozar la mano de Barbara—. ¿Te imaginas un mundo en el que no existiera Hadiyyah?

—No —respondió, con toda sinceridad, Barbara.

—El caso es que yo quería que ella conociera a sus hermanos, a los otros hijos de Hari, pero él no quiere ni oír hablar del tema.

—¿Por eso ha estallado la pelea?

—Ya hemos hablado del asunto otras veces. Es lo único que provoca altercados entre nosotros. Él siempre contesta lo mismo: «No lo pienso consentir», como si él decidiera el rumbo que debe tomar la vida de cada cual. Cuando habla de esa forma, no reacciono bien. También me saca de mis casillas cuando afirma que él y yo tampoco vamos a darle ningún hermano. «Ya tengo tres hijos, y no voy a tener ninguno más», alega.

—Puede que cambie de opinión.

—No lo ha hecho durante años y no veo por qué lo iba a hacer ahora.

—¿Y si se produjera a espaldas suyas? ¿Sin que él se enterara?

—¿Lo de llevar a Hadiyyah a ver a sus hermanos? —Angelina sacudió la cabeza—. No tengo ni idea de dónde están. No tengo ni idea de cómo se llaman ellos ni su madre. Por lo que yo sé, hasta podrían haber regresado a Pakistán.

—Siempre existe la posibilidad de que se dé un embarazo accidental, supongo. Aunque sería un golpe bajo, ¿no?

—Él nunca me lo perdonaría. Y ya le he pedido que me perdonara bastantes cosas.

Barbara pensó que tal vez Angelina iba a contarle por qué había abandonado a Azhar y a Hadiyyah para realizar su «viaje a Canadá», tal como lo venían llamando, pero no fue así.

—Yo quiero muchísimo a Hari —aseguró—, pero a veces lo odio con la misma intensidad. —Sonrió, captando la ironía de su afirma-

331

ción. Luego se encogió de hombros, como si quisiera pasar a otra cosa—. Espera una hora antes de llamarlo al móvil. Hari hará lo que sea para hacerte ese favor.

—Estoy buscando a alguien que hable español.

—Seguro que te lo conseguirá —dijo Angelina.

Lago Windermere
Cumbria

Manette había percibido el día anterior que su padre no le había dicho la verdad en lo tocante a Vivienne Tully. Su propia cobardía emocional le había impedido presionarlo para llegar al fondo de la cuestión. Era una estupidez, desde luego, pero lo cierto era que no había querido demostrar ningún signo de debilidad delante de él. Por más que le enfureciera, todavía era aquella niña que se creía capaz de metamorfosearse en el hijo varón que Bernard Fairclough deseaba tanto a pura fuerza de voluntad. Como los niños no lloraban, ella tampoco. Por eso se veía obligada a evitar cualquier situación que pudiera hacer que se viniera abajo, al menos mientras su padre permanecía allí, observando, valorando, descartando.

Sin embargo, el tema no había quedado resuelto. Si Ian había hecho transferencias mensuales a Vivienne Tully durante años, había más de un motivo para querer desentrañar el porqué. Por una parte, estaba su madre. Al fin y al cabo, ella era la propietaria de Fairclough Industries, que había recibido en herencia. Por más que su padre llevara décadas dirigiendo con eficacia el negocio, este seguía siendo una empresa privada con una reducida junta directiva, y la presidenta era su madre, no su padre. El padre de Valerie, que no era tonto, había considerado que, aunque Bernie Dexter se hubiera convertido en Bernard Fairclough, no por ello tenía sangre de la familia en sus venas, por lo que no quiso arriesgarse a dejar la empresa en sus manos.

Manette había hablado con Freddie de todo ello. Por suerte, no se había citado con Sarah la noche anterior, aunque había mantenido una larga conversación con ella por teléfono. Oyéndolo hablar en voz baja, con tono cariñoso y gracioso, había apretado tanto la mandíbula que al final le dolía y, en vista de que no terminaban de hablar, se había ido a correr en la cinta del salón. Ya sudorosa, con el jersey empapado, Freddie apareció con la cara un poco roja y las puntas de las orejas sonrosadas. De no haber sido porque aquello no casaba con él, habría concluido que se habían entregado a alguna práctica sexual telefónica.

Había seguido corriendo cinco minutos. Después de emitir una exclamación admirativa por su resistencia, Freddie se había ido a la cocina. Allí lo encontró concentrado en un crucigrama, golpeándose con la punta del bolígrafo la cadera.

—¿No sales esta noche? —le preguntó.

—Me tomo una pausa.

—¿El viejete está cansado?

—No, no —aseguró, ruborizado, Freddie—. Está ufano y tieso como un ajo.

—¡Pero hombre, Freddie!

Se le pusieron los ojos como platos cuando entendió cómo se podía interpretar su respuesta.

—Jesús, no lo decía en ese sentido —aseguró, riendo—. Hemos decidido...

—¿Tú, la dama y el ajo?

—Sarah y yo hemos decidido tomarnos las cosas con calma. Ya sabes, en una relación tiene que haber algo más aparte de quitarse la ropa diez minutos después de saludarse.

—Me alegra oírlo —dijo Manette de modo maquinal.

—¿Ah, sí? ¿Por qué?

—Hombre..., pues... —Pensó un instante hasta que se le ocurrió algo—. No querría que cometieras un error. Que te hicieran daño, ya sabes.

Él se quedó mirándola. Sintiendo como le subía el calor por el pecho y el cuello, Manette optó por cambiar de conversación. Le contó lo que había pasado con Bernard. Freddie la escuchó como solía hacer, con máxima atención.

—Creo que los dos debemos ir a hablar con él, Manette —dijo cuando hubo terminado.

Manette se sintió más que agradecida. Aun así, sabía que solo tenían una opción para conseguir información sobre su padre. Era probable que Mignon hubiera conseguido enterarse de algo gracias a su impresionante habilidad para navegar en Internet o su destreza para apretar las clavijas de la culpabilidad de su padre. Nunca se había equivocado al pensar que su padre tenía predilección por Nicholas. Desde el principio se había adaptado, y había utilizado aquella preferencia para lograr sus propios fines, cometido para el cual había ido refinando su pericia a medida que crecía. Manette y Freddie no poseían, en cambio, aquella vena manipuladora. Desde el punto de vista de Manette, Bernard solo reaccionaría ante la presencia de Valerie y la posibilidad de que esta se enterase de la continua mengua de dinero. Había demasiado en juego, como la ruina de la empresa, por ejemplo, para dejar las cosas como estaban. Si su padre no estaba dispuesto a mirar de frente la cuestión del dinero, a analizarla y corregirla, no le cabía duda de que su madre sí lo haría.

Se pusieron en marcha hacia Ireleth Hall a media mañana. Al cabo de un rato comenzó a llover. Estaban a finales de otoño y en Cumbria llovía a cántaros. Dentro de un mes comenzaría a nevar. Allí donde vivían, en Great Urswick, tendrían un poco de nieve y, más al norte, los estrechos pasos que franqueaban las rocosas colinas quedarían cerrados hasta la primavera siguiente.

Cuando Freddie aparcó el coche cerca de la gran verja de Ireleth Hall, Manette se volvió hacia él.

—Muchas gracias, Freddie —le dijo.

—¿Eh? —contestó él, con sincera perplejidad.

—Por haberme acompañado. Te lo agradezco mucho.

—Chorradas. Estamos juntos en esto, chica. —A continuación, se bajó del coche y lo rodeó para abrirle la puerta—. Metámonos en la boca del lobo antes de que nos entre el miedo. Si las cosas se ponen feas, siempre podemos llamar a tu hermana y pedirle que aporte un poco de distracción.

Manette se echó a reír. Freddie conocía bien a su familia. ¿Cómo no la iba a conocer si había formado parte de ella durante la mitad de su vida?

—¿Por qué demonios nos divorciamos, Freddie? —dijo sin pensar en las consecuencias.

—Fue porque uno de nosotros se olvidaba continuamente de volver a poner el tapón a la pasta de dientes, si mal no recuerdo —bromeó él.

Sin llamar a la puerta, entraron en el largo salón rectangular, invadido por un frío otoñal. Deberían encender la chimenea. Manette gritó algo que pareció rebotar en las paredes. Freddie llamó a voces a Bernard y Valerie.

Valerie fue la que respondió. La oyeron caminar por el pasillo de arriba y, al cabo de un momento, bajó.

—Qué agradable sorpresa veros —dijo, sonriendo—. Y además juntos.

La apostilla la pronunció como si esperase recibir la gran noticia de su reconciliación. Más valía que su madre no se hiciera ilusiones, pensó Manette. Ella no sabía nada de la exitosa incursión de Freddie en el mundo de los ligues por Internet. No obstante, se dio cuenta de que las expectativas de Valerie podían resultar muy útiles en ese momento, de modo que cogió la mano de su exmarido antes de anunciar con estudiada timidez:

—Queríamos hablar un momento contigo y con papá. ¿Está en casa?

—Ay, sí, debe de estar —respondió, complacida, Valerie—. Voy a ver si lo encuentro. Freddie, ¿me harías el favor de encender el fuego? ¿Queréis que nos reunamos aquí o preferís…?

—Aquí está bien —aceptó Manette. Sin soltar la mano de Freddie, lo miró a los ojos—. ¿Verdad, Freddie?

Freddie, como de costumbre, se había ruborizado, lo cual encajaba perfectamente en la estrategia de Manette.

—Qué cosas tienes, chica —dijo cuando su madre se hubo marchado.

—Gracias por seguirme la corriente —contestó ella antes de levantarle la mano y estamparle un breve y afectuoso beso—. Eres un gran tipo. Ahora ocupémonos del fuego. Fíjate en que el tiro esté abierto.

Cuando Valerie volvió con Bernard, el fuego ardía con vigor. Manette y Freddie permanecían de pie junto a él, calentándose la espalda. Por la expresión de sus padres, Manette dedujo que habían estado realizando conjeturas sobre lo que Freddie y ella les querían anunciar. A ambos se les notaba la ilusión en la cara, y no era de extrañar. Tanto el uno como el otro habían adorado a Freddie desde el día en que Manette lo llevó a la casa para presentárselo.

Su padre les ofreció café, y su madre, pastas, pastel de chocolate y tostadas, todo comprado en una pastelería de Windermere. Manette y Freddie rehusaron educadamente.

—Sentémonos de todas formas —propuso Manette, conduciendo a Freddie hasta uno de los sofás perpendiculares al fuego.

Sus padres se instalaron en el otro. Curiosamente, los dos se sentaron en el borde, como si estuvieran a punto de levantarse y salir corriendo a la mínima. O también como si estuvieran a punto de irse a buscar una botella de champán. «La esperanza siempre renace», pensó Manette.

—¿Freddie? —dijo, para indicarle que debía tomar el toro por los cuernos.

—Bernard, Valerie, se trata de Ian y de los libros de cuentas —anunció él, mirando alternativamente a su padre y a su madre.

En el semblante de Bernard se evidenció la alarma. Miró a su esposa, como si esta le hubiera tendido una emboscada con su hija; ella, desconcertada, se limitaba a esperar más información. Manette no supo si Freddie se había dado cuenta. De todas maneras daba igual, porque prosiguió, directo al grano.

—Ya sé que esto no va a caer muy bien, pero tenemos que encontrar una manera de poner freno a los pagos mensuales destinados

335

a Mignon, aunque lo mejor sería eliminarlos totalmente. También debemos llegar al fondo de ese asunto de Vivienne Tully, porque con el dinero que se invierte en Arnside House, el que se le da a Mignon y el que va a parar a Vivienne... Me encantaría poder afirmar que las arcas de Fairclough Industries están rebosantes de dinero, pero la verdad es que, con los gastos del jardín infantil que se construye aquí y las reformas de esta finca, vamos a tener que recortar por algún lado, y más valdrá que no nos demoremos mucho.

Fue una exposición típica de Freddie: seria, sincera y, casi, ingenua. Su padre no podía aducir que el dinero que desviaba no fuera de su incumbencia. Freddie, por lo demás, no lo acusaba de nada. Por otra parte, después de la muerte de Ian, no había una persona más adecuada que Freddie para revisar las cuentas y seguir la marcha del negocio.

Manette aguardó la reacción de su padre, igual que Freddie y Valerie. El fuego crepitó y un leño salió rodando de la parrilla de la chimenea. Bernard aprovechó la oportunidad para ganar tiempo. Tomando las tenazas y la escobilla, solucionó el problema bajo la atenta mirada de los demás. Cuando regresó, Valerie abordó directamente el tema.

—Háblame del dinero que va a parar a Vivienne Tully, Freddie —pidió, manteniendo la vista clavada en su marido.

—Es algo bastante peculiar —respondió afablemente Freddie—. Es evidente que es algo que hace años que dura y que ha ido en aumento de forma progresiva. Todavía me queda por revisar más documentación de las cuentas de Ian, pero, por lo que he visto hasta ahora, parece que hace unos años recibió una importante suma de dinero, a través de una transferencia bancaria. Luego hubo unos años sin nada, y después empezó a haber una especie de estipendio mensual.

—¿Y eso cuándo fue? —preguntó con firmeza Valerie.

—Hará unos ocho años y medio. Ahora bien, yo sé que ella ocupa un cargo en la junta directiva de la fundación, Bernard...

—¿Cómo? —Valerie se volvió hacia su marido—. ¿Bernard?

—Pero, como en todas las juntas directivas de las fundaciones, dicho puesto no recibe en principio ningún pago, salvo para los gastos justificables, claro. Lo que ocurre es que lo que se le paga a ella supera con creces cualquiera de esos gastos, a no ser... —entonces soltó una risita y a Manette le entraron ganas de darle un beso, por la inocencia que demostraba aquella risa— ... que vaya a cenar cada noche con un potencial donante y envíe a sus hijos a escuelas privadas. Puesto que ese no es el caso...

—Ya empiezo a formarme una idea —dijo Valerie—. ¿Tú no, Bernard? ¿O es que tú no necesitas formarte ninguna idea?

Bernard miraba a Manette. Seguro que habría querido saber qué le había explicado a Freddie y qué clase de juego se traían entre manos. También debía de sentirse traicionado. Lo que le había contado el día anterior había sido confidencial. Bueno, si se lo hubiera confesado todo, pensó ella, posiblemente no habría revelado la verdad. Pero él se había callado una parte. Le había contado lo justo para calmarla en ese momento, o al menos eso había creído.

—No tengo ni idea de por qué se realizaron pagos a Vivienne —afirmó Bernard, tratando de repetir la misma estrategia—. Es posible que Ian se sintiera obligado a... —Calló un instante, tratando de encontrar un motivo—. Quizá lo hizo para protegerme.

—¿De qué, exactamente? —preguntó Valerie—. Si mal no recuerdo, a Vivienne le ofrecieron un empleo para un puesto de más categoría en Londres. Nadie la despidió. ¿O no fue así? ¿Hay algo de lo que no esté al corriente? —Luego se dirigió a Freddie—. ¿Y de cuánto dinero estamos hablando?

Freddie precisó la suma y el banco. Valerie despegó los labios. Manette percibió las blancas hileras de sus dientes, apretados. Tenía la mirada fija en Bernard, que la rehuía.

—¿Cómo prefieres que interprete esto, Bernard? —le dijo.

Bernard no respondió nada.

—¿Debo creer que había estado haciéndole chantaje a Ian por algún motivo? —planteó—. ¿Quizás él falsificaba las cuentas y ella lo sabía, así que las falsificó un poco más en beneficio de ella? ¿O puede que ella le prometiera perderse de vista y no decirle nada a Niamh sobre sus inclinaciones sexuales mientras siguiera pagando? Aunque eso no explicaría por qué continuó después de que él dejara a Niamh por Kaveh, ¿verdad, cariño? Volvamos, pues, a la primera idea. Freddie, ¿hay algún indicio de que Ian falsificara las cuentas?

—Bueno, solo que los pagos destinados a Mignon también han aumentado, pero no hay nada que indique que el dinero fuera a parar a él...

—¿Mignon?

—Sí. Su estipendio ha experimentado un aumento bastante espectacular —informó Freddie—. El problema es, según mi manera de ver las cosas, que el aumento no guarda relación con los gastos necesarios. Sí que hubo la operación, claro, pero eso debió corresponder a un solo pago, ¿no? Y teniendo en cuenta que ella vive aquí mismo en la propiedad, ¿qué gastos reales tiene? Ya sé que es aficionada a gastar un poco comprando por Internet, pero ¿cuánto puede costar eso? Bueno, claro, supongo que uno podría gastarse una fortuna si se vuelve adicto a comprar por la Red o algo así, pero...

Freddie siguió parloteando un poco más. Manette sabía que lo hacía por la tensión que percibía entre sus padres. Debía de ser consciente de que estaban adentrándose en un campo de minas, al hablar delante de ellos del dinero que iba a parar a Vivienne y a Mignon, pero, dada su inocencia, no debía de haberse parado a pensar cuántas minas aguardaban en aquel campo, listas para estallar.

Cuando Freddie calló, se hizo un pesado silencio. Valerie mantenía la mirada fija en Bernard. Este se pasó la mano por encima de la cabeza y optó por cambiar de dirección.

—No me habría esperado esto de ti —le dijo a Manette.

—¿Qué? —inquirió esta.

—Lo sabes muy bien. Creía que nuestra relación era muy distinta de lo que, al parecer, es. Ya veo que me equivoqué.

—Y yo digo, Bernard, que esto no tiene nada que ver con Manette —se apresuró a intervenir Freddie con tanta firmeza que su exmujer lo miró sorprendida. Apoyó la mano en la suya y la apretó antes de proseguir—: Su preocupación está perfectamente justificada dadas las circunstancias, y ella solo está enterada de esos pagos porque yo se lo dije. Esta es una empresa familiar...

—Y tú no eres de la familia —espetó Bernard—. Antes sí lo eras, pero saliste de ella, y si crees...

—No le hables así a Freddie —lo cortó Manette—. Tienes suerte de poder contar con él. Todos la tenemos. Por lo que se ve, es la única persona honrada que ocupa un cargo de responsabilidad en la empresa.

—¿Y en eso te incluyes a ti? —preguntó su padre.

—Eso da igual —replicó Manette—. De lo que no hay duda es de que tú sí estás incluido.

Manette no deseaba ser quien le diera a su madre aquellas noticias, que le harían tanto daño. Por otra parte, consideraba que su padre se había excedido con la respuesta que le había dado a Freddie. Aunque lo que había dicho era la pura verdad: Freddie ya no formaba parte de la familia. Así lo había querido ella.

—Creo que papá tiene algo que decirte, algo que querría explicarte sobre él y Vivienne Tully —le dijo a su madre.

—Eso lo he comprendido perfectamente, Manette —contestó Valerie, antes de volverse hacia Freddie—. Cancela de inmediato esos pagos destinados a Vivienne. Ponte en contacto con ella a través del banco donde se ingresan. Diles que la informen de que he decidido...

—Eso no... —quiso intervenir Bernard.

—Me da igual eso y lo demás —replicó Valerie—. Y a ti también debería darte igual, a menos que tengas algún motivo para estar pagándole y que no quieres explicar.

Bernard tenía un semblante angustiado. En otras circunstancias, Manette se habría apiadado de él. Pensando vagamente en la basura que eran los hombres, aguardó a que intentara escabullirse de la situación con una mentira, como casi seguro que pensaba hacer, con la esperanza de que ella no dijera nada de su conversación del día anterior y lo que le había confesado sobre su romance con Vivienne Tully.

Bernard Fairclough siempre había sido, sin embargo, el canalla con más suerte del planeta, y en ese momento su buena estrella lo volvió a socorrer. Mientras esperaban su respuesta, la puerta se abrió bruscamente dejando pasar una ráfaga de viento. Cuando Manette se volvió, pensando que ella y Freddie no la habían ajustado bien, su hermano Nicholas entró en la habitación como un vendaval.

Lancaster
Lancashire

Deborah sabía que la única alternativa era hablar con la mujer que acompañaba a Alatea Fairclough. Si su suposición de que el propósito de Alatea era concebir un hijo era correcta, dudaba mucho que esta quisiera hablar de ello, y menos con alguien a quien ya habían desenmascarado por pretender ser quien no era. Tampoco era probable que se confiara a un periodista de la prensa amarilla. La otra mujer era, pues, la única posibilidad de desentrañar el origen del extraño comportamiento de Alatea y averiguar si tenía algo que ver con la muerte de Ian Cresswell.

Llamó a Zed por el móvil.

—Si que ha tardado, leche —contestó él de mal humor—. ¿Dónde coño está? ¿Qué ocurre? Habíamos hecho un trato. Si piensa incumplir…

—Han entrado en un edificio del Departamento de Ciencias —le informó.

—Hombre, eso no nos lleva a ninguna parte. Podría asistir a clase de algo, a cursos para adultos…, y la otra podría ser su compañera de clase.

—Tengo que hablar con ella, Zed.

—Creía que ya lo había intentado y no le salió bien.

—No me refiero a Alatea. Evidentemente, no va a hablar conmigo, como tampoco va a hablar con usted. Me refiero a la otra, a la mujer que ha recogido en ese hogar del soldado discapacitado. Necesito hablar con ella.

—¿Por qué?

—Parece que tienen alguna clase de relación —explicó, consciente de que podía meterse en un lío—. Hablaban con bastante complicidad mientras caminaban. Parecían amigas, y las amigas se hacen confidencias.

—También se supone que no deben revelar esas confidencias.

—Sí, claro, pero creo que, fuera de Londres, Scotland Yard tiene cierta influencia sobre la gente. Basta con decir «Scotland Yard» y enseñar la identificación para que, de repente, se ofrezca para consumo de la policía lo que antes se había jurado mantener en secreto.

—Pasa lo mismo con los reporteros —señaló Zed.

¿Estaría bromeando? Probablemente no.

—Sí, ya entiendo.

—Entonces...

—Creo que yo sola la impondría menos.

—¿Sí?

—Parece evidente. En primer lugar, seríamos dos contra uno, dos desconocidos que abordan a una mujer para indagar en torno a su amistad con otra mujer. En segundo lugar... Bueno, hay que tomar en cuenta su estatura, Zed, que tendrá que reconocer que resulta bastante amenazadora.

—Si soy un cordero... Ella se dará cuenta.

—Puede que sí, pero también hay que ver cómo nos presentamos. Ella querrá ver nuestra identificación. Imagine el resultado si yo le enseño la mía y usted le enseña la suya. ¿Qué va a pensar cuando vea a la policía conchabada con *The Source*? No funcionaría. La única vía que tenemos es que yo hable a solas con esa mujer y que después comparta con usted la información obtenida.

—¿Y cómo se supone que voy a saber que lo hará? A mí esta vía me parece que es perfecta para dejarme al margen.

—¿Con la posibilidad que tiene de revelar la presencia de Scotland Yard aquí en la primera página de *The Source*? No voy a exponerme a eso, créame.

Zed guardó silencio. Deborah había retrocedido hasta una prudencial distancia del George Childress Centre, pues no quería correr el riesgo de que Alatea Fairclough la reconociera. Lo mejor que podían hacer en ese momento era volver al hogar del soldado discapacitado y aguardar allí a que aparecieran Alatea y su compañera. Podían tardar horas, desde luego, pero no parecían tener otra alternativa que esperar el tiempo que hiciera falta en el coche de Zed.

Así se lo expresó a él, agregando que, si tenía otras ideas, aceptaría con gusto oírlas.

Por suerte, no tenía ninguna. No era estúpido. Comprendía que abordando directamente a las dos mujeres juntas, allí en el campus de la Universidad de Lancaster, era probable que no consiguieran nada. En apariencia al menos, ellas no hacían nada que pudiera resultar ni siquiera sospechoso. Lo de «¡Aja! ¿Qué están haciendo las dos juntas?» desembocaría sin duda en algo así como «A usted no le importa».

Aunque lo entendía, Zed quiso dejarle claro a Deborah que no le gustaba. A él no le iba eso de quedarse sentado esperando. Los periodistas no permanecían pasivos, sino que escarbaban, interpelaban y buscaban el meollo del reportaje. Eso era esencial en el periodismo, un puntal de la tradición de la profesión.

Reprimiendo las ganas de burlarse, Deborah emitió varios murmullos de asentimiento: exacto, sí, claro, comprendo. De todas maneras, en esa fase en que ni siquiera conocían aún el nombre de la acompañante de Alatea, ninguno de los dos podía escarbar nada.

Al final acabó venciendo las reticencias de Zed, que aceptó reunirse con ella en el lugar en que se había bajado del coche. Volverían al hogar del soldado discapacitado, donde aguardarían el regreso de Alatea Fairclough y su compañera. Mientras esperaban, forjarían un plan. Tendrían que ceñirse a él, le advirtió el periodista. No estaba dispuesto a perderse algo de aquella historia por culpa de un doble juego.

—No va a haber ningún doble juego —le aseguró Deborah—. Reconozco que me ha colocado en una situación delicada que me obliga a colaborar con usted, Zed.

—Eso es lo que hacen los buenos reporteros —afirmó él, con una risita.

—Sí, ya lo voy aprendiendo —le respondió ella.

Después colgaron. Deborah esperó unos minutos más para ver si Alatea y su compañera salían. No aparecieron. Según lo que había retenido del tablón de anuncios del vestíbulo, en aquel edificio no había aulas. Estaba destinado a oficinas y laboratorios. De ello se desprendía que las dos mujeres no acudían a clases para adultos, tal como había aventurado Zed. Y puesto que la ciencia de la reproducción era una de las disciplinas que se estudiaban allí, estaba segura de que se encontraba sobre la pista de lo que Alatea Fairclough quería ocultar.

341

Victoria
Londres

Barbara Havers tenía que volver a Scotland Yard. Necesitaba la ayuda de Winston Nkata; así pues, o bien iba a Victoria Street, o bien lo convencía para que se ausentara unas horas para reunirse con ella en algún sitio con acceso a Internet. En su casa no tenía. Ni siquiera tenía ordenador portátil: nunca había sentido necesidad de ello, dado que los consideraba como una forma de hacer perder el tiempo a la gente. Ese mundo de las superautopistas de la información era demasiado para ella. Prefería las cosas tal como eran antes, cuando todo se podía controlar simplemente con interruptores y cuando el botón de llamada por teléfono y el mando de la tele eran el no va más en cuestión de tecnología. Entonces uno se limitaba a efectuar unas cuantas llamadas y a dejar la carga de la búsqueda de información a otra persona. Era estupendo.

Ahora todo había cambiado. Ya no bastaba con gastar las suelas de los zapatos para ser un buen investigador. A pesar de que había vencido sus reticencias iniciales y estaba desarrollando bastante sus capacidades para investigar a través del éter de la Red, su nivel distaba mucho del de Winston. ¿Cómo hacía uno para localizar anuncios de lencería picante presentados por una única modelo? Él sabría la respuesta.

También habría podido llamarlo, pero no habría sido lo mismo. Necesitaba ver lo que salía en la pantalla como consecuencia de sus incansables búsquedas, clics y dobles clics.

Así pues, decidió personarse en New Scotland Yard. Lo llamó por teléfono desde el vestíbulo, indicándole que se reuniera con ella en la biblioteca. Tenían que actuar con cautela, le advirtió, porque la jefa no debía enterarse de nada.

—Barbara... —replicó él.

Sabía muy bien qué significaba aquel tono en Winston, pero también sabía cómo disipar su preocupación.

—El inspector necesita cierta información —dijo, consciente de que Winnie estaba dispuesto a hacer cualquier cosa por Lynley—. Puedes escabullirte un rato, ¿no? No tardaremos mucho.

—¿Qué es lo que hay que hacer?

—Buscar fotos medio porno.

—¿En un ordenador de la policía? ¿Te has vuelto loca?

—Órdenes de Hillier —afirmó—. ¿Qué te crees, Winnie, que yo iba a hacer eso por iniciativa propia? El inspector está siguiendo una pista. Podría ser que acabáramos encontrando a una señora entrada en carnes posando para publicidad de sujetadores y bragas.

Le respondió que iría a la biblioteca, pero también le advirtió, sin apartarse ni un milímetro de su cuadriculada manera de ser, de que, si se topaba con la jefa y esta quería saber adónde iba, le diría la verdad.

—Pero intentarás evitarla, ¿no? El inspector ya ha tenido problemas por haberme metido en esto. Si ahora te meto a ti también, es capaz de saltarle al cuello.

Aquello funcionó, tal como había previsto. Winnie prometió hacer lo posible por evitar a Isabelle Ardery.

Por lo visto, lo consiguió. Cuando Barbara llegó a la biblioteca del duodécimo piso, Nkata la estaba esperando. Enseguida le confesó, en cambio, que se había encontrado con Dorothea Harriman, lo cual no auguraba nada bueno, porque la secretaria del departamento tenía tal capacidad para indagar que probablemente había captado las intenciones de Winston tras observar los cordones de sus zapatos. Bueno, de todas formas no se podía hacer nada.

Se pusieron manos a la obra. Los ágiles dedos de Winston volaban sobre el teclado. En cuanto consiguió escribir bien el largo nombre de soltera de Alatea Fairclough, se volvió imparable. Las pantallas se sucedían unas a otras a la velocidad del rayo. Barbara renunció a seguir el proceso; Winston tampoco le explicaba qué hacía ni adónde pretendía llegar. Tras un breve vistazo, tomaba una decisión, pulsaba unas cuantas teclas más y, ¡zas!, emprendían la navegación por otro lado. Barbara estaba pensando que se le habría dado muy bien encargarse de la parte informática forense. Iba a decírselo cuando alguien dijo:

—Sargentos Havers y Nkata.

Al oír la voz de Isabelle Ardery, dedujo que Dorothea Harriman había hablado demasiado.

Nkata volvió la espalda al ordenador. Si no hubiera sido un sinsentido decir que un negro se puso pálido, aquella habría sido una buena circunstancia para afirmarlo. La propia Barbara sintió un vacío en el estómago. Pero ¿qué coño le pasaba a la comisaria? ¿Se ponía así por Lynley, por el hecho de que no estuviera allí y no cumpliera con ella por las noches? ¿O era más bien porque pretendía tenerlos a todos dominados, como insectos que iba a sujetar en un cuadro con ayuda de un alfiler?

Winston se levantó despacio y consultó con la mirada a Barbara.

—He tomado prestado a Winston un momento, jefa —explicó—, para algo que tenía que buscar y que él resuelve en un santiamén. Yo puedo hacerlo, pero tardo una eternidad y no tengo su soltura.

343

Isabelle la miró de arriba abajo, deteniendo la vista en su camiseta, cuya leyenda podía leer perfectamente, pues había dejado la chaqueta en una silla. Al parecer no le gustó nada: «Jesucristo murió por nuestros pecados… No lo decepcionemos».

—Se le han acabado las vacaciones, sargento Havers —anunció Ardery—. Quiero que se reincorpore al trabajo vestida con algo adecuado dentro de una hora.

—Sin querer faltarle al respeto, jefa…

—No me provoque, Barbara —la advirtió Isabelle—. Puede que le queden seis días, seis semanas o seis meses libres, pero, como resulta obvio que no está de vacaciones, más vale que vuelva al trabajo.

—Yo solo iba a decir…

—¡Sargento Havers! —gritó esa vez Isabelle—. Elija ahora mismo.

—Jefa, no puedo ir a casa, cambiarme de ropa y estar de vuelta dentro de una hora —se apresuró a alegar Barbara—. Además, tengo que ir a la Universidad de Londres. Si me concede un día…, este día solo y ninguno más, lo juro…, saldré de aquí dentro de menos de un minuto y volveré vestida como… —no se le ocurrió nada—, como lo que sea. —Quiso añadir: «Imagíneme bien guapa», pero como previó que la comisaria respondería diciendo algo así como: «Me la imaginaría más bien muerta», renunció—. He sido yo la que he presionado a Winston —afirmó—. Por favor, no se lo haga pagar a él.

—¿Pagar? —espetó la comisaria—. ¿Qué es lo que no debería hacerle pagar a él, sargento Havers?

Barbara oyó que Winston exhalaba a su lado un gemido, tan quedo que por suerte la comisaria no lo oyó.

—No sé. Solo…, hombre…, pues esas cosas. El estrés del trabajo, la vida…

—¿Y qué insinúa con eso?

Viéndola totalmente enfurecida, Barbara no supo cómo saldría del atolladero.

—No sé, jefa —contestó, omitiendo decir lo que pensaba: «lo de que no tiene a Lynley a mano para echar un casquete»—. No insinuaba nada. Era solo una manera de hablar.

—¿Ah, sí? Bueno, pues no me venga con esas «maneras de hablar», ¿de acuerdo? Termine lo que está haciendo y luego abandone este edificio. La veré mañana por la mañana. Si no acude, por la tarde estará destinada como guardia de tráfico en Uzbekistán. ¿Queda claro?

—Clarísimo —confirmó Barbara.

—Y usted, venga conmigo —le ordenó a Winston.

—No hay señal de bragas —susurró Nkata—. Indaga sobre Raúl Montenegro —añadió antes de irse.

Barbara esperó a que la comisaria se hubiera marchado con Nkata, maldiciendo su suerte con ella. No iba a tener más remedio que pasar por el aro con la superintendente si no quería que esta la mandara de una patada directamente a otra zona horaria.

Se instaló en el sitio que Winston había ocupado frente al ordenador y se puso a mirar la pantalla. Al intentar leer lo que allí había se encontró —¡oh, horror!— que estaba otra vez en español. De todas maneras, encontró el nombre que Winston había mencionado antes de que se lo llevara la comisaria. Raúl Montenegro surgió destacado entre un batiburrillo de palabras. «Bueno, intentaremos tirar de ese hilo», se dijo Barbara.

Lago Windermere
Cumbria

A lo largo de los años, Manette había visto a su hermano menor en muchos estados, desde totalmente sobrio a drogado hasta rozar el desmayo. Lo había visto arrepentido. Lo había visto serio. Lo había visto manipulador, desconsolado, agitado, ansioso, colocado y agradable, y colocado y paranoico. Nunca lo había visto, sin embargo, enfadado como cuando irrumpió en Ireleth Hall, dejando que la puerta se cerrara con estrépito tras él. La entrada fue tan espectacular que todos se quedaron boquiabiertos. Por otro lado, aquello dispensó a Bernard Fairclough de tener que responder a más preguntas relacionadas con Vivienne Tully y los pagos ingresados en su cuenta.

—¿Qué ocurre, Nicky? —preguntó Valerie.

—¿Estás bien? —dijo Bernard—. ¿Dónde está Alatea? ¿Le ha pasado algo?

—A Alatea no le ha pasado nada —replicó con brusquedad Nicholas—. Mejor hablemos de Scotland Yard. ¿No os importa, verdad? ¿A ti te importa, Manette? ¿Y a ti, Freddie? Supongo que debo deducir que todos estáis en el ajo.

Manette miró a su padre, resuelta a no tomar la iniciativa. Luego apretó los dedos sobre la mano de Freddie para indicarle que no dijera nada. Sintió que él la miraba en silencio antes de volver la mano para entrelazar los dedos con los suyos.

—¿De qué hablas, Nick? —contestó Bernard—. Siéntate. Tienes muy mala cara. ¿No duermes bien?

—No me vengas con esa preocupación hipócrita —gritó—. Ha venido alguien desde Londres para investigarme. Si pensáis darme a entender que no sabéis nada del asunto, olvidadlo; no me lo voy a

345

tragar. —Se acercó a grandes zancadas a la chimenea y se plantó delante de su padre—. ¿Qué coño pensabas? ¿Que no me iba a dar cuenta? ¿Que no me enteraría? ¿Que me quedé tan atontado con las drogas y con la bebida que no me iba a extrañar…? Joder, tendría que matarte y acabar de una vez por todas. Sería fácil, ¿no? Por lo visto tengo un talento tal en eso de los homicidios que un cadáver más en el embarcadero tampoco contaría mucho.

—¡Nicholas! —Valerie se levantó del sofá—. Para ahora mismo.

—Ah, ¿tú también formas parte del complot? Yo habría creído que tú…

—No solo formo parte, sino que soy la responsable principal —afirmó ella—. ¿Me oyes? Yo soy la responsable.

Aquello lo hizo callar en seco. Manette sintió el impacto de las palabras de su madre como si una bola de hielo se le formara en el estómago. La consternación pronto dio paso, no obstante, a la confusión. Era más fácil sentirse confundido por la afirmación que sacar una conclusión lógica de ella.

—Valerie, esto no es necesario —dijo su marido en voz baja.

—A estas alturas, sí lo es. La policía está aquí por mí —apuntó, dirigiéndose a Nicholas—. Tu padre fue a buscarlos porque yo se lo pedí. No fue idea de él. ¿Lo entiendes? Él fue a Londres y se encargó de las gestiones porque conoce a alguien en Scotland Yard, pero no fue idea suya, como tampoco lo fue de tu hermana —precisó, abarcando con un gesto a Manette y a Freddie, que todavía permanecían cogidos de la mano en el sofá—, ni de Mignon, ni de nadie más. Yo quise que se hicieran las cosas así, Nicholas; yo y nadie más.

Nicholas no sabía cómo responder.

—Mi propia madre, joder —dijo por fin, como si hubiera recibido un golpe fatal—. ¿De verdad pensaste…? ¿Creíste que…?

—No es lo que crees —le dijo ella.

—Que yo fuera a…, que yo pudiera… —Entonces descargó un violento puñetazo en la repisa de la chimenea. Manette dio un respingo—. ¿Que yo había matado a Ian? ¿Eso era lo que pensabas? ¿Que yo era capaz de asesinar a alguien? Pero ¿qué te pasa?

—Nick, basta —intervino Bernard—. Dejando al margen otras consideraciones, tú tienes un historial…

—Conozco muy bien mi historial, ¿vale? Yo fui el protagonista. No es necesario que te pongas a recitármelo. De todas maneras, a menos que me pasara diez o veinte años de mi vida evadido de la realidad, no recuerdo haber levantado nunca la mano a nadie.

—Nadie levantó una mano a Ian —dijo Valerie—. No fue así como murió.

—Entonces, ¿qué diantre…?

—Valerie, esto va a empeorar las cosas —advirtió Bernard.

—No pueden empeorar más —dijo Nicholas—. A no ser que exista otro motivo por el que mamá quisiera hacer venir a Scotland Yard. Eso es lo que queréis hacerme creer, ¿no? ¿Están investigando a Manette? ¿O a Mignon? ¿O a Freddie? ¿O es que él sigue desviviéndose todavía por cumplir las órdenes de Manette?

—Ni te atrevas a descargar tu rabia con Freddie —intervino Manette—. Por si lo quieres saber, el detective vino a vernos, y fue entonces, cuando nos puso la placa delante, cuando tuvimos la primera noticia de que había por aquí alguien de Scotland Yard.

—Bueno, vosotros al menos tuvisteis derecho a eso —contestó, antes de volverse hacia su madre—. ¿Tienes idea…, la más mínima idea de…?

—Perdona —se excusó ella—. Te he hecho daño y lo siento, pero hay cosas que van más allá…

—¿Como cuáles? —exclamó. Luego pareció como si hubiera hallado la solución al enigma—. Es por lo de la dirección de la empresa, ¿verdad? Quién va a asumir el mando y cuándo.

—Nicholas, por favor. Hay otras cosas…

—¿Creéis que a mí me importa eso? ¿Creéis que es lo que deseo? ¿Creéis que es por lo que volví? Me importa un comino quién dirija la empresa. Pon a Manette al frente, o a Freddie, a otra persona de fuera. ¿Tenéis idea de lo mal que le ha sentado a Alatea que alguien viniera a nuestra casa, a merodear haciéndose pasar por…? Esa… inspectora vuestra nos mintió desde el principio, mamá. ¿Lo entiendes? Vino a casa, nos contó una patraña para justificar su visita y asustó a Allie, que ahora piensa, por lo visto… Ay, Dios, no sé ni lo que piensa, pero está hecha un manojo de nervios, y si cree que yo estoy utilizando… ¿No veis lo que habéis hecho? Mi propia esposa… Si me deja…

—¿La inspectora? —dijo Bernard—. ¿De quién hablas, Nick?

—¿De quién diablos crees que hablo? De vuestra jodida inspectora de Scotland Yard.

—Es un hombre —afirmó Valerie—. Nicholas, es un hombre, no una mujer. Es un hombre… Nosotros no sabemos nada de…

—Sí, ya, mamá.

—Te está diciendo la verdad —intervino Manette.

—Va acompañado de alguien —añadió Bernard—, pero es otro hombre, Nick. Es un especialista forense, un hombre. Si alguna mujer ha ido a Arnside House a hablar contigo y con Alatea, no tiene nada que ver con ese asunto.

347

Nicholas se puso pálido. Viendo su cara, Manette comprendió que estaba encadenando pensamientos a toda velocidad.

—Montenegro —dijo inexplicablemente.

—¿Qué? —preguntó Bernard.

Nicholas se marchó de Ireleth Hall tan deprisa como había llegado.

Lancaster
Lancashire

Las dos horas que pasó Deborah metida en el coche con Zed Benjamin solo se vieron interrumpidas por una llamada a su móvil. Pensando que podía ser Simon, quiso comprobarlo primero, evaluando si no le convenía más dejar que respondiera el contestador, para no arriesgarse a mantener una conversación poco «oficial» en presencia de aquel periodista. Al ver que era Tommy, se dijo que con él iba a ser más sencillo.

—Es mi jefe —informó a Zed—. Inspector Lynley, buenos días.

—Estás muy formal.

—Con el debido respeto —respondió alegremente Deborah.

348   Sintiendo que Zed no la perdía de vista, fijó la mirada en el hogar del soldado discapacitado.

—Ojalá me trataran así en el trabajo —repuso Tommy—. He visto a Simon.

—Ya me lo suponía.

—Está disgustado con nosotros dos. Conmigo, por haberte metido en esto, y contigo, por no querer salir. ¿Dónde estás?

—En Lancaster.

—¿Y qué demonios haces? ¿Cómo llegaste hasta allí?

—¿Por qué preguntas eso?

—Deborah, Simon me ha llamado desde tu hotel.

—Acabas de decir que lo has visto.

—Eso ha sido después. Ha vuelto al hotel y tú te habías ido, pero el coche alquilado seguía allí. Está preocupado y con razón.

—No lo bastante para llamarme.

—Vamos, Deborah. Ten un poco de compasión. Sabe que estás enfadada y que no vas a responder al teléfono si ves que es él. ¿Qué haces en Lancaster? ¿Cómo has ido hasta allí?

—Alatea Fairclough ha venido aquí —explicó, evitando sacar a colación a Zed Benjamin—. Se ha reunido con una mujer y las dos han ido a la universidad. Estoy esperando para hablar con ella. No con Alatea, con la otra.

—Deborah.

En su voz captó que no sabía qué postura adoptar con ella en ese momento. ¿Qué daría resultado? ¿Apelar a su sensatez? ¿Introducir una velada alusión al tiempo en que fueron amantes? Debía de ser una posición interesante para él.

—Ya sabes que Simon quiere que regreses a Londres —dijo—. Está preocupado.

—No creo que ahora eso sea lo mejor. Me falta muy poco para descubrir algo aquí.

—Eso es precisamente lo que le preocupa. Ya estuviste muy cerca de un asesino en otra ocasión.

Guernsey. Igual que a Bogart y Bergman siempre les quedaría París, a ella y a Simon siempre les quedaría Guernsey. Había resultado herida, sí, pero no se había muerto. Ni siquiera había estado a punto de morir. Y aquello era distinto, pues no tenía ninguna intención de acabar en el interior de una cavidad de tierra con alguien que poseyera una granada de mano antigua.

—Entonces, ¿no estás de acuerdo con el forense? —preguntó.

—¿A qué te refieres? ¿A las conclusiones a las que llegó Simon de lo que ocurrió en el embarcadero? —Deborah dedujo que debía de estar encontrando bastante estrambótica la conversación, con aquel estilo indirecto que ella le estaba imprimiendo—. Es difícil no estar de acuerdo con la observación científica de lo que pudo haber causado la muerte de alguien, Deborah.

—Pero hay diferentes caminos para llegar a una cosa —opinó ella.

—En esto tienes razón. Para ti, Alatea Fairclough es uno de ellos. Havers está realizando indagaciones sobre ella, por cierto.

—¿Lo ves?

—Ya te he dicho que tenías tu parte de razón. Para serte sincero, es Simon el que me tiene inquieto.

—¿Crees que se equivoca?

—No necesariamente, pero está demasiado preocupado por ti. Eso a veces ciega a la gente y les impide ver lo que tienen delante. De todas formas, no puedo permitir…

—Aquí nadie permite nada.

—He elegido mal la palabra. Ya veo que vamos a estar dando vueltas a lo mismo sin llegar a nada, porque te conozco. Bueno, al menos, vete con cuidado. ¿Me lo prometes?

—Sí. ¿Y tú?

—Quedan algunos cabos sueltos que voy a atar. Llámame si tienes el más mínimo motivo, ¿de acuerdo?

—Descuide, inspector.

349

Luego colgó y echó una ojeada a Zed Benjamin, para ver si la conversación no había levantado sus sospechas, pero él estaba ocupado procurando encogerse lo más posible en el asiento. Ladeó la cabeza en dirección al hogar del soldado. Alatea Fairclough y su compañera acababan de llegar al aparcamiento.

Deborah y Zed permanecieron inmóviles y, al cabo de menos de un minuto, la otra mujer dobló la esquina del edificio y entró en él. Poco después, Alatea salió del aparcamiento y, a juzgar por la dirección que tomaba, cabía deducir que iba a regresar a Arnside. Deborah se congratuló por ello, pensando que aquella era la ocasión para tratar de sacarle algo a su amiga.

—Me voy —anunció a Zed.

—Dentro de un cuarto de hora, la llamo al móvil.

—Puede hacerlo, claro, pero no olvide que, puesto que me tiene que llevar de vuelta a Milnthorpe, difícilmente iba a dejarlo plantado.

Zed refunfuñó un poco. Dijo que por lo menos iba a salir del maldito coche y estirar las piernas porque, después de pasar dos horas doblado, no aguantaba más. Deborah repuso que por ella no había ningún inconveniente, que era una buena idea y que se pondría en contacto con él, por si acaso se alejaba mientras ella estaba dentro.

—Bah, yo de usted no me preocuparía por eso —replicó Zed—. Estaré cerca.

A Deborah no le cabía duda de que iba a ser así. Seguro que se agazaparía entre los arbustos si podía, con una oreja pegada a una ventana, pero, sabiendo que no podía pedirle más, le aseguró que tardaría lo menos posible y cruzó la calle.

Una vez dentro de la Fundación Kent-Howath para Soldados Discapacitados, resolvió aplicar una estrategia directa, ya que, al no disponer de identificación como policía, sus opciones eran escasas. Se encaminó al mostrador de recepción luciendo una radiante sonrisa. Allí le dijo al recepcionista, que, a juzgar por su aspecto, debía de ser también un veterano, que acababa de ver entrar en el edificio a una mujer «¿bastante alta, de pelo castaño recogido con cola, falda larga, botas…?». Estaba segura de que se trababa de una antigua compañera de colegio de su hermana y le gustaría mucho poder hablar con ella. Ya sabía que era tonto pedírselo, porque también podía resultar que fuera una desconocida. Por otra parte, si se trataba de la persona que ella creía…

—Se refiere a Lucy, supongo —dijo el hombre. Era ya mayor y vestía un uniforme militar que le colgaba por todas partes. El cuello le sobresalía del traje, arrugado como un acordeón—. Es nuestra animadora. Se encarga de organizar juegos, ejercicios, grupos y cosas así, como salidas para el espectáculo de Navidad, por ejemplo.

—Lucy, sí. Así se llama —confirmó Deborah—. Sería posible… —Le dirigió una esperanzada mirada.

—Para las chicas guapas no hay nada imposible —respondió—. ¿De dónde ha sacado ese pelo tan precioso, eh?

—De mi abuela paterna —contestó Deborah.

—Qué suerte. Yo siempre tuve afición por las pelirrojas. —Apretó un número de un teléfono que tenía al lado—. Una mujer guapísima pregunta por ti —anunció. Después de escuchar un momento, añadió—: No, no es la misma. ¿Cómo te las arreglas para tener tanto éxito, eh? —Soltó una risita por algo que debió de haberle dicho la mujer y, tras colgar, comunicó a Deborah que enseguida acudiría.

—Es terrible, pero no consigo acordarme de su apellido —confesó con aire de complicidad Deborah.

—Keverne —lo informó el recepcionista—. Lucy Keverne. Ya debía de llamarse así entonces, porque no se ha casado. Ni siquiera tiene novio. Yo lo intento, pero me dice que soy demasiado joven para ella, ¿ve?

Deborah puso la cara de incredulidad que se esperaba de ella antes de irse a sentar en un banco de madera que había enfrente de la recepción. Allí hilvanó algunos pensamientos inconexos sobre lo que iba a decirle a Lucy Keverne, pero apenas tuvo tiempo de idear una táctica porque, al cabo de menos de un minuto, la mujer que había visto con Alatea Fairclough llegó a la recepción. Parecía algo desconcertada, con lo cual Deborah dedujo que no debía de recibir casi visitas en su lugar de trabajo. Viéndola de cerca, Deborah advirtió que era más joven de lo que había creído. Aunque tenía el pelo medio gris, sus canas eran prematuras, porque la cara correspondía a la de una mujer de menos de treinta años. Llevaba unas gafas de moda que añadían encanto a su rostro. Deborah también se percató de que llevaba un audífono de último modelo, provisto de un fino cable que desaparecía en el interior de las orejas. Si hubiera llevado el pelo suelto, el aparato habría pasado totalmente desapercibido.

—¿En qué puedo ayudarla? —dijo, ladeando la cabeza para observar a Deborah—. Lucy Keverne —se presentó, tendiéndole la mano.

—¿Hay un sitio donde podamos hablar? —preguntó Deborah—. Se trata de un asunto personal.

—¿Un asunto personal? —Lucy Keverne torció el gesto—. Si ha venido a hablar del ingreso de un pariente, yo no soy la persona a la que se debe dirigir.

—No, no es eso. Es algo relacionado con la Universidad de Lancaster —explicó Deborah al azar, recurriendo al George Childress Centre, al que había ido con Alatea.

La reacción de Lucy le confirmó que había dado en el blanco.

—¿Quién es? —preguntó, algo alarmada—. ¿Quién la ha mandado?

—¿Podemos ir a otro lugar? —insistió Deborah—. ¿Tiene despacho?

Lucy Keverne lanzó un vistazo al recepcionista mientras pensaba.

—Acompáñeme —indicó.

La condujo hacia la parte posterior del edificio y la hizo pasar a un solárium que daba a un jardín, mucho más extenso de lo que cabía pensar desde fuera. No se sentaron allí, sin embargo, porque todo estaba ocupado. Varios ancianos cabeceaban con periódicos en la mano, y dos de ellos jugaban a las cartas en un rincón. Lucy la llevó al jardín.

—¿Quién le ha dado mi nombre? —preguntó.

—¿Tiene importancia? —inquirió Deborah—. Estoy buscando ayuda y había pensado que usted quizá me la podría prestar.

—Va a tener que ser más concreta.

—Sí, claro —concedió Deborah—. El tema del que querría hablar es la reproducción. Llevo años intentando concebir un hijo y resulta que tengo un trastorno que imposibilita la gestación.

—Lo siento. Tiene que ser muy duro para usted. Pero ¿por qué cree que yo podría ayudarla?

—Porque ha ido al George Childress Centre con otra mujer, y yo estaba allí. Las he seguido hasta aquí después, con la esperanza de poder hablar con usted.

Lucy entornó los ojos con actitud reflexiva. Debía de estar sopesando el peligro. Por el momento, hablaban en una especie de código que era totalmente legal, pero, si seguían por aquella vía, podían rebasar los límites.

—Éramos dos —dijo Lucy con prudencia—. ¿Por qué me ha seguido a mí y no a ella?

—Ha sido por intuición.

—¿Le he parecido más fértil?

—Más tranquila, menos desesperada. Con los años, una acaba identificando la marca que eso deja. Hay una especie de ansia que se transmite de una mujer a otra, a la manera de un código biológico. No sé cómo explicarlo. Quien no lo ha vivido no lo reconocería. Yo sí sé lo que es.

—Sí, comprendo que sea posible, pero aún no sé qué desea de mí.

Lo que quería era la verdad. Al no saber qué decir, optó de nuevo por confiar en su propia verdad.

—Estoy buscando una madre de alquiler —dijo—, y creo que usted podría ayudarme a encontrar una.

—¿Qué clase de madre de alquiler?

—¿Las hay de varias clases?

Lucy observó a Deborah. Habían estado caminando por uno de los senderos del jardín, en dirección a la gran urna situada en un extremo. La mujer se detuvo delante de Deborah cruzando los brazos bajo el pecho.

—Por lo visto, no ha hecho muchas averiguaciones sobre el asunto.

—No.

—Pues le aconsejo que las haga. Hay donantes de óvulos, donantes de esperma, situaciones en las que se usa un óvulo de la madre gestante y esperma de donante, otras en la que se emplean un óvulo de la madre gestante y esperma del padre natural, otras en las que se usa un óvulo de la madre biológica y esperma de donante, y otros en los que se utilizan óvulos de la madre biológica y esperma del padre natural. Si piensa recurrir a esa solución, tiene que comprender primero cómo funciona todo. Y también las condiciones legales que condicionan la práctica —advirtió.

Deborah asintió, procurando adoptar un aire pensativo.

—¿Es usted...? ¿Usted...? Es que no sé muy bien cómo hacer esta pregunta, pero ¿qué vía suele seguir?

—Soy donante de óvulos —dijo—. Por lo general, me los extraen mediante punción.

Deborah se estremeció al oír aquel término tan impersonal, tan clínico... Lo de «por lo general» daba pie a pensar que Lucy Keverne no se limitaba a eso.

—¿Y cuando se trata de ofrecerse para una gestación?

—Nunca he hecho de madre de alquiler hasta ahora.

—¿Hasta ahora? O sea, ¿que esa mujer a la que ha acompañado a la universidad...?

Lucy tardó un poco en responder. Mientras tanto, escrutó la cara de Deborah.

—No estoy autorizada a hablar de ella —explicó—. Se trata de un asunto confidencial, como bien comprenderá.

—Por supuesto. —Deborah pensó que en aquel momento le convenía retorcerse las manos y adoptar una expresión desesperada, cosa que no le costó mucho—. He hablado con algunas clínicas, claro. Lo que me han dicho es que me las tengo que arreglar sola para encontrar una madre de alquiler.

—Sí —confirmó Lucy—. Así funciona.

—Dicen que se puede recurrir a una amiga, una hermana, una prima o incluso a la propia madre, pero ¿cómo se puede enfocar eso?

353

¿Qué debo hacer? Empezar a partir de ahora cada conversación diciendo: «Hola, ¿querría hacerse cargo del embarazo de mi hijo?».
—De improviso, la asaltó un involuntario sentimiento de desesperación personal, exactamente el mismo que quería transmitir a Lucy Keverne, y tuvo que pestañear para despejar las lágrimas que afloraron a sus ojos—. Lo siento, perdone —se disculpó.

Aquello debió de conmover a Lucy Keverne, porque apoyó la mano en su brazo y la condujo hacia un banco cercano a un estanque en el que flotaban las hojas caídas de los árboles.

—Es una ley estúpida. Se supone que es para impedir que las mujeres acepten embarazos para sacar un beneficio económico, que es una medida para proteger a las mujeres. Es una ley dictada por hombres, claro. Francamente, a mí siempre me parece paradójico eso de que los hombres hagan leyes para las mujeres. Como si tuvieran la menor idea de cómo deben protegernos de algo, cuando casi siempre son ellos el origen de nuestros problemas.

—Le querría preguntar… —Deborah buscó un pañuelo en el bolso—. Usted ha dicho que es donante de óvulos… Pero si conociera a alguien… Alguien próximo a usted… Alguien que se encontrara en una situación de necesidad… Si alguien le pidiera… ¿Usted aceptaría…? —Mujer titubeante en busca de ayuda, pensó. Ninguna otra persona se atrevería a plantear directamente esa pregunta a una desconocida.

Aun sin manifestar recelo, Lucy vaciló. Estaba claro, pensó Deborah, que cada vez se aproximaban más a la clase de relación que mantenía con Alatea Fairclough. Tenía la impresión de que la misma Lucy ya había detallado las posibilidades: o bien Alatea necesitaba una donación de óvulos, o bien la necesitaba para llevar a cabo una gestación. No veía más opciones. En todo caso, no se habían encontrado para ir a visitar a algún amigo al George Childress Centre de la Universidad de Lancaster.

—Tal como le he dicho, yo soy donante de óvulos —repuso Lucy—. Lo demás no lo pienso asumir.

—Así pues, ¿nunca se prestaría para hacer de madre de alquiler? —preguntó Deborah, procurando afectar una expresión grave y esperanzada.

—Lo siento, no. Es que… Es algo que queda demasiado cerca de las emociones, ¿me entiende? No creo que pudiera hacerlo.

—¿Y no conoce a nadie? ¿A alguien a quien me pueda dirigir? ¿Alguien que tal vez quisiera…?

Lucy bajó la vista para clavarla en sus botas. Eran unas botas bonitas, según observó Deborah, seguramente italianas, más bien caras.

—Podría mirar en la revista *Concepción*.

—¿Quiere decir que las madres de alquiler se anuncian allí?

—No, por Dios. Eso es ilegal. Pero a veces hay alguien… Es posible que pudiera seguir las pistas de una donante. Cabe la posibilidad de que la mujer que está dispuesta a donar óvulos lo esté también para algo más. O tal vez conozca a alguien que la pudiera ayudar.

—Gestando un hijo.

—Sí.

—Debe de ser…, bueno, extremadamente caro.

—No más que tener un hijo por sus propios medios, dejando aparte la cuestión de la inseminación in vitro. La madre de alquiler solo puede pedir una compensación razonable. Un precio excesivo va en contra de la ley.

—Entonces hay que encontrar a una mujer de extraordinaria compasión, supongo, para que quiera pasar por eso y después renunciar al bebé —señaló Deborah—. Tendría que ser alguien especial.

—Sí, en efecto. Eso es verdad. —Lucy se puso en pie y tendió la mano para estrechar la de Deborah—. Espero haberla ayudado.

En cierto sentido sí, pero, en otro, aún quedaba mucho camino por recorrer. No obstante, se levantó y expresó su gratitud, consciente de que sabía más que antes de entrar allí. Lo que quedaba por aclarar era qué relación guardaba aquello con la muerte de Ian Cresswell.

Victoria
Londres

Aquel nombre, Raúl Montenegro, permitió que Barbara Havers pudiera avanzar un poco. Encontró una fotografía del individuo en cuestión, acompañada de un artículo escrito, por desgracia, en español. A partir de allí siguió unos cuantos enlaces, hasta que se encontró con una foto de Alatea Vásquez de Torres. Era guapísima, con un estilo de estrella de cine latinoamericana. Costaba creer que apareciera cogida del brazo de un tipo que parecía un sapo, con verrugas y todo.

Ese tipo era Raúl Montenegro. Era por lo menos veinte centímetros más bajo que Alatea y hasta treinta años mayor. Llevaba un horrendo peluquín a lo Elvis Presley y tenía un bulto en la nariz del tamaño aproximado de Portugal, pero sonreía como el gato que tiene un canario y dieciséis ratones en la boca. Barbara intuyó que su radiante expresión se debía al hecho de poseer a la mujer que tenía a su lado. Claro que no podía estar segura del todo. Solo tenía una manera de comprobarlo.

Después de imprimir la página, sacó el móvil del bolso y llamó a Azhar a la Universidad de Londres.

Sí, por supuesto que la ayudaría, le aseguró cuando le expuso su problema. No sería difícil localizar a un hispanohablante.

Barbara preguntó si debía ir a Bloomsbury. Azhar le respondió que ya la avisaría, que le llevaría un rato encontrar a la persona que pensaba que podía hacer la traducción que necesitaba. ¿Dónde se encontraba?

—En las fauces de la fiera —le contestó ella.

—Ah —dijo él—. ¿Estás en el trabajo? ¿Es mejor si nos acercamos nosotros?

—Todo lo contrario —respondió Barbara—. Correré menos peligro si me alejo de aquí.

—Entonces te llamaré lo antes posible, sabiendo que deberemos encontrarnos en otro sitio —dijo Azhar. Luego añadió con cautela—: También quiero disculparme.

—¿Por qué? —preguntó Barbara. Y enseguida se acordó: el altercado de esa mañana con Angelina—. Ah, te refieres a la pelea. Bueno, son cosas que pasan, ¿no? Quiero decir que cuando dos personas que viven juntas… Uno siempre quiere creer que el amor lo vence todo, como en los libros y películas con el «y vivieron felices para siempre». Aunque no sé mucho del tema, me basta para saber que ese «para siempre» es como una carretera llena de baches para todo el mundo. A mí me parece que lo más sensato es agarrarse a lo que haya, aunque no siempre sea fácil, ¿eh? Porque ¿a ver, qué más tiene uno al final del día, si no es el contacto con sus semejantes?

Azhar permaneció callado. Barbara oyó un ruido de fondo de roce de vajilla y conversaciones. Debía de haber respondido a su llamada en una cafetería o en un restaurante. Aquello le recordó que no había comido nada desde hacía horas.

—Te llamaré pronto.

—Perfecto —repuso—. ¿Y Azhar…?

—¿Mmm?

—Gracias por ayudarme.

—Eso siempre es un placer para mí —afirmó él.

Cuando colgaron, Barbara se planteó la posibilidad de volver a tener un topetazo con la comisaria si iba a buscar comida. En el comedor podía ingerir algo con sustancia. La otra alternativa eran las máquinas expendedoras. O también podía irse de Scotland Yard y esperar en otro sitio la llamada de Azhar. Por otra parte, se moría de ganas de fumar un pitillo, aunque para eso tendría que escabullirse con sigilo hasta las escaleras, sin garantías de que no la pillaran. O también podía salir afuera. Decisiones, decisiones y más decisiones, pensó. Al final resolvió resistir y quedarse para ver si podía averiguar algo más siguiendo la pista de Raúl Montenegro.

Bryanbarrow
Cumbria

Tim decidió ir al colegio sin protestar porque Kaveh iba a tener que llevarlo. Aquella era la única manera de estar a solas con él. Quería estar solo con aquel tío, pues si Gracie estaba delante no habría forma de mantener la conversación que quería tener con él. Gracie ya estaba bastante disgustada y solo le faltaba enterarse de que Kaveh tenía unos planes de futuro con una mujer, con sus padres y con Bryan Beck, para los que tenía que eliminar los irritantes impedimentos que llevaban el apellido Cresswell.

Por ello sorprendió a Kaveh levantándose a tiempo y organizándose para ir a la Margaret Fox School, aquel centro para chalados en fase terminal, como él. Ayudó a Gracie a prepararse disponiendo lo que ella prefería para el desayuno y haciéndole un bocadillo de atún y maíz, que puso en una bolsa junto con una manzana, una bolsa de patatas fritas y un plátano. La dignidad con la que ella le dio las gracias le indicó que aún mantenía el duelo por *Bella*; así pues, en lugar de desayunar, salió al jardín para desenterrar la muñeca y guardarla en su mochila, con la intención de llevarla a reparar a Windermere. Después de volver a colocar la caja y la tierra para que quedara tal como lo había dejado Gracie después del funeral, regresó a la casa justo a tiempo para engullir una tostada antes de irse.

No le dijo nada a Kaveh mientras Gracie estaba en el coche. Aguardó hasta que la dejaron en su escuela anglicana de Crosthwaite y hubieron recorrido un buen trecho por el valle de Lyth. Entonces se apoyó en la puerta del lado del acompañante y se puso a observar a aquel tío. A su mente acudió la imagen de Kaveh poseído por su padre en la cama, los dos bañados en sudor, con la piel reluciente en la penumbra. No se trataba de algo imaginario, sino de un recuerdo, porque los había visto por un resquicio de la puerta y había presenciado aquel momento de éxtasis y abandono en el que su padre había gritado con voz ronca: «¡Agh, qué bien!». La escena lo había llenado de repugnancia, odio y horror. También había producido otro efecto en él, suscitando una sensación inesperada. La verdad era que, durante un momento, el pulso se le había acelerado con un inconfundible ardor. Por eso, después cogió una navaja para hacerse un corte

357

en el que se había vertido vinagre, para limpiar su sangre caliente y pecaminosa.

Aun así comprendía cómo podía haber ocurrido: Kaveh era joven y atractivo. No era raro que un maricón como su padre se hubiera prendado de él, incluso si, tal como se presentaban las cosas al final, aquel tipo no era tan marica como parecía.

Kaveh le dedicó una ojeada mientras proseguían en dirección a Minster. El aborrecimiento era, al fin y al cabo, algo que se podía palpar en el aire.

—Está bien que vayas al colegio esta mañana, Tim. Tu padre estaría contento.

—Mi padre está muerto —replicó él.

Kaveh guardó silencio. Echó otro vistazo al chico, pero la carretera era estrecha y llena de curvas y no podía permitirse mirarlo, tal como Tim presentía que deseaba hacer para determinar cómo estaba y qué reacción podía tener.

—Eso te ha puesto las cosas en bandeja —añadió Tim.

—¿Cómo?

—Que papá esté muerto. Ha sido bueno para ti.

Kaveh lo sorprendió: aprovechó que llegaban a un área de descanso para meterse en ella y pisar a fondo el freno. Entre el denso tráfico de la mañana, alguien hizo sonar la bocina y le dirigió un gesto obsceno, pero a él le dio igual, o bien no se percató.

—Pero ¿de qué estás hablando?

—¿De lo de que papá esté muerto y sea una buena cosa para ti?

—Sí. Exactamente. ¿A qué te refieres?

Tim miró por la ventana. No había gran cosa que ver. Al lado del coche había una pared de piedra seca de la que brotaban los helechos a la manera de las plumas de los sombreros de las damas. Era probable que al otro lado hubiera ovejas, pero no las podía ver. Solo alcanzaba a ver una lejana colina y una nube deshilachada que rodeaba su cima.

—Te he hecho una pregunta —insistió Kaveh—. Responde, por favor.

—No estoy obligado a responder a ninguna pregunta —replicó—, ni de ti ni de nadie.

—Sí cuando acabas de formular una acusación —le advirtió Kaveh—. Y eso es lo que acabas de hacer. Aunque finjas lo contrario, no te va a resultar, así que ya me puedes decir a qué te referías.

—¿Por qué no sigues conduciendo?

—Porque, tal como dices tú, no estoy obligado.

Pese a lo mucho que había deseado aquella confrontación, en aquel momento ya no estaba tan seguro de querer mantenerla. Se encontraba encerrado en el reducido espacio de un coche con el hombre por el que su padre había destruido su familia. Se sentía amenazado. Si Kaveh Mehran había sido capaz de presentarse en su fiesta de cumpleaños y desparramar la cruda verdad como si fuera una baraja de cartas, podía ser capaz de cualquier cosa.

No. Tim se dijo que no iba a tener miedo: si alguien debía tener miedo, ese era Kaveh Mehran, por mentiroso, tramposo, malnacido…

—¿Qué? ¿Cuándo es la boda, Kaveh? —dijo—. ¿Y qué tienes pensado decirle a la novia? ¿Hay que ponerla al día de lo que has estado haciendo en esta parte del mundo? ¿O es por eso por lo que quieres deshacerte de Gracie y de mí? Supongo que no nos van a invitar a la boda. Sería demasiado. Aunque a Gracie le habría gustado hacer de dama de honor.

Kaveh permaneció callado. Tim tuvo que reconocer que tenía temple para quedarse pensando en lugar de soltarle algo así como que a él no le importaba. Seguramente estaba repasando las respuestas posibles, puesto que lo único que ignoraba era cómo había averiguado la verdad.

—¿Le has anunciado la noticia a mamá? Para que lo sepas, no se va a poner loca de alegría.

Tim estaba sorprendido por lo que sentía mientras hablaba. Algo indefinible crecía en su interior. Deseaba hacer algo para sofocarlo, algo a lo que no sabía ni quería poner nombre. No soportaba sentir algo a consecuencia de lo que hacían los demás. No soportaba reaccionar ante las cosas. Él quería ser como un cristal contra el que resbalaba todo, a la manera de la lluvia, y le desesperaba constatar que aún no lo había conseguido y entrever que nunca lo iba a lograr… Aquella perspectiva era igual de horrible que el mero hecho de sentir algo. Era como una especie de condena a un infierno eterno en que estaría a merced de todos los demás, sin poder tener a nadie a su merced.

—El mejor sitio donde podéis estar tú y Gracie es con vuestra madre —respondió Kaveh, eligiendo la vía menos escabrosa para la conversación—. Para mí ha sido un gusto teneros conmigo y no me importaría seguir teniéndoos, pero…

—Pero la novia seguramente no estaría conforme —intervino, burlón, Tim—. Y además con los padres y todo, empezaríamos a estar un poco apretados, ¿no? Joder, te salió perfecto, ¿eh? Como si lo hubieras planeado.

Kaveh se quedó quieto como una estatua.

—A ver, concreta de qué estás hablando —dijo aquellas palabras apenas sin mover los labios.

359

Detrás de aquellas palabras, Tim percibió algo imprevisto, una especie de rabia que era más que rabia. En ese instante, pensó que el peligro no andaba lejos, que quizás el peligro nacía de la rabia, de lo que la gente como Kaveh hacía cuando los invadía la ira. De todas maneras, le daba igual. Hiciera lo que hiciera, nada iba a cambiar. Ya había hecho lo peor que podía hacer.

—Hablo de que te vas a casar —dijo—. Por lo visto, has decidido que ya habías conseguido lo que querías acostándote con un tío, así que puedes pasar a otra cosa. Considerando que la granja es una buena compensación por tu sacrificio, ahora puedes traer a la mujer y a los niños. Claro que está el problema de lo que yo pudiera decir delante de la mujer y de los padres, como: «¿Ya no te gustan los tíos, Kaveh? ¿Y con mi padre, qué era? ¿Por qué te pasas entonces al bando de las mujeres? ¿Acaso se te ensanchó demasiado el agujero de atrás?».

—No sabes de qué hablas —contestó Kaveh.

Observó por encima del hombro el tráfico de coches, con intención de volver a incorporarse a él.

—Hablo de cuando mi padre te daba por culo —dijo Tim—, todas las noches. ¿Crees que alguna mujer querría casarse contigo si se entera de la vida que llevabas, Kaveh?

—«Todas las noches» —repitió Kaveh, con cara de extrañeza—. «Mi padre te daba por culo.» Pero ¿de qué hablas, Tim?

Comenzó a encarar el coche hacia el borde de la zona de descanso. Tim alargó la mano y paró el motor haciendo girar la llave.

—De ti y mi padre follando —reiteró—. De eso hablo.

—Follando… —dijo, literalmente boquiabierto, Kaveh—. ¿Hay algo que no te funciona bien en la cabeza? ¿Qué creías? ¿Que tu padre y yo…? —Kaveh ajustó el asiento, como si quisiera adecuar la posición para mantener una charla con Tim—. Tu padre era muy amigo mío, Tim. Yo sentía una gran estima por él y nos queríamos tal como se quieren los amigos, pero de eso a que hubiera habido algo más… Que él y yo fuéramos… ¿Crees que éramos amantes? ¿Cómo se te ha podido ocurrir eso? Yo tenía una habitación en su casa, solo como inquilino; ya lo sabes.

Tim se quedó mirándolo. Tenía una expresión muy seria. Mentía con tanta habilidad y tanta gracia que por un momento estuvo casi a punto de creer que todo el mundo, incluido él, se había equivocado por completo con respeto a Kaveh y a su padre, a lo que había habido entre ellos. No obstante, había estado presente la noche en que su padre declaró su amor por Kaveh Mehran delante de su mujer y sus hijos. También había visto a su padre con Kaveh. Sabía cuál era la verdad.

—Os estuve mirando por la puerta —dijo—. No lo sabías, ¿eh? Eso cambia un poco la situación, ¿no? Tú estabas a cuatro patas y papá te la metía por el culo, y a los dos os gustaba. Os vi, ¿vale? Os estuve mirando.

Kaveh desvió un momento la mirada y después suspiró. Tim pensó que iba a confesar que era cierto y pedirle que, por favor, no dijera nada del asunto delante de su familia. Sin embargo, aquel tipo, por lo visto, era una caja de sorpresas. En ese momento lo dejó pasmado con una más.

—Yo también tenía esa clase de sueños a tu edad. Son muy reales, ¿verdad? A eso lo llaman «soñar despierto». Son sueños que suelen producirse en el momento en que el cuerpo efectúa la transición entre la vigilia y el sueño, y parecen tan reales que uno llega a creer que lo que vive en ellos corresponde a la realidad. La gente cree un sinfín de cosas debido a ellos, como que los han secuestrado los extraterrestres, que alguien ha estado en la cama con ellos, que han tenido una experiencia sexual con un padre, un profesor o incluso un amigo, etcétera. La verdad es que solo estaban soñando, como te ocurrió a ti, claro está, cuando viste lo que creíste ver entre tu padre y yo.

Con los ojos desorbitados, Tim se humedeció los labios para responder, pero Kaveh se le adelantó.

—El hecho de que tu sueño fuera de naturaleza sexual se debe a la edad en que estás, Tim. Un chico de catorce años está repleto de hormonas y de deseo, debido a los cambios que se producen en su cuerpo. A menudo tiene sueños de carácter sexual, durante los cuales eyacula. Eso podría ser algo incómodo para él si nadie le explica que es perfectamente normal. Tu padre te lo explicó, ¿no? Debería haberlo hecho. O, si no, tu madre.

El aire que Tim inhaló a continuación fue como una puñalada, no solo en los pulmones, sino también en el cerebro.

—Mentiroso de mierda —dijo.

Advirtió con horror que se le saltaban las lágrimas. Seguro que Kaveh iba a utilizarlas. Ya se imaginaba cómo iba a acabar la cosa, cómo iba a maniobrar. Se pusiera como se pusiera, o por más que lo amenazara, o por más que se lo contara a alguien, en especial a los padres y a la futura novia.

Y no habría nadie más para explicarle a esa gente la verdad sobre Kaveh. Nadie estaría interesado en hacerlo, e incluso, si surgía alguien, sus parientes no estarían dispuestos a creer lo que les contaran unos desconocidos sin aportar la más mínima prueba. Kaveh, además, era un consumado mentiroso, un consumado tirador y un consumado estratega. Por más que él dijera la verdad, que despotricara y protestara, Kaveh sabría cómo tergiversar sus palabras.

«Deberán excusar al joven Tim —diría con solemnidad—. No se preocupen de lo que diga o haga. Va a un colegio especial, ¿saben? Para niños con trastornos. A veces hace cosas, dice cosas… Por ejemplo, destrozó la muñeca favorita de su hermana y, justo el otro día, o la otra semana, o el otro mes, lo encontré intentando matar a los patos del riachuelo del pueblo.»

La gente lo creería, desde luego. En primer lugar, porque la gente siempre cree lo que quiere y necesita creer; en segundo lugar, porque todo lo que diría sería la pura verdad. Era como si Kaveh hubiera planeado todo aquello desde el principio, desde el mismo momento en que conoció a su padre.

Tim agarró la manecilla de la puerta. Luego cogió la mochila y abrió el coche.

—¿Qué haces? —preguntó Kaveh—. Quédate en el coche. Tienes que ir al colegio.

—Vete al infierno —replicó, antes de bajarse de un salto y cerrar de un portazo.

362

Victoria
Londres

La pista de Raúl Montenegro daba mucho de sí, se dijo Barbara. En vista de que una hora de saltar de enlace en enlace relacionados con su nombre habría podido producir un gasto excesivo en papel de impresión, trató de ser selectiva. Aunque estaba todo en español, guiándose por las palabras parecidas a las del inglés alcanzó a interpretar que Montenegro era un ricachón que operaba en la industria del gas natural en México. De eso dedujo que Alatea Fairclough, de soltera Alatea Vásquez de Torres, se había trasladado en algún momento de Argentina a México por motivos que quedaban por aclarar. Cabía la posibilidad de que se hubiera ido de una localidad aún por precisar o, lo que era más probable teniendo en cuenta la reacción de la mujer con la que había intentado hablar en Argentina, que hubiera desaparecido de Santa María de la Cruz de los Ángeles y de los Santos. Quizás había vivido allí como un miembro más de la familia del alcalde, una sobrina, una prima, o también era posible que hubiera estado casada con uno de los cuatro hijos. Eso explicaría al menos los excitados «quién» y «dónde» que había oído al otro lado de la línea cuando había conseguido que hablara con ella alguien de la casa del alcalde. Si Alatea se había fugado estando casada con uno de los hijos del alcalde, este seguramente querría saber adónde había ido a parar, y más si él y Alatea seguían casados según la ley.

Todo aquello eran suposiciones, por supuesto. Necesitaba que Azhar le proporcionara alguien capaz de traducir del español. Dado que, por el momento, no se había puesto en contacto con ella, continuó esforzándose y siguiendo pistas, mientras se juraba a sí misma seguir un curso con Winston Nkata centrado en el uso y el abuso de Internet.

También se enteró de que Raúl Montenegro estaba forrado de pasta. Eso lo supo gracias a una edición electrónica del ¡Hola!, la revista que había inspirado la creación de Hello! en inglés. Ambas tenían una idéntica afición a sacar relucientes fotos de famosos de todas las clases, que invariablemente poseían una blanquísima dentadura, la que se necesitaba para ir a juego con unas gafas de sol, se vestían con ropa de diseño y posaban o bien en sus fincas palaciegas, o bien —si vivían con demasiada sencillez para los lectores de la revista— en caros hoteles de época. La única diferencia estribaba en los protagonistas de los reportajes, puesto que, a excepción de los actores o los miembros de las diversas y no siempre conocidas familias reales europeas, ¡Hola! solía presentar al parecer a individuos de los países hispanohablantes, sobre todo de España. En más de una ocasión se ocupaban también de personajes de México, desde donde aparecía Raúl Montenegro con su impresionante nariz enseñando su mansión, situada tal vez en algún lugar de la costa, con muchas palmeras, gran cantidad de vegetación exótica y un ejército de muchachos y muchachas núbiles dispuestos a pasar el rato repantingados al lado de su piscina. También había una rutilante foto con Montenegro instalado frente al timón de su yate, rodeado de varios miembros de su joven tripulación masculina posando con pantalones blancos y camiseta azul, todo muy ceñido al cuerpo. La conclusión que Barbara sacó de ello fue a que a Raúl Montenegro le gustaba estar rodeado de juventud y belleza, puesto que, tanto en la casa como en el yate, cuantas personas aparecían estaban comprendidas en la escala que iba de guapo a guapísimo. ¿De dónde salía aquella gente de asombroso atractivo? Seguro que era imposible ver a tantos seres humanos bronceados, esbeltos, flexibles y macizos reunidos fuera de un salón de castin. Tal vez resultaba que sí estaban haciendo una prueba para algo, un algo que no era difícil adivinar. El dinero siempre ejercía el mismo efecto que un canto de sirena, y, en todo caso, Raúl Montenegro parecía tenerlo a espuertas.

Lo curioso era que Alatea Fairclough, o Vásquez de Torres, no aparecía en ninguna de las fotos del ¡Hola! Barbara comparó las fechas de la revista con la del artículo que había encontrado con la fo-

363

tografía en la que salía cogida del brazo de Montenegro. El reportaje del ¡Hola! era anterior al otro. Barbara se dijo que tal vez Montenegro había modificado sus costumbres desde que consiguió prender a Alatea de su brazo. Con su impresionante belleza, era el tipo de mujer que podía imponer sus normas: «si quieres estar conmigo, deshazte de los otros, porque, si no, me voy a otra parte».

Aquello remitió a Barbara a la situación de Santa María de la Cruz de los Ángeles y de los Santos. Imprimió el artículo del ¡Hola! y volvió a centrarse en el alcalde Esteban Vásquez Vega de Santa María de no sé cuántos. «A ver si me deja enterarme de algo, señor», pensó. A aquellas alturas, se conformaría con bien poco.

Lago Windermere
Cumbria

—He retirado a Barbara Havers de tu... ¿Debo llamarlo «tu caso», Thomas?

Lynley se había retirado al arcén de la carretera para responder a la llamada. Iba a Ireleth Hall para exponerle las conclusiones de Saint James a Bernard Fairclough.

—Isabelle, estás enfadada conmigo —dijo con un suspiro—. Motivos no te faltan. Lo siento muchísimo.

—Sí. Bueno, creo que lo dos lo sentimos. Barbara reclutó a Winston, por cierto. ¿También tiene que ver contigo? Los paré en seco, pero no me gustó nada encontrarlos pegados delante de una pantalla del duodécimo piso.

Lynley bajó la cabeza y posó la mirada en la mano que tenía apoyada en el volante del Healey Elliot. Todavía llevaba el anillo de casado, que no había sido capaz ni de plantearse siquiera quitarse durante los meses transcurridos desde la muerte de Helen. Era una sencilla alianza de oro en cuyo interior estaban grabadas las iniciales de ambos y la fecha de su boda.

Lo que más deseaba era volverla a tener a su lado. Aquel deseo seguiría condicionando todo lo que decidiera, al menos hasta que estuviera en condiciones de dejar de aferrarse a ella, de aceptar que había muerto, de asumir, poco a poco, aquella desoladora realidad. Incluso con Isabelle, Helen seguía presente. Nadie tenía la culpa, y menos Isabelle. Era algo inevitable.

—No, yo no solicité la ayuda de Winston —repuso—. Pero, por favor, Isabelle, no le eches la culpa a Barbara. Ella solo ha estado intentando recabar información para mí.

—Sobre ese asunto de Cumbria.

—Sobre ese asunto de Cumbria. Había pensado que, como tenía previsto disfrutar de los días libres…

—Sí, ya sé lo que pensaste, Tommy.

Isabelle estaba dolida, algo que no llevaba nada bien. Cuando la gente se encontraba en esa situación, necesitaba herir a alguien más, y él lo comprendía. No obstante, consideraba que era innecesario y así se lo quiso hacer ver.

—En nada de esto ha habido ninguna intención de traicionarte.

—¿Y qué te hace pensar que yo lo veo así?

—Porque yo, en tu lugar, lo vería de esa manera. Tú eres la jefa, no yo. No tengo derecho a pedirles servicios a los miembros de tu equipo. Si hubiera tenido otra forma de conseguir con rapidez la información, habría optado por ella; créeme.

—Sí la había, y eso es lo que me preocupa, que no la vieras y que, por lo que parece, aún no la veas.

—Te refieres a que habría podido haber recurrido a ti. No podía, Isabelle. Una vez que Hillier dio la orden, no tenía alternativa. Yo debía hacerme cargo del caso y nadie debía saber nada de él.

—Nadie.

—Piensas en Barbara, pero a ella no le conté nada. Ella sola lo dedujo porque se trataba de Bernard Fairclough y de cosas que necesitaba averiguar sobre él, en Londres y no en Cumbria. En cuanto indagó un poco, ató cabos. Dime una cosa. ¿Qué habrías hecho tú en mi situación?

—Querría creer que habría confiado en ti.

—¿Porque somos amantes?

—Sí, supongo que sí.

—Pero así no podemos funcionar —contestó—. Piensa un poco, Isabelle.

—No he hecho otra cosa. Y eso me crea un verdadero problema, como te puedes imaginar.

—Sí, me hago cargo. —Sabía a qué se refería, pero quiso anticiparse a ella, aun sin saber exactamente por qué. Pensó que tenía algo que ver con el gran vacío que había quedado en su vida sin Helen y con la imposibilidad que tenía el hombre, como criatura social, de vivir aislado. No obstante, era consciente de que aquello podía ser una crasa forma de autoengaño, tanto para él como para Isabelle—. Tiene que haber una separación, ¿no? —señaló de todas formas—. Debe haber una división infranqueable entre lo que hacemos en Scotland Yard y lo que somos cuando estamos juntos a solas. Si vas a seguir con tu cargo de comisaria, habrá momentos en que, a causa de Hillier o de otra persona, te encuentres sabiendo algo que no puedes compartir conmigo.

—De todas maneras, lo compartiría.

—No lo harías, Isabelle. No lo harías.

—¿Y tú?

—¿Cómo?

—Me refiero a Helen, Tommy. ¿Compartías esas cosas con Helen?

¿Cómo podía explicárselo? Con Helen no tenía que compartir ninguna información porque ella siempre lo sabía de entrada. Ella se acercaba a él en el baño, se ponía un poco de aceite en las manos y le masajeaba los hombros, murmurando: «Ah, otra vez David Hillier, ¿eh? Qué hombre ese. A mí me parece que se le infló demasiado el ego desde que lo nombraron *sir*». A partir de ahí, él podía hablar o callar, pero el caso era que a Helen no le importaba. Le era indiferente lo que dijera. Lo que contaba, por encima de todo, era lo que era él.

Lo peor era echarla de menos. Podía soportar el hecho de haber sido él quien decidió el momento de la desconexión de las máquinas que la mantenían con vida en el hospital. Podía soportar que se hubiera llevado consigo a la tumba al hijo que esperaban. Estaba aprendiendo a tolerar el horror de que su muerte hubiera sido la consecuencia de un absurdo asesinato callejero que no tenía ni motivo ni finalidad. El vacío que había creado su ausencia en su interior era, en cambio, otro cantar... Lo detestaba tanto que había momentos en que su presencia le provocaba casi un sentimiento de odio contra ella.

—¿Qué debo deducir de tu silencio? —dijo Isabelle.

—Nada. Absolutamente nada. Solo estaba pensando.

—¿Y la respuesta?

—¿A qué? —Sinceramente, había olvidado la pregunta.

—Helen —le recordó ella.

—Ojalá la tuviera —respondió—. Puedes estar segura de que te la daría si supiera dónde encontrarla.

Entonces ella cambió, de esa manera repentina tan suya que lo mantenía en vilo pero ligado a ella.

—Ay, Dios, perdóname, Tommy —se disculpó en voz baja—. Te estoy haciendo daño. Te llamaré cuando pase a otras cosas. No es el momento para esta conversación. Estaba molesta por lo de Winston y no te lo voy a hacer pagar a ti. Hablaremos más tarde.

—Sí —acordó él.

—¿Tienes idea de cuándo vas a volver?

Ese era el meollo de la cuestión, pensó él con ironía. Miró por la ventana. Se encontraba en la A592, en una zona poblada de árboles cuya tupida masa parecía prolongarse hasta la orilla del lago Windermere. Algunas hojas seguían aferradas con tenacidad a los arces y abedules, pero el próximo vendaval los iba a acabar desnudando.

—Pronto, espero. Puede que mañana o pasado mañana. Simon vino conmigo y ya ha terminado la parte de la investigación forense. Deborah todavía sigue una pista y, por eso, tendré que estar aquí. No sé si tiene importancia, pero ella se ha empeñado en seguir y no puedo dejarla sola, por si se le torcieran las cosas.

Isabelle guardó silencio un momento. Él esperó a que eligiera entre el par de opciones que suscitaba la mención de Simon y Deborah. Cuando lo hizo, quiso creer que no le había costado ningún esfuerzo, aunque sabía que era bastante improbable.

—Me alegro de que ellos hayan podido ayudarte, Tommy —dijo.

—Sí.

—Hablaremos cuando vuelvas.

—Sí.

Luego colgaron. Se quedó un momento en el área de descanso con la vista perdida. Tenía que pensar en muchas cosas, pero, por el momento, la prioridad era Cumbria y lo que tenía entre manos allí.

Al llegar a Ireleth Hall, se encontró la verja abierta. Después vio que había un coche aparcado delante de la casa, que reconoció por haberlo visto en Great Urswick. Eso significaba que la hija de Fairclough, Manette, estaba allí.

367

No había ido sola, según descubrió. La encontró con su exmarido y sus padres en la gran sala, reponiéndose al parecer de la visita de Nicholas. Cuando intercambió una mirada con Fairclough, Valerie tomó la palabra.

—Siento decirle que no hemos sido del todo sinceros con usted, inspector —anunció—, y parece que ahora ha llegado el momento de la verdad.

Lynley volvió a mirar a Fairclough, que desvió la vista. Deduciendo que lo habían estado utilizando, sintió la comezón interior que genera la rabia.

—Si tiene la amabilidad de explicármelo... —invitó a Valerie.

—Desde luego. Yo soy la responsable de su presencia en Cumbria, inspector. Nadie lo sabía, excepto Bernard. Y ahora Manette, Freddie y Nicholas también lo saben.

Por un enloquecedor instante, Lynley pensó que la mujer iba a confesar que había asesinado al sobrino de su marido. El marco era, después de todo, perfecto, ajustado a la tradición de más de un siglo de novelas negras ambientadas en los salones de té, las vicarías y las bibliotecas de las mansiones rurales. Aunque no se imaginaba por qué querría confesar, tampoco había logrado entender nunca por qué permanecían tranquilamente sentados en el salón o en la biblioteca los personajes de las novelas mientras el detective exponía todos los hechos que probaban su culpabilidad. Jamás se había explicado que nadie solicitara nunca la presencia de la policía durante la perorata del detective.

Valerie se apresuró a aclarar la situación al ver el gesto confuso de Lynley. Era muy simple: había sido ella, y no su marido, quien quiso que alguien investigara más pormenorizadamente la muerte de Ian Cresswell.

Eso explicaba muchas cosas, sobre todo teniendo en cuenta lo que habían descubierto sobre la vida privada de Fairclough, pero no lo aclaraba todo. ¿Por qué había sido Valerie y no Bernard la interesada? ¿Y por qué había requerido aquella investigación? Algún miembro de su propia familia podría haber resultado inculpado.

—Comprendo —dijo—, aunque no estoy seguro de que sea relevante.

Luego pasó a exponer los resultados del examen de cuanto guardaba relación con la muerte en el embarcadero. Todo lo que él había percibido y todo lo que había observado Simon Saint James concordaba con la conclusión de la policía. Un trágico accidente había acabado con la vida de Ian Cresswell. Le habría podido ocurrir a cualquiera que utilizara el embarcadero. Las piedras eran viejas y algunas estaban casi desprendidas. Nadie había manipulado las que se habían soltado. Si Cresswell hubiera salido de un tipo diferente de embarcación, era posible que solo hubiera dado un traspiés, pero salir de un *scull* era más traicionero. La combinación de su delicado equilibrio y de las piedras flojas había provocado el accidente. Se había precipitado hacia delante, se había golpeado la cabeza y, después de caer al agua, se había ahogado. No había mediado ninguna intervención malintencionada en todo ello.

Lynley preveía oír en tales circunstancias un suspiro general de alivio, o una exclamación de regocijo de Valerie Fairclough. Lo que se produjo, sin embargo, fue un tenso silencio durante el cual tomó conciencia de que el verdadero motivo de la investigación iba más allá de la muerte de Ian Cresswell. En ese momento, la puerta de fuera se abrió y Mignon Fairclough entró en la sala con ayuda de su andador.

—Freddie, ¿podrías cerrar la puerta? A mí me cuesta un poco.

Cuando este se levantaba, Valerie intervino con contundencia.

—Me parece que tú misma puedes encargarte de eso, Mignon.

Mignon ladeó la cabeza, dirigiendo una condescendiente mirada a su madre.

—De acuerdo, pues. —Entonces se volvió de manera aparatosa con el andador para cerrar la puerta—. Ya está —anunció, volviéndose hacia ellos—. ¡Cuántas idas y venidas hemos tenido hoy! Manette y Freddie *à deux*. Se me acelera el pulso con solo pensar en las posibilidades que eso entraña. Después Nick llega con gran estruendo. Y ahora nuestro apuesto detective de Scotland Yard vuelve a estar con nosotros, haciéndonos palpitar el corazón colectivo. Perdonad mi curiosidad, mamá y papá, pero no he podido soportar quedarme fuera un momento más con todo lo que está pasando aquí.

—Pues me parece muy bien —contestó Valerie—. Estamos hablando del futuro.

—¿De quién, si se puede saber?

—De todos, incluido el tuyo. Acabo de enterarme hoy que desde hace un tiempo vienes disfrutando de un aumento de tu asignación mensual. Eso se va a acabar, igual que se va a terminar la asignación.

Mignon pareció alarmada. Estaba claro que no había previsto aquel giro en los acontecimientos.

—Pero, mamá, es obvio que... estoy discapacitada. No puedo salir así y conseguir un empleo con el que mantenerme. No puedes...

—En eso te equivocas, Mignon. Sí puedo y lo pienso hacer.

Ella miró en derredor, buscando seguramente al culpable de aquella súbita alteración de sus circunstancias. Luego detuvo la mirada en Manette y entornó los ojos.

—Bruja —le espetó—. Nunca hubiera creído que tuvieras tanta mala sangre.

—Vaya, Mignon —intervino Freddie.

—No te molestes —le replicó—. ¿Y qué vas a decir cuando empecemos a hablar de ella y de Ian, Freddie?

—No hay nada que hablar de mí y de Ian, y tú lo sabes —la atajó Manette.

—Hay una caja de zapatos repleta de cartas, querida, y, pese a que algunas de ellas se quemaron, el resto está en perfecto estado. Puedo ir a buscarlas si quieres. Llevo años esperando la ocasión.

—Cuando era adolescente, es cierto, me encapriché de Ian. Puedes pregonarlo a los cuatro vientos si te apetece, pero no te va a servir de nada.

—¿Ni siquiera los trozos donde pone «te quiero como no querré nunca a nadie» o «querido Ian, quiero que seas el primero»?

—Vamos, por favor —replicó, asqueada, Manette.

—Podría seguir, ¿sabes? Me sé de memoria largos pasajes.

—Pero ninguno de nosotros los quiere oír —espetó Valerie—. Ya se ha dicho bastante por hoy.

369

—No tanto como piensas. —Mignon se dirigió al sofá donde estaban sentados su hermana y Freddie—. Si no te importa, Freddie, querido… —dijo, al tiempo que se dejaba caer en el sofá.

No teniendo más opción que levantarse o soportar que le cayera en el regazo, Freddie optó por lo segundo y se reunió con su exsuegro al lado de la chimenea.

Lynley notó que cada cual intentaba aclarar sus ideas. Todos parecían conscientes de que iba a producirse algo, aunque seguramente no sabían qué. Era obvio que Mignon llevaba años reuniendo información sobre los miembros de su familia. Hasta ese momento no había tenido necesidad de utilizarla, pero ahora parecía que se disponía a hacerlo. Después de observar a su hermana, miró a los ojos a su padre.

—¿Sabes?, no creo que las cosas vayan a cambiar tanto, mamá —señaló, sonriendo—. Y papá tampoco lo cree, me parece.

—Las transferencias destinadas a Vivienne Tully van a parar también, si es ahí adonde quieres ir a parar —contestó con desenvoltura su madre—. Es ahí adonde quieres ir a parar, ¿verdad, Mignon? Seguro que llevas años haciendo bailar a tu padre con lo de Vivienne Tully. No es de extrañar que haya ido a parar tanto dinero a tu cuenta.

—¿Y ahora toca poner la otra mejilla? —le preguntó Mignon a su madre—. ¿Esa es nuestra postura? ¿Esa es tu postura, mamá, con él?

—Mi postura con tu padre, como dices tú, no es asunto de tu incumbencia. Lo que pase entre cualquier matrimonio no es asunto de tu incumbencia.

—Vamos a ver si lo entiendo —volvió a la carga Mignon—. Él prosigue con su relación con Vivienne Tully en Londres, le compra un piso, mantiene una segunda vida con ella… ¿Y yo tengo que pagar porque tuve la delicadeza de no contártelo?

—No te pintes ahora como el personaje noble del drama, por favor —replicó Valerie.

—Vamos, vamos —murmuró Freddie.

—Sabes muy bien por qué no me lo contaste —continuó Valerie—. Porque la información era útil, y tú no eres más que una vulgar chantajista. Lo que debes hacer es poner a funcionar esas rodillas tan útiles que tienes y dar gracias a Dios de que no le pida al inspector que te detenga. Aparte de eso, todo lo relacionado con Vivienne Tully es un asunto entre tu padre y yo, que no te concierne. A ti solo te corresponde pensar en lo que pretendes hacer con tu vida, porque empieza mañana mismo, y espero que sea muy diferente de lo que ha sido hasta hoy.

Mignon se volvió hacia su padre, con la actitud de quien todavía guarda un as en la manga.

—¿Tú también lo quieres así? —le dijo.

—Mignon —murmuró él.

—Tienes que responder. Ahora es el momento, papá.

—No lleves las cosas más lejos —le aconsejó Bernard—. No es necesario, Mignon.

—Me temo que sí.

—Valerie, creo que ya es suficiente —recurrió Bernard a su esposa. Parecía una persona que ve que su vida se desmorona—. Si pudiéramos convenir en…

—¿En qué? —lo interrumpió con aspereza Valerie.

—En demostrar un mínimo de compasión. No hay que olvidar aquella terrible caída que sufrió hace años. Desde entonces no ha sido la misma. Tú sabes que no es capaz de mantenerse a sí misma.

—Es igual de capaz que yo —intervino Manette—. Es tan capaz como cualquiera de los que estamos aquí. Francamente, papá, mamá tiene razón, por Dios. Es hora de acabar con esta insensatez. Esa debió de ser la fractura de cráneo más cara de la historia, teniendo en cuenta cómo la ha estado utilizando Mignon.

Valerie tenía, no obstante, la mirada clavada en su marido, que tenía la frente perlada de sudor.

—Veamos qué más tienes que decir —invitó a Mignon.

—¿Papá?

—Por el amor de Dios, Valerie. Dale lo que quiere.

—No pienso hacerlo, de ninguna manera.

—Entonces ha llegado la hora de que hablemos de Bianca —dijo Mignon.

Su padre cerró los ojos.

—¿Quién es Bianca? —preguntó Manette.

—Nuestra hermana menor —respondió Mignon. Luego se encaró con su padre—. ¿Quieres hablar de eso, papá?

Arnside
Cumbria

Cuando Lucy Keverne la llamó, Alatea se alarmó mucho. Habían acordado que nunca la llamaría, ni a su móvil ni al fijo de Arnside House. Lucy tenía los números, desde luego, porque dárselos había sido un modo de legitimar lo que nunca podría legitimarse entre ellas, pero, desde el principio, había insistido en que llamar a ese número podía poner fin a todo, cosa que no les convenía a ninguna de las dos.

—¿Qué debo hacer en caso de emergencia? —le había preguntado, lógicamente, Lucy.

—Entonces debe llamar, por supuesto, aunque deberá comprender que quizás en ese momento no pueda hablar con usted.

—Entonces necesitaremos alguna especie de código.

—¿Para qué?

—Para dar a entender que no puede hablar en ese momento. Si su marido está en la misma habitación, no me lo puede decir claramente.

—Sí, claro. —Alatea pensó un momento—. Diré: «No, lo siento. No he encargado ningún paquete». Y después la llamaré en cuanto pueda; tal vez tarde un poco, o incluso tal vez no lo haga hasta el día siguiente.

Hasta ese momento, Lucy no había necesitado llamar. Así pues, la inquietud que Alatea había sentido al embarcarse en un viaje confidencial con aquella mujer se había ido disipando. Cuando Lucy llamó poco después del encuentro que habían tenido en Lancaster, supo que había algún problema.

372 En cuestión de un momento pudo calibrar el alcance. Alguien las había visto juntas en la universidad. Las había visto en el interior del George Childress Centre. Aunque seguramente no había de qué preocuparse, quería contarle que una mujer las había seguido desde la universidad hasta el hogar del soldado discapacitado. Quería hablar con ella del alquiler de úteros. Buscaba una madre de alquiler. Era probable que no fuera nada, reiteró, pero que aquella mujer la hubiera elegido a ella para hablar en lugar de a Alatea...

—Ha argumentado que usted tenía un algo especial —explicó Lucy—, algo que ella reconocía porque también lo tiene ella. De eso ha deducido que yo era la indicada para hablar de la posibilidad de encargar una gestación.

Alatea había respondido a la llamada en el rincón contiguo a la chimenea del salón principal. Era un lugar recogido en el que le agradaba estar porque podía sentarse en el banco de obra de la ventana, con vistas al jardín, o en el acogedor espacio de un banco de madera como los de las iglesias, cuyo respaldo la protegía de las miradas de quien pudiera entrar en la habitación.

Estaba sola. Aunque había estado hojeando un libro de diseños entre los que debía elegir para la restauración de Arnside House, no pensaba en la casa, sino en los avances que estaban realizando con Lucy. Había estado reflexionando sobre cómo iban a organizar cada fase del proceso. Acababa de decidir que pronto haría entrar en su vida a la señorita Lucy Keverne, una autora teatral de Lancaster que, para llegar a fin de mes, trabajaba como animadora en la Fundación Kent-Howath para Soldados Discapacitados. A partir de ahí, las cosas serían más fáciles. Nunca serían perfectas, pero aquello no se podía remediar. Había que aprender a vivir con la imperfección.

Cuando Lucy mencionó a la mujer que las había seguido, Alatea supo enseguida de quién se trataba. Era muy improbable que otra mujer se hubiera fijado por casualidad en Lucy Keverne. Ató cabos rápidamente: aquella pelirroja, Deborah Saint James, la que se presentó hablando de un falso reportaje, la había seguido desde Arnside.

Antes, el temor de Alatea había girado en torno al periodista. Había visto *The Source* y sabía que era un periódico marcado por una insaciable ansia de escándalos. La primera estancia de aquel hombre en Cumbria había sido un calvario para ella; la segunda, un tormento. La peor posibilidad que había contemplado con su presencia era la de que una fotografía pudiera provocar que la descubrieran. Con la pelirroja, aquel peligro se había materializado, justo delante de su puerta.

—¿Qué le ha dicho? —preguntó Alatea, tratando de controlar los nervios.

373

—La verdad sobre el alquiler de úteros, aunque ella ya lo sabía casi todo.

—¿A qué verdad se refiere?

—A los diversos métodos y procedimientos, los requisitos legales, ese tipo de cosas. Al principio no me ha parecido sospechoso. Tenía cierta lógica, aunque extraña. Lo que quiero decir es que cuando las mujeres están desesperadas... —Lucy titubeó.

—Continúe —la animó Alatea—. Cuando están desesperadas...

—Pues que llegan hasta extremos. Por eso, si uno se pone a pensar hasta qué punto es extraño que una mujer que ha ido al George Childress Centre para una consulta nos viera en algún pasillo, quizá cuando salía de alguna oficina...

—¿Y qué?

—Puede pensar que había una posibilidad. Usted y yo nos conocimos más o menos de ese modo.

—No. Nos conocimos gracias a un anuncio.

—Sí, claro, pero yo hablo de lo que se transmite, de esa sensación de desesperación, que es lo que ella ha descrito. Por eso la he creído, al principio.

—Al principio. ¿Y después qué?

—Por eso he llamado. Cuando se ha ido, la he acompañado al

portal, tal como hace cualquiera. Se ha ido calle arriba y yo no le he prestado más atención, pero luego me he acercado a una ventana del pasillo y, casi por casualidad, he visto que había cambiado de dirección. Entonces he pensado que tenía intención de volver para hablar otra vez conmigo, pero ha pasado de largo y se ha subido a un coche que había parado un poco más allá.

—Quizás había olvidado dónde lo había aparcado —aventuró Alatea, aunque sospechaba que había algo más.

—Eso es lo que he pensado al principio, pero, cuando ha llegado al coche, ha resultado que no había venido sola. Aunque no he podido ver con quién estaba, la puerta se ha abierto como si alguien la hubiera empujado desde dentro. He seguido mirando mientras arrancaba. No era la mujer la que conducía, sino un hombre. Eso me ha hecho sospechar. Si hubiera sido su marido, ¿por qué no habían entrado a hablar conmigo juntos? ¿Y por qué no lo ha mencionado? ¿Por qué no había dicho que estaba esperando en el coche? ¿Por qué no había dicho que obraban de común acuerdo en aquella cuestión…, o, si no, que él no estaba de acuerdo, o lo que fuera? Pero no ha dicho nada. Por eso, aparte de lo que contaba de que nos había visto por casualidad, el hecho de que hubiera un hombre…

—¿Qué aspecto tenía, Lucy?

—Casi no lo vi, pero he creído que era mejor llamarla…, bueno, ya sabe por qué. Tal como están las cosas ya, nos movemos en terreno peligroso y…

—Puedo pagarle más.

—No llamo por eso. No, no. En eso ya nos pusimos de acuerdo. No tengo intención de sacarle más dinero. El dinero siempre viene bien, desde luego, pero acordamos una suma y no soy la clase de persona que falta a su palabra. Aun así, quería que supiera…

—Entonces debemos seguir adelante, cuanto antes mejor.

—Bueno, esa es la cuestión. Verá, yo quería proponer que nos tomáramos un tiempo. Creo que debemos asegurarnos de que esa mujer, quienquiera que sea, ha desaparecido por completo del mapa. Quizá dentro de un mes o dos…

—¡No! Habíamos decidido otra cosa. No podemos.

—Creo que sería lo mejor, Alatea. Una vez que sepamos que esa mujer ha aparecido así sin más, que ha sido todo una extraña coincidencia, seguiremos adelante. Después de todo, yo soy la que corre más riesgos.

Alatea se quedó aturdida, con un agobio físico que le dificultaba la respiración.

—Estoy en sus manos, claro.

—Pero, Alatea, no se trata de una cuestión de poder. Lo importante es la seguridad, la suya y la mía. Estamos haciendo malabarismos con la ley. También hay otros aspectos que tener en cuenta, pero que no merece la pena detallar ahora.

—¿Qué otros aspectos? —inquirió Alatea.

—Nada, nada. Era solo una manera de hablar. Escuche, debo volver al trabajo. Hablaremos dentro de unos días. Hasta entonces, no se preocupe, ¿de acuerdo? No me he echado atrás. Solo digo que no hay que insistir en este momento preciso, hasta que sepamos con seguridad que la aparición de esa mujer no tenía que ver con nada.

—¿Y cómo lo sabremos?

—Tal como apuntaba, lo sabremos si no la vuelvo a ver más.

Lucy Keverne puso fin a la llamada, no sin antes repetir a Alatea que no se preocupara y que se quedara tranquila. Le prometió que se mantendrían en contacto y que todo se reanudaría de acuerdo con su plan.

Alatea permaneció sentada varios minutos frente a la chimenea, pensando qué debía hacer. Desde el principio había sabido que la mujer pelirroja representaba un peligro para ella, pese a lo que hubiera dicho Nicholas. Ahora que Lucy la había visto en compañía de un hombre, vio por fin de dónde provenía el peligro. Algunas personas no tenían derecho a vivir como deseaban, y ella tenía la mala suerte de haber nacido formando parte de ese grupo de desdichados. Aunque poseía una gran belleza, aquello no significaba nada. En realidad era aquel mismo don lo que había suscitado su condena.

Oyó un portazo en el otro extremo de la casa. Se levantó, extrañada, y miró el reloj. Nicky debería haber ido al trabajo, y después al Proyecto de la Torre, pero, cuando oyó que la llamaba con un asomo de pánico en la voz, supo que había ido a otra parte.

—Aquí, Nicky. Estoy aquí —contestó, apresurándose a acudir hacia él.

Se encontraron en aquel largo corredor revestido de madera de roble, donde apenas alcanzaba a entrar la luz. Pese a que no pudo verle la cara, le asustó la angustia que impregnaba su voz.

—Ha sido culpa mía —dijo—. Lo he echado todo a perder, Allie. No sé cómo voy a poder soportarlo.

Alatea se acordó de lo que había pasado el día anterior: de lo que sintió Nicholas tras enterarse de que había alguien de Scotland Yard en Cumbria investigando las circunstancias de la muerte de Ian Cresswell. Por un horrible momento, llegó a la conclusión de que su marido estaba confesando haber asesinado a su primo. Sintió una suerte de vértigo ante las posibles consecuencias que tendría aquello si no conseguían ocultar la verdad. Los dos parecían aterrorizados.

375

—Nicky, por favor —dijo, cogiendo el brazo de su marido—. Debes explicarme claramente lo que pasa. Después decidiremos qué hacemos.

—Creo que no voy a poder —repuso él, con los ojos anegados de lágrimas.

—¿Por qué? ¿Qué ha ocurrido? ¿Qué puede haber que sea tan terrible?

Él se apoyó contra la pared y ella se aferró a su brazo.

—¿Es por lo de Scotland Yard? ¿Has podido hablar con tu padre? ¿Realmente cree que…?

—Todo eso da igual —respondió Nicholas—. Estamos rodeados de mentirosos. Mi madre, mi padre, es probable que mis hermanas, ese maldito periodista de *The Source*, la mujer del documental… Y yo no me daba cuenta porque estaba demasiado obsesionado en demostrar mi valía —dijo con rabia—. Puro ego y nada más que ego —añadió, golpeándose la frente con el puño—. Lo único que me importaba era demostrarle a todo el mundo, pero especialmente a ellos, que no soy la misma persona de antes. No solo mi familia, sino el mundo entero tenía que saber que había dejado para siempre las drogas y el alcohol. Por eso aprovechaba cualquier oportunidad para salir a la escena, y precisamente por eso estamos ahora donde estamos.

Alatea sintió que la recorría un escalofrío al oír mencionar a la mujer del documental. Cada vez se hacía más opresiva la presencia de aquella mujer a la que habían dejado entrar sin recelo en su casa con su cámara, sus preguntas y su falsa preocupación. Desde el principio, Alatea había captado algo malo en ella. Y ahora había ido a ver a Lucy Keverne a Lancaster. Jamás habría pensado que pudiera seguir con tanta rapidez los indicios.

—¿Y dónde estamos ahora, Nicky?

Ella intentó seguir su explicación. Le habló de la conversación que había mantenido con el periodista de *The Source*, que estaba convencido de que la pelirroja era agente de Scotland Yard. Le habló de sus padres y del enfrentamiento que había tenido con ellos aquel día a raíz de esa cuestión, en presencia de su hermana Manette y de Freddie. Le habló de su madre, que había admitido ser la responsable de la intervención de Scotland Yard. Le habló de la sorpresa con que habían reaccionado todos cuando se había quejado de que hubieran mandado a una detective a su casa, una mujer que había incomodado mucho a Alatea… Llegado a ese punto, calló.

—¿Y entonces qué, Nicky? —inquirió Alatea con cautela—. ¿Han dicho algo? ¿Ha ocurrido algo más?

—Ella no es detective de Scotland Yard —contestó con voz hueca—. No sé quién es, pero, puesto que la han contratado para venir a Cumbria… para sacar esas fotografías… Ah, ella aseguraba que no necesitaba ninguna tuya, que tú no debías intervenir en ese maldito documental, pero alguien tuvo que haberla contratado, porque no hay ningún director de documentales, y ella tampoco es de Scotland Yard. ¿No te das cuenta de que yo tengo la culpa, Allie? Lo que va a pasar es por culpa mía. Ya me pareció bastante horrible que mis padres quisieran que un detective investigara la muerte de Ian por mi culpa, pero después de haberme enterado de que nada de lo que ha ocurrido aquí en esta casa, con esa mujer, guarda relación con la muerte de Ian, sino que se ha producido porque yo acepté, por mi egoísmo… Solo de pensar que por un condenado reportaje di a alguien licencia, una clave, una vía de entrada…

Entonces supo adónde iba a parar todo. Seguramente ya lo sabía antes.

—Montenegro —murmuró—. ¿Crees que la contrató Raúl?

—¿Quién coño la habría contratado si no? Y yo te hice eso, Allie. Ahora dime: ¿cómo se supone que debo vivir sabiendo eso?

Se zafó de su mano y se alejó por el pasillo para entrar en el salón. Allí pudo verlo mejor, con la claridad que quedaba del día. Al ver el horror en su semblante, por un momento se sintió responsable de aquello, pese a que hubiera sido él y no ella quien dio acceso a su vida a aquella falsa documentalista. Aunque era absurdo, no pudo evitarlo. Aquel era el papel que ella representaba en su relación, mientras que el de él era necesitarla con tanta desesperación que desde el principio no había cuestionado nada; solo necesitaba garantías de su amor. Aquello era precisamente lo que ella buscaba: un lugar en el que vivir, donde nadie planteara las peligrosas preguntas que surgían tras el deslumbramiento inicial.

Alatea advirtió que la tarde cedía paso al crepúsculo otoñal. El cielo y la bahía presentaban un idéntico color, el gris de las nubes entreverado con las anaranjadas vetas proyectadas por la puesta de sol.

Nicholas se acercó al ventanal y se dejó caer en uno de los sillones, hundiendo la cabeza entre las manos.

—Te he fallado —dijo—. Y me he fallado a mí mismo.

A Alatea le dieron ganas de sacudir por los hombros a su marido, de decirle que no era el momento de sentirse el centro del mundo, de gritarle que no podía siquiera alcanzar a imaginar la devastación que se cernía sobre ellos. Aquello habría representado, no obstante, desperdiciar las pocas energías que le quedaban para encontrar una manera de arreglar todo aquel despropósito.

377

Nicholas pensaba que la reaparición de Raúl Montenegro en su vida iba a acarrear el final de todo, cuando, en realidad, era solo el principio.

Bloomsbury
Londres

Barbara se trasladó a Bloomsbury para encontrarse cerca de Taymullah Azhar cuando este la llamara. En vistas de que necesitaba obtener más información sobre el asunto de Raúl Montenegro, así como dilucidar todo lo que hubiera que dilucidar respecto a Santa María de la Cruz de los Ángeles y de los Santos, se dijo que lo mejor sería darse cita en un cibercafé. Así mataría dos pájaros de un tiro mientras esperaba que Azhar le consiguiera un traductor de español.

Antes de irse de la biblioteca, Nkata le había dado una recomendación en voz baja.

—Céntrate en palabras clave y sigue la pista. No hay que ser una lumbrera para eso. Te acostumbrarás enseguida.

Debía efectuar búsquedas con los nombres que encontrase en los artículos de que disponía, al margen de la lengua en que estuvieran escritos. Eso fue lo que hizo después de haber localizado un cibercafé en las inmediaciones del British Museum.

Aquel no resultó ser el entorno más idóneo para llevar a cabo sus pesquisas cibernéticas. Armada con un diccionario de español-inglés que había comprado de camino, se había tenido que instalar entre un asmático obeso abrigado con un jersey de *mohair* y una gótica siniestra masticadora de chicle, que llevaba un aro en la nariz y una hilera de *piercings* en las cejas y que no paraba de recibir llamadas en el móvil de alguien que, al parecer, no creía que estuviera sentada delante de un ordenador, porque, cada vez que la llamaba, ella contestaba gritándole lo mismo.

—Pues entonces ven aquí, joder, si no me crees, Clive... No seas tan estúpido, joder. No estoy mandando *e-mails* a nadie, coño. Además, ¿cómo iba a poder si me estás llamando cada treinta segundos?

Barbara se esforzó por concentrarse. También procuró no pensar mucho en las condiciones higiénicas del ratón, que nadie parecía haber desinfectado desde el día en que lo sacaron de la caja. En la medida de lo posible, intentaba teclear sin llegar a tocar las teclas, presionándolas solo con las uñas, aunque las tenía demasiado cortas para eso. En todo caso, sospechaba que el teclado estaba plagado de toda clase de gérmenes capaces de provocar desde la peste bubónica a verrugas genitales, y no tenía intención de salir de allí con su futuro hipotecado por la invasión de alguna enfermedad.

Después de seguir varias pistas falsas, logró encontrar un artículo dedicado al alcalde de Santa María de tal y cual que iba acompañado de una fotografía. Parecía una foto de cumpleaños, o sacada de alguna graduación: aparecían el alcalde, su esposa y sus cinco hijos varones posando en las escaleras de un edificio que no podía identificar.

Con o sin traducción, había algo que saltaba a la vista: en el azaroso ámbito de la herencia genética, los cinco hijos de Esteban y Dominga habían tenido una suerte extraordinaria, porque todos eran guapísimos. Barbara leyó sus nombres: Carlos, Miguel, Ángel, Santiago y Diego. En la foto, el mayor debía de tener unos diecinueve años, y el menor, siete; sin embargo, escrutando el artículo, se dio cuenta de que aquella foto databa de veinte años atrás. Con ello llegó a la conclusión de que lo más probable era que al menos los tres mayores estuvieran casados a aquellas alturas. Uno de ellos podría haberlo hecho con Alatea. De acuerdo con las explicaciones que le había dado Nkata sobre cómo había que proceder en esas cosas, ahora tenía que centrar las pesquisas en los cinco hijos, empezando por el tal Carlos. A partir de ahí solo tenía que cruzar los dedos.

No tuvo suerte, al menos en lo tocante a cuestiones de matrimonio. Aunque localizó a Carlos con mayor facilidad de la que había previsto, resultó que era un cura católico. Había un artículo que parecía realizado a raíz de su ordenación y, en esa ocasión, la familia volvía a posar con él en las escaleras de una iglesia. Su madre lo miraba con arrobo, aferrada a su brazo; su padre sonreía, con un puro en la mano, y sus hermanos parecían algo incómodos con todo aquel revuelo de cariz religioso. Había que descartar a Carlos, concluyó Barbara.

Pasó a Miguel y, como antes, obtuvo resultados casi inmediatos. En realidad fue tan fácil que Barbara se preguntó por qué no se le había ocurrido ponerse a investigar a sus vecinos desde hacía años. En el caso de Miguel, encontró la foto de la ceremonia de compromiso. El aspecto de la futura novia, todo pelo y apenas cara, evocaba vagamente el de un sabueso afgano, y su ausencia de frente hacía sospechar una limitación de sus facultades mentales. Miguel debía de ser dentista, aventuró Barbara. O bien era eso, o bien necesitaba someterse a un tratamiento dental. Su diccionario de español no acababa de aclararle la duda al respecto, pero, en cualquier caso, no parecía revestir importancia alguna, pues por ese camino no iba a descubrir nada sobre Alatea Fairclough.

Se disponía a pasar a Ángel cuando sonó su móvil: el tono era la canción *Peggy Sue*.

—Havers —contestó, abriéndolo, y por fin oyó a Azhar, que le decía que tenía a alguien que podía servirle de traductor.

—¿Dónde estás? —le preguntó.

—En un cibercafé, cerca del British Museum —respondió—. Puedo ir hasta allí si quieres. ¿Hay una cafetería cerca de tu oficina?

Él permaneció callado un momento. Había un bar en Torrington Place, cerca de Chenies Mews y Gower Street. Se verían allí dentro de un cuarto de hora.

—De acuerdo —aceptó.

Después imprimió los documentos que había encontrado y fue hasta la caja, donde le pidieron un exorbitante precio por el servicio.

—Es un impresora en color, cielo —adujo la empleada ante sus protestas.

—Más bien parece un atraco en color —replicó ella.

Con las hojas metidas en la bolsa de plástico, se encaminó a la calle Torrington y enseguida localizó el bar. Azhar aguardaba dentro con una chica de piernas muy largas que llevaba una chaqueta de cachemira sobre la que se desparramaba una exuberante masa de rizos oscuros.

La joven sonrió a Azhar mientras este le explicaba que se llamaba Engracia y que era una estudiante de doctorado originaria de Barcelona.

—Haré lo que pueda para ayudarla —dijo.

Barbara pensó, no obstante, que a quien quería complacer era a Azhar. Era comprensible. Formaban una pareja muy apuesta. Aunque, claro, también sucedía lo mismo con Azhar y Angelina Upman, y lo mismo ocurriría con Azhar y prácticamente cualquier mujer.

—Gracias —le dijo Barbara—. En mi siguiente vida, tengo intención de ser políglota.

—Entonces os dejaré solas —anunció Azhar.

—¿Vuelves al trabajo? —preguntó Barbara.

—No, me voy a casa —respondió él—. Muchas gracias, Engracia.

—De nada —murmuró ella.

Instalada con la chica frente a una de las mesas del bar, Barbara le mostró los documentos, empezando por el artículo que iba acompañado de la fotografía del alcalde y su familia.

—Tengo un diccionario de español-inglés, pero no me ha servido de mucho —apuntó—. Bueno, un poco sí..., pero eso de tener que consultar cada palabra...

—Claro. —Engracia leyó un momento, sosteniendo el papel con una mano mientras se tocaba uno de los pendientes de aro que llevaba—. Esto está relacionado con unas elecciones —explicó al cabo de un momento.

—¿Para la alcaldía?

—Sí. El hombre, Esteban, se presenta para el puesto de alcalde de la ciudad; este artículo es como una presentación para la gente. Es un artículo sin import… ¿Cómo lo llaman?

—¿Propagandístico?

La chica sonrió. Tenía unos dientes muy bonitos y una piel muy fina. Aunque llevaba pintalabios, apenas se notaba, por lo bien que lo había elegido.

—Sí, propagandístico —confirmó—. Dicen que en la ciudad la familia del alcalde es tan amplia que, si todos los miembros votaran, ganarían las elecciones. Supongo que es una especie de broma, porque también pone que la ciudad tiene una población de setenta y cinco mil personas. —Engracia leyó un poco más—. Hay información sobre su mujer, Dominga, y sobre su familia. Ambas familias llevan muchos años, durante generaciones, viviendo en Santa María de la Cruz de los Ángeles y de los Santos.

—¿Y los hijos?

—Los hijos… Ah. Carlos es un seminarista. Miguel quiere ser dentista. Ángel quiere estudiar Arquitectura, y los otros dos son demasiado pequeños para saber esas cosas, aunque Santiago dice que quiere ser actor, y Diego… —Leyó un momento y soltó una risita—. Pone que querría ser astronauta, en el caso, no muy probable, de que Argentina desarrollara un programa espacial. Es una broma, creo. El periodista le seguía la corriente.

Como aquello no parecía muy aprovechable, Barbara sacó los siguientes reportajes, centrados en Raúl Montenegro.

—¿Qué tal estos? —preguntó, antes de ofrecer un copa a Engracia; se iban a ganar la antipatía de los encargados si no pedían nada.

Engracia dijo que agua mineral y Barbara se la fue a buscar junto al vino peleón de la casa que había elegido para ella. Cuando regresó con las bebidas, vio que la chica estaba absorta en la lectura del artículo en el que aparecía la foto de Alatea cogida del brazo de Montenegro. Aquello tenía que ver con una recaudación de fondos muy importante realizada en Ciudad de México, relacionada con la construcción de un auditorio de música sinfónica. Aquel hombre era el que había aportado la donación de mayor cuantía para el proyecto y por ello recaería sobre él el honor de decidir el nombre de la sala.

—¿Y? —inquirió Barbara, esperando que el auditorio hubiera recibido el nombre de Alatea, dado lo contenta que se la veía prendida de su brazo.

381

—Auditorio Magdalena Montenegro —repuso Engracia—. Era el nombre de su madre. Los hombres latinos suelen tener un gran apego por sus madres.

—¿Y la mujer que está con él en la foto?

—Solo pone que es su compañera.

—¿No su mujer? ¿Ni su amante? ¿Ni su pareja?

—Solo su compañera.

—¿Podría ser un eufemismo para indicar «amante» o «pareja»?

—Es difícil de precisar —señaló Engracia después de observar la foto—, pero no creo.

—O sea, ¿que podría haber sido solo su acompañante esa velada? ¿O incluso una señorita de compañía que hubiera contratado para la ocasión?

—Es posible —confirmó Engracia—. Podría ser incluso alguien que se hubiera puesto en ese momento allí, para aparecer en la foto.

—Maldita sea —murmuró Barbara. Al darse cuenta de que Engracia parecía apesadumbrada, como si no hubiera cumplido bien con su cometido, se apresuró a excusarse—. Perdone. No es por usted. La culpa la tiene la vida.

—Veo que esto es importante para usted. ¿Podría ayudarla de alguna otra manera? —se ofreció Engracia.

Barbara reflexionó un momento. Sí había algo.

—Vamos a hacer una llamada —anunció sacando el móvil, tras calcular la diferencia horaria—. Como allí no hablan inglés, si pudiera hablar con quien se ponga al teléfono…

Le explicó que llamaban a la casa del alcalde de Santa María de tal y cual. Con las cuatro horas de desfase horario, allí debía de ser primera hora de la tarde. Debía tratar de obtener información sobre una tal Alatea Vásquez de Torres, en caso de que alguien respondiera a la llamada.

—La mujer de la foto —dijo Engracia, señalando el artículo sobre Raúl Montenegro.

—Podría ser —corroboró Barbara.

Cuando el teléfono comenzó a sonar, entregó el móvil a la chica. Lo que ocurrió después fue una especie de veloz fuego cruzado en español durante el cual Barbara captó tan solo el nombre de Alatea. Sí alcanzó a oír una voz de mujer al otro lado de la comunicación, que sonaba aguda y excitada. Por la expresión concentrada de Engracia, pudo deducir que aquella llamada a Santa María de la Cruz de los Ángeles y de los Santos iba a dar algún fruto.

Durante una pausa en el diálogo, Engracia le aportó un poco de información.

—Era una prima, Elena María.

—Entonces, ¿nos hemos equivocado de número?

—No, no. Estaba de visita en la casa. Dominga…, ¿la mujer del alcalde?…, es su tía. Ha ido a buscarla. Se ha puesto excitadísima al oír el nombre de Alatea.

—Ah, igual podríamos averiguar algo.

La expresión de la joven se alteró mientras una voz distante empezaba a franquear los miles de kilómetros que mediaban entre Londres y Argentina. Otra vez aquel veloz intercambio en español. Barbara distinguió muchos «comprendo» y muchísimos «sí», unos cuantos «¿sabe?», varios «no sé» y una infinidad de «gracias». Luego concluyó la llamada.

—¿Qué? ¿Qué tenemos de bueno? —inquirió Barbara.

—Un mensaje para Alatea —explicó Engracia—. Esa mujer, Dominga, nos pide que le digamos a Alatea que tiene que volver a casa, que le digamos que su padre comprende, igual que los chicos. Cuenta que Carlos ha puesto a rezar a toda la familia para que vuelva sin percance.

—¿Ha mencionado por casualidad quién demonios es?

—Parece que es un miembro de la familia.

—¿Una hermana que no aparecía en esa foto antigua? ¿Una hermana que nació después de que tomaran la fotografía? ¿Una mujer de uno de los hijos? ¿Una prima? ¿Una sobrina? ¿Qué?

—No lo ha dicho, por lo menos no de manera clara, aunque sí me ha dicho que la chica se escapó de casa a los quince años. Pensaban que se había ido a Buenos Aires; allí la estuvieron buscando durante muchos años, sobre todo Elena María. Dominga dice que a Elena María se le partió el corazón. También tenemos que decirle eso a Alatea.

—Entonces, ¿cuántos años han pasado desde que se fue?

—¿Alatea? Trece —respondió Engracia.

—Y al final fue a parar a Cumbria —murmuró Barbara—. ¿Por qué vericuetos y cómo diablos…?

Pese a que estaba hablando para sí, Engracia le dio una respuesta, tomando en la mano uno de los artículos impresos que ya había mirado. Barbara advirtió que se trataba del dedicado a Raúl Montenegro.

—¿Quizá la ayudó este hombre? —sugirió—. Si tiene tanto dinero como para financiar un auditorio, también lo debe de tener para pagarle un billete a Inglaterra a una chica guapa, ¿no? O un billete para donde sea.

383

Lago Windermere
Cumbria

Todos se quedaron petrificados durante medio minuto, aunque les pareció que había sido más rato. Durante ese tiempo, Mignon fue paseando la mirada de uno a otro con tal expresión de triunfo que a nadie le cupo duda de que llevaba varios años esperando jugar aquella carta. Manette se sentía como un personaje en medio de una obra de teatro. Aquel era el clímax del drama; lo que siguiera a continuación iba a aportarles la clásica catarsis de las tragedias griegas.

Valerie fue la primera que se movió.

—Tened la amabilidad de excusarme —dijo, con aquellos buenos modales suyos que tan bien conocía Manette.

Después se encaminó hacia la salida.

—¿No quieres saber más, mamá? —le preguntó, con una risa sofocada, Mignon—. No te puedes ir ahora. ¿No te gustaría saberlo todo?

Vaciló un instante antes de encararse a su hija.

—Tú eres un buen ejemplo de lo aconsejable que, a veces, sería estrangular a un hijo justo después de nacer —dijo, antes de abandonar la sala.

El inspector fue tras ella. A la luz de todo lo que se había dicho, debía de estar replanteándose las conclusiones a las que había llegado sobre la muerte de Ian, pensó Manette. Ella misma estaba haciendo lo mismo; si Ian había estado al corriente de la existencia de aquella hija de su padre…, si había expresado algún tipo de amenaza en relación con esta y lo que sabía de ella…, si había llegado al punto de tener que elegir entre revelar la verdad o seguir viviendo con una mentira…, la vida de su primo, entonces, podría haber corrido peligro. Y supuso que aquel detective pensaba lo mismo.

Aunque no quería creer lo que Mignon había revelado sobre aquella niña llamada Bianca, le bastó ver la cara de su padre para saber que era verdad. No sabía cómo tomarse aquello ni si sería capaz de analizar los sentimientos que le suscitaba, pero sí veía lo que sentía Mignon. Para ella aquella era otra razón para hacer cargar a su padre con la culpa de todo lo que creía que le había faltado en la vida.

—¡Madre mía, papá! —exclamó alegremente—. Al menos tú y yo nos vamos a hundir juntos en el mismo barco, ¿verdad? Espero que te sirva un poco de consuelo que, al verte condenado, tengas condenada a tu lado a tu hija favorita…, es decir, yo, ¿no? Más o menos como el rey Lear y Cordelia, aunque… ¿quién hace el papel de bufón?

La boca de Bernard había quedado reducida a una fina línea.

—Creo que estás equivocada, Mignon, aunque tú sí representas la parte del ingrato colmillo de la serpiente en todo esto.

—¿Y crees que el perdón marital llega hasta tan lejos? —replicó ella sin inmutarse.

—No creo que tú sepas nada de nada con respecto al matrimonio ni al perdón.

En ese momento, Manette miró a Freddie. Este la observaba con inquietud. Le preocupaba cómo iba a reaccionar ante aquella escena de destrucción familiar. El mundo que había conocido se venía abajo. Quiso decirle que podía sobrellevarlo, pero sabía que no quería sobrellevarlo sola.

—¿De veras creías que podrías mantener para siempre el secreto de la existencia de Bianca? —le dijo Mignon a su padre—. Jesús, qué ego tienes. Dime, papá, ¿qué se supone que iba a hacer la pobrecilla Bianca cuando se enterase de que su padre tiene otra familia? Su familia legítima. Pero tú no te hiciste esos planteamientos de futuro, claro. Mientras Vivienne estuviera dispuesta a adaptarse a tu modo de funcionar, probablemente no te paraste a pensar más allá de si tenía un buen polvo y con qué frecuencia podías disfrutar de él.

—Vivienne va a volver a Nueva Zelanda —contestó su padre—. Esta conversación ha terminado.

—Seré yo quien diga cuándo ha terminado —espetó Mignon—. Tú no. Esa Vivienne tuya es más joven que nosotras. Es más joven que Nick.

Bernard se encaminó a la puerta. Cuando pasó al lado de Mignon, esta quiso agarrarlo del brazo, pero él se zafó. Aunque Manette esperaba que su hermana aprovechara aquel gesto como una oportunidad para caerse del sofá y declararse víctima de un abuso, se limitó a seguir hablando.

—Hablaré con mamá. Le contaré lo demás. ¿Cuánto tiempo has estado gozando de Vivienne Tully? ¿Diez años, papá? ¿O más? ¿Qué edad tenía ella cuando empezó todo? Tenía veinticuatro años, ¿no? ¿O era más joven? ¿Cómo nació Bianca? Ella quería tenerla, ¿verdad? Quería un hijo y tú también, ¿verdad, papá? Porque, cuando nació Bianca, Nick todavía estaba por ahí haciendo de las suyas, y tú aún esperabas que alguien te diera un varón como Dios manda, ¿verdad, papá? ¿A que a mamá le va a encantar oírlo?

—Ven a por mí si puedes, Mignon. Me parece que es lo que siempre has deseado.

—Te odio —dijo ella.

—Como siempre —replicó él.

—¿Me has oído? Te odio.

—Por mis pecados, ya lo sé —dijo Bernard—. Y quizá me lo merezca. Ahora sal de mi casa.

Durante unos momentos, Manette creyó que su hermana se iba a negar. Mignon miró a su padre como si esperase algo que Manette sabía perfectamente que no iba a suceder. Al final, empujó el andador a un lado, se levantó sonriente y salió caminando con paso tranquilo de la vida de su padre.

Cuando la puerta se cerró tras ella, Bernard sacó un pañuelo de lino del bolsillo con el que se limpió primero las gafas. Después se lo pasó por la cara. Le temblaban las manos. Ahora todo estaba en la cuerda floja, incluido un matrimonio que había durado más de cuarenta años.

Al final miró a Manette, luego a Freddie, y de nuevo a Manette.

—Lo siento, cariño. Hay tantas cosas…

—Me parece que ya no son importantes.

Qué raro, pensó Manette. Llevaba más de media vida esperando ese momento: ella se encontraba en una posición superior, y Bernard, en una vulnerable; su padre la miraba y la veía no como una hija, no como un sustituto del hijo varón que había deseado, sino como una persona por derecho propio, perfectamente capaz de hacer lo mismo que podía hacer él. Ya no sabía por qué todo aquello había revestido tanta importancia para ella. Lo único que sabía era que no sentía lo que había esperado sentir al obtener por fin su reconocimiento.

—Freddie… —dijo Bernard.

—Si me hubieran avisado, probablemente habría impedido que todo esto ocurriera, aunque tampoco estoy seguro.

—Eres un hombre bueno y honrado, Freddie. Sigue así.

Bernard se despidió y se fue hacia las escaleras. Manette y Freddie oyeron sus pesados pasos, hasta que al final quedaron sofocados y arriba se cerró una puerta.

—Creo que deberíamos irnos —le dijo Freddie a Manette—. Si estás en condiciones, claro.

Ella dejó que la ayudara a levantarse del sofá, no porque lo necesitara, sino porque le resultaba reconfortante sentir una presencia sólida a su lado. Abandonaron la sala y salieron a la intemperie. Hasta que no se encontraron en el interior del coche, circulando en dirección a la verja, no empezó a llorar. Intentó hacerlo discretamente, pero Freddie miró hacia ese lado. Enseguida paró el coche y la rodeó con los brazos.

—Es duro ver algo así entre los padres, saber cómo uno ha destruido al otro. Creo que tu madre sabía que algo no iba bien, pero quizás era más fácil no querer verlo, tal como se hace a menudo.

Ella sacudió la cabeza, sin parar de llorar encima de su hombro.

—¿Cómo? Bueno, claro, tu hermana está más loca que un perro rabioso, pero esto tampoco es ninguna novedad, ¿no? Lo que sí me extraña es cómo conseguiste salir tan…, bueno, tan normal, Manette. Es bastante milagroso cuando uno se para a pensarlo.

Al oír aquello, arreció el llanto. Era demasiado tarde: lo que ahora sabía, lo que debería haber visto antes y lo que por fin comprendía.

Lago Windermere
Cumbria

Lynley encontró a Valerie Fairclough caminando por uno de los senderos que ya habían dispuesto en el inacabado parque infantil. Cuando llegó a su altura, ella se puso a hablar como si los hubieran interrumpido en medio de una conversación. Le enseñó dónde se habían iniciado las obras para la instalación del barco pirata y le explicó que iba contar con cuerdas, columpios y arena. Señaló a la zona reservada a las estructuras metálicas para trepar y al tiovivo. Lo llevó junto al área destinada a los niños más pequeños, en la que los caballos, canguros y ranas parecían esperar ya sujetos a los recios muelles de su base a los jóvenes jinetes que reirían y gritarían con el mero placer de columpiarse. También habría un fuerte, explicó, porque a los niños les encantaba jugar a los soldados en un fuerte, ¿verdad? Y para las niñas habría una casa en miniatura provista de todos los accesorios que se podían encontrar en una casa de verdad, porque ¿no era cierto que, dejando aparte toda consideración sexista, a las niñas les gustaba jugar dentro de las casas y representar el papel de señoras casadas con hijos y un marido que volvía a casa por la noche y presidía la cena?

Aquello último le hizo soltar una áspera carcajada. Después puso fin a la explicación comentando que aquel parque sería un lugar de ensueño para jugar.

A Lynley aquello le parecía bastante raro. Lo que estaban construyendo allí era más adecuado para un parque público que para una casa particular. Se preguntó qué expectativas de uso debía albergar, si tendría previsto un futuro en el que Ireleth Hall se abriera al público como ya se hacía en muchas casas solariegas de todo el país. Parecía casi como si hubiera sabido que se avecinaba un enorme cambio y se estuviera preparando para él.

—¿Para qué solicitó mi presencia en Cumbria? —le preguntó.

Valerie lo miró. A sus setenta y siete años, resultaba aún una mujer impresionante. De joven debió de haber sido muy guapa. Con

387

la poderosa combinación de belleza y dinero, podría haber elegido entre muchos hombres de una extracción social similar a la suya, pero no lo hizo.

—Quise que viniera a Cumbria porque ya hace tiempo que abrigaba sospechas.

—¿Cómo?

—De lo que se traía entre manos Bernard. No sabía seguro que lo que se traía «entre manos» era Vivienne Tully, claro, pero debí haberme dado cuenta. Había indicios, como que no volviera a mencionarla después de la segunda vez que la vi, aquellos viajes a Londres que se volvían cada vez más frecuentes, la cantidad de asuntos relacionados con su fundación que reclamaban su atención… Siempre hay indicios, inspector. Siempre hay pistas, señales de aviso, o como se las quiera llamar, pero, por lo general, es más fácil no verlas que afrontar la situación inédita que va a surgir del naufragio de un matrimonio de cuarenta y dos años. —Recogió una taza de café de plástico, que debía de haber dejado algún obrero; después de mirarla torciendo el gesto, la aplastó y se la metió en el bolsillo. Haciendo visera con la mano, dirigió la vista hacia el lago, a las colinas lindantes del oeste donde comenzaban a concentrarse las nubes de tormenta—. Estoy rodeada de embusteros y villanos. Quería formar mucho humo para hacerlos salir de su escondrijo y usted me sirvió de fuego, inspector —reconoció con una media sonrisa.

—¿Y qué hay de Ian?

—Pobre Ian.

—Mignon podría haberlo matado. Tenía un móvil, un móvil muy poderoso, en realidad. Usted misma reconoció que ella estuvo en el embarcadero. Podría haber ido antes para aflojar las piedras, mediante algún procedimiento indetectable. Podría incluso haber estado allí cuando volvió. Podría haberlo tirado del *scull* o haberlo empujado…

—Inspector, Mignon carece de la capacidad para planear esa clase de venganza. Además, no habría percibido ninguna ventaja monetaria inmediata, y eso es lo único que le interesa. —Se volvió para mirar a Lynley—. Yo sabía que esas piedras estaban en mal estado. Se lo dije a Ian más de una vez. Como él y yo éramos los únicos que utilizábamos el embarcadero de manera regular, no avisé a nadie más. No era necesario. Le advertí que tuviera cuidado al subirse y bajar del *scull*. Él me decía que no me preocupara, que iría con cuidado y que, cuando tuviera un momento, arreglaría el embarcadero, pero creo que esa noche estaba distraído con otras cosas. Así debió de ser, porque no era normal que viniera a remar tan tarde. Supongo que no prestó suficiente atención. Fue un accidente, inspector. Lo supe desde el principio.

—¿Y ese cuchillo que encontramos en el agua con las piedras?

—Yo lo tiré allí, para mantenerlo en la investigación, por si acaso decidía demasiado pronto que había sido un accidente.

—Comprendo —dijo.

—¿Está muy enfadado?

—Debería estarlo.

Dieron media vuelta para regresar a la casa. Por encima de la pared del jardín, se alzaban las imponentes masas de las esculturas vegetales sobre el telón de fondo de las paredes de color arena de Ireleth Hall, rebosantes de historia.

—¿A Bernard no le pareció raro?

—¿El qué?

—Que pidiera que se investigara la muerte de su sobrino.

—Es posible que sí, pero ¿qué podía decir? Si hubiera dicho que no quería, yo hubiera preguntado por qué. Él habría intentado explicarlo, diciendo tal vez que era injusto sospechar de Nicholas, Manette o Mignon, pero yo habría argumentado que es mejor conocer la verdad sobre los propios hijos que vivir en la mentira, y eso, inspector, nos habría acercado demasiado a la verdad que el mismo Bernard me quería ocultar. Tenía que correr el riego de que usted descubriera lo de Vivienne. No tenía otra alternativa.

—Por si le interesa saberlo, va a volver a Nueva Zelanda.

Sin formular ningún comentario, lo cogió del brazo mientras avanzaban por el sendero.

—Lo más raro es que, después de más de cuarenta años de matrimonio, un hombre se convierte a menudo en una costumbre. Debo plantearme si Bernard es una costumbre de la que preferiría prescindir.

—¿Lo haría?

—Sí, pero primero quiero tiempo para pensar. —Le apretó el brazo y lo miró a la cara—. Es usted un hombre muy apuesto, inspector. Siento que perdiera a su esposa. Espero, sin embargo, que no se proponga seguir solo, ¿no?

—No he pensado mucho sobre ello —admitió.

—Bueno, pues hágalo. Al final todos debemos elegir.

Windermere
Cumbria

Tim pasó horas en el centro urbano esperando a que llegara la hora. No le había costado mucho llegar a la ciudad después de haberse bajado del coche de Kaveh esa mañana. Había saltado una pared de

389

piedra y había echado a correr por el irregular suelo de un potrero hasta un denso bosque de abetos y abedules. Se había quedado allí, en un improvisado refugio de helechos, apoyado contra el tronco de un arbolillo caído, hasta tener la certeza de que Kaveh se había marchado. Luego se había dirigido a la carretera de Windermere, donde lo habían parado dos coches, el segundo de los cuales lo dejó en el centro de la ciudad, a partir de donde había iniciado sus pesquisas.

No había tenido suerte y no había encontrado un sitio donde arreglaran juguetes rotos. Al final, había tenido que conformarse con un establecimiento llamado J. Bobak & Son, una tienda dedicada a la reparación de toda clase de artilugios eléctricos. En el interior, tres pasillos repletos de aparatos de cocina estropeados conducían a la parte posterior, donde descubrió que J. Bobak era una mujer con trenzas grises, cara arrugada y un llamativo pintalabios rosa que se corría por los surcos de sus labios, mientras que el hijo resultó ser un joven de veintipico años con síndrome de Down. La mujer estaba arreglando algo que parecía una pequeña máquina para preparar gofres. Él trabajaba en una radio antigua que casi tenía el tamaño de un Austin Mini. A su alrededor, tanto el hijo como la madre mantenían varios aparatos a medio reparar: televisores, microondas, batidoras, tostadoras y cafeteras, algunos de los cuales parecía que llevaban décadas esperando los cuidados de un experto en circuitos eléctricos.

Cuando Tim enseñó *Bella* a J. Bobak, esta sacudió la cabeza. Aquel pobre amasijo de brazos, piernas y cuerpo no se podía arreglar, le aseguró, incluso en el caso de que J. Bobak & Son arreglaran juguetes, lo cual no era el caso. Por lo menos, no era posible arreglarla de una manera que pudiera ser del agrado de su propietario. Lo mejor era que ahorrara para comprar otra muñeca. Había una tienda de juguetes...

Tenía que ser aquella muñeca, no otra, insistió Tim. Sabía que era de mala educación interrumpir de ese modo y, a juzgar por la expresión de J. Bobak, esta se disponía a decírselo, así que pasó a explicar que la muñeca era de su hermana pequeña, que su padre se la había regalado, y que ahora su padre estaba muerto. Aquello conquistó a J. Bobak, quien dispuso los pedazos de la muñeca encima del mostrador y se puso a observarla con aire pensativo. Entonces apareció su hijo.

—Hola —saludó a Tim—. Yo ya no voy al colegio, pero tú sí que tendrías que estar en clase, ¿no? ¿A que estás haciendo novillos hoy?

—Trev, ocúpate de tus propios asuntos, cariño —le dijo su madre—. Sé buen chico —añadió dándole una palmada en el hombro mientras él resoplaba ruidosamente contra su manga antes de volver a instalarse frente a la enorme radio.

—¿Seguro que no quieres comprar una muñeca nueva, cielo? —preguntó a Tim.

Segurísimo, le respondió Tim. ¿Podía arreglarla? No había encontrado ninguna otra tienda. Había mirado en toda la ciudad.

La mujer contestó sin mucho entusiasmo que vería qué podía hacer. Tim le dijo que le daría la dirección adonde había que enviar la muñeca una vez que estuviera recompuesta. Luego sacó un arrugado fajo de billetes y unas cuantas monedas, que había ido sustrayendo poco a poco del bolso de su madre, de la billetera de su padre y de una caja de la cocina donde Kaveh guardaba monedas de una libra para utilizarlas cuando se quedaba sin dinero y se había olvidado de pasar por el cajero de Windermere al volver a casa.

—¿Cómo? —dijo J. Bobak—. ¿No vas a volver a buscarla?

Respondió que no, que, para cuando estuviera arreglada la muñeca, él ya no estaría en Cumbria. Le indicó que cogiera todo el dinero que quisiera y que lo que sobrara lo podía enviar junto con la muñeca. Después dio el nombre y la dirección de Gracie, que resultaba bastante simple: granja de Bryan Beck, Bryanbarrow, cerca de Crosthwaithe. Era posible que, cuando se la mandaran, Gracie ya no estuviera allí, pero, aunque hubiera vuelto con su madre, Kaveh le enviaría la muñeca, sin duda. Seguro que eso lo haría, por más mentiras que estuviera contando a su patética esposa y los demás. Gracie se alegraría al verla, seguro. Quizá incluso lo perdonaría por habérsela roto.

Una vez concluidas aquellas gestiones, se fue al centro y allí se quedó. Con lo que le quedaba de dinero compró un paquete de nubes, una barra de Kit-Kat, una manzana y una caja de judías refritas con salsa y *chips* de maíz, que comió agazapado entre una sucia Ford Transit y un contenedor de basura lleno de porexpán empapado.

Cuando el aparcamiento empezó a vaciarse a medida que la gente abandonaba las diversas ocupaciones del día, se agachó detrás del contenedor para que no lo vieran, con la mirada fija en la tienda de fotografía. Justo antes de la hora de cerrar, atravesó la calle y abrió la puerta.

Toy4You estaba sacando el cajón de la caja registradora. Al tener las manos ocupadas, no pudo quitarse el distintivo con el nombre. Tim alcanzó a ver una parte, William Con…, antes de que el hombre se apartara de su vista. Se metió en la trastienda y, al volver, ya no llevaba el cajón de la caja ni la etiqueta con el nombre.

—Te dije que te mandaría un mensaje —señaló de mal humor—. ¿Qué haces aquí?

—Tiene que ser esta noche —contestó Tim.

—Un momento. A mí no me manda un chaval de catorce años. Te dije que te avisaría cuando lo tuviera preparado.

—Prepáralo ahora. Dijiste que esta vez no sería solo y eso significa que conoces a alguien. Hazlo venir. Lo vamos a hacer ahora.

Tim se abrió paso rozando al hombre y vio que a este se le ensombrecía la expresión. Le daba igual si acababan peleándose. No le importaba liarse a puñetazos. De una manera u otra, había que acabar con aquello.

Se encaminó a la trastienda. Puesto que ya había estado allí antes, no le sorprendió. Aunque no era muy amplia, estaba dividida en dos espacios. El primero era para la impresión digital, el material y los artículos relacionados con la tienda de fotografía. El otro, situado al fondo, era un estudio en el que la gente posaba para las fotos delante de diversos telones de fondo.

En ese momento, el estudio presentaba la apariencia de un salón fotográfico de otro siglo, de esos en los que la gente posaba con postura rígida, sentada o de pie. Contenía un diván, dos pedestales con macetas de helechos artificiales, varios mullidos sillones, unas recias y falsas cortinas recogidas con cordones con borlas y un telón de fondo que creaba la impresión de que quien posara ahí había llevado el mobiliario de su casa hasta el borde de un acantilado.

Tim sabía que lo esencial en aquel decorado era el contraste. También sabía que el contraste se producía con el contacto de dos cosas opuestas entre sí. Cuando se lo explicaron la primera vez que estuvo allí, pensó de inmediato en el contraste que había entre lo que en un tiempo le pareció fundamental en su vida —una madre, un padre, una hermana y una casa en Grange-over-Sands— y a lo que había quedado reducida luego esa vida: a nada. Al entrar en ese espacio, pensó en el contraste que había entre la vida que había llevado Kaveh Mehran con su padre en Bryan Beck y la que se proponía llevar en la que sería la siguiente fase de su miserable existencia. Desechando aquel pensamiento, se esforzó por pensar en el auténtico contraste que se iba a producir: entre la irónica inocencia de aquel escenario y la naturaleza real de las fotos.

Toy4You se lo había explicado todo la primera vez que posó adoptando las posturas que él le indicaba. Había una determinada clase de personas a las que les gustaba mirar o comprar fotos de chicos desnudos, le dijo. Les gustaba que los chicos posaran de cierta manera. A veces les bastaba con un atisbo de una parte concreta del cuerpo, mientras que en otras esta se debía ver claramente. A veces querían que la cara apareciera en la foto; otras no. Las muecas frunciendo los labios eran un buen detalle, y también las miradas que parecían ofrecer algo. Lo mejor era si uno estaba empalmado. Algunas personas estaban dispuestas a pagar una buena cantidad de dinero por una foto de un chico que presentara un mohín seductor, mirada de deseo y una vigorosa erección.

Tim le había seguido la corriente. Al fin y al cabo, había sido él quien había empezado a hacer rodar la pelota en aquella dirección. Lo que quería, sin embargo, no era tanto el dinero como la acción, y hasta el momento no la había conseguido, pero aquello iba a cambiar.

—Te tienes que ir —le indicó Toy4You, que lo había seguido hasta la trastienda—. No puedes quedarte aquí.

—Ya te lo he dicho —insistió Tim—. Llama a tu amigo o lo que sea. Dile que estoy listo. Dile que venga. Vamos a hacer las fotos ahora.

—Pues no va a hacerlo. Ningún chaval de catorce años le va a decir cómo tiene que dirigir sus asuntos. Es él quien nos dice cuándo es el momento adecuado, y no al revés. No veo qué es lo que no entiendes.

—No tengo más tiempo —protestó Tim—. Ahora es el momento adecuado. No pienso esperar más. Si quieres que lo haga con un tipo, esta es la ocasión. No vas a tener otra.

—Pues lo vamos a dejar aquí —replicó Toy4You, encogiéndose de hombros—. Ahora márchate.

—¿Cómo? ¿Crees que vas a encontrar a otro para que lo haga? ¿Crees que va a ser tan fácil?

—Siempre hay muchachos que buscan dinero —dijo.

—Por una foto, puede. Aceptarán dinero por una foto. Se colocarán ahí desnudos y puede que hasta se les ponga dura, pero ¿lo demás? ¿Crees que alguien va a hacer lo demás? ¿Otra persona aparte de mí?

—¿Y tú te crees que eres el único que me ha localizado a través de Internet? ¿Te crees que esto es un trabajillo que he empezado a hacer hace poco para mejorar mi salud o algo así? ¿Te crees que eres el primero, el único? Hay docenas de chicos como tú por ahí, dispuestos a hacerlo tal como yo diga porque quieren el dinero. Ellos no imponen las reglas, sino que las cumplen. Y una de las reglas es que no deben presentarse aquí con exigencias, cosa que tú ya has hecho dos veces, desgraciado.

Toy4You se fue acercando mientras hablaba. No era alto. Tim siempre había pensado que podría derribarlo llegado el caso, pero, cuando lo cogió por el brazo, sintió que de él emanaba una fuerza cuya existencia no había sospechado.

—Yo no estoy jugando —le dijo Toy4You—. Yo no me dejo manipular por muchachitos gilipollas como tú.

—Habíamos hecho un trato y…

—A la mierda el trato. Se ha acabado.

—Me lo prometiste. Dijiste…

—No me vengas otra vez con esas.

393

Toy4You tiró de él con fuerza. Tim comprendió que pretendía echarlo del local. Debía impedirlo. Había trabajado mucho y se había esforzado demasiado para eso.

—¡No! —gritó, zafándose—. Quiero hacerlo y quiero que sea ahora —comenzó a quitarse la ropa. Se desprendió del anorak, del jersey… Algunos botones de la camisa saltaron por los aires cuando se la abrió sin miramientos—. Lo prometiste —vociferó—. Si no lo haces, iré a la policía. Lo haré, lo juro. Se lo contaré. Les contaré lo que hice y lo que quieres, lo de las fotos y tus amigos. Les diré cómo pueden encontrarte. Está todo en mi ordenador, se enterarán y…

—¡Cállate! ¡Cállate! —Toy4You miró por encima del hombro, en dirección a la tienda. Luego fue a la puerta que comunicaba con esta y la cerró. Después volvió con él—. Cálmate, por Dios. De acuerdo. Pero no puede ser ahora. ¿Lo entiendes o no?

—Quiero…, lo juro… La policía va a venir.

—Vale, la policía; ya te he oído. Te creo. Y ahora te vas a calmar. Mira, voy a hacer la llamada, ahora, delante de ti. Concertaré la cita para mañana; entonces lo haremos. —Permaneció pensativo un momento y después echó una mirada a Tim—. Aunque esta vez será una filmación en vivo, y llegaremos hasta el final. ¿Lo entiendes?

—Pero tú dijiste…

—¡Esto supone un riesgo para mí! —tronó Toy4You—. Tienes que aceptar para que valga la pena. ¿Quieres, sí o no?

Tim se estremeció, acobardado, pero el miedo duró solo un momento.

—Sí.

—Bueno. Habrá dos tíos, además. ¿Lo… entiendes? Tú y dos tíos, y el acto de verdad, filmado en vivo. ¿Sabes lo que significa eso? Porque no pienses que vamos a poner en marcha esto para que luego resulte que te quieres echar atrás en mitad de la función. Tú y dos tíos. Di que lo entiendes.

Tim se humedeció los labios.

—Yo y dos tíos. Lo entiendo.

Toy4You lo miró de arriba abajo, como si esperase que de sus poros brotara algún atisbo del futuro. Tim le sostuvo la mirada. Entonces Toy4You asintió con la cabeza y marcó unos números en el teléfono.

—Y después…, cuando haya acabado…, me prometes…

—Te lo prometo. Cuando haya acabado, morirás, tal como deseas, de la manera que quieras. En eso puedes elegir.

10 de noviembre

*L*ynley la llamó a primera hora de la mañana, tomando la precaución de hacerlo al fijo del hostal y no a su móvil. Así logró que Deborah se pusiera al teléfono. Ella preveía que tanto Simon como Tommy la llamarían al móvil. Al ver el número del remitente, decidiría si contestaba o no. Hasta el periodista de *The Source* la llamaba al móvil. Una llamada a la habitación del hotel solo podía provenir de la recepción.

Creyendo que la llamaban para preguntar cuánto tiempo pensaba quedarse, Deborah dio un respingo al oír la agradable voz de barítono de Lynley.

—Simon está molesto con los dos —le dijo.

Difícilmente podía fingir que se había equivocado de número. Era temprano y todavía estaba en la cama. El muy astuto también había previsto aquello: tenía que pillarla antes de que se fuera del hotel, para que no pudiera esquivarlo.

Incorporándose, se arropó con las mantas y redistribuyó las almohadas.

—Pues yo también estoy molesta con Simon —contestó.

—Sí, ya. Lo que ocurre es que él tenía razón desde el principio, Deborah.

—¡Ah, sí, como siempre! —replicó con aspereza—. ¿Y en qué esta vez?

—Respecto a la muerte de Ian Cresswell. Habría podido evitarla si hubiera prestado más atención al sitio donde amarró su embarcación esa noche.

—O sea, ¿que hemos llegado a esa conclusión gracias a...?

Deborah esperaba oírle decir que gracias a la insufrible presentación lógica de los hechos que hacía Simon, pero no fue así. En realidad le habló de la pelea familiar de la que había sido testigo en casa

395

de los Fairclough y de la conversación que había mantenido después con Valerie Fairclough.

—Es decir, que, por lo visto, me mandaron venir para que Valerie pudiera indagar en los desmanes de su marido. Yo he sido el tonto de la película, y Hillier también. Seguro que no le va a sentar nada bien cuando le cuente cómo nos han utilizado.

Deborah se destapó y, sentada en el borde de la cama, miró el reloj.

—¿Y tú la crees? —preguntó.

Una llamada de Tommy a las seis y media de la mañana solo podía representar algo que creyó adivinar.

—En otro tipo de situación, no la habría creído, pero, teniendo en cuenta la conclusión de la policía, la evaluación de Simon y lo que me dijo Valerie…

—Podría mentir. Hay quien tiene móviles, Tommy.

—Debe haber algo más que móviles para sostener un caso, Deborah. Así funcionan las cosas. Francamente, la gente a menudo tiene motivos para liquidar a sus semejantes. Suelen sentir deseos de cargárselos, pero, aun así, nunca llegan a levantar ni un dedo contra ellos. Al parecer, eso es lo que ha pasado aquí. Es hora de volver a Londres.

—¿Incluso sin haber aclarado la cuestión de Alatea Fairclough?

—Deborah…

—Escúchame un momento tan solo. Alatea irradia secretismo en todo. La gente que guarda secretos hace cualquier cosa para protegerlos.

—Es posible, pero sea lo que sea lo que esté haciendo ahora, o lo que fuera que hizo antes para proteger dichos secretos, en el supuesto de que los tenga, eso no tuvo nada que ver con el asesinato de Ian Cresswell. Nosotros vinimos aquí por eso y ahora ya conocemos la verdad. Te repito que es hora de volver a casa.

Deborah bajó de la cama. Hacía frío en la habitación. Se fue temblando hacia la chimenea eléctrica, que se había desconectado de noche, y la encendió. Luego despejó con la mano el vaho que se había prendido del cristal de la ventana. Aunque aún era de noche, el reflejo de la luz de las farolas y del semáforo de la esquina le permitió percibir la capa de humedad que cubría la carretera y la acera.

—Tommy, esas páginas arrancadas de la revista *Concepción* han sido desde el principio un indicio claro de que Alatea se trae algo raro entre manos.

—No te digo que no —reconoció con tacto su amigo—, y los dos tenemos una idea bastante aproximada de qué se trata. Es algo relacionado con el embarazo, pero tú misma lo sabías. ¿Acaso no te lo explicó Nicholas Fairclough cuando lo conociste?

—Sí, pero…

—Es lógico que no quisiera hablar de eso con una desconocida, Deborah. ¿A ti te gusta hablar de ese tema con cualquiera?

Aquello era un golpe bajo, y él debería haberlo sabido. De todas maneras, no estaba dispuesta a permitir que la desestabilizara y le impidiera razonar.

—Nada de esto tiene mucho sentido, tanto si se trata de *Concepción* como si no. Si Lucy Keverne es una mujer que solo aparecía en la revista para ofrecerse como donante de óvulos, tal como afirmaba, ¿qué hacía entonces en la Universidad de Lancaster en compañía de Alatea Fairclough? ¿Por qué estaba en el George Childress Centre con ella?

—Quizá donaba un óvulo para Alatea —apuntó Lynley.

—El óvulo hay que fertilizarlo. ¿No tendría que haber estado presente Nicholas?

—Quizás Alatea llevaba su esperma consigo.

—¿Qué crees, que es una perilla de esas que sirven para regar los asados, por ejemplo? —preguntó con ironía Deborah—. Entonces, ¿por qué iría Lucy también?

—¿Para donar los óvulos allí mismo?

—¿Ah, sí? Muy bien. Y entonces, ¿por qué no estaría Nicholas allí para donar un esperma lo más fresco posible, con espermatozoides bien vivitos y coleando?

Lynley exhaló un suspiro. Deborah se preguntó dónde estaría. Hablando por un fijo seguramente, porque, si no, no habría oído con tanta claridad su suspiro. De ello cabía deducir que aún estaba en Ireleth Hall.

—No lo sé, Deborah —admitió—. No sé cómo se hacen esas cosas.

—Ya sé que no. Pero yo sí lo sé, créeme, y una de las cosas que sé es que, aunque vayan a utilizar un óvulo o dos docenas de óvulos de Lucy con esperma de Nicholas, no se los van a implantar allí mismo a Alatea. O sea, que si Lucy es una donante de óvulos tal como asegura ser, y si está donando óvulos a Alatea, y si se utiliza esperma de Nicholas...

—Todo eso carece de importancia —la atajó con firmeza Lynley—, pues no guarda relación alguna con la muerte Ian Cresswell. Tenemos que regresar a Londres.

—Tú sí. Yo no.

—Deborah.

Su voz estaba perdiendo ese tono de paciencia que la impregnaba, en la que Deborah creía oír a Simon. ¡Cómo se parecían a fin de cuentas los dos! La diferencia entre ellos era tan solo superficial.

—¿Cómo? —preguntó.

—Yo me voy a Londres esta mañana. Sabes que te he llamado por eso. Lo que me gustaría hacer es parar en Milnthorpe, seguirte hasta que devuelvas el coche de alquiler y luego llevarte a Londres en el mío.

—¿Porque no te fías de que pueda ir yo por mi cuenta? —replicó.

—Preferiría disfrutar de tu compañía —adujo—. Es un viaje largo.

—Ella dijo que nunca haría de madre de alquiler, Tommy. Si lo único que va a hacer es donar óvulos para que los use Alatea, ¿por qué no lo dijo? ¿Por qué me dijo que no estaba autorizada a hablar de ella?

—No tengo la menor idea y, además, da igual. La muerte de Ian Cresswell no fue culpa de nadie, aparte de sí mismo. Él sabía que había piedras flojas en el embarcadero y no tuvo cuidado. El quid de la cuestión es este, Deborah, y nada de lo que dijera esa mujer de Lancaster tendría ninguna repercusión en eso. Por eso te quería preguntar por qué no eres capaz de dejarlo de una vez, aunque creo que ambos sabemos la respuesta.

Pese a que habló en voz baja, aquellas palabras no le sonaron propias de Tommy. En ellas se percibía hasta qué grado lo había convencido Simon para que se pusiera de su lado. Por otra parte, era lógico, se dijo Deborah. Se conocían desde hacía años, desde hacía décadas. Compartían el dolor de un terrible accidente de coche y también el amor por una mujer asesinada. Aquello establecía un vínculo entre ambos que ella jamás sería capaz de superar. Puesto que así eran las cosas, no le quedaba más que una alternativa.

—De acuerdo. Tú ganas, Tommy —dijo.

—¿Qué significa eso?

—Que voy a volver a Londres contigo.

—Deborah…

—No. —Emitió un sentido suspiro, lo bastante fuerte para que lo oyera él—. De verdad, Tommy. Me rindo. ¿A qué hora nos vamos?

—¿Hablas en serio?

—Pues claro. Soy testaruda, pero no tonta. Si no tiene sentido seguir con este asunto, aquí se tendrá que acabar, ¿no?

—¿Comprendes…?

—Sí. No se puede discutir con los forenses. Es así. —Esperó un momento para que se hiciera cargo del mensaje, antes de repetir—: ¿Cuándo nos vamos? Me has despertado, por cierto, así que necesitaré un rato para hacer el equipaje, ducharme, peinarme y todo eso. También querría desayunar.

—¿A las diez? —propuso él—. Gracias, Deborah.

—De acuerdo, me parece bien —mintió.

Windermere
Cumbria

Zed Benjamin casi no había dormido en toda la noche. Su reportaje se estaba viniendo abajo. Lo que había empezado como un plato caliente que no se podía tocar sin guantes especiales se estaba convirtiendo en pescado frío. No tenía ni la menor idea de qué hacer con la información de que disponía, pues juntándola no iba a conseguir un bombazo. Él había soñado con un artículo de denuncia, un material digno de portada en el que se revelaba que una investigación secreta emprendida por New Scotland Yard estaba sacando a la luz los trapos sucios de Nicholas Fairclough y lo que había detrás de su recuperación de años de drogadicción: ni más ni menos que el asesinato de un primo que se interponía en su camino hacia el éxito. Había conseguido embaucar a sus padres, a su familia y amigos presentándose como un benefactor mientras se entregaba a viles maquinaciones destinadas a eliminar a la persona que le impedía el acceso a la fortuna familiar. Acompañado de fotos, de la detective Cotter, de Fairclough, de su mujer, de la torre y de la empresa Fairclough entre otras, por su longitud y calidad, el reportaje reclamaba un salto a la página tres y, de allí, a la cuatro y a la cinco también. Y todo ello iría presidido por su nombre, Zedekiah Benjamin, expuesto bajo los focos periodísticos.

399

Para que ello ocurriera, no obstante, el artículo tenía que girar en torno a Nicholas Fairclough. Lo malo era que hasta el día que había pasado con la detective Cotter no había hecho más que corroborar que los de Scotland Yard no tenían ningún interés por Nick Fairclough. Ese día también había quedado claro que la pista de la esposa de Fairclough tampoco llevaba a ninguna parte.

—Nada de nada —le había explicado la detective pelirroja después de haberse entrevistado con la mujer a la que habían seguido desde la Fundación Kent-Howath para los Soldados Discapacitados hasta la Universidad de Lancaster, y después en el trayecto de regreso, en ambos casos en compañía de Alatea Fairclough.

—¿Como que nada de nada? —había preguntado Zed.

Ella le dijo que la mujer, que se llamaba Lucy Keverne, había ido con Alatea para ver a un especialista de la universidad por una cuestión de «trastornos femeninos». Tales «trastornos» los padecía Lucy, y Alatea solo la había acompañado porque era amiga suya.

—Mierda —había murmurado Zed—. Con eso sí que no adelantamos nada, ¿verdad?

—Volvemos a la casilla de salida —había confirmado ella.

No, pensó entonces. Ella volvía a la casilla inicial, pero a él lo podían echar del trabajo.

Se dio cuenta de que deseaba hablar con Yaffa. Ella, con su sabiduría, sabría indicarle cómo podía salir de aquel atolladero y presentar a Rodney Aronson una compensación por el dinero que había invertido *The Source*.

La llamó. Al oír su voz, sintió un inmenso alivio.

—Buenos días, cariño —la saludó.

—*Hooola*, Zed —contestó ella—. Mamá Benjamin, es nuestro querido hombre —añadió para darle a entender que Susanna se encontraba cerca—. Te echo de menos, mi amor. —Entonces celebró con una carcajada algo que había dicho Susanna—. Mamá Benjamin me dice que pare de intentar pescar a su hijo, que es un solterón empedernido. ¿Es eso verdad?

—No, si eres tú la que intenta pescar —contestó—. Nunca tuve un cebo que me interesara tanto morder.

—¡Qué malo eres! —Luego, en un aparte—: No, no, mamá Benjamin. De ninguna manera le voy a contar lo que me dice su hijo, aunque sí le diré que me ha dejado un poco mareada. —Luego, para los oídos de Zed—: Es verdad, ¿sabes? Me ha quedado como una especie de vértigo.

—Menos mal que no es tu cabeza lo que me interesa más.

Ella se echó a reír y luego prosiguió con una voz completamente transformada.

—Ah, se ha ido al lavabo. Estamos a salvo. ¿Cómo estás, Zed?

Tomó conciencia de que no estaba preparado para pasar de Yaffa la amante fingida a Yaffa la conspiradora.

—Te echo de menos, Yaffa. Me gustaría tenerte aquí conmigo.

—Deja que te ayude desde aquí. Será un placer para mí.

Durante un instante, Zed abrigó la disparatada idea de que le estaba proponiendo un contacto sexual telefónico, cosa que como distracción le hubiera venido de perlas.

—¿Te falta mucho para conseguir la información que necesitas? —preguntó, sin embargo—. Debes de estar preocupado por el reportaje.

Aquello fue como un jarro de agua fría.

—Este maldito reportaje —repitió con un gemido. Después le explicó que estaba empantanado. Se lo contó todo, tal como hacía siempre, y, como las otras veces, ella lo escuchó—. O sea, que el reportaje se ha ido a hacer puñetas —concluyó—. Podría maquillar los hechos y escribir que Scotland Yard ha venido a investigar a Nick Fairclough debido a la sospechosa y repentina muerte de su primo, que casualmente era quien controlaba el dinero de Fairclough Industries, y todos sabemos lo que eso significa, ¿no es así, amables lectores? Pero a la hora de la verdad resulta que los de Scotland Yard están investigando a Alatea Fairclough y no parece que obtengan más resultados que con su marido. Ellos y yo nos encontramos en la misma posición. La única diferencia es que esa detective puede volverse a Londres y presentarles un informe a los de arriba, pero yo, si vuelvo sin un reportaje, estoy acabado. Perdona, estoy un poco quejica —añadió, al percibir su lastimero tono.

—Zed, puedes quejarte todo lo que quieras.

—Gracias, Yaffa. Eres…, bueno, eres como eres.

—Gracias, creo —le dijo con una voz en la que él adivinó el trasfondo de una sonrisa—. Y ahora pongamos las cosas en común. Cuando una puerta se cierra, se abre otra.

—¿Y eso qué significa?

—Significa que quizás haya llegado la hora de que te dediques a lo que querrías hacer. Tú eres poeta, Zed, y no periodista de prensa sensacionalista. Si sigues por ese camino, vas a perder el alma, tu capacidad creativa. Es hora de que escribas tu propia poesía.

—Nadie se mantiene escribiendo poesía —se mofó con una carcajada—. No hay más que fijarse en mí, tengo veinticinco años y aún estoy viviendo con mi madre. Ni siquiera puedo mantenerme como periodista, por el amor de Dios.

—Ay, no hables así, Zed. Solo necesitas a alguien que crea en ti. Yo creo en ti.

—Para lo que me sirve… Tú vas a volver a Tel Aviv.

Yaffa guardó silencio y, mientras tanto, en el móvil de Zed apareció el indicativo de otra llamada.

—¿Yaffa? ¿Sigues ahí?

—Sí, sí, aquí estoy —contestó ella.

La otra llamada parecía insistente. Debía de ser Rodney. Se acercaba el momento de dar explicaciones.

—Yaffa, tengo otra llamada —dijo—. Creo que…

—No necesariamente —se apresuró a responder ella—. Ni siquiera tengo necesidad de volver. Piensa en eso, Zed. —Luego cortó la comunicación.

Permaneció un momento con la mirada perdida. Después respondió a la otra llamada. Era la detective de Scotland Yard.

—Voy a volver a hablar con esa mujer de Lancaster. Aquí hay gato encerrado. Es hora de que actuemos juntos para hacerla cantar.

Barrow-in-Furness y Grange-over-Sands
Cumbria

Kaveh Mehran era la última persona que Manette esperaba ver aparecer en la sede de Fairclough Industries. No recordaba haberlo visto nunca allí. Ian nunca lo había llevado para realizar una presentación formal, y él tampoco había tomado la iniciativa en ese sentido. Casi todo el mundo sabía que Ian había puesto fin a su matrimonio a causa de un joven, por supuesto, pero ahí acababa todo. Por eso cuando hicieron pasar a Kaveh a su oficina, se quedó un tanto confusa, hasta que cayó en la cuenta de que seguramente iba a recoger las pertenencias personales de Ian. Era algo que aún estaba pendiente.

Pero no había ido por eso. Tim había desaparecido. Se había bajado del coche de Kaveh la mañana anterior, cuando lo acompañaba al colegio, y no había vuelto a casa por la noche.

—¿Ocurrió algo? —preguntó Manette—. ¿Por qué se bajó del coche? ¿Fue al colegio? ¿Llamaste al colegio?

Los de la escuela lo habían llamado el día anterior, explicó, para decirle que Tim no había ido. Cuando uno de los externos no se presentaba, el colegio llamaba a su casa porque…, bueno, por la clase de escuela que era; ya sabía a qué se refería.

Sí, claro que sabía a qué se refería. Toda la familia sabía qué tipo de centro era la Margaret Fox School. No era precisamente un secreto.

Kaveh le dijo que había ido conduciendo esa mañana por el trayecto de Bryanbarrow a la Margaret Fox School para ver si Tim hacía autoestop allí. Al pasar, había parado en Great Urswick, por si el chico había ido a pasar la noche en casa de Manette o se había escondido en algún sitio de la propiedad. Después había acudido al colegio. Y ahora estaba allí, buscándolo.

—¿Que si está aquí? —preguntó Manette—. ¿Te refieres a la fábrica? Por supuesto que no. ¿Qué iba a hacer aquí?

—¿Lo has visto? ¿Te ha llamado? Por razones obvias, no he podido comprobar si estaba en casa de Niamh.

Kaveh tuvo el detalle de manifestar cierta incomodidad, pero Manette sabía que había algo bastante importante que aún no le había revelado.

—No he tenido noticias de él y no ha ido a Great Urswick. ¿Por qué salió de tu coche?

Kaveh miró por encima del hombro, como si quisiera cerrar la puerta de la oficina. Manette se puso enseguida en guardia.

—Creo que oyó una conversación que mantuve con George Cowley —dijo Kaveh.

—¿El ganadero? ¿Y qué diablos…?

—Era sobre el futuro de la granja. Supongo que ya sabrás que Cowley quería, en su momento, comprar la granja.

—Ian me lo dijo, sí. ¿Y qué tienen que ver la granja y el señor Cowley con esto? —¿Y por qué razón iba a importarle un comino a Tim tanto lo uno como lo otro?

—Le dije al señor Cowley mis intenciones con respecto a la granja de Bryan Beck. Sospecho que Tim lo oyó.

—¿Y cuáles son tus intenciones? ¿Estás pensando en criar corderos tú mismo? —replicó con espontánea acritud.

No lo podía evitar. En su opinión, la granja debería haber ido a parar a manos de Tim y de Gracie, y no convertirse en propiedad de aquel hombre, que había hecho todo lo posible por arruinar sus vidas.

—Conservarla, claro. Pero también… dije que Tim y Gracie iban a volver con su madre. Es posible que oyera eso.

Manette frunció el ceño. Ella misma era consciente de que aquel era el desarrollo lógico de los acontecimientos. Con o sin granja, no era muy normal que Tim y Gracie siguieran viviendo con el amante de su padre ahora que este había muerto. Aunque no sería fácil instalarse en casa de su madre, mientras fueran menores de edad no había otra alternativa. Tim debía de entenderlo. Seguro que ya lo preveía y, sin duda, lo prefería a estar con Kaveh, y lo mismo cabía pensar de Gracie. Entonces no se entendía que por haber oído aquel retazo de conversación se hubiera bajado del coche de Kaveh y se hubiera fugado… No tenía sentido.

—Sin ánimo de ofenderte, Kaveh, no me imagino que los niños quieran vivir contigo ahora que su padre ha muerto —señaló—. O sea, que hay algo más, ¿no? ¿Hay algo que no me has dicho?

—Si lo hay, no te puedo decir qué es —contestó él, mirándola a los ojos—. ¿Me vas a ayudar, Manette? Yo no sé qué más…

—Yo me encargaré —le prometió.

Una vez que se hubo ido, llamó al colegio. Para facilitar las cosas, se hizo pasar por Niamh. Enseguida averiguó que Tim tampoco había acudido ese día. En el centro estaban preocupados, como era comprensible. Perder a uno de sus alumnos podía tener graves repercusiones para ellos.

Manette llamó a Niamh. El contestador respondió con el irritante susurro de esa mujer, grabado sin duda a modo de canto de sirena destinado a potenciales pretendientes. Primero dejó un mensaje, pero después cambió de estrategia.

—¿Tim? ¿Estás ahí? Si estás ahí, coge el teléfono, cielo. Soy tu prima Manette.

403

Nada. Claro que eso tampoco quería decir gran cosa. Si estaba escondido, no era probable que se delatara. De su llamada deduciría que no solo lo estaba buscando ella, sino todo el mundo.

No le quedaba más remedio que emprender una búsqueda. No quería, sin embargo, asumirla sola, de modo que se fue a la oficina de Freddie. Al ver que no estaba allí, fue al despacho de Ian. Allí estaba, trabajando como una hormiga delante del ordenador, intentando averiguar por qué vericuetos había circulado el dinero. La miró un momento antes de que le hablara. Mi querido Freddie, pensó, con una breve punzada en el corazón, como si este le hiciera cobrar conciencia de su presencia por primera vez desde hacía años.

—¿Tienes un momento, Fred?

—¿Qué ocurre? —preguntó con una sonrisa—. ¿Qué ha pasado? —añadió, más serio, porque sabía interpretar perfectamente en su cara cuándo algo no iba bien.

Le explicó lo esencial, que Tim había desaparecido y que tenía que ir a casa de Niamh, porque no veía otro sitio donde pudiera haberse escondido, pero que no quería hacer el trayecto sola, o, mejor dicho, que no quería enfrentarse a Tim sola. Aquello le daba mala espina. Se sentía un poco…, bueno, necesitada de apoyo por si llegaba a producirse otro enfrentamiento con él.

Por supuesto, aceptó Freddie, como siempre.

—Un segundo. Nos vemos en el coche —indicó.

Y efectivamente, al cabo de menos de diez minutos, se subió al asiento del acompañante.

—¿No quieres que conduzca yo? —se ofreció.

—Es posible que uno de los dos tenga que bajarse y agarrarlo por la fuerza. Si no te importa, preferiría que fueras tú.

Tardaron poco en llegar a Grange-over-Sands, por la carretera que bordeaba la solitaria bahía. Cuando pararon delante de la blanca casa de Niamh, la vieron. Se estaba despidiendo cariñosamente del mismo individuo con el que se había encontrado Manette la vez anterior en que estuvo allí. Charlie Wilcox, del restaurante de comida china de Milnthorpe. Le murmuró el nombre a Freddie, aunque no tuvo necesidad de especificar qué relación mantenía con la madre de Tim y de Gracie, puesto que la misma Niamh lo estaba dejando bien claro.

Llevaba un batín por el que se le entreveía casi toda la pierna. Charlie llevaba puesta la ropa del día anterior, un traje de vestir, camisa blanca y una corbata suelta alrededor del cuello. Después de lanzar una mirada en dirección al coche de Manette, Niamh se concentró en un dramático beso de despedida, rodeando con una pierna la del pobre Charlie, para frotarse de forma provocativa contra él. Por lo abierta que tenía la boca, se podía pensar que estaba hurgándole la muela del juicio con la lengua.

Manette exhaló un suspiro y miró a Freddie. Este la miró de reojo, ruborizado, y ella se encogió de hombros.

Se bajaron del coche cuando la pareja acabó de besarse. Cuando se cruzaron, Charlie los saludó con aire aturdido. Sin embargo, no parecía abochornado en lo más mínimo. Por lo visto estaba muy a gusto yendo y viniendo a casa de Niamh para cubrir las necesidades de esta, pensó Manette. «Como un fontanero encargado del mantenimiento de las tuberías», añadió para sí con un bufido mientras se dirigían a la puerta.

Niamh no la había cerrado. Se había metido dentro, pensando seguramente que Manette y Freddie irían tras ella. Entraron y cerraron la puerta tras de sí.

—Enseguida voy —les dijo—. Me voy a poner algo decente.

Omitiendo efectuar comentario alguno, Manette entró con Freddie en la sala de estar, que aún presentaba ciertas señales de un arrebatado encuentro amoroso: una botella de vino, dos copas, un plato con restos de queso y chocolate, los cojines del sofá desparramados por el suelo y la ropa de Niamh amontonada a un lado. No cabía duda de que aquella mujer estaba disfrutando como nunca en su vida, pensó Manette.

—Perdonad. Aún no me ha dado tiempo de arreglar esto.

Manette y Freddie se volvieron al oír la voz de Niamh. El «algo decente» resultó ser una malla negra que se ajustaba a todas las curvas de su cuerpo y le realzaba los pechos. Erguidos como soldados de infantería en presencia del comandante general, los pezones se advertían bajo la fina tela.

Manette lanzó una ojeada a Freddie. Este contemplaba por la ventana la hermosa vista de la bahía. Con la marea baja, los chorlitos y corremolinos gordos habían acudido por millares. Aun sin ser aficionado a los pájaros, Freddie les estaba dedicando una considerable atención. Aparte, tenía las puntas de las orejas de color carmesí.

—Dime, ¿en qué puedo ayudaros? —preguntó Niamh, dirigiendo una maliciosa sonrisa a Manette.

Luego se puso a trajinar, ahuecando los cojines y recolocándolos en el sofá, para después recoger la botella y las copas y llevarlas a la cocina. Viendo los restos de comida china que habían quedado en la encimera y la mesa, Manette se dijo que el pobre idiota de Charlie Wilcox proporcionaba toda clase de sustento.

—He llamado antes —le dijo Manette—. ¿No lo has oído, Niamh?

405

—Nunca contesto al teléfono cuando Charlie está aquí —respondió, con gesto despreciativo, Niamh—. ¿Acaso tú lo harías, en mi lugar?

—No estoy segura. ¿Cuál es tu lugar? Bah, da igual. Me importa muy poco. Sí, contestaría al teléfono si oyera el mensaje, un mensaje en el que me hablaran de mi hijo.

Niamh inspeccionaba las cajas de cartón de la comida, por si quedaban sobras aprovechables.

—¿Qué pasa con Tim? —preguntó.

Manette advirtió que Freddie entraba en la cocina y se hizo a un lado para dejarle espacio. Vio que se detenía con los brazos cruzados, observando el desorden. A Freddie no le gustaba nada que se dejaran por en medio los restos de comida y los platos sucios.

Manette resumió lo que había ocurrido: su hijo había desaparecido y hacía dos días que no iba al colegio.

—¿Ha estado aquí? —preguntó al final, aunque ya estaba segura de cuál iba a ser la respuesta.

—No, que yo sepa —contestó Niamh—. No he estado aquí todo el tiempo. Podría haber venido y haberse marchado.

—Querríamos comprobarlo —dijo Freddie.

—¿Por qué? ¿Creéis que está debajo de una cama? ¿Creéis que yo lo estoy escondiendo?

—Más bien creemos que él podría estar escondiéndose de ti —precisó Manette—. Y sería lógico, ¿no? Para ser sinceros, Niamh, hay un límite en lo que un chico puede soportar, y me parece que él ya lo ha rebasado.

—A ver, aclárame qué estás diciendo.

—Me parece que lo sabes perfectamente. Y con lo entretenida que has…

Freddie le tocó el brazo para indicarle que callara y tomó el relevo, con tono más afable.

—Tim podría haber entrado mientras dormías. También podría estar en el garaje. ¿Te importa si echamos un vistazo? Será solo un momento y no te molestaremos más.

Por la expresión de Niamh, Manette infirió que le hubiera gustado prolongar más la conversación, pero sabía que con ello habrían ido a parar tan solo adonde la quería llevar. Los pecados que Ian había cometido contra ella y contra la familia constituían el disco rayado de su vida, que no tenía ninguna intención de reparar. A pesar de Charlie Wilcox y su restaurante chino, Niamh seguiría con el asunto de la traición de Ian; no tenía ninguna intención de ver más allá.

—Como queráis, Freddie —dijo, antes de dar media vuelta para empezar a poner orden en la cocina.

Tardaron menos de cinco minutos en registrar la casa. Era pequeña. En el piso de arriba solo había tres dormitorios y un cuarto de baño. Era muy improbable que Tim se hubiera ocultado en la habitación de su madre, ya que con ello se habría arriesgado a oír el entusiasta concierto de sonidos que debía de emitir haciendo el amor. Solo tenían que mirar en su habitación y en la de Gracie. Manette se ocupó de ello mientras Freddie miraba en el garaje.

Se reunieron en la sala de estar. Debían continuar las pesquisas en otro lado. Manette sintió, no obstante, que antes debía hablar un momento con la madre de Tim. Niamh salió de la cocina con una taza de café, sin ofrecerles nada a ellos. Tanto mejor, se felicitó Manette, porque no quería quedarse más tiempo del que iba a necesitar para soltarle lo que tenía que decir.

—Es hora de que los niños vuelvan a casa —advirtió—. Ya has expresado lo que querías, Niamh, y no hay motivo para que sigas insistiendo.

—Ay, querida —suspiró, yendo hasta un sillón bajo el que asomaba algo. Lo recogió y lo mostró con una recatada sonrisa—. Charlie trae sus juguetes —dijo.

Manette vio que era un artilugio para juegos sexuales, un vibrador seguramente, provisto de diversos accesorios, que también estaban desparramados por el suelo. Tras recuperarlos, Niamh lo dejó todo encima de la mesa del sofá.

—¿Y qué era eso que tenía que expresar, Manette?

—Sabes muy bien a qué me refiero. A lo mismo que te llevó a hacerte la cirugía estética y que hace que cada noche recibas a ese pobre desgraciado para que olisquee tus humores.

—Manette —murmuró Freddie.

—No, ya es hora de que alguien la llame al orden. No puedes seguir con esas estupideces. Tienes dos hijos y una obligación para con ellos, que no tiene nada que ver con Ian, ni con que él te rechazara, ni con que prefiriera a Kaveh, ni...

—¡Basta! —susurró Niamh—. No consiento que nadie pronuncie ese nombre dentro de mi casa.

—¿Cuál? ¿El de Ian, el padre de tus hijos, o el de Kaveh, el hombre por el que te dejó? Te hizo daño. Es comprensible. De acuerdo. Todo el mundo lo sabe. Está claro que tenías derecho a sentirte mal, pero Ian está muerto y los niños te necesitan y, si no eres capaz de darte cuenta de eso, si estás tan concentrada en ti misma, si estás en una situación de celo tan extremo, si tienes que seguir demostrándote una y otra vez que hay un hombre..., cualquier hombre, por el amor de Dios..., que te desea... ¿Qué demonios te pasa? ¿Alguna vez hiciste de madre de Gracie y Tim?

—Manette —murmuró Freddie—. Vamos.

—¿Cómo te atreves? —replicó, enfurecida, Niamh—. ¿Quién coño te crees que eres para venir aquí… a decirme…, tú que desperdiciaste a un hombre por…?

—No estamos hablando de mí.

—No, claro, de ti nunca hace falta hablar. Tú eres perfecta, y los demás, despreciables. ¿Qué sabes tú de lo que yo tuve que pasar? ¿Sabes tú qué efecto produce que el hombre al que quieres haya estado encontrándose con otros hombres durante años? ¿En lavabos públicos, en parques, en clubes nocturnos donde se magrean y se la meten entre absolutos desconocidos? ¿Sabes qué se siente al enterarse de eso? ¿Al saber que tu matrimonio ha sido una farsa y que además has estado expuesta al contagio de un montón de enfermedades asquerosas porque el hombre al que habías entregado tu vida ha estado viviendo un embuste durante años? Ahora no me vengas a decir cómo debo vivir mi vida, joder. No me vengas a decir si soy egoísta, patética o lo que coño se te pase por la cabeza…

Se secó las lágrimas que habían comenzado a rodar por su cara.

—Sal de aquí y no vuelvas más. Si lo haces, juro por Dios, Manette, que llamaré a la policía. Quiero que os vayáis de aquí y me dejéis en paz.

—¿Y Tim? ¿Y Gracie? ¿Qué va a ser de ellos?

—No puedo tenerlos conmigo.

—¿Qué quieres decir con eso? —preguntó entonces Freddie.

—Me lo recuerdan, siempre. No lo puedo soportar. Ellos.

Manette despegó los labios mientras asimilaba aquellas palabras.

—No entiendo por qué te eligió a ti. No entiendo cómo no lo vio.

—¿Qué…? ¿Qué…? ¿Qué? —replicó Niamh.

—Desde el primer momento, solo pensaste en ti. Igual que haces ahora, Niamh. Así son las cosas.

—No sé de qué me hablas —espetó Niamh.

—No te preocupes —dijo Manette—. Yo por fin he resuelto un interrogante.

Lancaster
Lancashire

Aunque le remordía un poco la conciencia por Lynley, Deborah no se permitió sentir más que un leve resquemor. Llegaría al Crow and Eagle de Milnthorpe y no la encontraría, pero no sabría que se había ido a Lancaster, puesto que el coche de alquiler seguía en el aparcamiento. Al principio, seguramente pensaría que había ido a dar un paseo por Milnthorpe, a la plaza del mercado, por ejemplo, o a echar un vistazo al cementerio de la iglesia. O tal vez que se había ido por la carretera de Arnside para contemplar las aves de la marisma, ya que, con la marea baja, se poblaban de bandadas de toda clase de pájaros imaginables, que, llegados de climas más fríos, se instalaban a pasar el invierno en Gran Bretaña. Otra posibilidad era el hotel, situado justo al otro lado de la carretera. Quizá pensaría que estaba allí, o que aún estaba desayunando. De todas maneras, daba igual. Lo importante era que no estaría allí para que la recogiera y la llevara a casa con Simon. Podría haberle dejado una nota, por supuesto, pero conocía a Tommy. Sabía que si tenía el más mínimo indicio de que se iba a Lancaster para volver a hablar con Lucy Keverne a propósito de Alatea Fairclough, lo tendría detrás como un sabueso a la caza de una liebre.

Después de que lo llamara, Zed Benjamin llegó en un tiempo récord. Tras reservar otra noche en el hostal, ella se había puesto a esperarlo en la entrada, de modo que solo tuvo que salir y subirse directamente a su coche una vez que él dio la vuelta para colocarse en la dirección de Lancaster.

No le había dicho que le había mentido respecto a por qué Lucy Keverne y Alatea Fairclough habían ido juntas a la Universidad de Lancaster. A su modo de ver, no tenía que andarse con contemplaciones con un periodista de la prensa amarilla. No le debía nada, ni siquiera una falsa disculpa.

A efectos prácticos, le planteó una situación bien sencilla: creía que Lucy Keverne le había mentido el día anterior. Cuanto más lo pensaba, menos sentido le encontraba a aquello que le había explicado de que había ido a ver a un especialista de la universidad por algo relacionado con ciertos trastornos femeninos. Si había ido a un centro especializado en reproducción asistida, ¿para qué necesitaría el apoyo de una amiga? Lo más lógico era que hubiera ido con su marido o su pareja, ¿no? Le parecía que entre Lucy Keverne y Alatea Fairclough había algo más, algo que quería descubrir y para lo cual iba a necesitar la presencia de Zed.

Como buen periodista de *The Source*, a Zed enseguida se le ocurrió que podía haber una relación lesbiana secreta entre Lucy Keverne y Alatea Fairclough. Buscando una posible conexión con la muerte de Ian Cresswell, de aquello pasó a aventurar que, tal vez, el difunto hubiera estado al corriente de dicha relación y hubiera amenazado con contárselo a Nicholas Fairclough. A partir de allí ofreció diversas variaciones sobre ese tema, en la mayoría de las cuales contemplaba la posibilidad de que Lucy Keverne y Alatea Fairclough hubieran logrado eliminar entre las dos a Ian Cresswell. Toda aquella especulación le vino de maravilla a Deborah, ya que lo mantenía ocupado, sin plantearse por qué demonios una supuesta detective de New Scotland Yard iba a querer contar con alguien de *The Source* en el curso de una investigación.

Sí le dijo que suponía que al final todo se iba a reducir a una cuestión de dinero. Omitió, sin embargo, informarlo de que si Lucy Keverne se había estado anunciando como donante de óvulos, tal como afirmaba, no lo había hecho por mera bondad, sino para ganarse unas cuantas libras. Zed iba a entregarle dinero de su tabloide a cambio de la historia que les iba a contar. Aunque él mismo lo ignoraba, pronto lo averiguaría.

La única cuestión que Deborah no se quiso plantear con detenimiento fue por qué razón atribuía tanta importancia a aquel aspecto del caso Cresswell. La policía local había dictaminado que la muerte de Ian Cresswell había sido accidental. Simon estaba seguro de ello, y su trabajo consistía precisamente en cerciorarse de este tipo de cosas. Tommy estaba de acuerdo con él. Todo apuntaba a que Tommy había viajado a Cumbria por algo que poco tenía que ver con la muerte de Ian Cresswell, y que ella sostuviera con tanta tenacidad que había algo más que indagar resultaba bastante raro. Deborah lo sabía, pero no le quería dar muchas vueltas, pues quizá la verdad de fondo no le resultara muy agradable.

—Esto es lo que vamos a hacer —expuso, una vez que hubieron llegado a la Fundación Kent-Howath para Soldados Discapacitados.

—Un momento, un momento —protestó con desconfianza Zed, ante la idea de que le tocara cumplir otra vez el papel de chófer mientras ella obtenía información que luego podía compartir o no con él según se le antojara.

Su reacción era comprensible, tuvo que reconocer Deborah. La última vez, lo único que había sacado Zed fue un gasto de medio depósito de gasolina.

—Lo llamaré una vez que esté a solas con ella —le prometió—. Si nos ve a los dos juntos, le garantizo que no dirá ni una palabra sobre Alatea Fairclough. ¿Para qué iba a hacerlo? Si está metida en algo ilegal, no es previsible que lo confiese, ¿no?

Deborah se alegró de que a Zed no se le ocurriera preguntar qué hacían entonces allí. Aquel asunto iba a resultar complicado, por lo que debía concentrar todas sus energías en ello, en lugar de en inventar excusas para aquel periodista. De todas maneras, ya no estaba segura de nada.

En la recepción la acogió el mismo señor mayor del día anterior. Se acordaba de ella por su pelo. Después de preguntarle si quería volver a hablar con la señorita Lucy Keverne, levantó un fajo de papeles.

—Estoy leyendo su obra, mire, y, fíjese lo que le digo, si no le dan un premio de teatro, yo soy la reina de Saba.

De modo que era autora teatral, pensó Deborah. Quizá trabajaba allí como animadora y donaba sus óvulos como forma de ganar un dinero extra. Aquello abría una horrible perspectiva, la posibilidad de que lo único que hubiera hecho en compañía de Alatea Fairclough quedara circunscrito al campo de la investigación. Bueno, de una manera u otra, tendrían que averiguarlo. Mientras tanto, no tenía ninguna intención de decirle que sabía que escribía teatro. Mejor no darle ningún indicio a partir del cual pudiera urdir su explicación.

Lucy se sorprendió cuando vio quién la esperaba en el vestíbulo. Se mostró recelosa.

Sin darle tiempo a que tomara la palabra, Deborah se acercó deprisa a ella y posó una mano en su brazo.

—No me voy a andar por las ramas, señorita Keverne. New Scotland Yard está aquí, en Cumbria, y también hay un periodista de *The Source*. De una manera u otra, acabará contando su historia…, la verdadera esta vez… Usted decide cómo y cuándo lo va a hacer.

—No puedo… —quiso argüir Lucy.

—Ya no le queda más opción. Ayer la engañé. Le pido disculpas por ello, pero mi intención era llegar al fondo del asunto sin que tuviera que intervenir alguien que la hiciera sentir incómoda. Debe saber que estamos investigando a Alatea Fairclough y que la pista nos ha conducido directamente hasta usted.

—Yo no he hecho nada ilegal.

—Eso es lo que dice —contestó Deborah—. Y si fuera cierto…

—Lo es.

—Entonces debería decidir qué oferta le conviene más.

Lucy entornó los ojos. La palabra «oferta» había dado resultado.

—¿A qué se refiere?

—No podemos hablar aquí, en el vestíbulo —señaló Deborah, mirando con aire furtivo en torno a sí.

—Acompáñeme.

Deborah advirtió, contenta, que esta vez no fueron al jardín, sino a una oficina, que parecía ser la suya. Había dos escritorios, pero ninguno estaba ocupado. Lucy cerró la puerta y se detuvo frente a ella.

—¿Quién está ofreciendo algo?

—Los tabloides pagan por el contenido de sus reportajes. Ya lo debe de saber.

411

—¿Es eso lo que es usted?

—¿Una periodista de la prensa sensacionalista? No. Pero tengo a una persona del sector que me acompaña y, si acepta hablar con ella, yo me encargaré de que le pague por lo que tenga que decir. Mi función es evaluar el precio de la historia. Usted me la cuenta y yo negociaré con él.

—No creo que las cosas funcionen así —replicó con astucia Lucy—. ¿Quién es usted, pues? ¿Una agente de *The Source*? ¿Una especie de... exploradora de noticias o algo así?

—Me parece que eso no tiene gran importancia —señaló Deborah—. Es más importante lo que le quiero ofrecer. Puedo llamar al detective de New Scotland Yard que está aquí en Cumbria por un caso de asesinato, o bien puedo llamar a un periodista que entrará aquí, escuchará su versión de los hechos y le pagará por ello.

—¿Asesinato? ¿Qué ocurre aquí?

—No se preocupe por eso ahora. Céntrese en su relación con Alatea Fairclough. Usted decide. ¿Qué prefiere? ¿Una visita de New Scotland Yard o un periodista que escuchará encantado lo que le quiera contar?

Lucy Keverne se tomó un momento para reflexionar, mientras fuera, en el pasillo, pasaba una especie de carrito.

—¿Cuánto? —inquirió por fin.

Deborah respiró mejor viendo que Lucy estaba a punto de morder el anzuelo.

—Supongo que eso depende de lo sensacional que sea su historia —dijo.

Lucy dirigió la mirada hacia una ventana que daba al jardín en el que habían hablado el día anterior. Una racha de viento agitó las finas ramas de un arce japonés y desprendió las hojas que hasta entonces se aferraban a él.

Deborah aguardó, rogando para sus adentros, consciente de que aquella era la única opción de que disponía para llegar a la verdad. Si Lucy Keverne no aceptaba, no le quedaba más remedio que regresar a Londres, tal como le habían ordenado.

—No hay ninguna historia capaz de interesar a *The Source* —respondió por fin Lucy—. Lo único que existe es un pacto entre dos mujeres. Aceptaría más dinero si pudiera, créame, porque no me vendría mal. Preferiría no tener que trabajar aquí. Preferiría estar sentada en mi casa, escribiendo mis obras de teatro para enviarlas a Londres y ver como alguien las lleva al escenario, pero como eso no va a ocurrir de manera inmediata, trabajo aquí por las mañanas y por las tardes escribo, y de vez en cuando mejoro mis ingresos donando óvulos. Esa fue la razón por la que puse el anuncio en la revista *Concepción*, tal como ya le expliqué.

—También me explicó que Alatea le había pedido que le sirviera de madre de alquiler, pero que rehusó.

—Bueno, eso no era verdad. Acepté.

—Entonces, ¿por qué me mintió ayer?

—Porque era un asunto privado. Todavía lo es.

—¿Y el dinero?

—¿Qué?

—Según tengo entendido, por la donación de óvulos se recibe una compensación económica, pero si se acepta gestar al hijo de otra persona, no se recibe nada, aparte del montante de los gastos —señaló Deborah—. Los óvulos representan una ganancia mientras que el alquiler de útero viene a ser un acto caritativo. ¿Es así cómo funciona?

Lucy guardó silencio. En ese instante, sonó el móvil de Deborah, que lo sacó con impaciencia del bolso para ver quién llamaba.

—¿Me está tomando por idiota? —preguntó Zed, no bien respondió—. ¿Qué coño está pasando?

—Voy a tener que llamarlo dentro de un momento —dijo.

—De ninguna manera. Voy a entrar.

—No sería nada oportuno.

—Bueno, pues es lo mejor que se me ocurre. Y cuando llegue, más vale que me presente algo que sirva para un reportaje y que, además, tenga que ver con el asesinato de Cresswell.

—No le puedo prometer… —Ya le había colgado, sin darle tiempo a concluir la frase—. El periodista de *The Source* viene hacia aquí —advirtió a Lucy—. Esto se me va a escapar de las manos, a no ser que quiera decirme más, algo que pueda utilizar para mantenerlo apartado de usted. Debe de ser algo relacionado con el dinero, supongo. Alatea está dispuesta a pagarle más que los meros gastos, ¿no es verdad? Eso iría contra la ley. Por eso me mintió ayer.

—Fíjese en mi situación, fíjese en este trabajo que tengo que hacer —contestó con vehemencia Lucy—. Lo único que necesito es tiempo para acabar mi obra, editarla, poder revisarla, y no tengo tiempo ni dinero, y el acuerdo al que llegamos me iba a proporcionar ambas cosas. O sea, que puede montar un artículo con eso si quiere, pero no creo que sirva para vender muchos periódicos. ¿Usted sí?

Tenía toda la razón del mundo. «Vástago de la familia Fairclough implicado en trato ilegal con útero de alquiler de por medio», podría vender algunos periódicos, pero el reportaje solo se sostendría si existiera un robusto bebé cuya encantadora foto se pudiera publicar al lado, con un típico pie de foto del estilo: «Pequeño Fairclough vendido por madre de alquiler por 50.000 libras». Ningún tabloide compraría siquiera la afirmación de que hubo un pacto incumplido, puesto que no se podría demostrar y Alatea Fairclough lo negaría todo. Si hubiera habido un niño, la cosa habría sido distinta, pero aquello no daba pie a ningún artículo.

Por otra parte, ahora Deborah sabía por qué Alatea Fairclough le tenía pánico. La única pregunta pendiente era si Ian Cresswell había descubierto de algún modo aquella situación y había amenazado a Alatea de la única manera en que podía hacerlo: a través del dinero. Si Alatea tenía que pagar a Lucy por el embarazo, el dinero habría tenido que pasar por las manos de Ian Cresswell. Él era la persona que controlaba la fortuna de los Fairclough. A menos que dispusiera de dinero propio, Alatea tendría que haber llegado a alguna clase de trato con Ian.

Aquello la llevó a plantearse qué intervención había tenido Nicholas Fairclough en el acuerdo entre las dos mujeres. Tenía que haber dado su consentimiento, sin duda, de lo cual se desprendía que había tenido que participar en la recaudación de fondos para pagarlo todo.

—¿Y Nicholas, el marido de Alatea?

—Él solo...

Aquello fue lo único que alcanzó a responder antes de que el exasperante Zed Benjamin irrumpiera en la habitación.

—Ya he tenido bastante de este doble juego con Scotland Yard. O trabajamos juntos, o yo me voy.

—¿Doble juego con Scotland Yard? —exclamó Lucy—. ¿Scotland Yard?

—¿Con quién diablos cree que ha estado hablando, con *lady* Godiva? —replicó Zed, señalando a Deborah con el pulgar.

Arnside
Cumbria

Alatea había logrado convencer a Nicholas para que fuera al trabajo. Él se había ido sin ganas, por lo que era probable que no se quedara allí. En ese momento, no obstante, lo único a lo que podía aferrarse era a una apariencia de normalidad, y lo que constituía la normalidad era que Nicky fuera a Barrow y después al Proyecto de la Torre.

Aquella noche también la había pasado en vela, acosado por los remordimientos, considerándose responsable de atraer la atención de Raúl Montenegro sobre ella.

Nicky sabía que habían sido amantes. Ella nunca le había mentido al respecto. También sabía que había huido de Montenegro. En un mundo en el que el seguimiento obsesivo por parte de alguien se había convertido en una más de las múltiples formas de acoso que podía padecer una mujer, a Nicky no le había costado creer que necesitaba protección frente a aquel millonario mexicano, un hombre poderoso en cuya casa había vivido cinco años y que estaba decidido a obtener lo que ella le había prometido darle.

Nicky nunca lo había sabido todo sobre ella, sin embargo, ni tampoco sobre Raúl ni la clase de vínculo que habían mantenido. La única persona que lo sabía era el propio Montenegro. Él había cambiado para estar con ella, y Alatea había transformado su modo de vida para que pudieran estar juntos. No obstante, había cosas de su vida con Raúl que jamás le había contado, como otras cosas sobre sí misma. Sentía unas ganas terribles de huir. Estaba caminando de un lado a otro, barajando las opciones que le quedaban cuando llamó Lucy Keverne. Le anunció con sequedad las novedades: aquella mujer había regresado, esa vez acompañada de alguien.

—He tenido que decirle la verdad, Alatea. O por lo menos en buena parte. No me ha dejado más alternativa.

—¿Cómo? ¿Qué le ha dicho?

—Que tenía problemas para quedarse embarazada. Ella cree que su marido está al corriente. He tenido que dejar que pensara eso.

—No le ha hablado del dinero, ¿no? De cuánto le pago... Ni de lo demás... ¿Sabe lo otro?

—Sabe lo del dinero. Lo ha deducido por sí misma. Ayer le hablé de donación de óvulos y sabía que había dinero de por medio, por lo que ha llegado a la conclusión de que también lo habría en relación con el alquiler de útero, algo que difícilmente podía negar.

—Pero no le ha dicho...

—Eso es lo único que sabe, que yo necesitaba dinero. Nada más.

—Y lo otro...

—No le he explicado cómo iba a ser, si es eso lo que le preocupa. Ella no lo sabe... Nadie sabrá que pensábamos fingir el embarazo. Esa parte nos corresponde representarla a nosotras, con la «amistad» surgida entre las dos, las vacaciones pasadas juntas en fechas demasiado cercanas al final del embarazo, el parto... Ella no sabe nada de eso y yo no se lo he dicho.

—Pero por qué le ha...

—No me ha dejado más alternativa, Alatea. Era eso o la posibilidad de que me detuvieran, con lo cual difícilmente podría ayudarla más tarde, cuando todo esto se calme..., si es que se calma.

415

—Pero si ella lo sabe y despúes nace un niño…

Alatea se fue a sentar junto a la ventana. Estaba en el salón amarillo, cuyo alegre color servía de poco para mitigar la triste tonalidad gris del día que hacía afuera.

—Hay algo más, Alatea —anunció Lucy—. Me temo que hay algo más.

—¿Cómo? ¿Qué más? —preguntó ella con los labios rígidos.

—Ha venido con un periodista de la prensa amarilla. Las opciones que me ha dado eran o bien hablar con él, o bien hacerlo con Scotland Yard…

—Ay, Dios mío. —Alatea se dejó caer en el asiento, inclinando la cabeza para apoyar la frente en una mano.

—Pero ¿por qué están interesados en usted los de Scotland Yard? ¿Y por qué intentan escribir sobre usted los de *The Source*? Tengo que preguntárselo porque me prometió…, me lo garantizó, Alatea…, que nadie podría descubrir el engaño. Ahora entre Scotland Yard y un tabloide, ambas nos encontramos en una posición muy idónea para…

—No es por usted, ni tampoco por mí —le aseguró Alatea—. Es por Nicky. Tiene que ver con la muerte de su primo.

—¿Qué primo? ¿Cuándo? ¿Qué relación guarda eso con usted?

—Ninguna. No tiene ninguna relación conmigo ni con Nicky, pero fue eso lo que atrajo a los de Scotland Yard hasta aquí. El periodista vino para escribir un reportaje sobre Nicky y su Proyecto de la Torre, pero eso fue hace semanas, y no sé por qué ha vuelto a venir.

—Esto se está complicando —señaló Lucy—. Se da cuenta, ¿verdad? Mire, creo que he conseguido impedir que el periodista sacara un artículo de todo eso. Porque ¿qué podría escribir? ¿Que usted y yo estábamos hablando de llegar a un acuerdo para una gestación? Eso no da para un artículo. La mujer, en cambio…, ha asegurado que podía hacer venir a un detective de Scotland Yard con solo chasquear los dedos, y él me ha dicho que ella era la detective, cosa que ella ha negado. Pero tampoco ha aclarado nada más, y a aquellas alturas todo se estaba desmontando y… Por Dios santo, ¿quién era esa mujer, Alatea? ¿Qué quiere de mí? ¿Qué quiere de usted?

—Está reuniendo información —dijo Alatea—. Está haciendo todo lo posible para averiguar quién soy yo.

—¿Cómo? ¿Para saber quién es?

«Soy un juguete en manos de otro; eternamente condenada a no ser quién deseo ser.»

Victoria
Londres

Barbara se pasó la mañana trabajando como una bestia para Isabelle Ardery. Para ello tuvo que reunirse con un empleado de la Fiscalía General del Estado, para cotejar todas las declaraciones tomadas a los testigos relacionados con la muerte de una joven, acaecida el verano anterior en un cementerio del norte de Londres. Aunque detestaba aquella clase de trabajo, ni siquiera chistó cuando Ardery se lo encargó. Más valía demostrar su valía por otros procedimientos, aparte de en su manera de vestir, que era, por cierto, impecable aquel día. Se había puesto su falda *evasé*, con medias azul marino, zapatos de salón impecables —bueno, tenían una fina rozadura, que había disimulado con un poco de saliva—, combinados con un jersey de lana nuevo, mucho más fino que los de estilo marinero que solía llevar. Encima vestía una discreta chaqueta de cuadros escoceses y hasta lucía la única joya que poseía: un collar de filigrana que había comprado el verano anterior en el Accesorize de Oxford Street.

El entusiasmo con que Hadiyyah había aprobado su atuendo de esa mañana le había indicado que estaba desarrollando ciertas habilidades en ese campo. La niña había acudido a su casa mientras ella saboreaba el último pedazo de su tarta y hasta había tenido el detalle de hacer caso omiso del pitillo que humeaba en el cenicero para felicitarla por su estilo.

—¿Es fiesta hoy? —le preguntó Barbara al advertir que no llevaba el uniforme de la escuela.

Hadiyyah dio unos saltitos, con las manos apoyadas en el respaldo de una de las dos sillas colocadas junto a la mesa de la cocina, de dimensiones apenas mayores que las de una tabla de cortar y que, a menudo, servía también para dicho cometido.

—Mamá y yo… Es especial, Barbara —repuso la chiquilla—. Es para papá, y yo debo faltar a la escuela. Mamá ha llamado y ha dicho que estaba enferma, pero era solo una mentira pequeña por lo que tenemos previsto. Es una sorpresa para papá. —Plegó las manos contra el pecho con alborozo—. Uy, vas a ver —gritó.

—¿Yo? ¿Por qué? ¿Yo formo parte de la sorpresa?

—Es que yo quiero que estés. Por eso mamá dice que puedes saberlo, pero que no debes decirle ni una palabra a papá. ¿Me lo prometes? Bueno, mamá dice que ella y papá tuvieron una pelea…; bueno, los mayores se pelean a veces, ¿no?…, y quiere darle una sorpresa. Y eso es lo que vamos a hacer hoy.

—¿Vais a ir a algún sitio? ¿Le llevaréis la sorpresa al trabajo?

—Oh, no. La sorpresa la encontrará cuando llegue a casa.

—Entonces debe de ser una cena especial.

—Algo muchísimo mejor.

Desde el punto de vista de Barbara, no había nada mejor que una cena especial, sobre todo si no era ella quien cocinaba.

—¿Qué, entonces? A ver, dime. Guardaré el secreto.

—¿Lo prometes? —preguntó Hadiyyah.

—Lo juro.

A Hadiyyah le bailaban los ojos cuando se distanció de la mesa y se puso a dar vueltas haciendo girar su cabello en torno a los hombros a la manera de una capa.

—¡Mi hermano y mi hermana! ¡Mi hermano y mi hermana! Barbara, ¿sabías que tenía un hermano y una hermana?

La sonrisa se esfumó de su cara, aunque intentó disimularlo.

—¿Un hermano y una hermana? ¿De verdad tienes un hermano y una hermana?

—Sí, sí —exclamó Hadiyyah—. Mira, papá había estado casado antes y no le gustaba decírmelo porque supongo que pensaba que era demasiado pequeña, pero mamá me lo contó y me dijo que no es tan malo haber estado casado antes, que a mí qué me parecía, y yo le contesté que no, claro, porque muchos niños tienen padres que ya no están casados; conozco a varios en la escuela. O sea, que mamá dijo que eso era lo que le había pasado a papá, pero que su familia se enfadó tanto con él que no quería que viera más a sus hijos. Eso no está bien, ¿no?

—Sí, supongo que no —corroboró Barbara, pese al mal presentimiento que tenía, preguntándose cómo demonios habría conseguido localizar Angelina Upman a aquella gente.

—Entonces… —Hadiyyah hizo una pausa para acentuar el dramatismo.

—¿Sí? —la animó a seguir Barbara.

—¡Entonces mamá y yo vamos a ir a buscarlos! —gritó—. ¡A que va a ser una sorpresa fenomenal! ¡Estoy tan contenta de poder conocer a unos hermanos que no sabía que tenía! Y papá también los va a ver y se pondrá contentísimo también, porque mamá dice que no los ha visto desde hace años, y ella no sabe cuántos años tienen siquiera, aunque le parece que uno debe de tener doce y el otro catorce. Imagínate, Barbara; tengo dos hermanos mayores. ¿Crees que les voy a gustar? Espero que sí, porque estoy segura de que a mí ellos sí me van a gustar.

Se le había secado tanto la boca que apenas podía mover la mandíbula. Tomó un sorbo de café tibio antes de responder.

—Vaya, vaya, vaya.

Fue lo único que se le ocurrió decir mientras cavilaba qué debía hacer. Su deber de amiga le dictaba que avisara a Azhar del inminente desastre que estaba a punto de venírsele encima. Angelina Upman iba a ponerlo frente a un hecho consumado que no tendría tiempo ni ocasión de impedir. ¿Aunque su amistad llegaba hasta ese punto? Y si se lo decía, ¿qué haría él? Además ¿qué efecto tendría sobre Hadiyyah, que era, desde su punto de vista, la persona más importante implicada en todo aquello?

Al final no había hecho nada, pues no logró idear ningún plan que no acabara causando estragos en la vida de demasiadas personas. Si hablaba con Angelina, le parecería que estaba traicionando a Azhar. Si hablaba con Azhar, tendría la sensación de estar traicionando a Angelina. Quizá lo mejor sería mantenerse al margen y dejar que la naturaleza…, o lo que fuera…, siguiera su curso. Luego tendría que acudir a barrer los destrozos, aunque quizá no habría nada roto que barrer. Hadiyyah se merecía, al fin y al cabo, conocer a sus hermanos. Tal vez todo acabaría bien. Tal vez.

Así pues, Barbara se había ido a trabajar. Se había asegurado de que la comisaria Ardery viera de arriba abajo el conjunto que lucía, aunque primero se presentó ante Dorothea Harriman en busca de aprobación. Esta no había escatimado en elogios —«sargento Harris, qué pelo… qué maquillaje… asombroso…»—, pero, cuando pasó a hablar de una nueva crema de base que tenía que probar y le propuso salir con ella a la hora de la comida para ver si la encontraban por la zona, Barbara cortó en seco la conversación. Después de darle las gracias, inclinó la cabeza hacia la comisaria Ardery, quien le entregó las demandas de la Fiscalía mientras preguntaba por teléfono: «Pero ¿qué cagada es esta? ¿Es que nunca podéis tener nada controlado?». Posiblemente aquel error lo habían cometido los de la brigada dedicada al crimen organizado por algún asunto de tipo forense. Por su parte se fue a trabajar con el empleado de la Fiscalía y hasta más tarde no pudo volver a concentrarse en la tarea que le había encargado Lynley.

Aquella vez le resultó más fácil. Ardery había tenido que irse para asistir, por lo visto, a la reunión para arreglar aquel desaguisado del que había estado hablando por teléfono y, si era del tipo que ella pensaba, seguro que estaría al otro lado del Támesis hasta las tantas. En cuanto se enteró de que había salido del edificio —gracias a la buena relación que mantenía con los encargados de controlar el acceso al aparcamiento subterráneo— salió disparada hacia la biblioteca, no sin antes presentar excusas al tipo de la Fiscalía, que estuvo encantado de poder disfrutar de una larguísima pausa de mediodía.

419

Barbara se llevó consigo el diccionario de español-inglés. Después de haber reunido suficiente información sobre los dos primeros hijos de Esteban Vásquez Vega y Dominga de Torres Padilla de Vásquez, el sacerdote Carlos y el dentista Miguel, y tras haber visto una foto de la esposa de Miguel que le bastó para concluir que ninguna cirugía en el mundo habría podido transformarla en Alatea Fairclough, Barbara centró su atención en Ángel, Santiago y Diego. Si ninguno de ellos tenía vínculo alguno con Alatea, iba a tener que investigar al resto de la familia y, por lo que le había dicho aquella estudiante española que le había hecho de traductora, esta podía contar con centenares de miembros.

Había muy poca información sobre Ángel, quien, pese a su nombre, parecía ser la oveja negra de la familia. Recurriendo al diccionario y avanzando a un paso tan lento que le hizo pensar que, para cuando hubiera descubierto algo útil, ya no quedaría rastro de la forma del caro corte de peinado que le habían hecho en Knightsbridge, acabó por comprender que había sido el responsable de un accidente de coche que había dejado inválida de por vida a su acompañante, una muchacha de quince años.

Puesto que aquella chica era la primera mujer con la que se topaba, aparte de la poco agraciada esposa de Miguel, Barbara trató de seguir aquel hilo, pero no la llevó a ninguna parte. No había ninguna foto de la muchacha. Sí había una de Ángel, pero parecía haber sido tomada diecinueve años atrás y, de todas maneras, daba igual, porque, después del accidente, la prensa del corazón no volvió a ocuparse de él. Si hubiera sido norteamericano, en ese momento se hubiera ido a seguir un programa de desintoxicación o habría descubierto a Jesús, pero aquello era Sudamérica y la prensa no se hacía eco de lo que hubiera podido ser de él después del accidente. Seguramente lo consideraban demasiado insignificante y habían preferido pasar a otros asuntos.

Barbara siguió su ejemplo y se centró en Santiago. Encontró un reportaje sobre la primera comunión del chico. Al menos suponía que era su primera comunión, porque se lo veía posando en una primorosa fila de niños vestidos con traje y niñas disfrazadas de novia y, a no ser que alguna secta hubiera decidido empezar a casarlos en torno a los ocho años, aquello tenía que ser un grupo de niños católicos de Argentina que habían sido elevados a la condición de dignos receptores del santo sacramento. Como le pareció un tanto extraño que se dedicara un artículo a una primera comunión de grupo, Barbara se esforzó un poco más tratando de entender el porqué. Comprendió lo esencial: que la iglesia se había quemado y que habían tenido que celebrar la primera comunión en un parque, o eso le pareció entender gracias a su escaso conocimiento de español. La destrucción de la iglesia también habría podido ser consecuencia, por ejemplo, de un huracán, o incluso de un terremoto, o tal vez habían tenido que abandonar el templo a causa de las termitas, porque… Ay, Dios, qué tedioso era eso de tener que traducirlo todo palabra por palabra.

Echó una ojeada a la foto de los niños y observó con detenimiento a cada una de las niñas, comparándolas con la foto que tenía de Alatea Fairclough. Eran solo unas quince y sus nombres constaban en el artículo, por lo que habría podido efectuar una búsqueda en Internet de cada una, pero aquello le habría llevado horas, y no disponía de tanto tiempo, pues una vez que regresara la comisaria Ardery, como no la encontrara aplicándose en las declaraciones de los testigos que le había ordenado revisar al lado del empleado de la Fiscalía, se iba a enterar.

Se planteó elegir a la niña más sospechosa y seguir su evolución. Acabó descartando la idea, pues apenas tenía tiempo, y mucho menos autoridad para ello, así que volvió a tomar la pista de Santiago. Si no abría ninguna perspectiva, entonces podría dedicarse a Diego.

Encontró una foto antigua de Santiago, de cuando era un adolescente, en la que aparecía representando el papel de Otelo, sin maquillaje de negro. También había una foto suya con el equipo de fútbol del colegio y un enorme trofeo, pero, a partir de allí, no había nada. Igual que había sucedido con Ángel, el del accidente de coche, desaparecía del mapa. Era como si una vez llegados a la mitad del periodo de adolescencia, si los muchachos no conseguían algún logro, como prepararse para el sacerdocio o para ser dentistas, los medios de comunicación locales perdieran todo interés por ellos. También cabía la posibilidad de que para entonces dejaran de tener una utilidad para la carrera política de su padre, porque, al fin y al cabo, era político, y seguro que tenía la misma tendencia a exhibir a sus retoños en periodo electoral para demostrar ante los votantes que componían una familia feliz.

Barbara se puso a meditar en torno a aquella combinación de familia, política y votantes. Pensó en Ángel. Pensó en Santiago. Escrutó todas las fotos que había encontrado y acabó fijándose en la del grupo de la comunión. Finalmente, volvió a coger la fotografía de Alatea Fairclough.

—¿Cuál es el misterio? —susurró—. Cuéntame tus secretos, cielo.

Nada. No había logrado ningún resultado.

Maldiciendo por lo bajo, apoyó la mano en el ratón para salir de Internet, con la intención de dejar a Diego, el benjamín, para más

421

tarde. Entonces volvió a mirar la foto del equipo de fútbol y después en la que aparecía como Otelo. De ellas, trasladó la vista a la de Alatea Fairclough, y luego a la de Alatea cogida del brazo de Montenegro. A continuación volvió a escrutar la de la primera comunión. Después ojeó las fotos de los años en que Alatea trabajó de modelo y se fue remontando en el tiempo, hasta la primera que pudo localizar. Se puso a mirarla atentamente y, al final, lo comprendió.

Sin despegar la vista de la pantalla, cogió el móvil y marcó el número de Lynley.

Bryanbarrow
Cumbria

—¿Se la puede obligar? —le preguntó Manette a Freddie.

Avanzaban a buena velocidad por el valle de Lyth. Esta vez era él quien conducía. Acababan de doblar una curva para adentrarse en su extremo suroccidental, donde los campos de color esmeralda se extendían detrás de las paredes de piedra seca a ambos lados de la carretera, y más allá se elevaban las montañas con los lomos cubiertos de grises chales de nubes. La humedad se propagaría desde allá arriba, en las cumbres, y la bruma pronto cubriría el fondo del valle, lo cual provocaría que se levantara una densa niebla a medida que avanzaba el día.

A Manette le había dejado un mal regusto la conversación que había mantenido con Niamh Cresswell. ¿Cómo era posible que la conociera desde hacía tantos años y aún no supiera ni remotamente quién era?

—¿A quién? —preguntó Freddie, que, por lo visto, había estado absorto en cuestiones que nada tenían que ver con Niamh ni con la visita que habían efectuado a su casa.

—A Niamh, Freddie. ¿A quién iba a ser? ¿No se la puede obligar a volver a quedarse con los niños?

—Ignoro lo que dice la ley en lo tocante a los padres e hijos, pero, la verdad, chica, ¿qué plan sería ese, si hubiera que hacer intervenir a la ley? —contestó, dubitativo.

—Ay, no sé, pero al menos deberíamos averiguar qué opciones hay, porque solo de pensar que pueda dejar a Tim y a Gracie abandonados a su suerte…, sobre todo a la pequeña Gracie… Por Dios santo, Freddie, ¿espera que se haga cargo de ellos la asistencia social? ¿Puede entregarlos a una institución pública? ¿No puede obligarla nadie a…?

—¿Abogados, jueces y servicios sociales? —inquirió Freddie—. ¿Cómo crees que afectaría ese tipo de cosas a los niños? Tim ya está bastante mal, con lo de la Margaret Fox School y todo lo demás. Apuesto a que saber que un tribunal ha obligado a su madre a acogerlo lo colocaría al borde del abismo.

—¿Quizá mi madre y mi padre…? —sugirió Manette—. ¿Con esa zona de juegos tan enorme que está construyendo…? Mamá y papá podrían quedárselos. También disponen de espacio, y seguro que a los niños les encantaría estar cerca del lago y poder utilizar la zona de juegos.

Freddie redujo la velocidad. Más adelante, estaban trasladando un rebaño de ovejas de un prado a otro, a la manera típica de Cumbria: iban por en medio de la carretera dirigidas por un border collie; el pastor caminaba detrás. El ritmo era, como siempre, pausado.

—Tim es un poco mayor para los columpios, ¿no te parece, Manette? —señaló Freddie, mientras cambiaba de marcha—. Y, de todas maneras, con el asunto de Vivienne Tully que acababa de salir a la luz, lo de poner a vivir a los niños en Ireleth Hall podría ser incluso peor para ellos que…, bueno, que quedarse en cualquier otro sitio que se les pueda encontrar.

—Tienes razón, claro. —Manette exhaló un suspiro, pensando 423 en todo de lo que se había enterado sobre sus padres en el curso de las últimas veinticuatro horas, en especial de su padre—. ¿Qué crees que va a hacer?

—¿Tu madre? Ni idea.

—Nunca he entendido qué fue lo que le atrajo de papá —dijo Manette—. Y, desde luego, no se me ocurre qué pudo ver Vivienne en él, o lo que todavía ve, porque según parece se han estado viendo durante años. ¿Cómo pudo haber encontrado atractivo a papá? No puede ser el dinero. El dinero es de mamá, no suyo, o sea, que, si se divorciaran, él no quedaría en la miseria, pero tampoco nadaría en dinero. Lo que quiero decir es que papá siempre ha tenido acceso a él, y es posible que Vivienne no supiera que, en realidad, no era suyo…

—Lo más probable es que ni siquiera pensara en el dinero en su relación con tu padre —opinó Freddie—. Creo que lo que la atrajo fue su aplomo. A las mujeres les gusta que los hombres tengan aplomo, y a tu padre siempre le ha sobrado. Apuesto a que fue eso lo que conquistó a tu madre.

Manette lo miró de reojo. Él todavía miraba las ovejas, pero las puntas de las orejas lo delataban. Ahí había algo que no había expresado.

—¿Y…?

—¿Mmm?

—Lo del aplomo.

—Ah, bueno, sí. Siempre he admirado eso en tu padre. Para serte franco, me gustaría tener solo una parte del que tiene él —confesó, con las orejas aún más rojas.

—¿Qué a ti te falta aplomo? ¿Cómo puedes decir eso? Y fíjate en todas las mujeres que han estado caminando a gatas sobre un lecho de vidrios rotos para llegar hasta ti.

—Eso es fácil, Manette. Responde a un imperativo biológico. Las mujeres quieren un hombre sin saber por qué lo quieren. Lo único que tiene que hacer el hombre es cumplir. Y si un hombre no puede cumplir cuando una mujer le está bajando los pantalones para darse un meneo...

—¡Hombre, Freddie! —Manette se echó a reír, sin poder evitarlo.

—Es verdad, chica. La especie entera se extingue si el tipo no puede cumplir cuando una mujer se está poniendo a tono. Es una cuestión biológica. Por principio, en la cama un hombre cumple. La técnica no es automática, claro, pero cualquier tipo puede aprender un poco. —Más adelante, los corderos llegaron al siguiente campo. El perro los hizo pasar por la verja abierta en la pared de piedra y Freddie puso la marcha—. O sea, que podemos decir que tu padre desarrolló una buena técnica, pero debía tener algo para atraer antes a las mujeres, y eso es la confianza en sí mismo. Tiene la clase de confianza de quien se cree capaz de hacer cualquier cosa, y no solo lo cree, sino que lo demuestra a los demás.

Manette tuvo que reconocer que el análisis era acertado, al menos en el caso de la relación de sus padres. Su encuentro inicial, en el que a sus quince años él se había presentado a Valerie Fairclough, de dieciocho, para anunciarle las intenciones que tenía con respecto a ella, había pasado a formar parte del folklore familiar. A ella le había intrigado que manifestara tanto descaro en un mundo donde la gente de su clase ofrecía más bien reverencias. A Bernie Dexter le bastó aquel misterio para conquistarla. Lo demás era historia.

—Pero, Freddie, tú también eres capaz de hacer cualquier cosa —afirmó—. ¿Nunca has creído eso de ti mismo?

—No pude salvar nuestro matrimonio, ¿no? —señaló él con una pudorosa sonrisa—. ¿Y lo que dijo Mignon ayer...? Yo siempre supe que preferías a Ian. Quizá de ahí arrancaron nuestros problemas.

—Eso no es verdad —negó—. Es posible que cuando era una muchacha de diecisiete años prefiriera a Ian, pero, ya de mujer, no preferí a nadie más que a ti.

—Ah —dijo él.

424

No añadió nada más. Tampoco ella habló, pese a que sentía que entre ellos se estaba instalando un desasosiego, una tensión que no existía antes. Permaneció callada mientras tomaban la dirección que los llevaría al pueblo de Bryanbarrow, y, de allí, a la granja de Bryan Beck.

Al llegar vieron un camión de mudanzas delante de la vivienda que ocupaban George Cowley y su hijo Daniel. Cuando se dirigían, después de aparcar, a la casa solariega, Cowley salió de su casa y, al verlos, se acercó a charlar.

—Ya tiene lo que quería, parece —apuntó escuetamente, antes de escupir con fuerza contra las losas del camino que conducía a la puerta de la casa grande, pasando junto a la cama elástica de Gracie—. A ver qué tal le sienta ahora eso de tener una granja que no le dé ni un maldito penique. Igual ya no le gusta tanto.

—¿Cómo dice? —inquirió Freddie.

Él no conocía a George Cowley; Manette, solo de vista; nunca había hablado con él.

—El hombre tiene grandes planes, sí, señor —prosiguió—. Pues por lo que respecta a Daniel y a mí, aquí no nos quedamos más. Nos llevamos nuestras ovejas, y allá él; que se las componga. Y a ver si encuentra a otro que quiera arrendarle las tierras y vivir en esa chabola de allí y pagar un ojo de la cara por gusto. Aquí se quedan él y su mujer y su familia.

Aunque dudaba que en aquella casita hubiera suficiente espacio para un hombre, su mujer y una familia, Manette optó por no hacer ningún comentario al respecto.

—¿Está Tim allí, señor Cowley? —preguntó—. Lo estamos buscando.

—¿Y yo cómo lo voy a saber? —respondió—. Aunque a ese chico le pasa algo raro, y la otra tampoco anda muy bien, no. Se pasa horas saltando en esa cama elástica. Bien contento que estoy de irme de este sitio, sí, señor. Si ven a ese invertido, le dicen que he dicho eso. Díganle que no me creo ni por asomo esas patrañas, aunque esconda sus intenciones debajo de la manga.

—Descuide, así lo haremos —prometió Freddie, cogiendo a Manette del brazo para encaminarse hacia la puerta—. Mejor será evitarlo, ¿no? —murmuró.

Manette estuvo de acuerdo, convencida de que aquel tipo estaba un poco trastocado. ¿De qué diantre estaría hablando?

En la casona no había nadie, pero Manette sabía que siempre guardaban una llave debajo de una seta de cemento cubierta de liquen, medio enterrada en el jardín junto a una vieja glicinia cuyo recio tronco trepaba hacia el tejado desprovisto ya de hojas. Una vez

425

que encontraron la llave, entraron a un corredor que comunicaba con la cocina, donde todo estaba limpio como una patena. Hasta habían pulido la madera de las vitrinas. La casa se veía mejor cuidada que con anterioridad a la muerte de Ian. Estaba claro que Kaveh, tal vez otra persona, había estado realizando una limpieza a fondo.

Manette sintió cierto desasosiego. Una pena devastadora podía acabar con el ánimo de cualquiera. El desánimo impedía ponerse a hacer limpieza general, como si se esperaran visitas. En aquella habitación, en todo caso, no había nada fuera de sitio, ni una telaraña prendida de una viga, e incluso parecía que en la zona que quedaba casi oculta por encima de la antigua chimenea, donde antes ponían a ahumar carne durante el invierno, alguien había pasado una fregona por las ennegrecidas paredes.

—Bueno, nadie podrá decir que está dejando que la casa se degrade, ¿eh? —apuntó Freddie, mirando en derredor.

—¿Tim? ¿Estás aquí? —llamó Manette.

Lo hizo sobre todo para guardar las apariencias, pues sabía perfectamente que, aunque el chico se encontrara allí, era improbable que bajara saltando las escaleras para recibirlos con los brazos abiertos. De todas maneras, revisaron de forma sistemática la casa: no había nadie en el vestíbulo ni en el salón. Al igual que la cocina, todas las habitaciones adonde se asomaron estaban limpias y ordenadas. Todo presentaba el mismo aspecto que cuando Ian estaba vivo, pero mejor puesto, como si un fotógrafo fuera a llegar de un momento a otro para tomar fotos para el artículo de una revista.

Subieron las escaleras. Conscientes de que en un edificio tan antiguo debía de haber un sinfín de escondrijos, hicieron lo posible por localizarlos. Freddie opinó que Tim se había ido hacía tiempo, lo cual resultaba comprensible después de lo que había tenido que soportar. Manette quiso cerciorarse del todo. Miró debajo de las camas, en los armarios, y hasta presionó algunas de las antiguas paredes revestidas de madera por si ocultaban alguna cámara secreta. Sabía que era ridículo, pero no podía hacer otra cosa. Intuía que la granja de Bryan Beck era el escenario de algo malo y estaba decidida a comprender de qué se trataba. No podían descartar que Kaveh le hubiera hecho algo a Tim, para deshacerse de él, y después hubiera recurrido a ella fingiendo que lo buscaba.

La habitación del chico fue el último sitio donde miraron. También allí todo estaba ordenado. No parecía el dormitorio de un muchacho de catorce años, aparte de la ropa que todavía seguía colgada en el armario y las camisas y jerséis que permanecían doblados en los cajones de la cómoda.

426

—Ah —exclamó Freddie, acercándose a la mesa situada debajo de una ventana que hacía las veces de escritorio. El ordenador portátil de Tim estaba abierto encima, como si lo hubieran utilizado hacía poco—. Esto podría darnos alguna pista —le dijo a Manette, sentándose delante—. Veamos qué hay aquí.

—No tenemos su contraseña —objetó Manette, acercándose—. ¿Cómo vamos a consultar el ordenador de otra persona sin contraseña?

—Ah, mujer de poca fe —contestó Freddie, sonriendo.

Se puso a solucionar el problema, que al final no resultó ser tal. Tim tenía definido el ordenador para que recordara su contraseña. Solamente necesitaban su nombre de usuario, que Manette conocía, puesto que había procurado mandarle mensajes con regularidad. El resto fue pan comido, tal como señaló Freddie, riendo por lo fácil que había resultado.

—Ojalá hubieras estado de espaldas, chica —lamentó—. Entonces igual habrías pensado que yo era una especie de genio.

—Para mí eres un genio, cariño —le respondió ella, presionándole el hombro.

Mientras Freddie se ponía a examinar *e-mails* y rastros de varias páginas web, Manette revisó lo que había encima de la mesa: libros de colegio, un base de iPod con altavoces, un cuaderno lleno de inquietantes dibujos de grotescos seres extraterrestres que consumían diversas partes de cuerpos humanos, un libro sobre observación de aves, una navaja que al abrirla presentó una espeluznante costra de sangre seca y un mapa impreso, sacado de Internet.

—Freddie, ¿podría ser…? —dijo, tomando el papel.

Fuera de la casa sonó un ruido de puertas de coche. Manette se inclinó para mirar por la ventana. Primero pensó que tal vez Kaveh había regresado, que había encontrado a Tim y lo traía a casa, en cuyo caso deberían apartarse a toda prisa del ordenador del chico, pero resultó que los recién llegados eran una pareja de personas mayores de origen asiático, probablemente iraníes, como Kaveh. Los acompañaba una joven, que observó la casona llevándose una esbelta mano a los labios. Después miró a la pareja de ancianos. La mujer la tomó del brazo y, juntos, los tres avanzaron hacia la puerta.

Debían de tener alguna relación con Kaveh, se dijo Manette. En aquella parte de Cumbria había pocos extranjeros y menos aún en el campo. Quizás habían ido a hacerle una visita sorpresa y se habían parado cuando se dirigían a otra parte. ¿Quién sabía por qué habían ido allí? En cualquier caso daba igual, porque llamarían a la puerta y, al ver que nadie respondía, se esfumarían. Así ella y Freddie podrían proseguir con sus averiguaciones.

Sin embargo, al parecer tenían una llave, con la que entraron en la casa.

—¿Qué demonios…? —murmuró Manette—. Freddie, ha llegado alguien —advirtió—. Son una pareja mayor y una chica. Creo que tienen algo que ver con Kaveh. ¿Quieres que…?

—Lástima. Ahora había encontrado algo interesante. ¿No podrías…, no sé…, ocuparte de ellos de alguna manera?

Manette salió discretamente de la habitación y cerró la puerta tras ella. Después procuró hacer bastante ruido al bajar las escaleras.

—¿Hola? ¿Hola? ¿Necesitan algo? —llamó.

Se topó con los recién llegados en el corredor que comunicaba la cocina con el salón. Resolviendo que la mejor estrategia era fingir, sonrió como si su presencia allí no tuviera nada de anormal.

—Soy Manette McGhie, la prima de Ian —se presentó—. ¿Ustedes deben de ser amigos de Kaveh? No está aquí en este momento.

Eran algo más que amigos de Kaveh, según le dijeron. Eran sus padres, que venían desde Mánchester. Habían traído a su prometida, llegada hacía poco de Teherán, para que viera la que iba a ser su nueva casa dentro de pocas semanas. Ella y Kaveh aún no se conocían. No era habitual que los futuros suegros llevaran de visita a la novia, pero como Kaveh estaba un poco nervioso…, bueno, como cualquier novio…, habían decidido ofrecerle una pequeña sorpresa prematrimonial.

La chica, que se llamaba Iman, mantenía la mirada gacha con pudoroso y atractivo gesto, mientras los demás hablaban. El pelo, negro, tupido y lustroso, le caía como una cortina que le ocultaba la cara. A Manette le había bastado un atisbo, no obstante, para ver que era muy guapa.

—¿La prometida de Kaveh?

Se le heló la sonrisa en la cara. Como mínimo aquello explicaba el estado inmaculado de la casa, pero, con respecto a todo lo demás, allí había unas aguas muy turbias en las que probablemente se iba a ahogar aquella pobre chica.

—No tenía ni idea de que Kaveh estuviera comprometido —dijo—. Ian nunca me dijo nada de eso.

La cosa se volvió más turbia aún.

—¿Quién es Ian? —preguntó el padre de Kaveh.

De camino a Londres

Cuando sonó el móvil, Lynley se encontraba a casi setenta millas de Milnthorpe, cerca de la entrada de la M56, con un humor de mil demonios. No le había sentado nada bien que Deborah Saint James le hubiera tomado el pelo de esa manera. Se había presentado en el Crow and Eagle poco más allá de las diez, tal como habían acordado. Esperaba encontrarla con el equipaje preparado y lista para viajar a Londres. Al principio no le preocupó que no lo estuviera esperando en el vestíbulo, puesto que había visto el coche de alquiler fuera.

—¿Sería tan amable de llamarla a su habitación? —le pidió a la recepcionista, una joven vestida con una impoluta camisa blanca y una falda de lana negra.

—¿Quién le digo que es?

—Tommy —respondió. Entonces percibió una mirada de complicidad en la cara de la chica. El Crow and Eagle tal vez fuese un antro de citas íntimas, tal como habría dicho la sargento Havers, un punto central para los encuentros cotidianos entre los terratenientes de la zona—. Vengo a buscarla para llevarla en coche hasta Londres —añadió.

Irritado por haber soltado aquella aclaración, se apartó de la recepción y se puso a observar el expositor de folletos, donde se presentaban los principales parajes de interés turístico de Cumbria.

—No responde, señor —dijo al cabo de un momento la recepcionista, tras aclararse la garganta—. Puede que esté en el comedor…

No estaba allí ni tampoco en el bar, aunque ¿qué podría estar haciendo Deborah en el bar a las diez de la mañana? Puesto que su coche seguía allí, justo al lado de donde había aparcado el Healey Elliot, se sentó a esperar. Al otro lado de la calle había una plaza de mercado, una antigua iglesia con un pintoresco cementerio… Era posible que estuviera dando un paseo en previsión del largo viaje en coche que le esperaba.

Hasta al cabo de diez minutos no se le ocurrió pensar que, si la recepcionista había estado llamando a la habitación de Deborah, era porque no la había dejado. Cuando lo pensó, enseguida llegó a la conclusión de que con aquella mujer era como para volverse loco.

La llamó al móvil. Por supuesto, salió el contestador.

—Como ya sabrás, estoy un tanto enfadado contigo en este momento. Habíamos llegado a un acuerdo, tú y yo. ¿Dónde leches estás?

No añadió nada más, porque conocía a Deborah. Era inútil tratar de hacerle abandonar la obstinada postura que había adoptado.

Aun así, dio un vistazo por el pueblo antes de irse, diciéndose que al menos se lo debía a Simon. No le sirvió de nada, más allá de pasear por Milnthorpe, que, curiosamente, parecía tener una plétora de restaurantes de comida rápida china en la plaza. Al final volvió al hostal, le escribió una nota y, tras dejársela a la recepcionista, siguió su camino.

Cuando sonó el teléfono en las proximidades de la M56, al principio pensó que era Deborah, que llamaba para disculparse.

—¿Qué? —gritó sin mirar el número.

—Hombre, vaya, yo también me alegro de oír tu voz —dijo Barbara—. ¿Te han hecho un trasplante de personalidad o has pasado una noche de perros?

—Perdona. Estoy en la autopista.

—¿Para ir adónde?

—A casa, ¿adónde si no?

—Pues no es lo más oportuno.

—¿Por qué? ¿Qué ocurre?

—Vuelve a llamarme cuando puedas hablar. Busca un área de servicio. No quiero que te estrelles con ese coche tan caro. Ya tengo el Bentley en la conciencia.

Tuvo que circular unos cuantos kilómetros antes de encontrar un área de servicio. Aquello le supuso un cuarto de hora, pero el aparcamiento no estaba abarrotado y prácticamente no había nadie en el interior de la insulsa zona de cafetería, tienda, kiosco y parque infantil. Después de instalarse en una mesa con un café, llamó al móvil de Havers.

—Espero que estés sentado —respondió de entrada.

—También estaba sentado cuando me has llamado antes —le recordó.

—Vale, vale.

A continuación lo puso al corriente de lo que había estado haciendo, que prácticamente se reducía a tratar de escabullirse de Isabelle Ardery para poder indagar en Internet, entorno en el que parecía sentirse cada vez más a gusto. Le habló de una estudiante universitaria española, de su vecino Taymullah Azhar, a quien Lynley ya conocía, de la ciudad de Santa María de la Cruz de los Ángeles y de los Santos, y, al final, de los cinco hijos varones del alcalde de dicho lugar. Fiel a su afición a cuidar los efectos dramáticos, acabó con la información que había motivado su llamada.

—Y aquí viene, en resumidas cuentas, el meollo de la cuestión. No existe ninguna Alatea Vásquez de Torres. O mejor dicho: existe y no existe.

—¿No habías llegado a la conclusión de que Alatea pertenecía seguramente a otra rama de la familia?

—Eso fue ayer. Hoy es hoy.

—Y eso significa…

—Significa que Alatea sí pertenece a esta rama de la familia, solo que no es Alatea.

—¿Quién es entonces?

—Es Santiago.

Lynley intentó hallar un sentido a lo que acababa de oír. A su alrededor, una señora de la limpieza se afanaba fregando el suelo y lanzaba intencionadas miradas en dirección a él, como si abrigara la esperanza de que se fuera a ir, dejándole libre el acceso al espacio de debajo de su silla.

—Barbara, ¿qué diablos estás diciendo?

—Exactamente lo que digo, señor. Alatea es Santiago. Santiago es Alatea. O eso, o es que son gemelos idénticos y, si mal no recuerdo, no existen los gemelos idénticos con diferente sexo. Es imposible desde el punto de vista biológico.

—O sea, que estamos hablando de… ¿De qué estamos hablando concretamente?

—De travestismo. De una impecable representación para acogerse al sexo femenino. De un jugoso secreto que nadie querría compartir con la familia, ¿no crees?

—Sí, más bien. En determinadas circunstancias, pero en estas…

—Los hechos son estos —lo interrumpió Barbara—. El rastro de Santiago se pierde cuando tenía unos quince años. Yo diría que fue entonces cuando empezó a hacerse pasar por alguien llamado Alatea. Se fugó de casa más o menos por esa edad. Lo sé, entre otros detalles, por la llamada que hicimos a la familia.

Pasó a exponerle lo que había averiguado gracias a la ayuda que le había prestado la estudiante española: que la familia quería que Alatea volviera a casa; que su padre y sus hermanos comprendían; que Carlos —«es el cura», le recordó Barbara a Lynley— les había hecho comprender; que todos rezaban para que Alatea regresara; que llevaban años buscándola; que no debía seguir huyendo; que Elena María había quedado destrozada…

—¿Quién es Elena María? —preguntó, medio aturdido, Lynley.

—Una prima —informó Barbara—. Tal como yo lo veo, Santiago se escapó de casa porque le gustaba travestirse, cosa que no encajaba nada bien con la mentalidad de sus hermanos y su padre. Ya se sabe con esos machos latinos…, si me permites el cliché. Luego, en un momento u otro conoció a Raúl Montenegro…

—¿Quién diablos…?

—Un tipo muy rico de Ciudad de México, alguien que tiene tanta pasta como para financiar la construcción de un auditorio y ponerle el nombre de su madre. Bueno, Santiago lo conoce, y a Raúl le gusta, en el sentido de que lo encuentra atractivo, porque a Raúl le van los del mismo ramo; ya me entiendes. Los prefiere jóvenes y de buen

431

ver. Por lo que he visto en las fotos, también los prefiere bien ento-
nados, aunque eso no viene al caso. Bueno, pues con estos dos se jun-
taron el hambre con las ganas de comer. Por una parte tenemos a
Santiago, al que le gusta vestirse y maquillarse como una mujer, cosa
que con el tiempo ha aprendido a hacer muy bien. Por la otra, tenemos a Raúl, que conoce a Santiago y no tiene ningún problema con
sus aficiones vestimentarias, puesto que él es un invertido pero preferiría que nadie se enterase. Así que traba amistad con Santiago,
que, con unos cuantos retoques, queda como una verdadera muñeca.
Así Raúl lo puede incluso sacar en público. Se hacen compañía el uno
al otro, por así decirlo, hasta que aparece algo mejor.

—¿Como qué…?

—Nicholas Fairclough, espero.

Lynley sacudió la cabeza. Aquello era de lo más descabellado.

—Dime una cosa, Havers —preguntó—: ¿esto son conjeturas
tuyas o dispones de pruebas concretas?

—Todo encaja, señor —insistió ella, sin darse por ofendida—. La
madre de Santiago sabía muy bien de quién hablábamos cuando Engracia preguntó por Alatea. De Engracia solo sabía que era alguien
que buscaba a Alatea, así que seguramente tampoco debía saber que
ya habíamos descubierto que en la familia solo había hijos varones.
Como sabíamos que solo había chicos, Engracia y yo pensamos que
Alatea era una familiar un poco más lejana, pero, cuando seguí el
rastro de Santiago y después remonté hasta las primeras fotos de la
época en que Alatea hizo de modelo… Créeme, es Santiago. Él se fue
de casa para poder vivir como una mujer sin que nadie se enterase,
por el aspecto que tiene, y, una vez que encontró a Raúl Montenegro,
se arregló su situación. Las cosas debieron de ir de maravilla entre
ellos… Alatea y Raúl… Hasta que apareció Nicholas Fairclough.

Lynley tuvo que reconocer que aquello abría ciertas posibilidades,
puesto que Nicholas Fairclough, exdrogadicto y exalcohólico, no debía
de tener ningún deseo de que sus padres se enterasen de que ahora vivía con un hombre que se hacía pasar por su mujer, con un certificado
de matrimonio falso que constituía además la única documentación
que daba derecho a aquella persona a permanecer en el país.

—¿Podría haber descubierto todo eso Ian Cresswell? —dijo, más
para sí que para planteárselo a Barbara.

—Hombre, era el más indicado —confirmó ella—. Bien mirado,
¿quién mejor que él para darse cuenta de la clase de persona que tenía delante en cuanto la vio?

Milnthorpe
Cumbria

Antes incluso de que la recepcionista del Crow and Eagle le entregara el mensaje de Tommy, Deborah ya se sentía fatal. Todo cuanto había estado tratando de hacer se venía abajo.

Había intentado hacer creer a aquel horrible periodista de *The Source* que con lo que habían averiguado en Lancaster con Lucy Keverne no se podía construir un artículo. Puesto que Benjamin todavía seguía pensando que ella era una detective de Scotland Yard, había mantenido la esperanza de que, cuando ella anunciara que no tenía nada más que hacer allí, él seguiría su ejemplo y daría por concluida su labor en Cumbria. Al fin y al cabo, si la supuesta detective había dictaminado que no había material para construir un caso, lo más lógico era decidir que tampoco lo había para un artículo.

Resultó, sin embargo, que Zed Benjamin no compartía su punto de vista. Para él la historia acababa de empezar.

Horrorizada por los riesgos a que pudiera estar exponiendo con ello a Alatea y a Nicholas Fairclough, le preguntó qué clase de artículo creía que podía sacar de aquello.

—Dos personas tienen intención de pagar a una mujer una buena suma de dinero para que geste a su hijo —resumió—. ¿Cuántas personas como esas existen en este país? ¿Cuántas personas hay que tengan una amiga o una pariente dispuesta a gestar gratuitamente al hijo de otros, solo por compasión? La ley que prohíbe el pago de dinero en esos casos es ridícula; con eso no hay bases para escribir un artículo.

Zed Benjamin volvió a sorprenderla con su punto de vista. La base del artículo se encontraba en la misma ley, afirmó, en esa ley que hacía que las mujeres tuvieran que recurrir a métodos desesperados para poder acceder a la maternidad.

—Perdone que se lo diga, señor Benjamin, pero no me parece que *The Source* vaya a erigirse en paladín de los derechos reproductores de las mujeres solo porque usted se lo recomiende —replicó Deborah.

—Eso ya lo veremos —repuso él.

Después de despedirse en la puerta del hostal, Deborah se sentía desalentada. Entonces le entregaron un sobre cerrado con su nombre escrito con una letra cursiva que reconoció al instante, por las cartas de Tommy que había recibido durante años, mientras estudiaba fotografía en California.

El mensaje era breve: «Deborah, no sé qué decirte. Tommy». Tenía toda la razón. ¿Qué le podía decir? Le había mentido, había he-

433

cho caso omiso de sus llamadas al móvil y ahora estaba igual de disgustado con ella que Simon. Había estado francamente desacertada.

Se fue a la habitación y, mientras preparaba el equipaje, se puso a pensar en las diferentes meteduras de pata que había cometido. En primer lugar, estaba la cuestión del hermano de Simon, David, a quien había dado falsas esperanzas al negarse a tomar una decisión sobre la adopción abierta que él intentaba organizar movido tan solo por el deseo de ayudarlos. Después estaba Simon, cuyo distanciamiento había provocado de diversas maneras, en especial por su obstinación en querer quedarse en Cumbria cuando estaba claro que ya habían cumplido con el propósito de su viaje al condado, que consistía en ayudar a Tommy en su investigación sobre la muerte de Ian Cresswell. Para acabar, estaba Alatea Fairclough, cuyas expectativas de lograr una madre de alquiler habían estado probablemente frustradas a causa de su intromisión en sus asuntos personales, cuando lo único que aquella mujer quería era lo mismo a lo que ella misma aspiraba: la posibilidad de traer un hijo al mundo.

Deborah paró un momento y se recostó en la cama. Reconoció que, en aquellas últimas semanas, su vida había estado dominada por algo que escapaba a su control. Se encontraba impotente para conseguir lo que deseaba. No podía hacer nada para llegar a ser madre, por más que lo deseara. Alatea Fairclough debía de haber pasado seguramente por lo mismo que ella.

Por fin comprendía por qué aquella mujer se había mostrado tan recelosa, así como el motivo de su cerrazón. Ella y su marido habían decidido pagar a alguien para que gestara a su hijo, y probablemente sospechaba que Deborah era la persona que habían mandado los científicos del Departamento de Reproducción de la Universidad de Lancaster para indagar qué había detrás del acuerdo al que habían llegado con Lucy Keverne, antes de seguir adelante con los requisitos que harían posible el embarazo. Seguro que había más de uno, y los científicos y los médicos no los aplicarían hasta tener la certeza de que todo estaba claro entre Alatea Fairclough y la madre de alquiler.

Deborah tuvo que admitir que no había hecho más que atormentar a aquella pobre mujer desde que llegó a Cumbria, cuando ambas compartían el mismo angustioso deseo de algo que otras mujeres obtenían con tanta facilidad, algo que a veces algunas consideraban un «error».

Debía disculparse ante más de una persona por cómo se había comportado durante los últimos días. En primer lugar, ante Alatea Fairclough. Antes de abandonar Cumbria, tenía que pedirle perdón.

Milnthorpe
Cumbria

Lo que Zed le había dicho a la detective de Scotland Yard era, en buena medida, una bravuconada. Después de dejarla en su hotel, en lugar de regresar a Windermere, se fue por la calle que atravesaba de este a oeste Milnthorpe. En la intersección con otra calle que conducía a una lúgubre urbanización de edificios grises, aparcó cerca de una tienda de la cadena Spar y entró. Su interior cálido y abarrotado se adaptaba perfectamente a sus pensamientos y a su estado de ánimo.

Después de dispensar diversas ojeadas generales a los artículos, acabó por rendirse y comprar un ejemplar de *The Source*. Con él en la mano, recorrió la corta distancia que lo separaba del Milnthorpe Chippy, situado no lejos de una impresionante carnicería en cuyo escaparate se exponían varios pasteles de carne de caza.

En el bar, Zed compró una ración doble de bacalao con patatas fritas y una Fanta de naranja. Una vez que tuvo la comida dispuesta delante de sí en la mesa, desplegó *The Source* y se armó de valor para mirar el artículo principal del día y, lo que era peor, el nombre de su autor.

El canalla de Mitchel Corsico firmaba un artículo insignificante, una auténtica basura: a un miembro secundario de la familia real le habían descubierto una hija natural mestiza, cosa que confirmaban las fotos. La niña, de cinco años, presentaba esa clase de belleza tan frecuente en los mestizos, que reciben los mejores cromosomas de las razas de sus progenitores. El real padre no podía acceder al trono a menos que el actual monarca y su familia próxima, y no tan próxima, se encontraran todos celebrando algo en un barco en medio del Atlántico en el momento en que este chocara contra un iceberg, cosa que restaba toda clase de interés al artículo. Sin embargo, aquel detalle carecía, por lo visto, de importancia para Mitchell Corsico y Rodney Aronson, que debía haber tomado la decisión de consagrar la primera página a aquel cuento, pese a la lejanía en la línea de sucesión de aquel miembro de la familia real.

Que saliera en la primera plana daba a entender que aquella podía ser la explosiva revelación del año, de la década o incluso del siglo. *The Source* exprimía el asunto como si se tratara de las ubres de una vaca moribunda. El director le había adjudicado un trato prioritario en toda regla, con un gran titular, fotos granulosas, el pie de autor dedicado a Mitch y un salto a la página ocho, donde el artículo exponía los anodinos antecedentes de la madre de la criatura y los aún más aburridos del miembro secundario de la familia real, que, a

435

diferencia de muchos de los representantes de la familia monárquica, tenía al menos el mérito de haber nacido con una buena barbilla.

El periódico estaba obligado a proceder con prudencia, desde luego, ateniéndose a la moda de la corrección política. De todas maneras, Zed llegó a la conclusión de que si habían ofrecido al público aquel insustancial artículo era porque Rodney no había podido encontrar nada mejor en las alcantarillas periodísticas.

Pensando que aquello podría beneficiarlo para que le concedieran la primera página una vez que hubiera organizado en un artículo lo que había descubierto en Cumbria, dejó el periódico a un lado y, tras rociar el bacalao y las patatas con vinagre de malta y abrir la botella de Fanta, pasó a analizar la información que había conseguido en torno a Nicholas Fairclough y la deliciosa Alatea.

El artículo que podía extraer de ella no podía calificarse de explosivo, por supuesto. La detective de Scotland Yard no se había equivocado al respecto. Nicholas Fairclough y su esposa iban a pagar a una mujer una cantidad superior a los gastos imprescindibles para que gestara a su hijo; se trataba de algo ilegal, pero no bastaba para justificar la publicación de un artículo. El problema era cómo convertirlo en algo sensacionalista o, cuando menos, en algo parecido a la noticia de la hija natural de un miembro de la familia real.

Zed se planteó las opciones de que disponía, que eran todos los detalles con los que tenía que trabajar. Básicamente tenía óvulos, esperma, hombre, mujer, otra mujer y dinero. ¿Quién era el hombre, quién la mujer, de quién el dinero, de quién los óvulos y de quién el esperma? Debía centrarse en eso hasta componer un épico texto periodístico.

En ese sentido, se le presentaban dos posibilidades. Quizá los óvulos de la pobre Alatea no eran lo bastante sanos —¿debía de existir algo así?— para cumplir la función que debían cumplir, como desprenderse —¿se desprendían?— en su interior para encontrarse con las pertinentes secreciones de Nick. Dado que no eran lo bastante sanos, había que utilizar los óvulos de otra persona. Pero Nicholas y Alatea no querían que la familia se enterase de eso por razones de... ¿qué? ¿Herencia? ¿Cómo eran hoy en día las leyes relativas a la herencia? ¿Había, en cualquier caso, alguna herencia que transmitir más allá de una empresa que fabricaba sanitarios y otros productos de escaso relumbre, cuya mención era capaz de lastrar el artículo hasta convertir a Zed en el hazmerreír de Fleet Street? ¿O quizás eran los espermatozoides de Nick los que no estaban a la altura? ¿Los años de abuso de drogas los habrían vuelto demasiado débiles para desplazarse o para realizar la presión necesaria una vez llegados a su punto de destino? En ese caso se utilizarían los espermatozoides de otro para conseguir un niño que se haría pasar por un genuino Fairclough… Aquella opción quedaría bien.

El intríngulis podía estar asimismo en el dinero que iban a pagarle a Lucy Keverne. Teniendo en cuenta el historial de Nick, ¿no era posible que estuviera vendiendo algo a escondidas para reunir el dinero suficiente para pagar a la mujer? ¿Y si los médicos también se llenaban los bolsillos? Era otra posibilidad que tener en cuenta.

Cuando terminó su ración doble de bacalao con patatas fritas, Zed había llegado a la conclusión de que el mejor punto de arranque para escribir la sórdida narración de la compra de una máquina de hacer bebés —que era la expresión que pensaba presentar ante Rodney— era Nicholas Fairclough. Aunque de forma imperfecta, él conocía la naturaleza humana y sabía que, en cuanto él y la detective de Scotland Yard la habían dejado sola, Lucy Keverne habría cogido el teléfono para llamar a Alatea Fairclough y darle la mala noticia.

Eso le dejaba la opción de hablar con Nicholas y presionarlo para obtener la verdadera versión del trato al que habían llegado con la mujer de Lancaster.

Recogiendo el ejemplar de *The Source*, regresó al coche. Tras consultar el reloj, calculó por la hora que Nicholas Fairclough debía de encontrarse en el Proyecto de la Torre Middlebarrow y allí se dirigió.

En su trayecto pasó frente al Crow and Eagle para tomar la carretera que conducía a Arnside. Luego, al pasar cerca de Milnthorpe Sands, vio la extensión de encharcada arena que había dejado al descubierto la marea junto a la estrecha y reluciente franja del río Kent, por cuya orilla merodeaban los zarapitos, chorlitos y archibebes en su incesante afán por encontrar comida. Un poco más lejos, por el lado de Humphrey Head, la niebla comenzaba a deslizarse hacia la costa. La densa bruma invadía el aire. La humedad, que se adhería a las ventanas de las casas y empapaba los troncos de los árboles, volvía resbaladiza la carretera.

En el Proyecto de la Torre, Zed aparcó cerca de la misma torre. No vio a nadie trabajando, pero, cuando se bajó del coche y quedó envuelto en el húmedo ambiente de afuera, oyó un coro de risas masculinas. Orientándose por el ruido, llegó a la tienda comedor, donde estaban reunidos todos los hombres. Se encontraban instalados en torno a las mesas, pero no comían. Estaban pendientes de un individuo de edad que permanecía ante ellos con soltura, con un pie subido a una silla y el codo apoyado en la rodilla. Parecía que estaba contándoles algo que hacía que se lo estuvieran pasando de lo lindo. También disfrutaban de unas tazas de café y té, y de unos cigarrillos cuyo humo dejaba sentir su irritante efecto en los ojos.

437

Zed descubrió a Nicholas Fairclough en el mismo instante en que este lo vio a él. Estaba sentado en el otro extremo de la tienda, con la silla echada hacia atrás y los pies encima de la mesa; en cuanto su mirada se cruzó con la de Zed, dejó reposar las patas de la silla en el suelo y se dirigió rápidamente a la entrada de la tienda.

—No es una reunión abierta al público —señaló con aspereza, tomándolo del brazo para llevarlo a la salida.

Zed dedujo que acababa de presenciar una breve secuencia de lo que mantenía a aquellos hombres en el camino recto: Alcohólicos Anónimos, Adictos Unidos, la Tómbola de la Esperanza, o lo que fuera. También dedujo que no iba a volver a ser recibido con los brazos abiertos en la vida de Nicholas Fairclough. Bueno, qué se le iba a hacer.

—Querría hablar con usted un momento —le dijo Zed.

—Como ha visto, estoy en una reunión —contestó el otro, inclinando la cabeza hacia la tienda—. Tendrá que esperar a otro momento.

—Me parece que no va a ser posible. —Zed sacó su bloc de notas para recalcar la afirmación.

—¿A cuento de qué viene esto?

—Lucy Keverne.

—¿Quién?

—Lucy Keverne. ¿O quizá la conoce por otro nombre? Es la mujer que van a utilizar para el embarazo de alquiler usted y su mujer.

Fairclough se quedó mirándolo, como si estuviera ante un loco. Su pregunta, no obstante, no tenía nada que ver con la locura.

—¿De alquiler? —contestó Fairclough—. ¿De qué alquiler me está hablando?

—¿Y usted qué cree? —respondió Zed—. De un vientre de alquiler. Querría hablar del trato al que han llegado usted y su mujer con Lucy Keverne para que geste a su hijo.

—¿Trato? —dijo Nicholas Fairclough—. No hay ningún trato. ¿De qué demonios está hablando?

Zed sintió una oleada de placer al comprobar que había dado en el clavo. Ya tenía tema para su artículo.

—Será mejor que vayamos a dar un paseo —propuso.

Bryanbarrow
Cumbria

Manette todavía intentaba digerir la información que había recibido mientras subía las escaleras, después de haber dejado a los padres y a la novia de Kaveh en el salón con el té y las galletas que les había servido en una bandeja que había encontrado en un armario de la cocina. No se explicaba muy bien por qué se había ocupado de lo del té, aunque suponía que era por una cuestión de buenos modales, sumada a la fuerza de la costumbre.

Habían aclarado la confusión sobre quién había sido exactamente Ian Cresswell en la vida de Kaveh, cuando menos en lo que a los padres se refería. Un breve diálogo sobre el asunto había revelado que, para ellos, Kaveh se había alojado castamente en la casa del propietario de una granja cuyo nombre de pila nunca se había mencionado en ninguna de las llamadas, notas, tarjetas o cartas de su hijo. Como por milagro, supuestamente, el propietario de la granja la había legado a Kaveh en su testamento cuando la había comprado. Y lo que era más milagroso aún, aquello había hecho posible que Kaveh pudiera casarse, puesto que ahora disponía de un hogar en el que acoger a su esposa. Él no necesitaba una casa, por supuesto, tal como su madre y su padre llevaban intentando hacerle ver desde hacía años, puesto que él y su mujer podían vivir con sus padres, tal como solía hacer la gente en Irán, donde convivían varias generaciones bajo el mismo techo. Pero Kaveh era un joven moderno, y los jóvenes británicos no llevaban a sus mujeres a vivir con sus padres. Eso no estaba bien visto. Aunque, la verdad, lo que iba a ocurrir era lo contrario: Kaveh insistía para que sus padres se instalaran con él y su futura esposa en la granja. Aquella era una feliz culminación, aseguraban, después de tantos años como llevaban presionándolo para que les diera nietos.

439

Asimilando el asombroso grado de ignorancia en el que Kaveh había mantenido a sus padres, Manette resolvió rápidamente que no iba a ser ella quien la disipara. Sentía un poco de culpa por la pobre Iman y el futuro que le aguardaba al casarse con un hombre que, sin duda, se dispondría a llevar una doble vida bastante parecida a la que había llevado el propio Ian. Pero ¿qué podía hacer ella? Y si hacía algo —como decir: «Disculpen ¿no sabían que Kaveh lleva años acostándose con hombres?»—, ¿qué sacaría con ello, más allá de liar aún más un asunto que no era de su incumbencia? Kaveh podía hacer lo que quisiera, resolvió. Su familia acabaría descubriendo la verdad, tal vez, o bien seguirían manteniendo su inocente postura o una fingida ignorancia. Lo que ella debía hacer en ese momento era encontrar a Tim Cresswell. En cualquier caso ahora ya sabía por qué se había fugado. Kaveh debía de haberle hablado de su inminente boda, y aquella habría acabado de descentrar al pobre chico.

Pero ¿adónde se habría ido? Volvió a la habitación de Tim para ver si Freddie había realizado algún progreso.

Parecía que sí. Seguía instalado frente al portátil de Tim, pero lo había colocado de espaldas a la puerta, de modo que quien entrase no pudiera ver la pantalla. El gesto de Freddie era serio. Tal vez no quería que ella misma viera lo que aparecía en pantalla.

—¿De qué se trata? —preguntó.

—Pornografía. Es algo que dura desde hace un tiempo.

—¿Qué clase de pornografía?

Se dispuso a rodear la silla, que también había variado de posición para verla en cuanto entrase, pero él la contuvo con la mano.

—Será mejor que no veas esto, cariño.

—Freddie, ¿qué es?

—Empieza de una forma suave, con poco más de lo que verías si un chico consiguiera hacerse con una de esas revistas que guardan tapadas con envoltorios negros, ya sabes. Salen mujeres desnudas que enseñan las partes íntimas de una manera demasiado detallada para conseguir fotos artísticas. Los chicos hacen ese tipo de cosas a menudo.

—¿Tú también?

—Bueno… Sí y no. Yo era más aficionado a los pechos, francamente. A mí me interesaba su presentación estética y todo eso, pero los tiempos cambian, ¿no?

—¿Y qué más?

—Bueno, yo conocí a mi primera novia cuando era bastante joven como para…

—Freddie, cariño, me refiero a lo del ordenador. ¿Hay algo más? Has dicho que empieza de una forma suave.

—Ah, sí, pero después pasa a presentar hombres y mujeres ocupados en… Bueno, ya te imaginas.

—¿Sigue siendo algo generado por una curiosidad normal, quizá?

—Yo diría que sí. Pero después cambia a actos entre hombres con hombres.

—¿Por lo de Ian y Kaveh? ¿Por sus propias dudas quizá?

—Existe una posibilidad, una probabilidad incluso. Tim quería seguramente entender, entenderse a él, a ellos; no sé…. —La voz de Freddie sonaba tan sombría al explicar aquello que Manette supo que había algo más.

—¿Y luego qué más hay, Freddie?

—Bueno, después pasa de las fotografías a filmaciones, en vivo. Y los actores…, o lo que quiera que sean…, también cambian. —Se raspó la barbilla, produciendo un ruido con el roce de la mano que a ella le resultó sumamente reconfortante, aunque no habría sabido explicarle por qué razón.

—¿Es prudente que sepa qué clase de cambio se produce en los actores?

—Ahora son hombres y chicos —respondió—. Chicos muy jóvenes, Manette. Parecen tener entre diez y doce años. Y las películas… —Freddie titubeó antes de mirarla a la cara; sus oscuros ojos mostraban lo profundamente preocupado que estaba—. Chicos jóvenes «actuando» con hombres mayores, a veces solos, pero a menudo en grupos. Me refiero a que siempre hay un solo chico, pero a veces hay más de un hombre. Hay incluso…; bueno, es una parodia de la última cena, con la diferencia de que a «Jesús» no le lavan los pies. Además, el tal «Jesús» parece tener en torno a los nueve años.

—Dios santo.

Manette trató de hallarle un sentido a aquello, comprender por qué el centro de interés de Tim habría pasado de las mujeres desnudas que mostraban los genitales al intercambio sexual entre hombre y mujer, de ahí al intercambio sexual entre hombres para derivar al contacto sexual entre hombres maduros y muchachitos. Su conocimiento de los jóvenes adolescentes varones no le permitía discernir si aquello era fruto de una curiosidad natural o de algo más siniestro, aunque temía que fuera lo segundo.

—¿Qué crees que deberíamos…? —Dejó inconclusa la pregunta porque no sabía qué debían hacer a continuación, aparte de ponerse en contacto con la policía y con un psiquiatra infantil, esperando que ellos aportaran algo—. Es que eso de que él buscara este tipo de cosas…, no sé. Como mínimo, deberíamos decírselo a Niamh. Pero, claro, no va a servir de nada.

—No —negó Freddie—. Él no buscó esas cosas, Manette.

—No te entiendo. Si acabas de decir…

—Aparte de las fotos de mujeres y hombres y de contacto sexual entre hombres, que podríamos atribuir a la confusión creada por la relación de su padre y Kaveh, no ha buscado nada más.

—Entonces… ¿Es que alguien le ha enviado esas imágenes?

—Hay un rastro de *e-mails* de alguien que utiliza el seudónimo de Toy4You y que conduce a un foro de fotografía. Supongo que a través de ese foro hay diversas rutas que se bifurcan hacia tipos de fotografía, de modelos fotográficos, fotografía peculiar, fotografía de desnudos u otros potenciales temas a partir de los cuales los usuarios pueden entrar en otros foros para mantener una comunicación de carácter más personal. Lo de Internet es toda una red, con hilos que conducen a todas partes. Lo único que hay que hacer es seguirlos.

—¿Y qué dice ese tal Toy4You?

—Emplea los métodos propios de una seducción lenta: «un poco de diversión inofensiva», «muestra de afecto», «entre mayores de edad, por supuesto», «hay que ser mayor de edad». Después pasa a frases del tipo: «Echa un vistazo a esto y dime qué te parece», «¿a ti te gustaría?», etcétera.

—Freddie, ¿qué respuestas daba Tim?

Freddie tabaleó sobre la mesa, como si se esforzara por formular una respuesta, aunque también era posible que estuviera intentando formarse una idea de conjunto. Manette lo espoleó, repitiendo su nombre.

—Parece como si Tim quisiera hacer un trato con esa persona —dijo por fin.

—¿Con Toy4You?

—Mmm. Sí. Ese individuo…, yo creo que es un hombre…, dice en el último mensaje: «Si haces algo así, haré lo que tú quieras».

—¿Qué es «algo así»? —preguntó con aprensión Manette.

—Se refiere a otro vídeo que hay adjunto.

—¿De qué se trata?

—Se titula el «Huerto de Getsemaní» —respondió Freddie—. Pero los romanos no detienen a nadie.

—Dios mío —exclamó Manette. Después añadió, alarmada—: ¿«Haré lo que tú quieras»? Ay, Dios mío, Freddie, ¿crees que Tim llegó a un acuerdo con esa persona para que matara a Ian?

Freddie se levantó a toda prisa, raspando el suelo con la silla, y se acercó a ella.

—No, no —le aseguró, acariciándole un instante la mejilla—. El último mensaje… tiene una fecha posterior a la muerte de Ian. Lo que quiere Tim no tiene nada que ver con la muerte de su padre. A mí me parece que lo va a recibir a cambio de participar en una película pornográfica.

—Pero ¿qué puede ser? ¿Y dónde está? Freddie, tenemos que encontrarlo.

—Sí, tienes razón.

—Pero ¿cómo…? —Entonces se acordó del plano que había visto y lo volvió a buscar entre las cosas que Tim tenía encima del escritorio—. Un momento, un momento.

Lo encontró. Le bastó, no obstante, con un vistazo para ver que les iba a servir de bien poco, pues se trataba de una sección ampliada de alguna localidad, y, a no ser que Freddie supiera dónde estaban las calles Lake, Oldfield, Alexandra, Woodland y Holly, iban a tener que desperdiciar bastante tiempo tratando de improvisar un plano de calles, averiguar cómo utilizar esa información en Internet o ejecutar alguna proeza mágica para descubrir a qué ciudad de Cumbria pertenecían aquellas calles.

—No es nada, nada —dijo—. Son solo calles, Freddie. —Le enseñó el plano—. ¿Y ahora qué? Tenemos que encontrarlo.

Él echó una ojeada al plano y lo plegó enseguida. Después desenchufó el portátil.

—Vámonos —anunció.

—¿Adónde? —preguntó ella—. ¿Qué diablos…? ¿Lo sabes? —Dios, ¿por qué se había divorciado de ese hombre?

—No tengo ni idea —contestó él—, pero sí conozco a alguien que lo sabrá.

Arnside
Cumbria

Lynley ganaba terreno a un excelente ritmo. A pesar de sus años, el Healey Elliot, que en un principio había sido fabricado como coche de carreras, no le decepcionó. Aunque no disponía de luces giratorias, a aquella hora del día y en esa época del año no eran necesarias. Al cabo de una hora había salido de la autopista, pero después la resbaladiza superficie de la calzada y la densa niebla le aconsejaron moderar la velocidad.

La parte más difícil fue desplazarse desde la autopista hasta Milnthorpe y, de allí, hasta Arnside. Las carreteras, estrechas y sinuosas, presentaban pocas áreas de descanso a las que pudieran arrimarse los vehículos más lentos para dejarle paso, y parecía que todos los agricultores de Cumbria habían elegido aquel día para mover de un sitio a otro sus pesados y cachazudos tractores.

La creciente sensación de urgencia que sentía Lynley estaba relacionada con Deborah. Solo Dios sabía con qué podía toparse a aquellas alturas, pero, con lo obstinada que era, sería capaz de cometer cualquier locura y exponerse al peligro. No sabía cómo hacía Simon para no estrangularla.

En el trayecto entre Milnthorpe y Arnside, por fin vio la niebla. Aquella masa grisácea se desplazaba por la llanura de la bahía de Morecambe, despejada por la retirada de la marea, a una velocidad asombrosa, como si tirasen de ella unos invisibles caballos enganchados a un manto de humo de carbón.

En el pueblo de Arnside, aminoró la marcha. Aunque no había estado en Arnside House, sabía dónde quedaba por la descripción de Deborah. Después de pasar junto a un muelle que se adentraba en el

443

vasto canal vacío del estuario del río Kent, dio un frenazo para dejar pasar a una mujer que iba con un cochecito y un niño agarrado a la falda, abrigado de pies a cabeza. No es que andaran muy rápido, se lamentó. ¿Por qué sería que, cuando uno tenía prisa, todo conspiraba en su contra? Mientras tanto, leyó los carteles que avisaban de todos los peligros de aquel lugar. ¡Subida de mareas rápida! ¡Arenas movedizas! ¡Canales ocultos! ¡Peligro! ¡Cuidado! ¿Por qué diablos alguien iba a querer llevar allí a unos niños, cuando un paso en falso en un momento inoportuno del día podía arrastrarlos a un infierno de agua?

La mujer y el niño cruzaron sin percance hasta la acera del otro lado de la carretera y él prosiguió su camino atravesando el pueblo. Después de recorrer el paseo flanqueado de mansiones victorianas encumbradas en una loma con vistas al agua, llegó al desvío de Arnside House. El edificio estaba situado en una esquina que realzaba la vista, separado del agua por una franja de césped. Aquel día la niebla, cada vez más densa, semejante a una masa de algodón húmedo que antes hubiera chamuscado el fuego, velaba el paisaje.

No había luces en las ventanas, a pesar de la penumbra reinante. Arnside House parecía desierto. Lynley no supo si era una buena o mala señal. Al menos, si no había ningún coche existía la probabilidad de que Deborah no hubiera irrumpido por allí para buscarse complicaciones. Lo mejor sería que no hubiera nadie en casa, pero no podía contar con ello.

Frenó el Healey Elliot en la zona de gravilla destinada a los coches. Al salir del coche, advirtió que el aire se había alterado durante las escasas horas en que había estado ausente. Al aspirarlo, sintió un contacto casi compacto en los pulmones. Avanzó por él como quien aparta unas cortinas, por el sendero que conducía a la maciza puerta de la casa.

Oyó que el timbre resonaba en algún lugar del interior. Aunque no esperaba respuesta, percibió una reacción. Primero oyó unos pasos en la entrada, y luego se abrió la puerta. Entonces se encontró delante de la mujer más hermosa que había visto nunca.

La visión de Alatea Fairclough lo cogió desprevenido: la piel color canela, la abultada cabellera de rizos capturados con pasadores de carey, los grandes ojos oscuros, la sensual boca y las formas de un cuerpo que era el de una mujer de pies a cabeza. Lo único que la delataba eran las manos, y solo por su tamaño.

Enseguida comprendió que Alatea y Nicholas Fairclough hubieran podido engañar a cuantos los rodeaban. Si Barbara Havers no le hubiera jurado que aquella mujer era, de hecho, Santiago Vásquez de Torres, tampoco él lo hubiera creído. En realidad, aún no se lo podía creer, de modo que eligió con prudencia las palabras con las que se iba a presentar.

—¿Señora Fairclough? —dijo. Cuando ella asintió, sacó su identificación y anunció—: Inspector Thomas Lynley, de New Scotland Yard. He venido a hablarle de Santiago Vásquez de Torres.

Se puso tan pálida que Lynley pensó que se iba a desmayar. Después dio un paso atrás.

—Santiago Vásquez de Torres —repitió—. Parece que el nombre le resulta familiar.

Alatea buscó a tientas el banco de roble adosado a una de las paredes de la entrada y tomó asiento en él.

Lynley cerró la puerta. Había poca luz. La única claridad penetraba por las cuatro ventanillas del vestíbulo, cuyos vidrios emplomados representaban motivos de tulipas rojas rodeadas de verdor, proyectando un sutil brillo en la piel de la mujer —o lo que fuera, se dijo para sí—, que se había desplomado en el banco.

Aunque todavía no tenía la certeza absoluta, decidió asumir un enfoque directo y aguardar el resultado.

—Tenemos que hablar. Tengo motivos para creer que usted es Santiago Vásquez de Torres, de Santa María de la Cruz de los Ángeles y de los Santos, Argentina.

—No me llame así, por favor.

—¿Es ese su verdadero nombre?

—No desde que viví en Ciudad de México.

—¿Raúl Montenegro?

Al oír el nombre retrocedió, pegando la espalda contra la pared.

—¿Lo ha mandado él? ¿Está aquí?

—No me ha mandado nadie.

—No lo creo.

Entonces se levantó y se alejó a paso rápido. Le faltó poco para dar un traspiés en el escalón que separaba el vestíbulo de un oscuro pasillo, revestido, al igual que este, con paneles de madera de roble.

Lynley la siguió. Un poco más allá, ella abrió dos puertas correderas con motivos de lirios rodeados de lacios helechos que daban acceso a un salón. Una vez en el interior de la estancia, que, medio restaurada y medio en obras, presentaba una curiosa mezcla de recreación de estilo medieval y estilo Arts and Crafts, se dirigió a la chimenea y se sentó en el rincón más alejado, encogiendo las piernas contra el torso.

—Déjeme, por favor —pidió, aunque más parecía hablar para sí que con él—. Déjeme, por favor.

—Me temo que no va a ser posible.

—Tiene que irse. ¿No lo ve? Aquí nadie lo sabe. Tiene que irse ahora mismo.

Lynley pensó que era improbable que nadie lo supiera. En realidad, le parecía prácticamente imposible.

—Apuesto a que Ian Cresswell lo sabía.

Al oír aquello, ella levantó la cabeza. Tenía los ojos luminosos, pero su expresión alternaba entre el desconsuelo y la consternación.

—¿Ian? —dijo—. Es imposible. ¿Cómo pudo haberse enterado?

—Por su homosexualidad escondida, llevaba una doble vida. Él debió de haber tenido contacto con personas como usted. Para él habría sido más fácil que para otra gente reconocer...

—¿Es eso lo que cree que soy? —preguntó—. ¿Un hombre homosexual? ¿Un travestí? —En su cara se evidenció un atisbo de reflexión—. Piensa que yo maté a Ian, ¿no? Porque él... ¿qué? ¿Él descubrió algo? Porque amenazó con delatarme si yo no... ¿qué? ¿No le pagaba un dinero que no tenía? Ay, Dios, ojalá hubiera sido eso.

Lynley constató que se adentraba en terreno desconocido. La forma en que se había comportado al oír el nombre de Santiago Vásquez de Torres había bastado para corroborar que era el adolescente que había huido de su ciudad natal y había acabado en los brazos de un tal Raúl Montenegro, pero su reacción ante la idea de que Ian Cresswell hubiera podido saber quién era comenzaba a alterar las ideas preconcebidas que Lynley tenía sobre el asunto.

—Ian no lo sabía —afirmó Alatea—. Aquí nadie lo sabía, absolutamente nadie.

—¿Me está diciendo que Nicholas no lo sabe? —Lynley se la quedó mirando, mientras trataba de comprender. Para hallar un sentido a lo que ella le decía debía zambullirse en un territorio que le resultaba totalmente ajeno. Era como el ciego que trata de localizar una puerta oculta en una habitación abarrotada de muebles—. De ser así, no lo entiendo. ¿Cómo es posible que Nicholas no lo sepa?

—Porque yo nunca se lo dije —contestó ella.

—Pero supongo que él tiene ojos...

Entonces Lynley comenzó a comprender lo que le estaba revelando sobre sí misma. Si nunca le había hablado a su marido de Santiago Vásquez de Torres y si los ojos de Nicholas Fairclough no le habían puesto sobre aviso de nada, solo podía deberse a una razón.

—Sí —confirmó ella, como si le hubiera leído el pensamiento—. Solo lo sabe mi familia más próxima de Argentina, aparte de una prima, Elena María. Elena María siempre lo supo, desde el principio, incluso cuando éramos niñas. —Alatea se apartó el pelo de la cara con un gesto marcadamente femenino que turbó a Lynley, desestabilizándolo, como quizá pretendía—. Ella compartió conmigo sus muñecas cuando éramos niñas, y su ropa y su maquillaje cuando crecimos. —Alatea dejó vagar un instante la mirada para después posarla directamente en él, con semblante serio—. ¿Lo puede entender? Esa era para mí la manera de existir. Era la única manera que tenía de existir, y Elena María lo sabía. No sé cómo ni por qué, pero ella lo entendió. Antes que nadie, ella supo quién y lo que era yo.

—Una mujer —acabó por formular Lynley—. Atrapada en un cuerpo de hombre, pero una mujer de todas formas.

—Sí —acordó Alatea.

Lynley se tomó un momento para digerir aquello. Advirtió que ella lo observaba. Se dio cuenta de que estaba aguardando su reacción, que no sabía muy bien cuál iba a ser: repugnancia, confusión, curiosidad, repulsa, compasión, aversión, interés, aceptación. Ella había sido uno de los cinco hermanos de su familia en un mundo donde ser varón equivalía a obtener de entrada unos privilegios para los que las mujeres tenían que luchar. Debía de saber que la mayoría de los hombres nunca comprenderían por qué un hombre proveniente de ese mundo querría cambiar de sexo. Eso era lo que, al parecer, había hecho ella.

—Incluso cuando era Santiago, era una mujer. Tenía un cuerpo de varón, pero no era un varón. Para vivir de ese modo…, sin encajar en ninguna parte…, teniendo un cuerpo que no es el propio cuerpo…, un cuerpo que uno mira con aborrecimiento y que querría modificar a toda costa para ser lo que una es…

—O sea, que se convirtió en una mujer —apuntó Lynley.

—Hice la transición —dijo—. Así se llama. Me fui de Santa María porque deseaba vivir como una mujer, y allí no podía, por mi padre, su cargo, nuestra familia; por muchas cosas. Y después llegó Raúl. Él tenía el dinero que necesitaba para convertirme en una mujer, y también tenía sus propias necesidades, de modo que hicimos un trato. Nadie más estuvo implicado en él y nadie supo nada.

Entonces lo miró. A lo largo de los años, había visto las diversas expresiones que afloraban en la cara de personas desesperadas, maliciosas o astutas cuando pretendían alterar la verdad. Siempre pensaban que podían ocultar quiénes eran, pero los únicos que lo conseguían eran los sociópatas, porque lo cierto era que los ojos eran, en efecto, la ventana del alma, y solo los sociópatas carecían de alma.

Lynley fue a sentarse al banco que había delante de Alatea.

—La muerte de Ian Cresswell…

—Yo no tuve nada que ver con eso. Si tuviera que matar a alguien, sería a Raúl Montenegro, pero no quiero matarlo. Nunca quise matarlo. Solo quería huir de él, e incluso entonces no fue porque él tuviera la intención de revelar quién soy. No habría hecho eso, porque necesitaba tener a una mujer cogida del brazo. Lo que él quería no era una mujer de verdad, ¿comprende?, sino un hombre que pudiera hacer pasar por una mujer, para preservar su reputación. Lo que él no entendía, y yo tampoco se lo dije, era que yo no quería hacerme pasar por una mujer porque ya lo era. Yo solo necesitaba recurrir a la cirugía para hacerlo posible.

—¿Él pagó la operación?

—Sí, a cambio de obtener lo que él creía que iba a ser la relación perfecta entre dos hombres, uno de los cuales se presentaría ante todo el mundo como una mujer.

—Una relación homosexual.

—En cierta medida, pero eso es imposible cuando uno de los miembros de la pareja no es del mismo sexo. El problema que hubo entre Raúl y yo fue que las cosas no quedaron bien claras antes de que iniciáramos esa… aventura. O puede que yo malinterpretara a propósito lo que él quería de mí porque estaba desesperada y él era mi única salida.

—¿Por qué cree que la está persiguiendo?

—¿Usted no lo haría, Thomas Lynley? —replicó ella sin ningún asomo de ironía ni autosatisfacción—. Gastó una gran suma de dinero para moldearme y ha recibido poco a cambio de la inversión.

—¿Qué sabe Nicholas?

—Nada.

—¿Cómo es posible?

—La última operación de cirugía me la hicieron en México hace muchos años. Cuando me di cuenta de que no podía ser lo que Raúl esperaba de mí, lo dejé. Después de México, estuve yendo de un sitio a otro, sin quedarme mucho tiempo en ningún lugar. Finalmente, fui a Utah. Allí coincidí con Nicky.

—Pero le habría tenido que decir…

—¿Por qué?

—Porque… —Hombre, era evidente. Había ciertas cosas de las que su cuerpo nunca iba a ser capaz.

—Creí que podría seguir siendo indefinidamente una mujer sin que Nicky lo supiera, pero después quiso volver a Inglaterra y entonces le entraron ganas de hacer que su padre estuviera orgulloso de él. Solo vio una manera de conseguirlo, algo que sería como una especie de garantía de felicidad para su padre. Quería hacer lo que ninguna de sus hermanas había logrado. Tendría un hijo, le daría a Bernard un nieto que serviría para curar los estragos que él mismo había causado en la relación con su padre... y con su madre... durante todos aquellos años de adicción.

—O sea, que ahora se lo tiene que decir.

Ella negó con la cabeza.

—¿Cómo puedo confesarle esa clase de traición? ¿Usted podría?

—No lo sé.

—Yo podría amarlo. Podría ser una amante para él. Podría construirle un hogar y hacer todo lo que una mujer haría por un hombre, menos eso. ¿Y someterme a un examen médico para averiguar por qué razón aún no me he quedado embarazada...? Le mentí a Nicky desde el principio porque estaba acostumbrada a mentir, porque eso es lo que hacemos, porque tenemos que hacerlo para podernos adaptar al mundo. Siempre vivimos rodeadas de sigilo. La única diferencia entre yo y las demás personas que han efectuado la transición de hombre a mujer es que yo se lo oculté al hombre al que amo porque creía que, si lo sabía, no querría casarse conmigo y llevarme a un lugar donde Raúl Montenegro no me encontrara nunca. Ese fue mi pecado.

—Tiene que decírselo, lo sabe.

449

—Sí, lo sé. Debo hacer algo —reconoció.

Arnside
Cumbria

Estaba sacando las llaves del coche del bolsillo cuando Deborah llegó a Arnside House en el coche de alquiler. Permaneció donde estaba mientras se miraban a los ojos. Después de parar al lado del Healey Elliot, ella se bajó y siguió mirándolo un momento. Por lo menos, tenía la decencia de transmitir un sentimiento de pesar, se dijo él.

—Lo siento mucho, Tommy —se disculpó.

—Ah, ya —contestó él.

—¿Has esperado hasta ahora?

—No. Estaba de camino a Londres, a una hora más o menos de aquí, cuando Barbara me ha llamado al móvil. Había algunos cabos sueltos que he preferido dejar bien atados.

—¿Qué cabos sueltos?

—Ninguno que tenga nada que ver con la muerte de Ian Cresswell, según ha resultado. ¿Dónde has estado? ¿En Lancaster otra vez?

—Me conoces demasiado bien.

—Sí. Entre nosotros siempre quedará eso, ¿no?

Al tender la vista hacia el horizonte, vio que, durante su estancia en el interior de la casa, la bruma había llegado hasta el malecón. Comenzaba a acumularse sobre la tierra, extendiendo sus zarcillos sobre el jardín. Tenía que irse sin tardanza para llegar a la autopista antes de que la niebla se volviera impenetrable. No obstante, en vista del peligro que iba a conllevar en todas las carreteras de Cumbria, no veía cómo podía marcharse y dejar a Deborah allí.

—Necesitaba hablar con Lucy Keverne otra vez, pero sabía que tú no me lo ibas a permitir.

—Yo no te «permito» ni te dejo de permitir nada —señaló él, enarcando una ceja—. Tú eres un agente libre, Deborah. Te dije por teléfono que solo quería tu compañía para el viaje de regreso.

Ella bajó la cabeza. Su cabello pelirrojo —su mayor atractivo— se desparramó desde los hombros; él advirtió la rapidez con que la estaba afectando la niebla. Los rizos se estaban separando para formar otros rizos. Como una medusa, pensó. Sí, ella siempre había producido ese efecto en él, claro.

—Al final ha resultado que yo tenía razón —anunció— en lo de que Lucy Keverne no me lo había contado todo. No estoy segura de si llegaría a constituir un móvil para que alguien asesinara a Ian Cresswell.

—¿Qué es?

—Que Alatea iba a pagarle para que gestara un niño: una cantidad superior a los meros gastos, desde luego. Bueno, supongo que la historia no es tan sensacional como pensaba que podía ser. No me imagino a nadie cometiendo un asesinato por eso.

Al oír aquello, Lynley dedujo que Lucy Keverne —o quien quiera que fuese— o bien no conocía la auténtica identidad de Alatea Fairclough, o bien no se la había revelado a Deborah, ya que la verdad era sensacional en grado sumo. Impulsada por las tres facetas que dominaban el comportamiento humano —sexo, poder y dinero—, aquella historia confería a quien la conociera un motivo para propulsarla hasta donde quisiera llegar. En lo del asesinato, no obstante, Deborah probablemente tenía razón. La parte de la historia que podría haber dado pie a asesinar a Ian Cresswell era la que la misma Lucy Keverne desconocía, si había que dar crédito a las palabras de Alatea Fairclough, y él se lo concedía.

—¿Y ahora qué? —le preguntó a Deborah.

—En realidad, he venido a pedirle disculpas a Alatea. Le he hecho la vida imposible durante estos días y creo que también he truncado los planes que tenía con Lucy. No era mi intención, pero ese maldito periodista de *The Source* irrumpió en plena conversación y anunció que yo era la detective de Scotland Yard que había venido a Cumbria a investigar la muerte de Ian Cresswell y... —Soltó un suspiro y después sacudió la cabeza para apartarse de la cara el cabello, que dejó caer detrás de los hombros con un gesto idéntico al que había empleado Alatea—. Si he suscitado temores en Lucy para gestar al hijo de Alatea, Tommy, le he causado un grave perjuicio. Va a tener que volver al punto de partida y buscarse otra madre de alquiler. Yo creía... Bueno, ella y yo tenemos algo en común, ¿no? El problema para tener hijos. Quería decirle eso por lo menos, aparte de disculparme, y confesarle quién soy realmente.

Su intención era buena, pero Lynley pensó que aquello podía empeorar aún más la situación de Alatea. No veía de qué manera podía mejorar las cosas, puesto que Deborah ignoraba toda la verdad y él no pensaba contársela. A aquellas alturas era innecesario. Él había terminado su trabajo allí, Ian Cresswell estaba muerto, y quién fuera Alatea y lo que quisiera revelarle a su marido no eran asuntos de su incumbencia.

—¿Me quieres esperar? —pidió Deborah—. No tardaré. ¿Nos vemos en el hotel?

Después de pensárselo un momento, consideró que era la mejor solución.

—Si cambias de opinión, esta vez llámame, ¿eh? —le advirtió de todas formas.

—Te lo prometo —repuso ella—. Y no voy a cambiar de opinión.

Milnthorpe
Cumbria

Zed no volvió a su pensión de Windermere. Bien pensado, era un trecho demasiado largo para conducir con lo que estaba cocinando entre las meninges: un artículo de aquellos que mandaban parar la prensa para hacerle sitio, un artículo que tenía que escribir para hacer parar lo antes posible la prensa. Se sentía impregnado de una vitalidad que no experimentaba desde hacía meses.

Nicholas Fairclough había intentado ocultárselo todo, pero sus esfuerzos habían dado el mismo resultado que los de un gordo que trata de esconderse detrás de un raquítico arbolillo. Desde el principio, el pobre no se había enterado de nada de lo que había estado tramando su mujer con Lucy Keverne. Supuso que las dos mujeres habían planeado adoptar la vía de la inseminación y presentarle la situación al pobre Nicholas cuando Lucy estuviera en un estado demasiado avanzado para que él pudiera protestar y exigir que se volvieran atrás. Zed no disponía de todos los detalles del asunto, puesto que hasta el momento Nicholas había guardado un mutismo absoluto sobre la cuestión de su semen y lo que Alatea había estado haciendo con él, o si había siquiera tomado una muestra, pero, desde su punto de vista, aquello era un detalle secundario. El eje de la historia era un marido al que engañaban dos mujeres por una encantadora razón que enseguida saldría a la luz, en cuanto apareciera la mitad de su desarrollo en la primera página de *The Source*. En las veinticuatro horas posteriores a su publicación, los sospechosos de turno saldrían reptando de debajo de las piedras para cantar cuanto hubiera que cantar sobre el tema de Nicholas, Lucy y Alatea. No hay que mezclar tantas metáforas, se recordó Zed. De todas formas, la verdad subyacente a ese tipo de periodismo era que una historia siempre desembocaba en otra, igual que el día sucede a la noche, y la noche al día. En primer lugar, debía conseguir que lo que tenía hasta entonces saliera en los titulares del periódico. Aquello iba a dar un artículo de primera: agente de Scotland Yard desplazado a Cumbria para investigar un asesinato descubre una infame maquinación en la que una artera esposa se alía con una intrigante y joven autora teatral dispuesta a vender su útero igual que se alquila una habitación. Aquello tenía, además, ciertos visos de prostitución, puesto que, si Lucy Keverne estaba dispuesta a vender una parte de su cuerpo, lo lógico era que en un momento u otro acabara vendiendo también otra parte.

Como el Crow and Eagle le caía de paso, detuvo el coche en su aparcamiento. Seguro que allí tendrían una conexión a Internet, con *wifi* o por cable, porque no era posible que un hotel esperara mantenerse en el candelero hoy en día sin disponer de una conexión a la Red. Era como para apostar algo.

Aunque no llevaba el portátil, no había problema. Su intención era entregar un fajo de billetes para poder usar el ordenador del hotel. En aquella época del año no debía de haber multitudes de posibles turistas que enviasen consultas electrónicas al establecimiento y que reclamaran una respuesta inmediata. Le bastaría con veinte minutos de conexión. Acabaría de retocar el artículo después de que lo hubiera leído Rod. Su jefe iba a leerlo, no cabía duda, porque, en cuanto hubiera acabado de redactarlo, pensaba enviárselo. Y lo iba a llamar.

Zed se bajó del coche con su bloc de notas en la mano. Siempre llevaba consigo las notas que había tomado. Eran su moneda de cambio, sus joyas, su tesoro. Adonde quiera que fuese, iban con él: uno nunca sabía dónde podía surgir un artículo.

Una vez en el hotel, se acercó a la recepción con la cartera fuera y el dinero preparado. Contó cien libras, que tenía previsto hacer constar más tarde en su lista de gastos. En ese momento, sin embargo, lo prioritario era el artículo.

Inclinándose por encima del mostrador, dejó el dinero encima del teclado del ordenador de la joven. Aunque la pantalla estaba encendida, no lo había estado utilizando. En realidad estaba hablando por teléfono con alguien que al parecer necesitaba conocer las dimensiones exactas de todas las habitaciones del hostal. Primero miró a Zed, después el dinero y, de nuevo, volvió a fijar la vista en Zed.

—Un momento, por favor —dijo por el auricular, antes de pegárselo al huesudo hombro mientras aguardaba la explicación de Zed.

Este se apresuró a dársela. Ella tampoco se demoró en tomar una decisión. Después de interrumpir la conversación telefónica, cogió el dinero.

—Deje que el buzón de correo se encargue de las llamadas que entren —le recomendó—. No lo va a decir, ¿eh? —Hizo un amplio gesto que abarcaba los alrededores.

—Ha ido a ocuparse de los preparativos de una habitación para mí —le aseguró él—. Yo acabo de registrarme y usted me está dejando utilizar ese ordenador para que pueda consultar unos mensajes de vital importancia. ¿Veinte minutos?

La chica asintió. Luego se guardó en el bolsillo los billetes de diez y veinte libras y se fue a las escaleras para representar su papel. Zed esperó hasta que hubo dado la vuelta en el siguiente descansillo. Entonces empezó a escribir.

La historia tenía varias capas. Sus brazos eran como afluentes de la cuenca amazónica. Él solo debía hacerlos converger.

Comenzó con el hilo de Scotland Yard, resaltando lo paradójico del caso: la detective que habían mandado a Cumbria a investigar la muerte de Ian Cresswell terminaba descubriendo un trato para una gestación de alquiler ilegal que con toda probabilidad acabaría desembocando en una serie de operaciones de alquiler de útero ilegales que aprovechaban la desesperación de las parejas incapaces de concebir un hijo.

Después se centró en el punto de vista artístico: los aprietos de una autora teatral que para salir adelante estaba dispuesta a vender su cuerpo para poder seguir la llamada de su vocación. De allí pasó a resaltar el engaño que había en aquella maniobra. Estaba insistiendo en la ignorancia en que su esposa había mantenido a Nicholas Fairclough con respecto a los detalles de su trato con Lucy Keverne cuando sonó su móvil.

453

¡Yaffa! Tenía que decirle que todo iba bien. Debía de estar preocupada por él. Seguro que querría darle ánimos. Le procuraría sus sabias palabras y él las escucharía con gusto, pero tendría que interrumpirla para darle la noticia de su inminente triunfo.

—Ya lo tengo —anunció—. Es cosa fina, cariño.

—No sabía que tuviéramos una relación tan íntima —replicó Rodney Aronson—. ¿Dónde demonios estás? ¿Por qué no has vuelto todavía a Londres?

—No estoy en Londres porque ya tengo el artículo —explicó, parando de teclear—. Lo tengo al completo, de la «a» a la «z». Ya me puede reservar la portada, porque se la merece.

—¿Qué es? —preguntó su jefe, escéptico.

Zed se lo contó todo: el trato para el alquiler de útero, la artista necesitada, el marido al que se mantenía en la ignorancia… Se guardó lo mejor para el final: el humilde reportero —«o sea, un servidor», señaló— que había trabajado codo con codo con la detective de New Scotland Yard.

—Entre los dos acorralamos a la mujer en Lancaster —anunció Zed—. Y una vez que la tuvimos a…

—Un momento —reclamó Rodney—. ¿Entre los dos?

—Exacto. La detective de Scotland Yard y yo. Se llama DS Cotter, sargento detective. Estaba investigando la muerte de Cresswell, pero comenzó a seguir el hilo de Nicholas Fairclough y su mujer, y luego esa vía resultó pura dinamita, no para ella, claro, sino para mí.

Rodney permaneció callado. Zed aguardó en vano la lluvia de elogios. Por un momento pensó que se había cortado la conexión.

—¿Rod? ¿Hola? —preguntó.

—Eres un desastre, Zedekiah —espetó por fin Rodney—. Lo sabías, ¿no? Un puro cero a la izquierda.

—¿Cómo?

—Esa tal detective Cotter no existe, idiota.

—Pero…

—El que está allí es el inspector Lynley, el tipo a cuya mujer le pegó un tiro un chico de doce años el invierno pasado. ¿Te suena? El caso ocupó las portadas durante dos semanas. —Sin esperar a que Zed respondiera, prosiguió—. Jesús, mira que eres patético. Vuelve a Londres y ve a cobrar lo que se te debe. Hasta aquí ha llegado tu relación con *The Source*.

Arnside
Cumbria

Alatea los vio hablar fuera. Sus gestos le bastaron para comprenderlo todo. Aquello no era una conversación entre desconocidos que han coincidido en un sitio. Era un diálogo entre colegas, amigos o socios. Estaban intercambiando información. Lo dedujo por cómo la mujer inclinó la cabeza en dirección a la casa, como si hablara de ella, o más bien, como si hablara de la persona que estaba dentro. Seguro que hablaban de ella, de Alatea, que antes se llamó Santiago, de su pasado y del futuro que se le presentaba ahora.

Alatea no esperó a ver nada más de lo que ocurría entre la mujer y el detective de Scotland Yard. Su mundo se desmoronaba tan deprisa en torno a ella que su única obsesión era huir. Habría echado a correr como una leona a la caza de una presa que comer si hubiera tenido un lugar adonde ir, pero, dado lo limitado de sus alternativas, se vio obligada a calmarse un momento para poder pensar, solo para pensar.

Aquella mujer necesitaba una confirmación de la identidad de Alatea. El detective se la procuraría, gracias a la misma Alatea, que podría haber negado, que debería haber negado, pero que no había tenido la rapidez de reflejos para ello. Después de aclarar ese punto, ¿de qué más tenían que hablar? Las únicas cuestiones que podían quedar pendientes eran las mismas que ella se podía plantear. ¿Le había enviado ya fotos de Alatea a Raúl la mujer que charlaba afuera con el detective de Scotland Yard? Si no lo había hecho, ¿estaría dispuesta a aceptar un soborno, un poco de dinero por guardar silencio, por informar a Raúl de que Santiago Vásquez de Torres, que se había convertido en Alatea Vásquez de Torres y se había casado con Nicholas Fairclough para escapar de un pasado que la ataba a un hombre al que había llegado a odiar, no se encontraba en Cumbria ni en Inglaterra? Si se mostraba receptiva a un posible soborno, estaría a salvo. Por el momento tan solo, desde luego, pero el presente era lo único de que disponía.

Corrió hacia las escaleras. Precipitándose hacia el dormitorio que compartía con Nicholas, sacó una caja fuerte de debajo de la cama. La abrió para sacar el dinero. No era mucho. No era la fortuna que sin duda estaría pagando Raúl para localizarla. Si le añadía sus joyas, quizá bastaría, sin embargo, para tentar a esa mujer que estaba estrechando el cerco, que estaba escuchando la verdad de boca del detective mientras ella reunía todo lo que podía para impedir que esa verdad rebosara desde los oscuros recovecos de su vida.

455

Había vuelto a bajar cuando llamaron a la puerta. La mujer no debía de saber que la había visto conversando con el inspector Lynley. Aquello le daba a Alatea una pequeña ventaja que se proponía aprovechar.

Apretando las delgadas manos contra los pantalones, cerró los ojos un momento, rogando: «Dios mío, por favor». Después abrió la puerta con todo el aplomo que logró reunir. La mujer pelirroja tomó primero la palabra.

—Señora Fairclough, no he sido sincera con usted —dijo—. ¿Podría entrar un momento para darle una explicación?

—¿Qué quiere de mí? —contestó Alatea, con actitud rígida y formal.

No tenía nada de que avergonzarse, se decía. Ya había pagado el precio de la ayuda que le prestó Raúl para alterar su cuerpo. No tenía por qué pagar más.

—La he estado siguiendo y espiando —apuntó la mujer—. Ya debía de haberse dado cuenta...

—¿Cuánto le paga él? —preguntó Alatea.

—No hay dinero de por medio.

—Siempre hay dinero de por medio. Yo no puedo pagarle lo que le paga él, pero le pido... No, le suplico... —Alatea le dio la espalda para recoger la caja fuerte y las joyas—. Tengo esto. Le puedo dar esto.

—No quiero nada —rehusó la mujer, retrocediendo un paso—. Solo he venido para...

—Debe aceptarlo. Y después debe irse. Usted no lo conoce. No puede saber de qué son capaces las personas como él.

La mujer frunció el entrecejo y observó a Alatea mientras reflexionaba sobre lo que acababa de oír. Alatea volvió a ofrecerle el dinero y las joyas, pero ella solo asintió con la cabeza.

—Ah, ya entiendo. Me temo que es demasiado tarde, señora Fairclough. Algunas cosas son imposibles de parar y me temo que él podría entrar en esa categoría. Es como si estuviera desesperado... Aunque no lo dice exactamente, creo que se está jugando mucho en este momento.

—Eso es lo que pretende hacerle creer. Él es así. Fue inteligente al elegir a una mujer. Cree que así bajaría la guardia, calmaría mi temor, cuando su intención es destruirme. Tiene el poder para ello y pretende utilizarlo.

—De todas maneras, la historia no se sostiene sola. No da para un artículo que vaya a interesar a un periódico como The Source.

—¿Y pretende tranquilizarme con eso? —replicó Alatea—. ¿Qué tiene que ver esto con un artículo de The Source? ¿Qué tiene que ver con lo que le pide a usted? Me ha fotografiado, ¿verdad? Me ha seguido y me ha sacado fotos, y esa es la prueba que él quiere.

—No lo entiende —dijo la mujer—. Él no necesita pruebas. Estos individuos no las necesitan nunca. Para ellos las pruebas carecen de importancia. En principio se atienen a la ley, y luego la esquivan; tienen un multitud de abogados que se ocupan del problema.

—Entonces permítame comprar las fotos —insistió Alatea—. Si él las ve, si me ve en ellas… —Se quitó el anillo de prometida, que era de diamantes, y la alianza, y también la voluminosa esmeralda que Valerie Fairclough le había regalado para su boda—: Tenga. Por favor. Tome también esto, a cambio de las fotos.

—Pero si las fotos no son nada. No tienen ningún sentido sin las palabras. Son las palabras lo que cuenta. Es lo que está escrito lo que cuenta. Y de todas formas, no quiero su dinero ni tampoco sus joyas. Solo quiero disculparme por…, bueno, por todo, pero en especial por los perjuicios que pueda haberle causado. Usted y yo nos encontramos en una situación parecida, aunque con diferentes circunstancias.

—¿Así que no se lo va a decir? —preguntó Alatea, esperanzada.

—Lamento decirle que ya lo sabe —repuso, apesadumbrada—. Ahí está el problema. Por eso he venido. Quiero que esté preparada para lo que pueda ocurrir y también que sepa que ha sido por culpa mía y que lo siento muchísimo. Procuré mantenerlo al margen, pero esa gente tiene sus métodos para averiguar las cosas, y una vez que llegó a Cumbria… Lo siento, señora Fairclough.

Al escuchar aquella revelación, Alatea se dio cuenta de lo que conllevaba aquello, no solo para ella, sino también para Nicky y para su vida en común.

—¿Está aquí, en Cumbria? —inquirió.

—Desde hace días. Creía que usted ya estaba al corriente. ¿No le…?

—¿Dónde está ahora? Dígamelo.

—En Windermere, creo. Eso supongo, al menos.

Ya no quedaba nada más que decir, pero sí mucho por hacer. Alatea se despidió de la mujer y, como una sonámbula, recogió todo cuanto había bajado del dormitorio con la intención de sobornarla. Tanto mejor si había rehusado su ofrecimiento, se dijo. En los próximos días iba a necesitarlo. Ya no le quedaban más opciones.

De regreso al dormitorio, arrojó las joyas y el dinero encima de la cama. Del armario del fondo del pasillo, sacó una maleta pequeña. Disponía de poco tiempo para recoger las cosas que iba a necesitar.

Al volver a la habitación, fue a la cómoda, situada entre dos ventanas. Oyó el ruido de la puerta de un coche. Precisamente aquel día, Nicky regresaba a casa más temprano. Estaba hablando con la mujer pelirroja. Parecía muy enfadado. Había alzado la voz, aunque Alatea no alcanzó a distinguir sus palabras a través del cristal.

De todas maneras, aquello era secundario. Lo único que importaba era que estaban hablando. La expresión de Nicky confirmó sobre qué conversaban. Observándolos, Alatea se dio cuenta de que ni siquiera le quedaban alternativas a la hora de escapar. No podía irse en su coche, porque Nicky y la mujer estaban en la zona de gravilla de delante de la casa que tendría que atravesar. Tampoco podía trasladarse a pie hasta la estación de tren, situada en el otro extremo del pueblo, puesto que la única ruta para encaminarse allí pasaba justo por el lugar donde estaban su marido y la mujer. Rezando para hallar alguna clase de solución, se puso a recorrer la habitación hasta que la encontró. La idea le llegó a través de la ventana de la pared perpendicular a la anterior, que procuraba una vista del jardín, del lado del malecón de piedra que lo separaba del sendero marítimo, más allá del cual se desplegaba la bahía.

Aquel era un de esos días en los que la marea se había retirado varios kilómetros. La extensión de arena libre permanecía, pues, a su disposición. Podía cruzarla y recorrer los escasos kilómetros que la separaban de Grange-over-Sands. Allí la aguardaba otra estación de tren. Lo único que tenía que hacer era llegar hasta allí.

Era solo cuestión de unos kilómetros. Después sería libre.

Windermere
Cumbria

Tim había pasado la noche debajo de una caravana en el parque de Fallbarrow, junto al lago. Al pasar frente a la caserna de bomberos, se había llevado una manta de un montón situado justo delante de una puerta abierta. Aquel montón impregnado de olor a humo le hizo ver de qué manera podía pasar el tiempo hasta que Toy4You lo hubiera preparado todo. Él, por su parte, estaba listo. Necesitaba evadirse hasta tal extremo que sentía una opresión en el pecho. Pronto podría responder a la pregunta que dominaba su vida desde que Kaveh Mehran había irrumpido en ella.

Protegido de la lluvia por la caravana, se acurrucó contra un neumático envuelto en la manta robada. Después de pasar la noche en aquel improvisado refugio, estuvo todo el día enfurruñado, dando vueltas por la ciudad, hasta que volvió al centro comercial hacia el final de la tarde, desastrado y maloliente. A Toy4You le bastó con echarle un vistazo y olisquear el aire cuando entró.

—De ninguna manera te puedes presentar así. —Le señaló la puerta del baño, indicándole lo que debía hacer para no apestar. Cuando Tim salió, le entregó tres billetes de veinte libras— Ve a comprarte algo de ropa decente —le dijo—. Si crees que vas a aparecer delante de los otros actores con esa facha, te equivocas. No querrían ni acercarse a ti.

—¿Y dónde está el problema? —se extrañó Tim—. Tampoco es que vayamos a actuar con la ropa puesta, ¿no?

Toy4You apretó los labios, exasperado.

—Y cómprate algo para comer. No quiero que te pongas a quejarte en medio de la acción porque tienes hambre.

—No me voy a quejar.

—Eso es lo que dicen todos al principio.

—Joder —replicó Tim, cogiendo el dinero—. Bueno, lo que sea.

—Exacto —acordó con sarcasmo Toy4You—. Esa es la idea, colega. Joder lo que sea.

Una vez fuera de Shots!, volvió a la zona de las tiendas. Se extrañó al comprobar que, en efecto, tenía hambre. Pese a que había considerado improbable que volviera a comer, el olor a beicon a la plancha que brotaba de la caserna de bomberos le abrió el apetito. De repente, se le hizo la boca agua. Se acordó de los bocadillos de beicon y huevos revueltos de las meriendas cena de su infancia. El estómago reaccionó con un gruñido. Sería mejor que comiera algo. Pero antes iría a comprar la ropa. Conocía un Oxfam en el centro, que bastaría para localizar unos pantalones y un jersey. De ninguna manera estaba dispuesto a comprar prendas nuevas en una de las otras tiendas. Sería un desperdicio de dinero, porque a partir de aquel día no iba a necesitar ninguna clase de ropa.

En Oxfam encontró unos pantalones de pana usados, bastante gastados en la zona de las nalgas, pero de su talla, que complementó con un jersey de cuello alto. Puesto que ya tenía zapatos, calcetines y un anorak, no necesitaba nada más. Aunque le quedó dinero de sobra para pagarse una comida, resolvió conformarse con un bocadillo que compró en un colmado, acompañado, tal vez, de una bolsa de patatas y de una bebida. Lo demás se lo enviaría a Gracie junto con una postal. Le escribiría un mensaje aconsejándole que cuidara de sí misma primero; ya después se podía ocupar del resto del mundo, porque nadie, insistiría, iba a encargarse de ella, por más agradable que se mostrara con ellos. Después se disculparía por lo de *Bella*. Todavía se sentía fatal por haber destrozado la muñeca. Ojalá pudiera arreglarla bien la mujer de la tienda de reparación de aparatos electrónicos.

Era curioso, pensó Tim mientras salía de Oxfam para dirigirse al colmado, pero se sentía mejor. Había tomado una decisión y notaba cierto alivio. Era extraño. Durante muchísimo tiempo se había sentido desgraciado, pero lo único que tenía que hacer era tomar una decisión.

Windermere
Cumbria

Tuvieron que esperar casi media hora en la comisaría de Windermere, lugar adonde Freddie decidió ir primero. Llevaban consigo el portátil de Tim, así como el plano que el chico había imprimido. Habían pensado que habría bastado con entrar en la comisaría y anunciar que tenían información sobre una red de pornografía infantil para que todo el mundo se pusiera en marcha, pero no fue así. Igual que en un consultorio médico, tuvieron que aguardar su turno y, con cada minuto que pasaba, crecía la ansiedad de Manette.

—No te preocupes —le había murmurado Freddie en varias ocasiones. Le había cogido la mano y le trazaba suaves círculos con el dedo en la piel, tal como solía hacer en sus primeros tiempos de casados—. Llegaremos a tiempo.

—De lo que sea —respondió Manette—. Freddie, los dos sabemos que ya podría haberse producido. Podría estar pasando mientras esperamos aquí. Tim podría..., podrían estar... Niamh tiene la culpa de esto.

—De nada sirve buscar culpables —señaló con calma Freddie—. Eso no nos ayudará a encontrar al chico.

Cuando por fin los hicieron pasar a una oficina, Freddie se apresuró a entrar en el correo de Tim y mostró los mensajes que este había intercambiado con Toy4You, así como las fotos y vídeos que aquel tipo le había enviado. Como la vez anterior, tuvo la delicadeza de hacerlo de tal manera que Manette no pudiera ver las filmaciones, aunque, por la cara del policía, esta pudo comprobar que eran tan alarmantes como le había confesado Freddie.

El policía cogió el teléfono y marcó tres números.

—Connie, te interesará ver un portátil que me ha caído en las manos... De acuerdo. —Después de colgar, anunció a Freddie y a Manette—: Cinco minutos.

—¿Quién es Connie? —quiso saber Manette.

—La teniente Connie Calva —explicó—. La responsable de la Brigada Antivicio. ¿Tienen algo más?

Manette sacó del bolsillo el mapa y se lo entregó.

—Tim lo tenía encima de su escritorio —le informó—. A Freddie le ha parecido conveniente traerlo. No sé qué utilidad… Bueno, no sabemos cuáles son las calles que aparecen aquí. Podrían corresponder a cualquier población.

—He pensado que ustedes tendrían a alguien capaz de analizar la imagen y localizar el plano del que partió Tim. Esto es una ampliación impresa. No creo que sea difícil localizar la totalidad del plano para alguien que entienda más que yo de mapas de Internet.

Mientras tomaba el papel, el agente cogió una lupa de un cajón de su escritorio; como Sherlock Holmes. A Manette le pareció muy raro que tuviera algo así. El tipo la acercó al plano para leer mejor los nombres de las calles.

—Esta clase de cosas las hacen normalmente en el cuerpo de policía de Barrow —explicó mientras tanto—. Allí tenemos un especialista en informática y… Ah, un momento; esto es bastante sencillo.

Levantó la vista en el preciso momento en que entraba en la habitación una mujer vestida con vaqueros, botas altas de cuero y un chaleco de tela escocesa. Debía de ser la teniente Calva.

—¿Qué tenemos, Ewan? —preguntó, al tiempo que saludaba con un gesto a Manette y Freddie.

Ewan le encaró el portátil y le mostró el plano.

—Aquí hay una de esas cosas asquerosas que le ponen a uno los pelos de punta —dijo en referencia al ordenador—. Y aquí hay una copia impresa de una zona contigua al centro comercial.

—¿Sabe dónde están esas calles? —preguntó Manette, sin atreverse a concebir demasiadas esperanzas.

—Ah, sí —confirmó Ewan—. Están justo aquí, en Windermere, a menos de diez minutos de la comisaría.

Manette agarró a Freddie del brazo, pero se dirigió al policía.

—Tenemos que ir allí de inmediato. Pretenden hacer una filmación con él. Lo van a hacer allí. Debemos impedirlo.

—Esa vía tiene sus complicaciones —advirtió el agente, levantando una mano.

Connie Calva se había instalado en una mesa y se había puesto a examinar el portátil mientras se metía un chicle en la boca. Pese a que tenía la hastiada expresión de la mujer que ya lo había visto todo, su semblante se fue alterando a medida que pasaba de una imagen a otra. Manette supo en qué momento llegó a los vídeos, porque paró de mascar y el rostro se le transformó en una máscara.

—Qué clase de complicaciones —preguntó Freddie.

—Esas calles están llenas de domicilios particulares y de hostales. También hay una caserna de bomberos y, tal como he dicho, un

461

centro comercial. No podemos ir por ahí, entrando en un sitio detrás de otro, sin tener nada en concreto. El portátil está lleno de material, sí, pero ¿cómo establecemos la conexión entre el ordenador y este plano, aparte de saber que el mismo usuario encontró el mapa en Internet? ¿Comprenden lo que digo? Ustedes nos han traído una información excelente, desde luego, y la teniente Calva se ocupará de ello de inmediato. Y cuando sepamos más...

—Pero el chico ha desaparecido —gritó Manette—. Hace más de veinticuatro horas que no pasa por casa, y, teniendo esto en el ordenador y con esa invitación tan evidente a participar en una película en la que solo Dios sabe qué va a ocurrir... Tiene catorce años...

—Comprendo —repuso el policía—, pero tenemos que atenernos a la ley...

—¡Al diablo la ley! —exclamó Manette—. Hagan algo.

Entonces notó la presión del brazo de Freddie en torno a la cintura.

—De acuerdo —dijo—. Comprendemos su posición.

—¿Te has vuelto loco? —le gritó ella.

—Tenemos que respetar los trámites.

—Pero, Freddie...

—Manette... —Desplazó la mirada hacia la puerta, enarcando las cejas—. Dejemos que se encarguen de agilizarlos, ¿eh?

Comprendió que le estaba pidiendo que confiara en él, pero, en ese momento, no se fiaba de nadie. Aun así, no logró despegar los ojos de Freddie, de aquel hombre que la apoyaba en todo.

—Sí, sí, de acuerdo —concedió.

En cuanto hubieron dado toda la información de que disponían al agente y a la teniente Calva, salieron a la calle.

—¿Qué quieres? —preguntó, angustiada, Manette a Freddie—. ¿Qué pretendes?

—Necesitamos un plano de la ciudad, cosa que no será difícil de encontrar en cualquier papelería —le respondió Freddie.

—¿Y después qué? —inquirió ella.

—Después necesitaremos un plan —explicó él—. O, si no, un enorme golpe de suerte.

Windermere
Cumbria

Disfrutaron de lo segundo. La comisaría se encontraba en las afueras de la ciudad, entre Bowness-on-Windermere y el mismo Windermere. Freddie se adentró con el coche hacia el centro. Estaban circu-

462

lando por Lake Road, a la altura de New Road, cuando Manette vio a Tim. Salía de un pequeño colmado, con una bolsa de plástico de franjas azules y blancas en las manos. Después de inspeccionar su contenido, sacó una bolsa de patatas, que se dispuso a abrir con los dientes.

—¡Ahí está! —gritó Manette—. Para aquí, Freddie.

—Espera un momento. —Freddie siguió conduciendo.

—Pero ¿qué haces? —gritó Manette, revolviéndose en el asiento—. ¡Lo vamos a perder!

Un poco más lejos, Freddie se detuvo junto a la acera, cuando Tim ya estaba a una prudencial distancia, caminando en dirección contraria.

—¿Tienes el móvil? —preguntó a Manette.

—Claro. Pero, Freddie…

—Escucha, cariño, aquí no se trata solo de recoger a Tim.

—Pero él corre peligro.

—Igual que muchos otros niños. Tú tienes tu móvil. Activa el vibrador y síguelo. Yo aparcaré y te llamaré. ¿De acuerdo? Debería llevarnos hasta el sitio donde van a filmar, si es eso para lo que ha venido aquí.

—Sí, sí, claro —aceptó ella, reconociendo la fría y lúcida lógica de Freddie—. Tienes razón.

Luego cogió el bolso y puso el móvil tal como él le había pedido. Cuando iba a bajar del coche se detuvo y se volvió hacia él.

—¿Qué pasa? —preguntó Freddie.

—Eres el hombre más maravilloso del mundo, Freddie McGhie —le dijo—. Nada de lo que ha ocurrido hasta este momento tiene más importancia.

—¿Más importancia que qué?

—Que el amor que siento por ti. —Cerró rápidamente la puerta del coche, sin dejarle margen para responder.

Arnside
Cumbria

Nicholas Fairclough descargó sin preámbulos su rabia contra Deborah. Después de frenar el coche, se bajó de un salto y se acercó a grandes zancadas.

—¿Y quién diablos es usted? ¿Qué hace aquí? —preguntó con unos modales bien distantes de la afabilidad con que la había tratado en anteriores ocasiones. Parecía, además, desprender chispas por los ojos—. ¿Dónde está ese individuo? ¿Cuánto tiempo nos queda?

Paralizada por la ferocidad de las preguntas, Deborah solo alcanzó a expresarse de manera inconexa.

—No sé… —tartamudeó—. ¿Cuánto tiempo lleva ese tipo de cosas? No estoy segura. Señor Fairclough, procuré… Verá, le dije que no había ningún artículo que escribir en esta historia. No hay base para un artículo.

Fairclough se detuvo, como si Deborah le hubiera apoyado una mano en el pecho para detenerlo.

—¿De qué artículo habla? ¿Se puede saber quién es usted? Jesús, ¿también trabaja para *The Source*? ¿No la envió Montenegro?

—¿*The Source*? —respondió con extrañeza Deborah—. No. Eso es totalmente… ¿Quién demonios es Montenegro?

Nicholas desvió la mirada hacia Arnside House antes de volverla a posar en ella.

—¿Quién coño es usted? —exigió saber.

—Deborah Saint James, ya se lo dije.

—Pero no hay ningún reportaje en perspectiva. Eso lo averiguamos nosotros. Nada de lo que nos dijo es verdad. ¿Qué quiere? ¿Qué es lo que sabe? Usted estuvo en Lancaster con ese individuo de *The Source*. Él mismo me lo ha dicho. ¿O acaso tampoco puedo creerle a él?

464

Deborah se mordió el labio. Allá fuera hacía frío y la humedad aumentaba a medida que se espesaba la niebla. Ansiaba instalarse junto a un fuego con una taza caliente entre las manos, aunque solo fuera para calentárselas, pero no podía irse porque Fairclough le obstruía el paso, y su única alternativa era contarle la verdad.

Había acudido allí para ayudar al detective de Scotland Yard. Había llegado en compañía de su marido, un especialista en materia forense que evaluaba las pruebas durante las investigaciones. El periodista de *The Source* había deducido por error que ella era la detective de Londres, y ella había dejado que así lo creyera para que el auténtico detective y su marido pudieran efectuar su trabajo con relación a la muerte de Ian Cresswell sin que se inmiscuyera en él ningún tabloide.

—Yo no conozco a nadie que se llame Montenegro —aseguró—. Nunca había oído ese nombre. Es un hombre, ¿verdad? ¿Quién es?

—Raúl Montenegro. Alguien que intenta encontrar a mi mujer.

—Ah, entonces se refería a eso —murmuró Deborah.

—¿Ha hablado con ella?

—Me parece que hubo un malentendido —concedió—. Ella ha debido pensar que hablábamos de ese Raúl Montenegro, cuando yo creía que hablábamos del periodista de *The Source*. Le he dicho que estaba en Windermere, pero me refería al periodista.

—Ay, Dios mío. —Fairclough fue hacia la casa y volvió la cabeza para preguntar—. ¿Dónde está ahora?

—Dentro. Señor Fairclough, ¿me permite añadir algo? —preguntó mientras él aceleraba el paso hacia la puerta—. He intentado decírselo —explicó cuando él se volvió—. He intentado disculparme. Bueno, lo que quería decir es que…, por lo que se refiere a la madre de alquiler, no tienen por qué preocuparse. Le he dicho al señor Benjamin que eso no daba para un artículo, y es cierto. Además, comprendo perfectamente su situación. Es como si… Su esposa y yo… estamos pasando por lo mismo.

Se quedó mirándola. Aunque ya estaba pálido, Deborah advirtió que había perdido el color hasta en los labios, adoptando una fantasmagórica apariencia que acentuaban las volutas de niebla que desfilaban en torno a sus pies.

—¿Lo mismo? —preguntó.

—Así es. Yo también quiero tener un hijo, pero no he podido…

No pudo acabar la frase, pues Nicholas Fairclough ya se había ido.

Windermere
Cumbria

Cuando Tim volvió a Shots!, Toy4You estaba detrás del mostrador charlando con un sacerdote anglicano. Al entrar, ambos se volvieron y el cura lo miró de arriba abajo, como si quisiera hacerse una idea de quién era. Deduciendo que estaba allí para actuar también en la película de Toy4You, Tim sintió una presión en el vientre que enseguida se transformó en pura rabia. Un sacerdote. Otro maldito hipócrita, como el resto de la humanidad. Aquel desgraciado se presentaba delante de una congregación todos los domingos para predicar la palabra de Dios y repartir la eucaristía, y, después, se dedicaba a aquel repugnante negocio con…

—¡Papá! ¡Papá! —En la tienda irrumpieron un niño y una niña, seguidos de una mujer que miraba, con expresión de agobio, el reloj.

—Lo siento muchísimo, cariño. ¿Hemos llegado demasiado tarde? —Se acercó al religioso y, después de darle un beso en la mejilla, entrelazó el brazo con el de él.

—Con un retraso de noventa minutos, Mags, fíjate —respondió, con un suspiro, el sacerdote—. Bueno, William y yo hemos repasado desde todos los puntos de vista posibles la historia de Abraham e Isaac, de Esaú y Jacob, de Rut y Noemí y el grano del campo, y de los hermanos de José. Ha sido muy instructivo. Espero que a William le haya parecido entretenido, pero, por desgracia, llegas demasiado tarde. Tendremos que dejarlo para otra ocasión, ¿de acuerdo? Concertaremos una cita para otro día.

Siguieron los profusos murmullos de disculpa de la mujer. Los niños se colgaron cada uno de una mano de su padre y, después de acordar una nueva cita para hacerse la foto de familia de Navidad que enviarían a sus parientes, se marcharon.

Tim se había quedado en un rincón de la tienda fingiendo examinar las cámaras digitales, que, expuestas en las vitrinas, acumulaban ya una buena capa de polvo. Tras la alegre y ruidosa despedida del sacerdote y su familia, se dirigió al mostrador. Toy4You llevaba prendido en el pecho el nombre de William Concord. A Tim le extrañó que no se hubiera quitado la identificación al verlo acercarse. Seguro que no era un olvido, porque Toy4You no era una persona descuidada.

Salió de detrás del mostrador para ir a echar el cerrojo a la puerta. Luego puso el cartel de cerrado, apagó las luces de fuera y le indicó a Tim con un gesto que lo acompañara a la trastienda.

Al ver lo cambiado que estaba todo allá atrás, Tim comprendió que Toy4You no hubiera podido hacer pasar al sacerdote y su familia para sacarles su foto anual. Un hombre y una mujer estaban transformando por completo el decorado del estudio, sustituyendo las imponentes columnas recortadas contra el cielo por un ambiente de habitación infantil de la época victoriana. Mientras Tim observaba, llevaron tres estrechas camas, una de las cuales estaba ocupada por un maniquí vestido con un pijama con motivos de Shrek y una gorra de colegial. Las otras dos estaban vacías y, al pie de una de ellas, la mujer puso un enorme perro de peluche, probablemente un san Bernardo. En el telón de fondo, el hombre colocó una falsa ventana con vistas a un cielo nocturno repleto de estrellas, en el cual se percibía, a lo lejos, una tosca representación del Big Ben con el reloj detenido en las doce.

Tim no sabía qué pensar de aquello hasta que llegó otro individuo proveniente del almacén. Era un adolescente, como él, con la diferencia de que se veía muy seguro de sí mismo y se movía con desenvoltura por el escenario. Fue a apoyarse en la ventana ficticia y encendió un cigarrillo. Iba vestido de verde de los pies a la cabeza, con unas zapatillas curvadas en la punta y un sombrero de dos picos torcido con desenfadado desgaire. Levantó la barbilla para saludar a Toy4You mientras los otros dos individuos desaparecían por el almacén, desde donde Tim oyó un murmullo de conversación y el ruido de zapatos y prendas de ropa que caían al suelo. Mientras Toy4You permanecía ocupado con un trípode y una impresionante cámara de vídeo, el hombre y la mujer volvieron al escenario. Ella iba ahora enfundada en un camisón blanco con cuello de volantes. Él se había disfrazado de capitán pirata. A diferencia de los otros dos, era el único que llevaba una máscara, aunque el garfio que sobresalía de su manga derecha habría bastado para revelar hasta al más negado cuál iba a ser su papel en aquella cinta. Por otra parte, los negados tampoco encontrarían extraño que apareciera en una casa victoriana de Londres, en lugar de en el sitio donde debería haber estado, es decir, en un barco de vela en el País de Nunca Jamás.

Tim apartó la mirada para observar a Toy4You. Se sentía intranquilo preguntándose qué papel le iba a tocar a él. Entonces advirtió un camisón dispuesto junto a una cama, con unas gafas de montura redonda encima, y comprendió que él iba a ser el hermano mayor y que, en un momento dado, debería ponerse aquel disfraz.

Pese a que todo le parecía de una estupidez supina, el decorado le procuró cierto alivio. Cuando vio la película de la última cena y la escena de Jesús en el huerto, supuso que iban a filmar algo igual de blasfemo, pero prefirió no imaginar de qué se podía tratar. Aunque, en realidad, a aquella altura poco le importaba si el tema de la filmación iba a ser blasfemo o no, le inquietaba la posibilidad de que no le explicaran de qué iba hasta el último momento y que le fuera imposible actuar siguiendo las instrucciones que le dieran desde el otro lado de la cámara. Al final resultó que no tenía de qué preocuparse. Mientras Wendy avanzaba hacia la habitación y el capitán Hook se situaba fuera del ángulo de la cámara, Toy4You se acercó a Tim con un vaso de agua, que le tendió. Del bolsillo sacó un frasco y de este extrajo dos pastillas distintas. Se las ofreció a Tim con una inclinación de cabeza que daba a entender que debía engullirlas.

—¿Qué son?

—Algo que te ayudará con los auténticos primeros planos, entre otras cosas —respondió Toy4You.

—¿Qué efecto tienen?

En las comisuras de los labios se perfiló una sonrisa. Al lado le estaban creciendo patillas. Ese día no se había afeitado muy bien.

—Le irán bien a tu papel. Vamos, tómalas. Pronto verás el efecto que tienen, y me parece que no te va disgustar.

—Pero…

—Tómatelas, joder —susurró con ferocidad Toy4You—. Esto es lo que querías, así que tómatelas de una vez. No tenemos toda la noche.

Tim las engulló. Al principio no notó nada y se preguntó si serían algo para relajarlo o para dejarlo inconsciente. ¿Serían drogas de la violación? No sabía si se tomaban en pastilla.

467

—¿Me pongo ese camisón? —preguntó—. Yo soy John Darling, ¿no?

—Ya veo que eres menos tonto de lo que pensaba —replicó Toy4You—. Tú quédate al lado de la cámara hasta que te avisen.

—¿Quién me va a avisar?

—Jesús. Cállate y mira. ¿Estáis listos? —preguntó a Peter Pan y Wendy.

Sin aguardar la respuesta, se colocó detrás de la cámara, y el otro chico y la mujer del camisón adoptaron sus respectivas posiciones: el muchacho, en el alféizar de la ventana; la mujer, de rodillas encima de la cama.

Con la iluminación, Tim vio que el camisón era tan fino que se le transparentaba todo. Tragó saliva y quiso desviar la vista, pero no pudo porque ella empezó a levantarse el camisón con lento y sensual gesto mientras Peter Pan avanzaba hacia ella.

—Ahora —dijo Toy4You a Tim, cuando le ofrecía los pechos.

—Pero ¿qué tengo que hacer? —preguntó con desesperación, mientras comenzaba a notar en su interior el despertar de todos sus órganos, que reaccionaban según había previsto la naturaleza.

—Irte a la cama un poco tarde —murmuró Toy4You sin parar de filmar la acción centrada en la cama de Wendy, donde esta bajaba las medias de Peter y se exhibía ante la cámara. Luego ella comenzó a procurarle sus amorosos cuidados—. Has estado leyendo en la biblioteca hasta las tantas. Al llegar a la habitación, te encuentras a tu hermana y a Peter Pan en pleno revolcón, pero en cuanto ves las mañas de Peter, tú te encaprichas de él.

—O sea que… ¿Qué tengo que hacer?

—Joder, solo ir al escenario. Sigue tus inclinaciones, por el amor de Dios. Sé que las tienes. Los dos sabemos que las tienes.

Lo peor era que las tenía, sí, porque, incluso mientras mantenían entre susurros aquella conversación, no lograba despegar la vista de lo que estaban filmando. Sin saber qué significado tenía que Peter se revelara hinchado y lleno de sangre, seguía mirando, y su cuerpo continuaba reaccionando, y quería mirar, y deseaba algo más que no sabía precisar.

—Ve. Vete de una vez —dijo—. Peter y Wendy te enseñarán lo que hay que hacer. —Desvió un momento la atención de la cámara. Al dirigir la mirada a la entrepierna de Tim, sonrió—. Ah, los milagros de la medicina moderna. No te preocupes por nada.

—¿Y él? —preguntó Tim mientras Toy4You volvía a colocarse detrás de la cámara.

—¿Quién?

—El… capitán… Ya sabe…

—No te preocupes tampoco por él. A él le gusta Peter. Siempre le ha gustado. Le gustan todos los niños perdidos. Tú también le gustas. Se presentará y te colocará para que te asocies con Peter en cuanto Wendy se retire. ¿De acuerdo? ¿Lo has entendido? Y ahora vete ahí, que estamos perdiendo tiempo, joder.

—¿Cómo me va a colocar?

Toy4You lo miró un instante.

—Exactamente de la manera como querías que te colocaran desde el principio. ¿Vale? ¿Lo has entendido?

—Pero usted dijo que…

—No seas idiota. ¿Qué esperabas? ¿La muerte en forma de galleta? Ahora ve. Vete ya.

Milnthorpe
Cumbria

Deborah emprendió el trayecto de regreso hacia el Crow and Eagle mientras la niebla empezaba a desparramarse sobre la carretera como una grisácea masa surgida de un millar de humeantes chimeneas diseminadas en la bahía. El viaducto por el que llegaban los trenes a la estación de Arnside había quedado reducido a una borrosa forma bajo la cual pasó al salir del pueblo, y de la playa de Milnthorpe se percibía tan solo un continuo gris, únicamente interrumpido cerca de la orilla por las aves acuáticas, que parecían materializarse de repente en una sólida masa que se acurrucaba y se movía, como si el mismo suelo suspirara.

Impotentes para dispersar la oscuridad, los faros de los coches no hacían más que devolver el reflejo de la luz al conductor. Los pocos aguerridos peatones que se atrevían a caminar por el borde de la bahía con aquel tiempo aparecían de improviso, como surgidos del suelo, igual que los espíritus de Halloween. Después de los nervios pasados en la carretera, Deborah se congratuló por llegar sin percance al aparcamiento del hostal.

Tommy la esperaba, tal como había prometido. Estaba en el bar con un café delante y el móvil pegado a la oreja. Como tenía la cabeza inclinada, no la vio, pero ella sí captó el final de su conversación.

—Bastante tarde —decía—. ¿Quieres que vaya de todas formas? No tengo ni idea de qué hora será, así que quizá sería más conveniente… Sí. De acuerdo… Bastante ansioso también. Isabelle, siento muchísimo la manera como ha… Sí. Muy bien. Después, entonces.

De acuerdo… —Escuchó un momento y seguramente intuyó la presencia de Deborah, porque se volvió en el asiento y la vio acercarse—. Acaba de llegar, de modo que supongo que nos iremos dentro de un momento. —Miró con gesto interrogativo a Deborah, que asintió—. Muy bien —añadió—. Sí. Tengo la llave.

Luego colgó. Deborah no sabía qué decir. Dos meses atrás, había llegado a la conclusión de que Tommy se acostaba con su superior. Lo que no había acabado de averiguar era qué sentía ella al respecto. Era obvio que Tommy debía rehacer su vida, pero no sabía cuáles eran los sentimientos de ella.

—¿Podría tomar un café antes de irnos, Tommy? —optó por decir—. Prometo tragármelo como un cura el vino de misa.

—No será necesario que te des tanta prisa —respondió él—. Yo me tomaré otro. Preferiría que los dos estuviéramos bien despiertos para el viaje. Va a ser largo.

Deborah tomó asiento mientras él iba a pedir. Advirtió que, mientras hablaba con Isabelle Ardery, había estado garabateando en una servilleta de papel. Había bosquejado una casita en medio de un prado, flanqueada por dos edificios más pequeños, un riachuelo y montañas a los lados. No tenía mala pinta, pensó. Nunca se le había ocurrido que Tommy tuviera dotes de artista.

470

—Una segunda vocación —le dijo, señalando el bosquejo, cuando regresó a la mesa.

—Es un sitio como los hay por millares en Cornualles.

—¿Estás pensando en volver a casa?

—Todavía no. —Se sentó, dirigiéndole una cariñosa sonrisa—. Algún día, supongo. —Cogió la servilleta, la plegó y la guardó en el bolsillo superior de la chaqueta—. He llamado a Simon —anunció—. Sabe que vas a volver conmigo.

—¿Y?

—Hombre, a él le pareces sumamente exasperante, claro, aunque a los demás también nos ocurre lo mismo, creo.

—Sí —concedió con un suspiro—. Creo que no he hecho más que empeorar las cosas, Tommy.

—¿Entre tú y Simon?

—No, no. Eso lo voy a arreglar. De algo sirve estar casada con el hombre más tolerante del planeta. Me refería a Nicholas Fairclough y a su mujer. He mantenido una tensa conversación con ella, y luego otra igual con su marido.

Se las contó, a grandes rasgos. Le explicó que Alatea le había ofrecido joyas y dinero, e incluyó la revelación sobre el hombre llamado Montenegro. Tommy la escuchó como había hecho siempre, con la mirada fija en la suya. El café llegó cuando realizaba los últimos comentarios.

—O sea, que, todo el rato, Alatea creía, por lo visto, que yo hablaba de ese tal Raúl Montenegro, cuando yo pensaba que hablábamos del periodista de *The Source*. Supongo que no habría tenido mayor importancia, de no ser porque yo le he dicho que él estaba en Windermere...; al menos creo que fue allí adonde se dirigió cuando me dejó aquí después de volver de Lancaster... Cuando le he dicho eso, le ha entrado el pánico; seguro que pensaba que hablaba de Montenegro. Nicholas también se ha asustado mucho.

Lynley añadió azúcar al café y lo revolvió con aire pensativo. Tan absorto estaba que Deborah comprendió entonces algo que debería haber captado de entrada.

—Tú sabes qué es lo que les ocurre realmente a esas personas, ¿verdad, Tommy? —dijo—. Seguro que lo sabías desde el principio. Sea lo que sea, habría preferido que me lo contaras. Así al menos podría haberme reprimido y no habría vuelto a meter la pata.

—No, en realidad no. Creo que sabía menos que tú. No había visto a Alatea hasta hoy.

—Es guapa, ¿eh?

—Es bastante... —Dio la impresión de que buscaba una palabra mejor, más precisa tal vez. Después de estirar los dedos como para dar a entender que ninguna sería acertada, se decidió—: Bastante asombrosa. Si no hubiera sabido nada de ella antes de ir a verla, jamás habría creído que antes fue un hombre.

Deborah sintió que se quedaba boquiabierta a causa de la sorpresa.

—¿Cómo?

—Santiago Vásquez de Torres. Así se llamaba antes.

—¿Qué quieres decir con eso de que se llamaba? ¿Se está haciendo pasar por...?

—No. Se operó, gracias al dinero de ese tal Montenegro. Al parecer, él tenía la intención de hacerle representar en público el papel de su amante femenina, a fin de mantener su reputación y posición social, pero, en privado, hacer el amor con ella como si fuera un hombre.

—Dios santo. —Deborah tragó saliva. Pensó en Lancaster, en Lucy Keverne, en lo que esta y Alatea Fairclough podían y debían haber planeado entre ambas—. Pero Nicholas lo debe saber, ¿no?

—No se lo he dicho.

—Pero, Tommy, él debería haberlo notado. No sé..., tiene que haber señales, ¿no? Tiene que haber marcas de las incisiones, cicatrices, algo.

471

—¿Después de pasar por las manos de un cirujano de primera? ¿Con todas las herramientas de que disponen? ¿Con los láser que solucionan la posibilidad de que queden cicatrices? Deborah, hoy en día se puede cambiar todo. Incluso se puede eliminar una nuez de Adán. Si el hombre presentaba de entrada un aspecto femenino, por disponer de un cromosoma X de más, por ejemplo, entonces la transformación en mujer es más fácil.

—Pero de eso a no decírselo a Nicholas… ¿Por qué no se lo habría dicho?

—¿Por desesperación? ¿Preocupación? ¿Temor a su reacción? ¿Miedo a verse rechazada? Si Montenegro la buscaba y, si tiene, según parece, los medios para seguir buscándola indefinidamente, debía de necesitar un sitio seguro. Para conseguirlo, dejó que Nicholas creyera lo que quería creer sobre ella. Se casó con él y así pudo quedarse a vivir en Inglaterra.

—¿Ian Cresswell? —apuntó Deborah, pensando que aquello podía tener relación con lo que les había llevado hasta Cumbria—. ¿Lo asesinó ella? ¿Había descubierto su secreto?

—No. No tienes más que fijarte en su aspecto. Es una obra de arte. Nadie se daría cuenta, a menos que hubiera un motivo para indagar en su pasado, y no lo había. A todos los efectos, ella es la esposa de Nicholas Fairclough. Si había alguien a quien investigar en relación con la muerte de Ian, esa persona habría sido Nicholas. Tal como se desarrollaron las cosas, no necesitamos llegar hasta ahí porque Simon acertó desde el principio, corroborando el dictamen de la policía. No hay el menor indicio de que la muerte de Ian Cresswell no se debiera a un accidente. Pese a que hubiera quien deseara su muerte y que esta fuera oportuna para más de una persona, nadie la planificó.

—Y ahora ese horrible periodista va a escribir un artículo sobre esa cuestión del embarazo de alquiler y la foto de Alatea va a salir en el periódico, y todo por culpa mía. ¿Qué puedo hacer?

—¿Apelar a su conciencia?

—Trabaja para *The Source*, Tommy.

—Sí, eso es una pega —admitió.

Entonces sonó el móvil de Deborah. Ella concibió la esperanza de que fuera Zed Benjamin, que la iba a informar de que había cambiado de parecer. También pensó que podría ser Simon, que le diría que comprendía lo que la había impulsado a complicar tanto las cosas en el hogar de Nicholas Fairclough. Resultó, no obstante, que era el mismo Fairclough, que le habló con voz impregnada de espanto.

—¿Qué le ha hecho?

Deborah pensó, horrorizada, que quizás Alatea se había hecho algo.

—¿Qué ha ocurrido, señor Fairclough? —preguntó, mirando a Tommy.

—Ha desaparecido. He buscado por toda la casa y los jardines. Su coche sigue aquí y, además, no habría podido salir con él sin que la viéramos. También he caminado hasta el malecón y no hay rastro de ella.

—Volverá. No habrá ido muy lejos. ¿Cómo habría podido alejarse mucho, con el tiempo que hace?

—Se ha ido a la playa.

—No es posible.

—Le digo que se ha ido por ese lado. No puede ser de otra manera. Es el único sitio posible.

—Entonces habrá ido a dar un paseo, para pensar. Pronto volverá y, cuando vuelva, puede decirle que yo hablaba del periodista de *The Source* y no de Raúl Montenegro.

—No lo entiende —gritó él—. ¡No lo entiende, por Dios! No va a volver. No puede volver.

—¿Por qué no?

—Por la niebla y por las arenas movedizas.

—Pero nosotros podemos…

—¡No podemos! ¿No ve lo que ha hecho?

—Por favor, señor Fairclough. Podemos encontrarla. Podemos llamar… Tiene que haber alguien…

—No hay nadie. Para esto no lo hay.

—¿Para esto? ¿Qué es esto?

—La ola de marea, idiota. El agua está subiendo. La sirena acaba de dar la alarma. Hoy sube la ola de marea.

473

Windermere
Cumbria

Cuando, por fin, el móvil vibró, Manette estaba hecha un manojo de nervios. Se escondía en el aparcamiento del centro comercial, cerca de un contenedor de basura. Tim había entrado en un establecimiento llamado Shots!, que parecía una tienda de fotos; al cabo de unos minutos había entrado una mujer con dos niños. La misma mujer había salido al cabo de un momento cogida del brazo de un sacerdote anglicano y los cuatro se habían subido a un Break Saab y se habían ido. Luego, en el interior de Shots!, alguien había colgado el cartel de cerrado. Entonces Manette había renunciado a obedecer las instrucciones de Freddie y había llamado a la policía.

Su conversación con la teniente Connie Calva había sido tan breve como improductiva. Se sintió tan impotente que le dieron ganas de arrojar el teléfono contra el suelo. Le había hablado del centro comercial y de lo que pasaba, había precisado que habían puesto el cartel de cerrado; ambas sabían lo que aquello significaba: Tim Cresswell, que solo tenía catorce años, había ido allí para rodar uno de aquellos horribles y abyectos vídeos; la policía tenía que hacer algo, rápido.

Connie Calva le contestó que llevaría el portátil de Tim a Barrow, donde el especialista en informática lo analizaría y descubriría el lugar exacto desde donde había estado enviando Toy4You los mensajes, después de lo cual podrían solicitar una orden de registro y…

—¡A paseo con la orden! —susurró con rabia Manette—. Le estoy diciendo el lugar exacto, dónde es, el sitio donde está ese monstruo de Toy4You, donde van a filmar esa película, y más vale que espabile y mande a alguien aquí ahora mismo.

La teniente Calva le había respondido con el tono de voz más educado posible, lo cual indicaba que estaba acostumbrada a hablar con personas nerviosas y a reaccionar seguramente tal como le habían enseñado en la academia de policía. Le había dicho algo así como: «Señora McGhie, ya sé que está disgustada y preocupada, pero la única manera de hacer caer un montaje de este tipo, de tal manera que los responsables comparezcan en un juzgado, es hacerlo dentro de los márgenes de la ley. Ya sé que a usted no le gusta, a mí tampoco, pero no tenemos otra opción».

—¡Al diablo con los márgenes de la ley! —espetó Manette, que colgó.

Después llamó a Freddie.

—Maldita sea, Manette —contestó él de inmediato—. Te acabo de llamar. Se suponía que no ibas a…

—Estaba hablando con la policía —lo atajó—. Tenía que hacerlo. Freddie, está en un estudio de fotografía. ¿Dónde estás tú?

—Volviendo a pie desde la estación de tren. ¿Dónde estás?

—En el centro comercial. —Le indicó el itinerario, asombrada de su propia memoria, y él lo repitió—. Date prisa. Por favor, date prisa. Freddie, la policía no va a venir. Cuando los he llamado, han dicho que necesitan una orden de registro, que tienen que llevar ese ordenador a Barrow, que tienen que… Jesús, no sé qué más. Y él está allí adentro. Van a rodar un vídeo de esos. Estoy convencida de ello, pero no he conseguido hacérselo ver.

—Ahora mismo voy, cariño —le aseguró.

—Intentaré entrar en la tienda —anunció—. Aporrearé la puerta. Así pararán lo que están haciendo, ¿no? Seguro que…

—Manette, no hagas nada. ¿Me entiendes? Son gente peligrosa. Ahora mismo voy. Espérame.

Aunque no sabía cómo iba a poder esperar, Manette prometió que lo haría… Sin embargo, por más que lo intentó, no lo logró. Al cabo de tres minutos ya había perdido la paciencia.

Salió corriendo hacia la puerta de la tienda, que encontró cerrada, tal como preveía. Sin arredrarse, se puso a golpearla, a aporrearla. Era de un vidrio grueso, y no consiguió hacerla mover en lo más mínimo, ni separarla un milímetro de la jamba. En cuanto al ruido que pudiera perturbar la acción que tenía lugar en Shots!, comprendió que difícilmente podría conseguir algún resultado. La puerta de detrás del mostrador también estaba cerrada. Si estaban filmando algo en el interior del edificio, algo se oiría.

Se mordió las uñas, observando a su alrededor. Buscando otras posibilidades, se le ocurrió que debía mirar en la parte posterior del centro comercial. Seguro que las tiendas del centro debían tener más de una puerta, porque, en caso de incendio, debía de ser ilegal disponer de una única salida en un establecimiento comercial.

Se precipitó hacia la parte de detrás, donde se encontró con una hilera de puertas en las que no constaba ningún número ni nombre. Había olvidado contar las tiendas de delante para poder hacer lo mismo detrás, así que regresó a toda prisa, justo en el momento en que Freddie llegaba como una exhalación al aparcamiento.

Se precipitó hacia él. Freddie respiraba como un montañero falto de oxígeno.

—La cinta de correr —dijo sin resuello—. Mañana empiezo. —Luego añadió, mientras ella se prendía de su brazo—. ¿Cuál es? ¿Dónde?

Manette le explicó que la puerta estaba cerrada, que dentro había otra puerta, que por la parte trasera había más. Propuso ir a aporrear la puerta de detrás mientras él esperaba en la de delante a que todos salieran intentando escapar. Entonces…

—De ninguna manera —rehusó—. Nosotros no vamos a hacer salir a esa gente. Están bien organizados para que no los atrapen. Necesitamos a la policía.

—¡Pero no van a venir! —vociferó—. Ya te lo he dicho. No van a venir hasta que tengan una orden de registro.

Freddie paseó la mirada por el aparcamiento, hasta detenerla en el voluminoso contenedor de basura.

—Ah, creo que podemos darles un motivo para venir —le dijo a Manette.

475

A continuación se fue hacia el contenedor y arrimó el hombro a él. Comprendiendo qué se proponía, Manette acudió a ayudarlo. Comenzaron a acercar a la tienda el contenedor, que rodó y rodó más deprisa en la pendiente del suelo.

—Aprieta a fondo ahora, cariño —murmuró Freddie cuando ya les faltaban pocos metros para la tienda—. A ver si podemos hacer disparar la alarma.

Así fue. Lo descubrieron cuando el contenedor chocó contra la puerta del establecimiento de fotos y comenzó a sonar el aullido de la alarma.

Freddie dirigió un guiño a Manette, apoyando las manos en los muslos para recobrar el aliento.

—*Voilà* —dijo.

—¡Ya está! —replicó ella.

Bahía de Morecambe
Cumbria

Alatea permanecía inmóvil como una estatua, a más de tres kilómetros del lugar donde había saltado del malecón al vacío canal del río Kent. Al alejarse de Arnside, había visto la niebla, pero, en aquel momento, aún podía distinguir a lo lejos la península de Holme Island, y sabía que al otro lado de este se encontraba Grange-over-Sands, su medio para escapar.

Se había puesto las botas de senderismo y un anorak. Mientras Nicky y la mujer pelirroja seguían hablando fuera, resolvió que solo tenía tiempo para eso. Después había cogido el bolso y había abandonado la casa por la puerta del salón, para dirigirse al malecón. Una vez abajo, había echado a correr por la arena, tan deprisa como pudo.

No había prácticamente agua ni en el canal ni en la bahía por él alimentada. En ese momento, el río Kent no pasaba de ser un arroyo. La bahía estaba seca. Calculó que disponía de tiempo suficiente para cruzarla, siempre y cuando tuviera cuidado. Sabía qué precauciones debía tomar. Llevaba un bastón para reforzar la seguridad de la marcha e incluso si topaba con algún retazo de aquellas famosas arenas movedizas que podían encontrarse en la bahía y en sus contornos, sabía qué debía hacer para no quedar atrapada en ellas.

No había contado, sin embargo, con la niebla. Aunque la había visto en la lejanía, al noroeste de Arnside, y, pese a tener conciencia de que era probable que avanzara hacia la costa, no había previsto la velocidad con que se iba a desplazar. Se movía rodando, como un diáfano tonel de gigantescas proporciones que ganaba terreno en silencio, engullendo a inexorable ritmo cuanto encontraba a su paso. Cuando llegó a su altura, Alatea supo al instante que, más que mera niebla, era un miasma pestilente, pues percibía el fatal peligro que cargaba. Al cabo de escasos momentos, lo que había empezado como un vapor, como un blanquecino velo frío y húmedo a través del cual aún era posible navegar, se transformó en una cortina gris tan densa que Alatea tuvo la impresión de que sus ojos le estaban gastando una broma pesada, porque era de día; sin embargo, pese a saber que el sol estaba en algún lugar, cosa que le permitía percibir los colores de sus botas, su anorak y la propia niebla, no veía absolutamente nada. Solo niebla y más niebla.

No tenía más remedio que regresar a Arnside, que quedaba mucho más cerca que Grange-over-Sands. Al cabo de unos minutos dejó de avanzar, sin embargo, porque ya no sabía hacia dónde se desplazaba.

Había sonidos que deberían haberla ayudado a localizar la ruta de regreso, pero no alcanzaba a precisar de dónde venían. El primero fue el tren que pasó por el viaducto que atravesaba el canal de Kent desde Arnside para transportar a los pasajeros hasta Grange-over-Sands. No logró distinguir si el tren iba o venía de Grange-over-Sands ni de qué lado quedaban siquiera las vías. Su sentido de la orientación le decía que debían encontrarse a su izquierda si se dirigía a Arnside, pero tenía la impresión de que el ruido provenía de detrás, lo cual indicaría que se estaba alejando en dirección al mar.

Entonces se volvió para corregir su trayectoria y de nuevo empezó a caminar. Topó con un charco, en el que se hundió hasta el tobillo, y enseguida retiró la pierna. Alguien gritó en algún sitio. Aunque no sabía de dónde provenía el grito, le pareció que había sonado cerca y aquello le dio ánimos. Girando para encararse hacia él, reanudó la marcha.

Luego oyó el rugido de un tractor. Al menos le pareció que era un tractor. Pero sonaba justo detrás de ella... o eso le parecía. Creyendo que aquella debía de ser la mejor ruta para llegar a la orilla, dio media vuelta.

—¿Eeeh? ¿Eeeh? Estoy aquí. Por aquí —gritó.

No oyó respuesta alguna, solo el ruido del motor del tractor, que parecía forzado como si arrastrara una carga muy pesada.

Después sonó una sirena. Sí, pensó, por allí quedaba la carretera. Lo malo era que la carretera parecía estar en el sitio donde en principio debía estar el mar y, si iba en aquella dirección, seguramente se perdería. Vagaría entre los montículos de arena, atravesando charcos, hasta acabar topando con algún punto de arenas movedizas. Se hundiría en unos de esos hoyos que primero escarbaba el agua y sobre los cuales después se depositaba una nueva forma de arena demasiado líquida para soportar el peso de algo menos liviano que un pájaro.

Deteniéndose de nuevo, se volvió a escuchar. Gritó. Le respondió el graznido de una gaviota. Al cabo de un momento pareció que horadaba un instante el aire el sonido de un disparo o el petardeo de un coche. Después un silencio absoluto, solemne.

En ese momento, Alatea supo que no había escapatoria. En ese momento, también supo que nunca había tenido realmente escapatoria. A partir de ese instante, en aquella parte oriental de la bahía de Morecambe le quedaba tal vez alguna posibilidad de huida o rescate. No la había, sin embargo, para su vida y las mentiras que había construido. Había llegado el momento de afrontarlo. Todas las fases de su vida la habían conducido a un momento de revelación que había creído poder evitar de manera indefinida, pero ya no más. Había que afrontar la verdad.

Bueno. Así tenía que ser. Aceptaría lo inminente porque, sin duda, lo merecía. Abrió el bolso. Encontró el monedero, el talonario, el neceser de maquillaje, pero no el móvil. Entonces vio con el pensamiento dónde lo había dejado, encima del mármol de la cocina, cargándose conectado a un enchufe. Observando en silencio el bolso, comprendió que el reto final que la aguardaba no iba a ser revelar la verdad a Nicholas.

Su desafío sería llegar a aceptar el gélido abrazo de lo inevitable. ¿Cómo podía haber pensado que se iba a zafar de él? ¿Acaso no la había conducido cada paso que había dado desde que huyó de su familia hacia aquel lugar concreto del mundo, hasta aquel momento final?

En realidad, nunca había podido escapar. Todo había sido un largo aplazamiento. Pese a que la ciencia y la cirugía le habían permitido quitarse aquel terrible caparazón que constituía su prisión, para convertirla en el más extraño de los seres en un extrañísimo país, no tenía forma de huir de sus recuerdos.

Lo peor, rememoró, habían sido las clases de boxeo a las que la había inscrito su padre alegando que no podía esperar que sus hermanos lucharan por Santiago Vásquez de Torres en todas las peleas. Era hora de que él aprendiera a defenderse sin dejarse intimidar. Incluso mientras insistía en ello, en su mirada era patente el miedo, al igual que la preocupación y el disgusto cuando Santiago no quería retozar con sus hermanos, cuando Santiago no mostraba interés por

478

construir fortalezas o jugar a los soldados, por medir su fuerza o por tratar de llegar con el chorro de orina tan lejos como Carlos. Su madre tampoco lograba disimular el miedo cuando sorprendía a Santiago jugando a disfrazarse, a las muñecas u organizando una merienda con su prima Elena María.

Los rostros de sus padres expresaban la misma muda pregunta: ¿qué clase de persona hemos traído al mundo? La preocupación de su padre era evidente para un hombre de su cultura, su edad, su religiosidad y su educación. Le preocupaba haber engendrado a un depravado homosexual. La preocupación de su madre era más sutil, más acorde con su naturaleza protectora. A ella le inquietaba sobre todo cómo se iba a desenvolver Santiago en un mundo poco predispuesto a comprenderlo.

Por aquella época, Elena María era su vía de escape. Santiago se lo había contado todo. Ella lo escuchó reconocer que era un alma presa en un cuerpo que ni siquiera aceptaba como propio. Cuando lo miraba, le explicó, veía que era un varón, sabía que era el de un hombre, pero no funcionaba como un cuerpo masculino, ni él lo deseaba así. Ni siquiera soportaba tocarlo, le confesó, porque era como tocar a otra persona.

«No sé lo que es, no sé a qué se debe; solo sé que no lo quiero, que no quiero vivir con él, que me tengo que deshacer de él y, si no puedo deshacerme de él, me moriré; lo juro», le confesó.

Con Elena María, disfrutaba de un respiro, de un alivio de varias horas, de un día cuando viajaban a otra ciudad, de un fin de semana en alguna ocasión, durante el cual fueron como dos chicas adolescentes a la playa… Aquello le permitió descubrir qué era lo que realmente deseaba, lo que necesitaba ser. Aquello no era, sin embargo, posible en un mundo en el que su padre creía que la única solución era endurecerlo. Para poder vivir tal como estaba destinado a vivir, Santiago había huido, y había seguido huyendo hasta que cayó en los brazos de Raúl Montenegro.

¿Lo peor habían sido las clases de boxeo? ¿No había sido peor su pacto con Montenegro? No estaba segura. Lo que sí sabía era que Montenegro era un hombre resuelto. Con la misma firmeza con que había cumplido la promesa de realizar los sueños de femineidad de su joven amante Santiago Vásquez de Torres, estaba decidido a encontrar a Alatea Vásquez de Torres para que le pagara con la moneda que antaño había reclamado.

Y allí se encontraba entonces, igual de perdida que siempre, con la única alternativa de avanzar o morir. Optó por avanzar en la dirección que, contra toda esperanza, creía que podía ser la de Arnside,

479

aunque ya estaba totalmente desorientada. Al cabo de diez metros pisó aquellas arenas movedizas con las que recelaba topar. En un instante se hundió hasta los muslos. Sintió frío, un horrible frío.

No era necesario dejarse llevar por el pánico, se dijo. Sabía lo que tenía que hacer. Nicholas se lo había explicado durante un paseo que dieron por la arena de la bahía hacía ya tiempo. Recordaba cada una de sus palabras. «Es totalmente contrario a lo que dicta la intuición, cariño, pero eso es lo que hay que hacer», le había dicho.

Lo sabía y se preparó para ello.

Fue entonces cuando empezó a sonar la sirena.

Arnside
Cumbria

—¿Está seguro, caballero? —le preguntó el hombre a Lynley. El guardacostas de servicio en el puesto de Walney Island hablaba con pausado aplomo, entrenado para tranquilizar a quien llamara en una situación de emergencia como la que exponía Lynley. Se mostraba sereno antes de tomar una decisión. Solo él tenía autoridad para poner el engranaje en marcha—. No quiero botar un barco a la bahía a menos que sepamos a ciencia cierta que la mujer está allí —prosiguió—. Las condiciones son horribles. ¿Ha llamado por el móvil? ¿Ha dejado una nota?

—No, pero estamos seguros.

Lynley señaló la ubicación de la casa. No había una vía alternativa de salida. Debían intentar localizar a Alatea Vásquez de Torres. Aparte de por la bahía, esta solo había tenido la posibilidad de irse caminando por el borde del malecón, por el camino público del que partían media docena de senderos que comunicaban con Arnside Knot, el pueblo de Silverdale y, más allá, el sendero costero de Lancaster. Alatea, sin embargo, solo conocía el camino de Arnside Knot. Era más que improbable que hubiera querido subir allí en medio de la niebla, cuando sí tenía, en cambio, más de un motivo para tratar de cruzar la bahía.

—¿Y qué motivos son esos? —preguntó oportunamente el guardacostas.

Lynley le explicó que él estaba llevando a cabo una investigación sobre un ahogamiento, que podría haber sido un asesinato. También se inventó unos cuantos detalles para hacerlo más creíble todo sin descubrir la verdad. Estaba mintiendo, pero no tenía alternativa, aparte de ponerse en marcha con Nicholas Fairclough hacia Arnside Knot para buscarla por allí, cosa que iban a hacer, aunque sabían que iba a resultar un esfuerzo inútil.

Fairclough había aceptado, aunque antes encendió una hoguera en el camino del malecón. Deborah la iba alimentando arrojando toda clase de materiales inflamables, como troncos, ramas, periódicos, revistas y muebles viejos. El fuego había llamado la atención de la brigada de bomberos, así como de unos cuantos ciudadanos de Arnside, que se habían sumado al esfuerzo para transformar aquellos combustibles en un faro capaz de traspasar la niebla para indicar a Alatea la ruta que debía seguir para poder regresar.

Se trataba más bien de una ocupación inútil, y Lynley lo sabía, porque, si Alatea se encontraba en la bahía de Morecambe y si la ola de marea estaba subiendo, existían muy pocas posibilidades de que lograra correr más deprisa que ella. Por eso había llamado al servicio de guardacostas.

—Yo podría destinar un barco, caballero —admitió el vigilante de Walney Island—, pero más vale que no nos hagamos ilusiones. La bahía tiene más de ciento cincuenta kilómetros cuadrados. Si a ello le sumamos la niebla y la ola de marea… No voy a hacer salir una tripulación en estas condiciones por un capricho de alguien.

—Le aseguro que no es un capricho —afirmó Lynley—. Si inspeccionara la ruta en dirección a Arnside…

—De acuerdo, lo vamos a intentar —lo interrumpió el encargado—. Pero esa mujer está condenada de entrada, y ambos lo sabemos. Mientras tanto, llame a la estación de salvamento para ver si pueden prestar ayuda. También podría llamar al guía de la playa para que le dé su opinión.

El guía de la playa vivía al otro lado de la bahía, en una pequeña localidad llamada Berry Bank, situada al sur de Grange-over-Sands. Aunque atendió con gran amabilidad la llamada de Lynley, su respuesta fue pesimista.

—Tengo acumulados más de cincuenta años de experiencia acompañando a los excursionistas por la bahía de Morecambe y, después de haber pasado toda una vida entre la pesca del berberecho en Flookburgh y la de gamba en el río Leven, conozco muy bien esos arenales, señor mío, y si ahora hay una señora allá en medio de la niebla, vaya usted a saber por qué motivo, siento tener que decirle que pronto va a ser un cadáver, por desgracia.

—¿No hay nada que hacer? —insistió Lynley, antes de explicar que el guardacostas estaba a punto de zarpar de Walney Island y que tenía intención de llamar para que enviaran también una lancha de salvamento.

—Depende de cuántos cadáveres quiera tener delante cuando escampe la niebla —contestó el tipo—. En todo caso, aunque yo lleve años observando la arena y sepa distinguir los pasos seguros de los sitios peligrosos, que no cuenten conmigo para cometer la imprudencia de salir en busca de nadie.

En el centro de operaciones de salvamento opinaban lo mismo. Sus voluntarios estaban entrenados y no eran reacios a ayudar.

—Pero necesitamos agua para botar las lanchas, y ahora la bahía está seca. Aunque pronto se va a llenar, cuando el agua suba, va a arrastrar enseguida a esa mujer, porque, si no se ahoga, la hipotermia acabará con ella. Saldremos en cuanto lo permita la marea, pero será inútil. Lo sentimos mucho, señor.

A alguien se le ocurrió llevar un megáfono a través del cual gritaban continuamente el nombre de Alatea. Entre tanto, desde una imprecisa lejanía, la ola de marea remontaba en dirección a ellos. «Es sobrecogedor presenciarlo», murmuró alguien. Más sobrecogedor, y mortal, era hallarse en su camino.

Windermere
Cumbria

La alarma antirrobo producía un estruendo capaz de levantar a los muertos. Para oírse, tenían que hablar a gritos. Haciendo acopio de fuerzas, lograron empotrar el contenedor en la tienda para poder entrar.

—Tú espera aquí —indicó Freddie a Manette una vez que se hallaron en el interior.

Ella, por supuesto, no estaba dispuesta a obedecer.

Al llegar a la puerta del fondo, accionó la manecilla y comprobó que estaba cerrada con llave.

—¡Abran! ¡Policía! —vociferó—. ¡Tim! ¡Tim Cresswell!

Pese a sus gritos, quedó claro que los ocupantes de la otra habitación no tenían intención de cooperar.

—Tendré que romperla.

Manette lo comprendió por el movimiento de los labios, porque no se oía nada.

—¿Cómo? —preguntó, consciente de que, pese a sus cualidades, Freddie no era el tipo de hombre que poseyera la fuerza bruta necesaria para derribar una puerta.

Aquella puerta, además, no era de esas que aparecían en la tele o en las películas de terror, que, aunque parecían macizas, se venían abajo con una simple patada de un varonil actor. Aquella puerta estaba allí con un propósito concreto: impedir el paso a los intrusos.

Freddie se aplicó a la tarea, primero con los pies y después con el hombro. Luego fueron arremetiendo contra ella por turnos, en medio del incesante ruido de la alarma. Al cabo de cinco minutos, o tal vez más, lograron por fin romper la cerradura.

—Tienes que esperar aquí, Manette —gritó Freddie mientras irrumpía en la trastienda.

Ella no le hizo caso, igual que antes. Si él iba a correr algún peligro, no pensaba dejar que se arriesgara solo.

Fueron a parar a una sala de impresión digital que comunicaba con un almacén. En el fondo había encendidos unos potentes focos, aunque el resto de la habitación estaba a oscuras. Entre el incansable estruendo de la alarma, trataron de percibir algún movimiento en la penumbra, pero la fría brisa que soplaba delante de ellos les indicó que habían escapado por la puerta posterior. Solo les quedaba esperar que hubieran dejado a alguien allí, y que ese alguien fuera Tim.

En el otro extremo, donde la luz era más intensa, vieron el tosco plató de rodaje. De un vistazo, Manette percibió las camas, la ventana, el Big Ben a lo lejos, el peluche al pie de la cama…, antes de verlo a él. Estaba acostado de lado con una prenda que parecía un camisón, pero el camisón lo tenía vuelto por encima de la cabeza, atado por una punta con unas medias verdes formando una especie de saco. Con las manos atadas ante sí y los genitales a la vista, el chico tenía una erección. La equis trazada en el suelo no lejos de la cama indicaba el lugar donde habían situado la cámara y cuál había sido su principal foco de encuadre.

—Dios mío —exclamó Manette.

Freddie se volvió hacia ella. Le leyó los labios, pues no había forma de oírlo, con el enloquecedor estruendo de la sirena.

—Tú quédate aquí. Quédate aquí.

En ese momento estaba tan atemorizada que permaneció donde estaba. La verdad era que, si Tim estaba muerto, prefería no verlo.

Freddie se acercó a la cama. Por sus labios, Manette vio que decía «está sangrando», y después «eh, Tim, vamos, chico», mientras deshacía las ataduras que mantenían el camisón pegado a su cabeza.

El cuerpo de Tim dio una sacudida. Freddie dijo: «Tranquilo. Soy Freddie, chico. Deja que te saque de aquí. No pasa nada, chico», y después soltó el camisón y tapó con delicadeza el cuerpo de Tim. Manette vio, por los ojos y la cara del muchacho, que estaba drogado, por lo cual dio gracias al cielo: si estaba drogado existía una

483

mínima posibilidad de que no se acordara de lo que le había ocurrido allí.

—Llama a la policía, dijo Freddie.

Ya no era necesario. En el preciso momento en que se aproximaba al hijo de Ian tendido en la cama y se disponía a desatarle las manos, la alarma dejó de sonar y oyó un sonido de voces.

—Vaya desastre —gritó alguien desde la tienda.

«Cuánta razón tenía», pensó ella.

Bahía de Morecambe
Cumbria

«Todas las reacciones que uno tiene en las arenas movedizas son contraproducentes —le había dicho Nicky—. Cuando topa con ellas, tiende a quedarse paralizado, creyendo que si forcejea se hundirá más deprisa, que cualquier movimiento acentuará el peligro y precipitará el final. Debes recordar varias cosas, cariño. La primera es que uno no tiene ni idea de la profundidad real de la arena. Aunque el hoyo pueda tener una profundidad capaz de engullir un caballo, un tractor o un autobús, lo más probable es que se trate de uno menos hondo, en el que una persona se hundirá hasta las rodillas o, a lo sumo, hasta los muslos, dejando el resto del cuerpo libre hasta que lleguen a rescatarla. De todas maneras, no hay que arriesgarse antes de haberlo descubierto, porque, si uno se hunde hasta el pecho, no hay forma de salir, por culpa del fenómeno de succión que se produce. En ese caso, lo único que puede sacarlo a uno de ahí es el agua del chorro de una manguera, o bien el agua de la marea montante que hace retirar la arena. Por eso es imprescindible reaccionar con rapidez en cuanto la arena cede. Con suerte, el hoyo no es profundo y, antes de que pueda succionar los pies y atraparlos, uno puede moverse para sortearlo, adelantándose o retrocediendo. Si no se consigue, hay que acostarse en la superficie de la arena movediza. Hay que tenderse encima lo antes posible. Así uno para de hundirse y se halla en condiciones de apartarse girando sobre sí.»

Pese a las palabras de su marido, que había vivido buena parte de su vida en aquella extraña parte del mundo, a Alatea aquello se le antojaba una locura. Al estar atrapada en la arena hasta los muslos, no tenía la posibilidad de salir con un movimiento rápido. Solo le quedaba pues tenderse encima, pero no lograba vencer la aprensión. «Tienes que hacerlo, tienes que hacerlo», se decía a sí misma en voz alta, pero mientras seguía descendiendo despacio solo podía pensar en el insidioso movimiento de la arena subiendo por su cuerpo acostado, aproximándose a sus orejas, tocándole las mejillas, deslizándose como una amenaza suprema hacia su nariz.

Quería rezar, pero no lograba formular las palabras adecuadas para producir un milagro. Su mente generaba, en cambio, imágenes habitadas por Santiago Vásquez de Torres, cuando a los trece años se escapó a la ciudad más cercana de Santa María de la Cruz de los Ángeles y de los Santos. Había buscado refugio en una iglesia, vestido con la ropa de Elena María, con la cara pintada con los cosméticos de su prima, una mochila donde llevaba un poco de dinero, una muda y tres pintalabios, y un pañuelo con el que cubría un cabello demasiado largo para un muchacho y demasiado corto para una chica.

Cuando la encontró, el sacerdote la llamó «hijo mía» e «hijo de Dios padre», y le preguntó si se quería confesar. Elena María le había susurrado: «Ve, Santiago. Ve adonde te dirija Dios». Así pues, le pareció que sería bueno confesarse, no por haber pecado, sino porque necesitaba recibir ayuda para ser ella misma. De lo contrario, acabaría poniendo fin a su vida.

Después de escucharlo, el sacerdote le habló con sosegada voz del grave pecado de la desesperación. Aseguró que Dios no creaba errores. «Ven conmigo, hijo», lo invitó luego, y lo acompañó a la rectoría, donde le ofreció la absolución por el pecado que había cometido al escaparse de casa, así como un plato de carne con patatas, que se comió despacio, observando la sencilla cocina mientras el ama lo miraba con recelo. Después de comer, el cura lo llevó a descansar: «Seguro que tu viaje ha sido largo y difícil, ¿verdad, hijo?». En eso no se equivocaba, desde luego. Santiago se acostó en un sofá tapizado con tela de pana y se quedó dormido.

Su padre lo despertó.

—Gracias, padre —dijo con semblante pétreo, mientras cogía del brazo a su descarriado hijo—. Gracias por todo. —Luego efectuó un cuantioso donativo a la iglesia, o tal vez al sacerdote traidor, y se fueron para casa.

Su padre decidió solucionar el problema dándole una paliza. También pensó que sería beneficioso mantenerlo encerrado en una habitación hasta que se hiciera cargo de la falta que había cometido, no solo contra la ley divina, sino también contra su familia y su reputación. «¿Me entiendes bien, Santiago?», le repetía, asegurándole que su situación no iba a cambiar hasta que no aceptara poner fin a ese desatino.

Santiago había intentado comportarse como un varón, pese a lo mal que le quedaba la ropa de hombre. Las fotos de mujeres desnu-

485

das que compartía en secreto con sus hermanos solo le inspiraban, sin embargo, deseos de parecerse a ellas y, cuando sus hermanos se tocaban abandonándose a un culpable placer ante aquellas imágenes, a él le repugnaba la idea tan solo de imitarlos.

No se desarrolló como los otros chicos. No le salió pelo en los brazos, ni en las piernas, ni en el pecho, ni tuvo necesidad de afeitarse. Ante aquellas evidentes manifestaciones de que algo no funcionaba normalmente en su caso, la única reacción parecía ser tratar de endurecerlo con deportes de riesgo, caza, escalada o esquí, o con todo lo que se le ocurría a su padre que pudiera hacer de él el hombre que Dios lo había destinado a ser.

Santiago lo intentó durante dos largos años, y durante ese tiempo ahorró hasta el último céntimo que pudo. Después, a los quince, se fugó y llegó en tren hasta Buenos Aires, donde nadie sabría que no era una mujer, a menos que él quisiera revelarlo.

Alatea rememoró el viaje en tren, el ruido de la máquina y el paisaje. Evocó el contacto de su cabeza contra el frío cristal de la ventanilla. Se acordó de que tenía los pies apoyados en la maleta. Se acordó de cuando el revisor le marcó el billete y le dijo: «Gracias, señorita», y de que, a partir de ese momento, mientras el tren la alejaba de su hogar siempre la trataron de «señorita».

El recuerdo de aquel momento y de aquel lugar era tan vívido que casi podía oír el ruido del tren. Con su estrepitoso traqueteo, la trasladaba hacia su futuro, en un viaje de huida del pasado que todavía no había terminado.

Cuando la golpeó el agua, comprendió que lo que había estado oyendo era la marea. Entonces comprendió el significado de la sirena. Aquello era una ola de marea, que avanzaba como un caballo lanzado al galope. Y aunque el agua que acarreaba iba a disgregar la arena que la retenía, comprendió que había cosas de las que nunca se iba a liberar.

Pensó con alivio que no se iba asfixiar en la arena, tal como había temido. Cuando sintió el primer embate del agua contra su cuerpo, comprendió asimismo que no se iba a ahogar, porque, en un agua como aquella, uno no se ahogaba, sino que, solamente, se acostaba y se quedaba dormido.

11 de noviembre

Arnside
Cumbria

*D*esde el principio, no había habido nada que hacer. Todos lo sabían. Todos habían fingido lo contrario. El guardacostas se aventuró en la niebla, tomando la ruta que iba de Walney Island al estrecho de Lancaster. Desde allí hasta la bahía de Morecambe había bastantes kilómetros, no obstante, y aún había más para llegar al canal del río Kent. Alatea podría haber estado en cualquier sitio. Si solo hubieran tenido que bregar con la ola de marea, habría existido una posibilidad —aunque remota— de localizarla, pero, con la niebla, la situación había sido desesperada de entrada. No la encontraron.

Los voluntarios del cuerpo de salvamento marítimo habían intentado ayudar, una vez que hubo suficiente agua para botar las lanchas. No se habían alejado mucho de tierra, sin embargo, ya que sabían que para entonces lo que había que buscar era un cadáver. Permaneciendo allá afuera, en medio de la niebla, se arriesgaban a que hubiera más muertos al final del día. Reconociendo que aquello sería un desatino, a su regreso explicaron a Lynley que solo podía ayudarlos el guía de la playa, una de cuyas funciones en una situación como aquella era trazar conjeturas sobre los lugares en los que podía aparecer el cadáver. Él ayudaba a localizarlos lo antes posible; si no lo encontraban en cuanto escampaba la niebla, había muchas probabilidades de que no lo hallaran nunca. El agua lo arrastraría y la arena lo enterraría. En la bahía de Morecambe algunas cosas se esfumaban para siempre, y algunas permanecían enterradas durante cien años. Como había sentenciado el guía de la playa, así era aquel lugar: de una hermosura feroz por la que había que pagar un precio cruel.

Lynley y Deborah habían ido por fin a Arnside House, después de pasar horas y horas alimentando la hoguera, incluso después de que la ola de marea irrumpiera en el canal. Desde entonces, todos supieron que no había ni la más mínima esperanza. Pero como Nicholas no quería apartarse del fuego, siguieron atendiéndolo con él, conscientes de la desolación que asomaba a su cara. No quiso parar hasta el anochecer, cuando, aliado a la resignación y a la pena, el agotamiento le había hecho desistir. Entonces se había dirigido tambaleante a la casa. Lynley y Deborah lo habían seguido, a través del pasillo que les habían abierto con compasivo pesar los habitantes del pueblo de Arnside.

Una vez en la casa, Lynley había llamado a Bernard Fairclough. Lo informó de manera sucinta de lo ocurrido, diciéndole que la esposa de su hijo había desaparecido y que, probablemente, se había ahogado en la bahía de Morecambe. Al parecer había ido a dar un paseo, explicó, y se había visto atrapada por la ola de marea.

—Vamos ahora mismo —anunció Bernard Fairclough—. Dígale a Nicholas que ya llegamos.

—Querrán comprobar si voy a recaer —dijo con aturdimiento Nicholas cuando Lynley le transmitió el mensaje de su padre—. Bueno, ¿quién no se iba a temer tal cosa, con mis antecedentes, eh? —A continuación añadió que no pensaba verlos, ni a ellos ni a nadie.

Lynley se encargó de recibir a los padres de Nicholas. Antes había resuelto que su cometido en todo aquello sería no traicionar la voluntad de Alatea. Mantendría a salvo su secreto. Se lo llevaría a la tumba y sabía que Deborah haría lo mismo.

Puesto que ya era demasiado tarde para emprender el viaje hacia Londres, ambos volvieron al Crow and Eagle, reservaron dos habitaciones y, después de cenar casi en silencio, se acostaron. Por la mañana, ya en mejores condiciones anímicas, llamó a New Scotland Yard. Entonces advirtió que tenía siete mensajes en el móvil. Sin escuchar ninguno, llamó a Barbara Havers.

Le explicó brevemente lo ocurrido. Ella permaneció en silencio, salvo por alguna que otra exclamación, como «mecachis» o «vaya por Dios». También le dijo que habría que avisar a la familia de Alatea, y le pidió si podía localizar a la estudiante española para efectuar la llamada a Argentina.

—Sí, sí puedo —le respondió ella—. Siento muchísimo cómo han ido las cosas. ¿Te encuentras bien? —añadió—. Tienes la voz rara. ¿Quieres que haga algo más desde aquí?

—Dile a la comisaria que me tuve que quedar en Cumbria —repuso—. Me pondré en camino dentro de una hora o dos.

—¿Quieres que le diga algo más? —se ofreció Barbara—. ¿Quieres que la ponga al corriente de lo que ha pasado?

—Mejor será dejar las cosas como están —contestó Lynley, después de un instante de vacilación.

—De acuerdo —dijo Barbara antes de cortar la comunicación.

Lynley sabía que podía fiarse de ella para que hiciera lo que le había solicitado. Entonces cayó en la cuenta de que no se le había ni ocurrido llamar a Isabelle. Ni la noche anterior ni aquella mañana, después de haber dormido tan mal, había pensado en llamarla.

Deborah lo esperaba cuando bajó a la recepción del Crow and Eagle. Tenía muy mal aspecto. Cuando lo vio, carraspeó y los ojos se le anegaron de lágrimas, y trató de evitar que le rodaran por el rostro.

Estaba sentada en un banco de madera, frente al mostrador de la recepción. Lynley se instaló a su lado y le rodeó los hombros con el brazo. Ella se dejó caer contra su costado y él le dio un beso en la cabeza. Entonces ella le cogió la otra mano y Lynley sintió el cambio que se producía en los cuerpos de ambos cuando empezaron a respirar como si fueran uno solo.

—No pienses lo que estás pensando —le dijo.

—¿Cómo no lo voy a pensar?

—No sé, pero sí sé que tienes que parar.

—Tommy, ella nunca se habría ido por la bahía si yo no hubiera estado insistiendo como una loca en ese asunto del vientre de alquiler. Eso no tenía nada que ver con la muerte de Ian Cresswell, como bien sabíais tú y Simon desde el principio. Yo tengo la culpa.

—Deborah, querida, los secretos y el silencio fueron los causantes de todo esto. La culpa la tuvieron las mentiras, no tú.

—Eres muy amable.

—Soy sincero. Lo que impulsó a Alatea hacia la playa fue lo que no podía soportar decirle a su marido. Esa misma información fue lo que la impulsó a ir a Lancaster antes. No puedes hacerte responsable de sus secretos y de su muerte. No lo eres.

Deborah guardó silencio un momento, con la cabeza ladeada, como si examinara la punta de sus botas negras de cuero.

—Pero hay cosas que uno debe callar, ¿no?

Lynley pensó en aquello, en todo lo que había quedado sin expresar entre ellos y que nunca iba a aflorar.

—¿Quién mejor que nosotros para saberlo? —respondió.

Cuando despegó el brazo de sus hombros, ella lo miró y él le sonrió con ternura.

—¿Nos vamos a Londres? —le dijo.

—A Londres, sí —aceptó ella.

489

Arnside
Cumbria

Pese al deseo de Nicholas de estar solo, Valerie había insistido a su marido para que se quedaran a pasar el resto de la noche en Arnside House. Había llamado a Manette para darle la noticia; no obstante, le había recomendado que no fuera. También había llamado a Mignon, pero sin plantearse la posibilidad de que esta realizara el trayecto hasta Arnside, puesto que se había mantenido encerrada en su torre desde el momento en que comprendió que sus padres no tenían intención de seguir estando a su entera disposición en el plano económico, emocional y físico. De todas formas, en ese momento a Valerie le preocupaba poco Mignon. El que le inquietaba era Nicholas, sobre todo por lo que pudiera hacer después de aquel desastre.

El mensaje que les había hecho llegar a través del detective de Scotland Yard había sido escueto y directo. No quería ver a nadie.

—Ella debe de tener familiares en Argentina —le había dicho Valerie a Lynley—. Tendremos que avisarlos. Habrá que tomar disposiciones…

Lynley le había asegurado que en Scotland Yard se encargarían de avisar a la familia de Alatea. Había una agente que los había localizado. En cuanto a las disposiciones, lo mejor sería esperar a ver si encontraban el cadáver.

No se le había ocurrido que quizá no fueran a disponer de un cadáver. Trataba de convencerse de que, si había habido una muerte, tenía que haber un cadáver. Los cadáveres eran la manifestación de lo irreversible. ¿Cómo podía haber duelo, si no, sin un cadáver?

Luego Lynley se había marchado con una mujer, Deborah Saint James. No la conocía ni le importaba quién era, más allá de que había estado presente cuando Alatea había desaparecido. Entonces Valerie había subido las escaleras y se había dirigido a la habitación de Nicholas.

—Estamos aquí, cariño —le había dicho a través de la puerta—. Tu padre y yo nos quedaremos abajo. —Después lo había dejado solo.

Durante aquella larga noche, había permanecido con Bernard en el salón, delante del fuego de la chimenea. Alrededor de las tres de la madrugada, le pareció oír algo que se movía en el primer piso, pero resultó que era solo el viento, que despejó la niebla y trajo consigo la lluvia. Mientras la lluvia golpeaba a rachas los cristales, Valerie pensó en que después de la opresión de la noche llega la alegría de la mañana. Era algo que aparecía en el libro de rezos anglicano, según recordó, pero que no podía aplicarse en aquel terrible caso.

No hablaron de nada con Bernard. Él intentó iniciar una conversación en cuatro ocasiones, pero ella sacudió la cabeza y levantó la mano para hacerlo callar.

—Por el amor de Dios, Valerie, en un momento u otro tendrás que hablar conmigo —le dijo él.

Entonces comprendió que, pese a lo que había ocurrido en las horas previas, Bernard quería hablar de ellos dos. Pero ¿qué le pasaba a aquel hombre?, se preguntó con cansancio. Pero, claro, ¿acaso no conocía ella desde siempre la respuesta?

Nicholas apareció en el salón justo después del amanecer. Había llegado con tanto sigilo que no lo había oído. Ya lo tenía delante de ella cuando se dio cuenta de que no era Bernard quien había entrado. En realidad, Bernard no había salido de la habitación, aunque ella tampoco lo había advertido.

—No te muevas —la atajó cuando ella se disponía a levantarse.

—Cariño… —dijo.

Calló al ver que él sacudía la cabeza. Tenía un ojo cerrado, como si las luces de la habitación le resultaran dolorosas, y ladeaba la cabeza como si aquello lo ayudara a verla mejor.

—Solo quiero que sepáis esto. Que no tengo intención.

—¿Cómo? —preguntó Bernard—. Nick, no sé…

—No tengo intención de volver a tomar drogas —aclaró.

—No estamos aquí por eso —afirmó Valerie.

—Entonces, ¿por qué os habéis quedado?

Tenía los labios tan resecos que parecían pegados entre sí, los ojos hundidos, el cabello de querubín aplastado y enredado, y las gafas sucias.

—Nos hemos quedado porque somos tus padres —respondió Bernard—. Por el amor de Dios, Nick…

—Ha sido culpa mía —dijo Valerie—. Si yo no hubiera hecho venir a esa gente de Scotland Yard para investigar, con los trastornos que os causaron a ti y a ella…

—Si hay algún culpable, ese soy yo —intervino Bernard—. Tu madre es inocente. Si yo no le hubiera dado motivos para querer una investigación, hubiera o no hubiera razones…

—Parad. —Nicholas levantó la mano y la dejó caer con gesto de agotamiento—. Sí, es culpa vuestra, de los dos, pero ahora eso da igual.

Dio media vuelta y los dejó en el salón. Lo oyeron arrastrar los pies por el pasillo y luego subir las escaleras.

Regresaron a casa en silencio. Mignon estaba esperándolos, como si supiera que se estaban aproximando desde la carretera general. Quizás había estado observándolos desde lo alto de la torre, desde

491

donde Valerie sospechaba que se había dedicado a espiar a todo el mundo durante años. Había tenido el buen tino de desprenderse del andador, porque ya debía de haber comprendido que de nada le serviría seguir fingiendo, y se protegía del frío con un abrigo de lana. Como a veces ocurre después de un buen aguacero, la mañana era espléndida y el sol lucía como una promesa de esperanza perpetua, derramando sus dorados rayos otoñales sobre los jardines y los ciervos que pastaban a lo lejos.

Mignon se acercó al coche cuando Valerie se bajaba.

—¿Qué ha ocurrido, mamá? ¿Por qué no volvisteis a casa anoche? Estaba preocupadísima. No he podido dormir. Estuve a punto de llamar a la policía.

—Alatea… —dijo Valerie.

—Sí, claro, Alatea —replicó Mignon—. Pero ¿por qué diablos no volvisteis a casa tú y papá?

Valerie miró a su hija, pero tuvo la sensación de que no la veía bien. Después de todo, tuvo que reconocer que siempre había sido así. Mignon era una desconocida y su manera de pensar evolucionaba en un territorio extraño en el que solo moraba ella.

—Estoy demasiado cansada para hablar contigo —le contestó Valerie, encaminándose a la puerta.

—¡Mamá!

—Ya basta, Mignon —intervino su padre.

Valerie oyó los pasos de Bernard tras ella y también los gritos de protesta de Mignon. Entonces se paró un momento y se volvió hacia ella.

—Ya has oído a tu padre —dijo—. Ya basta.

Entró en la casa, invadida por un monumental cansancio. Bernard la llamó por su nombre mientras se dirigía a las escaleras. El tono titubeante de su voz dejaba traslucir una inseguridad inédita en él.

—Me voy a acostar, Bernard —dijo, comenzando a subir.

Era perfectamente consciente de que necesitaba tomar alguna clase de decisión. La vida que había llevado hasta entonces había quedado reducida a escombros y tendría que pensar en cómo la iba a restaurar. Debería decidir qué piezas iba a conservar, cuáles iba a sustituir y cuáles iba a descartar. También era consciente de la carga de responsabilidad que pesaba sobre sus hombros, porque ella había estado enterada desde el primer momento de la doble vida que Bernard llevaba en Londres, y lo que había hecho o dejado de hacer ella al respecto era como un pecado con el que cargaría en la conciencia hasta el fin de sus días.

Ian la había puesto al corriente, por supuesto. Pese a que se trataba del uso del dinero que hacía su propio tío, Ian siempre había sabido dónde residía el verdadero poder en la empresa. Bernard se ocupaba de la gestión diaria y tomaba, efectivamente, las decisiones. Bernard, Manette, Ian y Freddie habían contribuido a su desarrollo, modernizándola con métodos que Valerie nunca habría sabido aplicar. Aun así, cuando el comité se reunía un par de veces al año, era ella quien se sentaba en la cabecera de la mesa, y nadie había puesto jamás en entredicho su posición, porque así había sido siempre. Por más que uno subiera escalafones, siempre había un techo que no se podía superar. Era una cuestión hereditaria, no de fortaleza.

—Se ha producido algo curioso y bastante preocupante —le anunció—. Francamente, tía, me había planteado no decirte nada porque... Bueno, tú siempre te portaste bien conmigo, igual que el tío Bernie, desde luego, y al principio pensé que podría modificar un poco el destino de los fondos y cubrir los gastos, pero ha llegado un punto en el que no veo cómo podría conseguirlo.

Ian Cresswell era un niño encantador cuando se instaló a vivir con ellos después de la muerte de su madre en Kenia. De mayor también fue una buena persona. Había sido una lástima que hubiera hecho sufrir a su mujer y a sus hijos cuando decidió vivir la vida que desde su nacimiento le deparaba el destino, pero a veces a la gente le ocurría ese tipo de cosas, y entonces había que capear el temporal. Valerie había percibido su preocupación, había respetado el conflicto de lealtades que afrontaba y había agradecido que acudiera a ella con las copias impresas en las que constaba el destino de las transferencias de dinero.

Cuando murió se sintió fatal. Pese a que fue un accidente, no podía dejar de pensar en que no había insistido bastante en el peligroso estado en que se encontraba aquella parte del embarcadero. Su muerte le había procurado, no obstante, la oportunidad que buscaba. Resolvió que la única forma en que deseaba enfrentarse a Bernard era humillándolo delante de toda su familia. Sus hijos debían saber qué clase de hombre era exactamente su padre. Entonces lo abandonarían, dejándolo a cargo de su amante y su hija natural de Londres, y estrecharían el círculo de su devoción en torno a su madre. Esa sería la manera de pagar por sus pecados, pues sus hijos eran puros Fairclough, los tres, y no tolerarían ni por un momento la inmoralidad de la doble vida que llevaba su padre. Después, al cabo de un pertinente lapso de tiempo, lo perdonaría. ¿Qué más podía hacer después de casi cuarenta y tres años de matrimonio?

Se acercó a la ventana del dormitorio, encarada al lago Windermere. Era una suerte, pensó, que no diera al parque infantil, que ahora, probablemente, nunca llegaría a acabarse. Tendió la mirada sobre

493

la gran superficie del lago, quieto como un espejo depositado encima de la tierra, en la que se reflejaban los abetos de la orilla, la colina que se alzaba al otro lado de Ireleth Hall y los grandes cúmulos que solían formarse en el cielo después de una noche de tormenta. Era un perfecto día de otoño, límpido y radiante. Contemplándolo, Valerie supo que ella no participaba de aquella pureza. Estaba vieja y gastada. Su alma estaba sucia.

Oyó que Bernard entraba en la habitación, pero no se volvió. Notó que se aproximaba y por el rabillo del ojo vio que había traído una bandeja, que colocó encima de la mesa semicircular situada entre las dos ventanas que daban al lago. A través del reflejo del gran espejo que había colgado encima, Valerie vio que contenía una tetera, tostadas y huevos pasados por agua. También percibió el reflejo de la cara de su marido. Él fue el primero en hablar.

—Lo hice porque podía. Mi vida ha sido así. He hecho lo que he hecho porque podía. Supongo que fue como un reto para mí, más o menos como lo fue conquistarte. Como también lo fue sacarle más provecho a la empresa de lo que habían conseguido tu abuelo y tu padre. Ni siquiera sé qué significado tiene que haya hecho todo eso, y eso es lo peor, porque indica que quizá podría volverlo a hacer.

—Una idea muy reconfortante —apuntó ella con sequedad.

—Intento ser sincero contigo.

—Esa es otra idea francamente reconfortante.

—Escúchame. Lo más horrible es que no puedo decir que para mí no significó nada, porque sí representó algo. Lo que ocurre es que no sé qué representó.

—Sexo —apuntó ella—. Virilidad, Bernard. El hecho de no ser tan bajito, al fin y al cabo.

—Me mortificas con eso —dijo.

—Tal como pretendía. —Volvió a fijar la vista en el paisaje. Antes de tomar una decisión, debía saber ciertas cosas, y aquel no era un mal momento—. ¿Siempre lo hiciste?

—Sí —reconoció. Al menos interpretaba de forma correcta su pregunta—. No todas las veces. Solo de vez en cuando. Bueno, a menudo. Normalmente cuando tenía que ir a algún sitio por trabajo. A Mánchester, por ejemplo, o a Birmingham, a Edimburgo o a Londres. Pero nunca fue con una empleada, hasta Vivienne, e incluso con ella, al principio, fue como con las demás. Lo hice porque podía, pero después la cosa fue más lejos entre nosotros y vi que había una manera de llevar dos vidas.

—Muy ingenioso —dijo ella.

—Muy ingenioso —repitió él.

Valerie lo miró. Era muy bajito, realmente. Aunque era unos doce centímetros más bajo que ella, nunca lo había considerado bajo, por más que lo fuera. Era de corta estatura, falto de delicadeza, malicioso, engreído, risueño… Jesús, pensó, solo le faltaba una joroba, un jubón y unas medias. Se había dejado seducir con tanta facilidad como Ana Bolena.

—¿Por qué, Bernard? —le dijo y, al ver que él no comprendía, añadió—. ¿Por qué dos vidas? Con una suele haber más que suficiente.

—Lo sé —admitió—. Esa es la maldición con la que vivo. A mí nunca me bastó con una vida. Una vida no era… No sé.

Ella, en cambio, sí lo sabía, y quizá lo había sabido desde siempre.

—Una vida no bastaba para demostrarte a ti mismo que eras algo más que Bernie Dexter, de Blake Street, de Barrow-in-Furness. Una solo vida no había sido suficiente para eso.

Él permaneció callado. El graznido de los patos volvió a reclamar la atención de Valerie, que miró por la ventana. Viéndolos volar en formación de cuña en dirección al parque de Fell Foot, se maravilló de que, pese a su torpeza a la hora de aterrizar y de alzar el vuelo, dieran un espectáculo tan elegante como cualquier otra ave al surcar el aire. Lo único que los diferenciaba era el arranque.

—Sí, supongo que es eso —reconoció Bernard—. Blake Street fue el pozo desde el cual trepé, pero los lados eran resbaladizos. Siempre supe que, al menor movimiento en falso, resbalaría y volvería a caer.

495

Valerie se apartó entonces de la ventana. Al acercarse a la bandeja, vio que había traído solo desayuno para ella. Una taza con un plato, dos huevos hervidos, pero solo una huevera, cubiertos para una persona y una única servilleta. Después de todo, no estaba tan seguro de sí mismo, concluyó con cierta satisfacción.

—¿Quién eres ahora? —le preguntó—. ¿Quién quieres ser?

—Valerie, quiero ser tu marido —respondió él con un suspiro—. No puedo prometerte que nuestra pareja y lo que ambos hemos construido no vaya a irse al traste dentro de seis meses, pero eso es lo que quiero, ser tu marido.

—¿Y eso es todo lo que tienes que ofrecerme? ¿Después de casi cuarenta y tres años?

—Eso es todo lo que tengo que ofrecerte —corroboró.

—¿Y por qué diantre debería aceptar eso? Tenerte por marido sin ninguna promesa de nada más, de fidelidad, de honestidad, de… —Se encogió de hombros—. Ni siquiera yo lo sé.

—¿El qué?

—Lo que quiero de ti. Ya no lo sé.

Se sirvió una taza de té. Había traído limón y azúcar, sin leche, que era tal como lo había tomado siempre. Le había llevado tostadas sin mantequilla, que era como siempre las había comido. Le había llevado pimienta pero no sal, que era con lo que siempre había aderezado el huevo pasado por agua.

—Valerie, nosotros hemos pasado mucho tiempo juntos. Me he comportado de manera injusta contigo y con nuestros hijos, y sé por qué lo he hecho, al igual que tú. Porque soy Bernie Dexter, de Blake Street, y eso es todo lo que tenía para ofrecerte desde el principio.

—Todo lo que yo he hecho por ti —dijo ella en voz baja—. Por ti, para ti. Para complacerte…, para satisfacerte.

—Sí, y me complaciste.

—Lo que me costó… No te puedes imaginar, Bernard. Nunca podrías imaginártelo. Hay que empezar a llevar una cuenta de esfuerzos. ¿Lo entiendes? ¿Eres capaz de entenderlo?

—Sí —aseguró—. Valerie, soy capaz.

Ella se acercó la taza de té a los labios, pero él se la quitó de las manos y la volvió a colocar encima de la bandeja.

—Por favor, deja que empiece a hacerla —dijo.

496

Great Urswick
Cumbria

La policía había llevado a Tim directamente al hospital de Keswick. En realidad habían llamado por radio a una ambulancia. Manette había insistido para que la dejaran ir dentro del vehículo con el chico porque, aunque no sabía nada más sobre el estado de Tim y sus perspectivas de curación, sí sabía que a partir de aquel momento él necesitaba estar cerca de la persona que representaba a su familia más directa. Así era Manette.

La alarma todavía seguía aullando como un heraldo del apocalipsis cuando la policía irrumpió en el local. Manette estaba sentada en el remedo de cama sosteniendo en el regazo la cabeza de Tim, tapado ya con el camisón, y Freddie iba de un lado a otro buscando a los culpables —que ya habían huido hacía rato—, así como alguna prueba de lo que había ocurrido en ese lugar.

La cámara había desaparecido, al igual que cualquier resto de ordenador, pero, debido a la precipitación, los otros miembros del elenco y del equipo que estaban rodando habían olvidado objetos como una chaqueta que contenía una billetera y tarjetas de crédito, un bolso de mujer con un pasaporte y una caja fuerte bastante pesada.

¿Quién sabía qué habría dentro? La policía no tardaría en averiguarlo.

Tim tan solo había pronunciado, medio aturdido, dos frases. La primera era: «Él lo había prometido»; la segunda: «No lo contéis, por favor». No llegó a precisar quién había prometido qué, pero lo de no contarlo estaba bastante claro. Con la mano posada en su cabeza —con aquel pelo demasiado largo, demasiado grasiento, demasiado desatendido por alguien durante demasiado tiempo—, Manette le repetía: «No te preocupes, Tim. No te preocupes por nada».

Al ver la clase de delito con que habían topado, los policías de patrulla avisaron por radio para que acudieran al lugar detectives y agentes de la Brigada Antivicio. Manette y Freddie se volvieron a encontrar frente a frente con la comisaria Connie Calva. No bien entró en la habitación, esta paseó rápidamente la mirada por las camas de estilo victoriano, la ventana abierta, el Big Ben en la lejanía, el peluche al pie de la cama y los disfraces tirados por el suelo hasta detenerla en Tim, que seguía acostado con la cabeza apoyada en el regazo de Manette.

—¿Han llamado a una ambulancia? —preguntó a los policías, que asintieron—. Lo siento —le dijo luego a Manette—. Tenía las manos atadas. Así es la ley.

Manette le dio la espalda.

—No nos venga ahora con la maldita ley —le espetó Freddie.

Había hablado con tanta ferocidad que Manette sintió una oleada de ternura tan intensa que le dieron ganas de echarse a llorar por lo estúpida que había sido de no haber visto claramente hasta ese momento cómo era Freddie McGhie.

Sin darse por ofendida, la comisaria Calva clavó la mirada en Manette.

—Supongo que han debido tropezarse con esto, ¿no? ¿Han oído la alarma y al ver el desorden dentro han deducido lo que ocurría? ¿Es eso lo que ha ocurrido?

Manette miró un momento a Tim, que se había puesto a temblar, y tomó una decisión. Después de aclararse la garganta, respondió que no, que no se habían tropezado con aquel escenario, aunque agradecía a la comisaria que así lo supusiera. Ella y su marido —olvidó lo de «ex», para ceñirse solo a lo que había sido antes para ella, cuando tenía más sentido común— habían entrado tras romper la puerta. Se habían saltado la ley y estaban dispuestos a pagar las consecuencias. No habían llegado a tiempo para impedir que un cerdo violara a un chico de catorce años y lo filmara para deleite de pervertidos de todo el mundo, aunque ella y Freddie dejarían esa parte de la cuestión en

497

manos de la policía, así como la decisión de si ellos —ella y su marido, tal como lo volvió a llamar— merecían alguna sanción por el allanamiento, la irrupción en el lugar o como lo quisieran calificar.

—Un accidente, creo —zanjó la comisaria Calva—. Quizás ha sido la acción de algunos gamberros. En cualquier caso, esos contenedores deberían tener un sistema de frenos mejores, diría yo, para que no puedan escapársele de las manos a uno e ir a parar a los escaparates de las tiendas. —Tras observar un instante el local, indicó a los agentes que iniciaran el proceso de recogida de pruebas—. Necesitaremos una declaración del muchacho —añadió.

—Pero ahora no —contestó Manette.

A continuación se lo llevaron. El servicio de urgencias del hospital de Keswick se ocupó cariñosamente de él y después lo dejaron a cargo de su prima Manette. Esta y Freddie lo llevaron a casa, le prepararon un baño caliente, le dieron una sopa caliente acompañada de tostadas con mantequilla, se quedaron sentados con él mientras comía y lo llevaron a la cama. Luego se retiraron cada uno a su habitación. En la suya, Manette pasó la noche en blanco.

De madrugada, cuando todo estaba aún oscuro tras los cristales, preparó café. Sentada a la mesa de la cocina, posó la mirada desenfocada en su reflejo en el cristal, orlado por la noche, con el telón de fondo invisible de la laguna en cuya orilla se apiñaban, metidos entre las cañas, los cisnes.

Se planteó qué debía hacer a continuación, llamar a Niamh seguramente. Ya había llamado a Kaveh para anunciarle que Tim estaba bien, que se encontraba en su casa y que le hiciera el favor de decírselo a Gracie, para que no se preocupara por su hermano.

Ahora debía hacer algo con respecto a Niamh. Como madre de Tim, tenía derecho a saber lo que había ocurrido, pero dudaba que necesitara saberlo. Si la informaban de ello, Tim se enteraba y su madre no hacía nada, el chico quedaría aún más traumatizado. No le parecía buena idea que tuviera que sufrir aún más. Por otra parte, a Niamh habría que decirle algo en algún momento, puesto que sabía que su hijo había desaparecido.

Allí, frente a la mesa de la cocina, siguió barajando posibilidades y objeciones, tratando de llegar a una resolución. A ella le resultaba impensable traicionar a Tim. Por otra parte, el chico iba a necesitar ayuda. En la Margaret Fox School podían proporcionársela si él colaboraba. Tim no se había mostrado precisamente muy cooperador en los últimos tiempos; sin embargo, y no era seguro que lo que le había pasado le hiciera cambiar de actitud, ¿por qué había de hacerlo, Jesús? ¿De quién se podía fiar?

Era todo complicadísimo. No sabía por dónde empezar para ayudar al chico. Aún seguía sentada a la mesa de la cocina cuando entró Freddie. Se dio cuenta de que debía de haberse quedado dormida en la silla, porque afuera se había hecho de día y él estaba vestido y se servía una taza de café cuando se espabiló.

—Ah, volvió a la vida. —Freddie se acercó con su taza de café y, cogiendo la de ella, tiró el resto de café frío en el fregadero. Luego le sirvió otra y apoyó un instante la mano en su hombro—. Ánimo —le dijo con afabilidad—. Te sentirás mejor después de haber corrido un rato en esa cinta.

Cuando se sentó frente a ella, Manette advirtió que iba vestido con su mejor traje, uno que nunca se ponía para ir a trabajar. Llevaba lo que él llamaba la indumentaria para bodas, bautizos y entierros, complementado con una inmaculada camisa blanca con doble puño y un pañuelo de lino doblado en el bolsillo del pecho de la americana. Era el Freddie McGhie de siempre, a gusto consigo mismo, impoluto de la cabeza a los pies, como si el día anterior no hubiera sido una pesadilla completa.

—¿Hmm? —consultó, señalando el teléfono que Manette había dejado en la mesa mientras dormitaba.

Ella le explicó que había llamado a Kaveh.

—¿Y a Niamh?

—Esa es la cuestión, ¿no? —Tim le había rogado que no le contara nada a su madre; se lo había vuelto a rogar cuando había ido a su habitación para cerciorarse de que no necesitaba nada—. Supongo que debería llamarla, de todas formas —concluyó—, solo para que sepa que está con nosotros, aunque ni siquiera tengo ganas de eso.

—¿Por qué?

—Está bien claro —contestó—. Es por lo mismo por lo que Tim no quiere que le cuente nada de lo ocurrido ayer. A veces es más fácil hacer conjeturas sobre lo que habría pasado en lugar de conocer la verdad con respecto a la gente. Tim puede pensar… o, para el caso, yo misma… que a ella le va a dar igual o que no va a hacer nada, o que la noticia apenas la va a afectar. Aunque no es agradable, ni él ni yo lo vamos a saber con seguridad. De esta manera, los dos podemos pensar: «Quizá, si lo supiera, cambiaría radicalmente, se desprendería de esa capa de indiferencia que ha estado llevando y…». No sé, Freddie, pero, si la llamo, no podré evitar averiguar toda la verdad sobre cómo es Niamh Cresswell. No estoy segura de querer saberlo justo ahora y, en todo caso, sé que a Tim no le conviene en absoluto.

—Ah, comprendo —dijo Freddie, después de escucharla con su habitual deferencia—. Bueno, no queda más remedio, ¿no? —añadió, cogiendo el teléfono. Después de mirar la hora, marcó un número y dijo—: Es un poco temprano, pero las buenas noticias se agradecen aunque sea temprano. —Al cabo de un momento, añadió—: Perdona, Niamh. Soy Fred. ¿Te he despertado?… Ah. Has tenido una noche un poco agitada… ¿De veras? Me alegro… Mira, Niamh, tenemos a Tim aquí… Oh, un poco acatarrado, por pasar frío. Había dormido al raso, el imprudente…; lo encontramos en Windermere, casi por casualidad. Manette lo está cuidando… Sí, sí, eso es. ¿Podrías llamar al colegio y avisarlos…? Ah, sí, claro. Desde luego… Pusiste también a Manette en su ficha, ¿eh? Buena idea, Niamh. Otra cosa, a Manette y a mí nos gustaría mucho tener a Tim y a Gracie con nosotros durante una temporada. ¿Qué te parece?… Mmm, sí. Oh, estupendo, Niamh… Manette estará encantada. Les tiene mucho cariño a los dos.

Así acabó la conversación. Luego Freddie colgó y volvió a coger la taza de café.

—Pero ¿qué diablos estás haciendo? —preguntó, estupefacta, Manette.

—Haciendo las gestiones necesarias.

—Ya veo. Pero ¿te has vuelto loco? No podemos tener a los niños aquí.

—¿Por qué no?

—Freddie, nuestras vidas son un lío terrible. A Tim y Gracie no les conviene vivir otra situación indefinida.

—Sí, sí. Un lío, ya lo sé.

—Tim pensaba que ese hombre iba a matarlo, Freddie. Necesita ayuda.

—Bueno, es comprensible que pensara eso. Debía estar aterrorizado. Se encontraba en medio de algo que no entendía y…

—No, no lo entiendes. Pensaba que ese hombre lo iba a matar porque ese era el trato al que habían llegado. Me lo contó anoche. Dijo que había aceptado participar en la película si ese tipo lo mataba después, porque, según reconoció, a él le faltaban agallas para suicidarse. Quería, pero no podía, y, sobre todo, no quería que Gracie pensara que se había suicidado.

Freddie lo escuchó con seriedad, con la barbilla apoyada en el pulgar y el índice pegado a los labios.

—Comprendo —dijo.

—Estupendo, porque ese chico sufre un estado tal de confusión, de emoción, pasión y dolor, y…, Dios, no sé qué más. Así que, si lo traemos aquí, con esta… situación, tal vez… ¿Cómo podríamos hacerle eso?

500

—En primer lugar —respondió Freddie después de reflexionar un momento—, está en una escuela muy buena, donde puede salir adelante si se lo propone. Nuestra función es inspirarle ese deseo. Necesita una madre y un padre que lo apoyen y crean en él y en la posibilidad de que uno pueda reunir los pedazos de su propia vida y recuperarse.

—Sí, perfecto, pero ¿durante cuánto tiempo podremos ofrecerle eso si nos quedamos con él ahora?

—¿Qué quieres decir?

—Vamos, no seas obtuso, Freddie —contestó pacientemente Manette—. Tú eres un magnífico partido, y una de esas mujeres con las que sales te va a atrapar. Entonces Tim y Gracie van a tener que soportar otra situación de ruptura… ¿Cómo podemos pedirles a esos niños que pasen otra vez por eso?

—Ah, bueno. —Freddie la miró fijamente—. Entonces, ¿me equivoqué?

—¿En qué?

—En lo que sucede entre nosotros. Porque si me he equivocado, voy a volver arriba a quitarme el atuendo de boda.

Lo estuvo mirando hasta que ya no lo pudo ver porque se le nubló la vista.

—Freddie… Ay, Freddie…. No, no te has equivocado.

—Entonces tenemos que asistir a una boda hoy, ¿no? El registro civil más cercano servirá. Yo necesitaré un padrino y tú una dama de honor. ¿Despierto a Tim para que cumpla las funciones?

—Sí —aceptó Manette—. Yo llamaré a Gracie.

501

St. John's Wood
Londres

Sentado en el aparcamiento de enfrente del edificio donde vivía su madre, Zed Benjamin contemplaba el trayecto que tendría que recorrer para entrar. Sabía lo que le esperaba allí y no tenía ganas de afrontarlo. Su madre no tardaría en entender que se había quedado sin trabajo, y aquello iba a ser un verdadero suplicio. Aparte, estaba Yaffa. Por nada del mundo habría querido ver la expresión que pondría cuando le explicara el estrepitoso fracaso en que había acabado su persecución de la historia del siglo en Cumbria.

Además, se sentía fatal. Aquella mañana se había despertado en un hotel de una estrella situado al lado de la autopista. El día anterior había abandonado de inmediato Cumbria, justo después de hablar con Rodney Aronson y recoger sus cosas en Windermere. Había conducido para hallarse lo más lejos posible hasta que se vio obligado a parar a descansar. Aquella noche la había pasado en una mugrienta habitación que recordaba un poco aquellas camas encapsuladas que había leído que había en algunos hoteles japoneses. Había tenido la misma sensación que si tratara de dormir en un ataúd. Aunque, bueno, lo suyo era un ataúd con un cuarto de baño, se decía.

Por la mañana se había levantado tan descansado como era posible después de haber tenido que soportar a las tres de la madrugada una pelea en el pasillo del hotel, en la que tuvo que intervenir al parecer la policía. Se había vuelto a dormir a las cuatro y media, pero a las cinco habían comenzado a llegar los trabajadores que iniciaban su turno en las diversas tiendas y puestos de comida rápida de la zona comercial, dando portazos a coches y saludándose a gritos, de manera que, al cabo de media hora, había renunciado a dormir y se había metido en el exiguo cajón vertical que hacía las veces de ducha.

Mecánicamente había cumplido con el ritual matinal de afeitarse, lavarse los dientes y vestirse. Aunque no tenía hambre, sí quería tomar un café, de modo que fue a la cafetería, y allí se encontraba cuando llegaron los periódicos del día.

No pudo evitarlo. Llevado por la fuerza de la costumbre, cogió un ejemplar de *The Source* y, ya en la mesa, vio que publicaban una continuación del extraordinario artículo de Corsico sobre la hija mestiza del miembro secundario de la familia real. El tabloide le daba un tratamiento de gran primicia, encabezándolo con el titular «Le declara su amor», acompañado de las pertinentes fotos. Parecía que el aristócrata en cuestión —cuyo parentesco con la realeza parecía cada vez más lejano— pretendía casarse con la madre de su hija bastarda, puesto que el descubrimiento de su relación con la mujer había relegado al olvido su carrera como estrella de cuarta fila en los estudios de Bollywood. Había que pasar a la página tres para ver quién podía ser la madre de la hija bastarda… Zed lo hizo y entonces se encontró con la foto de una sensual mujer provista de una voluminosa delantera, que posaba junto a su pretendiente y novio real, encima de cuya regia rodilla reposaba su hija. Muy sonriente, mostraba los dientes con una expresión de satisfacción con la que parecía declarar a los hombres de su país: «Mirad la hembra que me he conseguido ligar, gilipollas». Y era verdad. Aquel idiota tenía un título como carta de presentación. Lo que estaba por ver era si poseía una inteligencia que lo complementara.

Dejó a un lado el periódico. Qué sarta de chorradas, pensó, previendo lo que ocurriría en *The Source* como consecuencia de la publicación de aquel artículo y el anterior. Aquello sería la consagración de la certera capacidad de Mitchell Corsico para descubrir una noticia, influir en el debate público y manipular a un miembro de la familia real —por más distante que fuera— para que tomara una iniciativa predeterminada por el tabloide. Por lo que a él, Zed Benjamin, poeta en apuros, respectaba, saldría ganando por haberse quitado de en medio.

Salió del coche. Ya que no podía evitar lo inevitable, se dijo, al menos podía presentarlo como una positiva alteración en su vida, siempre y cuando le acudieran a la mente las palabras adecuadas.

Casi había llegado a la puerta cuando Yaffa salió del edificio. Como iba cargada con una mochila, supuso que se dirigía a la universidad. No lo había visto, de modo que se planteó agacharse detrás de unas matas para esconderse, pero entonces ella alzó la vista y lo sorprendió. Se paró en seco.

—Zed, qué..., qué..., qué agradable sorpresa —tartamudeó—. No dijiste que ibas a volver a Londres hoy.

—No será tan agradable cuando te dé la noticia de por qué estoy aquí.

—¿Qué pasa? —preguntó con tono preocupado. Luego dio un paso hacia él y apoyó una mano en su brazo—. ¿Qué ha ocurrido, Zed?

—Me han echado del trabajo.

Ella despegó los labios. Qué suaves parecían, pensó él.

—Zed, ¿te has quedado sin trabajo? ¡Pero si te estaba yendo muy bien! ¿Qué ha pasado con el reportaje? ¿Con esa gente de Cumbria? ¿Con todo el misterio que los rodeaba y que ocultaban? ¿Qué era lo que ocultaban?

—El cómo, el porqué, el quién y el cuándo relacionado con la procreación —le dijo—. No había nada más.

—¿Y Scotland Yard? —preguntó, sorprendida—. Zed, no es posible que ellos estuvieran investigando el nacimiento de bebés.

—Bueno, eso es lo peor de todo, Yaff —admitió—. Si había un agente de Scotland Yard allí, yo nunca lo vi.

—Pero, entonces, ¿quién era esa mujer? ¿La mujer de Scotland Yard?

—No era de Scotland Yard. No tengo ni la más remota idea de quién era. Ahora que ya ha quedado todo atrás, importa bien poco, ¿no? —Cambió de una mano a otra el portátil que cargaba, antes de continuar—: La verdad es que disfruté bastante de esa farsa que interpretábamos, Yaff, de las llamadas por teléfono y todo lo demás.

—Yo también —respondió ella, sonriendo.

Zed volvió a cambiar de mano el portátil. De repente no sabía qué hacer con las manos y los pies.

—Bueno, pues —dijo—, ¿para cuándo quieres que programemos nuestra ruptura? Me parece que más vale no demorarse mucho, porque, si no lo prevemos para dentro de un par de días como muy tarde, mamá ya habrá ido a ver al rabino y se pondrá a preparar el pastel de boda.

Yaffa se echó a reír.

—¿Y tan malo sería eso, Zedekiah Benjamin? —preguntó con un tono que parecía de burla.

—¿El qué? ¿Lo del rabino o lo del pastel?

—Las dos cosas. ¿Sería tan malo?

Se abrió la puerta del vestíbulo y de él salió una señora mayor, tirando de la correa de un caniche. Zed se apartó para dejarla pasar y entonces ella los miró alternativamente y sonrió con énfasis. Zed sacudió la cabeza. Cómo eran las madres judías... Ni siquiera tenían que ser las madres propias para comportarse como si lo fueran, pensó con resignación.

—No creo que Micah se quedara muy conforme, ¿no? —señaló a Yaffa.

—Ah, Micah. —Yaffa se quedó mirando a la anciana con su perrito, que levantó la pierna para orinar sobre un arbusto—. Zed, es que no existe ningún Micah.

—¿Cómo? —La observó con seriedad—. Vaya. ¿Rompiste con él?

—No, es que nunca existió... —repuso—. Era... En realidad me lo inventé, Zed.

Él tardó un instante en comprender. Luego el momento se le antojó como un amanecer, pese a que ya estaba avanzada la mañana y el sol lucía con vigor delante de la vivienda de su madre, en Saint John's Wood.

—¿Me estás diciendo que...?

—Sí —lo interrumpió ella—. Te lo estoy diciendo.

—Qué chica más lista eres, Yaffa Shaw —la elogió con un atisbo de sonrisa.

—Sí —convino ella—. Es que siempre lo fui. Y la respuesta, por cierto, es que sí.

—¿Sí a qué?

—Sí quiero ser tu mujer. Si estás dispuesto a casarte conmigo a pesar de que me propuse pescarte con la ayuda de tu propia madre.

—Pero ¿por qué ibas a querer casarte conmigo ahora? —preguntó—. No tengo trabajo. No tengo dinero. Vivo con mi madre y...

—Estos son los misterios del amor —replicó.

Bryanbarrow
Cumbria

Gracie salió corriendo en cuanto el coche paró delante de la puerta. Se precipitó hacia Tim y, colgada de su cadera, se puso a hablar con tanta rapidez que él apenas lograba entenderla. También le costaba un poco comprender todo lo demás. La prima Manette había llamado a la Margaret Fox School para ponerlos al corriente de su paradero; había pedido permiso para que el chico se ausentara un día más y había prometido que, al día siguiente, acudiría al centro; se había vestido con una falda de seda de color azul eléctrico, un jersey de cachemira de color marfil, una chaqueta de *tweed* gris y un pañuelo que hacía que combinaran todos los colores; y había dicho que todos tenían que asistir a una boda en la que Tim iba a hacer de padrino. Siempre y cuando él quisiera, había precisado.

Tim vio por su cara que la boda iba a ser la suya, y por la cara de Freddie vio que este iba a ser el novio.

—Supongo que sí —respondió, pero enseguida apartó la vista de la corriente de felicidad que circulaba entre su prima y su futuro marido, pensando que él no tenía sitio allí, que entrando en ella solo conseguiría acentuar la dureza del retorno a la realidad. Estaba cansado de tener que acabar siempre expulsado de todo—. ¿Y qué me voy a poner? —preguntó, porque en Great Urswick no tenía nada apropiado para la ocasión.

—Encontraremos algo idóneo —había respondido Manette, entrelazando el brazo con el de Freddie—. Pero primero vamos a buscar a Gracie. Kaveh no la ha llevado a la escuela, porque, como es lógico, yo voy a necesitar una dama de honor.

De eso se puso a hablar sobre todo Gracie mientras se prendía a la cintura de Tim.

—¡Una boda, una boda, una boda! —canturreaba—. ¡Vamos a ir a una boda, Timmy! ¿Me podré poner un vestido nuevo, prima Manette? ¿Tendré que llevar medias blancas? ¿Habrá flores? ¡Oh, tiene que haber flores!

Sin aguardar respuesta a aquel rosario de interrogantes, pasó a otras cuestiones relacionadas con Tim y *Bella*.

—No te vuelvas a escapar nunca —le dijo—. Estaba muy preocupada y muy asustada, Tim. Ya sé que estaba enfadada contigo, pero fue porque le hiciste daño a *Bella*, pero solo es una muñeca; lo sé. Es solo que papá me la regaló y me dejó elegirla a mí sola. Por eso era especial, ¿entiendes? Pero estoy contentísima de que hayas vuelto. ¿Y qué te vas a poner? —Después trasladó el foco de atención a Manette

505

y Freddie—. ¿Va a haber invitados? ¿Habrá pastel? Prima Manette, ¿de dónde vas a sacar las flores? ¿Van a venir también tus padres? ¿Y tu hermana? Ah, me parece que tendría que caminar demasiado.

Tim no tuvo más remedio que sonreír. Fue algo raro, porque no había tenido ganas de sonreír desde hacía más de un año. Gracie era como una flor que se había vuelto a abrir y quería que siguiera así.

Entraron todos en la casa para que Tim buscara algo que ponerse para la boda. Subió las escaleras para ir a su habitación mientras Gracie se quedaba charlando abajo con Manette y Freddie. Una vez que se encontró dentro, el espacio se le antojó distinto. Veía cosas que sabía que eran suyas, pero no las sentía como tales. Él vivía allí, pero no vivía allí. Ignoraba el significado de aquella sensación, si era algo bueno o malo.

No tenía nada presentable para llevar en una boda. Lo único que tenía era el uniforme del colegio, y no pensaba ponérselo.

Pensó un momento qué pasaría si daba el paso necesario. Este se le presentaba como algo enorme, algo capaz de engullirlo y hundirlo de una manera de la que no sabía si se podría recuperar. De todas maneras, había una boda, la boda de Manette y Freddie, y no veía qué otra cosa podía hacer, aparte de ir a la habitación de su padre y buscar hasta sacar de debajo de la cama las bolsas de basura negras donde Kaveh había metido su ropa, con la intención de llevarlas a Oxfam antes de que llegara su novia.

Aunque los pantalones de Ian le quedaban anchos, lo arregló ajustándolos con un cinturón. Dentro de un año seguramente le irían bien. Revolvió entre el resto de ropa y, al ver los otros pantalones, camisas, corbatas, chalecos, blusas y jerséis, pensó que su padre vestía muy bien. ¿Explicaba eso algo sobre la clase persona que fue? Era solo una persona, se dijo Tim; una persona como otra cualquiera...

Eligió deprisa una camisa, una corbata y una americana. Luego se reunió con los demás en la vieja cocina de la casona, donde Gracie estaba pegando con cinta adhesiva una nota para Kaveh en el armario donde este guardaba el té. «¡Gracie y Timmy se han ido a una boda! ¡Va a ser muy divertido!»

Después los cuatro se fueron hacia Windermere. Cuando se dirigían al coche, vieron a George Cowley, que sacaba sus últimas pertenencias de la casita del aparcero. Tim vio a Daniel, que se quedó un poco atrás, y se extrañó de que no estuviera en el colegio. Sus miradas se cruzaron un instante.

—Adiós, Dan. Adiós, Dan —gritó Gracie—. ¡Nos vamos a una boda y no sabemos si vamos a volver más!

Después de dejar atrás el pueblo de Bryanbarrow, cuando se encontraban ya en la carretera principal que atravesaba el valle de Lyth, Manette se volvió para hablar con ellos.

—¿Y si no volvierais más, Gracie? ¿Y si tú y Tim vinierais a vivir conmigo y con Freddie en Great Urswick?

Gracie miró a Tim. Luego miró a Manette. Con los ojos como platos y expresión expectante, posó la vista en la ventana y en el paisaje que se sucedía tras el cristal.

—¿Podría llevarme la cama elástica? —preguntó.

—Ah, creo que tenemos sitio para eso, sí —respondió Manette.

Gracie exhaló un suspiro y se corrió en el asiento para acercarse a Tim. Después apoyó la mejilla en su brazo.

—Perfecto —dijo.

Durante el trayecto hasta Windermere estuvieron ocupados trazando un batiburrillo de planes. Tim cerró los ojos y se dejó mecer por la conversación. Freddie aflojó la marcha cuando llegaron a la ciudad. Cuando Manette dijo algo sobre el registro civil, los volvió a abrir.

—¿Puedo hacer algo antes? ¿Antes de la boda?

Manette se volvió y le contestó que por supuesto que sí. Entonces dio instrucciones a Freddie para que fuera a la tienda de reparación de electrodomésticos donde había dejado a *Bella*. Allí habían recompuesto ya la muñeca. Le habían vuelto a poner los brazos y las piernas y la habían limpiado. Aunque no estaba igual que antes de que Tim descargara su furia contra ella, seguía siendo *Bella*.

—Pensaba que querías que la mandáramos por correo —dijo la mujer del mostrador.

—Las cosas han cambiado —explicó Tim mientras recogía la muñeca.

—Sí, siempre cambian —sentenció la mujer.

Una vez en el coche, entregó *Bella* a su hermana, que la apretó entre sus incipientes pechos.

—La has arreglado, la has arreglado —repitió, antes de ponerse a arrullarla como si se tratara de una niña de verdad.

—Lo siento —se disculpó Tim—. Ya no es como antes.

—Bueno, a los demás también nos pasa lo mismo, ¿no? —dijo Freddie mientras arrancaba el coche.

12 de noviembre

Chelsea
Londres

Cuando Lynley y Deborah llegaron a Londres, eran más de las doce de la noche. Habían realizado el viaje casi en silencio, pese a que él le había preguntado si quería hablar. Sabía que Lynley comprendía que, de los dos, era ella la que cargaba con una mayor opresión por el papel que había tenido en la huida y la muerte de Alatea. Era consciente de que pretendía aliviar un poco su sentimiento de culpa, pero no quería prestarse a ello.

—Prefiero que hagamos el viaje callados, ¿de acuerdo? —le pidió.

Él había acatado su deseo, aunque de vez en cuando alargaba la mano para posarla en la suya.

Encontraron tráfico denso en el cruce de Liverpool y Mánchester. Toparon con obras cerca de Birmingham y con la caravana provocada por un accidente en la salida de Northampton. Entonces salieron de la autopista para comer y pasaron noventa minutos haciendo votos para que después la circulación fuera mejor. No llegaron a la rotonda de Cricklewood hasta las doce, y a Chelsea, hasta las doce y media.

Deborah sabía que su marido estaba todavía levantado, pese a la hora. Sabía que la estaba esperando en su estudio de la planta baja de la casa, pues, antes de subir los escalones de la puerta, vio que la luz estaba encendida. Lo encontró leyendo. Había encendido fuego, y *Melocotón* sesteaba frente a él encima de un cojín que Simon le había colocado a tal efecto. El perro salchicha se levantó muy despacio cuando Deborah entró; estiró primero las patas delanteras y luego las de atrás antes de acudir a saludarla.

Simon dejó el libro a un lado. Deborah vio que era una novela. Aquello era insólito en él: nunca leía obras de ficción. Lo suyo eran las biografías y los relatos de hazañas de supervivencia en la naturaleza. Shackleton era su héroe favorito.

Se puso en pie con esfuerzo, como siempre.

—No estaba seguro de a qué hora vendrías —dijo.

—El tráfico era complicado en algunos tramos —adujo ella—. ¿Tommy te lo ha contado?

Él asintió y le escrutó el semblante, tratando de evaluar, como hacía siempre, su estado de ánimo. Enseguida percibió su pesadumbre.

—Me ha llamado cuando habéis parado a poner gasolina. Lo siento mucho, cariño.

Ella se encorvó para coger al perro, que se revolvió en sus brazos intentando trepar hasta su cara.

—Tenías razón en todo —dijo Deborah mientras se frotaba la mejilla contra la sedosa cabeza del perro—. Aunque, claro, casi siempre la tienes.

—Eso no me da ninguna satisfacción.

—¿Cuál de las dos? ¿Lo de tener siempre razón o lo de tenerla justo ahora?

—Ni lo uno ni lo otro. Y no tengo razón siempre. En el ámbito de la ciencia, me siento bastante seguro, pero en asuntos del corazón, en las cuestiones que nos afectan a ti y a mi…, puedes creerme si te digo que estoy completamente desorientado, Deborah. Es como si caminara a ciegas.

—Fue esa revista, *Concepción*. Se convirtió en una especie de obsesión para mí. Por esa revista vi que se formaba una especie de lazo íntimo entre las dos y dejé que esa idea…, la idea de que alguien estuviera tan decidida como yo, tan… vacía como yo…, prevaleciera sobre todo lo demás. Por eso soy responsable de su muerte. Si no la hubiera hecho sentir tan vulnerable… Si no la hubiera asustado… Si no la hubiera perseguido… Yo pensaba que hablaba de ese periodista chalado de *The Source*, pero ella creía que yo había ido hasta allí por encargo del hombre que la estaba buscando.

—El hombre que ella creía que la estaba buscando —la corrigió con afabilidad Simon—. Cuando uno se guarda las verdades para sí, esas verdades acaban socavando su vida. El mundo se convierte en un lugar sospechoso. Tú fuiste allí porque te lo pidió Tommy, Deborah. Lo demás venía de ella.

—Pero los dos sabemos que eso no es del todo verdad —insistió Deborah—. Hice más deducciones de las que cabía extraer de lo que vi en Arnside House, y lo hice porque quise, y tú y yo sabemos muy bien por qué. —Se fue a sentar en uno de los sillones. *Melocotón* se instaló en su regazo y ella lo acarició, antes de preguntar—: ¿Por qué no está durmiendo con papá?

—Porque necesitaba compañía. No quería esperarte solo.

509

Deborah se tomó un momento para asimilar la respuesta.

—Qué extraño —dijo por fin—. Nunca hubiera pensado que te molestara estar solo. Siempre has sido tan independiente, tan seguro…

—¿Esa es la impresión que te daba?

—Siempre. ¿Qué otra ibas a dar? Tan frío, tan racional, tan seguro de ti mismo… A mí a veces me dan ganas de estallar, Simon, pero a ti nunca. Y ahora incluso con todo esto…, ahí estás, de pie. Esperas algo de mí, lo noto, pero no sé que es…

—¿No?

—Ni sé cómo dártelo.

Simon se sentó, no en el sillón que ocupaba cuando ella entró, sino en el brazo del que ocupaba Deborah, que no podía verle la cara. Él tampoco podía ver la suya.

—Tengo que dejar a un lado todo esto. Lo entiendo, pero no sé cómo hacerlo. ¿Por qué no puedo dejarlo a un lado, Simon? ¿Cómo puedo dejar de obsesionarme con algo que deseo tanto?

—Quizá deseándolo menos —apuntó él.

—¿Y cómo lo consigo?

—A través de la resignación.

—Pero eso significa que he renunciado, que hemos renunciado. ¿Adónde me lleva eso?

—A vagar sin destino fijo —respondió él.

—Es como un ansia. Así es como me siento siempre, con esta…, esta ansia que no se aplaca con nada. Es horrible. Así me siento siempre…, vacía. Sé que no puedo seguir viviendo de esta manera, pero no sé cómo hacer para que pare esa ansia.

—Quizá no debes pretender que desaparezca —opinó—. Tal vez lo que debes hacer es afrontarla. O, si no, llegar a darte cuenta de que el ansia y el apaciguamiento del ansia son dos cosas completamente distintas, que no tienen nada que ver. Una no va a mitigar la otra.

Deborah reflexionó un momento, y tuvo que reconocer hasta qué punto ella misma y la manera como había estado viviendo durante mucho tiempo habían estado condicionadas por un solo deseo incumplido.

—Yo no quiero ser así, cariño.

—Entonces sé diferente.

—¿Y cómo demonios empiezo?

—Con una buena noche de sueño —respondió él, acariciándole el pelo.

510

Wandsworth
Londres

Lynley tenía intención de ir directamente a su casa. Estaba a tan solo cinco minutos en coche, pero, como por impulso propio, el Healey Elliot lo había llevado a casa de Isabelle. Sin pensar en lo que hacía, había introducido la llave en la cerradura y había entrado en el apartamento.

El interior estaba a oscuras, como era de esperar a esa hora de la noche. Fue a la cocina y encendió la débil luz de encima del fregadero. Después de examinar el contenido de la nevera, con un sentimiento de repugnancia contra sí mismo, revisó la basura, abrió y cerró armarios, y echó un vistazo en el horno para cerciorarse de que estaba vacío.

Estaba ocupado en aquella última inspección cuando Isabelle entró en la habitación. No la había oído. Había accionado las luces cenitales antes de que se hubiera percatado de su presencia, de modo que no tenía idea de cuánto tiempo llevaba observándolo mientras husmeaba en su cocina.

Ella no dijo nada, ni él tampoco. Se limitó a mirarlo primero a él para después desplazar la mirada a la puerta del horno antes de dar media vuelta para regresar a su habitación.

Él la siguió, pero en el dormitorio reprodujo el mismo esquema sin poder evitarlo. Observó la mesita de noche, el retazo de suelo contiguo a la cama, la superficie de la cómoda. Obedecía como a una especie de compulsión enfermiza.

Ella lo miraba. Era evidente que la había despertado, pero quería saber de qué clase de sueño la había sacado, cómo había sido inducido, si es que había sido inducido por algo… De repente tenía que resolver aquellos turbadores interrogantes. La urgencia se disipó, no obstante, cuando vio su expresión. En ella había aceptación, acompañada de una especie de resignación atávica.

—De mil maneras, te pido perdón —dijo.

—Yo también —repuso ella.

Se acercó a ella. Llevaba solo un fino camisón, que le quitó. Luego apoyó la mano en su nuca, tibia con el calor de la cama, y la besó. Olía a sueño interrumpido y a nada más. Se separó un instante de ella para mirarla y la volvió a besar. Ella empezó a desnudarlo y él acudió a su lado en la cama, apartando las mantas, que tiró al suelo para que nada se interpusiera entre ambos.

De todos modos, ese algo estaba allí. Mientras sus cuerpos se unían, mientras ella se arqueaba sobre él y él recorría sus pechos, su

511

cintura, sus caderas, mientras se movían juntos, mientras la besaba. Seguía allí. No había forma de evitarlo, ni puerta de huida ni escapatoria, pensó. El placer de su conexión fue una celebración. También fue, no obstante, una pira que ardió al contacto de una antorcha y después se extinguió, tal como sucede con las piras.

—Esta ha sido la última vez, ¿verdad? —dijo él después, cuando reposaban con los cuerpos sudorosos y satisfechos.

—Sí —confirmó—, pero los dos lo sabíamos. —Al cabo de un momento, añadió—: No podría haber funcionado, Tommy, aunque confieso que me habría gustado.

Lynley buscó su mano, que reposaba encima del colchón. Cuando la cubrió, ella extendió los dedos. Luego él los rodeó con los suyos.

—Quiero que sepas que esto no tiene nada que ver con Helen —le dijo.

—Lo sé. —Volvió la cabeza, y el pelo, que se le había revuelto mientras hacían el amor, se le desparramó sobre la mejilla. Él se lo alisó un poco y se lo apartó de la cara—. Tommy, quiero que encuentres a alguien —dijo—. No para sustituirla, porque nadie podría sustituirla, creo, sino a alguien con quien continuar tu vida. En eso consiste, ¿no? En continuar, en seguir adelante.

—Yo también lo deseo —reconoció—. Al principio no estaba seguro y, probablemente, habrá días en que retroceda otra vez diciéndome que sin Helen no existe una auténtica vida. Pero será solo un momento. Lo superaré y lo dejaré atrás. Seguiré adelante.

Ella le acarició la mejilla con el dorso de los dedos, con ternura.

—No puedo decir que te quiera. Me lo impiden mis demonios, y también los tuyos.

—Entendido —dijo él.

—Pero te deseo lo mejor. No lo olvides, por favor. Ocurra lo que ocurra, te deseo lo mejor.

Belgravia
Londres

Eran las tres y media de la madrugada cuando Lynley regresó por fin a su casa de Eaton Terrace. Una vez dentro del silencioso interior, buscó a tientas el interruptor situado a la derecha de la recia puerta de madera de roble y lo pulsó. Su mirada se posó sobre unos guantes que llevaban nueve meses reposando en el pilar de arranque de la escalera. Tras observarlos un momento antes de atravesar el vestíbulo, los cogió y se los acercó a la nariz para aspirar por última vez un resto de olor a ella. Aunque tenue, el aroma a cítrico aún era perceptible. Sintió su suave contacto en la mejilla antes de guardarlos en el cajón del mueble contiguo a la puerta.

Entonces se dio cuenta de que tenía mucha hambre. Era una sensación extraña, porque hacía muchos meses que no tenía esa sensación en el estómago. En general, se había limitado a comer solo para mantenerse con vida.

Fue a la cocina y, al abrir la nevera, comprobó que estaba tan bien surtida como siempre. Aunque era un cocinero lamentable, seguramente sería capaz de preparar unos huevos revueltos con tostadas sin provocar un incendio.

Después de sacar lo que iba a necesitar, se puso a buscar los utensilios con los que iba a cocinar. Aún no había terminado cuando Charlie Denton entró con paso inseguro en la habitación, en bata y zapatillas, limpiándose las gafas con el cinturón.

—¿Qué hace usted en mi cocina, señor? —dijo Denton.

—Denton… —replicó Lynley, con la misma paciencia de siempre.

—Perdone —se disculpó Denton—. Estoy medio dormido. ¿Qué diablos está haciendo, señor?

—Obviamente, me voy a preparar algo para comer —contestó Lynley.

Denton se acercó a la encimera para examinar lo que Lynley había sacado: huevos, aceite de oliva, margarina, mermelada y azúcar.

—¿Y qué iba a cocinar, exactamente? —inquirió.

—Huevos revueltos con tostadas. ¿Dónde guardas la sartén, por el amor de Dios? ¿Y dónde está el pan? Tampoco tendría que ser tan difícil encontrarlos.

—Déjeme a mí —replicó Denton con un suspiro—. Si no, lo va a dejar todo hecho un desastre y me tocará a mí limpiar. ¿Qué pretendía hacer con el aceite de oliva?

—¿No se necesita ponerlo en la sartén… para que no se peguen los huevos?

—Siéntese, siéntese. —Denton le indicó la mesa de la cocina—. Mire el periódico de ayer. Revise el correo. Todavía no lo he puesto en su escritorio. O también puede hacer algo útil como poner la mesa.

—¿Dónde están los cubiertos?

—Ahh. Más vale que se siente.

Lynley se sentó y empezó a revisar el correo. Había facturas, como siempre. También había una carta de su madre y otra de su tía Augusta, que seguían negándose a emplear el correo electrónico. Su tía incluso hacía poco que se había decidido a recurrir al teléfono móvil para impartir sus altivas declaraciones.

Dejando a un lado ambas cartas, Lynley desenrolló un folleto que venía rodeado de un elástico.

—¿Qué es? —preguntó.

—No sé —repuso Denton—. Algo que dejaron en la puerta. Estuvieron recorriendo la calle ayer por la tarde. Aún no lo había mirado.

Lynley vio que se trataba de un anuncio publicitario de un espectáculo celebrado en el Earl's Court. No era un concierto, sino una exhibición deportiva. En la demostración de *roller derby* (así se llamaba aquel deporte) iban a competir las Boudica's Broads de Bristol —magnífica aliteración, pensó— contra las London's Electric Magic. «¡Emocionante! ¡Escalofriante! ¡Espeluznante!», proclamaba el folleto. «¡Acudan a presenciar la espectacular técnica y las temibles artes de estas mujeres consagradas en cuerpo y alma al patinaje!»

Debajo figuraban los nombres de las patinadoras. Se puso a leer maquinalmente la lista, buscando un nombre en particular que nunca había pensado volver a ver. Allí estaba, en efecto: Kickarse Electra, el «nombre artístico» de una veterinaria del zoo de Bristol, una tal Daidre Trahair, una mujer que de vez en cuando iba a pasar el fin de semana en Cornualles, donde la había conocido.

Lynley sonrió recordándola y después se echó a reír.

—¿Qué? —inquirió Denton, desatendiendo un instante los huevos.

—¿Qué sabes de un deporte llamado *roller derby*?

—¿Qué diablos es eso, si me permite la pregunta?

—Creo que deberíamos averiguarlo, tú y yo. ¿Compro entradas para los dos, Charlie?

—¿Entradas? —Denton miró a Lynley como si se hubiera vuelto medio loco. Después, no obstante, se apoyó en la cocina con amanerada pose, levantando un brazo para tocarse la frente—. Dios mío. ¿Tan mal estamos? ¿No me diga que me está pidiendo que salga con usted?

—Eso parece —contestó Lynley con una espontánea carcajada.

—¿Adónde hemos ido a parar? —suspiró Denton.

—No tengo ni la más remota idea —respondió Lynley.

Chalk Farm
Londres

Para Barbara Havers aquel no había sido un día fácil. Había reclamado de ella dos habilidades que poseía, por desgracia, en una proporción ínfima. La primera era la capacidad para no prestar atención a lo obvio. La segunda era mostrarse compasiva ante desconocidos.

Lo de no prestar atención a lo obvio la obligaba a no decir nada al inspector Lynley sobre lo que había ocurrido entre él y la comisaria Ardery. Según sus deducciones, su relación había terminado. Ambos irradiaban una tristeza que intentaban disimular con un trato amable y cortés, con lo cual ella infirió que su ruptura había sido consecuencia de una decisión conjunta. Eso al menos era un motivo para congratularse, porque habría sido una auténtica pesadilla en la oficina si uno de ellos hubiera querido poner fin a su romance mientras el otro continuaba aferrándose a él como una lapa. Por lo menos, de esa manera, los dos podrían seguir con su trabajo sin que uno de ellos dedicara miradas culpabilizadoras y comentarios agrios al otro durante los seis meses siguientes. De todas formas, ambos acusaban el golpe. Había tanta melancolía a su alrededor que Barbara resolvió que lo mejor era evitarlos.

Su falta de empatía no tuvo nada que ver con Lynley y la comisaria Ardery, sin embargo. Para ella era un alivio que ninguno de ellos quisiera descargar su pena con ella. La situación no fue igual cuando se volvió a reunir con la estudiante española en el bar cercano a Gower Street para pedirle que llamara de nuevo a Argentina.

Mientras Engracia hablaba, Barbara iba proporcionándole la información. Contestó al teléfono Carlos, el hermano de Alatea Vásquez de Torres, que había ido a visitar a su madre, y con él se encontraba su prima Elena María, con quien también habló Engracia. Esta iba transmitiendo lo que Barbara le decía y lo que los argentinos contestaban, y de este modo surcaron las aguas del dolor de la familia.

«Diles, por favor, que Alatea se ahogó... Por favor, diles que todavía no se ha encontrado el cadáver..., por las condiciones especiales de la bahía de Morecambe, donde se ahogó... La arena cambia de lugar debido a la marea... Tiene que ver con varios factores... Los ríos que desembocan allí, una cosa que se llama la ola de marea, las marismas, las arenas movedizas... Creemos que el cadáver aparecerá y nos han dado indicaciones de dónde pueda estar... Su marido se ocupará del entierro... Sí, estaba casada... Sí, era muy feliz... Había salido a pasear... Lo siento muchísimo... Veré si puedo mandarles fotos. Sí..., es comprensible que quieran saberlo... Un accidente, con toda certeza ... Un accidente, sí... No existe la menor duda de que fue un terrible y trágico accidente.»

Daba igual que fuera o no un accidente, se decía Barbara. A fin de cuentas, la muerte era la muerte, y nada más.

Se despidió de Engracia a la salida del bar, ambas apesadumbradas por haber tenido que anunciar de la muerte de Alatea. La chica había llorado mientras hablaba con Carlos y después con Elena María. Barbara se había quedado asombrada de que alguien pudiera llorar por la muerte de una persona a la que no conocía, por empatía con una gente que se encontraban a miles de kilómetros de distancia y a la que nunca conocería. ¿Qué era lo que suscitaba aquella corriente de compasión en el interior de alguien? ¿Por qué ella no lo sentía? ¿Sería aquel distanciamiento emotivo de los acontecimientos una consecuencia de la profesión que había elegido?

Decidida a no seguir cavilando más, ni sobre el abatimiento de Lynley, ni sobre la melancolía de Isabelle Ardery, ni acerca de la pena de aquella familia argentina, de regreso a casa, se distrajo pensando en algo más placentero, como la perspectiva de la cena. Comería bistec, pastel de riñones con sebo calentado en el microondas, regados con vino tinto, pastel de queso con caramelo y una taza de café recalentado de la mañana. Después disfrutaría de una velada recostada en el sofá con la *Promesa de una dulce pasión* abierta en el regazo y un par de horas por delante para descubrir si Grey Mannington acabaría reconociendo su amor por Ebony Sinclair, según las típicas pautas de la novela romántica, donde tenían un predominante papel los pechos turgentes, los muslos bien torneados, los besos tórridos y los placeres abrasadores. También encendería la estufa eléctrica de la chimenea, ya que el día había sido frío y cada mañana se encontraba con la promesa de un glacial invierno inscrita en la escarcha adherida a las ventanas. Iba a ser un invierno largo y duro, así que mejor sería que sacara los jerséis de lana y se preparara para dormir entre unas buenas mantas de franela.

Al llegar a casa, vio el coche de Azhar aparcado junto a la acera, pero las luces de su piso estaban apagadas. Debían de haber salido a cenar a pie, se dijo. Quizá todo se había acabado arreglando. Tal vez en ese momento estaban cenando todos en familia en el chino de la esquina: los otros hijos de Azhar y su mujer legítima con Hadiyyah, Angelina y el propio Azhar. Quizás habían encontrado una ingeniosa manera de compartir sus vidas; la esposa habría perdonado al marido por haberse marchado con una alumna de la universidad a la que había dejado embarazada; el marido habría reconocido su culpa por ello; la exestudiante universitaria habría demostrado su valía como madre y como casi madrastra de los demás hijos; y todos vivirían en una de aquellas estrafalarias combinaciones de familia que cada vez se daban más en su sociedad… Podría haber sucedido, pensó Barbara. Claro, y todas las ranas de Inglaterra podrían haber criado pelo ese día.

El aire era tan frío como el corazón de un asesino múltiple, así que aceleró el paso por el camino que bordeaba la casa de estilo eduardiano. Había muy poca luz, ya que de las cuatro farolas del jardín, dos se habían fundido sin que nadie hubiera cambiado las bombillas, y delante de su casita la oscuridad aún era más intensa, puesto que no se había acordado de encender la luz del porche al salir por la mañana.

Con la escasa iluminación distinguió, no obstante, a alguien sentado en el escalón de delante de su puerta. Era un hombre encogido, que, con la cabeza metida entre las piernas y los puños pegados a la frente, se mecía con un tenue vaivén. Cuando levantó la cabeza al sentir su proximidad, Barbara vio que era Taymullah Azhar.

Pronunció su nombre con tono interrogativo, pero él no habló. Entonces, al acercarse, advirtió que llevaba solo el traje, sin abrigo ni sombrero ni guantes, y que, a consecuencia de ello, temblaba tanto que los dientes le producían un fúnebre castañeteo.

—¡Azhar! —gritó—. ¿Qué ha pasado?

Él sacudió la cabeza, con un movimiento compulsivo. Barbara se precipitó hacia él y lo ayudó a levantarse.

—Se han ido —alcanzó a articular entonces.

Barbara comprendió al instante.

—Entra —dijo.

Rodeándole la cintura con un brazo, abrió la puerta. Después lo condujo hasta una silla y lo ayudó a sentarse. Estaba helado. Hasta la ropa se le había puesto rígida, como si estuviera congelándole la piel. Barbara corrió a buscar la manta del sofá y lo envolvió con ella. Después puso la tetera en marcha y volvió junto a la mesa para calentarle las manos con las suyas. Dijo su nombre, porque era lo único que se le ocurría decir. Si volvía a preguntar qué había pasado, lo iba a saber, y no estaba segura de si deseaba averiguarlo.

Aunque dirigía la vista hacia ella, estaba claro que no la veía. Tenía la mirada perdida. La tetera soltó un pitido. Barbara puso una bolsa de té en una taza y vertió el agua caliente en ella. La llevó a la mesa, junto con una cuchara, azúcar y un cartón de leche. Después de añadir un poco de cada a la taza, insistió para que bebiera, arguyendo que tenía que tomar algo caliente.

Como no podía sostener la taza, ella se la acercó a los labios mientras le apoyaba una mano en el hombro para contener el temblor. Él tomó un sorbo, tosió y después tomó otro.

—Se ha llevado a Hadiyyah —dijo.

Barbara pensó que debía de estar equivocado. Seguro que Angelina y Hadiyyah se habían ido solo a buscar a los otros hijos de Azhar. Seguro que, a pesar del temerario plan que había concebido, Angelina Upman estaría de regreso en cuestión de una hora y llegaría muy ufana, con esos niños a la zaga, con intención de darle la gran sorpre-

517

sa. Barbara sabía, no obstante, que se estaba mintiendo a sí misma, igual que había mentido Angelina.

Por encima del hombro de Azhar, vio el parpadeo del contestador. Quizás habría algún mensaje, quizá…

Después de colocar la mano de Azhar en torno a la taza de té, fue a accionar la máquina. Había dos mensajes y la primera voz que oyó fue la de Angelina. «Hari va a estar bastante disgustado esta noche, Barbara —anunciaba con su agradable voz—. ¿Serías tan amable de ir a verlo? Te lo agradecería mucho. —Hubo una pausa—. Hazle comprender que esto no es nada personal, Barbara… Bueno, lo es y no lo es. ¿Se lo dirás?». Después de aquel breve y poco concluyente mensaje, irrumpió la voz de Azhar: «Barbara… Barbara… Sus pasaportes… Su partida de nacimiento…». Luego sonó un terrible sollozo que precedió al silencio.

Se volvió hacia él. Estaba doblado sobre la mesa.

—Ay, Dios mío, Azhar. Pero ¿qué ha hecho?

Lo peor era que sabía lo que Angelina Upman había hecho. Si hubiera hablado, si le hubiera hablado de la «sorpresa» que le había revelado Hadiyyah, quizás él se habría dado cuenta de lo que iba a ocurrir y, tal vez, habría podido hacer algo para evitarlo.

Barbara se sentó a su lado. Habría querido tocarlo, pero temía que un gesto de preocupación por su parte pudiera hacerlo añicos como el cristal.

—Azhar, Hadiyyah me había hablado de una sorpresa —confesó—. Me ha dicho que ella y su madre tenían previsto ir a buscar a tus otros hijos, los hijos…, los hijos de tu matrimonio, Azhar. Azhar, yo no sabía qué decirte. No quería traicionar su confianza… y… Maldita sea, mira que soy tonta. Debería haberte dicho algo. Debería haber hecho algo. No he pensado…

—Ella no sabe dónde están —indicó él con expresión aturdida.

—Debe de haberlo averiguado.

—¿Cómo? No conoce sus nombres, ni de los niños, ni de mi mujer. No podría haber… Pero Hadiyyah debía haber pensado… Incluso ahora debe creer… —No dijo nada más.

—Tenemos que llamar a la policía —señaló Barbara, aunque sabía que era inútil.

En primer lugar, Hadiyyah no estaba con una desconocida. Estaba con su madre, y no había ningún divorcio con complicados acuerdos de custodia de por medio, porque de entrada no había habido boda. Había habido solo un hombre, una mujer y su hija, que habían vivido, durante un breve periodo de tiempo, en relativa armonía. Pero después la madre se había ido y, aunque había regresado, Barbara comprendía ahora que la intención de Angelina Upman siempre había sido regresar en busca de su hija para volverse a marchar. Primero había querido calmar a Azhar, fingiendo que todo estaba bien, y después se había llevado a la niña lejos de su padre.

¡Cómo los había engañado y utilizado! ¿Y qué…, qué iba a pensar y a sentir Hadiyyah cuando se diera cuenta de que la habían arrancado de los brazos de su adorado padre y de la única vida que había conocido? ¿Para llevarla…? ¿Adónde? ¿Adónde?

Nadie desaparecía sin dejar rastro. Barbara era policía y sabía muy bien que nadie había logrado huir nunca sin dejar ninguna pista.

—Llévame a tu casa.

—No puedo volver a entrar ahí.

—Debes hacerlo. Azhar, allí está el camino que nos conducirá a Hadiyyah.

Se puso de pie despacio. Barbara lo cogió del brazo y lo condujo por el sendero. Al llegar delante de la puerta, él se paró, pero ella lo animó a avanzar. Barbara tuvo que abrir ella misma la puerta. Buscó los interruptores y encendió la luz.

La iluminación hizo visible el salón, que había transformado con su impecable gusto Angelina Upman. Barbara percibió entonces aquella alteración como lo que fue, como una operación más de seducción. No solo había embaucado a Azhar, sino a Hadiyyah y a la misma Barbara. «¡Qué bien lo vamos a pasar, mi querida Hadiyyah! ¡Verás qué sorpresa se va a llevar tu padre!»

Azhar se quedó pasmado entre el salón y la cocina. Viendo su palidez, Barbara pensó que era muy posible que se desmayara, de modo que lo llevó a la cocina, la habitación que menos había alterado Angelina, y lo sentó frente a la mesa.

—Espera —le pidió. Después añadió—: Azhar, todo se arreglará. La vamos a encontrar. Las encontraremos a las dos.

Él no contestó.

En el dormitorio, Barbara comprobó que todas las pertenencias de Angelina habían desaparecido. No podía haberlo metido todo en las maletas, debía de haberlo enviado con antelación sin que nadie se enterara. De eso se desprendía que sabía adónde iba a ir y, posiblemente, a casa de quién. Ese era un detalle importante.

Encima de la cama había una caja fuerte abierta; su contenido estaba desparramado. Al revisarlo, Barbara reparó en algunos papeles de seguros, en el pasaporte de Azhar, en su certificado de nacimiento y en un sobre cerrado en el que había escrito el testamento con su pulcra letra. Tal como le había informado, faltaba todo lo relacionado con Hadiyyah, cosa que confirmó al inspeccionar su habitación.

519

De su ropa solo quedaba el uniforme del colegio, encima de la cama, como una burla para la mañana siguiente, cuando Hadiyyah ya no estaría allí para ponérselo. También seguía allí su mochila de la escuela, en cuyo interior estaba guardado en perfecta posición un cuaderno de anillas.

Encima de su pequeño escritorio, situado debajo de la ventana, su ordenador portátil seguía en su sitio, y encima de él reposaba una pequeña jirafa de peluche que, según sabía Barbara, le había regalado a Hadiyyah el año anterior una niña en Essex, en el malecón de Balford-le-Nez. Hadiyyah echaría de menos la jirafa, pensó Barbara. También añoraría el ordenador y sus cosas del colegio, pero, sobre todo, echaría de menos a su padre.

Volvió a la cocina, donde Azhar seguía sentado contemplando el vacío.

—Azhar, tú eres su padre —le dijo—. Tienes derechos sobre ella. Ha vivido contigo desde que nació. Todas las personas del edificio lo van a atestiguar. La policía les preguntará y les dirán que tú eres quien siempre se ocupó de ella. En el colegio les dirán también lo mismo. Todo el mundo…

—Mi nombre no consta en su partida de nacimiento, Barbara. Angelina no quiso ponerlo. Ese fue el precio que me hizo pagar por no haberme divorciado.

Barbara tragó saliva y se tomó un momento antes de volver a la carga.

—De acuerdo. Ya veremos cómo lo solucionamos. No importa. Hay pruebas de ADN. Ella es mitad tuya y lo podremos demostrar.

—¿De qué manera sin tenerla aquí? ¿Y qué importancia tiene si está con su madre? Angelina no está faltando a ninguna ley ni incumpliendo la orden de ningún tribunal. No ha huido contraviniendo lo ordenado por un juez que haya dictaminado cómo había que compartir a Hadiyyah. Se ha ido. Se ha llevado a mi hija con ella y no van a volver.

Miró a Barbara. En sus ojos había tanto dolor que ella tuvo que desviar la vista.

—No, no —insistió inútilmente—. Las cosas no son así.

De todas formas, él se puso a golpearse en la frente. Uno, dos, hasta que Barbara lo cogió del brazo.

—No hagas eso. La encontraremos. Te juro que la encontraremos. Ahora voy a llamar por teléfono. Voy a llamar a algunas personas. Existen maneras, métodos. No la has perdido, debes creerme. ¿Me vas a creer? ¿Vas a mantener la esperanza?

—No tengo nada en que fundar la esperanza.

Chalk Farm
Londres

¿A quién podía achacar la culpa? ¿A quién diantre se la podía endosar? Tenía que encontrar a alguien contra quien descargarla, porque, de lo contrario, iba a tener que dirigir la culpa contra sí misma. Por haberse dejado seducir, por haberse dejado embaucar, por haber sido una estúpida, por haber…

Todo era culpa de Isabelle Ardery, concluyó Barbara. Si la dichosa comisaria no hubiera ordenado, insistido, recomendado con firmeza que alterase su aspecto, nada de aquello habría ocurrido, porque ella no habría recurrido a Angelina Upman, de manera que se hubiera mantenido a distancia de ella, y eso le habría permitido ver y comprender… De todas formas, daba igual, porque Angelina se había propuesto desde el primer momento llevarse a su hija, y eso era lo que había originado la pelea que ella había oído aquel día entre Angelina y Azhar. Había sido por la reacción de él ante su amenaza. Azhar había perdido los estribos, tal como haría cualquier padre, cuando ella había dicho que se iba a llevar a su hija. Después, cuando le había explicado a ella el motivo de la discusión, se había tragado todas y cada una de sus mentiras.

Aunque no quería dejar solo a Azhar, no tuvo más remedio que hacerlo, una vez que hubo decidido efectuar aquella llamada. No quería hacerla delante de él porque no estaba segura de cómo se iba a desarrollar la conversación, pese a sus tranquilizadoras palabras.

—Quiero que te acuestes, Azhar —le ordenó—. Quiero que intentes descansar. Volveré, te lo prometo. Espérame aquí. Me ausentaré un rato porque tengo que hacer unas llamadas. Cuando vuelva, tendré un plan. Pero ahora tengo que llamar… Azhar, ¿me escuchas? ¿Me oyes?

Se planteó llamar a alguien para que viniera y le aportara algún consuelo, pero sabía que no había nadie más aparte de ella. Lo único que podía hacer era acompañarlo a su dormitorio, taparlo con una manta y prometer que volvería lo antes posible.

Se fue a toda prisa a su casa para llamar. Solo se le ocurría una persona que pudiera ayudarla, que pudiera ser capaz de pensar claramente en aquella situación.

—¿Sí? —contestó Lynley por el móvil—. ¿Barbara? ¿Eres tú? —Escuchando la tremenda algarabía que sonaba como telón de fondo, Barbara experimentó una oleada de gratitud.

—Sí, sí. Necesito…

—Barbara, no te oigo. Voy a tener que…

521

Los vítores de una multitud le impidieron oír lo que dijo. ¿Dónde diablos debía de estar? ¿En un estadio de fútbol?

—Estoy viendo una exhibición deportiva —explicó él, como si adivinara su estupor—. En Earl's Court… —Se oyeron más vítores y clamores, y Lynley le dijo a alguien—: Charlie, ¿se ha caído por la valla? Jobar, qué mujer más agresiva. ¿Has visto lo que ha pasado? —Alguien le dio una respuesta, que provocó las carcajadas de Lynley. Lynley riendo, constató Barbara, como no lo había oído reír desde el mes de febrero, cuando parecía que ya no iba a reír nunca más—. Es *roller derby*, Barbara —especificó por el auricular, pero ella apenas lo oyó por el ruido general, aunque logró captar—: … esa mujer de Cornualles.

Entonces se preguntó si habría salido con alguien. ¿Con una mujer de Cornualles? ¿Y qué era eso de *roller derby*? ¿Y quién era Charlie? ¿Sería un diminutivo de Charlotte? No se referiría a Charlie Denton, ¿no? ¿Para qué demonios iba a ir por ahí Lynley con Charlie Denton?

—Verás, es que… —intentó explicar, pero resultó imposible por la ovación que se produjo.

—¿Ha marcado un punto? —preguntó él a otra persona—. Barbara, ¿te puedo llamar más tarde? No oigo nada.

—Sí —aceptó ella.

Pensó que podía mandarle un mensaje, pero entonces interrumpiría aquel momento de placer y alegría del que estaba disfrutando. ¿Cómo diantre podía hacer tal cosa, cuando lo cierto era que, por más que le asegurara lo contrario a Azhar, no había nada que hacer? Nadie podía hacer nada de manera oficial. Cualquier medida que tomaran, tendrían que llevarla a cabo de forma encubierta.

Cortó la comunicación y se quedó mirando el teléfono. Se puso a pensar en Hadiyyah. Aunque hacía solo dos años que la conocía, tenía la impresión de haber conocido desde siempre a aquella niña saltarina de trenzas voladoras. Recordando que Hadiyyah llevaba el pelo diferente las últimas veces que la había visto, se preguntó qué aspecto iba a adoptar en el curso de los días siguientes.

«¿Cómo va a transformarte tu madre? ¿Qué te va a decir del disfraz que te hará llevar? ¿Qué te va a explicar del sitio adonde vais a ir cuando resulte evidente que no vas a conocer a ningún hermanastro al final del viaje? ¿Adónde te va a llevar ese viaje? ¿Hacia los brazos de quién huye tu madre?»

Porque esa era la verdad. ¿Y qué se podía hacer para impedirlo? Angelina Upman era solo una madre que había acudido a reclamar a su hija, una madre que había regresado de «Canadá», o de donde fuera que hubiera estado, con quienquiera que se encontrara, que era, por supuesto, la misma persona con la que se iba a reunir, algún individuo al que había seducido, al igual que a Azhar, al igual que a todos ellos, para que se mantuviera esperando aun sin creer... ¿Qué había hecho Angelina? ¿Adónde había ido?

Tenía que volver con Azhar, pero en lugar de ello se puso a caminar de un lado a otro. Tendría que buscar entre todos los taxis de Londres, y los había a miles. También cada autobús. Y después de eso las imágenes grabadas en la estación de metro de Chalk Farm. A continuación las estaciones de tren. El Enrostrar. Luego los aeropuertos: Luton, Stansted, Gatwick, Heathrow. Todos los hoteles. Todas las pensiones. Todos los apartamentos y escondrijos que había en el centro de Londres, y así ir ampliando el perímetro hasta las afueras y más allá. Las islas del Canal. La isla de Man. Las Hébridas Exteriores e Interiores. La Europa continental. Francia, España, Italia, Portugal...

¿Cuánto tiempo llevaría localizar a una hermosa mujer de cabello claro y a su hija de cabello oscuro? La niña pronto iba a echar de menos a su padre, pero se las iba a ingeniar... Sí, por Dios, se las iba a ingeniar, ¿no?..., para buscar un teléfono y llamarlo para decir: «Papá, papá, mamá no sabe que te estoy llamando y yo quiero volver a casa...».

¿Había, pues, que esperar esa llamada? ¿Se tenían que poner a buscarla? ¿Limitarse a rezar? ¿Debían convencerse con las mentiras que hicieran falta de que no había mala intención en esa fuga y de que la niña no iba a sufrir ningún daño, porque, al fin y al cabo, se trataba de una madre que quería a su hija y que sabía, por encima de todo, que el lugar de Hadiyyah se encontraba al lado de su padre, porque él había renunciado a todo para estar con ella y que, por eso, sin ella no tenía absolutamente nada?

Cómo le habría gustado que Lynley estuviera allí. Él sabría qué hacer, sabría qué decir. Escucharía el angustioso relato de lo ocurrido y después encontraría las palabras necesarias para insuflar esperanza a Azhar, esas palabras que a ella misma no se le ocurrían. No se le daban bien ese tipo de cosas y, además, le faltaban ánimos. Aun así, debía hacer algo, decir algo, idear algo porque, si no, ¿qué clase de amiga era, en aquellos momentos tan dolorosos? Y si no era capaz de encontrar las palabras oportunas o de concebir un plan, ¿podía considerarse una amiga de verdad?

Eran casi las diez cuando Barbara se metió por fin en el exiguo cuarto de baño de su casa. Lynley aún no había llamado, pero sabía que lo haría. Él no le fallaría. El inspector Lynley era muy cumplidor. La llamaría en cuanto pudiera. Se aferraba a aquella expectativa porque tenía que creer en algo y no le quedaba nada en que creer, y, en todo caso, no creía en sí misma.

En el cuarto de baño, abrió el grifo de la ducha y esperó a que se calentara el agua. Estaba temblando, no de frío, porque la estufa de la chimenea había caldeado el piso, sino a causa de algo más insidioso que alcanzaba profundidades más sensibles que el contacto de la gélida temperatura en la piel. Se miró en el espejo mientras el vapor se expandía desde la ducha. Escrutó a la persona en la que se había convertido a instancias de los demás. Pensó en los pasos que había que dar para localizar a Hadiyyah y devolvérsela a su padre. Aunque eran muchos, al menos sabía por cuál empezar.

Se fue a buscar unas tijeras a la cocina, unas afiladas y recias que partían sin dificultad los huesos de pollo y que nunca había utilizado para dicho cometido ni, en realidad, para ningún otro. En cualquier caso, eran perfectas para lo que se proponía.

Volvió al cuarto de baño y se quitó la ropa.

Ajustó la temperatura del agua.

Se metió en la ducha.

Una vez allí, comenzó a cortarse el pelo.

6 de septiembre de 2010
Whidbey Island, Washington

Agradecimientos

En mi condición de autora estadounidense de una serie ambientada en el Reino Unido, contraigo de continuo una impagable deuda con la gente de allí que me presta amablemente su ayuda en las primeras fases del proceso de investigación. En el caso de esta novela, agradezco muchísimo al personal y a los propietarios del hotel Gilpin Lodge de Cumbria el haberme proporcionado un precioso y acogedor refugio desde el cual efectué la exploración de la zona que pasó a constituir el marco de esta novela. El guía real de la playa, Cedric Robinson, fue para mí una generosa e inestimable fuente de información sobre la bahía de Morecambe, que conoce como nadie, pues ha vivido siempre allí y ha pasado buena parte de su vida guiando a la gente por sus peligrosos arenales durante la marea baja. La esposa del señor Robinson, Olive, tuvo la gentileza de acogerme en su casa, excepcional vivienda de ocho siglos de antigüedad, y de permitir que los asediara a preguntas a ella y a su marido durante mi estancia en Cumbria. La ingeniosa Swati Gamble de Hodder y Stoughton demostró, una vez más, que, armada con Internet y un teléfono, nada le resulta imposible.

En los Estados Unidos, Bill Solberg y Stan Harris me ayudaron en cuestiones relacionadas con la vida en las riberas del lago, y el encuentro fortuito con Joanne Herman en una charla en San Francisco me permitió acceder a su libro *Transgender Explained*. El libro de Caroline Cossey *My Story* expone con maestría el dolor y la confusión originados por la disforia de género y los prejuicios que hay que afrontar una vez que se ha tomado la decisión de cambiar de sexo.

Agradezco el apoyo que he recibido de mi marido, Thomas McCabe; la siempre alentadora presencia de mi ayudante personal, Charlene Coe; las lecturas que realizaron de los primeros borradores de esta novela mis fieles lectoras de manuscritos, Susan Berner y Debbie Cavanaugh. Mi vida profesional ha sido más fácil gracias a los esfuerzos de mi agente literario, Robert Gottlieb, de Trident Media Group, así como a los del equipo editorial británi-

co de Hodder and Stoughton, compuesto por Sue Fl
Karen Geary. Con esta novela, inicio una andadura con
ricana Dutton. Quiero agradecer la confianza depositada
Brian Tart.

Finalmente, para los lectores que estén interesados ᴇ   ᴍejor
Cumbria y su exponente más destacado, la zona de los Lagoᴗ (the Lake District), quizá resulte oportuno precisar que, como ocurre en todas mis novelas, los lugares mencionados en esta son reales. Yo me he limitado tan solo a seleccionarlos y a trasladarlos cuando ha sido necesario. Ireleth Hall es un calco de Levens Hall, el hogar de Hal y Susan Bagot; el embarcadero de los Fairclough se puede encontrar en Fell Foot Park; la granja de Bryan Beck está inspirada en una casa solariega de estilo isabelino llamada Townend; y el pueblo de Bassenthwaite aparece plasmado con el nombre de Bryanbarrow, incluidos los patos. Asumir el papel de deidad colocando lugares como estos en el texto es un verdadero lujo al que se accede al escribir obras de ficción.

Elizabeth George
Whidbey Island, Washington